姚雪垠

(1910—1999)

河南邓州人，现当代著名作家。曾任中华全国文艺界抗敌协会理事、创研部副部长，上海大夏大学教授、副教务长，湖北省文联主席，中国新文学学会会长，中国作家协会名誉副主席等职。短篇小说《差半车麦秸》、中篇小说《牛全德与红萝卜》、长篇小说《春暖花开的时候》《长夜》《李自成》等曾在海内外产生广泛影响。特别是《李自成》，不仅填补了"五四"以来中国长篇历史小说的空白，而且取得了多方面的艺术成就和开创性贡献，是具有里程碑意义的文学巨著。《李自成》第二卷获首届茅盾文学奖，《李自成》全书五卷获中宣部"五个一"工程奖和中国图书奖。

新中国 70 年 70 部
长篇小说典藏

李自成

第五卷

姚雪垠————著

学习出版社

中国青年出版社

图书在版编目（CIP）数据

李自成. 第五卷／姚雪垠著. —北京：中国青年出版社：学习出版社，2019.9

（新中国70年70部长篇小说典藏）

ISBN 978 - 7 - 5153 - 5787 - 4

Ⅰ. ①李… Ⅱ. ①姚… Ⅲ. ①长篇历史小说—中国—当代 Ⅳ. ①I247.5

中国版本图书馆 CIP 数据核字（2019）第 180388 号

策　　划　皮　钧
责任编辑　叶施水　高瞻程
装帧设计　刘　静

出版发行　中国青年出版社　学习出版社
社　　址　北京东四 12 条 21 号
邮政编码　100708
网　　址　www. cyp. com. cn

印　　刷　山东德州新华印务有限责任公司
经　　销　全国新华书店等

字　　数　529 千字
开　　本　680 毫米×960 毫米　1/16
印　　张　40.75　插页2
印　　数　1—5000
版　　次　2019 年 9 月北京第 1 版
印　　次　2019 年 9 月山东第 1 次印刷

书　　号　978 - 7 - 5153 - 5787 - 4
定　　价　110.00 元

如有印装质量问题，请与本社图书质检部联系调换。电话：010 - 57350337

出 版 说 明

为庆祝中华人民共和国成立70周年，全面展现中华民族的文化创造能力和文学发展水平，深入揭示新中国70年来的伟大历程、辉煌成就和宝贵经验，激励人们为实现"两个一百年"奋斗目标、中华民族伟大复兴的中国梦而不懈奋斗，我们策划出版了这套"新中国70年70部长篇小说典藏"丛书。为将该丛书打造成思想精深、艺术精湛、制作精良的精品丛书，我们成立了丛书评审专家委员会，成员均为密切关注和深刻了解我国长篇小说创作动态的资深评论家。委员会从历史评价、专家意见和读者喜好等方面对新中国成立70年来众多优秀长篇小说进行综合评定，从中选出70部描写我国人民生活图景、展现我国社会全方位变革、反映社会现实和人民主体地位、弘扬社会主义核心价值观和讴歌中华民族伟大复兴中国梦的精品力作。这些作品，大多为曾获中宣部"五个一工程"奖、"茅盾文学奖"等重大国家级奖项的长篇小说，政治性、思想性和艺术性高度统一，代表了中国文坛70年间长篇小说创作发展的最高成就。

我们致力于"把提高作品的精神高度、文化内涵、艺术价值作为追求"的使命任务，通过这套丛书的出版，在讲好中国故事、传播中国声音、阐释中国精神、展现中国风貌的同时，倡导精品阅读，引领和推动未来的中国文学原创出版。

"新中国70年70部长篇小说典藏"
评审专家委员会名单

评审专家委员会主任： 李敬泽

评审专家委员会委员(按姓氏笔画排序)：

丁　帆	白　烨	朱向前	吴义勤	何向阳
应　红	张　柠	张清华	陆文虎	陈思和
孟繁华	胡　平	南　帆	贺绍俊	梁鸿鹰
董保生	董俊山	谢有顺	臧永清	潘凯雄

项目统筹： 吴保平　宋　强

目　录

第一章

当松山失陷,总督洪承畴被俘的那一天,李自成攻破襄城,杀死总督汪乔年已经三天了。

李自成第二次攻开封没有成功,因左良玉兵到杞县,便从开封城外撤退,开到郾城。左良玉也跟着到了郾城。李闯王的大军虽然在人数上占优势,但是因为围攻开封日久,将士们已经疲倦,无力向左军猛攻,只能与左军相持在郾城附近,休息士马,征集粮秣,等机会包围左军。左良玉因人数较少,骑兵和火器都不如义军,所以只能采取守势,无力进攻,只求不陷于义军包围,等待陕西、三边总督汪乔年前来夹击闯军。

汪乔年被皇帝催逼不过,明知道来河南"剿贼"好像是"以肉喂虎",无奈不能违抗"圣旨",只得于正月下旬率领贺人龙、郑嘉栋、牛成虎三位总兵官,共约马步兵三万人出了潼关。二月初五日到了洛阳,知道李自成在郾城围攻左良玉很急,兵力十分强大。他正在踌躇,有一位名叫张永祺的襄城县举人前来求见。去年十月间李自成兵临叶县时候,派人传谕襄城官绅献粮食骡马投降,可以免予攻城。知县曹思正和众士绅开会商议,都同意投降,惟独张永祺坚决反对,护送老母离开襄城,逃到黄河北岸的孟县暂住。听到汪乔年来到河南的消息,他特意来洛阳求见。他力劝汪乔年赶快前往襄城,与平贼将军左良玉夹攻李自成,他愿意回襄城协助。汪乔年不再犹豫,从龙门向襄城进军。

李自成在撤离开封的时候,就知道了汪乔年如何奉密旨掘毁了他的祖坟,如今得到探报,知道汪乔年要来襄城。他下令停止向左军进攻,按兵等候。等汪乔年到了襄城,贺人龙等三总兵进兵到襄城以东四十里处,李自成突然舍掉左良玉,去打汪乔年。贺人龙等三总兵见闯军来到,各率自己的人马不战而逃。汪乔年只剩下几千人,退入襄城城内死守,等候左良玉来救。左良玉趁李自成去打汪乔年,赶快退往湖广境内。李自成将襄城团团合围,攻打三天,二月十七日破城,将汪乔年捉到杀死。遗憾的是,他悬赏捉拿张永祺,竟未找到。

从破襄城到现在,差不多一个月了。闯、曹大军曾经移师郏县一带,稍作休整,然后来到郾城境内的漯河旁边,一边操练人马,一边派人马往陈州一带,招降袁时中,准备去攻商丘。在几个月内接连杀死两个明朝总督,一个总兵官,一个亲王,又有许多人前来投军,李自成的声势如日东升,更加烜赫。

三月中旬,在漯河附近,气候已经相当暖和了。一天,天刚蒙蒙亮,李自成和高夫人在此起彼落的号角声中,已经起床。梳洗完毕,闯王就出去观操。他平日总是住在大元帅的行辕中,那里离老营还有八里路。昨天因为有些事要同高夫人商议,他才回到老营来住,但就在这一天之中,还不断地有人从行辕来这里向他禀报许多事情。今天上午他必须回到行辕中去。现在趁吃早饭之前,他决定出去看看老营亲兵的操练,顺便也看看健妇营的操练。很久很久,他没有观看健妇营的训练了,只听说最近健妇营已经很像个样子。慧梅做了红娘子的帮手,十分得力。

出了老营大门,便是一片一片的农田,有些地里种着大麦、小麦、豌豆和油菜,长得很不好,有些地已经荒了。这时晨光熹微,鸟雀成群地在树上喳喳叫着,还没有向旷野飞去。村中这里那里,不时传来战马的嘶鸣。老营的亲兵开始出操,有的已经到了校场,有的正在站队,有的正在从院里出来。大家看见闯王亲自出来观操,都感到特别兴奋。不一刻,各个练兵场上都开始操演起来。李自成看了一阵,十分满意,随即将指挥操练的几个将领叫到面前,鼓励了几句,就拨转马头,打算往健妇营驻扎的地方看看。

闯王刚走出村子不远,高夫人也骑着马,带着一群女兵追了上来。闯王驻马问她：

"你也要去健妇营看操？"

高夫人说："我近日总说要去，老营里忙得分不了身。现在你既要去，我就同你一起去看看。如今红娘子身上不舒适，慧梅这姑娘几乎把全副担子挑了起来，听说也是忙得很，不能常来老营。我已经三四天没有看见她了。"

"红娘子病了？"

"有喜啦！"高夫人笑着小声说："近几天她吃饭都要呕吐，身体很不好。"

闯王笑一笑，又问道："李公子知道么？"

"看你，真傻，当然人家先告诉李公子，以后我才知道。"说罢两人相视而笑。

往前走不远，有一道小河横在面前。如今还是枯水季节，这小河只有一股浅流，水清见底，曲曲折折，有时静悄悄地缓流，有时淙淙地欢笑奔流，银花跳跃，有时被青绿的小丘遮断，有时被岸边大石挡住，汇成小潭，然后绕个急湾，顽皮地夺路而逃。它不断地变换着姿态，向东流去，在下游十里以外流入漯河。小河对岸三四里外是浅山，好似细浪起伏，线条柔和；重重叠叠，连接高的远山。几天前下过小雨，近处的浅山上新添了更浓的绿意，还在这儿那儿，有一些新开的野花点缀。较近的山顶上有几块白云，随着若有若无的清新晨风，慢慢地向西飘游。有的白云在晨曦中略带红色，有的呈鱼鳞形状，有的薄得像一缕轻纱，边沿处化入蓝天。就从那白云飘去的地方，传来布谷鸟的鸣声。

小河的这边岸上，几棵垂柳，嫩叶翠绿，而最嫩处仍带鹅黄；长条在轻轻摇曳，垂向水面。靠岸有几丛小竹，十分茂盛。竹、柳之间，竟有两棵桃树，不知当年何人无意所栽，而今在这里增添了诗情画意。有的枝上的桃花正在开放，有的已经凋谢。落下的花瓣，有的落在岸边的青草上，有的落在水里，流向远处。

岸上小路两旁，田地平时比别处湿润，又经过几天前的一场小雨，虽然庄稼种得不好，出苗不齐，又缺施肥，但也是麦苗青青，豌豆已经开花，仔细看去，还结了一些小荚。

李闯王天天在行辕中忙碌，接见这个将领，接见那个将领，不是议事，就是听禀报，难得今天好像第一次这么悠闲；看见了春天的郊野景色，心情特别舒畅。他和高夫人带着几十个男女亲兵，到了这个地方，不由地感到留恋，便同亲兵们跳下战马，临流盘桓。战马由亲兵们牵着，踏着鹅卵石，走到水边，低头饮水。这时天已大亮，村落里的鸟雀都飞到旷野去了。忽而一阵雁声从空中落下，闯王抬头一看，只见一群大雁，排着人字形的阵势，徐徐飞过天空，边飞边叫。闯王很想射下一只，可惜雁阵飞得太高了。

饮过了战马，他们继续往前走，这时就听见前边山脚下，有个女子喊操的口令声，又听到鼓声和马蹄声。走得更近时，声音更加清晰起来，可以听出这不是一般的口令，而是对着整个健妇营发出的命令。这声音是那么娇嫩，但娇嫩中带着威严，带着力量。高夫人最熟悉这个声音，笑了一笑，向闯王说道：

"你听，现在慧梅正在督率全营操练，那声音我听熟了。"

闯王点点头，感到满意，随口说道："想不到三四年前还是一个黄花幼女，现在竟然成了一员十分得力的女将。"

"唉，一天到晚在军中磨练，还怕磨练不成一员女将！"

闯王微微一笑，向桂英的脸上深情地看了一眼，心里说："你也是在千难万险的戎马生活中磨练得这样出色！"因为在男女亲兵面前，他不愿流露出对高夫人的过多感情，就问道：

"兰芝的武艺近来可有长进？"

"哪能没有长进！自从她搬到健妇营，武艺也有长进，针线活也有长进。"

"还要让她多认字。"

"是在认字。她们健妇营有些姑娘也在学认字，兰芝跟她们一块儿学，有时还教教她们。"

刚说到这里，只听见西南三四里外，隔着一道浅山，忽然传过来一阵炮声。大家都向那里望去，只见浅山背后荡起来一阵灰烟。
闯王问道：

"是小骗子在那搭儿练兵？"

高夫人点点头，不觉夸道："小骗子的炮兵近来可很像个样子，
比我们第二次进攻开封时瞄得更准，炮也更多了。他每天只顾练
兵，很少到我老营里去；昨天去了一趟，这孩子倒是越长越英
俊了。"

闯王露出微笑，说："你每次见我，不是夸张骗，就是夸双喜，再
不是夸慧梅、慧英这些姑娘们。"

"我当然要夸他们。这些孩子都是起小跟着我们，在千军万马
中长大成人，如今哪一个不是忠心耿耿，保你闯王？虽不是我们自
己的亲生儿女，可比亲生儿女还要得力。"高夫人说到这里，忽然忍
住，使眼色让周围的亲兵们往远处退去。闯王有些明白，含笑
问道：

"你想说什么？"

"我看，这些孩子们已经长大成人，他们的婚事应该我们操
心了。"

闯王没有做声，眼睛继续望着高夫人。

高夫人接着说："我已经跟你说过，慧英配给双喜，十分合适。
你不在意，可这事情是得操心了。慧英和双喜的属相合适。下次
军师到老营来，我叫他替他们合合八字儿。"

"急什么！我们现在还没有打下开封，等打下开封再提这事
不迟。"

"还有，我看慧梅配张骗，也是再好不过。"

"你看你，刚说过，又急了。"

"不是我急。是孩子们都大了，都有了心事，跟往年不一样了。
拿慧梅跟张骗来说，起小两个人都跟着我，像亲兄妹一样。张骗有
什么好东西，都送给慧梅，慧梅也总在惦记着张骗。那时候年纪还
小，如今都大了，再这样下去，总是不明不白，也不很好。我原想干

5

脆给他们定了亲,不过后来又想,一定亲就不好再见面,倒不如结了亲还好些,也免得你回避我,我回避你。在咱们军旅之中,哪能有那么多回避,还打什么仗,还做什么事!"

闯王笑道:"不要急嘛。我们很快就要去打开封,这一仗势在必得。等占领了开封,那时候再来给这些孩子们办喜事不迟,现在说早了反而不美。"

"我也不是说现在就让他们结亲,我是想让你心里有个谱。只要你说行,我心里也就定了。他们都没有父母,咱们两人不操心谁操心?"

"这事情还是做母亲的当家为好,你不要都问我。我那么多大事都顾不过来,哪有闲心管这事情。"

"可是你是一军之主,又是一家之主,你不点头,我怎么好定下来呢?"

"算了算了,你叫我点头,我就点头。可是这话现在不要向别人漏出,特别是不要在孩子们面前漏出;漏出了,他们反而都不好意思。"

高夫人撇嘴一笑:"这我还不知道? 只有你懂事儿!"

他们上了战马,正要继续往健妇营走去,忽听到一阵马蹄声从北边传来。他们回头望去,有人眼尖,看出奔在前边的是双喜,就叫道:"那不是双喜小将爷么?"闯王一听,心中就明白了,对高夫人说:

"我们等一等吧。"

高夫人问:"昨天他不是去迎接袁时中么? 现在跑来,说不定袁时中已经到啦。"

闯王没有做声,一直望着双喜向这边驰来。双喜到了闯王面前,没有下马,叉手说:

"禀父帅,袁时中将军快到了。"

"到得这么快?"

"是的,今天早晨,他们三更过后不久就出发,一路策马不停,所以要提前半天到达。"

"大约什么时候可到?"

"看情况,约摸吃过早饭就可到达行辕。我刚刚先到行辕一问,知道父帅来到老营,我又赶快奔到老营,知道父帅往健妇营观操,我就追来了。请父帅就回行辕去,免得袁时中到了后,父帅不在,该说对他……"

闯王点头,不让双喜再说下去,随即对高夫人说:"既然这样,健妇营我不必去了。你告诉红娘子和慧梅,好生操练人马,说不定什么时候会用上健妇营。我现在就回行辕。"

"你不要先回行辕。我来时已叫老营准备了早饭,你还是先同我一起去老营吃点早饭,再回行辕不迟。"

"也好,可是健妇营有许多人已经看到我们,得派个人去告诉她们才好。"

高夫人便把慧琼叫到跟前,吩咐了几句,随即同闯王带着男女亲兵,回老营去了。

红娘子和慧梅在练兵场上已经看见了闯王和高夫人,猜到是前来观操,立刻告诉大家,一时群情鼓舞,操练得更加精神。可是忽然看见他们又折了回去,不免感到奇怪。红娘子和慧梅正在疑惑,慧琼单人独骑奔来传话,这才知道是袁时中到了,大家心中都感到高兴。因为自从闯王起义以来,声势从来没有像今天这样壮大。如今闯王自己的人马有三十万,与罗汝才合起来有五十万,到处哄传着将近百万;张献忠虽往江北,表面上也不得不奉闯王为主;大别山东边和南边的革、左五营不断派人来通消息,表示也要奉闯王为主;现在袁时中又仰慕闯王声威,前来相投。眼看着各股义军如百川归海,都归"闯"字旗下,中原地区将全部属于闯王。真是百事顺利,人马兴旺,打下江山的日子一天比一天近了。从破了襄城以来,不仅那些大将们十分得意,就是像慧梅这样的姑娘,同样的心中十分得意。

　　红娘子和慧梅把操练的事交给慧剑等几个头目,就同慧琼在练兵场的一角拣块石头坐下,谈起话来。红娘子说:"这个袁时中,我早就知道了。从前我还没有破杞县的时候,原在砀山一带转动,那时他已经起事了。因为在亳州一带还有一个袁老山,起义比他早,所以袁老山的人马称为老袁营,他的人马就称为小袁营。这人倒有许多长处,人马的军纪还算讲究,还用了一些读书人,看来是一个有出息的人物。如今他来投奔闯王,河南东边的事情就好办了。"

　　慧梅拍一下膝盖说:"像这样多来几个人投奔,打进北京就更容易。"

　　红娘子笑道:"好一员女将,开封还没拿下,已经想打北京了!"

　　慧梅也笑了,说:"这是第三次打开封,看来是非拿到手不可。"

　　红娘子说:"是啊,多少大事情,都要看这一次能不能拿下开封。拿下开封,我们的局面就大不一样了。"

　　慧琼想起刚才高夫人的话,不觉望了慧梅一眼,心里说:"现在慧梅姐还不知道,一打下开封,她就要同小张爷成亲了。双喜哥也要同慧英姐成亲了。"她不禁抿嘴笑起来。

　　慧梅问:"你笑什么,慧琼?"

　　慧琼笑得更厉害了,说:"不笑什么! 我一到你们这里就高兴。"

　　"傻丫头,到我们这里有什么高兴的? 你在老营,在夫人身边难道不好么?"

　　"跟着夫人也高兴,可是你们这里姐妹成群,多热闹啊。大家一天到晚在一起,练武艺,打猎,做针线,还会想办法玩儿。看,你们的秋千多好啊!"她指着场子边上的三棵树,在那里绑着三架秋千,三个已练过武艺的姑娘正在上面起劲地荡着。当她把目光收回时,忽然又惊喜地叫起来:"啊,这里还有这么大个'蜈蚣'。这风筝扎得多好啊! 听,谁在上面装了个什么玩艺儿,它还呜呜响呢。你们这里谁会扎风筝啊?"

旁边一个女兵笑着说:"我们这里才没人会扎风筝。小张爷那里有个人原是乡村的纸扎匠,风筝扎得顶好。小张爷叫他扎了一个'蜈蚣',昨天特意送到我们这里,给慧梅姐姐玩的。"

慧琼嘴一撇说:"小张爷什么好东西都送给慧梅姐姐。别人问他要,再不给的。"

慧梅感到不好意思,说:"你这姑娘,他不给你,你就问他要,多要几次,以后他就给你了。"

"多要也不行,我到夫人身边晚,不像你和小张爷,很早很早就到了夫人身边,在一起长大,一起打出来的。"

大家听了都笑起来。慧琼平时跟在高夫人身边,不得不规规矩矩,也不敢大声说话,也不敢远离夫人,如今来到健妇营中,好像一匹小马脱了缰绳,自由自在。她同慧梅说笑了一阵,便这里去射几箭,那里去耍一阵剑,又跑到一架秋千旁,拉着兰芝荡秋千。她让兰芝先上去,自己在下边推,推了几下,秋千荡开了,她自己就上了另一架秋千,和兰芝比,看谁荡得高,荡得远。玩了一会,她便跑去解那只风筝。慧梅怕她弄不好,会把风筝放走,或挂住树梢,便赶忙拦住不让她动。慧琼斜眼望着慧梅说:

"你呀,只要是小张爷给你的东西,你就像宝贝一样,不许别人碰!"

慧梅脸一红,勉强辩解说:"不是我怕你碰,你又不会放风筝,瞎放跑了,多可惜。"

慧琼看她不好意思,也就不再去解风筝。她很想把刚刚在路上听来的话告诉慧梅,便勾住慧梅的肩头往前边走去。那一句甜蜜的体己话儿装在心里像虫子爬,怎能不说呀?不说急得慌啊!她几次凑近慧梅的耳朵,鬓发挨着鬓发,却又说不出来,只是哧哧地笑着,继续推着慧梅往前走,渐渐地离开了大伙。红娘子在远处看见,不禁好笑,心想:"这些姑娘,竟有那么多体己话要背着人说!"

慧琼推着慧梅,虽然走远了,话却还是说不出来。像她这样十八九岁的大姑娘，有些话纵然与自己没有关系，但说出来也觉得害臊，所以她几次把嘴凑到慧梅耳边，仍然说不出来，只是一味味味地笑着。慧梅感到稀奇，推了她一把，说：

"傻丫头，你哪有什么屁话要同我说呀！"

正在这时，从山那边传过来一阵炮声，又腾起来一阵硝烟。慧琼说：

"哎呀，小张爷在操练炮兵，我一直没有去看过，不晓得近来怎么样了？我们骑上马，去山上看看好么？"

慧梅说："看看也好，可是得告诉红姐姐一声，看她去不去。她近来身体不好，可能不想去。"

慧琼就跑到红娘子面前，问她去不去，红娘子说："你们要去，我就同你们一起去，站在这架山上看得很清楚。"

于是她们三人骑上马，奔上附近那个小小的山头。她们望见二里外的平川地方，硝烟弥漫，从硝烟中依稀可见许多人马。硝烟随着连续的炮声而愈来愈浓，有时连人马都看不清楚了。慧琼不像慧梅那样常常来看炮兵，因此感到十分新鲜。她不眨眼睛地望着打炮的地方，只见火光一闪，便有隆隆的炮声响起，声音在两山之间回荡。这场面使她振奋，把要同慧梅说的话都忘了。慧梅也瞪大眼睛向对面凝望，但她注意的并不是火光，不是炮声，也不是硝烟，而是硝烟里半隐半现的一匹高大白马和骑马人头上的一朵红缨。她的目光到处追随着这朵红缨，只要望见这朵红缨，就感到心里有说不出的甜蜜，说不出的幸福。虽然红缨下面的面孔看不清楚，但那没有关系，只要看到那匹白马，那朵红缨，她就感到满足了。

过了一阵，红娘子说："不看了吧，回家还有事情哩。"慧梅、慧琼才依依不舍地跟着红娘子一同回到健妇营。慧琼被留下来吃了早饭。饭后，姑娘们有的认字，有的做针线活。慧琼看见慧梅有一个香囊，才刚刚开始做，上面绣的是一个蝈蝈在白菜上，还只绣了一个头和一只翅膀，连一半都没有绣出来。慧琼说：

"梅姐,这个香囊算是给我做的,好不好?"

"你自己会做,何必要我给你做?"

"我知道你给谁做的,你年年都给人家做,做了那么多,就是不肯给我做一个。"

慧梅装作不懂她的话,用手在她头上轻轻敲了一下,说:"你自己是姑娘家,有一双巧手,却总是向我要东西,我哪有那多闲空儿?也罢,以后给你做一个。这个我不给你。"

慧琼又玩了一阵,便告辞回老营。大家把她送到门外,她要慧梅再送她一段路,慧梅看出她有话要说,便同她一起走出村子来。慧琼一手牵着战马,一手拉着慧梅,走了约摸半里路,忽然站住,望着慧梅笑。慧梅被笑得不好意思,说:

"你今天怎么啦,老是望着我笑,心里有什么鬼?"

慧琼自己的脸上先红,凑近慧梅的耳朵说:"梅姐,我告诉你一句话,你可不要打我。"

"你有什么话?想说就说吧,不愿说你就走。"慧梅已猜到八九,禁不住脸热心跳。

慧琼搂着慧梅的肩膀说:"真的,梅姐,我真是有话跟你说,十分重要的话。"

"你哪来什么重要的话?也不过是进攻开封的事。这事全营都知道,用不着你跟我说。"

"你别扯远了,我是说你的事。"

慧梅越发心跳,情绪紧张,用冷淡的口气说:"哼,我有什么事?还不是一天到晚跟着红姐姐练兵,练了兵做些针线活,读书认字儿,等着日后打仗的时候,健妇营好好为闯王立功。"

慧琼神秘地悄声说:"这话只能告你说,你可不要打我。"

"你有什么鬼话啊,我可不听!走吧,走吧!"

慧琼又哧哧地笑了一阵,呼吸很不自然,突然小声说:"梅姐,你快定亲了。"

慧梅的脸刷地变得通红,一直红满脖颈。她在慧琼的背上捶了一拳，又推了一把，说道："你这傻丫头，疯了！"可是她心里又很想听下去，所以她又拧住慧琼的耳朵："你还再说么？"她的眼光逼住了慧琼，可是在她的眼神中并无怒意，而是充满了惊奇和羞涩，充满了捉摸不定的感情。

"真的，梅姐，刚才夫人跟闯王说话。别的人都离得很远，只有我离得近一点，又是顺风，听到几句。你跟慧英姐姐都快要许人啦。夫人已经成竹在胸，只等打下开封，你们的喜事就要办了。"

按照当时的一般姑娘习性，慧梅听到这样的话，会在极其害羞的情况下对她的女友厮打几下，表示她不愿听这样的话，也表示谴责女友竟敢对她说出这样的话。然而她此刻一反当时一般姑娘习性，只是满脸通红，低头不语。一则慧琼的神气是那样真诚，二则她是那样早已在盼望着这个消息，三则如今并没有别人在她们的身边听见，所以她只是低着头一言不发。羞涩和幸福之感，混合着对高夫人和闯王的感激心情，使她的眼睛里充满了泪水。她在心中自问：

"天呀，这是真的么？"

慧琼见她不说话，轻轻地叹口气说："唉，闯王和夫人待咱们同亲父母一样，什么事都想得周到。"停一停，又说一句："打下开封的日子也快啦。"

过了一阵，慧梅仍觉得脸上火辣辣地发热，担心慧琼说的是戏言，抬起头来说："你不要瞎说。我们一心为闯王打天下，现在开封都未攻下，哪里会谈这种闲事。你一定是听错了。"

"不，我没有听错。真是夫人同闯王提起来，闯王说：你就同她们的母亲一样，这事由你做主。"

一听说闯王叫高夫人做主，慧梅就放心了。她知道高夫人十之八九了解她的心思，定会在闯王的面前提到张鼐。她轻轻地问："夫人怎么说？"问这话时她脸红得很厉害，心里怦怦地跳，呼吸也很紧张。

慧琼故意不回答，也故意装做刚才没有听见高夫人提到张鼐，反问了一句:"梅姐,你猜,是谁?"

"我不猜,你爱说就说,不爱说就不说。"慧梅恼起来,将慧琼推了一下,说:"算了,你快走吧,夫人在等着你哩!"

慧琼故意准备上马,说:"我真走了。"

"你走吧,你赶快走!"

可是慧琼并不想走,慧梅也不愿她走,两个姑娘又手拉手站到一棵盛开的桃花树下。慧琼折几朵半开的桃花替慧梅插上云鬟,小声赞叹说:"梅姐,你真生得俊!"慧梅轻轻地打她一下,然后小声问:

"到底夫人说的什么?"

"我分明听见夫人同闯王说,要把你许给小张爷,把慧英姐许给双喜哥。"

慧梅的心里又一次怦怦地跳起来,不晓得说什么好。天呀,这一次可完全听真了!这几年来,年年、月月、日日,只要不是打仗,不是事情太忙,她哪一刻不在想着张鼐?不在想着张鼐和她自己的事情?她虽然明白夫人会知道她的心思,但没有想到竟然这样快地称了她的心愿!她又一次低下头去,默默无言。慧琼从左边看到右边,又从右边看到左边,希望从她的眼神中看出点什么。但越看她,她越是低下头去,望着青草,望着马蹄,望着田里的麦苗,又从马尾拂过的地方采了一朵嫩黄的野花,揉碎,抛到脚边的青草中,就是不肯抬起头来。她真是不好意思抬起头来。

过了一阵,慧琼说:"我要走了。就这么一句话,告诉你以后,我心里就没有疙瘩了。这消息我也不告诉别人,你看,连红姐姐我都没有同她说。"

慧梅这才抬起头来扯住慧琼的衣襟,说:"你走吧,怕夫人在等着你。"

慧琼含着少女的神秘微笑,腾身上马,又看了慧梅一眼,策马而去。

慧梅望着慧琼的背影,望着她骑的红马,心上留着她的甜蜜而纯洁的微笑。慧梅舍不得她离开,可是只能望着她越驰越远,一直驰过河去,最后在一片树林中消失。这时在慧梅的眼前仿佛又出现了一匹疾驰的马,不是慧琼的红马,而是一匹白马,骑在马上的不是一个姑娘,而是一个英俊的将领,帽上有一朵红缨……她在这里一直站了很久,不晓得应回健妇营去,还是应到哪里去,像痴迷了一样。突然,一个声音把她叫醒:

"慧梅,你一个人在这儿干啥?"

慧梅回头一望,见是张鼐骑在马上,后面跟着五个亲兵。她一时不知说什么好,完全失去了常态,脸也红了。过一会儿,她笑笑说:

"不干啥,我送慧琼的。"

"慧琼刚走? 她来有什么事?"

慧梅回避张鼐的眼光,说:"慧琼已经走了半晌了,我在这里随便看看。这河边多有趣! 我一天到晚练兵,现在很想过河,到老营去,去看望夫人,可是我,忘记骑马了。"

她的这几句话显然是临时编出来的,也不合情理,而且上句不接下句,所以她说完后更加感到拘束,感到心慌,不敢像平时那样望张鼐的眼睛。

可是张鼐并没有觉察到这些,他只觉得慧梅的样子非常可爱,声音极其好听。一听说慧梅忘了骑马,他就赶快跳下马来,将鞭子递给慧梅,说:

"慧梅,你骑我的马去吧。我知道你很喜欢我新得的这匹白马,这马是汪乔年的坐骑,确实不错。你不妨骑几天玩一玩,以后再还我。"

"那你怎么办呢?"

"我有的是马。这回我可以骑他的马去。"张鼐说着用手指了指一个亲兵,"让他步行回去,二里多路嘛,又不远。"

说完这话,他们又相对无言起来。张鼐的亲兵知道张鼐同慧梅有感情,看出来他两个似有话说,便继续往前走,走到河边饮马。

张鼐看亲兵走远，便问慧梅：

"今年你给我做的香囊，什么时候给我啊？"

慧梅有点儿坦然了，笑着说："现在离端阳节还早着哩，到端阳给你就是了。今年要做好一点。往年做的你用了以后就摔掉了，也不可惜！"

张鼐一听就急了，说："谁摔掉了？你不信，哪天我叫你看一看，你每年给我做的香囊，我像宝贝一样都藏了起来。"

"只要你不把它扔掉就好了。你看你给我的笛子，你去年送我的宝剑，我也是经常带在身边。那笛子我闲了还吹哩。"

"我也常常想着，我们那么小就到了夫人身边，如今都长大成人了。"说到这里，他微微一笑，望了慧梅一眼，不知道还说什么话。

慧梅把头低了下去，过了片刻，抬起头来，说："你赶快走吧。你现在要到哪里去？"

"刚才行辕中军来传话，说今天上午袁时中要到行辕见闯王，中午设宴款待，让我也去作陪。"

"这个袁时中到底是什么样人，闯王这么看重他？也叫你作陪，可见将领作陪的人很多。"

"这个袁时中投了咱们闯王，是一件大喜事，所以闯王要盛宴款待，大小将领赴宴作陪的很多。"

"那你赶快去吧，也许闯王还有什么事情要吩咐你。"

张鼐吩咐一个亲兵步行回去，自己便骑上他的马，又望了慧梅一眼，便带着四个亲兵策马而去。

慧梅一手牵着张鼐留下的白马，目送张鼐远去，才慢慢地转回身，跨上白马，向健妇营缓缓地驰去。她的心好像飘在空中，好像随着张鼐去了，好像她刚才喝了一点甜酒，现在还带着薄薄的醉意，迷迷糊糊，不知想些什么……

大元帅行辕设在漯河边上的一个土寨中，辕门外警卫森严。街上不断有人马向东开去，但寨中秩序很好，商店继续开业。有许多贫苦百姓在放赈的地方领粮,由李岩派的士兵和武官在那里照料。

李自成走进辕门,一直走到第二进院中,牛金星、宋献策、李岩和刘宗敏、高一功等都在院中迎他。他率领他们进屋坐下,抬头问道:

"尧仙在哪里?"

牛金星赶快欠身答道:"他在外边等候大元帅问话。"

"请他进来吧。"

中军吴汝义赶快向一个站在旁边伺候的亲兵吩咐一声。过了片刻,牛佺进来了,向闯王躬身作揖。闯王让他坐下,他不敢坐,说:

"大元帅和军师都在这里,我实在不敢坐,就站在这里向大元帅回禀吧。"

闯王说:"你坐下吧,我们不要讲那么多礼,现在还在打仗嘛。"

刘宗敏也爽朗地一笑说:"咱们江山还没有打下,君臣之礼可已经讲究起来了。还不快坐下!"

牛佺重新作了一揖,在旁边一把空椅上侧身坐下。

闯王问道:"你到袁时中那里,我原没想到他会随你前来。怎么,很顺利么?"

牛佺起身答道:"我随着汉举、补之两位将军破了陈州之后,探听到袁时中就住在鹿邑、柘城之间,我就带着大元帅的书子前去寻找。我到了他那里后,他一听说我是李闯王派来的人,赶快出迎。我递上大元帅的书子,他看完后,就问:'闯王现在哪里?'我说:'大军已破了陈州,不日就要去攻开封。因为闯王知道将军驻在这里,所以特派小弟前来拜谒,投下书信。闯王之意,是望将军早日归顺,共建大业,不知将军意下如何?'他说:'我久闻李闯王大元帅的威名,可惜无缘拜谒。今日先生前来,实为幸甚。至于投顺之事,我也久有此心,只恨无人引见。现在闯王既有书子前来晓谕,我自然十分感激。此事请先生稍微等候一日,容我和军师们再商量一番。'设宴招待以后,他就同身边的文武人员谈了很久。当天晚上,他告诉我,他和手下人都一心投顺闯王,并说要亲自前来拜谒闯王。我说:'现在闯王离此尚远,大约两三天内就要东来,率大军北进,将军不妨在此稍候,等闯王到了陈州一带,再去谒见不迟。'但是他定要前来,说:'既然我决心投顺闯王,何在乎这二三百里路程。我们已经商定,把人马移近陈州,等候闯王前来指挥;我自己明天就带领少数亲兵随同先生前去拜谒闯王,也不负了我对闯王的一片仰慕之情。'我看他确有诚意,就说:'既然如此,就照将军说的办罢。'所以我在他那里一共只停了一天一晚,就同他一齐奔来。"

闯王心中甚喜,做手势使牛佺落座,又问:"到底袁时中有多少人马?军纪如何?他为人怎样?我们这里只听说他有十来万人马,实际上也许没有。又听说他年纪虽轻,倒是有些心思,不是那号随意骚扰百姓的人,所以我心中对他十分器重。"

牛佺欠身说:"我在那里时,跟他的左右文武谈了不少,也看见了当地百姓。据我看来,此人倒是一个了不得的人才。自从崇祯十三年他在开州①起义以来,就十分注意军纪,每到一地,不许部下骚扰百姓,不许奸淫妇女,不许随便杀人。他又礼贤下士,对读书人十分尊重,现在身边就有几个秀才帮他出谋划策。他的人马,因有过两次饥民响应,所以也许曾经有过十来万,但多是乌合之众,一经打仗,多数散伙。现在大概只有二三万人,另外骑兵可能也有一千多人。"

"他识字么?"闯王问。

"略微识点字。他幼年读书很少,可是起义以来,身边总有些读书人,没事的时候,听他们谈古论今,所以他自己也颇懂得一些书上的道理。虽然是个粗人,说话倒十分文雅谦逊,不似一般绿林豪杰,举止言谈并不粗鲁。"

刘宗敏插话说:"既然这样,他怎么自己不独树一帜,要投我们闯王呢?"

---

① 开州——今河南省濮阳。

　　"小侄见他以后，陈之以利害，动之以祸福。还告他说，闯王上膺天命，名在图谶。'十八子主神器'，图谶上说得明明白白。自从十三年冬天闯王进入河南以来，剿兵安民，除暴安良，所到之处，百姓不再向官府纳粮，闯王自己也是三年免征，加上军纪严明，对百姓秋毫无犯，因此一时应者云集，人皆誉为千百年难逢的汤武之师。如今连曹帅那么有声望的人都已甘愿归附，八大王奉闯王为盟主，大别山一带的革、左五营也是惟闯王之马首是瞻。所以小弟特来奉劝袁将军早早归顺闯王，共建大业。事成之后，少不得封侯封伯，子孙世袭。他听了我这番话后，频频点头。又同手下人商量一番，归顺之意遂决。"

　　闯王问道："他的几个幕僚，都是些什么人啊？"

　　牛佺恭敬地回答："他有三个谋士，都是豫东一带的读书人，听说都是秀才。一个叫刘玉尺，原名不详，这些年来一直以字行，大家就称他刘军师。此人三十多岁，颇为健谈，奇门遁甲，六壬风角，样样精通；对兵法战阵，也颇通晓。他这次随着袁时中一起来了。还有一个随着一道来的，姓朱名成矩，字向方。这个人颇有儒者气度，少言寡语，深沉不露。还有一个叫刘静逸，这次随着人马留在驻地，没有前来。"

　　李自成听罢，略一沉思，向在座的牛、宋等人环顾一眼，说："你们看袁时中是不是真心归顺？因为我们与他素无来往，今番尧仙世兄前去说项，他不远二三百里要来谒见，倘若真是诚心归顺，那自然是一件好事，我们理应一视同仁，推心置腹相待。但我总觉得我们对此人尚不深知，也可能他看我们的势力大，不得不归顺，心里却仍然顾虑重重。尧仙世兄既然与他深谈过，又一起前来，想必能看出他究竟是否有真心实意。尧仙，你看他是真正怀着诚意么？"

　　牛佺被闯王一问，倒有些犹豫起来，但他还是相信袁时中确有诚意，便说："我看他是仰慕光辉，真心拥戴。如果不是真心，他何必远道来谒？何况他目前的人马不少，独树一帜也是可以的。"

宋献策笑道："据我看来，袁时中所以归顺麾下，一则是因为麾下仁义之声，遍播中原，上膺天命，名在图谶，他也知道'忠臣择主而事，良禽择木而栖'的道理，跟着闯王打天下，日后功成名就，可以封妻荫子。二则也是形势所迫。因为现在他徘徊于鹿邑、柘城之间，往东去，有刘良佐、黄得功两支人马挡住去路，还有总督朱大典驻在凤阳，指挥刘、黄两镇向西进迫。既然不能东去，我们的大军又从西边开来，汉举、补之业已破了陈州，两面对他都在挤。他怕我们再向东去，会把他们吃掉，不如自己先来投降。所以他的归顺，既有诚意，也是势不得已。"

刘宗敏哈哈大笑，拍一下膝盖说："还是军师说得对，一口咬在豆馅上！要不是我们大军东进，已经破了陈州，他也不会乖乖地跑来投顺。什么事都得力一个'逼'字。不逼他一下子，他还会在那里观望风色，左顾右盼，拿大架子哩！"

牛金星笑着说："虽系大势所迫，究竟也还具有诚意，他才远道来晋谒大元帅。"

宋献策也说："不管如何，他既然来了，我们就该以诚相待，推心置腹，不分彼此，他也就会变成闯王麾下的一员忠心战将。"

闯王点头说："凡是来到这里的，我们自然都要待之以诚。泰山不厌土壤，江海不择细流，成大业者惟恐英雄豪杰不来。"说到这里，闯王忽把目光转向李岩："林泉，你对此事有何看法？"

李岩自从来到闯王这里，因为自己觉得是比牛、宋后至的，且本无争功之意，因此每逢议事，从不抢先发言。现在因闯王问到了他，他便答道："闯王将士，多数起自西北，河南将领，如今还不算多。袁时中虽系大名府开州人士，可是这几年多在豫皖交界地方，成为一方义军领袖。倘若他能诚意归顺，对河南、河北与皖西众多大小义军将领颇能号召。所以军师之言说得甚是。我们一定要优礼相加，使他成为闯王部下的一员忠心耿耿的将领。"

牛佺接着说："他的军师刘玉尺私下与我谈话，也说到闯王将士多起自西北，而袁将军是河北人，与闯王原非亲故，也无乡土之谊，投顺之后，他自然忠心耿耿拥戴闯王，部下将士也要化除隔阂。说到这里，他就探我的口气，说：'听说闯王尚有掌上明珠，未曾许人，不知能否使袁将军高攀名门，与闯王令嫒缔结良缘，日后既有君臣之谊，又有翁婿之情，岂不更好？'当时我说：'既是袁将军有此美意，我一定转达闯王麾下。'"

高一功在大家发言的时候，一直静静地听着，没有说话。这时候听牛佺谈到袁时中要与兰芝结亲，便开口问道：

"他难道还没有妻室？"

"听说原来在家乡定过亲，后来那姑娘随父母逃荒在外，饥寒交迫，已经死去。"

高一功又问："他今年有多大年纪？"

"不过二十六七岁。"

高一功摇摇头说："二十六七岁，身为一军之主，难道没有妻室？"

"只是有两个女子为妾，并无正室夫人。"

高一功很干脆地说："闯王只有一个女儿，年纪还小，这亲事不能结。"

未等别人开口，宋献策先插话说："高将军为兰芝姑娘舅父，此言说得很对。闯王的千金目前还小，不到出阁年龄。但这门亲事既由他那方提出来，也不好拒绝。以我之意，要玉成这门亲事才好。结下这门亲后，就不怕他不忠心拥戴，甘效驰驱。"

刘宗敏笑着说："军师，你胡扯！我看你也不能将双喜儿变成姑娘！"

献策说："好办，好办。我包管大元帅得乘龙快婿，袁将军得人间佳偶。"

闯王说："这就难了，我并不是爱惜一个女儿，但兰芝的年纪确实还小。"

宋献策仰起头来，哈哈一笑，说："这……有何难哉！自来公主下嫁，有亲生女儿，也有非亲生女儿。文成公主下嫁吐蕃，文成公主也并不是唐太宗的亲生女儿啊。"

正说到这里,吴汝义进来禀报说,袁时中已到了二三里外。闯王马上站起来,就要出寨迎接。牛金星劝止说:

"麾下且慢。麾下虽然礼贤下士,延揽英雄,如饥似渴,但今日身份不同往日,不宜亲自出迎。"

李自成说:"还是出寨相迎好吧!人家远道来投,我也应当虚心相待。"

"麾下今日已是奉天倡义文武大元帅,手下战将如云,连曹帅、张帅尚且奉麾下为主,何况他人。袁时中来,固然要以礼相待,但不必由麾下亲自远迎。"

"那我们应当怎样迎接呢?"

牛金星便说出他的一番意见来。闯王听了觉得有理,便说:"好吧,就这样办吧。"

在驰往大元帅行辕的路上,张鼐不断在马上放眼四顾,但见处处青山绿野、春景如画。他满怀愉快,禁不住胡思乱想,慧梅的影子总是不离他的左右。他一路上陶醉在媚人的春色中,更准确地说是陶醉在狂热、甜蜜、充满新鲜、激动、期待、希望与苦恼交织的爱情之中。啊,初恋的年轻人,生活在提倡"男女授受不亲"时代的初恋人,爱情对于你,真像美妙而神秘的梦境一般。啊,在你的摇荡不定的心中有多少难忘的回忆与离奇的幻想!

近一年来,他每次同慧梅单独见面都感到拘束。慧梅也是一样。他们的眼睛再也不能像童年时期那样相对。他们的眼光很想互相看看,却不好意思地互相回避。常觉得有一肚皮话要当面倾诉,到见面时竟没话可说,或有话而吐不出口。在闯营的众多姑娘中,他觉得只有慧梅的一双眼睛最有神采,最聪明灵活。只要她的眼睛轻轻一瞬,就好像有无限情意泄露出来,使他的心旌摇荡。有几个甜蜜印象,使张鼐最为难忘。

最难忘,第二次攻开封他受伤之后,慧梅刚从临颍来到,去他的帐中看他。虽然已经知道他只是震伤,并不碍事,可是那一双可爱的眼睛是红润的,当着乍见他时几乎有泪水夺眶而出,随后她努力在眼睛里流露宽慰的微笑。似乎在说:"我知道,你很快会好的。"他那时也报她一丝微笑。

最难忘,近来几次同她邂逅相遇,亲兵们不在身边,他好像看见她的眼睛特别含情,妩媚,害羞,却同时焕发着平时没有的奇异光彩,像有一点轻微酒醉的神情。逢到这样时候,他总是低下头看她的马镫或马蹄,而她也往往无端的脸颊飞红,赶快把眼睛转往别处,或者用手抚摩马鬃,或者玩弄马鞭。在这样眼色含情、无言相对的时候,他自己感到发窘,胸脯紧张,连呼吸也很不自然,想赶快分离又不肯走开,总是等她借故先走。啊,像这种奇妙的时刻,他永远也不会忘记!

最难忘,在困难的商洛山中,慧梅为保护高夫人腿中毒箭,快要死去。他来到她躺卧的大树下边,看见她的危险情况,几乎要失声痛哭。慧梅从昏迷中睁开了失去神采的眼睛,慢慢地认出是他,要将宝剑还他。他不要宝剑,拿话安慰她。这时候,他的心中酸痛,不知有多少眼泪在往胸中奔流;他巴不得立刻飞马到战场将官军杀光;他巴不得老神仙能够腾云驾雾来救活慧梅。他离开慧梅时候,哽咽默祷:"老天爷,请你随便损我张鼐的寿,让慧梅活下去吧!"这一次生死关头的痛苦经历,他永远也不会忘记!

最难忘,刚才在小河边同慧梅相遇。春风是那么柔和,阳光是那么温暖明媚,路边和河岸上茂盛嫩绿的春草被太阳一晒,散发着醉人的气息。他猜不透慧梅独自立在小河边想什么心事,但觉得她的面貌比平日更美艳动人,眼色比平日更有光彩,使他对着她禁不住怦怦心跳,不敢向她的脸上多看。她的云鬓上插着几小朵半开的桃花,有一只蜜蜂绕着她的云鬓飞翔,不肯离开。有几片开败的桃花落在白马的鞍上和身上,她好像没注意,轻盈地腾身上马,有的花瓣儿就压在她的腿下。一只小蝴蝶在马尾边飞翔嬉戏,有时马尾轻拂一下,它全不管,继续接近马尾的左右款款飞舞。如今这印象活现在张鼐眼前。他的心飞回河岸,飞回刚才同慧梅停立的地方。他不觉在鞍上出神,想入非非;垂鞭由缰,信马前行。他想,他如果能够像孙悟空那样会七十二变,变做像刚才看见的那个蜜蜂,永远绕着她的云鬟飞翔,十分亲近她但又不敢挨着她的耳朵和脸颊;变成像刚才看见的那只蝴蝶,永远在她的马尾左右翩翩飞舞;变成像刚才看见的那几瓣桃花,飘落在她的雕鞍上,任她在不注意中压在腿下,或飘落在潮湿的青草地上,任马蹄践踏,化成泥土,粘附着马蹄,随她愉快地奔驰而去。……

　　到了大元帅的辕门外边,他才从如醉如梦的相思中醒来,恢复了英武的青年武将气概,翻身下马,将战马交给一名亲兵,大踏步走进辕门。许多将领正准备走出辕门。张鼐向大家一拱手,来不及说话,赶快去见闯王。闯王在忙着批阅文书,望一望张鼐,觉得这小伙子满面红光,浓眉大眼,威武精神,真是可爱。他露出微笑,轻声吩咐:

　　"你来了好,快跟众位将领一起迎接袁时中去!"

　　"遵令!"张鼐又一叉手,转身退出。

　　李自成想起来高夫人今早对他谈的事,心中想道:"将慧梅配张鼐,真是天生佳偶!"

23

第二章

袁时中率领从人来到寨外时，牛佺已经同着李双喜和吴汝义在那里等候。袁时中一看有人迎接，赶快下马，趋前相见。牛佺一一介绍。袁时中连连叉手施礼，说："劳各位如此远迎，实在不敢领受。"进寨后，一路行来，袁时中看到街上熙熙攘攘，小商小贩正在十字路口贩卖东西，好像太平年景一样，不免心中暗暗赞叹。到了行辕大门外，高一功已经率众位大小将领在那里等候，互相施礼，当即一同进入行辕。一直进到第二进院子，才见李自成率着牛金星、宋献策等站在大厅的台阶上等候。他们见到袁时中，赶快降阶相迎。袁时中知道中间的大汉便是闯王，赶快躬身作揖，就要跪下叩头。闯王一把搀住，说："不许行此大礼，请进吧。"袁时中哪里肯依，一定要叩头，闯王只得作揖还礼。然后袁时中又向牛、宋行礼，牛、宋谦逊还礼。进入大厅后，重新施礼毕，闯王便请袁时中在客位就座。袁时中一再推辞，说："请大元帅上座，再受时中一拜。"闯王不依，强拉袁时中在客位就座。这样又不免彼此推辞谦让一番。宋献策在旁边说道：

"今日因是袁将军初次到此，宾主之礼还是要讲究的。从今往后，袁将军就是大元帅麾下的部将，那就不必再行此礼了。现在请袁将军不必推辞，就在客位就座。"

袁时中推辞不过，只得勉强在客位坐下，侧着身子，不敢认真落座。刘玉尺和朱成矩也同大家一一行礼，一起坐下叙话。

闯王说道："将军与二位先生远道辛苦，光临敝帐，实在受之有愧。今后既然大家聚在一起，就是一家人了。我们同心协力，共建大业，事成之后，有福同享，不敢相忘。"

袁时中赶快起身答道："久仰大元帅仁义之名,众望所归,又且名在《谶记》,足见天心已定,十分昭然。可惜时中身在豫东与颍、亳之间,不能早日进谒,效忠左右。今日有幸,得瞻光辉,偿了宿愿,实在高兴。今后只要大元帅不弃,时中一定始终相随,甘效犬马之劳,纵然肝脑涂地,也是甘心。"

闯王没有想到,袁时中一介武夫,吐属竟如此文雅。便又说道："将军能够来到这里,与我共事,我决不会当外人看待。我们这里虽然十之八九都是关中将士,延安府一带的人更多,可是如今家大业大,各地英豪俊杰,纷纷前来。像在座的李公子便是河南的名门公子,他也带来了数千豫东将士。我们都不分远近,一视同仁。"

李岩见闯王提到自己,便也说道："袁将军不必顾虑。大元帅恢宏大度,虚怀若谷,到处延揽英雄,如饥似渴。将军是河北英俊,远近皆知,到此以后,闯王必然倚为股肱,前程未可限量。"

袁时中十分感动,又要站起来,但被闯王用手势阻止,便欠着身子说："时中今后便是大元帅部属,只要有所吩咐,不敢不尽心竭力,始终效命!"

闯王微笑点头,又转向刘玉尺、朱成矩问道："刘先生、朱先生,可是与袁将军共事多年?"

刘玉尺答道："自从袁将军由河北来到豫东,我们二人便先后到辕门相投。一见之下,知道袁将军忠厚仁义,非一般草莽英雄可比,所以誓死相随,如今也两年多了。"

闯王又笑着说："听说刘先生是饱学之士,胸富韬略,可恨相见太晚。"

"在下并无学问,也无韬略,只是一心辅佐袁将军而已。如今天下群雄并起,逐鹿中原,因为知道闯王是真正救世之主,虽尚未得天下,但天命所归,人心所向,已无可疑。玉尺从去年以来,就奉劝袁将军不必与群雄角逐,只须暂时独树一帜,以待圣人。袁将军也是这番心意。不想今日果然能够来到大元帅麾下,玉尺的一番心愿,果然得偿了。"

闯王又笑向朱成矩问道:"久闻朱先生也是萧、曹、张良一流人物,今日来到,实在大快人意。不知对今后大事有何见教?"

朱成矩赶快站起身拱手说:"蒙大元帅过分奖饰,愧不敢当。成矩是碌碌书生,并无什么别的本领,只是劝袁将军不妄杀无辜,不扰害百姓,严禁部下奸淫,好生练兵,与地方百姓休养生息,以待救世之主。幸赖袁将军居心仁厚,礼贤下士,闻过则喜,从善如流,故两年来小袁营所到之处,尚能做到平买平卖,秋毫无犯。倘使袁将军能成为邓禹和徐懋功一流人物,则成矩之愿足矣。"

宋献策心中明白刘、朱二人所说的都是事前准备就的冠冕堂皇话头,但是他身为闯王军师,在此场合,不得不赶快点头说道:

"好极!好极!两兄所言使献策深为佩服。能得二位阁下在袁将军左右,袁将军日后功名富贵,夫复何忧!至于我们大元帅奉天倡义,吊民伐罪,仁德所及,如冬日在人,早已妇孺皆知,令名昭著。我也是多年奔波,足迹半天下,观人多矣,后来得遇大元帅,才有了安身立命之所。现在袁将军和二位来得正是时候,不日就要进攻开封,望袁将军建立功勋,机不可失。"

袁时中又欠身说:"承蒙军师指教,深中下怀,自当铭记在心。时中草莽无知,读书甚少,以后请军师与牛先生多多教诲,使时中能在闯王麾下做一员偏将,尽力效忠,不负此生。"

牛金星笑着说:"袁将军如此诚心,又如此谦虚,在草莽英雄中实在难得。以后我们一起共事,只要能早日打下江山,将军建立殊勋,封侯封伯,自然不难。今日风云际会,也是天意所定。"

当他们说话的时候,李自成一直静静听着。在一二年前,他还不太习惯听恭维话,如果有谁当面奉承,他心里会感到很不自在,甚至会产生反感。但自从牛、宋等人来到身边,宋献策献了那个《谶记》,他又正式称为"奉天倡义文武大元帅"后,随着军事形势的发展和义军队伍的壮大,那些"天命所归"、"救世之主"一类的颂扬话渐渐地听得多了,认为理所当然。所以在今天这种场合,听着双方在谈话中都一再地颂扬他,他总是面带微笑,对袁时中的谦逊颇为满意。这时他望着时中问道：

"不知时中将军父母是否健在？家里还有什么亲人？"

袁时中回答说："末将幼年饥寒贫困，可怜父母双亡。有一个亲叔父，多年前流落他乡，失去音信。前年才托人百方打听，将家叔找到，接来军中，不幸去年病故。目前只有一个堂弟，名唤时泰，随我做事，算是惟一的亲人了。"

闯王叹口气说："君昏臣暗，天灾人祸，多少人死于非命。在我的部将里头，也有许多父母饿死或逃荒在外的。"

袁时中说："今天能到大元帅身边，就算有了靠山，也同有了父母一般。"

牛金星说："正是此话。闯王待人，有恩有义。许多人都是无家无亲，一到闯王这里，如同到了亲人身边一样。何况袁将军少年有为，正是建功立业之时，闯王一定会青眼相看。"

又谈了一阵，闯王便派人将曹操和吉珪从附近一个村子里请来，在大厅里摆开了宴席，为袁时中等人接风。老营和附近营中的重要将领都来作陪。驻在附近的大将中只有田见秀、刘芳亮、谷英等由于军事倥偬，各有要务在身，不曾前来。

宴会以后，闯王让牛金星和宋献策陪同袁时中等去住处休息。当大家拱手作别的时候，曹操的脸上有一种不可捉摸的神气，这种神气并没有逃过闯王的眼睛。重新坐下以后，闯王有意同他谈起袁时中来投之事。曹操仅仅一笑说：

"俗话说，知面不知心。现在他既然来了，大元帅不妨以诚相待，今后如何还不知道。"

吉珪也接着说："如能真心跟随大元帅，当然很好。万一他三心二意，再设法除掉不迟。"

闯王不愿听这种话，赶快说："我们还是谈谈进攻开封的事吧。"

为袁时中及其亲随准备的下榻地方是一所逃走的乡绅住宅，

十分宽敞。牛金星和宋献策陪客人来到上房,坐下闲谈一阵,正要告辞,却被时中留住。但见时中对刘玉尺暗使眼色,刘玉尺笑着说道:

"宋军师、牛先生,闯王对我们袁将军如此厚爱,使袁将军与我们小袁营将士永远感激不忘。玉尺有一句心中话,不知敢说与否。"

宋献策说:"虽然我与玉尺兄是初次见面,但我看玉尺兄也是十分慷慨豪爽,与人肝胆相照。既然有话,不妨直说。"

刘玉尺说:"这话并非为我,实是为使袁将军能永远为闯王效忠不贰,而袁将军部下也都能从此与闯营老将士同心同德,不分彼此。"

牛金星已经猜到八九,正中他和宋献策的心意,便哈哈笑道:"你直说吧,也无非是要结为秦晋之好这件事罢了。"

刘玉尺赶快拱手说道:"牛先生既然已经猜到,也就无须刘某多说了。袁将军今年二十六岁,尚无正室夫人。听说大元帅有一位令媛,尚未字人,不知是否可以高攀,使袁将军得为乘龙佳婿?倘能成此良缘,岂不美哉!"

朱成矩接口说:"如能缔结良缘,则袁将军数万部下就会完全一心相投,不会再生嫌疑。"

宋献策说:"此事当然甚佳,只是尚未向大元帅禀报,我们不敢自作主张。大元帅无疑极为赏识袁将军的人品才干,愿得如此快婿。只是,大元帅虽有一位令媛,年纪尚小,今年不过十五岁,未到出阁之年。"

刘玉尺、朱成矩又说了一些希望牛、宋"玉成佳事"的话。牛金星因为袁时中鞍马劳顿,便请他好生休息,遂同宋献策一起告辞出来。

他们来到宋献策的帐篷中,商谈片刻,决定先听听高一功的意见。宋献策便派亲兵去请,只说有要事相商。过了一会儿,高一功匆匆来到,坐下后,打量一眼牛、宋二人的神情,问道:

"不知二位有什么喜事,如此满面堆笑?"

宋献策笑着说:"别事可以暂时不麻烦一功将军,此事必须先同一功将军一谈。"

高一功心中猜到八分,说道:"请直说吧,我先听听你们的。"

于是牛金星、宋献策便把刚才与刘玉尺、朱成矩的谈话复述了一遍。高一功听罢,正色说道:

"不行。上午已对你们说过,兰芝还小,不到出阁年龄。闯王别无女儿,招的什么娇婿?"想了一下,他又说:"啊,你们可以另打主意。最近两三个月,从米脂家乡逃来一些人,其中有闯王的两个侄女,都有十六七岁。是否在侄女中挑选一个姑娘许配给袁将军,这要看闯王的意思。既然不是我的外甥女儿,我不好多作主张。"

宋献策看他对兰芝的亲事回答得斩钉截铁,就不好再说下去。他有一个移花接木的主意,但不愿马上吐口,忽然对高一功哈哈大笑,说道:

"既然如此,我们得多想一想,然后回禀闯王。"

高一功走后,宋献策对牛金星说:"闯王的侄女,看来未必会使袁时中满意。虽说米脂出美人,可是这两位侄小姐都不很俊,也太老实。我想,同袁时中这种人结亲,非同一般。我们只是要借助结亲,使袁将军更能忠心辅佐闯王。如果嫁去的姑娘庸庸碌碌,世事不懂,也不过徒做一个老婆而已,实非我们笼络袁将军之初衷。"

牛金星点头说:"正是此理。倒不如在高夫人身边的姑娘中挑选一个,作为闯王养女下嫁袁将军,也是一个办法。"

"我正有这个想法,但闯王与高夫人是否同意,尚不得而知。这个主意,我们先向闯王禀明,看他如何决断。高夫人身边不乏才貌双全的好姑娘,何愁袁时中不能满意?"

当牛、宋二人正在商量的时候,袁时中和刘玉尺、朱成矩也在交谈。他们对于闯王的礼遇都感满意,但袁时中仍然担心自己不是陕西人,与陕西起义的将领们毫无渊源,日后仍然会生出嫌隙。于是话题又转到结亲的事情上来。刘玉尺说:

“现在已经知道,闯王的令嫒只有十五岁,年纪确实还小,即令闯王愿意,闯王夫人也未必同意。我们要退一步着想。闯王这里必然有些家属随军,不得已就从他的侄女中找一个结亲,也是一个办法。”

袁时中有点犹豫,说:“随便找一个,怎知人品是否恰当?”

刘玉尺说:“延安府有句俗话:米脂的婆娘安塞的汉。据说安塞的男人长得俊,米脂的女人长得俊。米脂有一条河,水土很好,自古是出美人的地方,随便找一个姑娘,都是明眸大眼,长得俊俏。”

朱成矩点头说:“是的,貂蝉就出在米脂。”

袁时中说:“你们二位先生斟酌办吧,这事情我也没有多的想法。”

由于连日来旅途劳顿,又商量了一会儿,他们就各自休息去了。

当天傍晚,宋献策、牛金星来到闯王屋中。这时闯王已听了一个下午的禀报,有的是关于军粮的,有的是关于部队的出发情况的,有的是关于商丘、开封两地官军防守情况的,还有许多事情正在等着向他禀报。看见牛、宋二人进来,他就挥手使一些将领退了出去。高一功因有别的事情,也随着退了出去。

李自成问道:“你们二位可同袁时中又谈了一阵?”

牛金星说:“又谈了许多,看来袁时中确实颇具诚意,并无半点虚情。因为他们诚意相投,所以又把结亲的事提了出来,请闯王斟酌。”

“这事情不太好办,因为兰芝还小,纵然我答应,她妈也不肯答应。”

宋献策故意问:“是否可以从大元帅的侄辈姑娘中挑选一个,许配给袁将军?”

“侄女倒是有两个,但都是最近从米脂乡下出来的,人品一般,又不懂事,怕未必能使袁将军满意。”

牛金星说:"麾下说的很是。袁将军来到之前,我与军师在麾下前谈到如何使袁时中忠心不贰,不妨结为姻亲,曾蒙麾下首肯。恰好今日先由刘玉尺提出结亲的话,可见双方同有此心。刚才军师同我也曾谈到,我们今日与袁将军结亲,务必要从大的方面着眼,单单许配一个姑娘,如果懦弱、无知,也没有多大好处。倘若有一个姑娘,有容貌,有武艺,又有心计,结亲之后,能使袁时中听她的话,忠心耿耿侍奉麾下,那才算好姻缘,不虚为秦晋之盟。目前这样的姑娘在老营中并非没有,只不知麾下和夫人是否舍得。"

闯王马上想到,这是一个办法。像慧英、慧梅这样的姑娘,有武艺也有阅历,结亲以后,定可以使袁时中服服帖帖,忠心拥戴,不生异志。然而他没有忘记,就在今天早上,高桂英还曾向他提起,要把慧英配给双喜,慧梅配给张鼐。他想着关于她们的终身大事,不能匆忙中将话说死,便说:

"此事让我再想一想吧。"

接着,他们又谈起如何向商丘进兵的事。闯王谈到,下午李岩在这里,曾劝他从今以后,每占一地,不要再放手扔掉。最好先在开封周围的府、州、县设官授职,治理百姓。攻下开封后,就以开封为立足之地,经营中原,然后东进临清、济南,西进潼关,攻占西安,再派遣一支人马渡黄河骚扰畿辅。宋献策听了,从容问道:

"麾下以为如何?"

"我们有实际困难啊!"闯王叹口气,然后把声音放得很小,说:"曹操这个人哪,实际与我们同床异梦,总难一心。今天袁时中来,他就不太高兴,惟恐我们的力量强大。如果我们每占一座城市就分兵把守,他的人马就会超过我们,反客为主,这是不行的。还有一层:目前我们虽然号称五十万人马,实际上连随营眷属只有二三十万,其中能战的兵并不很多,多数兵来不及训练,还有些兵是河南本地来的,乡土念头甚重,倘遇局势不利,就会各自奔回家乡。目前如果我们把兵力分散,不仅曹操可虑,我也担心会给官军以可乘之机。至于林泉的建议,到了时候我会采纳的,只是目前尚非其时。"

"那么,麾下的意思……"

"我的意思是,林泉的主意虽好,等打下开封再说。打下开封,以开封的财富养兵,然后再四面出兵,占领周围的府、州、县城,就不至于处处分兵,又要打开封,又要防守各府、州、县城。咱们这次攻打开封,势在必得,到那时占据州、县,设官理民,也不过几个月的事,至迟一年罢了,何必那么着急!"

宋献策本来很赞成李岩的建议,但看到闯王主意已定,也就不敢多说了。于是又开始商谈别的事情。正在这时,李双喜走了进来,向闯王禀报说,有几个百姓求见。闯王挥手说:

"咳,你这孩子!你看这里有多少大事等着我处理。那些百姓求见,也不过是要我替他们伸冤报仇,或劝我去攻哪座城池。你就替我做主回话吧,不要再打搅我啦。"

双喜退出后,他们继续商谈。闯王留他们一起吃了晚饭。饭后话题又回到与袁时中结亲的事情上来。闯王问道:

"你们看,老营中哪一个姑娘许配给袁时中比较合适?"

牛金星说:"慧英这姑娘,又有忠心,又有姿色,又在夫人身边多年,颇有阅历,倘若嫁给袁时中,可以使他永不敢怀有二心。"

李自成摇摇头说:"目前夫人处处需要她做事,她名为身边女兵,实为左右膀臂,只恐夫人不肯。"

"慧梅如何?"宋献策问。

牛金星也说:"慧梅这姑娘,外柔内刚,容貌比慧英更俊,袁时中必然十分满意。"

自成又摇摇头说:"夫人已经替她选了女婿。何况她目前在健妇营,十分得力。红娘子身怀六甲,许多事都是慧梅在管。"

宋献策说:"目前与袁将军结亲,是一件大事。至于健妇营,比起来毕竟是件小事。权衡轻重,不应因小失大。红娘子虽然身怀六甲,几个月后,生了孩子,依然可以亲自处理大事。其实所谓大事,也不过训练千把妇女罢了。如果把慧梅许给袁时中,则小袁营数万将士都将一心一意跟随麾下，不会再生芥蒂。"

"可是夫人已经把她许给张鼐了。"

"是否已经向他们说明？"

"没有说明。只是夫人私下同我商量，说他们起小就来到军中，如同兄妹，后来一同杀敌，磨练成人。虽说没有定亲，但两下心里都早已有意。"

宋献策略一思忖，接着说道："既是没有说明，没有替他们凭媒定亲，这事就要从大处着眼。对张鼐小将军，这话好说。一个堂堂英武小将，何怕没有好的女子配他？闯王可以另外替他物色，我们也可替他物色，总可以替他找一个聪慧貌美的姑娘，不下于慧梅。破了开封之后，大家闺秀中任凭选择。至于慧梅，原是姑娘，纵然心里有意，也不好开口。自古儿女亲事，要听父母之命，媒妁之言，还是麾下与夫人说了算数。"

宋献策的一番话，使闯王听了觉得有理，但他还是想同高夫人商量一下，便说："此事我们还不晓得袁将军意下如何，也不晓得夫人意下如何，今晚暂时可以不做决断。"

宋献策又说："这也好办，明日早饭以后，我们就派人去陪袁将军观操，顺便也去看看健妇营的操练。到健妇营观操时，不妨暗中告诉他，慧梅就是健妇营的首领。如果他对慧梅十分有意，这事在他那方面就算定了。那时麾下就请夫人到行辕来商量。只要麾下决断，夫人纵然不情愿，也不好多说。"

闯王说："看来为着创建大业，笼络英雄，也只好这么办了。只是慧梅和张鼐会心中难过，尤其慧梅！"

牛金星笑着说："唐太宗千古英主，为着安定西陲，还不惜遣文成公主远嫁吐蕃。何况袁将军近在左右，又是相貌堂堂，年纪不大。慧梅纵然同张鼐自幼在一起长大，患难与共，互相有意，但儿女婚事，要靠父母做主。纵然她在出嫁时一时难过，日后必然是美满姻缘，夫妻和好。大元帅大可放心。"

第二天早饭后,健妇营的女兵们像往常一样有一阵休息。突然,从大元帅行辕中来了一名飞骑,传谕说:军师马上就要陪着一位袁将军前来观操,要红帅和慧梅女将准备一下。红娘子和慧梅听了都感到诧异:从来外边人都不来看女兵操练,为什么这一次偏偏来看?她们不敢迟延,赶快命令健妇们将马匹鞴好鞍子,列队走往校场。

不到片刻工夫,果然看见宋献策和客人带着一群亲兵往健妇营驰来。慧梅带着各哨健妇们站在校场中等候,红娘子走出营外迎接军师和客人。宋献策和袁时中赶快下马。宋献策笑指红娘子说:

"这就是红娘子将军,李公子的夫人,如今是健妇营的首领。"又转看着客人们说:"这位是昨天来到的袁时中将军。这位是刘先生。这位是朱先生。他们都是袁将军的亲信幕僚。"

红娘子和客人们互相施礼以后,便邀请他们往她的军帐中小憩。宋献策说:

"不必了。袁将军因久闻闯王这里有健妇营,特来看看操练。如已准备停当,就请红将军下令开操。看完以后,袁将军还要去别处观操。"

袁时中也笑着说:"早就听说这里的姐妹们弓马娴熟,武艺精通,是开天辟地以来未曾见过的新鲜事儿,所以我特意前来看看,以饱眼福,也广见闻。"

红娘子说:"不知袁将军和军师想看什么?我们这里有骑射,有步射,有各种兵器的操练,也开始学习阵法,能变换几种阵形,是否一样一样都练给诸位看看?"

宋献策说:"我看时间不早,我们还要上别处去,就看看健妇们的射艺吧。袁将军以为如何?"

"很好,我很想看看步射和骑射。我是少见寡闻,今天来这里,真是大开眼界。"

"请袁将军不必过谦,操练不好,务望不要见笑。"红娘子说罢,就命人告诉慧梅，要她自己带领一队健妇，演习骑射。

慧梅立刻抽一哨五十人的健妇，一声令下，一齐飞身上马，取出弓箭。慧梅自己也骑上一匹雄骏的白马，就是张鼐昨天早晨借给她的那匹马。马兴奋地腾跳着，纯白色的马身、马鬃，辔头的银饰，和骑马人的红装在灿烂的阳光下相映成趣。又一声令下，五十名健妇分成五组，第一组先策马奔驰，绕场一周后，便一一弯弓搭箭，向着靶子射去，每个靶子一箭。慧梅起初在原地指挥，轮到第五组射箭将毕，她忽然策马追去，马快手疾，连射三箭，箭箭中靶，惹起一片叫好喝彩之声。袁时中看得入迷，不知如何称赞的好，只是不断地点头微笑。同来的刘玉尺、朱成矩，开始一直没有说话，这时也不禁点头赞叹。朱成矩说：

"唉，虽然古人中有樊梨花、穆桂英、梁红玉，也都是女中豪杰，但我只在书上读过，戏里看过，今天才算亲眼看到了真人真事！"

骑射完毕，就是步射。步射将毕时，红娘子问宋献策：

"还要看看别的么？是看看阵法，还是看看剑术、枪法、刀法？"

宋献策看了袁时中一眼，笑着回答："再看看剑术吧。是否可以请慧梅姑娘也亲自……？"

红娘子不等军师说完，微笑点头，随即向来到一丈外等候命令的慧梅眨了一眼，有力地轻声说：

"剑术！"

于是慧梅又带着二十名健妇上场，舞了一回剑，她自己也舞了一阵，施出几手闯王指点的绝招。袁时中看得入迷，又惊又佩，不觉赞道：

"久闻这里健妇营训练武艺精熟，今天饱览一番，方信是真正巾帼英雄，名不虚传。那位领头的女将真了不起，真了不起！"

宋献策答道："她就是健妇营的副首领慧梅将军。"

袁时中连声说："钦佩！钦佩！年纪这么轻，武艺如此精熟，实在难得！"

袁时中等离去后，健妇营也收了操。大家因为今天的演习十分出色,赢得了军师和客人的赞扬,都感到高兴。营里一片喜气洋洋,好像刚打过一次胜仗。有的姑娘们围成一堆,喊喊喳喳地谈论起来。她们说,军师那么忙,竟然亲自陪着客人来看操,真是难得。她们也谈到袁时中,说今天算是让他开了眼界,知道咱们女流并不弱于男人。

当大家谈论的时候,慧梅却在用一把刷子替白马刷去身上的尘土。她非常仔细地刷着,凡是毛稍微不够鲜亮的地方,她都决不放过,一直刷到所有的地方都在阳光下放出银辉。她是这么喜欢这匹白马,当她刷着马的时候,就想到张鼐自从襄城战役以后,天天骑这匹白马,下操,出巡。昨天,当张鼐把这匹马借给她后,她觉得骑着它特别称心,使她念念不忘它的主人,时常在心中品味张鼐将心爱的白马借给她的情意。这匹马对她就像对待它的主人一样,非常听话。当她替它刷毛的时候,它不时回过头来,用淡红的嘴唇向她的鬓边凑一凑,分明是向她表示亲热,又好像想闻闻她的云鬓上散发的香气。慧梅刷了一阵,忽然发现马垫子上有一块地方绣的花已经绽线。她赶快命一个女兵拿来针线,亲自缝好,然后重新上马,向着那条僻静的河边小路走去。

这是昨天同张鼐相遇的地方,溪岸上柳枝摇曳。慧梅并没有什么目的,连她自己也不知为何到此。好像她今天才看清楚在成排的柳树中,夹着几棵桃树和李树,有些树上繁花正开,有些花儿已经落去,在花落去的地方冒出极小的青色的果实。慧梅欣赏几眼,骑马来到河边,俯身望去,看见自己的面影,自己的鬓发,自己的红装和白马的矫健姿影,倒映水中,一阵微风吹过,影子随着水波轻轻动荡。河水清澈见底,水底下的鹅卵石,有白色的,有红色的,也有其他颜色的。白马踏着鹅卵石,低下头去,静静地饮了一阵,然后抬起头,喷喷鼻子,好像心中高兴,萧萧地叫了几声。

慧梅的心中充满喜悦,勒马上岸,掏出笛子,正要吹时,却见红娘子带着几名健妇,骑马向着她这边驰来。于是她迎了上去,含笑问道:

"红姐姐,你到哪搭儿去?"

"我今天身子不太舒服,想到李公子那里看看,也许晚上就不回来了。"

"你身子不舒服,就到李公子那里住几天吧。这里没有重要事儿,用不着你多操心。什么时候身子好了,你再回来。"

"你手上拿着笛子,是不是要吹啊?我已经好久没有听你吹了。"

慧梅笑了起来,说:"我正想吹,你们就来了。你想听,我就吹。"

"那我们就干脆下马,到草地上坐一会儿,听你吹一阵再走吧。"

她们都跳下马,坐在河边的芳草地上。红娘子举目四望,但见青天像一顶帐篷笼罩着四面青山和旷野;南方远处,大别山的高峰耸入云霄;近处河中,碧波荡漾;河岸上,杨柳轻轻摇动,处处有芳草野花;树上,鸟声悦耳。一片春日融融的景象,使她的心中十分舒畅。她想起前不久进行的襄城战役,那时,她率领健妇营也参加了消灭汪乔年的战斗,首先冲进城去的不仅有张鼐的人马,也有她和慧梅率领的女兵。而不久以后,健妇营又要随着大军去进攻开封了。当然,那时她也许因为肚子大不能去参加攻城了,但这没有关系,还有慧梅呢!想到这里,一种少妇第一次要做母亲的幸福之感,洋溢在她的心中。她忽然发现,就离她坐的地方不远,有几棵李树,花朵儿大半已经落完,结出一个个青色的小李子,只有扣子那么大。她很想吃些酸的东西,想道,要是酸李子再大一点,该多么好!

红娘子正在胡思乱想,慧梅的笛声响了。

笛声带着浓厚的感情。吹笛者将眼前的山山水水,明媚的春光,都通过笛声表达出来;将战斗胜利的喜悦,和那不可告人的幸福的期待,也都融进悠扬的笛声之中。笛声,有时似一阵春风拂过绿茸茸的草地,散乱的羊群边走、边吃草,边发出嫩羔的咩咩叫声;有时笛声欢快活泼,像几只画眉在枝头宛转歌唱;有时激情澎湃,仿佛急风暴雨,电闪雷鸣,使红娘子联想到沙场上杀声震耳,万马奔腾。这一阵急促、雄壮、激昂的笛声过后,音韵逐渐平缓下来,好像海潮落去,月明风清,沙洲人静。又过片刻,红娘子耳边笛声断续,细得像游丝一般。她忽然记起,有一次月夜行军,荒野人静,犬声不闻,但见孤鹤在寒林上空缓缓飞过,落在沙洲,在一片苍茫中失去踪影。红娘子望望慧梅,见她神情安静,仍在吹笛,余音袅袅,似有似无。最后横笛离开嘴唇,她向红娘子微微一笑,结束了这一曲吹奏。

所有的战马都好像被她的笛声引进了梦境,昂头,竖耳,直立不动,连草也忘记吃了。红娘子和左右健妇们更是听得出神,如醉如迷。当笛声停止以后,大家觉得那似有似无的笛声仍在耳边缭绕,久久地不肯消散。又过很久,红娘子才对慧梅说出一句话:

"唉,慧梅,你吹得多妙啊,以后可得在我的面前多吹几次。你日后离开我,我会永远忘不下你的笛声!"

慧梅说:"我怎么会离开你呀,大姐?不会离开的。"

"唉,姑娘总要出嫁的。你一出嫁,我可不就听不见你吹笛子了?"

慧梅满脸通红,说:"大姐!……"

大家要求慧梅再吹一吹。慧梅心中高兴,并不推辞,又吹起了另一支曲子,笛声在河边和旷野里回荡。她一面吹,一面望着红娘子,眼里含着微微的笑意。在她心里有说不出来的感情,这感情是那样深厚,那样真挚,那样甜蜜,那样神秘,连她自己也说不清楚。这是三百多年前的最纯洁的少女的爱情,这爱情她不能在别人面前说出一字,只能锁在心头,深深地锁在心头,但又不能完全锁住,它总是要从眼角、眉梢、嘴边和脸颊上,不自禁地、悄悄地流露出来。

红娘子也望着她,心想这姑娘今天是这么快活,这么容光焕发,这么逗人喜爱,显然是遇着了称心如意的事情。这事情红娘子也能猜出十之八九。等吹完以后,红娘子使个眼色,让健妇们都离远一点,她悄悄地挨近慧梅的鬓边问道:

"慧梅,昨天慧琼同你说的什么话?你两个背着我叽叽咕咕,难道真的把我当外人看待?"

慧梅的脸一下子红起来,头低下去,一言不发。红娘子抱着她的肩膀,说:

"你不告诉我,我也会猜到。可是你现在没有别的亲人,除了夫人,我就像你的亲姐姐一样了。你有话不该瞒着我。我知道了也好帮你准备准备。"

慧梅越发不好意思,心头怦怦地乱跳,这怎么说呀?太不好张嘴了。可是红娘子在等着她,非要她说出不可。过了一会儿,红娘子又说道:

"要是慧琼告诉你的是好消息,你也用不着瞒我,瞒也瞒不住。我一问夫人,就都知道了。俗话说:男大当婚,女大当嫁,人人都少不了这件事。你同我说了,我也不告诉别人,只是我心里明白了,也好有个准备。"

慧梅鼓起勇气,声音不连贯地悄悄说道:"红姐,就是你猜的那件事。慧琼这个丫头疯疯癫癫,随便瞎说的。"

红娘子高兴地点点头说:"啊,我明白了。"

她们从草地上站起来。红娘子又将健妇营的事嘱咐几句,便带着健妇们往李岩驻兵的地方去了。

慧梅回到健妇营中,没有再做针线活。她想到红娘子也许要在李岩那里住几天,全营的担子落在她身上。她惟恐出一点点毛病,便到健妇营各处走走,督促大家把场地打扫好,准备下午继续练兵。她特别留神看看附近是否有曹营的闲兵游荡。她最恨曹营的一些小头目,带着兵丁出来砍柴、打猎,故意到健妇营附近窥探。

将近中午时候,忽然从老营来了一个亲兵,向她传话,说高夫人刚从大元帅行辕回来,叫她马上到老营去,就在老营吃饭。慧梅感到诧异:为着什么事儿叫她这么急?但既然传的是高夫人的口谕,她就不敢怠慢,赶快骑上马,带了几名健妇,向老营奔去。

慧梅在健妇营中俨然是一员女将,可是一回到高夫人的老营,好像立刻又变成了一个没有长大的姑娘,嘻嘻哈哈地同姐妹们说说笑笑。老营的姐妹们因为现在难得见到她,所以也都围拢来,你一言,我一语,说得非常热闹。慧梅抽空问了慧英一声:

"夫人叫我来,有什么事啊?"

"夫人在等着你呢。你快去见她吧。我也不知有什么事。"

慧梅赶紧走进高夫人住的上房,只见高夫人一个人坐着等她,好像有什么沉重的心事。慧梅向高夫人行了礼,说:

"夫人,我来了,不知有什么吩咐?"

高夫人笑了一笑。慧梅觉得这一笑好像和往日不一样,感到奇怪,不敢再问,低下头等待高夫人吩咐。高夫人望着她,心中迟疑,有话欲说又止。破例点头要慧梅在她的对面坐下。慧梅不肯就座,心中越发诧异。过了一阵,高夫人勉强含笑说:

"我刚刚从闯王那里回来,是他吩咐我把你叫来,告诉你一个消息。你猜一猜?"

慧梅的两颊飞红,很不自在。她心中暗说:"八成是慧琼所说的那件事儿,今天就对我言明!"她装做什么也猜不到,说:

"我从哪儿猜起呀?我猜不出。夫人,请吩咐吧。"

高夫人轻声说道:"慧梅,我说,你莫要不好意思。我说,是你的喜事。……"

高夫人仍不肯直然说出,将慧梅拉近身边,打量着慧梅的通红的脸,似乎还感到慧梅的心跳声音。她担心她把话说出后慧梅会受不了,可是不说出如何能行?停顿片刻,她终于下了狠心,绕着弯子说:

"慧梅,早饭后不久,闯王派人来将我叫到行辕,牛先生和宋军师都在那里。他对我说:慧梅是从小在我们身边长大的,这些年来也立下了汗马功劳,如今已是大姑娘了。他想收你做义女。叫你来就是告诉你这件事儿,从此以后你就是我们的义女了。"

慧梅听罢,喜出望外,扑通跪在高夫人的面前,眼里滚出热泪,说:"我真想不到大元帅和夫人想得这么多,我哪一生烧了好香,蒙闯王和夫人起小救了我的命,抚养成人,现在又收我做义女!我这一辈子只有跟着夫人,粉身碎骨也要尽孝尽忠!妈妈!……"她哽咽得说不下去,几乎要痛哭起来。

高夫人的心中难过,不住流泪。确实,她同慧梅不是一般的感情。她知道慧梅父母双亡,家里没有别人,只有一个弟弟也早死了。所以慧梅今天的激动心情,她完全能够领会。可是她还有一半话没有说出。她感到为难,不知这话应该怎么说出才好。她用袖头揩揩眼泪,对慧梅说:

"你起来吧,这收你做义女的事还要对大家说明,让大家庆贺一番。"

她命一个女兵把老营中的将领、眷属和她的男女亲兵都找了来,把收慧梅做义女的事向大家说了。大家纷纷向高夫人贺喜并议论起来,都为慧梅感到高兴。高夫人的心中沉重,脸上勉强堆笑,同大家周旋。李过的妻子黄夫人平日因身体多病,寡言少语,此刻因心中高兴,也凑着热闹说:

"各位婶娘、大嫂,你们知道为什么我闯王二叔和二婶娘只收慧梅做义女,不收慧英?"

这一句话提醒大家。郝摇旗的老婆范氏是一个心直口快的人,立刻接着话茬说:

"嗨,这奥妙如何能瞒住我呀!这事儿是小秃头上的虱子,明摆着的。人人都说夫人身边有两对金童玉女,双喜和慧英是一对,张鼐和慧梅是一对。双喜已经是闯王和夫人的义子,终不能叫慧英作为义女,那不是让双喜和慧英成为兄妹之亲?……慧英,你别跑,别跑。你郝婶儿说的是实话,好姻缘终成匹配!至于张鼐,他不是义子,就是为留待今日招为义婿。今日闯王将慧梅收为养女,……啊啊,慧梅也跑了,也跑了!"

范氏想把慧梅拉回来,但是没有抓住。她快活地笑着。妇女们哄堂大笑,称赞高夫人的身边有这么好的两对金童玉女,真正难得。高夫人又强作笑脸,心中酸楚,暗自说道:

"唉,你们怎知道已经打碎了一个玉女!"

高夫人因必须赶快将闯王已经决定的婚事向慧梅说明,她对大家说,她已经吩咐中午准备几桌酒席,请大家一起快活快活。因吩咐得迟,酒席尚不会马上准备就绪,请大家暂且回去休息,待会儿她命女兵们催请大家光临。大家听了这话,又看出来高夫人似有心事,便一个个退了出来。上房留下的全是她的女兵。慧英和慧梅重回到她的面前,脸上余红未消,态度很不自然,但高夫人从她们的害羞的眼睛里,看出来她们的心中都怀着幸福感情。她使眼色让女兵都退出,让慧英也退出,独把慧梅留下。她拉着慧梅的手,望着慧梅的充满着感激之情和害羞的眼睛,暗暗地用慈母般的心情为她的婚事难过,低头说道:

"慧梅,我还有一句话,也要对你说。这话不是我的意思,是闯王的意思,他让我跟你说。当然,他是一军之主,又是一家之主,他的话说出来,你做女儿的可得听啊!"

"只要是闯王吩咐,叫我死,我也不会眨一眨眼睛。"慧梅说着,心里却觉得奇怪:什么事,夫人会用这种口气对我说呢?

高夫人欲言忽止,轻轻地叹了口气。

第三章

高夫人平日口中不说,心中深知道慧梅的心。她停了一阵,仍不忍将要对慧梅说的事爽利地一口说出,轻轻叹口气,然后含着不很自然的微笑说:

"慧梅,你已经长大了。常言道:男大当婚,女大当嫁。本来我打算过几个月后,等我们打下了开封,再谈你和慧英的婚事。可是现在既然闯王已经有了主意,我就按照他的意思同你说明。你的婚事得由他做主啊!"

慧梅的脸色又通红起来,觉得高夫人的话有点奇怪,但又想,既是提亲,只能是张鼐,因为她同张鼐的感情,夫人是知道的,闯王也是知道的,慧琼不是听到他们商量的话了么?想到这里,她又羞涩,又感到幸福,低声说:

"妈,请不要说这事。我愿意永远跟在妈的身边,婚姻等打完仗再说。"

"傻丫头,那不是要扎老女坟啦!该出嫁时就得出嫁,这是正理。打仗要紧,姑娘大了出嫁也要紧,不能为了打仗就耽搁了你的青春。"

慧梅再也不好意思说别的话,也不敢看高夫人,心里七上八下,呼吸急促起来。高夫人停了一会儿,终于说道:

"如今有一个袁时中前来投顺,年纪二十五六岁,人品长相也不错。听说早饭后他曾到健妇营去看操,想来你也见过。这个人现在还没有正室妻子。闯王的意思是把你许配给他,让我来给你说一下。因为我们很快就要出发去攻打开封,这亲事就算定了,马上就要换庚帖,送彩礼,两三天内你就要出嫁了。"

慧梅一听说袁时中这个名字,就好像一闷棍打在头顶,一瓢冷水浇在脊梁上。她万万没有料到闯王会把她许配给这个姓袁的。她不知如何是好,只是狠狠地咬着下嘴唇,几乎要咬出血来。过了片刻,她忽然双膝跪在高夫人面前,头俯在高夫人怀里,哭着说:

"妈,我没有别的心愿,只愿跟在你身边,永远也不嫁人,不管是什么样的将领我都不嫁,死也不嫁!"

高夫人早已料到慧梅会不肯嫁给姓袁的,她自己心中也很痛苦,抚摩着慧梅的肩膀,勉强忍住自己的眼泪,耐心地劝说慧梅。但不论她说什么话,慧梅都听不进,只说自己不愿出嫁,一面说一面哭泣。高夫人越发难过,明晓得这件事是牛、宋二人出的坏点子,闯王决断得太仓促,不该一言为定,但是木已成舟,又有什么法儿呢?看着慧梅越发哭得伤心,她恨不得告诉闯王,换一个姑娘嫁给姓袁的。但回心一想,万万不可。闯王已经当着两位军师的面亲口许下这一亲事,都知道是慧梅,袁很满意,怎么能随便更换?自古都不兴许亲昧亲的事!高夫人一时没有办法,只好把慧英叫来,让慧英带慧梅出去散散心,解劝慧梅,同时她派人去请红娘子来。

当房里只剩下她一个人时,她回想着自己在大元帅行辕同闯王的一番谈话。当时她抱怨说:

"你决定得太快了,为什么事先不跟我商量一下呢?"

自成回答说:"袁将军不能在这里多留。这是一件大事,我同牛先生、宋军师商量后,觉得应该这么办,所以就决定了。为了我们成就大事,许了这亲事只有好处,没有坏处。"

"慧梅的心事你难道不知道?她起小就跟小虎子在一起,如今都长大成人了,虽然不言,但是彼此有意,瞒不过大家的眼睛。我昨儿也跟你说过,打下开封后让他们配成一对,年纪相当,又互相知心知性,有情有义。现在你呀,唉,忽然把她许给袁时中,这不是给她一个晴天霹雳?小虎子也会大大伤心的。"

"儿女的亲事哪能随他们自己的意?只有大人做主才能算数。

我今天已经做了主了,你回去告诉她说,她不会不听从。"

"万一她不听从,我怎么办呢?"

"不听从也得听从。如今我们打天下要紧。既是袁时中愿意结这个亲,我们又何乐而不为?何况已经同男家说明了,怎好翻悔?你尽量劝劝慧梅,晓以大义,还要她明白亲事要听父母主张的大道理,自古如此!你还要告诉她,我们会陪送得十分光彩,不辱没她是我的养女。在我们义军中,养女就同亲生女儿一般。"

……

这会儿,高夫人觉得闯王的这几句斩钉截铁的话儿仍然在耳边响着。她因知此事万难挽回,越发将双眉紧锁,不觉落下热泪。

不久,红娘子进房来了。高夫人将闯王的决定告诉她。红娘子也替慧梅难过。她素知慧梅和张鼐之间的感情,没想到这么美满的天设良缘,原来是命中多磨,有情的人儿不能成眷属。既然这是闯王的决定,已经对男方说了,便无法可以更改。同时她也想到自己同慧梅的友情。如果慧梅同张鼐结亲,仍然可以在健妇营做副首领。如果慧梅嫁给袁时中,她就从此失去了一个得力的膀臂。高夫人见红娘子眼有泪光,默默无言,向她问道:

"慧梅走后,你看谁能接替她做你的膀臂?"

红娘子想了一阵,抬起头来说:"目前别的姑娘都不如慧梅那样能干,不得已只好勉强让红霞来挑起这副担子。可惜红霞不能识文断字,是个缺点。我想请夫人将慧琼给我,做健妇营的第二副首领,不知夫人肯不肯。"

高夫人点头说:"你想的还算周到。红霞很可以。你一起义,她就跟着你,人比较忠诚,看起来做事情也还老练,在健妇营众姐妹间有人望,说话挺响。至于慧琼,我身边也需要她。……好吧,给你使用吧。慧梅一走,你的困难比我大,将慧琼给你吧!"

高夫人忽然止不住滚下热泪。红娘子也赶快用袖头揩泪。过了一阵,高夫人又说:

"平日慧梅对你最尊敬。不管什么事,你说一句,她没有不听的。你去劝劝她吧。如今一瓢水已经泼到地上，想收也收不起来。女孩儿家一说跟谁定了亲，就不好再变了呀！"

红娘子叹口气说："我劝是要劝的，但不管怎么劝，慧梅这心上的伤痛是治不好的。要想治好，除非是她同袁时中结婚后，夫妻和睦，日久天长，慢慢地会把从前的心事忘记。要是万一跟袁时中过得不那么顺心，以后就会痛苦一辈子。"停一停，她接着说："张鼐兄弟是男子汉，不会哭哭啼啼，甚至会装得像没事人儿一样，可是我猜他一定必然也很伤心。他一向嘴里不说明，心里爱慧梅，尽人皆知。他万没料到他同慧梅的姻缘忽地成空。真的，只因为来了个素不相识的袁时中，宋军师和牛先生不顾小张鼐和慧梅二人自幼以来的生死恩情，硬做月老，乱点鸳鸯，使慧梅终身有恨，使小张鼐心上的人儿登时成了水中月，镜中花，笊篱打水一场空！你想，这样的伤心事他一辈子如何能忘？夫人，闯王和军师们只想着眼下袁时中是个有用的人，全不管这一对在你们身边长大的年轻人自幼在一起，一道儿血战沙场，出生入死，早结下海似恩情！唉，有什么法子呢？自古以来，女儿家的婚事都不能由自己的心愿做主啊！"

高夫人没有因红娘子批评闯王而心中生气，反而频频点头，深深地叹了口气。

当天中午，在老营中摆了三四桌酒席，该到的家属、女兵都到了。但慧梅却躺在慧英的铺上，蒙头哭泣，不肯起来吃饭。红娘子和慧英在一旁劝了半天，最后说："这定亲的事且不谈，今天闯王和夫人认你做义女，这酒席是为你做义女才吃的，客人都到了，你应当出来当众给夫人磕两个头，否则你把闯王和夫人置于何地呢？"慧梅这才勉强起来，略为梳洗，依然红肿着双眼，走了出来。当着众人的面，她向高夫人跪下去磕了三个头。因闯王不在这里，她也说出了向闯王磕头的话。一面说，一面心里又想着闯王不该把她许配给姓袁的，不觉心中像刀割一样，感到疼痛。

在简单的筵席上，大家都不谈慧梅定亲的事，这是因为高夫人预先打了招呼,不要再使慧梅伤心哭泣。大家开始只谈闯王和高夫人认慧梅做义女的事,后来又谈起打开封的事来。人人都认为这第三次进攻开封是势在必得,而开封是北宋建都的地方,城池很大,人口众多,非常富有,进了开封,闯王打天下就前进了一大步,局面就大大地不同了。说着说着,大家的酒喝得多了,谈话也更热闹了,喜气洋洋,充满了整个大厅。只有慧梅,听了这些高兴的话,反而更加难过。眼看着闯王就要打下开封,进而平定天下,而她却不能跟张鼐结亲,永远跟随在闯王和高夫人身边,倒反要嫁到别的营里去,这个袁时中到底是什么样的人,她并不知道!

酒席散后,客人纷纷离去。高夫人把慧梅、红娘子和高一功、李过、刘宗敏三家的夫人留下。当着红娘子等人的面,高夫人又一次问慧梅,到底怎样向闯王回话,因为三天之后人马就要出发去商丘,袁时中在这里也只能停留两三天,这事不能再拖下去。慧梅听罢,在高夫人面前双膝跪下,哭道:

"妈妈,你既然把我当做女儿,我求你救女儿一命。我死也不离开你,跟谁也不结亲,永远永远不出嫁。妈妈你救救我吧!"说罢,放声痛哭。

红娘子和三家至亲好友夫人,还有慧英、慧琼和在场的姑娘们见此情景,都忍不住歔欷起来。高夫人也跟着流泪。过了一阵,她揩揩眼泪,叹了口气,哽咽着对慧梅说:

"慧梅,为这事你饭不进口,水不沾唇,哭得像泪人儿一样。我就是铁石人也会心碎!何况,我,我不是铁石心肠!你孤苦伶仃,在这世界上没有一个骨肉至亲。这些年来,我把你当成女儿看待,比亲女儿兰芝看得还重。你也立过不少功,为保护我流过鲜血,几乎死去。你如今这样伤心,我做义母的如何不心碎!好,我再去行辕跑一趟,找闯王再商量商量,为你求情,尽我的力量为你求情。成不成我不知道。万一闯王坚持要你同袁将军结亲,那也是没有办法的事,女儿家的婚事得由大人做主,自古以来哪有自己做主的呢?说到头来,婚姻之事都是命中注定的!"

　　说了以后,她就叫慧梅依旧到慧英的铺上去休息。然后她吩咐备马,带着慧英等几个姑娘,往闯王的住地奔去。

　　王长顺正率领着一群马夫在场地上驯马,忽然一抬头望见高夫人带着几个女兵骑马奔来。他赶紧抛下众人和一百多匹战马,跑到高夫人面前,迎着高夫人的马头说:

　　"我一直说要到老营去看望夫人,可是总是分不开身,又知道你很忙,轻易也不敢去打扰。今天夫人有什么事来行辕啊?听说闯王把慧梅认做义女了,这可是一件真正喜事儿,我要喝一杯喜酒呢!"

　　"唉!老王,你不知道内情,哪有什么十全十美的喜事!今日喜事成了烦恼,你咋会想到?"

　　"烦恼?这事情还有什么烦恼呢?"

　　"不瞒你说,慧梅也是在你眼皮下长大的,这孩子柔中有刚,你别只看她在我的面前百依百顺,实际上别扭起来,用八头水牛也拉不回头。正因为她柔中有刚,所以对姐妹们温柔体贴,惹得人人喜爱,可是一旦打起仗来,她就像一只猛虎一样,刀砍到鼻尖上连眼皮也不眨。"

　　"这我知道。这孩子是个好姑娘,在你面前什么话都听从,可是在敌人面前,哪怕是刀山她也敢上。可是这跟认她做干女儿有什么关系呢?"

　　"认干女儿是一层。还有一层,咱们的闯王把她许配给新来的一位袁时中将军啦。慧梅为这事心里不愿意,你叫我怎么办啊?"

　　"唉!这姑娘也真是奇怪了。这个新来的袁将军,我也看见了,一表人才,年纪又不大,配慧梅蛮配得上,还有什么不好呢?何况是闯王亲口说出来的。现在作为闯王的义女嫁出去,多光彩啊!她还有啥不愿意呢?"

　　"一言难尽哪!"高夫人不愿说出张鼐的事,只得说道,"孩子们大了,总有自己的心事,我们有时也考虑不周。"

王长顺恍然大悟,说道:"哦,我想起来了,想起来了,这也是有道理的。本来好端端的一对鸳鸯,偏偏不能相配,要去配一个素不相识、毫不知情的人,自然她心里不愿。可是,这也没有办法。闯王话已出口,婚姻事总得父母做主,她怎能不听? 反正,姑娘们一嫁出去就好了。"

"长顺啊,事情不像你想的那么容易! 我看这姑娘的话很难说。常言道:话是开心斧。可在这件事上,她的心坚如金石。我对她什么话都说啦,就没有办法剖开她的心。我已经派人找老神仙去了。要是找到他,请他说几句话,慧梅也许能听进去。再说,闯王这边,老神仙也可以说话。"

王长顺摇头说:"夫人,你不清楚。尚神仙虽然是慧梅的干爸,救过慧梅的命,可是像这件事情,他也只能说一说,听不听还在姑娘本身。至于闯王那边,老神仙原来什么话都可以说,但如今闯王身边人才济济,战将如云,事大业大,样样事情都要分他的心,所以小事情大家都不再愿意去见他说了。即便是请老神仙,我看他只会在心里替慧梅难过,未必愿意去多管这种事情。"

高夫人因急于去见闯王,便说:"你忙吧,我还要到行辕里去。"随即一提缰绳,马继续往前走去。到了行辕,才知道李自成带着牛金星、宋献策、李岩往曹营议事去了,留下双喜在行辕照料。

高夫人只好坐下去等候闯王回来。她把双喜叫到面前,轻声问道:

"这件事小箫子知道了么?"

"哪一件事?"

"我说的是慧梅跟袁时中定亲的事,小箫子是不是已经知道了?"

"这件事还没有人告诉他,恐怕他还不知道。"

"双喜啊! 你跟小箫子都是从小来到我们面前。虽然你已经是我们的养子,小箫子没有作为养子,但在看待上都是一样。我常说,你们这两个孩子,在我和闯王面前,手掌手背都是肉,厚薄一样看待。你们的婚事也好，别的事也好，总在挂着我的心。我原来有意在打下开封后让你们各自结一门如意的婚事，也同闯王商量过，他也点了头。没想到凭空来了个袁将军，闯王没同我商量，就把慧梅许配给他，如今木已成舟。你看这事儿叫我多作难啊！"

双喜瞪着眼，不知说什么好。慧梅和张鼐的事，他完全清楚，也很替他们难过，但话已经由闯王口中说出，还有什么办法呢？

高夫人见双喜无话，便又说道："现在既要说服慧梅，也要对小鼐子说几句话。不过男孩子在这样事上总是话好说，不像姑娘家心眼死。慧梅这姑娘就难办了。拿话开导她，全没用；又怕说重了，她会寻无常。平时也知道她同小鼐子互相有意，没想到竟是这样钟情。她一直哭到现在。中午摆的酒宴，她连一滴水都没有喝！"

双喜说："妈妈要见父帅，是不是想把这门亲事打消？要是那样的话，怕办不到。"

"我也知道，常言说'一言既出，驷马难追'。可是慧梅哭得死去活来，我怎不心疼？我要见你父帅讲讲！"

双喜摇头说："妈，父帅的脾气大家都很清楚。事情未决定以前，什么话都好说，谁都可以说出主张，请他斟酌采择；一旦决定以后，话就很难再说了。"

"虽然如此，我也得尽尽我的心，看能不能改变一下，换一个姑娘许配袁时中。咱们老营里长得俊的姑娘还有几个。万一不行，也要请你父帅亲自给慧梅说几句话。"

正说着，李自成带着牛、宋、李岩和高一功进来了。宋献策一见高夫人在这里，赶紧拱手作揖，连声说道：

"恭喜！恭喜！夫人如今是双喜临门，实在可贺！"

高夫人故意问道："军师，我有什么双喜临门啊？"

宋献策哈哈大笑，说道："既收了义女，又有了佳婿，岂不是双喜临门？"

高夫人说："都是你跟牛先生撺掇的好事，让我作死了难！"

牛金星一听这话里有对他抱怨和责备的意思，忙问："怎么？夫人何以作难？"

"慧梅不愿出嫁，如今还在哭。这女孩子的心事你们怎么能知道？她高低不出嫁，宁死要跟着我为闯王打天下，跟在我身边。只说：什么时候没有打好江山，什么时候决不出嫁，发誓赌咒不离开我。你看我有什么办法！"

李自成担心高夫人说话过于使牛、宋面子上难堪，问道："你现在来就是为这件事儿？"

"是啊！常言道：解铃还待系铃人。事情是你们决定的，让我作难。这又不是别的事情，别的事情我说了别人不敢不听，这事怎能那样呢？她死不肯出嫁，我总不能将她绳捆索绑扔进花轿！我不管。我不管。你们说咋办就咋办吧。"

闯王说："我已经同时中说定了。时中的彩礼已经送往老营去了，你回去就可以看到。这门亲事，时中那方面非常情愿，我们不能再有二话。况且我们马上要去商丘，打下商丘以后就要围攻开封，趁收麦之前把开封围起来，让他一点麦子都收不到，只能坐困投降。围开封，人马少了不行，去得晚了也不行。如今恰好时中前来随顺，平添了几万人马。把慧梅嫁出去，对她来说也是姑娘家定了终身大事。婚姻事哪有姑娘自己做主的？不愿嫁谁就不嫁谁，这哪还有个在家从父母的道理？"

高夫人说："难道牛不饮水能强按头？你勉强她嫁出去，万一夫妻两个没缘法，以后怎么好？"

"什么缘法不缘法！做姑娘的，'出嫁从夫'，过些时候，生了儿，养了女，夫妻间自然就有缘法了。"

高夫人顶撞他说："你们为着打开封，八字没一撇，先白丢一个好姑娘，说不定还要丢了她的命。"

李自成神色严厉地说："真是女流之见！自古公主还要下嫁，还要到外国和亲，何况慧梅？你回去告诉她，就说这婚事已经决定了，不能再更改。她只是嫁到小袁营，比到外国和亲强得多。她出嫁的好日子已经定了,就是后天。喜事办完后,她就同时中回到他们的人马中去,带着他们的人马同我们大军一起打商丘。她不要心中再委屈了,以后随时想回来,还可以回来。将来只要我打下天下,他夫妻们也是开国功臣,自然要封侯封伯,决不会亏待他们。"

高夫人听毕,知道事情已无可挽回,忍着一肚子气,只好罢休。她又望了牛、宋一眼,伤心地冷然一笑,说:

"你们早同我通点风声,事情也不至于到此地步!"

宋献策赶紧赔笑说:"我们没有想到慧梅这姑娘会不愿意这门亲事,没有事前同夫人商量,确实疏忽。"

高夫人又转向李岩:"李公子,我请你同我到老营去一趟,把闯王的意思跟慧梅讲一讲。平时虽然你跟她见面不多,但是大家谈起来对你都是很敬重的。"

李岩知道这事情难办,赶快推辞说:"我看有内子在夫人身边,就让她多劝劝吧。"

"邢大姐也说了,只是无效。唉,这事儿叫我怎么处啊!"

李岩又说:"最好请一功将军到老营劝一劝慧梅。慧梅也是他眼前长大的姑娘,再说他如今又是舅父了。他说话比我要方便得多,说不定慧梅会听他的劝说。"

高夫人知道李岩不愿多管闲事,也就不再勉强,说道:"那好吧,就让一功同我去劝劝试试,不知道行不行。"

高夫人和高一功刚准备离去,宋献策又说道:"听说大元帅和夫人过去曾有意把慧梅许给张鼐,虽未说明,但张鼐心里怕也知道。我看还得请一功将军跟张鼐顺便说一下。目前正是用人打仗之际,说一下使他心里免去了疙瘩,对行军作战也有好处。"

"你刚才不是还说没想到慧梅会不愿么?"高夫人心里问道,但没有说出来。

李自成沉默了一阵,说:"好吧,都让一功看着办吧。"

双喜插言说:"我刚才看见小鼐子已经来了,可能有什么事情。现在把他叫进来,由父帅当面同他说一下,岂不省事。"

闯王说:"也好,叫他来吧。"

随即双喜把张鼐叫了进来。高夫人望望张鼐,觉得他不像已经知道了这件事。闯王问道:

"你来有什么事?"

张鼐恭敬地回答说:"我是来找总管的。火器营有许多大炮,可是骡子不够,我来问问,能不能再派给我们一批骡子。不知大元帅有何吩咐?"

闯王略停片刻,想了一想,说道:"张鼐啊,你现在执掌火器营,独当一面,不是孩子了。我也知道你同慧梅起小就在一起,还合得来,本来有意再过一年半载,等大局有了眉目,就替你们定亲。可是现在袁时中前来投顺,他提出了婚姻之事。我同军师、牛先生合计了一下,决定把慧梅许配给他。这亲事已经说定了,今天就要换庚帖,别的话就不用说了。这事情我只是说说,让你知道。你心里没有疙瘩就好,如有疙瘩,也应该解开。等我们打下开封,大局稍有眉目,自然会给你挑选一门合意的亲事。你是男子汉大丈夫,不要把儿女情放在心上!"

张鼐脊背发凉,脸颊发红又发白,蓦然像是一闷棍打在头上。但是他竭力掩盖着内心的失望和痛苦,说道:"大元帅,夫人,我从来没有想过亲事不亲事的闲事儿,只想着赶快为闯王打下江山。你们不用替我操心,过几年再提这事也不迟。"说罢,扭头便走。

高夫人望望张鼐的背影,心里想道:"男孩子到底心宽,不像慧梅那样。"她感到一丝安慰。随即她同高一功一起离开闯王,先到高一功住的屋子里商量一下。

高夫人同高一功商量了一阵,把如何劝说慧梅、如何进行陪送等事都商量妥了。高一功又单独返回闯王面前,向闯王禀报一番。闯王点头同意,说:

"这样办很好。只要她能够快快活活地出嫁就好了。"

"这也只是叫她能够出嫁,出嫁以后不要抱怨,快活还谈不上。"

高一功回到住处,就同姐姐带着少数亲兵往老营去。走到半路,高夫人忽然对慧英说:

"你到健妇营去一次,命慧梅的亲兵们把她的东西都检视检视,带到老营。另外,你告诉慧剑,要她挑选二百名健妇,明天一早就来老营,护送慧梅出嫁。该准备的战马、武器,都要挑选最好的。你在健妇营也不要多停,办完这些事就回来。"

慧英听毕,立即策马从岔道向健妇营奔去。跑着,跑着,她忽然发现在她前面不远的地方,有两个女兵,好像就是慧梅今天带到老营去的四个女兵中的两个,都骑着马,另外还牵着一匹白马,正在往火器营的方向走去。"哦!"她顿时明白了,赶紧加了一鞭,追赶上去,把她们叫住,问道:

"你们往哪儿去?"

"慧梅姐姐叫我们把东西送到火器营,还给小张爷。"

"白马是小张爷的,另外还有什么?"

一个女兵将自己背着的红绸包裹打开,里面包着一把宝剑和一支笛子。慧英见了心里一痛,低头想了一下,说:

"马,你们送去。宝剑和笛子都是小张爷送给你们慧梅姐姐的,那笛子已经送了多年,不必还他,交给我吧,由我处置。"

女兵们把宝剑和笛子交给慧英后,继续前进。慧英望着那匹被牵走的白马,心里又一阵难过。她完全理解慧梅的一番苦心。知道慧梅在目前的处境下,虽然暂时还不晓得高夫人去行辕见闯王的结果,但不论结果如何,她都不能同张鼐结为夫妻。如果被逼不过,只好出嫁,她当然不愿让张鼐再记挂她徒自烦恼。慧英还想,慧梅如此决绝,所有心爱之物都归还张鼐,也许有寻死之意?想到这里,慧英不觉长长地叹了口气,催马往健妇营驰去。

当慧英同两个女兵说话的时刻,高夫人和高一功已经回到老营。坐下以后,高夫人马上就问留在老营的女亲兵:

"慧梅这半天有什么情况?"

女兵们告诉她，慧梅已经不像先前那样痛哭，可是不吃饭，也不说话，随你说什么，她都不答理，心事很重，有时还要流泪。

高夫人望望高一功，说："一功，你看，这都是军师和牛先生干的好事！这孩子多苦啊！"

"姐，如今说这话已经晚了，我们还是把慧梅叫来，把话向她说明吧。"

高夫人点点头，吩咐女兵把慧梅叫来。慧梅经这大半天的折腾，头发蓬乱，泪痕满腮，面容也顿时变得憔悴。高夫人见此情形，越发不忍，皱着眉头把慧梅仔细打量。慧梅勉强对高一功行了礼，叫声"舅舅"。才说完两个字，眼泪刷刷地流了下来。高一功觉得心中不忍，只得说道：

"你坐下吧。我今天特意来看看你，也想同你说几句话儿。"

慧梅勉强在旁边椅子上坐下。高一功向周围扫了一眼，女兵们一个个退了出去。高一功又望着慧梅说道：

"我今天来，一则是我自己要看看你，你被闯王和夫人认做义女，我就是你的舅父了。二则闯王要为你办终身大事了，我这个当舅父的也要跟你说几句话。"

慧梅听到"终身大事"几个字，又禁不住浑身一哆嗦，但没有说什么。高一功望了她一眼，继续说下去：

"我也知道你心里很难过。尽管我从未问过你的心事，也没有人告诉过我，但我并不是个糊涂人。你的心事我也明白一些。刚才闯王同我说了一些话。我现在既是来看你，也是来传闯王的话。为什么要把你嫁出去，这道理你已经听说了。袁时中来投顺我们，提出要结亲。宋军师和牛先生合计了一下，说这也是好事，这样以后袁时中就可以忠心耿耿，拥戴闯王，不会生出二心。可是兰芝还小，不到出阁年纪。在高夫人身边的姑娘里头，你是个尖子，不管人品、武艺，都比别人要好一些。再说，你这几年磨练得很懂事儿，所以红娘子特地挑你去做她的膀臂。倘若你出嫁之后，能够同袁时中和睦相处，拥戴闯王，建功立业，那就不负了大家对你的一片期望。若是换了一个软弱的、临事没有主意的姑娘,嫁出去也就只是嫁出去了,在节骨眼上出不了力。所以挑来挑去,还是选中了你。虽然这不是你的心愿,可是你要从大处着想,为着我们打江山,不能不结这个亲。这可不是一般的结亲,这是对咱们打江山大有干系的结亲。"

慧梅听着,低头不语。她刚才曾希望高一功会救她一把,忽然落空了。

高夫人说:"现在身边没有别人,只有你舅舅跟我。我有几句话说出来,你放在心上,不管对谁都不要露出一丝口风。"略停一停,她接着小声说:"我们如今内外都不是那么如意。明朝虽说不能把我们怎样,可是它还有兵啊。像河南这种地方,自古是打天下必争之地,可我们到如今还没有占领开封,即使不久能占领开封,官兵也不会善罢甘休。它会调集各省人马,来同我们纠缠。另外啊,"她把声音放得更低,"曹操跟我们面和心不和,同床异梦。这个人反复无常,万一他离开我们,投降朝廷,我们就势孤了。我们如今一切不管,得把他拉住不放。正因为内外都不是太顺手,所以袁时中这次来投,闯王十分看重。要是袁时中能死心塌地拥戴闯王,我们就平添了几万人马。再说,他在东边一带,人地都熟,不像我们是生疏的。如果他降了朝廷,我们就多树了一个劲敌。这些事情,你姑娘家不会想得那么深。我现在向你说明了,你就知道闯王的一番苦心了。打天下不是容易的啊,我的孩子!"

高夫人说完后,仔细地观察慧梅的神色。慧梅没有特别表情,但看来对这番道理已经明白。

高一功说:"不管怎么,你毕竟是个姑娘,婚姻事要听父母之命。有些姑娘还没生下来,由父母指腹为婚,她长大后不管女婿长得黑麻丑怪,不也是照样嫁出?这是命中注定的,只好认命。如今闯王将你许配出去,是名正言顺的。你心里纵然有一百个不如意,也只能听从。难道你能不听闯王的话?你不能吧?"

慧梅含着眼泪,低头不语。高夫人露出一丝勉强笑意,劝解说：

"慧梅这丫头起小跟着我，我知道她是个明白人，遇大事十分清楚。现在我说，慧梅，你也不要再难过，也不要再说不出嫁的话了。你不能永远跟着我，我也不会让你永远跟着我，说那话都是空的。至于张鼐那方面……"

慧梅的脸一红，赶快说："妈，你不要提小鼐子。他是他，我是我。我说不出嫁不是为别的什么人……"慧梅说到这里，却不由地哽咽起来。

高夫人继续说："不管你的心中是不是有那个疙瘩，我现在说明了也没有什么坏处。张鼐跟我自己的义子差不多，我也常常想着他的婚事。等打下开封后，我就给他定亲。你走后，你们这些姑娘中，慧琼算是最出众的了，我就把慧琼许配给张鼐。这话我暂时只对你一个人说，让你放心。总之，我希望你的心中不要再有疙瘩。"

慧梅没有说话，也不知她心中怎么想。高一功趁机会对高夫人说：

"姐，我看慧梅确是个明白人。我们将闯王的心意一说，她的心中就豁亮了。叫姑娘们把袁家送来的纳彩礼物拿出来，咱们都看一看吧。听刘玉尺说，因置备不及，十分寒伧；明日将送来正式聘礼。"

高夫人马上命女兵们把袁家的礼物拿出来，一看之下，确实排场，有各种绫罗绸缎、各种珠宝首饰，还有四锭元宝。但对这些东西，慧梅连看也不看。不管大家怎么称赞，都不能引起她的心动一动。而且她明白，有些人的称赞话是故意叫她听的。高夫人也不勉强，向慧梅身边一个比较懂事的女亲兵说：

"你把这些东西都收起来吧，以后都另外装一口皮箱里。"

慧梅始终没有表情。有一个定在今夜悄悄自尽的念头一直在她的心上缠绕，所以袁时中送来的各种彩礼全不放在眼里，好像与她全然无干。

高夫人和高一功见慧梅对一切无动于衷,使他们的心中凄然沉重。高一功因为还有别的事,不能在此久坐,同高夫人谈了几句关于如何办喜宴的话,便要赶回行辕。临走时,他对慧梅说:

"你放宽心吧,只管听父母之命,媒妁之言,完了你的终身大事。出阁以后,过些日子,我们还要在一起行军打仗。你随时想回来都可以。你不是平常人家的姑娘。你是闯王的养女,又是健妇营的副首领。闯王吩咐从健妇营中挑二百名健妇,再从行辕标营中挑二百名男兵,另外还有管炊事的、管辎重的、管骡马的,合起来将有五百之众,随你到小袁营,算做你的亲军。这样,你也不会太寂寞,闲的时候还可带着男女兵士练武、打猎,同没出嫁以前差不多一样。"

慧梅一边听高一功的劝说,一边在左思右想,觉得他的话也有道理。同时她也想到她如果自尽,一则对闯王的声望有损,二则还会招惹别人猜疑她曾经在暗中将自己许给了张鼐。不管损害闯王的声望,或是别人对自己的清白瞎猜,她都不愿。可是活下去,同张鼐的恩情一刀两断,嫁给姓袁的,她也不愿。这真是生死两难!

高一功走后,高夫人接着说:"你舅舅刚才说陪送男女亲兵的话,是在行辕中同闯王商定了的。二百名健妇要交给慧剑率领。慧剑同你感情好,很听你的话。男兵就交给王大牛带领。这四百人选的都是精锐,战马和武器也配得很好。以后在战场上,你也有些心腹人管用。再则你既有身份,也有亲信护卫,袁家的人决不敢轻看你。慧梅,日后兰芝出嫁,也不会这般风光!"高夫人想了一下,又说:"洛阳的邵时信,这一年来在你舅舅手下做事,掌管一部分军资粮饷,又细心,又正派。他的妻子儿女也都随营,你是认识的。我跟你舅舅商量一下,请他派邵时信跟你去一年半载,做你的亲军总管。等你在小袁营人缘熟了,有了另外牢靠可用的人,再放他回来。你看行么?"

慧梅被高夫人的慈母般的感情深深感动,又忍不住哽咽起来。虽然她的心中还没有完全排除夜间自尽的念头,但是她不忍见高夫人为她的婚事过于难过。她忽然决定佯装不再拒绝出嫁,使高夫人暂时宽心,也算她做女儿应该有的孝意,至于自尽不自尽,今夜再定。于是她噙着眼泪说:

"妈,我跟着你们多年,自幼受你们抚育之恩,一生难报。如今让我出阁,我实在舍不得离开你们。但既然是闯王吩咐,无可挽回,我只好听从。这四百名男女亲军,我一定尽量地对他们好。"

高夫人走过来抚摩着慧梅的肩头,含着热泪说:"你今天还没有吃一点东西,这样下去身体会坏了,晚饭时无论如何要吃一点。孩子,你到慧英的床上休息去吧!"

当天晚上,老营中以高夫人为首,忙着为慧梅准备嫁妆,一直忙到深夜。慧英一面忙着,一面又想起下午的事:那时她在健妇营办完了事情,到火器营去送白马的两个女兵也回来了。

"你们可曾看见小张爷?"慧英问道。

"看见了,他正在率领将士们操练。"

"你们把白马送去,他可说什么话了?"

"他没说什么话,只随便告他的骑兵说:'把马拉去拴在树上。'仍旧忙他的操练。"

想到这里,慧英不觉叹道:"唉! 男人多无情啊! 慧梅哭得这样伤心,他却像没有什么事情似的!"

夜深了,别人都已睡去,慧英还在帮助高夫人准备。她也认为慧梅这次被迫出嫁,必须在陪送方面搞得好些,才能使慧梅心中的难过减轻一些。当然,在军中一切都要轻便,所以嫁妆也无非是许多珠宝细软,外加压箱的几百两雪花纹银。

终于,一切都准备完了,慧英轻手轻脚地回到房里,深恐惊醒了慧梅。进得房来,却见桌上还点着一支蜡烛,慧梅和衣歪在床上,见她进来,眼睁睁地望着她,一点睡意也没有。她想说话,可是慧梅的眼泪"刷"一下子流出来了。她不知说什么好,只得催劝慧梅脱了外衣,她自己也脱了外衣,两个人睡在一起。过了半天,她才突然说了一句:

"女孩儿家,总得有这一天哪,人人都免不了,也不过你先出嫁
罢了。"

常言说:"嫁姑娘不是容易的,姑娘一天不上轿,一天准备不
完。"慧梅虽然在军中出嫁,嫁妆中也没有木器、瓷器、铜器、锡器等
不易携带的东西,但高夫人忙了一夜后,第二天又整整忙了一天,
只恐怕这样东西不如慧梅的意,那样东西会临时忘了。使她的心
中稍觉宽慰的,是经过昨晚慧英的继续劝解,慧梅懂得以闯王的大
业为重,今日再不提"死不出嫁"的话,开始进食。慧梅经过一夜思
前想后,也确实放弃了自尽的念头,只盼出嫁后能够使女婿永远地
效忠闯王。

各家重要将领、老营中较重要文职人员,都有礼物送给慧梅,
或是绸缎,或是金、银、玉、翠首饰,或仅送银子,自二两起至十两不
等,用红纸封好。这种向出嫁姑娘送礼物在河南俗话中叫做添箱,
文雅的说法是赠送"奁仪",都得收下。牛金星和宋献策、高一功、
李过、刘宗敏、李岩夫妻六家的奁仪特别重,都是除绫罗绸缎和金
银首饰四色礼品外,又各送纹银百两。尚炯因在二十里外一处兵
营中看病,得到消息,昨晚赶了回来。但是他知道慧梅的婚事已成
定局,在闯王前无话可说,一直在心中深为叹息,也不想见慧梅用
空话劝慰。今天他仍不愿看见慧梅,怕徒然心中难过,只派两名亲
兵送来四锭元宝、四匹上等绸缎、一个百宝药箱,还有一个朱漆小
匣,里边用锦缎一层层包着一个暗黑色的箭头。慧梅打开小匣一
看,知是老医生珍重保存了三年的毒箭头,以纪念她的忠心,不禁
痛哭起来。高夫人看了后百感交集,也忍不住哽咽流泪。

王长顺也有礼物。论地位他只是一个马夫头儿,但是论情谊,
他是闯王手下的老伙计,是马夫中的元老,在慧梅的眼中也是父
辈。他亲自送来了收藏了将近两年的一根雕花玉柄马鞭,一对镀
金铜镫。他本来打算等双喜成婚时送给双喜,不料如今慧梅先出
阁,心中有许多说不出的辛酸,所以他就将这两件珍贵物品送来添

箱。慧梅平日很尊敬和喜爱这位老马夫,收到他的添箱礼物后,就到高夫人的上房,跪在他的面前磕了一个头。王长顺对她说:

"慧梅,大伯我恭喜你啊! 别难过,是姑娘总得出门。那袁将军不知道我是老几,几次看见我,都没有跟我搭腔说话。可是我不见怪,不知不作罪,人家咋知道我王长顺是闯王旗下的一个元老! 慧梅,你别害臊,我对你说实话:这位娇客,论年岁不大,论人品不赖,论名声也不小。你以后要帮助他多做好事,真心拥戴闯王。他要是日后忘恩负义……"

高夫人赶快笑着说:"长顺,你今天多喝了几口酒,别多说啦!"

王长顺忽然醒悟,改口说:"啊,说滑了嘴。我是说,我看他日后绝不会忘恩负义!"

大门外鼓乐声起,又有人前来添箱。随即,大家看见是张鼐的亲兵头目王新牵着昨日借给慧梅骑过的白马,前来添箱。这白马浑身的毛色刷得十分洁净,换了崭新雕鞍锦鞴,白铜马镫,新的辔头带着银饰,闪光镀金项铃,猩红的新马缨,雪白的马尾根上边不远处,还结着一个红绸绣球。王新到院中将马缰绳交给随来的一个弟兄,走进上房,向高夫人磕头贺喜,站起来后又向慧梅行叉手礼,然后恭敬说道:

"我们小张爷命我来启禀夫人,他没有别的宝贵礼物,只有这匹西番战马①是不久前夺得的汪乔年的坐骑,曾经献给闯王,闯王说我们小张爷攻襄城有功,赐给了小张爷。这马,一身纯白,十分好看,也十分稳快,特意送来为慧梅姑娘添箱,务请笑纳。"

高夫人笑着说:"哟,这添箱礼倒真好,一定收下。王新,你这娃儿什么时候学得这么会说话?"

王新笑着说:"实话回夫人,这几句言语是我现买现卖的。小张鼐爷临时教我几句学几句,好则还没有漏掉一句。"

高夫人被逗得格格地笑起来,说:"你这孩子,我只知道打仗时你是只小老虎,还不知道在平时你是只巧嘴八哥,真会学话!"

---

① 西番战马——指青海省西部出产的战马。

看见来人添箱,慧梅正像一般将出嫁的姑娘一样羞羞答答,不闻不问。此刻她再也忍耐不住,抬起头来说:

"王新兄弟,这白马我不要,你牵回去吧。小张爷在战场上很需要这样好马。你牵回去吧,就说我心领了。"

高夫人赶快说:"世界上哪有逢喜庆送礼不收的道理!王新,将白马拴在柳树上,你们领了红封子,出去休息吧。"

各家送添箱礼,如是派仆人或亲兵送来,都有赏钱,名叫封子,红纸中或封碎银,或封选好的铜钱。如是银子,少则二钱,多则一两。慧英在王新牵马进来时想着慧梅的心情,赶快取二两银子封好,这时交给王新,说:

"王新兄弟,你们到外边休息,中午吃了喜酒回去。"

慧英的话刚落地,从村外传来了鼓乐声音,自远而近。大门外的两班吹鼓手也奏起乐来。过了片刻,担任老营知客的两名小校将男家送礼的一行人迎了进来。各种礼品都装在或圆或方的彩漆木盒中,每二人抬一盒,共有十盒。另有人牵一匹高大的甘草黄骟马,辔头鞍镫俱全,一色崭新。慧梅回避到高夫人睡觉的里间,对于两个送礼人如何进来向高夫人行礼,如何说话,她全然不看不听。她仍在想着张鼐用她平日喜爱的白马添箱,心中刺痛,不觉流出眼泪。随后听见高夫人和众人纷纷观看袁时中送来的甘草黄骏马,交口称赞,她才忍不住抬起头来,隔着窗纸的一个破洞向那马张望张望,看出来确是好马,但是她对自己发誓说:

"千好万好,我永远也不骑它!"

这句话尽管说得声音极小,却被正走进来取赏封的慧英听见了。慧英的心中一动,但装作没听见,只在心中暗道:

"我的天,嫁了她的身子没有嫁了她的心,这以后的日子怎么过啊!"

午宴席散以后,高夫人仍然为明日慧梅出嫁的事操不完的心,一直忙到深夜。

第二天起来，高夫人又将各样事检视一遍，深怕有什么疏忽，使慧梅增加伤心。早饭以后，她将慧剑叫到面前，反复叮咛：

"你要好好照料慧梅姐姐。不管遇到什么情况，纵然在两军阵上杀得难分难解，你总不要离开慧梅姐姐身边，不能单独跑去冲杀，要紧的时候更要寸步不离。你比她小两三岁，要多多听她的话。有时即令她责备你几句，你也不要放在心里。慧剑，你也是没有一个亲人，你就同她亲妹妹一样！"

一番话说得慧剑这姑娘也感到难过，同时想起来在第二次攻开封时阵亡的黑虎星哥哥，噙满眼泪，轻轻点头，哽咽回答："我记在心里了。"

高夫人又说："你对健妇营要把话说清楚，半年，顶多一年，等慧梅在那儿跟袁姑爷和好相处了，一切都能叫我放心了，你们就可以回来了。所以，你们在那里一定要安心，你们自己的事情暂时不用操心。"说到这里，慧剑忽然脸红起来，回过头去不好意思听。但高夫人继续说下去："你们都是姑娘，到了该出门的时候了，你也不能长留你们在健妇营中。等你们回来后，该怎么安排自然由我和你红姐姐替你们操心。你们在那里不要想自己的事，要专心把慧梅姐姐照料好。还有袁营中情况我不清楚，不管怎么，他不像我们闯营人马纪律严明。要是有人到你们的驻地胡闹，或调戏姑娘们，你们要立刻报告慧梅姐姐，轻则由慧梅姐姐处分，重则禀报袁姑爷，军法从事。决不要给人家落下一点把柄，让人家说你们姑娘家的闲话，连闯王和我的脸也丢了。这话你要好生记在心上！"

"我都记住了。要是我们的姑娘家做出些下流事，我一定禀明慧梅姐姐，该杀的杀，该打的打。要是袁营的兵将跑来调戏姑娘们，也要同样严办。夫人请放心好了。"

慧剑走后，她又把王大牛找来，说："大牛，你也是在我们闯营长大的，原来是孩儿兵，后来就做了头目。你也受过伤，立过功。这次让你带二百标营亲兵，护送慧梅出嫁，有些话昨天已跟你说过了。今天我再嘱咐你几句话。"接着，她把对慧剑说过的有些话也

照样叮嘱了王大牛一遍。王大牛说:"是,夫人,我一定遵命。"正要退出,高夫人又把他叫住,说道:

"还有,在慧梅那里,要同在我们老营一样,天天练武,不能放松。武艺练好了,一个人可以顶十个人用;武艺不好,十个人不顶一个人。再说,你们都是年轻孩子,顶大的不过二十岁、二十一岁,好像二十二岁的都没有,有的武艺不错,有的武艺并不精,得趁年轻时好好练一练。天天练武,也就不会吊儿郎当、到处闲逛,军纪也就严整了。如果你们在那里不像个样子,人家不是说你们松懈了,人家会说闯王的人马原来就不行,都是瞎吹的。"

"夫人放心,我决不会放松操练,决不会给闯营丢人。"

高夫人又将邵时信叫来,将应该嘱咐的话嘱咐一遍,然后吩咐四百名男女骑兵先走,以便早到袁时中的驻地扎营。几十匹骡子驮着帐篷和各种军资,分别有专人掌管,随着骑兵出发。另有几匹骡子驮着皮箱,内装陪嫁的各种东西和金银,也有专人掌管,作为第二批出发,老营另派二十名骑兵护送。将这两批人马打发走后,估计花轿快要来到,高夫人将一位被大家唤做吕二嫂的、约摸四十出头年纪的妇女叫到面前,对她说道:

"吕二嫂,你的年纪比较大,我才叫你跟随着慧梅到袁营去。你一直在健妇营照料这些姑娘们,同她们很熟。你又当过吕维祺家的粗使奴仆,见过些世面。慧梅是个姑娘,打仗的事,她倒有些磨练。说到家务事,她就不大懂,别的姑娘也差不多。所以这些地方你得留心着点,该告诉慧梅的告诉慧梅,该告诉慧剑的告诉慧剑,有困难就问邵时信。今后每到一个地方,慧梅和袁姑爷自然住在一起,别的姑娘不好进去,你就可以进去,方便得多。好则你身子骨还硬朗,办事也麻利,这一年多来又学会骑马。这次跟着她们去当然要辛苦一些,将来我再把你接回来。你的儿子在我们这里已当上了小头目,今后只要他立了功,我们会慢慢提拔他,不会让他吃亏的。"

"夫人,你看,你不说我也明白。我是三代给吕家做奴仆的,是家生奴才。要不是闯王的人马打进洛阳,我们代代下去,都是奴才,永远没有出头的日子。现在到了闯王这里,不论是将领们,还是弟兄们,再不把我们当奴才看待。我和我的孩子,一生一世也感不尽闯王的大恩。现在慧梅姑娘出嫁,夫人叫我随去,我一定尽心照料,决不让夫人为她操心。"

高夫人点头说:"我就知道你比别人会办事儿,以后你多操心就是了。"

吕二嫂又说:"慧梅姑娘已经打扮好了,夫人不去看一看?"

高夫人笑道:"这姑娘一直在军中,总在练兵啊,行军啊,打仗啊。说是姑娘,长得也俊,可就是从来没像姑娘那样好好打扮一回。今天出嫁,一辈子只这一次,才让你们给她打扮起来。走,我们看看去。"

从昨天开始,老营的人们一面忙着给慧梅准备嫁妆,一面就在商量如何打扮慧梅了。有人说,慧梅是一员女将,出嫁时应该戎装打扮,身穿箭衣,腰系战裙,骑上骏马。可是高夫人和红娘子都不同意。高夫人说:"自来姑娘出嫁,都要哭着去,有的姑娘一路哭去,要哭十里二十里,甚至哭到婆家村子外边才不哭。这是千年以来的老规矩,慧梅出嫁自然也是要哭的,何况她心里有疙瘩。让一员女将骑在战马上,哭哭啼啼,一路不停,这不成了笑话?"红娘子也说:"我在洛阳出嫁的时候,也有人劝我骑马,她们不晓得女孩儿家的心事。自古以来出嫁都要坐花轿,所以坐花轿就是出嫁,出嫁就是坐花轿。要是姑娘出嫁不坐花轿,会一辈子感到窝囊,感到太轻率。慧梅出嫁当然也要坐花轿。"

于是今天早饭后,在吕二嫂和几个有经验的婶婶、嫂嫂照料下,就按照世世代代的老风俗习惯,给慧梅红装打扮起来。慧梅的头发本来又多又黑,现在梳了头,脸上又施了粉,搽了胭脂,真是云鬓堆漆,桃脸照人。可惜一双眼睛平时明如秋水,而现在却红肿着,分明带着哭过的痕迹。大家又帮她穿上红缎绣花袄,系上红缎绣花百褶裙,戴上凤冠,肩披霞帔。惟一使她显得与一般新娘不同的,是腰间系了一口宝剑。

当高夫人进来时,她已静静地坐在床边,低着头默默不语。她心里十分难过,但到了这种时候,还有什么好说的呢?

一些女眷和女兵们随着高夫人一起进来,一见慧梅的打扮,都嘻嘻哈哈议论起来:

"慧梅这一打扮,真是跟天仙一样!"

"天仙算什么,那嫦娥奔月就少了一把宝剑。可咱们慧梅处处都比得上嫦娥,偏偏多了一样东西,就是宝剑,使她显得英气勃勃,不同于一般美人。"

"听说袁姑爷也是一表人才。"

"可不是,我见过,骑在马上可英俊啦,年纪又轻。"

"这真是天生的一对呀,打灯笼也难找。"

"这还用找?千里姻缘一线牵,早就有月老用红线把他俩拴住了;不用找,姑爷就来了。"

大家七嘴八舌说个不停,慧梅听了心中就像刀割一样。后来,吕二嫂进来说:

"闯王回老营来了,老神仙和高将爷也来了。请慧梅姑娘到上房给长辈们磕头去。"

大家听了,这才纷纷离开。高夫人由女兵们簇拥着,也往上房走去。屋里就剩下慧英和几个姐妹在面前,慧梅拉着慧英的手哽咽说:

"英姐姐,以后你可不要忘了我啊!"

慧英噙着眼泪说:"慧梅,你真是傻丫头,我怎会忘记你呀?"

"常言说,嫁出去的姑娘泼出去的水,何况我不是闯王和夫人的亲生女儿。"

"你放心,一则我们永远不会忘记你,二则小袁营也归了我们闯王,以后见面的时候多着呢。"

慧梅站起来向上房走去。马上有两个姑娘在左右搀扶她。虽然慧梅平时可以健步如飞,但这是一代代传下来的老规矩,新娘子必须由人搀扶着才能行走。

到了上房，闯王夫妇已经坐着等候。吕二嫂赶快说："姑娘，给闯王和夫人磕头。"慧梅拜了一拜，跪下去磕了三个头。她想说什么话，但喉头被一股涌出的热泪堵塞着，说不出来。高夫人也觉得难过。倒是闯王面带微笑，说道：

"慧梅，男大当婚，女大当嫁，人之常理。今天是你的好日子，不要难过。"

慧梅说："我跟随着养父养母多年，生死不离。现在虽然打发女儿出了门，可是我身在袁营，心在闯营，变成鬼魂也不会离开养父养母！"

慧梅说罢，泣不成声。闯王听到慧梅说出来不吉利的话，微微皱了皱眉头，也没有再说什么。

慧梅又噙着泪给高一功和尚神仙磕头。老医生的心中发酸，拱手还礼。

随即从远处传来了鼓乐声，知道花轿快到了。慧梅回避到东厢房中，坐在慧英的床上。过了一阵，鼓乐声进了村中，放了三眼铳，又开始放鞭炮。鼓乐声和鞭炮声直响到老营的大门外。

各地迎亲，风俗不一，有的是新郎自己迎亲，有的是男家派别人迎亲，新郎在公馆等候拜天地。今天袁时中采用他家乡风俗，请刘玉尺代他迎亲。一般风俗：花轿到了女家大门外，女家将大门紧闭，等迎亲的人递进封子，女家方打开大门，放新娘出门上轿。今天高夫人革掉这种俗礼，将老营大门大开，由李双喜迎接刘玉尺到上房向闯王和高夫人行了礼，稍坐片刻，恭敬告辞，上马先走。

慧梅被人用一方红缎蒙了头，由两个姑娘左右搀扶，在鼓乐和鞭炮声中向外走去。她哭得很痛心。偶尔听见自己身上的环佩丁冬声，头上凤冠的银铃摇动的清韵，她越发哭得伤心。妇女们将她扶进轿中，又用红线将轿门缝了几针，免得在路上被风吹开。三眼铳响了。花轿被抬起来了。慧梅知道四个人抬着花轿开始走了，她恨不得用头碰花轿。她不知道张鼐如今在什么地方，是不是在背着人哭。她放声痛哭，同时在心中哭道：

"唉唉，谁知道我这心啊！我这心啊！"

高夫人率领众家夫人和红娘子，还有慧英和姐妹们，都到大门外送慧梅上轿。她们有人平日同慧梅感情好，舍不得慧梅走，有人同情慧梅，更担心慧梅嫁给袁时中可能苦恼终身，都不免落泪，红娘子和姑娘们更是忍不住泣不成声。

慧梅的女亲兵骑在马上，走在花轿左右，听着轿中哭声，个个心碎，强忍着汪汪眼泪。

双喜是送亲的人，率领二十名亲兵骑马走在轿后。他替慧梅难过，也替张鼐难过，双眉紧皱，默无一言。

轿前鼓乐，轿后骑兵，轿中哭声，走在坎坷的大道上，渐渐远去。

第四章

慧梅出嫁的第三天上午,按照中原流行的古老风俗,带着新郎袁时中回到高夫人的驻地,叫做回门。闯王也从行辕回到老营,等待慧梅和袁时中。老营中大摆宴席,还有两班鼓乐。宴前,慧梅和袁时中在鼓乐声中向闯王夫妇和各长辈磕头行礼,所有受礼的长辈都送他们磕头钱,是用红纸封着的银子或铜钱。在这种场合,只要是慧梅的长辈,不分男女,都可以受新人们的磕头。大厅中推推拉拉,嘻嘻哈哈,十分热闹。王长顺也来了,将红封子往桌上一放,快活地笑着大声说:

"嗨,我来受头了!新姑爷不认识我,我只好自报家门。我是李闯王跟前的老马夫,如今是小小的马夫头儿,好听的叫法是掌牧官。慧梅姑娘是在我的眼皮下长大的。我看着她从一个黄毛丫头变成了一员女将。将来她就是受封为一品夫人,也还得叫我一声王大伯。我们的新姑爷是义军的大首领,以后我这个老马夫不会放在你眼里,可是今日只论亲戚不论官,我理该张开包儿受你们夫妻的头。磕少了我不答应!"

站在两旁看行礼的男女们一齐嚷叫:"要磕三个头!三个头!"

慧梅赶快下跪。袁时中也不敢怠慢,随着跪下。新夫妻在旁边人的半真半玩笑的赞礼声中磕了三个头,然后在推推挤挤中站起身来。袁时中见闯王老营中的人们对他如此亲热,心中十分快活。但慧梅稍有不同。她在继续磕头的极短的间歇中,扫一眼满屋中欢笑的面孔,忽然想到:"以后再也不能跟闯营中这么多的亲人在一起了!"心头不禁蒙上一层惘然的悲哀。

按照风俗,慧梅和袁时中应该留在老营住三天。然而目前大军已开始向商丘一带出动,袁时中必须迅速赶往陈州境内,回到自己军中,率领小袁营将士随闯、曹大军北上,所以今天下午就回到他在闯王行辕附近的临时驻地,明日清早启程。酒宴之后,又坐下叙谈一阵,袁时中便留下慧梅在高夫人面前继续叙话,自己带着随从和亲兵先走。

由于今日慧梅回门,红霞、慧琼和兰芝都从健妇营来到老营赴席。可是因为长辈客人多,总在闹哄哄的,慧梅一直没有机会同她们这三个女伴亲近,也没有机会同红娘子说句体己话。如今客人渐渐散去,红娘子也因为正在害月子,吃东西就呕吐,加上前日为慧梅出嫁事感到伤心,几乎整夜睡觉不安,着了点凉,现在只好向高夫人告辞。慧梅将红娘子送到村边,闪到路旁,离开亲兵们,拉着红娘子的手,滚着热泪,小声说:

"大姐,你不晓得我的心中有多苦啊!我,一句话说不完!大姐……"

红娘子小声说:"我明白。人非木石,何况你跟张鼐兄弟……"

"不,不,大姐!不关他的事。你不要像别人那样,误猜了我的心。"

红娘子微微一笑,望一眼慧梅突然泛红的脸,没再说话。

慧梅接着说:"大姐,你想,第一,我是在闯王的老八队里长大的,对这里老营中的人啊,马啊,旗子啊,都是熟悉的,样样连着我的心。如今冷不防将我嫁到素不相干的小袁营,叫我如何能忍心离开!"

红娘子安慰说:"你说你不忍离开闯营,我完全懂得你的心。可是慧梅,我的好妹妹,姑娘远嫁,自古常有。何况小袁营已经归顺闯王,会师后两营成一家,常在一起,说什么不忍离开?我看袁姑爷是一个明白大义的人,他以后必不会离开闯王这棵大树,飞往别枝。"

慧梅轻轻叹口气,说:"他不是老八队的旧人,谁知道他的心事!"

红娘子说:"结了这门亲,他就不会飞向别枝了。"

慧梅又说:"还有,自从有了健妇营,我就同健妇营的姐妹们在一起,不曾一天分开过。我爱大家姐妹,大家也爱我。没想到如今我突然离开大家,像一只离群的孤雁!"她忍不住滚下眼泪,怕众人看见,赶快揩去。

红娘子也心中难受,无话安慰慧梅,只能轻叹一声。

望着红娘子上马同亲兵们走后,慧梅回头走了十来步,走到跟她到村边来的红霞、慧琼和兰芝站立的地方。她将兰芝拉到胸前,一时伤心得不知说什么好。要不是有别人在旁,众目看她,她会搂住兰芝哽咽起来。兰芝不等她开口,忍不住先说道:

"梅姐,我真没想到!"

慧梅对红霞说:"红霞姐,我已经不能再和健妇营的姐妹们在一起,以后健妇营的事你就得多操劳了。好在是夫人昨天已将慧琼派到健妇营,红大姐和你有个好帮手,我离开后也可以放心啦。我纵然身在小袁营,心还在健妇营。我永远不会忘记健妇营,也不会忘记你们。"

红霞心中难过,强颜为笑说:"你离开以后,咱们的健妇营像抽掉一根主梁。不过还有红帅,又来了个慧琼姑娘,总得想法儿将健妇营带好,不辜负闯王和高夫人的期望,也不枉你一年来的操心操劳,辛苦经营。姑娘们年长树大,终不能都不出嫁。袁姑爷人品很好,大概性情也不赖。他会对你知疼知爱,相敬如宾,白首偕老。你何必难过? 你跳进福窝里啦!"

"红霞姐,什么跳进福窝里,请你不要故意拿话来安慰我。我是为着闯王的大业,将一个苦果吞在肚里!"慧梅揩去眼泪,转向慧琼说:"琼妹,我本来有话要对你说,可是没有时间了。我马上要到健妇营同众姐妹们见见面,你跟红霞姐快回去准备一下。我看过健妇营以后不再回这里,就从河边岔路回他的驻地去。好,你们马上走吧。"

慧梅单独同兰芝在一起,她有许多话想对兰芝说,但又不愿说出。当她初到高夫人身边时，兰芝还很小。她常常将兰芝抱上小马，下马时也由她抱。后来她又教兰芝学剑，学射，学各种武艺。如今兰芝已经十五岁，没料到她代替兰芝嫁给袁时中，从此离开了闯王老营，硬割断自己心中和梦中同张鼐相连多年的绵绵恩情。慧梅心中酸楚，紧紧地拉着兰芝的手，用饱含感情的眼睛望着她的纯洁和稚气的脸孔，嘱咐她以后好生练武艺和读书识字等毫不新鲜的老话。她嘱咐一句，兰芝轻轻地点一下头。尽管这些都是老掉牙的话，可是因为慧梅以后再也不会同她在一起了，所以兰芝能够从这些话中听出来特别的感情。她从慧梅含泪的眼睛里能猜到慧梅姐怀着难以出口的伤心和挂念。她想将张鼐的情况告诉慧梅，但又怕慧梅不让她说。在往日，每当她向慧梅谈到张鼐，慧梅总是板着脸孔不愿听，责备她说："小姑娘家，说男人的事有啥意思！"可是此刻，兰芝实在忍不住，先向左右望望，幸好左右没人，随即大胆地问道：

"梅姐，前天你出嫁，你知道俺张鼐哥在做什么？"

慧梅不像往日那样不许她说，但是转过头去，遥望着小河岸上的几棵垂柳。兰芝打量一眼慧梅的神情，继续小声说道：

"梅姐，你出嫁的那天中午，袁姐夫满会待客，听说拿出几百两银子托曹帅的老营代办酒席，给闯营和曹营的大小将领都下了请帖。张鼐哥推说头疼，身上不舒服，没有赴席。就在你出嫁的那天早晨，他听说西南十几里远的山中出了猛虎，已经吃了一个人，咬死了一头牛。他怕袁家派人来催请，一吃过早饭就带着十几个亲兵打猎去了。到了中午时候，果然遇到了猛虎。那时张鼐哥以为找不到猛虎了，下马休息，亲兵都不在身边。冷不防猛虎从草中蹿出，纵身向张鼐哥扑来。因为太近，弓箭已经没用。张鼐哥向旁边树后一闪，使猛虎扑了个空。他随即一剑砍去，削去了猛虎的一段尾巴。猛虎已经第二次扑到他的身边，张着血盆大嘴向他咬来，同时两只前爪差不多抓住他的前胸衣服。亲兵们已经看见，来不及救他，只见他倒了下去，大家惊叫一声，呐喊着向猛虎奔来。……"

慧梅的心中一惊,脸色灰白,恍然醒悟:"啊,天呀,今日老营中的上下人们都故意对我隐瞒着张鼐的不幸消息!"她的手心冒冷汗,赶紧问道:

"他伤得很重么?"

兰芝接着说:"要是别人,准会被老虎咬死。可是张鼐哥真行,他看见躲闪不开,就将身子向下一猫——亲兵们没看清,以为他倒了下去,——向老虎的脖子下边刺了一剑。老虎负了重伤,回头逃跑。张鼐哥赶快取弓搭箭,向老虎射去。老虎连中两箭,倒在地上。"

"他没有受伤?"

"没有受伤。"

"多险啊,谢天谢地!"

兰芝又说:"俺张鼐哥有心腹话也会对他的亲兵头目王新吐露一两句。你猜他对王新怎么说?"

"他怎么说?"

"他对王新说:'我觉着人活在世上没意思,在去打猎的路上想着不如叫老虎咬死的好。谁知遇到老虎,我不再想死,忽然勇气百倍,将老虎除掉了。'梅姐,这话是王新背着别人启禀夫人的,给我偷听到了。"

慧梅的心中更加感到酸痛,默然无言,害怕兰芝看见她的眼睛,转头望着西南雾蒙蒙的群山,在心中暗暗说:"就在那儿!"过了一阵,她才重新看着兰芝,小声说:

"你见到张鼐哥,要劝他保重身体,留待日后在战场上为闯王出力报效。"

兰芝问:"梅姐,我对他说这话是你说的,行不行?"

慧梅没有做声,也没有点头,但兰芝从她的眼神中知道她心中同意。

慧梅同兰芝回到高夫人面前辞行,并说她要去健妇营同众姐妹们见见面。高夫人因为她已经是出了阁的姑娘,将她送出大门,嘱咐她早回袁姑爷驻地，望着她同一群女亲兵骑马快走下河滩，才回上房。

在健妇营同姐妹们见面之后，大家都纷纷向她贺喜，但人人都看出她的心中有苦，很留恋健妇营。因为太阳已经偏西，她在健妇营不能久停。临离开时，她对头目们嘱咐一些关于如何练兵的话，不要大家远送，只叫慧琼单独送她到小河边。

她在三天前同张鼐相遇的地方停住，让亲兵们离开她稍远一点，然后同慧琼下马，立在桃花树下，对慧琼说：

"前几天我们还在这儿站过，折了一枝桃花插在鬓上，如今可不是像一场梦！"

慧琼不完全懂得她的心思，没有做声，等待她再往下说。可是她好长一阵没有再说话，许多新旧往事一古脑儿涌上心头。三天前同张鼐在此小立闲话的情景，犹在眼前，她不曾忘记他们当时相对无言的幸福和发窘，窘得她呼吸很不自然，心头紧张跳动。她还记起来，她在商洛山中了毒箭后张鼐如何去看她，第二次攻打开封时，她误听说张鼐受重伤时心中如何害怕和难过，如何飞马奔往张鼐驻地看他。……慧琼等不到慧梅说话，只好问道：

"梅姐，健妇营的事，你还有啥话嘱咐？"

慧梅如梦乍醒，惘然一笑，说："有邢大姐和红霞姐在健妇营，你照她们的话做事，我没有什么嘱咐了。"

慧琼说："你刚才要我单独送你到河边来，好像有什么体己话儿要对我说，难道不是？"

慧梅又微微一笑，揽住慧琼的肩膀，小声说："慧琼，我告诉你一件小事，你肯听话么？"

"什么小事，梅姐？"

"年年端阳节，我都给张鼐哥做一个香布袋儿，也给双喜哥做过两次，可不是年年都由我做。今年我给张鼐哥做的香布袋儿才做了一半，如今我突然走啦，再也做不完啦。你也会绣花儿，心灵手巧，给张鼐哥做一个好不好？"

慧琼想了一下,说:"你已经做了一半,让我接着做成,岂不省事?"

"不,你要另做。"

"何必另做?"

慧梅不想说明,但终于说道:"我已经做了一半他知道,也看见过。你重新做一个,免得他看见我的针线……"

"噢,我明白了! 可是他肯要我做的么?"

"他会要的,一定会要的。"

慧琼没有做声,担心张鼐忘不下慧梅,别人做的香布袋儿他不肯带在身上。慧梅很深情地向慧琼看了一眼,依依惜别地低声说:

"慧琼,我要走了。"

第二天一早,袁时中和慧梅启程。临走时,他们向闯王夫妇(高夫人是五更赶来行辕的)辞行,向刘宗敏、高一功、牛金星和宋献策等辞行,向曹操和吉珪辞行。高夫人同慧梅不免有惜别之情,在萧萧的马声中含泪分手。

在慧梅动身之前,她有三匹马都鞴上鞍子,只是肚带都在松着,由马夫牵到她的面前,问她要骑哪一匹。这三匹马是:她自己原有的坐骑,张鼐作为陪送礼物赠给她的那匹白马,袁时中作为聘礼的一部分送给她的甘草黄。慧梅好似早已拿定主意,随口吩咐:

"骑白马,将肚带扣紧!"

吕二嫂赶快走到她的身边,凑近她的耳朵笑着说:"姑娘,袁姑爷刚才嘱咐我们:请你骑甘草黄。这是他给你的骏马,不骑,他心中会有疙瘩。"

慧梅口气坚决地说:"白马是我的娘家人送我的,我不能一出嫁就忘记娘家人!"

吕二嫂不敢多说话,挥手使马夫将另外两匹马牵往亲兵队列的后边。慧梅上马之后,正要扬鞭启程,袁时中策马来到,满面春风地对她笑着问:

"甘草黄是难得的好马,又稳又快,你怎么不骑它呀?"

慧梅说:"这白马我骑惯了。"

袁又问:"你试试甘草黄不行么?"

慧梅说:"以后试吧。"随即启程了。

结婚三四天来,袁时中已经明白慧梅是个难以对付的妻子。尽管他们已经成了夫妻,同床共枕,但是他很难看见她的笑容。袁时中暗暗地想,慧梅在他的面前过于庄重,也许是她自以为是闯王的养女,身份高贵,瞧不起他这个土字头的义军首领,也许是她刚出嫁还有点害羞,过几天就会随和了。还有一件使他感到慧梅难对付的事,是自从结婚的第二天,慧梅自作主张:他们夫妻的临时公馆全由她陪嫁来的女兵守卫,陪嫁来的两百男骑兵和几十名管理辎重、骡、马等杂务人员都在临时公馆左右的院落驻扎,竟不许他自己的亲兵和将士们留驻在他的公馆大院之内,也不许他的亲兵们禀报事情时随便进入他们的房内,除非紧急事,只能由她的女亲兵转报。袁时中虽然很受慧梅周围男女亲兵的尊重,但是每次回到睡觉的地方便像走进陌生的兵营,常常心上不安。但是她坚持如此,他只好听从。慧梅的容貌俊俏,弓马娴熟,识文断字,又加上是李闯王的养女,高夫人的心腹人儿,这一切条件都使袁时中十分爱她,不愿拂她的意。但今天慧梅拒绝一试甘草黄,使他的心中有点生气。事儿虽小,却将他做丈夫的自尊心暗暗刺伤。为着在新婚期间,他没有当着周围众多女兵说一句责备她的粗话,只能流露一丝微微苦笑,但是在心中却忍不住骂道:

"妈的,你嫁鸡随鸡,嫁给我就是我的老婆。常言道'出嫁从夫',你连丈夫话也不听,在老子面前撒的什么清!"

袁时中和慧梅带的全是骑兵,一路上夜宿晓行,第三天黄昏时候,到了陈州境内。小袁营全体人马已经在两天前到了陈州附近等候。袁时中吩咐明日休息一日,要在老营中大摆宴席,请众将领来吃喜酒。

老营总管为他和慧梅准备的住处是一座乡绅宅子,房屋宽大,栋宇相连，主宅与偏院有一百多间房子。慧梅和袁时中住在上房，二门外的花厅作为袁时中与众将领议事的地方，主宅各处尽驻女兵，东西偏院尽驻男兵，大门和后门由她的男兵守卫，男兵不奉呼唤不许随便进入二门以内。如今袁时中对此已稍觉习惯，好在他看出来慧梅的左右人服侍他十分尽心，而吕二嫂更是在饮食起居上事事体贴周到，极其难得。他看见慧梅的男女兵纪律森严，不论行军和宿营都是部伍整肃，不像他的小袁营经常是乱嚷嚷的。有一次，他在夜间同军师刘玉尺等议事之后，笑着说："如今我们小袁营中来了个小闯营。我身率小袁营，住在小闯营。"大家听了，不禁哈哈大笑。

袁时中因为出外十余日，回来后同重要头目们都见了面，听刘静逸和几个重要头目禀报了军中情况，他也向他们详谈了如何谒见闯王，如何与闯王养女成亲，以及闯、曹两营的重要人物和军容等等。吃晚饭时候，他命一个亲兵去夫人住处禀报：他今晚有事，要留在行辕，晚饭后还要商议军事，不一定能回去，请不要等他，并说他的两个姨太太孙氏和金氏在晚饭后来拜见夫人。

慧梅听了这些话以后，只轻轻地点点头，没有作任何别的表情，随即吩咐摆晚饭，还要吕二嫂和她的十几个女亲兵，还有慧剑和十几个女兵头目，都来同她一道吃晚饭，大家姐妹热闹一下。

在闯王军中，一向提倡将士们同甘苦，上下间亲如家人。近来虽然李自成的行辕中有点改变，弟兄们不再同闯王坐在一起，一边蹲在地上吃饭，一边谈笑；但是行辕将领们还是随便同闯王坐在一起，至于在健妇营中，一直保持着闯王军中的好传统，尽管营规整肃，但没事时大家都以姐妹相看。近几天袁时中常同慧梅一同吃饭，大家都回避，只留下吕二嫂站在一旁伺候。现在一听说袁时中不回来，谁都巴不得跑来同慧梅一起吃饭。慧剑天真地笑着说：

"唉，梅姐，我说句心里话，请你别生气：要是袁姑爷常常不回来同你一起吃饭就好啦！"

吕二嫂说："瞎说，你又不能代替袁姑爷！"

姑娘们因为慧梅不拿健妇营副首领的架子,如今趁袁时中不在,一边吃饭,一边说说笑笑,十分自由、快活。晚饭未毕,忽报孙氏和金氏到了。

晚饭前,慧梅听说袁时中今夜不一定回来,不让等他,尽管她当时没有表情,心中却很不愉快。她知道官宦富豪,一个人都有几个小老婆,义军中像张献忠和罗汝才也都是女人成群。上行下效,西营和曹营每个将领也都有几个小老婆。这样事情,在慧梅出嫁之前,都与她毫不相干。她曾经暗想过日后会同张鼐成亲,但没有想过张鼐将来纳妾的事。一嫁给袁时中,因知道他已经有两个小老婆,这问题有时不能不暗萦心头。当听说他今晚不回,她心中当下明白:他是借故与众首领商议军事,与他的那个姓金的小老婆小别之后赶快欢度一夜。作为正室夫人,她不肯在众姐妹前流露她对此事的"小器",但别是一种滋味的痛苦却在心头上摆脱不掉,想道:"做女人真苦,一出嫁就免不掉遇见这样的事!"就在同众姐妹说笑时候,她也不曾将此事忘下。

她望着吕二嫂说:"让两位姨太太到东厢房等候片刻。"

众姐妹因知袁时中的两位小老婆来拜见慧梅,都赶快将饭吃完。慧梅却故意慢吞吞地,边吃边同别人说话。关于袁时中的这两个妾,一方面袁时中有时同她谈到她们,另一方面她也暗嘱吕二嫂在路上替她打听,所以她已经大致清楚。她知道姓孙的出身庄户人家,为人老实,已经来了两年;姓金的是大家丫环出身,才来一年半,能说会道,颇有心计,几乎是专了时中的宠,将那位姓孙的压得可怜。她早已打定主意,一见面就得杀一杀金的气焰,所以她故意不急于请她们进来相见。

慧梅吃毕晚饭,又同慧剑等健妇营头目谈了几句话,然后大家散去,独留下四个女亲兵和吕二嫂在身边。她使个眼色,命女兵们分立两旁,然后轻声对吕二嫂说:

"请两位姨太太进来!"

孙氏和金氏进来时候,慧梅面带微笑,起身相迎,但神态庄重,并无热情。金氏自恃尚有姿色，一向得宠，无端被放在东厢房等候多时，心中已很不快，曾打算进来见面时，对慧梅说几句表面奉承而内心含辣带醋的话，让慧梅以后不要拿太太架子，不把她看在眼里。当时她忍不住向孙氏微露此意，孙氏害怕她会碰到硬钉子，悄悄劝阻说：

"你别那样，弄得往后不能和睦相处。说到天边，她尽管才来，毕竟她是正，咱们是偏；她是大，咱们是小。自古圣人制礼，嫡庶分明。何况她还是李闯王的义女，闯王拿她同千金小姐一样嫁出来。她如果不给面子，你不是自讨没趣？"

金氏将嘴一撇，说："人善有人欺，马善有人骑。我偏不受别人的窝囊气！她不过是高夫人身边一个肯卖命的丫头，临出嫁收为义女，有什么了不起？该比我高贵多少？我猜到她今晚这样冷待咱们，是想树一树下马威，高抬她的身价。哼，我偏不买账！要是有谁想找个人头示众，我偏要伸直脖颈探进铡口看一看。我并不比她少鼻子，缺眼睛，也不是天生的窝囊废，别指望我在她的面前低三下四，息事宁人，从今后把热被窝全让给她，甘心被打进冷宫！"

借着烛光，慧梅一眼就看出来，走在右边的青年女子是一个相貌忠厚的人，猜出来她是孙氏，同时看出来，左边的金氏就不是老实货。她没有阻止她们磕头行礼，自己还了半礼，然后让她们坐下，并吩咐吕二嫂给她们倒茶。金氏先开口说：

"三天来，我们天天盼望着姐姐驾到，果然……"

站在旁边的吕二嫂，事前得到慧梅暗中嘱咐，赶快赔笑插言说："请金姨太再不要叫她姐姐。一则她比你们两位的年纪都小，二则她是正，你们是偏。我们的姑爷既是一营之首，礼数不能不讲，要给全营将领和眷属们树个规矩。你们要按规矩称她太太，她称你们孙姨太、金姨太，或称你们二姨太、三姨太。"

金氏倒抽了一口气，在心中说："果然厉害！"她原来准备的一套甜中带酸的花言巧语，一下子都说不出来了。慧梅并不理她，向孙氏询问家乡何处，家中还有何人，日子是否能够过活，娓娓闲话，态度亲切。然后她望一眼金氏，对她们微笑说：

"我连日鞍马劳累，需要早点休息，不能同你们多叙家常。听说要在这儿停留一两天，明日还要大摆酒宴。明日酒席之后，我还要找你们来拉拉闲话。"

金氏刚才被冷落一旁，心中更加窝气，这时见慧梅对她露了笑容，已经叫她们回去，赶紧抓住机会欠身说道：

"太太来了，就是一家女主，我们自然打心眼里尊重。以后凡事只要太太吩咐下来，我们没有不听从的。我们如有失礼之处，请太太多多包涵，教导我们。"

慧梅听出来这是话里有话，含有不服气味道，便冷笑一下说道："有一句话我本来打算明日再讲，如今既然金姨太提起来，我不妨先讲几句。你们服侍我们将爷日子较久，有的已经两三年，有的一两年，都是受了辛苦的人。我们三人，应该和睦相处。你们放心，我不是心眼儿窄的人，言差语错，屑来琐去的事儿，我不会放在心上。我更不会跟什么人争风吃醋，为争宠闹得鬼神不安。可是我不喜欢有人狐媚心性，迷惑男人，舌尖嘴薄，搬弄是非。倘若谁敢在我的眼里撒进灰星，我决不忍受，纵然这人正在得宠，抱紧我们将爷的粗腿也不行。在两军阵上，出生入死，杀人如麻，我的心上不曾寒一寒。在健妇营中，我一声号令，没人不听。难道在家中我能忍受别人的闲气么？"她忽然停住，想了想，随即一笑，接着说："今日初见面，我这话说得太重了。可是丑话说头里，以后方好和睦相处。"

孙氏赶快赔笑说："太太说的是大道理，我听了句句合辙。"

慧梅只把她们送出上房，不再远送。由吕二嫂将她们送出二门，坐上小轿，在袁时中的亲兵们护卫中走了。

过了一阵，慧梅将邵时信叫来，嘱咐几句话，然后叫时信带着亲兵一道，将健妇们的驻处查看一遍，又将男兵们的驻地查看一遍。因为从此后是生活在小袁营的大军之中，她担心小袁营军纪不严,夜间会有人故意来健妇们的驻处捣乱。她看见几个路口都有王大牛派的放哨男兵,并有专人坐在帐篷中值夜,放下心来。回来时,恰好袁时中派他的亲兵头目来见她,对她说刚才接奉大元帅火急军令,命小袁营暂归曹操调遣,迅速开赴睢州,与曹营会师,合力攻城。并说明日一早启程,酒宴作罢,要慧梅早点歇息,今夜不必等他。慧梅随即传令健妇和男兵大小头目,今夜三更造饭,四更起床饱餐,准备五更前站队出发。

她睡下以后,竟然久久地不能入睡。虽然她没有全心爱袁时中,但是既然嫁给了他,就生是袁家的人,死是袁家的鬼。今夜她第一次懂得了袁时中很爱姓金的,将她扔在一边,与那姓金的寻欢作乐。她不由地想起来张鼐。假若同张鼐成亲,他决不会这样寡情,至少在新婚的头几年内他决不会这样待她!

她的心中一阵酸楚,但不敢发出叹声,免得被今晚陪她做伴的吕二嫂和四名女兵听见。热泪暗暗地流湿了枕头。透过泪花,她久久地凝望着窗上的朦胧月色,不知道张鼐的人马带着大小火器今夜在何处宿营。

当袁时中和慧梅辞别闯王,驰赴陈州的第二天,李自成和曹操也率领各自的大军出发了。这两营大军从郾城附近驻地分两路向东北走:闯营在西,从西华、扶沟、太康,到圉镇和睢州之间等候会师,准备进攻商丘;曹营走商水、柘城,然后转攻睢州,与闯营会师。闯王给袁时中指定的路线是沿着几天前刘芳亮和李过的人马所走的路线,由陈州向正北走,绕过太康城,直趋睢州。不过李过和刘芳亮到太康后一往杞县,一往宁陵,未攻睢州。小袁营从陈州附近出发到睢州走的是一条直线,也是走在闯、曹两营的中间。

高夫人同闯王在一起行军。老营和行辕成为一体,将士们习惯地统称老营,也叫做老府。去年以来,将士们因为看到行辕军容整肃,戒备森严,威风凛凛,与往年的气象大不相同,都把它戏称为元帅府。起初只有少数人这么叫,很快就叫开了。后来不知怎么又把老营和元帅府合在一起,简称为老府,于是老营各部,包括高一功指挥的中军营和双喜率领的帅府亲军,都称为老府人马。如今这老府的十余万人马,旌旗蔽野,刀枪映日,马蹄动地,好不威风!

张鼐的火器营也随着老府人马一起前进,许多火器都驮在骡子身上,也有许多放在车上由骡子拉着。第一天行军途中,高夫人发现,张鼐就在这三四天中,忽然变得憔悴了,眼窝深陷,脸色也有点发黄,远不像往日那般红润。她几次想策马走近张鼐,同他聊聊,但张鼐好像有意回避着她。有一次,她把张鼐叫到身边问事,想借此同他谈心。但张鼐把事情一说完,立刻又跑回自己的队伍中去。看见张鼐如此反常,高夫人觉得很不好过。同时她又很自然地想起慧梅,不知这姑娘出门以后同袁时中相处得如何。她同闯王不同。闯王认为儿女事都是小事,一办过就不再多想,而她却仍然时时将慧梅的婚事放在心上,深怕她同袁时中不能够和睦相处。

有一次,王长顺骑马从她的附近经过,她喊了一声:"长顺!"王长顺笑着策马过来,问道:

"夫人有什么吩咐?"

"咱们一路走吧,随便拉拉家常。"高夫人说着,同王长顺辔辔走了一段路,忽然问道:"你看小鼐子是不是瘦了点?"

"可不是,也难怪他,心里难受嘛!"

高夫人叹了口气,不愿再谈这个题目,便说道:

"长顺,我觉得,咱们到豫中、豫东一带后,这里的百姓跟豫西不一样,你察觉了没有?"

"我早就觉察了。咱们在豫西时,到处有老百姓迎接,谁都争先恐后地想来投顺。这里的老百姓虽然没有同咱们为敌,可总是没有那股劲头,有时能躲开就躲开咱们,离得远远的。"

"是呀,这些情形我也都看见了,你说这是什么道理呢?我看大概是我们放赈放少了。可是,这也是没有法儿的事。如今咱们不比往常:人马多了,大军需要的粮草很多,自己也有困难,哪能每到一地都拿出许多粮食放赈?再说现在还有曹营的人马在一起,给养也都是从咱们这里分过去。咱们的老府人马有时还能吃苦,这曹营的人可是一点亏也不能吃的呀,吃一点亏就会有怨言。所以咱们现在虽然也放赈,却不能像在豫西时那么随便地放了。因此穷百姓见了咱们也不像豫西那样热乎。"

王长顺听罢,说:"也不完全为这。我是喜欢常常同人拉家常的,有些刚刚投顺来的百姓,在我那里一起喂马,他们谈起老百姓的一些想法,我听了也觉得很对。"

"他们有些什么想法?"

"他们说,这里的老百姓看见我们每到一个地方,住不了几天就走了,因此谁也不敢同我们太热乎,怕我们一走之后,人家说他通'贼',那可就不得了了。所以有的人虽然受官府豪绅欺压,有一肚子冤枉,都不敢来告状,怕告了状后,我们一走,他就会大祸上身。"

"这话说得有道理。可是大家都说,现在我们还不能设官理民,要打下开封以后再做这些事情,所以也没办法。好在这日子不长,等打下开封后,大局一天天好起来,那时候就可按照李公子说的办法,每到一地,设官理民,让大家好好地种庄稼,情况就会好得多了。"

"对啦,老百姓都在瞧着我们下一步棋怎么走。要打天下,不能光这里走走,那里走走。该走的时候要走,不该走的时候就不能走,要不然这江山怎么能够站得稳呢?哪儿是自家的土地人民?"

又说了一阵闲话,王长顺就回到他的队伍里去了。高夫人望着他的背影,心里说:"这老头是个有心人,一心一意为闯王打江山着想,别人不大想的事情,他都放在心里。"

她很挂念慧梅。过了扶沟以后,她知道闯王已命令小袁营火速北上,协同曹营攻破睢州,等候同老府人马会师,然后转往商丘。她巴不得各路大军赶快在睢州会师。她想,即令在睢州不多停留,

83

见不到慧梅,到商丘城就可同她见面了。

三月二十一日下午,袁时中到了睢州城外时,罗汝才已经早半天到来,正在部署攻城。小袁营被指定的驻地在城西北一带,其余三面都归曹营人马驻扎。罗汝才的老营在南门外的三里店附近。袁时中将安营扎寨的事交给副军师朱成矩、记室刘静逸和几个得力首领照料,自己赶快带着军师刘玉尺驰赴三里店去见曹操,请示攻城机宜。

曹操并没有把袁时中放在眼里,而是把他当一个年轻后生和一支“土寇”的首领看待。汝才知道闯王是利用时中,并非将时中当成心腹。至于时中是闯王的义女婿,在汝才眼中无足轻重。他阅历多,见闻广,一开始就暗笑李自成和宋献策们,将慧梅许嫁袁时中是玩的美人计,袁乐得攀个干亲戚,讨个俊俏老婆,日后这一条裙带儿未必能拴住袁。他嘴里不言,心中希望袁时中早日离开自成,以减弱自成的羽翼。但是他绝不能在袁时中面前露出来一句挑拨的话,使闯王抓住他什么把柄。当袁时中到了曹操的老营时,曹操正在同吉珪谈闲话,却故意装做忙于军务,使袁等候一阵,然后大模大样地传见袁时中和刘玉尺。当袁和刘向他恭敬地行礼时,他随随便便地还礼,像对待部下的将领一样。他告诉他们:睢州城无兵防守,百姓怕屠城不愿守城,可以不攻而破。连日行军,士马疲累,今夜全军休息,明日进城。曹操还说,听说乡宦李梦辰①守南门,所以他自己将先由南门进城,然后大开各门。进城之后,东南西三门由曹营派兵把守,北门由小袁营派兵把守。罗汝才最后用比较认真的口气说道:

“时中,你是第一次随闯、曹大军攻城,一定要好生约束部下。闯王下了严令:只要城中军民不据城顽抗,义军进城不许妄杀一人,有违反军令的定斩不赦。你的小袁营只须派三百人驻守北门,我的曹营也是每门派三百人驻守。其余将士,一概不许入城。城

---

① 李梦辰——明朝兵科给事中,睢州城内人,回家才数日。

中骡马财物，我另外派将领率领一支人马入城收集，统统上交老府。由闯王那里按规定分给我的曹营和你的小袁营。你切不要派人入城去抢掠骡马财物，干犯军律。你投到闯王麾下不久，身为闯王佳婿，怕你惹闯王生气，所以先向你嘱咐明白。大元帅把你交我调遣，弄得不美，我的老脸在元帅面前也没有光彩。"

袁时中大出意外，又沮丧，又暗中生气，同刘玉尺交换了一个眼色，只能忍受，装出惟命是从的态度，连声说"是，是"。随后他恭敬地欠身说：

"小侄有一救命恩人，住在睢州城内，名叫唐铉。破城之后，时中想保护他一家性命，以为报答，不知是否可行？"

曹操笑问："他是做什么买卖的？如何是贤侄的救命恩人？"

时中回答："他原来是开州知州。小侄起义前曾因饥寒交迫，无法活命，与几个同伙做一些抢劫的活儿。不幸被官府拿到，必死无疑。这位唐老爷一日坐堂，提审众犯，有的判为立决，有的判为秋决；到审到小侄时，看见小侄相貌与众不同，又是初犯，动了恻隐之心，对小侄说道：'你这个身材魁梧的小伙子，何事不能挣碗饭吃，偏要做贼而死！可惜你长这么大的块头，难道你不知耻辱？你要是从今改行，我就赦你一命。你肯真心洗手做好人么？'我赶快磕头说：'小人何尝不知道做贼可耻，只是被饥寒逼迫得无路可走。倘蒙老爷开恩，小人情愿从此洗手，改邪归正。'……"

"他就放你了？"

"他点点头，打了小侄二十板子，当堂开释，还恩赏了几串钱，资助小侄谋生。"

罗汝才笑了笑，说："他没料到，你后来仍旧做贼，不过不做小贼，做了大贼，身率数万之众，不惟不会被官府捉拿归案，那些堂堂州县官还得向你求饶。天下事就是这个道理，都被英雄豪杰们看穿啦！"说毕，放声大笑。

吉珪向曹操笑着说："此正如古人所言：窃钩者诛，窃国者侯。"

曹操笑过后，又对袁时中说："贤侄，这恩你应该报答。破城之后，你赶快进城，派弟兄保护他的全家。你这样做好事，深合我的心意！"

曹操留下袁时中和刘玉尺吃晚饭。尽管人马立营不久，但酒菜仍很丰盛，桌上全是精细瓷器，酒壶、酒杯和羹匙一律是精致银器，另外还有歌姬清唱助兴，灯影下时时红袖玉手，在旁执壶劝酒。十几天前，在郾城附近，袁时中曾去曹营赴席，酒席十分阔气，很多美味佳肴都是他不曾吃过和见过的，使袁时中十分惊异。他没有想到，今晚仓猝之间仍能置办出满桌肴馔，荤素齐全，真不愧是曹帅气派，与闯王迥然不同！不过，袁时中和刘玉尺在席上强颜欢笑，陪主人猜枚划拳，心中实不愉快。吃毕晚饭，他们立即告辞，驰回本营。

当晚，袁时中和刘玉尺、朱成矩、刘静逸三人，还有几位心腹大头目，密谈他同刘军师见罗汝才的经过，大家都心中不平。刘静逸原是不主张投顺闯王的，这时叹口气说：

"将军原是一营首领，发号施令，悉由自主。而今弄巧反拙，画虎不成，变主为客，寄人篱下。似此遭受挟制，不惟难图发展，恐自存也不容易！明日破城，任他曹营饱掠，咱们小袁营不许进城，只能等待日后李闯王从牙缝中吐给一点东西，感恩领受。这真是岂有此理！"

一部分大头目原来也是不赞成投闯的，这时接着纷纷说话，有的抱怨，有的愤恨，有的甚至说出来趁早拉走的话。但刘玉尺、朱成矩和另有一部分重要头目却主张暂且忍耐，说拉走是个下策。袁时中也主张不要轻举妄动，把投顺闯王这件事当做儿戏。他特别提醒大家说：

"你们要知道，曹操同闯王原是同床异梦，貌合心离。你们不要把曹操当成闯王，误以为闯王对我们也是如此。闯王很重视咱们小袁营，也对我青眼相看，所以才结为亲戚。目前纵然大家对曹操行事不平，我们也务必忍耐在心，不可流露于外。等到了商丘，与闯营会师，咱们就不再受曹营的挟制啦。"

大家听了这话,都认为很有道理,决定暂时忍耐。刘玉尺对袁时中说:

"你在太太面前,对今晚的事,万万不要泄露,更切忌不要使她和她的左右人感到你心中不平。万一不小心使闯王不高兴,以后就……"

袁时中不等他说完就赶快点点头,说:"今晚谈的话,只有咱们在座的人知道,对任何人不许泄露一字!"

大部分人散了后,还有人有事留下,等候袁时中的训示。刘玉尺有事要走,轻轻将袁时中的袖子一拉,带他到屏风背后,含着微笑,悄声说道:

"将军,请你今后暂不要多到两位姨太太帐中歇宿。太太同你新婚不久,正应两情欢洽,如胶似漆,方不负闯王和高夫人嫁女之意。"

袁时中一时不明白刘玉尺是什么意思,望着他笑而不言。

刘玉尺又说:"将军来日富贵荣达,小袁营一营前程,不系于曹帅,而系于闯王。将军恩爱太太,即所以拥戴闯王。况太太顾身玉貌,明眸皓齿,远胜金氏。不过她是闯王养女,立有汗马功劳,深为高夫人所钟爱,且曾任健妇营副首领,故不免略自矜持,身份庄重,不似金氏曲意奉承,百依百顺,故意讨将军快乐耳。要知贫家小户,敬祝灶神,还指望他'上天言好事,下界保平安','好话多说,坏话不提'①。太太是闯王与高夫人养女,岂可不使她心中满意乎?"

袁时中吞吞吐吐地说:"我已经对金姨太太说了,今夜还要住在她的房中。"

"望将军以事业为重。"

袁时中想了一下,忽然一笑,点点头,在刘玉尺的肩膀上轻轻一拍,说道:

"你真是一个智多星好军师!"

---

① 上天……不提——前二句是民间流行的灶神对联。农历腊月二十三日晚上家家送灶神上天"汇报工作"。后二句是送灶神上天时致祝词中的话。

第五章

睢州在当时缺少知州，百姓不愿守城。这情形罗汝才十分清楚，所以他在夜间只派少数人马在睢州城外四面巡逻，防备官绅逃跑，命令大部分人马好生休息，以便明日入城。自从他同李自成合兵以来，他在军纪上也大加整顿，所以睢州城外大军所驻之地，平买平卖，并无骚扰百姓之事。睢州地处豫东，乡下百姓对农民军内部的事情知道得很少，所以多数百姓都以为来攻城的是李闯王的大军。

三月二十二日天明以后，罗汝才一面由侍妾为他梳头，一面向全军重申军令：只要城中不作抵抗，不许妄杀一人。另外，他吩咐弟兄们从不同地方射书入城，将此意晓谕全城绅民知悉，书子上先写明"遵奉奉天倡义文武大元帅李谕"，下款写着"代天抚民威德大将军罗"。不用崇祯年号，只用干支纪年。

果然不出所料，早饭以后，城中穷百姓群情汹汹，逼迫守东门的州衙门吏目将东门打开，迎接义军入城。随即南门、西门、北门一时大开。百姓们起初只有少数胆子大的和比较贫苦的男子站在城门口和街旁迎接，随后大家见进城的义军确实纪律极好，同官军完全两样，慢慢胆大起来，纷纷打开临街的大门，怀着好奇和不安的心情站在街旁观看新鲜。不用乡约闾正传呼，有很多人自动地在街旁和十字路口摆了茶水，还在街门上贴出"顺民"二字，不会写字的人家就赶快请人代写。

袁时中的人马不失时机地占领了北门和北门内的半条街道。他最关心的是保护他的恩人唐铉。在夜间他已经向城外的老百姓打听明白：唐家是住在城内的西北角，离北门的大街稍远，不属于小袁营的驻兵区域。虽然昨晚他已经将他要保护唐铉的事当面禀明曹操，并得到曹操同意，但辞去曹营时候，竟忘记领取曹营的令箭。他必须趁着刚刚破城，亲自尽快地驰进城去，先到唐宅保护，然后向曹操领取令箭插在唐宅门前。他很担心曹营的乱兵抢先到了唐宅，任意杀戮抢劫，所以匆忙中命一亲信头目拿了他的一支令箭，率领二十名骑兵，就近从西门进城，尽快地奔赴唐宅保护。当这个头目走后，他同刘玉尺率领二百名步、骑兵也出发了。

三四年来，袁时中从开始起义到成为有数万人马的重要首领，始终是一营之主，凭自己发号施令，说一不二，不受别人调遣。他要攻什么城池，只须同军师和亲信将领们商量一下，认为合宜，便由他下令攻城；破城后所得的粮食、财物全都归他的小袁营独占，由他随心处分。在一般情况下，他禁止部下将士们随便奸淫妇女和滥杀平民，因此他在社会上得到一些好评。但是有时为着笼络将士，他对抢劫和奸淫的事只要不太过分，也可以睁只眼合只眼，从来不担心有谁会将他责备。可是他现在不得不小心谨慎，不仅怕闯王令严，也怕身居大将军地位的罗汝才。他只能在心中憋着闷气，表面上要做到惟命是从。

当袁时中进了北门以后，看见城中秩序不乱，附近的两条街道有曹营骑兵巡逻。他的小袁营人马驻守北门内外，无曹营令箭不许随便在城中走动。他问了一下手下将领，知道州、县衙门，仓库，大户住宅，都由曹营分兵驻守，不许抢劫粮食和财物。袁时中的堂兄弟袁时泰在他的身边骂道：

"什么不许抢劫，不过是不许咱们小袁营沾点儿油水！以后，你看吧，总是按照这规矩，闯王和曹营分吃肥肉，随意扔给小袁营一根骨头！"

袁时中严厉地看了时泰一眼，责斥说："不许顺嘴胡说！你活得不耐烦了？……闯王决不会亏待咱们小袁营，你只管放心！"

他问明了去唐铉宅子的最近的路，便赶快策马前去。中途，他回头向紧跟在背后的刘玉尺望了一眼，两个人交换一个眼色，虽然都无言语，却互相都在想着刚才袁时泰所说的话。

袁时中到了唐铉的大门外，那从西门进来的小头目也才赶到。小头目自己在守护唐宅大门，分出十个人去守护后门。袁时中问道：

"你怎么现在才到？"

小头目回答说："守西门的那个曹营头目因我拿的不是曹营的令箭，不肯让我进城，耽误了时光。后来遇到一个大头目从城上下来，才让我进了西门。"

袁时中又问："有人进唐宅抢劫么？"

小头目回答："刚才看见有一队曹营骑兵从这条街巡逻过去，这一带还没有抢劫和杀人的事。"

袁时中放下心来，回头对他的军师说："玉尺，你代我去叩见大将军，向他禀报：北门一带已经由小袁营人马遵令占领，秋毫无犯，百姓各安生业。回来时，向大将军要一支令箭带回，插在这大门前边。"

刘玉尺又同他小声嘀咕一阵，勒马朝东，带着亲兵们走了。

袁时中下了战马，命亲兵们快去叫唐宅大门。里边没人开门，只听见内宅似有哭声。袁时中感到诧异，担心曹营的兵已经从别处进入宅内。他吩咐大声叫门，用拳头照大门猛打几下，又将铜门环拍得哗啦响。

自从义军破城以后，唐宅主仆，男女三十余口，认为已经大难临头，恐慌万分。尤其是主人们，比奴仆们恐慌十倍，认为是"在劫难逃"。唐铉原来在开州知州任上做了不少贪赃枉法的事，被劾解职，好歹在京城用银子上下打点，侥幸无事，于三年前回到故乡。他平日常听人言：李自成和张献忠都痛恨贪官污吏、土豪劣绅，抓到时决斩不赦。他还听说袁时中就是开州人，这使他更加害怕，想着袁时中必然知道他的贪赃枉法和敲剥百姓行事，一定会替开州的百姓伸冤。昨晚上他就要离开家，躲往别处。但是他只能躲避到穷人家中,才有可能不被查到。几处贫穷的远房亲族和邻居,都因为知道他在开州任上民怨很深,不肯窝藏,所以他只好在家中坐以待毙。

金银财宝,古玩玉器,在前天夜间风闻义军将到,唐铉夫妇就在两个忠心家奴的帮助下埋到后院地下。如今唐铉最关心的是他的年轻貌美的第三房姨太太和尚未出阁的十七岁女儿琴姑。他决不能让她们被"流贼"掳去,奸淫。一听见街上有纷乱的马蹄声和有人呼喊已经破城,他认为自己即将被杀,忽然将心一横,将一根准备好的麻绳纳入袖中,抽出雪亮的宝剑,大踏步走进三姨太太的房中。三姨太太已经换上了仆妇的旧衣服,打散了头发,弄污了容颜,乍看上去很像一个女仆,只是神态不似;而且五官清秀,皮肤细嫩,无法可以遮掩。看见唐铉仗剑进来,满脸杀气,还以为他准备随时同冲进院里来的"贼人"拼命,为国殉节,吓得她不禁浑身颤栗,颤声说道:

"老爷,你不能这样。你赶快逃命,万不能死!"

唐铉瞪着眼睛对她看了片刻,说道:"贼人已经进城,我们家断难幸免。你年轻,又有姿色,不应该活着受辱。"他从袖中取出麻绳,扔她脚下,接着说:"趁此刻贼人尚未进到院里,你赶快上吊殉节,落一个流芳百世!"

三姨太太傻了片刻,突然跪地,哭着说:"老爷,你可怜我,放我活下去!我已经怀孕了,三个月啦。老爷,你要可怜我腹中胎儿,那是老爷的骨血啊!……"

她抓紧唐铉的袍子,向唐铉哀求,痛哭不止。两个丫环和两个仆妇一齐在唐铉的面前跪下,替她哀求,一片哭声。唐铉默然片刻,忽又厉声说道:

"你快去死!快去死!不要误事!"

三姨太太又哭着说:"老爷,我不是怕死,是因为我已经……"

唐铉恨恨地说:"我知道你身怀六甲。可是你此刻不能失节,非死不可。你不立刻自尽,我就只好亲手将你杀死,使你成为唐家的节烈之妇。快自尽去吧!"

三姨太太继续哀哭,不肯起来。丫环、仆妇们也哭着求情,说三姨太太已经怀孕三月,她一死就是两命俱亡。唐铉一脚将一个跪在地上的丫环踢倒,第二脚又踢倒一个,对三姨太太举着宝剑说:

"或自尽,留一个囫囵尸首,或由我用剑砍死你,你立刻自己选择。先杀了你,我随后也去自尽。快!快!"

三姨太太忽然止住哀哭,拾起地上的麻绳,颤巍巍地立起来,抽咽说:"既然老爷也要自尽,做个忠臣,妾就先走一步,在阴间等候老爷。老爷个子高,请老爷替妾绑绳!"

唐铉接过麻绳,绑在梁上,又搬一个凳子放在下边。尽管他绑麻绳时禁不住手指打颤,但还算沉着,丝毫没有犹豫。他扶着三姨太太登上小凳,等她将头探进绳套,随即用脚将小凳踢开。

当唐铉向梁上绑麻绳和逼使三姨太太上吊时候,两个丫环吓跑了,一个仆妇跑到院中哭泣,一个仆妇脸色惨白,退后几步,默默地望着这件事的进行。她们没有一个人再打算阻止唐铉,救三姨太太不死。她们很相信主人的主意有道理:他自己也要在流贼来到时自尽,做皇上的一个忠臣,一家人死得虽惨,却都成了忠臣烈妇。

唐铉望着三姨太太已经死了,点头说:"死得好,死得好!"他转身走出,在天井小院中遇见最忠实的仆人韩忠,赶快问道:

"外边什么情形?"

韩忠说:"我正是来禀报老爷,前后门都给贼兵围起来了。"

唐铉对这事早在料中,只是用眼色命令韩忠跟在他的身后,不要离开。他快步走到正宅,进入上房,看见没人,便转往有人说话的西厢房,果然找到了他的太太带着十七岁的二女儿同丫环、仆妇们在一起。有人哭泣,有人坐在黑影处。二小姐琴姑已经换了衣服,弄污了容颜,坐在奶母和另一个年老的仆妇中间,唐铉对她说:

"琴姑,贼人已将我家前后门包围,马上就要进来。你是大家闺秀,父亲的掌上明珠,读书明理,万不可失节于贼。你快自尽吧,免得受辱。快,琴姑!"

分明琴姑在思想上早有了准备,并不贪生怕死,也未伏地大哭,倒是比较镇静,扶着奶母站立起来,用泪眼望着父亲,果断地回答说:

"请爹爹放心,孩儿不会丢唐家的人!"她随即转向母亲,哭着说:"妈,请你老人家保重身体,不要为孩儿悲伤。孩儿听爹的话,先走了!"说毕,扭转身,不再回头,迅速向上房走去。唐铉担心她不肯死,跟在后边。唐太太和奶母从西厢房哭着追出,想拉她回来。唐铉将奶母猛推一掌,使她打个趔趄,跌坐地上,然后拦住太太说:

"你是明理的官宦太太,岂可使女儿失节?倘若你不是年纪已老,也当自尽!"

太太不敢再救女儿,扶着身边的一个丫环悲泣。正在这时,从附近又传来一小队马蹄声、锣声和一个陕西人的高声传谕:"大将军传谕,大元帅严申军律:不许杀害平民,不许奸淫妇女……"唐太太忽然抬起头来,用哀怜的眼光望着丈夫,哽咽叫道:

"老爷,你听,你听,又在敲锣传谕!"

唐铉说:"不要听贼传谕,须知我家是书香之族,官宦之家,非同小民贱姓!"

唐太太不敢再有侥幸想法,只是哭泣。唐铉快步走进上房,见女儿已在西阁悬梁自尽。他点点头,小声赞叹说:

"你死得好,不愧是我唐铉的女儿!"

他本来还要催促一个比较年轻的儿媳自尽,但已经来不及了。忽然想起来上月收到在吏部做郎中的同年好友来的书子,答应替他尽力多方设法,销了被劾削职的旧案,重新替他营谋一个美缺。虽然托开封一家山西当铺汇去三千两银子的事在书子中没有提,但他含蓄地写了一句"土仪拜领",已经不言自明。他认为这书信不能失掉。倘若能够平安无事,他一定要营谋开复①,再做一任知州。于是他奔往书房,打开抽屉,取出书子纳入怀中,然后往东边一个偏院奔跑。这时从大门外传过来催促开门的洪亮叫声,用拳头用力捶打大门的咚咚声,打门环的哗啦声。韩忠在背后催促说:

"老爷,快,快,贼人快进来了!"

唐铉感到两腿瘫软,跌了一跤。韩忠立即将他搀起,搀着他继续往前跑。他们到了一个平时没人居住的小偏院,院中杂乱地堆满了柴草,有碾,有磨面的草屋。垣墙角有一眼不大的枯井。韩忠用事先准备的绳子将主人系下井中,并将刚才拾起的一只主人跑掉的鞋子扔下去。唐铉在井中说:

"韩忠,贼人一退走,你就赶快来救我出去!"

"老爷放心。听说贼人是路过睢州,一两天就会走了。今夜,我来给老爷送东西吃。"

"事过以后,我会重重赏你! 你快去应付贼人!"

前边敲大门的声音更急。韩忠赶快向前院跑去。众仆人见他来到,都说:

"你来了好,快开大门吧,再迟迟不开就要惹出大祸了。"

平时办事老练沉着的韩忠也感到十分害怕,只得硬着头皮去开大门。

袁时中只带了十名亲兵,大踏步进了唐宅大门,穿过仪门,向第二进院落的正厅走去。唐宅的男仆们,有的躬身站在甬路两旁,不敢做声,有的躲藏起来。韩忠在大门口迎接,低声下气地跟随进来。他看见这位"贼军"首领相貌英俊,气派不小,显然非等闲之辈,却分明不是要杀人的神气,心中奇怪。袁时中进了正厅,回头向韩忠问道:

"唐老爷在哪里?"

韩忠躬身回答:"家主人于三天前逃往乡下,离城很远。两位

---

① 开复——官吏被撤职或降级,恢复原官或原级,叫做开复。

少爷也随着家老爷逃下乡了。"

袁问:"府中还有什么人?"

韩忠恭敬地回答:"留下男女仆人看家。小人也是家奴,贱名韩忠。"

袁时中顿脚说:"可惜!可惜!"他坐下休息,想起来刚才听到哭声,问道:"没有散兵游勇从别处进来骚扰吧?"

"没有,老爷。"韩忠更感到这位首领的脸色确实和善,口气并无恶意,心中更加诧异,趁机问道:"请问老爷尊姓?同家主人可曾认识?"

袁说:"我是开州人,是小袁营的主帅。我认识你家老爷,可是他不会记得我。他真的逃往乡下了?"

韩忠赶快跪下,叩头说:"小人失敬,万恳恕罪。将军可是在开州看见过家主?"

"说来话长。我看,唐老爷准未出城,不必瞒我。你迅速将唐老爷找来,我要与他见面。你家唐府,我已经派义兵前后保护,万无一失。我只等与你家老爷一见,便要出城。今日事忙,我不能在此久留。究竟唐老爷躲在哪儿?快快请来一见!"

韩忠赔笑问道:"将军如何这样对唐府施恩保全?为何急于要见家主?"

袁时中说:"你不必多问,速将唐老爷请来一见,自会明白。"

韩忠不敢再问,立即站起身来,笑着说:"请将军稍候片刻,小人前去寻找。"

过了一阵,唐铉半惊半疑,随着韩忠来到客厅。他在心中已经决定,既然袁时中一心见他,对他相当尊敬,他见袁时中应施平礼,方不失自己身份。不料他刚刚躬身作揖,却被袁时中赶快拦住,将他推到首位的太师椅上坐下。袁时中在他的脚前双膝跪下,连磕三个头。唐铉大为惊异,赶快站起来还揖,搀起时中,连声问道:

"将军,将军,请问这是何故?这是何故?"

袁时中说:"唐老爷是时中的救命恩人。数年前如非唐老爷救时中一命,时中的骨头不知抛到何处,何有今日!"

唐铉想不起来什么时候曾救过时中,只得重新见礼,让时中在客位坐下,自己在对面落座。这时一个面目清秀的小家人端上茶来,韩忠仍站立一旁伺候。唐铉吩咐韩忠速备酒席,款待随袁将军来的全体将士,然后向时中问道:

"刚才将军说学生曾救过将军一命,学生已经记不得了。可是在开州的事?"

袁时中说:"那是崇祯九年春天的事。唐老爷初到开州任上。时中因时值荒春劫大,随乡里少年做了小盗,被兵勇捉到,押解入城。老爷正在剿贼清乡,雷厉风行,每日捉到的人多被问斩。……"

唐铉插了一句:"那时上宪督责甚急,学生是出于万不得已,只好'治乱世用重典'。"

袁时中似乎对他很谅解,没有一个字责备他的滥杀平民,接着说下去:"那时节,州衙门的大堂下黑鸦鸦跪了一大片人,不少人当堂判斩,判绞,判站笼①,也有判坐监的,那是够轻了。老爷问到我时,忽然将我打量几眼,发了慈悲,问道:'袁铁蛋,我看你年纪很轻,相貌也不凶恶,不似惯贼,快快从实招来,为何伙同别人抢劫?'我招供说:'因我老母守寡,只有一个儿子养活。荒春劫大,老母染病不起,小民万般无奈,才跟着别人拦路打劫,伙抢一头耕牛是实,并无伤害牛主。求老爷鉴怜苦情,恩典不杀!'蒙唐老爷破格开恩,又将我打量几眼,说:'既然你只是初犯,得财不曾伤主,我念你上有老母染病,没人养活,从轻发落。我给你两串钱,你拿去做点小本生意,养活母亲。你须要洗心向善,不可再做小盗,干犯王法。倘再偷人抢人,捉拿到案,前罪俱罚,决无活路!袁铁蛋,你肯永不再做小盗么?'我回答说:'小人对天明誓,永不再做小盗。生生世世,永感大恩!'唐老爷果然命人取了两串制钱给我,当堂开释。你想,这救命之恩,时中如何敢忘?"

---

① 站笼——又名立枷。是一个木笼子,犯人站在笼中,脖颈被木板卡住,头在笼外,可进饮食。如将脚下砖头抽去,立即便死。

唐铉想起来似乎有过这样的事,又望望袁时中的面孔,装做完全回忆起来,仿佛遇到多年不见的一个故人,亲热地笑着问:

"怎么,将军就是当年的铁蛋乎?"

袁时中笑着说:"铁蛋是我的小名。我因生下不久就死了父亲,身子多病,母亲怕我养不成人,叫我铁蛋,取个吉利。大名儿叫时中。只是我是穷家孩子,村中大人都叫我小名铁蛋,很少人叫我时中。"

"令堂如今可在军中?"

"先慈早已在饥寒中病故。先慈一下世,时中别无牵挂,便纠集乡里少年,在山中起事。不过我起事时唐老爷已经卸任走了。"

"没有再用从前的名字?"

袁时中笑着说:"唐老爷释放我时,我对天发誓说决不再做小盗,所以这次是堂堂正正起事造反,一开始就纠合了五六百人,大家推我为首,用我的大名袁时中。不过三个月,就有了四五千人;又过一年,有了两三万人,打过黄河,就摇动风①了。又打到涡阳、蒙城一带,人马更多,我的小袁营就远近闻名了。"

唐铉轻捻胡须,打量着袁时中的英俊开朗的脸孔,再也回想不起来当年劫牛小盗袁铁蛋是什么样子,但是他对时中说道:

"说实在的,我当时看将军相貌虽是面黄肌瘦,烟灰尘垢,同一般饥民小盗无殊,然而,然而将军五官端正,天庭饱满,双目有神,眉宇间暗藏英俊之气,日后必非草木之人,所以立志救将军一命。学生平日自诩尚有识人眼力,今果验矣,验矣!"他得意地笑起来,笑得十分自然。

袁时中欠身说:"倘非唐老爷相救,时中断无今日。"

"话也不能这么说。这是天意。天意使学生当日做开州知州,在红羊劫中放走将军。倘若冥冥中没有天意安排,今日也不会再与将军相见。"

他们谈得十分投机,真好像是故人重逢。后来酒饭准备好了,

---

① 摇动风——这话是拿小树作比,开始枝繁叶茂。

97

唐铉请袁时中到书房饮酒，随来将士被请到大门内的对厅中饮酒，前后守门弟兄各在门内坐席。刘玉尺从曹帅处回来，立即被请进书房。时中先介绍他同唐铉相见，等他坐下后，向他问道：

"见到曹帅没有？"

刘玉尺欠身说："在州衙中见到曹帅。曹帅知道我们小袁营占领北门一带后秋毫无犯，十分满意。曹帅并说请将军前去见他，有事同将军当面商量。"

时中问："曹帅的令箭取来了么？"

"已经取来，交给守卫唐府大门的小头目了。"

袁时中对唐铉说："城里多是曹营人马，敝营只占领北门一带。府上这一条街也是曹营所管。我特向曹帅讨了一支令箭，保府上平安无事。"

唐铉起来先向袁时中深深作揖，又向刘玉尺躬身作揖，说他"承蒙如此眷顾，实在感德无涯"。随即问道："请问二位，学生左右街邻，多是清白良民，公正绅衿，如何可以保全他们的身家性命？敝宅既有曹帅发下令箭保护，是否可令左右街邻都来敝宅避难？"

袁时中点头说："也好，也好。"

唐铉立即命家奴暗中分头通知附近乡宦绅衿，富家大户，火速来他的宅中避难。后来一般平民之家听到消息，也纷纷逃来。韩忠遵照他的嘱咐取来了四百两银子，由他接住，双手捧到袁时中面前的桌上放下。他用亲切而又恭敬的口吻对袁时中说：

"这区区四百两银子，请将军赏赐随来敝宅的贵军弟兄。另有两份薄礼，敬献将军与军师，因一时准备不及，将随后差人恭送柳营①。"

袁时中望一眼刘玉尺，对唐铉笑着说："好吧，这四百两银子收下，赏赐随来贵宅弟兄。至于另外礼物，千万不要准备。不管唐老爷送什么贵重礼物，我决不拜领。"

刘玉尺也说："是，是，断无此理。我们袁将军是为报恩而来，

---

① 柳营——对驻军营盘的美称。西汉周亚夫驻军细柳营。柳营即细柳营之略。

岂能领受厚馈！"

唐铉说："此话以后再说。请到那边入座，少饮几杯水酒，以解二位鞍马之劳。"

酒肴已经在另一张八仙桌上摆好，三人随即走去入座。遵照唐铉对韩忠的暗中授意，伺候酒席的是从唐府中挑选的两个十六七岁的较有姿色的丫头，因在乱时，都是淡妆素裙，薄施脂粉。袁时中在饮酒时候，常常不自禁地偷瞟两个丫头。唐铉笑着说道：

"两个丫头虽然说不上长相好看，倒是自幼学会弹唱。歌喉宛转，尚堪侑酒。命她们为将军弹唱一曲如何？"

袁时中迟疑一下，望望刘玉尺，想到曹操在等着他去商议大事，不宜耽误，便说：

"时中公务在身，不敢在此久坐，不用她们弹唱了。"

唐铉点点头，又说："好吧，午后，我命仆人们用两乘小轿将她们送往虎帐如何？"

袁时中立刻说："不要，不要。我那里用不着她们，请莫送去。"

唐铉对袁时中的拒不受美女之馈略感意外，笑着问道："莫非她们不能如将军意乎？城中诸大户，不乏美姝。容我另为将军物色佳丽如何？"

刘玉尺不等时中说话，抢着答道："唐老爷既然肯以美姬馈赠袁将军，岂有不受之理？好吧，请唐老爷吩咐她们收拾打扮齐楚，不必送往袁营，我在午后亲自来替将军取去。"

袁时中感到吃惊，正要说话，见刘玉尺向他使个眼色。他不知说什么好，心中一时茫然无主。刘玉尺催促他说：

"将军，曹帅那里须得赶快前去，我们就此告辞吧。"

袁时中和刘玉尺同时起身告辞。唐铉不敢强留，将他们恭敬地送出大门。内宅里的女眷因知道袁时中已走，又发出一片哀哭。唐铉进了二门，听见哭声，也不禁心中凄酸，滚下热泪，后悔不该过早地逼女儿和爱妾自尽。他害怕太太扑到他身上哭着要女儿，不敢走往内宅，到书房颓然坐下，低头流泪，想着如何将爱妾和女儿作为节妇烈女写进即将纂修完毕的《睢州志》中,使她们"流芳百世",使后人景仰他唐家的节孝家风和一门双烈。

袁时中和刘玉尺留下四十名弟兄守护唐宅,然后带着大群亲兵策马向州衙驰去。在路上,袁时中让刘玉尺同他并马缓辔而行,小声问道:

"你为什么代我答应要下那两个俊俏姑娘?"

刘玉尺故意问:"为何不要?"

袁时中含着苦恼的笑意说:"太太颇有人品,且是新婚不久,怎好瞒着她做这样事?被她知道,岂不生气?金姨太太是个醋坛子,对新夫人尚且不肯甘心,岂能容得再来两个?况且,闯王自己不贪色,军令整肃……"

刘玉尺不等时中说完,哈哈一笑,说道:"玉尺自有巧妙安排,请将军不必操心。"

袁时中害怕慧梅会对他大闹并向闯王和高夫人禀报,正要批评军师考虑不周;忽遇曹操派亲兵迎面而来,催他同刘玉尺快去州衙议事,便不再言语了。但是他在肚子里暗暗抱怨:

"玉尺,你准会替我惹出是非!"

袁时中见到曹操,原以为曹操要同他商议军戎大事,不料仅仅告他说接到闯王传谕,曹营和小袁营在睢州只停留今明两天,准于三月二十五日赶到商丘城外与闯王大军会师,围攻府城。另外,曹操告他说,今日曹营派出几支人马在睢州城中和四乡征集粮食、骡马、财物,明日下午将按三万人马发给小袁营一月军粮,要他派一得力人员与曹营总管共商如何分发军粮的事。曹操和吉珪并没有对他特别尊重,也没有留他吃午饭。袁时中将刘玉尺留下,自己告辞出城。他的心中失望,暗生闷气。他又想着自己本是一营之主,在豫、皖之间独树一帜,从不受谁的管束,不料投了闯王之后,却被当做一般的部将看待。他对当日在匆忙中决定投闯,开始感到后悔。

午饭后,他在金氏的帐中睡了一大觉。因为心情不快,疑心罗汝才的对他冷淡是出自闯王授意,开始对闯王不满,所以回老营后没有兴趣去慧梅驻处。午觉醒来,已是申初时候。听说刘玉尺已经回来,他便回到自己所住的一家地主住宅的堂屋。看见刘玉尺、朱成矩、刘静逸和几个亲信将领都在等他,另外唐宅的韩忠同两个年轻仆人带着两担礼物也在天井中等候。

袁时中坐下以后,先处分韩忠前来送礼的事。韩忠进去,在他的面前跪下叩了头,说:

"家主老爷因蒙将军庇护,阖宅平安,众多街邻也都得蒙保全,结草衔环,难报鸿恩。特差小人前来,敬献菲仪,聊表寸心,务恳将军哂纳。"说毕,韩忠从怀中取出红纸礼单,双手呈上,随即站起,躬身立在一旁,准备袁时中在看礼单时有所询问。

袁时中见礼单上开列着纹银三千两,黄金二百两,绫罗绸缎,珠宝首饰不少,随即将礼单交给亲兵,对韩忠笑着说:

"你回禀唐老爷,本来我是报唐老爷在开州救命之恩,派兵保护唐府,义所应当。如此厚礼,实不敢受。可是如一概退还,人情上说不过去。没奈何,我收下一半吧。"

韩忠赶快说:"恳将军务必全数哂纳,小人方敢回去复命。在将军营中,金银珠宝、绫罗绸缎等物,自然很多,区区薄敬,不在将军眼中。可是,倘若将军不肯全收,家主便会怪小人不会办事,小人就吃罪不起了。"

袁时中感到有点为难,望望左右。刘玉尺、朱成矩和刘静逸等都说既然礼物送来,出自诚心,应以全收为宜。袁时中只得同意全部收下,命亲兵厚赏韩忠和随来的两个仆人,仍由护送他们前来的十名小袁营士兵护送回城。等韩忠走后,时中对众人说道:

"唐老爷丢了官已经几年,今日拿出这份厚礼,很不容易,所以我不肯全收。"

刘玉尺笑着说:"将军误矣。据我看,唐知州的这份厚礼,大半不是出在他的身上。"

“怎么不是出在他的身上？”

“午后，为着处分那两个美人的事，我又到唐宅一趟。那时唐宅满是避难的人，多是富家、大户与乡宦、绅衿，带进唐宅的箱笼包袱到处堆积。唐铉的这份厚礼定出在这些人的身上，将军觉其多，我尚嫌其少耳。”说毕，哈哈大笑。

朱成矩点头说：“玉尺所见甚是，羊毛只能出在羊身上。将军待人忠厚，故不曾想到这一层。”

袁时中也笑了，说：“我原是庄稼后生，起义后才阅历世事，哪有像知州这样人的心中窟眼儿多！玉尺，那两个会弹唱的俊俏丫头，你送到哪儿去了？”

刘玉尺说：“将军不要，自然有喜欢要的人。”

“你送到曹帅那里了？”

“是的，这才真叫做借花献佛。”

“曹帅怎么说？”

刘玉尺捻着略带黄色的短须，得意地哈哈大笑，说：“我将两个姑娘送到曹帅那里，对他说：我们袁将军遇到这两个姑娘，不敢染指……”

时中问：“你说什么？”

玉尺：“我说将军连用手指碰一下也不敢，命玉尺送来为曹帅侑酒，聊表一点孝敬之意。曹操将两个姑娘通身上下打量一遍，心中满意，对我说：‘还好，还好。留下吧。对时中说我领情了。’随即叫她们弹唱一曲，越发满意，频频点头。”

朱成矩小声说：“果然名不虚传，是一个胸无大志的酒色之徒！”

刘静逸向来不喜多言，忍不住摇摇头，说：“我看，曹操貌似酒色之徒，安知不是韬光于群雄之中，别有一番打算？倘若他果是庸碌之辈，何以将士归心，兵马众强，仅仅次于闯王？”

朱成矩说：“静逸的话很有道理。曹帅当然必有过人之处，万不可等闲视之。他同李帅原是勉强结合，同床异梦。虽然他奉李帅为盟主,但并非李帅部曲,差不多是平起平坐。我们要善处两雄之间,既不要得罪曹帅,还得使李帅多加信任。"

刘静逸冷冷地说:"谁也不会信任我们。他们两营尽管貌合神离,可是全都是老陕儿,有乡土之亲,都把我们小袁营看成外路人,十分清楚!"

袁时中叹口气说:"我们小袁营目前处境同我们原先所想的很不一样!"

刘玉尺向袁时中的亲兵头目袁大洪和两名亲兵扫了一眼。他们立即退出,并且挥手使站立在门外的亲兵们都退后几丈以外。有两个人正要来向袁时中和刘玉尺禀报事情,被袁时中的亲兵们迎上来小声询问一下,知道事儿不很重要,挡回去了。

屋里完全用小声谈话,站在院里的亲兵头目袁大洪虽然出于好奇心,很想知道屋里谈的是什么机密大事,但是听不清楚,只猜到是在议论自从归顺李闯王以来的种种事儿。他也明白,近些天许多将士也常在私下议论,有人说应该投闯王,有人说不应该投闯王。有人说我们的首领好歹做几年婆子,如今反而变成了媳妇儿;上边压着一个严厉的婆子,还有一位拿架子的婶娘。袁大洪还听到有人抱怨说:不是李闯王的养女嫁到小袁营,倒是我们的首领嫁到闯营,连整个小袁营的人马都陪嫁了。到底以后怎么办,袁大洪常在想这个问题。尽管他是袁时中的近族侄儿,又是亲兵头目,但是像这样重大问题是不许他打听的,更不许他同别人议论。

过了许久,参与密议的人们开始从屋里出来,各人去办各人的事,只有刘玉尺和刘静逸被袁时中暂留一步。时中向刘静逸问道:

"静逸,唐知州送来的这份礼物,你看怎么收账呀?"

刘静逸恍然记起,说:"一议论大事,就把收账的事忘啦。将军,纹银、黄金和大宗绸缎,照旧例收入公账,金银珠宝首饰向来交孙姨太太和金姨太太处分,我不收账。如今将军已有太太,这金银珠宝首饰应如何处分,请将军吩咐。"

袁时中怕引起金姨太太同慧梅争斗,沉吟说:"孙姨太太向来遇事退让,只是金姨太太独霸惯了,须得斟酌。送给太太,由她将二位姨太太找去,三人一起商量如何?"

刘静逸迟疑说:"怕不好吧?太太虽系新来,但她的名分为正,且系闯王养女,又是健妇营女将,岂肯将金姨太太放在眼里?她不会找两位姨太太商量的。"

袁时中宠惯了金氏,也觉难办,说道:"这个,这个……"

刘玉尺忽然抬起头来,捻须微笑。

刘静逸问道:"军师有何妥善办法?"

刘玉尺说:"以我之意,连那二百匹绫罗绸缎你也不要入账。将这金银珠宝首饰、绫罗绸缎,外加纹银四百两,黄金五十两,送到太太面前,请她处分。她分给什么人,分多少,或者赏给什么人,悉听她的尊便。将军今日已有正室夫人,何必为此小事分心?"

时中问:"倘若她故意不分给金姨太太,岂不闹得我耳朵不清静?"

玉尺说:"太太跟着高夫人长大,见过大世面,我想她不会将这东西全数留在自己手中。倘若她全部留下,那也没啥,你另外给两位姨太太一些金银珠宝首饰和绫罗绸缎罢了。"

袁时中说:"她才来不久,这样会使她惯成了独霸天下的脾气。"

"将军差矣。后日我们就到商丘城外与老府会师。闯王和高夫人必然关心太太出嫁后的一切情况,将军此时何必对小事斤斤计较,令太太不将好话多说?"

袁时中笑着说:"对,对。有道理!"

唐铉送来的全部礼物,刘静逸暂不入账。片刻工夫,由袁大洪率领亲兵挑着二百匹绫罗绸缎、金银珠宝首饰和分出来的黄金白银,并带上一张由刘静逸重新写的礼单,往慧梅所住的宅子去了。

当东西送到时候,慧梅正在村外驰马射箭。她常常有一些难以对人言说的苦恼情绪,只能借骑马、射箭或舞剑排遣。她得到禀报,赶快回去,看见袁大洪和两名亲兵果然坐在她居住的上房门外等候,邵时信和吕二婶在陪着他们谈闲话。看见慧梅带着一群女亲兵回来,大家起立。尽管按宗族关系袁大洪应该向慧梅称呼婶儿,但是因时中是一营之主,而慧梅又很威严,所以他按照文武官员家通行规矩,恭敬地叫一声:

"太太!"

慧梅略有笑容,轻声问:"什么事儿?"

袁大洪赶快说明来意,双手呈上礼单。慧梅在闯营时候,遇到这样事儿都是高夫人亲自处理或慧英代高夫人处理,自己不曾留心,所以乍然间没有主意,说:

"你们先到外边等一等吧。"

袁大洪回答一声"是!"同两名亲兵正在退出,办事细心的邵时信突然说道:

"大洪,你留一下,让我按照单子将东西点一点,免得出错。"

慧梅不再过问,进到房中休息。时信同吕二婶一件件清点无误,才让大洪出去等候。他进来向慧梅笑着问:

"姑娘,你打算如何处分?"

慧梅说:"时信哥,要我打仗我有经验,可是这样事我是外行。你同吕二婶说,我应该如何处分?"

吕二婶笑着说:"袁姑爷将这么多礼物请姑娘处分,这是对姑娘特别尊重。姑娘自然要留下一部分,余下的请姑爷自己分给两位姨太太。姑娘是太太,身边还有众多女兵,自然要多留一些。"

慧梅转望邵时信,等他帮助拿主意。

邵时信想了一下,说:"以我主见,东西以少留为佳。绫罗绸缎共留四匹,好首饰留四包,黄金白银一概不留。"

吕二婶问:"姑娘身边还有四百多男女亲兵,男的不说,女的难道不该赏赐?一般女兵不说,那些女兵头目和常在身边伺候的姑娘,不该赏赐?"

邵时信笑着说:"我想,我们慧梅姑娘新嫁到小袁营,处事要越大方越好,方是闯王和高夫人的养女身份。至于我们众多女兵,另有赏赐办法。其实,不仅随嫁来的姑娘们应该赏赐,男兵们也不应该受亏待。今天午饭后因知曹帅老营已经移驻城中,我奉姑娘之命到城中办事,又去向曹帅夫人和二夫人请安,听曹帅老营总管言讲,曹帅已经吩咐下来,明天将为姑娘送来一些东西。刚才我从城里回来后已经将此事向姑娘禀报过了。曹帅做事大方,难道曹营送来的东西还会少么?"

慧梅高兴地说:"时信哥说得好,就按你的主意办吧。吕二婶,你把该留下的四匹绸缎和四包首饰留下,其余的交给大洪带回去吧。"

邵时信说:"姑娘,你还得派人随大洪前去,对姑爷把话说清楚,免得姑爷见你只留下很少东西,又不肯处分礼物之事,弄得他丈二和尚摸不着头脑。"

慧梅说:"那就请你去一趟吧。"

邵时信笑着说:"姑娘和姑爷夫妻之间,还是吕二婶传话合适。"

慧梅连连点头,说:"好,好。吕二婶去传话好。吕二婶身边要带两个女兵……"

吕二婶笑道:"你放心。我是个大老婆子,不怕有人调戏我,身边还要女兵护驾么?"

慧梅说:"我不是怕在小袁营有谁吃了豹子胆,敢调戏你吕二婶。我是想,你身边跟着两个女兵,使咱们袁将爷手下那些不知天高地厚的人们,知道你吕二婶是我的女总管,不敢轻看了你。"

邵时信说:"袁大洪和随来的两个弟兄,要赏给封子,请吕二婶赶快封好。"

慧梅问:"我是他们的太太,还给赏封?"

时信笑着说:"按道理说,他们是姑爷的亲兵,也就是姑娘的亲兵,来送礼物不该赏给封子。可是姑娘嫁来以后,至今好像作客一样。小袁营的人们也在背后戏言,说我们随姑娘来的这四百多人是小袁营里的小闯营。所以姑娘对姑爷身边的人要多施恩义,慢慢地使他们心悦诚服,少说闲话。"

慧梅恍然明白,一定是邵时信听到许多闲话不肯告她知道。她的心头一沉,对吕二婶吩咐:

"给大洪一个二两的封子,其余每人一两。"

当吕二婶用红纸封赏银的时候,邵时信将留下的礼物用红纸开列清单,交给吕二婶带给袁时中,然后派人将袁大洪叫了进来。

慧梅对袁大洪说:"你回禀咱家将爷,我留下四包首饰和四匹绸缎,其余的都请将爷自己处分。"

袁大洪赶快说:"太太,你这样只留下很少东西,余下的东西又不肯做主处分,我不好回复咱家将爷。他一定会责备我说错了话,引起太太不高兴了。"

慧梅笑一笑,说:"你不用害怕受责备,我叫吕二婶随你前去,由她替我传话。"

吕二婶随将三个赏封送给大洪,大洪坚不肯要,说是没有这个道理。经邵时信一半劝一半勉强,他才收下。吕二婶带着两个女兵随着袁大洪等走后,邵时信也跟着离开,去计算分发各哨的骡马草料。慧梅回到里间房中,不觉轻叹一声,一阵心酸,眼圈儿红了。她暗想:假若闯王将她许配张鼐,夫妻俩处处一心,共保闯王打江山,该有多好!

却说吕二婶带着两名女兵随袁大洪来到袁时中的上房外边,恰巧袁时中正在同客人谈话,不好进去,立在门外等候。坐在客位上的是一个四十多岁的人,穿一身破旧蓝绸长袍,相貌斯文。房门边地上蹲一个长工打扮的年轻汉子。袁时中先看见袁大洪带两名亲兵挑着东西回来,心中纳罕,立即停止同客人谈话,用眼色将大洪叫到面前,问道:

"怎么将东西带回来了?"

大洪说:"太太只留下四匹绸缎,四包首饰,这是一张单子。她命吕二婶前来回话,现在门外站着。"

时中接着单子略看一眼,说:"请吕二婶进来。"

吕二婶进来后先说了请安的话,随后说:"太太命我来回禀将爷,她才来小袁营不久,许多事儿都不熟悉,在闯营也没经验,不敢妄作主张,所以这些东西请将爷自己处分。"

时中问:"她如何留那么少?"

吕二婶赔笑说:"实不瞒将爷,太太从闯营出嫁时候,陪嫁的和添箱的细软和首饰很多,连赏赐男女亲兵们东西也都有了。太太想着小袁营中除孙姨太太和金姨太太之外,另有众家将领的太太很多,应该让大家都分到一点东西。所以她只留下四包首饰和四匹绸缎,多一件也不肯留,黄金白银一两不要,都请将爷你亲自处分。"

袁时中不再多心,说道:"太太果然是在高夫人身边长大的,十分通情达理,心地开阔!"

吕二婶向袁时中福了一福,赶快退出。刚出屋门,忽然听见那个蹲在地上的年轻人站起来说:

"袁将爷,你莫信他的瞎话。他不姓陈,也不是卖书的。他姓田,是田家庄的大财主,家中骡马成群,金银财宝成堆。你一动刑,他就会说出实话。"

屋里空气突然一变,片刻间寂然无声。那个穿蓝绸长袍的中年人面色如土,张皇失措,赶快站起,两腿打颤。袁时中先打量年轻人,随后向惊恐的客人问道:

"你刚才对我说你姓陈,是卖书的,也卖笔墨纸砚,他是你雇的伙计,替你挑书和文房四宝,原来都不是真话?"

中年人低头不语,越发颤栗不止。

年轻人恨恨地说:"他枉读圣贤书,还是个黉门秀才,祖上也是做官宦的,在乡下依仗他家有钱有势,专意欺压平民。请将军大人将他吊起来,狠狠一打,他就会献出来金银财宝。"

袁时中听到说这个中年人原是黉门秀才,又将他通身上下打量一遍,看出来这人确实是个斯文财主,笑着问道:

"他说的都是实话么?"

中年人吞吞吐吐地说不出话,正要跪下去恳求饶命,却听见袁时中连声说:"坐!坐!"他惶惑地望望时中,重新坐下。

袁时中向年轻人问:"你怎么知道他家中底细?"

年轻人回答说:"我做他家的奴仆很久,所以最知底细。请将军不要饶他!"

袁时中的脸色一变,骂道:"混蛋!该死!我宰了你这个无义之人!"

年轻人一时莫名其妙,慌忙跪下,分辩说:"将军老爷,小人所说的全是实话。倘有一句不实,愿受千刀万剐!"

袁时中怒目望着年轻人,恨恨地说:"你想要我杀你的主人么?我虽做贼,决不容你!……来人,给我捆起来,推出去斩了!"

立刻进去两个亲兵,将年轻仆人绑了起来。仆人大叫:

"我死得冤枉啊!死得冤枉啊!……"

袁时中催促亲兵快斩,并且对这个仆人说道:"你以仆害主,毫不冤枉!"

年轻人从屋中被推着出来,挣扎着扭回头,恨恨地说:"我死得冤枉,确实冤枉。原来你白投闯王旗下,并不是替天行道的人!"

袁时中对亲兵说:"他敢骂老子,多砍几刀!"

年轻人被推到院中,破口大骂。亲兵们对他连砍数刀,他才倒在地上,疼痛乱滚,骂声不绝。又一个亲兵踏着他的身体,就地上砍了两刀,割下他的首级。庭院中一片血污,将吕二婶和两个女兵惊骇得目瞪口呆,不忍多看。

袁时中向中年人问道:"我已经替先生处分了不义奴仆,你还有什么话说?"

中年人站起来说:"请将军赏赐一条席子,将我的这个无义奴仆的尸首裹了,埋到村外。"

时中点头说:"你真是一个长者,好心肠!"他吩咐亲兵们用席子将尸首卷了,抬往村外掩埋,又问中年人:"你现在打算往哪儿去?"

中年人回答说:"我实想逃往亳州,但怕又被将军手下的巡逻抓到。"

"现在天色不早,你怎么好走?"

"听说往南去五六里外即无你们的人马。再走十几里,我有地方投宿,不会再遇意外。"

"既然这样,我派几名弟兄送你出五里之外。"

中年人深深一揖,说道:"承蒙将军厚爱,得以不死,并承派人护送,实在感恩不尽。小人名叫田会友,草字以文。只要平安脱险,他日定当报答将军。现在就向将军告辞。"

袁时中也不留他,吩咐袁大洪派四名弟兄送客人一程。他还将客人送出堂屋口,拱手相别。

吕二婶在袁时中出来送客时赶快拉着两个女兵躲开,随即回到慧梅面前,将这事从头到尾说了一遍。当她说话时,两个女兵不断插言补充。她们对此事十分不平,对被杀的仆人十分同情,所以在述说时激动得流泪,有时咬牙切齿,说不该这样枉杀人命,放了坏人。

这时慧剑等七八个大小女兵头目刚刚收了操练,都来到慧梅的屋中玩耍。听了此事,都气炸了,公然当着慧梅的面,抱怨袁姑爷处事没有道理,还说像这样事儿在闯营中从来没有。慧梅眼睛浮着激动的泪花,久久地咬着下嘴唇,咬出白痕,只不做声。等姑娘们吵嚷了一阵之后,她命人将男兵首领王大牛叫来,又叫吕二婶将这件事儿对大牛从头说了一遍,然后她吩咐大牛:

"你亲自率领二十名骑兵,追赶他们。看见他们时,对姑爷的亲兵们说,奉我的差遣去办一件急事,越过他们继续前行,到七八里处停下休息。等那个人单独来到时,将他杀了,尸首推进沟中,赶快回来,不许走漏消息。"

王大牛兴奋地说:"是,我明白了。"

吕二婶慌忙拦住大牛,对慧梅说:"姑娘,你要息怒,万万不可造次!"

慧梅说:"姑爷妄杀了好人,我只好再杀了那个无义财主,有何不可?"

吕二婶命人去请邵时信,又劝告慧梅说:"姑娘再大,大不过姑爷。他纵然做了天大错事,你只可遇到方便时暗中婉言规劝,岂可擅杀他保护的人?这岂不是要在全营中使他的面子难看?姑娘,可使不得!"

慧梅问道:"难道姑爷没有杀错人么?"

吕二婶说:"姑爷是杀错了人,他说出的理也是歪理。可是,姑娘,常言道,丈夫是妻子的一层天。女子出嫁要从夫,要学会温顺忍让,才能使夫妻和睦。纵然丈夫做了错事,行了歪理,为妻的也不能在众人面前使他丢了面子。何况,咱们姑爷是一营之主!"

邵时信赶来时已经知道了原委。挥手使大家退出,只留下吕二婶在屋中,然后对慧梅说:

"姑娘,这事你千万莫管!闯王将姑娘嫁到小袁营来,不是要姑娘多管闲事……"

慧梅问:"将该杀的人放走,将该受赏的人杀了,也算闲事?"

邵时信说:"姑娘应该留心的是军中大事,就大事说,刚才的事儿也算闲事。"

慧梅又问:"什么是我应该管的军中大事?"

时信说:"同袁将军和睦相处,使他忠心拥戴闯王,这就是闯王嫁你来小袁营的一番苦衷,难道你不明白?"

慧梅叹口长气,伤心地噙着热泪,低头走进里间。过了一阵,吕二婶和邵时信知道她已经回心转意,不会再派人去追杀那个姓田的人,才互相使个眼色,悄悄退出。当他们走出门外时,听见慧梅在窗子里边自言自语地说:

"这事,我要告诉夫人知道!"

第六章

三月二十六日中午，三支人马到了商丘城外。按照闯王命令：老府人马屯在西南；曹营屯在西北；小袁营屯在西面，也就是屯在老府和曹营人马的中间。在李自成的心目中，袁时中投顺以后的地位不能与曹操相比，而是属于部将之列，和李过、袁宗第等的职位相同。他的人马要随时听从闯王的调遣，所以必须与老府挨得近些，不能由曹营隔开。

这时，如果站在商丘城头瞭望，就可以看见在城外不远地方，往远处弥望无际，从西到南，又从西到北，帐篷遍野，构成了一个巨大的半圆形。处处营盘，星罗棋布；人马来往如蚁，多不可数。而其中有一支人马，就是李过率领的攻城部队，已开始带着火器、云梯、盾牌、镢头等物，分为数路，向城边走来。

慧梅也随同袁营人马一起由睢州来到商丘城外。刚刚把营盘扎定，她就派一名亲兵骑马往老府去看看高夫人是否已经住下。吕二婶在旁笑道：

"姑娘，你这样急着要见夫人，心情就像一团火一样，就是最有孝心的亲生女儿也不过这个样子！"

慧梅也笑道："你忘了，咱们在睢州时不是已经说定了，一到商丘就要去看夫人么？"

"我哪能忘了？不要说你急着去见夫人，连我们这些下人也是一样。"

当下慧梅梳洗打扮一番，换了新的衣裙，显得格外俊秀。当时在闯王军中的青年妇女们都练武、骑马，崇尚俭朴，姑娘们都不穿艳丽衣裙，不戴多的首饰，不施多的脂粉，不穿拖地长裙，慧梅也不例外。但因为她是"新嫁娘",今日回到闯营去是"走亲戚",也就是出嫁后第二次"回娘家",所以比一般时候、比一般姑娘,自然要打扮得用心一些。在吕二姢的帮助下打扮完毕,身边的女兵们都围着看,有的姑娘简直看傻了。慧梅被看得不好意思,笑着说道:

"你们这些傻丫头,不认识我?瞪着眼睛看我做什么?"

女兵们不好意思直白地说出来是因为她打扮后特别好看,只是嘻嘻笑着,不敢再瞪着眼睛看她,但每个姑娘都忍不住借机再向她偷瞟一眼两眼。

慧梅完全明白左右女兵的心思,连她自己也忍不住拿起来新磨光的铜镜照一照容颜。她吩咐随她去老府的十名女亲兵赶快去打扮一下,换上新的戎装,要像是走亲戚的样儿,使高夫人看见高兴。但是就在笑着吩咐当儿,一丝苦恼的轻雾飘上心头。她希望能够在闯王的老营中同张鼐见到一面,但是又害怕同他见面。事到如今,四目相对,多难为情?纵然肚子里有千言万语,除非梦中,当面有什么话好说呢?倘若他看见我出嫁后并不是悲苦憔悴,反而比做女儿时更加容光焕发,岂不会错怪了我的心?岂不要暗暗恨我?她的脸上的喜色消失了,眼中的光彩减少了,明亮的眼珠忽然被一层隐隐约约的泪花笼罩。幸而身边的女兵们都没有注意到这一点突然变化。她为着掩饰自己的心情,故意欣赏自己新得到的一把宝剑,却暗暗在心中叹道:

"婚姻事都是命中注定,谁配谁多没准啊!"

趁着暂时无事,她命人把慧剑和王大牛分别叫来,问了一下亲兵们的安置情况。后来她想反正没事,便自己出来,亲自到各个帐篷中看了一遍。当她回到自己帐中时,那个去老府通报的亲兵已经回来了,告诉她,高夫人正在等着见她呢。慧梅一听,立刻说:

"备马,立刻就去!"

吕二姢问道:"今天去,骑哪匹马呀?"

慧梅一愣,有片刻没有说话。吕二姢完全猜到,慧梅不肯骑袁时中给的甘草黄是为的保持对张鼐的难忘之情,只得悄声劝道:

"姑娘,我就算是你的老仆人,是夫人特意派我来伺候你的,我有一把年纪,人情世故也见得多了,有些事我说出来,你不要怪我多嘴。"

"你说吧,我没有把你当外人看待。"

"我看姑爷在定亲的时候,送那么多礼物给你,你都没放在心上。可你是女将,这一匹骏马,又配了这么好的鞍、镫、辔头,你总该骑一骑吧!可你连看也不看,这叫他面子上如何下得去?不管怎么,你们已经是夫妻了,照我看,他对你也算是百般温存,什么都听你的,你就不能骑一骑甘草黄?"

慧梅的眼圈儿有点发红,轻轻摇了摇头。吕二婶又说:

"当然这事儿得由姑娘你自己做主,不过我想你同姑爷既已成亲,今后是要白首偕老的,所以越和睦越好,能够不闹别扭就不要闹别扭。我看,夫人和闯王也巴不得你们夫妻和睦。今日回到老府,夫人难免不问到你们是否和睦?光为着让夫人放下心来,你今日也该骑甘草黄回老府,以后再换那匹白马不迟。"

慧梅没说话,没摇头,也没点头,但心里觉得吕二婶的话也有道理。自从同袁时中结婚以来,袁时中尽管是一营之主,手下有三万人马,但对她却百依百顺,并没有拿出丈夫的架子。袁时中也是相貌堂堂,一表人才,不比张鼐差。况且自己跟他已经成了夫妻,如今何苦还要为骑马的小事儿使他的心中不快?可是,对张鼐又怎能一旦忘下?难道她同张鼐之间的不能用言语表达的一往深情会能够一刀斩断?是不是从今天起就骑甘草黄,她的心中感到矛盾,也暗暗刺痛。吕二婶见她犹豫不决,又说道:

"夫人最关心的是你同袁姑爷和睦相处。你要是骑甘草黄去,夫人看见,心里就宽慰了;你要是骑白马去,夫人见了,嘴里不说,心里定会难受。"

慧梅听了,觉得吕二婶说的确实入情入理。她又想到,骑甘草黄还有一个好处,就是如果碰上了张鼐,也可使张鼐早早地把她忘掉。反正破了开封以后,张鼐就要同慧琼结亲,何必让张鼐心里还想着她这个人呢？于是她对吕二婶点点头说：

"好吧，我就骑甘草黄去吧，可是以后……"

吕二婶宽慰地笑起来，接着说："以后再说吧。请姑娘在闯王和夫人面前，一定要多说袁姑爷的好话。你替他多说几句好话，一则闯王和夫人心中高兴，二则姑爷听说了会感激姑娘的情，三则对姑爷的前程也有好处。"

慧梅笑道："我才同他结亲几天，本来没有吵过架嘛。"

"架是没有吵过，可是为了他保护那唐铉的事，第二天姑娘知道这姓唐的是个大贪官，心中很不高兴。还有那个姓田的财主，姑爷放了他，却杀了他的奴仆，更使姑娘生气。姑娘，你嫁到小袁营不像平民小户人家嫁女。你是一身系着小袁营要永保闯王打江山的大事。只要袁姑爷能够忠心耿耿保闯王打江山，其余的都是小节。"

慧梅叹口气，说："也罢，这些事儿我在夫人面前就不提了。他现在是我的丈夫，我当然只能盼着他好，希望闯王喜欢他，夫人喜欢他，大家都喜欢他。只要他对闯王有忠心，我不管有多少不如意的事儿，都可以沤烂在肚里，决不对夫人和闯王说出。"

这时马已经备好，慧梅便带着吕二婶、慧剑和十个女亲兵，还带着昨晚就准备好的许多礼物，动身往大元帅的老营去。刚出村子，看见奉高夫人命前来迎接她的慧英、慧珠和三四个姑娘已经来到。大家下马相见，十分亲热。慧梅紧紧地拉着慧英，离开众人几步，四目相对，互相笑着，却不知说什么好。过了片刻，慧梅轻轻叫了一声："英姐！"刚才勉强忍耐着没有涌出的热泪，随着这哽咽的一声呼唤，突然奔流。慧英一向了解她的心，同情她的苦，也禁不住鼻子一酸，流出热泪。她低声劝道：

"慧梅，你快不要难过。马上就要见到夫人，她看见你的眼睛哭红了，能不心中难过？你不知道夫人和老营中的婶子们、嫂子们、姐妹们，大家知道你今日要回来，都是多么高兴啊！快揩了眼泪，快快活活地跟我去拜见夫人！"

慧梅揩去眼泪,问道:"大家都还没有忘记我?"

"傻话!谁能够忘记你?就拿夫人说,她的事情那样忙,一天少说也提到你三遍!"

慧梅很是感动,叹息说:"常言道,嫁出去的女儿泼出去的水,何况我还是一个义女!只要夫人和你们大家能够常记着我,我的心中再有多苦也是甜的。"

慧英说:"两三天前,曹帅派人向闯王禀报军情,昨日袁姑爷也派人向闯王禀报事情,都说姑爷待你极其温存,你们夫妇和睦。小袁营来的人还说到两个姨太太对你十分恭顺,姑爷自从结婚后,很少再到她们的帐中去。夫人听了十分高兴,对我们笑着说:'谢天谢地,我到底放下心了!'"

慧梅勉强笑一笑,不肯对慧英吐露实情。

正在同慧剑拉着叙话的慧珠跳过来说:"梅姐,快上马走吧,夫人正在老营中等候你哩。你猜,还有谁在等你?"

慧英赶快向慧珠使个眼色,接着说:"红姐姐也在等着你。"

慧珠快口快舌地纠正说:"我不是说的邢大姐。梅姐,你猜还有谁?"

慧梅又看见慧英向慧珠使眼色,已经猜到八九,心中暗说:"天呀,他等我有什么话说?"但是她拉着慧珠的手说:

"你说话还是那么快,好像打算盘子儿一样。反正我猜到,在老营等候我的还有红霞姐、慧琼和兰芝。她们都从健妇营来了?"

慧珠凑近慧梅的耳朵悄声说:"我说的是张鼐哥。"

慧梅不禁脸孔一红,心头跳了几下,遮掩说:"我听不清你的话,别对我鬼鬼祟祟!"

慧英对慧珠一努嘴,随即吩咐大家上马。过了片刻,这一小队女将士向数里外的闯王老营驻地缓缓驰去。慧梅在马上默默不语,心中极不平静,简直不知道应如何同张鼐见面……

慧梅和慧英在大路上并马而行。虽然离别不到一个月,慧梅却感到像离别了很久时光。她向慧英打听闯王老营和健妇营中许多人的情况,只是避免打听张鼐情况和他的火器营。她多么希望慧英会主动地向她多谈点张鼐的近日情况,然而慧英像平日一样口舌严谨,不肯多说一句!

大元帅老营的驻地已经望见,她们正要加快前行,忽见前面有个人在马上一摇一歪的,像喝醉了酒一般。慧梅一时高兴,将鞭子一扬,赶到近处,才看清是王长顺。王长顺却没有注意到后面有人跟上来,嘴里兀自嘟嘟噜噜地说着话。慧梅觉得好玩,回头做手势让大家都别招呼他,听他说些什么。

王长顺含糊不清地自言自语:"唉,打个大仗还罢啦。打小仗,攻一座城池,也是几十万人马一起跟着!打到哪里吃到哪里,像一群蝗虫一样。蝗虫啊蝗虫,一群蝗虫!"

慧梅忍不住叫了一声:"王大伯,你在说什么啊?"

王长顺回头一看,笑了起来:"哦,是你呀,好姑娘啊!怪巧,在这里碰见你了。你是去老府看咱们大元帅和夫人?慧英,你跟慧珠是来接她的?"

慧梅快活地说:"大伯,我没想到在这里看见你老人家!你是不是又喝酒啦?"

王长顺笑道:"你看,我为着草料的事,刚刚出去,就遇着别的爷们在喝酒,硬要拉着我灌了三大碗。我这酒量本来很浅,一灌就满脸通红,现在骑在马上还跟腾云驾雾一样。"

慧英问:"大伯你刚刚说什么蝗虫啊蝗虫,是什么意思?"

王长顺说:"哦,这也被你听见了。唉,慧英,有些事情你是不清楚啊,因为你不管这些事。你看咱们现在三个营合在一起,有几十万人马,今天到这里,明天到那里,也没有一个固定的地方。每到一地,都要粮食,要草料,把地方吃光喝光。老百姓也是苦,还得供应大军。说是随闯王不纳粮,可是大军吃的烧的,还不是都出在百姓身上!粮食的事我看得很清楚,可是我管不着。这老营草料的事情是该我管的,你要我怎么办?别说麸子和豆料不易弄到,就连草也难弄啊！如今正在打仗，你不能把马散开找草吃。咱们的战马能让饿着么？不行。所以呀，现在许多营里只好让马去吃麦苗、吃豌豆苗。这不是害了百姓么？"

慧梅问道："大元帅不是有禁令，不许骚扰百姓、不许损坏庄稼么？"

王长顺苦笑一下，说："如今的事，哪像往日！哼，禁令是禁令，可现在下面管不了那许多。有些人做事只图自己方便，瞒上不瞒下，瞒官不瞒私，只要瞒过闯王就行了。其实，连高舅爷全都知道，但他有什么办法呀？只好睁只眼闭只眼啦。有些人刚好被闯王看见了，或杀或打，算是他倒霉。可是不倒霉的人多着呢。人家总不能叫马饿着肚子呀，饿着肚子怎么能够行军、出战？"

慧英和慧梅听了这话，交换一个眼色，心中全明白了。慧英平日是个有心人，也听红娘子和高夫人私下谈论过大军粮草艰难的事，如今想着王长顺刚才骂大军所到之处像一群蝗虫过境，暗有同感，不禁在心中说："是呀，这样可不是长久办法！"慧梅想到刚才一路过来，确实看见许多地方的麦苗被牲口吃了，豌豆苗也被牲口吃了。她正待开口，王长顺摆摆手说：

"唉，我这都是醉话，醉话，你不要去听它。我是酒一下肚，就胡说八道起来。醉话，醉话。"

慧英说："王大伯，你说得很有道理啊，你并没有喝醉。这些话你不说，我也能看出一点毛病来，可是没有你说的这么清楚。"

王长顺一听这话，又忍不住说道："还不光是粮草为难。你想想咱这一带不像豫西，没有山林，平常老百姓做饭烧火就十分困难，现在我们几十万大军开到，哪有做饭烧火的柴火呢？老百姓剩的一点点柴火垛，我们拿来烧光了，树林，我们砍了，还不够，就烧人家的家具，烧人家的门窗，最厉害的把人家的房子也拆了烧。说是不扰民，秋毫无犯，其实不能不犯。咱们老府的纪律向来是严的，可是如今人马众多，肚子比纪律还要严！谁不把肚子吃饱，谁就受不了，什么事情都干得出来！"

慧英问道："王大伯，你说这有没有什么办法？"

王长顺说："我有什么办法！咱们现在就是这么个打法。你想，商丘这个城，用得着几十万人马都开来么？可是现在都开来了，打别的地方也是一样。我刚刚为找草料，跑了几处地方，都看见把人家门窗拆下来，劈了做饭。唉，这话我也只能对你说，可不要传给外人知道。"

慧英点点头，说："这情形谁都知道，没有办法。"

王长顺望着慧梅说："慧梅，你是已经出嫁的姑娘，今日回老营好比回娘家。见到咱们闯王爷，像我刚才说的那些酒后之言，你可不要对他乱说，免得他不高兴啊！"

慧梅说："我是在你眼皮下长大的，你还不晓得我这个人？该不说的我自然不说。可是你刚才说的话，我倒觉得蛮有道理，你为什么不把这些话跟闯王说一说呢？"

"哎呀，你这姑娘，看你糊涂不糊涂！如今闯王是全军的大元帅，大事小事都向他说，他咋能管那么多呀？还有我这个人，以前是动不动就去找闯王，对他说'闯王，我有件事想跟你谈谈'，他就马上亲亲热热地拉我坐下，听我哇啦哇地谈。我这个直筒子人，把看到的、听到的都对他倒出来。如今可不同了，闯王自己不讲究这些，咱们也得讲个体统。他是大元帅，跟前的军师、大将如云，大事情得由这些人去商量、筹划。我一个老马夫，什么事情都去多嘴，那还成个什么体统呢？我只要把我的马管好，让老营的亲兵打仗时，骑在马上，都是膘肥体壮，我就心满意足了，也算没有辜负闯王给我的差事。别的事咱王长顺还是不说为好。"

说罢，他向慧英和慧梅挥挥手，就从另外一条路上策马而去。慧梅等继续往老府行去。

这时，攻城已经开始，炮声震天，在炮声中夹杂着喊杀声。慧梅不由地驻马东望，远远地望见城边硝烟腾腾，西城头的一些碉楼和城垛被炮火打毁了一部分，隐隐地还可望见有人抬着云梯往城墙边奔跑。她看得出神，心里想道："咳，这么好的仗，可惜没有听说大元帅命健妇营的姐妹们同男兵一道攻城！"继而一想，就是健妇营去攻城，她已经不是健妇营的人，没有她的份儿了。这么想着，她不觉微微叹了口气。

慧梅到了高夫人的驻地，所有看见她的人都热情相迎。她好像同大家相别很久，一边笑语寒暄，一边不住流泪。高夫人拉着她的手，将她通身打量一遍，是想从她的神态中看出来她婚后是否幸福。粗略看，慧梅和往日没有什么不同，可是处处细心的高夫人，注意到在她的眉宇之间有一些轻微变化，似乎隐藏着一些心事。总而言之，她已经不再像原来的神情，不再是一个无忧无虑、只专心练兵打仗的姑娘了。坐下去谈了一阵闲话，众人知道高夫人同慧梅有体己话要说，纷纷离去。高夫人趁身边人少，向慧梅问道：

"这些日子，你们新婚夫妻可如意么？"

慧梅的脸红了，十分不好意思，低头不语。

高夫人又说："这里除了我和慧英，又没外人，有什么不好说的？你出嫁的时候，我心里也不好过，只恐怕你在小袁营夫妻两个过得不和，那我就要后悔一辈子了。你对我说实话，是不是你们小夫妻过得和和睦睦呢？"

慧梅低下头去，微微一笑，说："妈妈放心，不会让妈妈替我们多操心的。"

"只要这样就好。其实，夫妻之间哪有十全十美的？常言道：牙跟舌头还有不和的时候，何况是人跟人？所以夫妻间遇事总得彼此忍让，相敬如宾。只要你们小夫妻过得和睦，能够始终真心拥戴闯王，我就放心了。"

慧梅低声说："我看他倒是真心拥戴父帅的，不管当着我的面，还是不当我的面，他总是说，父帅名在《谶记》，确是真命之主，他一定要粉身碎骨为父帅效力。看来他说的都是真心话，并没有一点虚情假意。"

高夫人点头说："这样就好。"

120

慧梅又说："再说，既然父帅已把我嫁了出去，我也只能死心塌地同他白首偕老。妈妈放心，只要我活着，我决不会让他做一点对不起父帅的事。"

高夫人用责备口气说："你怎说话不忌讳呢？年纪轻轻的姑娘，什么死啊活的，说些不吉利的话！"

慧梅笑道："我没有别的意思。我是想说，我们还要打仗，随时随地要在战场上立功效劳，难免不有三长两短。"

高夫人说："以后我们的局面跟从前大不同了，尽管你武艺很好，也有打仗的阅历，但看来用不着再亲自打仗了。就连我们健妇营，不到万不得已，闯王也不会让她们到两军阵上，白刀子进去，红刀子出来，杀个人仰马翻。如今不再盼望你能够打仗，为闯王效劳；只盼望你能够跟时中始终拥戴闯王，打下江山，同享富贵，这就有了。"

"我会照着妈妈的话去做。"

高夫人又笑一笑，忽然说道："你看，曹帅那个军师吉珪，表面上也尽说些好听的话，你出嫁时，他也恭贺咱们大元帅得了一个乘龙快婿，又得了一员大将，可是背后我又听说，他在说风凉话，叫人真是生气。"

慧英在旁笑道："他说了什么风凉话？我还没有听到。"

"难道你还没有听到？他在背后说：'我看袁时中不是那么可靠，将来大元帅说不定会赔了夫人又折兵。'"高夫人边说边笑起来，接着骂道："你看吉珪这老东西，真亏他说得出来！"

慧梅听了觉得心中不舒服，也感到将来的日子难说，但是她没有做声。慧英生气道：

"他怎么能说这话呢？"

高夫人说这话是有心给慧梅一个暗示。她知道吉珪在慧梅出嫁的那几天中，常跟袁时中的军师刘玉尺来往，吉珪又是个用心很深的人，说不定从刘玉尺那里看出了什么毛病。然而这会儿她又不愿在慧梅面前谈得太多，便淡然一笑，说：

"人的嘴都是圆的,舌头都是软的,谁愿怎么说,就怎么说,管他呢! 只要我们袁姑爷死心塌地跟着闯王打天下,别人随他去怎么说,何必计较!"

当慧梅来到时候,她知道因为攻城已经开始,闯王偕着曹操、牛金星、宋献策、吉珪等人往城边去了。慧珠原说张鼐在高夫人驻地等她,却竟然没有看见,连张鼐的任何亲兵也不曾看见。她不好问一个字,只是想着如今正在攻城,炮火很猛,张鼐一定是匆匆地赶赴城外指挥火器营去了。但尽管她的心中如此明白,却仍不免暗暗感到怅惘,只是在表面上她不能有丝毫流露。高夫人最能体贴慧梅的心,淡淡地笑着说:

"今日提前开始攻城,你没有见到父帅请安,连两个哥哥也不能等候你了。"

慧梅的心中一动,明白高夫人所说的"两个哥哥"中有张鼐在内。她知道今天确实见不到张鼐了,那一股怅惘情绪反而消失,心头舒展多了。她回答说:

"我知道双喜哥们都是大忙人,今日当然更忙。"

高夫人又说:"今日见不到,明日一定会见到。今日你看看姐妹伙和婶子、嫂子们吧。"

慧梅同高夫人又叙了一阵闲话,尽量掩饰了她在新嫁后的内心痛苦,使高夫人感到宽慰。后来她离开了高夫人,骑马到健妇营中。

健妇营的众姐妹一见她回来,都有说不出的高兴,拉着她说呀笑呀,问长问短。兰芝也跑过来,紧紧拉住她,说:

"慧梅姐姐,你走了这些日子,我们天天都在念着你,今天可把你盼回来了。你今晚还回去么?"

慧梅不好意思回答。慧琼自从慧梅走后,就到了健妇营,与红霞一起协助红娘子照料健妇营的事情。这时听了兰芝的话,她马上接口对慧梅说:

"你今晚千万不要走。我看你一晚不回小袁营,新姑爷也不会把你怎么样。"

慧梅在她身上捶了一拳:"看你这姑娘,什么话都乱说。好,我今晚不回去了,待会儿你们这里派一个人去我们小袁营对亲兵们说一声,让她们不要等我了。要是他问起来,就说我留在这里了。"

慧琼笑道:"他是谁呀?"

这一问,引得大家咯咯地都笑起来。慧梅满脸通红,发急地说:

"你们这样取笑,我就不留在这里了。"

红霞赶快说:"你一定留下,好好跟大家一起玩一玩。大家都很想念你,也听听你这些日子在小袁营的新鲜事儿。我们只听说袁姑爷如何如何好,可是不知道小袁营的规矩跟咱们这里一样不一样。"

慧梅尚未说话,一个姑娘又问起别的事情来,大家你一句,我一句,问个没完没了。转眼已到吃晚饭的时候,高夫人派人来将她接去吃饭。饭后,她对高夫人说,想去李公子营中看看红娘子。高夫人说:

"你不用去了。我已派人告诉她,说你回来了。她会马上到这里来看你的。你知道,大姐也是天天想念。她常说,自从你出了阁①,她在健妇营好像失了一只膀臂。"

果然,过了一会儿,红娘子就带着一名亲兵赶来了。她见了慧梅,亲热万分,拉着她这里看看,那里看看,一面看,一面笑,说:

"慧梅,你出嫁时哭得那么厉害,现在我看你们小夫妻两个倒是过得和和睦睦的,是么?"

慧梅的脸又红了,说:"大姐,你也跟我取笑!"

红娘子咯咯地笑了一阵,说:"我看见你眉毛上和眼睛角都带着甜味了,心里也就有说不出的高兴,所以我要跟你开几句玩笑。"

她们又谈了一会儿别后情形。红娘子风闻袁时中先娶了两个姨太太,有一个姓金的很得宠,慧梅同新姑爷的感情不很融洽,老

----

① 出阁——即出嫁。阁指闺阁。

营都把一些真实情形瞒着高夫人。如今她看见慧梅守口如瓶，她自己当然不问一个字。但是她几次看见慧梅正在谈话中忽然眼睛里似乎涌出泪花，赶快低下头或在灯影中遮掩过去，不愿使别人看见。红娘子还听李岩说过，闯王曾经听高一功说过，慧梅在小袁营中不很快活，常生暗气。但是闯王以打江山成就大业为重，对一功说："你差人嘱咐慧梅，要听我的话，'出嫁从夫'，对时中要温顺体贴，才是道理。你告诉汝才，慧梅陪嫁的男女亲军有四百多人，破开睢州以后，除分给小袁营军粮财物之外，请他额外送给慧梅一些东西，不要使慧梅感到委屈。"她知道，高一功差去睢州的人只对曹操传了话，没对慧梅传话。如今红娘子只能在心中同情慧梅，希望慧梅能把事情想开一点，别的也实在帮不上忙。谈了一阵，她站起来说：

"我要走了。今晚你就住在健妇营里。明天早点起来，我同你一起到城外，看他们破城。听说今夜要不断打炮，到明天五更时候就要靠云梯爬城。"

高夫人说："我也打算去看一看。咱们一路过来都是势如破竹，只有商丘这个地方，是个府城，守城的人多，昨天又来了新的官军，看来要费点劲。"

慧梅说："我正想明早到城边看看，一定很热闹。可惜咱们健妇营这次不能同去攻城，否则我要同她们一起冲进城去。"

红娘子说："是啊，你走了以后，补上了慧琼，同着红霞两个，仍然天天带着健妇们在练功。可是咱们大元帅不让咱们打仗，只让咱们吃闲饭。这闲饭吃着也怪不好受。"说得高夫人和慧梅都笑了起来。

红娘子走后不久，慧梅由慧英陪着去看了各家婶娘、嫂子，然后回到健妇营中。因为军纪很严，大家早早地都就寝了。慧梅就同慧琼睡在一起，直到人静以后，她两个还在悄悄说话。慧梅忽然想起来一件事，对慧琼说：

"慧琼，我上次回来的时候，让你给张鼐哥做个香囊，你可做了没有？"

慧琼听了以后，心口嗵嗵地跳了几下，自己觉得脸上热辣辣的，幸而是夜间，别人看不见。她悄声说道：

"我才不做呢。我做了他也不会要的。"

"他会要的。这事情你大概也知道了，夫人已经说过，所以我才让你做。你最好在端阳节以前做好交给他。"

"我还是不做吧。我做的，他要也是勉强。"

"你权当替我做件事情好不好？"

慧琼只得在枕上点了点头。慧梅虽然看不见，但感觉出来她已经同意了，也就不再说话。她们各人怀着难言的心事，久久地不能入睡，听着攻城的隆隆炮声和阵阵的呐喊声。

黎明时分，炮声响得更稠，喊杀声也更凶了。慧梅和慧琼入睡不久，被她们的女亲兵们叫醒，说是马上就要破城了。她们赶紧一骨碌爬起来，随便梳洗一下，很快地束扎停当，披上箭衣，提着马鞭子走出军帐。慧梅的马已经牵来。她接住丝缰，对慧琼说：

"走，把慧剑也叫上。"

当下，慧梅、慧琼、慧剑带着一群女兵，从健妇营的驻地出发。慧梅因为红霞要留在健妇营主持营务，不能一同前去，心中感到遗憾。临上马分别时候，她拉着红霞的手，深情地小声说：

"红霞姐，我要是不被逼着出嫁，如今仍在健妇营，生活在大伙姐妹中间，像在自己的家里一样，该有多好！"

红霞知道慧梅的苦衷，含泪一笑，解劝说："姑娘们人长树大，总得嫁人，有啥法儿呢？何况你是为帮助闯王成就大事，嫁到小袁营去，非同一般。只要袁姑爷忠心拥戴闯王，就是你报答了闯王的大恩，为闯王立了大功。"

慧梅轻轻点头，纵身上马。红霞不胜惜别之情，抚弄马鬃，随便地问：

"这匹甘草黄骑着还好？比那匹白马如何？"

慧梅回答："这是他给的，好不好都得骑！"

红霞后悔自己失言，默默地望着慧梅策马而去，直到一小队人马的影子在旷野中消失。

当慧梅等经过老营时，高夫人已经收拾齐备，由一群男女亲兵簇拥着，站在大路边等候她们。恰好，吕二婶为着慧梅昨夜不曾回去，怕有什么吩咐，也从小袁营起五更赶来了。她先向高夫人下马请安，然后向慧梅禀明家中无事，姑爷率领将士们攻城去了。高夫人看吕二婶对慧梅这样忠心勤谨，自是欢喜，说：

"我正想命人去叫你来，你就来啦。你今日就跟在我的身边，说说闲话。"

吕二婶明白高夫人的用意，赶快说："我也想去看看攻城，今日就随着我们姑娘留在夫人的身边伺候了。"

于是高夫人扬扬鞭子，玉花骢首先走动，前后的男女随从和慧梅等一干人提缰催马，一齐向城边奔驰。慧梅仍像往日一样，同慧英紧随在高夫人的马后，这使她不禁回忆起许多次行军往事，有时在心中惘然自思，今后局面不同，夫人再也用不着我替她舍命杀敌了！途中，看见有一两千骑兵正从西南城角外绕过去，远远地扬起一阵沙尘。高夫人用马鞭子指着说：

"这是你们补之大哥派出的骑兵，要到城南和城东两面，防止城里人们越城逃走。"

正说话间，红娘子也带着一群女亲兵追了上来，先在马上向高夫人请安，接着对大家说："我们快走，听说许多云梯已经靠到城上，这倒是很热闹。"

她们来到离城一里多远的地方，勒住马头。在这里，对攻城的情形可以看得一清二楚。左边半里处就是一个主要的大炮阵地，一片硝烟弥漫，时有强烈火光，炮声震耳。西城门楼已被打塌了大半，许多城垛都被打得残缺不全，此刻却是向城内打炮，炮弹响着滚滚雷声飞过城头。另有上千名弓弩手站在城壕外，向着城上射箭。城上守军在箭和炮火的攻势下，不敢抬起头来。

　　有人禀报高夫人：张鼐就在左边的硝烟笼罩地方点炮。高夫人一时兴发，向红娘子问道："我们看看去？"红娘子本来想去，却怕高夫人会有危险，正在犹豫，忽然瞟见慧梅向慧英以目示意，露出急不可待的神色，她随即向高夫人笑着回答：

　　"我也想看看小张爷这手本领，大家一起去吧。"

　　大家随高夫人到了距离安置大炮的地方大约二十丈外，便被火器营的一个小校挡住，要高夫人不再走近，以免危险。原来当时除由西洋人帮助铸造的大炮之外，一般内地工匠按土法铸的大炮常有炸裂危险。这情形高夫人也很清楚，所以她不再勉强前进，命大家都赶快下马，站在一个略微低洼的地方观看，所有战马都交给几个亲兵牵往后边。幸而城头上只有几尊大炮，有的已经被城外飞去的炮弹打坏，有的炮手或死或逃，高夫人等可以完全不担心城上打炮。惟一使高夫人和大家遗憾的是，张鼐和他的一群炮手完全在弥漫的硝烟中活动，不能看得清楚。高夫人不管小校劝阻，带着大家又向前走了几丈远，遇着一道半人深的大路沟，就在那里停下。在这里，大家才看得略微清楚。慧梅望见了张鼐正在紧张地跑来跑去，有时他下令点炮，有时他亲自点炮，还有时自己参加装药。她看见他的脸孔被硝烟弄得很脏，反而显得两只眼睛比平日更大。她的心十分激动，暗暗叫道：

　　"天呀，看他多忙，同小兵一个样，还一点儿不怕危险！"

　　有人告诉张鼐说高夫人在近处观看放炮，但是他没有离开炮架，只大声吩咐说："大炮都发热啦，快请夫人后退！"在南北不到半里的阵地上架着十尊大炮，有三尊已不管用，其中一尊连炮架也歪倒了。遵照闯王命令，必须连续向城中打炮，尽量给守城军民造成严重的杀伤和恐怖，然后从许多处用云梯同时爬城。此刻将到预定靠云梯爬城的时刻，所以张鼐冒着炮身炸裂的危险，亲自将剩下的七尊大炮轮流点火。又有人告他说红娘子和慧梅也来了，同高夫人来到近处，站在一起观看，离大炮只有十丈远，不肯后退。张鼐几乎是用忿怒的口气叫道："请她们赶快后退，此处危险！"随即

127

他一个箭步跳到第五尊铜炮旁边，猛力推开一个因为过分疲劳而动作迟钝的炮手，迅速转动架前轮盘，将炮口略微升高，亲自点着引线，然后迅速向后一跳，再退三步。几个炮手都跟他一起后退数步，注视着引线迅速燃烧。当引线在炮身外着尽时候，张鼐和炮手们习惯地张开嘴巴，将身子一猫，但目光不曾离开炮身。片刻寂静，随即大炮口喷出火光，圆形的铁炮弹飞出，几乎同时，从炮口发出一声巨响，炮身一跳，大地猛烈一震，炮弹的隆隆声从空中响过城头落入城中。随着炮口的火光和炮弹的巨响，炮身迅速地被浓重的黑烟笼罩，并且散布着硫磺气味。张鼐因为站在斜坡上，被震得跌坐地上。他立即跳起，跑近炮身，知道并未炸裂，只是炮架有点倾斜，吩咐炮手们赶快扶好炮架，清扫炮膛后重新装药，便奔往第三尊大炮旁边。

此刻他的心中只有一个念头，即遵照闯王的命令赶快连续点炮，为将士们靠云梯攻城"开路"，至于高夫人、红娘子和慧梅在很近处观看放炮的事，他几乎忘了。

却说张鼐从慧梅出嫁的那天以后，感情上发生过三次变化：起初，他虽然表面上不流露特别难过，实际恨不欲生，所以他只身猎虎，情愿在同猛虎搏斗时被虎咬死。随即他不再有死的念头，但是他深恨宋献策和牛金星等人破坏了他同慧梅的美好姻缘，也嫉妒袁时中不该将慧梅娶走。他认为自己将永远不会忘下慧梅，永远不会有任何姑娘可以在他的心中填补慧梅的位置，暗中发誓永不娶亲，宁可一辈子做个鳏夫。最近几天，他的想法又变了。他知道闯王和高夫人已经决定将慧琼许配给他，只等攻破开封后就要成亲。他一则不能违抗闯王和高夫人的旨意，二则他平日并不讨厌慧琼（虽然并不爱她），没有理由拒绝同慧琼成亲。他认为自己同慧梅的自幼相爱，终成了镜花水月，倒是同素不知心的慧琼成了眷属，这一切完全是命中注定。到了这时，他不再恨宋献策和牛金星等，明白他们是为闯王的大事着想，才怂恿闯王将慧梅嫁给袁时中。他也不再嫉妒袁时中，反而暗中希望时中和慧梅夫妻和睦，白首偕老。他想象着将来如若袁时中在战场陷入敌人包围,闯王命他去救,他一定甘冒危难,不惜流血战死,也要将时中救出。这不是他爱时中,而是他为了慧梅的一生幸福。他还常想,他将要为闯王拼命作战,不断地建立大功,使慧梅听到后心中暗暗高兴。他有时在静夜中梦见慧梅,醒来后久久地回想着模糊的梦中情景,无限惘然。也有时他一乍从梦中惊醒,仿佛慧梅的影子犹在眼前,他向空虚中看不见她,赶快闭上双眼,希望趁着困倦再入睡乡,赓续前梦。然而很快就完全清醒,不但不能继续做梦,连刚才的梦中情景也记不清了。往往在这时他一边思念慧梅,一边可怜慧琼,在心中叹息说:

"慧琼,慧琼,我日后纵然是你的丈夫,可是我的心已经永远给了慧梅啦!"

他照着刚才的办法,将炮口升高,希望这一炮打得更远,打到知府衙门。在他用力转动炮架轮盘将炮口升高时,他忽然感到左腿很疼,才知道刚才跌倒时左腿被一棵小树的干枝杈刺伤很重,正在流血。但是他不去管它,瘸着腿走到炮后,推开担任点引线的炮手,要自己亲手点炮。那个炮手拉着他,大声叫道:

"小张爷退后!这尊炮多装了五斤药,让我来点!"

张鼐刚又推开炮手,正要自己点炮,突然左右同时发出巨响,大地猛一跳跃,使他的受伤的左腿站立不稳,跌坐下去。原来第一尊和第七尊大炮几乎是同时点燃,炮弹同时出膛,所以特别震响,连张鼐的耳朵也一时失去了大半听觉。他刚刚从地上站立起来,却见慧梅奔到他的面前,不容分说,从他的手中夺去火绳,同时冷不防将他猛推一下,使他踉跄地倒退一丈开外,几乎站立不稳。他忽然明白了是怎么回事,立即大声叫道:"慧梅,危险,快将火绳给我!"但慧梅已经眼疾手快地将引线点着,向后倒退几步,张开嘴,捂紧耳朵,注目铜炮。张鼐又说:"危险,慧梅快跑!"慧梅故意用身子遮住张鼐,心中说:"炸死拉倒!"在这千钧一发之际,慧梅的几个女兵追赶过来,慧琼也追赶过来。她们都对慧梅说:"夫人命你后退!"慧梅没有后退,似乎没有听见。张鼐的耳朵仍然失灵,但他明白女兵们和慧琼是来叫慧梅离开这里,他推慧梅一下,又一次大声说:"慧梅快跑,危险!"慧梅又一次用身子遮住他,在心中激动地说:"要炸,我同你死在一起!"但是她没有发出声音,没有人来得及再劝她走,大炮突然随着爆发的火光响了。

知道大炮没有出事,慧梅突然放了心,也突然完全恢复了理智。她向张鼐的被硝烟弄得又黑又脏的脸孔看了一眼,一句话不说,扭头便走,迅速回到高夫人和红娘子面前。她的几个女亲兵和慧琼也跟着回来。

由于慧梅来得突然,去得突然,张鼐愣了片刻,才走去摸摸十分烫手的炮身,决定去点已经装好药的第四尊大炮。但就在这时,一名小头目奔到他面前禀报:

"禀小张爷,总哨刘爷挥了蓝旗,命我们停止打炮。"这个小头目又兴奋地加了一句:"马上就要靠云梯爬城啦! 往里灌啦!"

攻城的战鼓响了。起初是一处,随即是许多处,战鼓响声震耳。在战鼓声中,等候在干涸城壕中的几十架云梯突然离开城壕,被抬着向城墙根奔去。每个云梯有八个人抬着,后边跟随二三十人。另外有几千弓弩手站在城壕边上,对着城头放箭,使守城军民一露头就遭死伤。还有上万人马立在弓弩手的后边,呐喊助威,震慑敌胆。

李自成立马西城壕外的一个高处,曹操在他左边,宋献策立马右边,其余许多文武要员簇拥背后。刘宗敏立马在他们的前边两三丈处,用红蓝两色小旗指挥攻城。西关一带有数千步、骑兵列队等候,只等城门打开,他们分路越过城壕(吊桥已毁),奔进西门。其他城门外边,也有差不多的部署。

当云梯快抬到城根时,刘宗敏在马上挥动蓝旗。城壕边的弓弩手望见蓝旗,立即停射,以免自己的弟兄被流矢误伤。就在停止射箭的片刻中,几十架云梯同时靠上了城墙。义军的灌手们奋勇地向梯上爬去。但是因为炮火和弓弩暂时停射，城上的守军又站出来，拼死抵抗。其中有人从城上扔下"万人敌"，一声巨响，城下的义军也被炸死了几个，有的被烧伤。但义军毫不退缩，仍然勇敢地往云梯上爬去。在一架云梯上，有一个义军穿着红色绵甲，一面爬，一面喊着："灌哪！灌哪！灌进去了！"刚刚爬上城头，就有一个官军跳起来，挥刀向他砍去。他用刀格开了这一刀，但冷不防又一个官军一矛向他刺来，把他刺伤。他手一松，从云梯上摔了下去，死在城下。原先在他后面的那个义军，又继续向上爬去，还未爬上城头，旁边一架云梯上的人却已经上了城，正在大喊："上城喽！上城喽！"一瞬间，许多云梯都有人上了城头，大家喊着："杀呀！杀呀！已经上城喽！"城上秩序大乱，一片惊慌，奔跑逃命，但也有一些官军在继续顽抗。义军越上越多，经过短时间的混战，城头很快就被义军占领。又过了片刻，便见西门大开，义军人马冲进城去。等候在西关的李过一面用宝剑指挥，一面也随着人马冲进城去。城里大街上一片恐怖的奔跑和呼叫声：

"贼人进城啦！逃命啊！逃命啊！……"

一会儿，城外的义军都已冲进城去，刚刚那种激烈的厮杀场面突然没有了，周围显得意外地宁静。太阳已从东方升起，天清似水，使初升的太阳显得格外娇艳。城头上，一面闯字大旗正在灿烂的阳光中迎风招展。高夫人回头望望红娘子和慧梅，说：

"咱们等一等，等里面安静了再进去看。看来这一回要杀些人。昨天闯王有书子射进城去，说：献城不杀，抗拒屠戮。如今不知到底怎么办，恐怕总要杀些人。咱们先回去，吃完早饭再进城看吧。"

第七章

当商丘城破的时候,有很多守城的丁壮和溃兵,从东面和南面缒下城去,企图越过城壕。但李过事先在城外布置了骑兵,好像张着一个大网,没有一个能够逃走。城里进行过短时间的巷战。有一股官军先投降,投降后就把衣服翻过来穿上,也跟着义军大喊:"破城了!破城了!"他们又是杀人,又是抢劫。但是大股官军,大约有一千来人,随着一个姓张的副将,杀到北城。那里有个三宝寺,他们就跑进寺里,拼死抵抗。后来,马世耀、刘体纯两支人马同时冲到,势不可挡。张副将眼看在寺里待不下去,又带着人马冲杀出来,向东门奔去,打算出东门夺路逃走。没想到东门已经被义军用土塞死了,一时打不开。马世耀、刘体纯的人马已经赶到。张副将寡不敌众,且已经受伤,所以很快就被捉住。这支官军一消灭,城里的战斗就停止了。

按照事前决定,李过一进城就占领知府衙门,在府衙中指挥一切。他派人捉拿逃藏的现任官吏和乡宦,将许多现任官吏和乡宦陆续捉到,偏偏那个商丘知县梁以樟,是负责全城防务的人,竟然到处都找不到。直到几天以后,才知道他当时藏在一堆死尸下面,在夜间逃了出去。

大约巳时左右,李自成带着刘宗敏、田见秀、牛金星、宋献策等人骑马进了西门。这时城里秩序还没有完全安宁下来,有些地方还在杀人,有些地方还在抢劫,奸淫的事情也不断发生。李自成拧起双眉,向刘宗敏问道:

"为什么进城一个多时辰了,还是这么乱?"

刘宗敏回答:"一则城中军民顽抗,不是投降献城,所以势必要多杀一些人。二则如今队伍这么杂，有我们老府的，也有曹营的，还有小袁营的，一时很乱也难免，不像我们破洛阳时的情形了。"

闯王感到这样乱下去不行，就派人去见李过，让他立即派人拿着令箭在城里巡逻，传谕"封刀"，不管什么人，凡是在传谕"封刀"后继续奸淫妇女或随便杀人的，都要斩首。吩咐以后，他们又继续向前走去，在一个十字路口，闯王看到有好几处房子正在燃烧，赶紧又下一道命令：不许点火烧毁房子，已经点着的要赶紧扑灭。

这时，罗汝才也带着一群人来了，他们会合成一路，一同往府衙门奔去。

在知府衙门的二门里边，已绑着许多人，一望而知，有些是官吏，有些是乡绅。李友很神气地站在院子中心，一个书吏模样的人恭敬地站在他的旁边，向他指认这些被绑起来的人：谁做什么官，谁家里有钱，谁是一方恶霸。凡被指出来的，都拉到一边，听候发落。

闯王和曹操进入院中后，看了一会儿。先看那些被指认出来的人，确实都是有钱人。然后又看那些还没有被指出来的人，忽然发现有一个本地百姓模样的人也被绑着。闯王把那个书吏叫过来，问道：

"这个人有没有罪啊？"

"他是一个小百姓，他没有什么罪。"

闯王对李友说："赶快把他放了。"

李友又请示：对这些被指认出来的坏东西，是否现在就处置。闯王点点头，说：

"立刻处置吧，以息民愤，不要留下祸根。"

于是，李友一声命令，不管三七二十一，那些被指认出来的官吏、乡宦和富豪，全部被押了出去，推出西城门外斩首。

闯王刚想同李过谈谈安抚城内百姓的事，忽然又有人推着一个花白胡须的乡宦走了进来，一问，原来是曾经做过工部尚书的周士朴。还在没有进攻商丘之前，闯王已经接到不少百姓控告这个

周士朴的状子,告他如何酷害百姓。闯王亲自问道:

"周士朴,你有罪,自己知道么?"

周士朴穿着仆人的衣服,看上去很像一个简朴的老头子。他听到问话,赶紧跪下答道:

"将军,我回到家乡以来,一直过着清贫的生活,没有犯过什么罪。"

闯王未及答言,旁边钻出一个仆人打扮的人来,指着周士朴对闯王说:"闯王不要信他的。他家里有十四窖银子,埋的地方,我都知道,我带你们去扒出来。他为富不仁,酷害一方,千万不能饶了他。"

闯王点点头,望着周士朴说:"周士朴,你不要狡赖,你的罪恶我全知道。好,推出去!"

又有几个百姓,走过来对李过说,刚才那个替李友指认别人的书吏,自己也不是一个好东西,坑害过许多好人,现在为要救他自己的狗命,才向义军假献殷勤。李过把那人打量了一眼,说:"我看他就不像个好东西。"便吩咐李友说:"这样吧,你先把他绑起来,锁在府衙门外,看控告他的老百姓多不多。要是真有大罪,仍然斩首;要是罪恶不大,就放了他去。"结果这人绑出去没有多久,便有许多人来控告他,说他专门倚仗官府势力,敲诈百姓,奸人妻女。李友在衙门外站了一会儿,听到这些控告,也没有再向李过禀报,便下令将他斩了。

在院里,李过告诉闯王,他已下令进城的义军,不许再杀人,不许抢劫,不许奸淫妇女。闯王等人果然听见有人骑马在街上奔跑着,大声呼喊:

"封刀了!封刀了!不许再杀人了!再杀人者偿命!"

闯王问道:"侯府怎么样?"

李过说:"进城后,我就派人到侯府门前,不许兵丁随便进去。现在大公子侯方域还在南京,二公子侯方夏两三天前护送家眷从东门逃走。当时守城的人不许他们逃跑,他的家丁们强行开了城门,护送主人出去。如今侯府只剩下一些留下看门的伙计、奴仆。"

闯王说:"纵然没有了主人,也不许别人进入侯府。"

罗汝才微微一笑,完全明白闯王的用心。

闯王又命李过率领攻城人马驻扎到城外,城内只留一千五百人:老府一千人,曹营五百人。刘宗敏留在城内,由田见秀协助他,主持城中一切大事。

吩咐完毕,李自成就同罗汝才等退出城外,回到各自驻扎的村庄。他知道小袁营的士兵心里不会高兴,便把袁时中叫到他的大元帅帐中,问了些军中情况,勉励几句,接着说道:

"你要告诉弟兄们,我们打商丘原不是为着抢劫,也不是为着奸淫烧杀,只图一时之快。如今我们是在打江山,行事要像个打江山的样子。要为民除害,不能骚扰百姓。今天我看见有许多老百姓被杀了。虽然抗拒的要屠城,可是实际上从来不屠城,只杀那些公然抗拒的人,并不多杀无辜。我从西门进去时,看见路边躺着妇女尸体,有的裤子也被扒掉了。这在老府的将士中是严厉禁止的。可是如今人杂,到底是谁做的坏事,一时说不清楚。你要严令你手下的将士:不管是谁,都要严遵军令,按我的晓谕办事。封刀以前的事,既往不咎;封刀以后,再不许有奸淫烧杀的事儿发生。"

袁时中肃立恭听,心里很感害怕,鬓角间微微地渗出汗珠。他知道他的部下确有不少杀人、放火、抢劫、奸淫的事。虽然老府人马也并不都是那么听话,但比较起来,曹营和小袁营的人违反军纪的事更多。他不敢有一句分辩,连声说:

"是,是。我一定遵命,约束部下,不许再干犯军纪。"

闯王微微一笑,用温和的口气说:"你不要害怕,我这样嘱咐是待你好啊。本来嘛,咱们现在人多势众,不像从前容易做到有令则行,有禁则止。俗话说:人上一百,形形色色,十个指头还不一般齐呢。何况我本来曾向商丘下谕:开门投降,秋毫无犯;胆敢据守,全城屠戮。将士们因为是冒矢石攻破城进来的,要惩治守城军民,以泄心头之恨,也是常情。如今已经杀了不少人,还烧了一些房屋,又有强奸的,抢劫的。这一切都不必追究。我已经下令'封刀',再继续下去就不行了。所以我把大军都撤到城外,只留下少数人马在城内弹压。我上面的那些话也不是专对你们小袁营说的;就是我们老八队的那些人,有时还有干坏事的呢。"

袁时中听了十分敬佩,觉得闯王毕竟不凡,心胸多么开阔啊!

商丘城不是一个普通的州、县城,而是豫东的一个重要府城,即归德府的府治所在地,共辖一州并七县。北宋真宗时候,将商丘升为南京,可见它的地位重要。从天启末年以来,河南到处饥荒和战乱;比较起来,豫东还算太平,归德府也显得特别富庶。一些名门世家,还都像往日一样歌舞升平,蓄养大批家奴,财产越来越多。加上由于年年战乱,各州县不少有钱人家也投亲靠友,来到商丘城中居住。因此破了商丘之后,大军要在这里多停留一些日子,收集骡马、军粮、财物。附近各州县,也要运送粮食前来,所以每天高一功等人,都忙得不可开交。

大约三天以后,李自成为庆祝攻下商丘,决定欢宴重要将领和一些读书人。老府方面的读书人,除牛、宋、李岩兄弟外,还有一年来陆续投顺来的穷读书人,都是些功名不利的小知识分子,也包括尚神仙的一批徒弟。曹营中重要武将很多,读书人除军师吉珪外,还有一些办理文墨和参加谋划的秀才。小袁营中也有刘玉尺、朱成矩等人。此外,破商丘后,又有一些贫苦的下层读书人投了义军,在军中帮办文墨。所有这些人,闯王一概请到。另外,宴会是在城内田见秀驻的地方举行,也就是大乡宦周士朴的宅子。

闯王是东道主,尽管在军中位尊无比,却是早早地便来了。罗汝才每次赴宴,不管是什么人请客,他都是按照当时的社会风习,不守时间,需要一再催请,"光临"很晚。今天上午他在自己的大军帐中同部下赌博,兴致很浓,所以更不肯按时早来。倒是袁时中不敢怠慢,率领他的文武要员来得较早。

正午过后很久,宴会尚未开始,等候曹操。客人们都坐在大厅中谈闲话。闯王面带微笑,听大家谈天说地。大将中,刘宗敏、田见秀和袁宗第等也在大厅中听大家闲谈。

这些读书人知道闯王喜欢听前朝古代各种学问,尤喜听历朝兴亡成败故事,所以话题集中在这些方面。大家各逞才学,谈得十分热闹。又看见闯王在那里不断地微笑点头,他们就更无拘束,谈得更加起兴,时而谈到古代的兵法战阵,时而谈到一些名将轶事,有时也谈到奇门遁甲、风角六壬的学问。那位刘玉尺本是豪放性格,心中对于牛、宋二人并不十分佩服,倒是跟吉珪常在一起谈话,比较投合。这时他的话特别多,对于一切学问,几乎是无所不知。李自成对于刘玉尺的博学感到很佩服,可是又总觉得这个人有点像张献忠手下的徐以显。他仍然微笑着,一面继续听刘玉尺等高谈阔论,一面在心里对自己说:"这不是一个正派人。"听了一会儿,他回头对吴汝义小声说:

"子宜,你亲自去催请大将军,就说客人已经到齐了,只等他来坐席。"

吴汝义刚离开,忽然双喜走了进来,直接走到牛金星面前,小声说道:"牛先生,去兰阳的人已经回来了。"

牛金星赶快问:"抓到梁云构①家的人了么?"

双喜摇头:"没有。梁家全家人两天前就逃光了,只留下一座空宅子。"

牛金星恨恨地说:"唉!太便宜了梁云构!他自己在北京,原说抓到他家里的人,也消我心头之恨,没想到我们迟了一步。"

闯王已经听到他们的对话,便安慰牛金星说:"启东不必生气。虽然没有抓到梁家的人,可是将来我们打进了北京,梁云构还能逃得了么?"转过头又问双喜:"进兰阳城的弟兄们都回来了?"

双喜答:"都回来了。"

"进城没有阻拦?"

"听他们告我说,我们去的二百骑兵,一到兰阳城外,里面的官

①　梁云构——见第一卷二十六章。

儿已经跑了。百姓看见打的是我们的旗子，就把城门开了。我们的骑兵进城后，直奔梁家的宅子，梁家只剩几个仆人，对我们的人说：'主人一家男女老少，两天前就逃走了，东西没有搬走，任义军处置。'我们的骑兵对梁家的奴仆一个也没杀，只是把梁家的房子放火烧了。周围百姓本来受梁家欺压，对他们恨之入骨，看见把梁家房子烧了，都很高兴。"

"弟兄们对百姓没有骚扰吧？"

"秋毫无犯。"

"这次我们派人去兰阳，为的是给牛先生报仇。一不为占领地方，二不为要东西，只要对百姓秋毫无犯，也就好了。"

说话之间，罗汝才到达了。大家赶快起立迎接。罗汝才抱歉地笑道：

"我来晚了一步，请大元帅不要见罪。"

自成笑着说："快请入席吧，就等你来开宴了。"

汝才入座后，叹口气说："这酒是哑巴酒，宴会上光喝几杯酒也不够尽兴，要不要把我那里的歌妓叫一班来，为大家助兴？"

闯王又笑道："今天就喝哑巴酒吧。下午我们还有许多事要办，不要让人家都喝醉了。"

罗汝才说："也罢，今天就照大元帅的意思办。后天我要敬治薄席，回敬大元帅。今天来赴宴的文武朋友，全都请去。大元帅，肯赏光么？"

自成说："只要你大将军治席请客，大家自然是都要去的。"

"好，一言为定，务请大家届时光临。到我那里，就不像这里喝哑巴酒了。有弹有唱，说不定还有更热闹的事儿。"

闯王问道："什么事儿？"

"我是个快活人，我们还可以找两个戏班子，边喝酒，边看戏，大大地快活一番。"

闯王点头说："你确实会快活。"

"我就是这么个人。打仗我也不怯，可是我也不像你，日夜辛辛苦苦地想得天下。我这个人哪,照别人的说法,是个酒色之徒,唉,也就是吧。"

大家听了哄堂大笑起来。

说笑间,八样吃酒菜已经端了上来,多是冷菜和馃碟。刘玉尺等人的一席上文人较多,喝得高兴,又开始谈古论今起来。只听刘宗敏哈哈大笑,说:

"刘军师,我是打铁匠出身的大老粗,根本不相信你的这个故事,别拿书本上的话唬我们这号少读诗书的武将!"

因为刘宗敏的声音特别洪亮,又似乎带有酒意,引起了整个大厅的注意。闯王是陪着罗汝才、李岩兄弟、袁时中、牛金星、田见秀一席,而刘宗敏是陪着吉珪、宋献策、刘玉尺、朱成矩、刘静逸和曹操的亲信将领孙绳祖坐在邻席。李自成知道刘宗敏讨厌刘玉尺,破商丘后对小袁营的军纪很不满,想借机压一压刘玉尺的骄傲之气,心中认为宗敏未免过于性急,但是也很感兴趣。他转过头去,向刘宗敏和刘玉尺笑着问:

"你们谈的什么有趣的题目?叫我们大家都听听如何?"

曹操惟恐小袁营不生事端,立刻说:"捷轩,刚才刘军师说的什么?他可是一个满腹学问的人,谈起前朝古代的陈事儿是内行,咱们可得多听他的!"

刘宗敏勉强笑着说:"大将军,刘军师刚才说的故事你听到了么?"

曹操说:"我正在同大元帅饮酒,一句也不曾听见。"他又用眼色鼓励刘玉尺,说:"玉尺,我这个大老粗很尊重有学问的人,爱听人们谈古论今。你刚才说的是什么故事?"

人们为着酒宴前助兴,纷纷催促刘玉尺将他谈过的故事再说一遍。袁时中在稠人广众中不敢向刘玉尺使眼色,只频频地望朱成矩。朱成矩也怕同刘宗敏闹别扭,正在无计可施,看见袁时中望他,就赶快用右脚对刘玉尺的脚尖碰了一下。刘玉尺一则自恃所谈的故事并非杜撰,二则感到刘宗敏太不尊重他,三则受到大家的

怂恿,正要重述他刚才讲的故事,忽然被朱成矩踢了一下,不免迟疑。但是他看见刘宗敏正在用嘲笑的眼神看他,而吉珪对他说道:

"刘军师,大元帅和大将军都在等着听哩!"

刘玉尺望望周围的面孔,想着不能使闯营文武误认为小袁营无人,可以随便欺侮。于是他先站起来向闯王敬酒,向曹帅敬酒,又向刘宗敏和全体文武敬酒,然后心有所恃地笑着说:

"玉尺不学无知,如有妄言,务请恕罪。我刚才说到汉朝名将李广,也只是想借此说明古时名将确有非凡地方。比如李广吧,有一天他出去打猎,忽然看见路旁蹲着一只猛虎,吓了一跳,赶紧射出一箭,把猛虎射死了。后来一看,才知道射中的原来不是猛虎,而是一块石头。因为李广是有名的神箭手,力气又大,那箭一直射进石头里面去,不但箭头,连箭杆、箭尾巴上的雕翎也都射进去了。这名之曰'射石没羽'。你们说,这样的神力惊人不惊人?"

旁边有几个读书人都附和着说:"是啊,这射石没羽的故事确是千古传诵。李广要生在今日,一定也是闯王麾下的一员大将。"

牛金星和宋献策都熟知这个两千年来脍炙人口的故事,李自成也是熟知的。他们的心中都有些糊涂:捷轩为什么在这个故事上挑毛病?吉珪用鼓励的眼色望刘宗敏,看他这个读书很少的大将如何同刘玉尺抬杠。许多眼睛也都望着刘宗敏,等他说话。大家虽然知道他不是那种喜欢在别人的鸡蛋壳中挑骨头的人,可是他为什么嘲笑刘玉尺说的这个故事呢?忽然,刘宗敏哈哈一笑,满饮一杯,说道:

"玉尺,你认为这个故事是真有其事么?你别看我是个粗人,有些事情我也爱用脑子想一想。哪有射箭把箭杆也射到石头中去的呢?这事决不可信。"

刘玉尺平时善于察言观色,在一般情况下他不会去同刘宗敏争论,但这时喝了几杯酒,正处在兴奋状态,便立即说道:

"这可是《史记》上写得明明白白的呀!"

旁边一个秀才也带着三分酒意附和说:"这《史记》我是读过

的,文章写得真好,太史公……"

刘玉尺不等他将话说完,把杯子往旁边一推,很自信地接着说:"这太史公司马迁,可是没有人怀疑过的呀。《史记》是千古不朽之作,上同《左传》、《国策》,下同《汉书》,都是光辉万丈的。那射石没羽的故事在《史记·李将军列传》中写得明明白白,《汉书》中也记了此事,岂玉尺所敢杜撰?"

刘宗敏笑了一笑(这笑中含有许多轻蔑),说道:"你们读书人满肚子喝的都是墨汁,说话都是凭着书上来的。我这个大老粗,斗大的字儿识不了几车,可是我啥事都喜欢看一看,想一想。就拿射箭来说吧,我们从十来岁就学起,到现在三十几岁,自己不知道射过多少箭,也看将士们射过无数箭,哪有箭射在石头上,会把箭杆也射进去的呢?就是一块泥也不行,你射进去不到一半,泥就把箭杆吸住了。除非射块豆腐,才可以射得进去。"说到这里,他自己哈哈大笑了一通,又继续说道:"说射石可以把羽毛也射进去,我看这是瞎扯。要不,大家试一试,看谁能射进去。不一定射石头,就射砖头、土坯也行,试一试看。"

这番话说得刘玉尺和一些秀才们面面相觑,不知如何回答。李自成、牛金星和宋献策都觉得刘宗敏的见解十分新鲜,出乎他们的意外,心中不能不为之点头。连曹操也不能不改变态度,向闯王点头说:"捷轩真是个极有见识的聪明人!"有些人是从曹营和小袁营来的,不像老府的人们对刘宗敏那样了解,但是他们慑于宗敏的威名,又看见他眼睛里流露的嘲笑神气,纵然心中想着这射箭的事可能还有例外,也不敢在他的面前抬杠。牛金星看见高一功在看他,分明是要他说句话,免得刘玉尺下不了台,于是他笑着说道:

"刘爷说的有道理。射石没羽的故事,本来值得怀疑,我也留意过此事,记得班固的《汉书》写到这件事时,就把没羽两字改成没镞,这镞就是箭头。《汉书》上只是说把箭头射到石头里去了。"

刘宗敏笑道:"这也不行,箭头也射不进石头的。从来我还没有见过谁能把箭头射到石头里去。你们有谁见过么?我们大元帅射箭是有名的,能够挽强弓,百步之外,能穿透双重绵甲。可是,我看,他也射不进石头。闯王,你能不能啊?"

自成笑着说:"那当然不能。"

袁宗第也在座上笑起来,说:"在商洛山中,我去捉周山那一次,我的箭射完了,被困在一个土丘上。闯王去接应我,一箭射到一座悬崖上,箭头被弹了回来,那石头被射掉了一点皮,这是我亲眼看见的。闯王,你忘了没有?"

闯王说:"是的,那一次拉了满弓,箭射到石头上又弹回来了,石头被碰掉一点,还迸出了火星。捷轩有经验,说得对:箭是穿不进石头的。"

刘宗敏说:"你们瞧,我们大元帅,那么有膂力,也不过把石头碰掉点皮,迸出火星来。你们这些有学问的人,怎么就相信书上说的句句都是对的呢? 我看书上说的话有对的,也有不对的,不要读了书反而被书愚了。"

当他们谈话的时候,李岩一直注意地听着。他从前年冬天到了闯王军中以后,很快就对刘宗敏有了认识,佩服他虽然没有读过多的书,但为人聪明机智,遇事颇有见解。而且他也看出来刘宗敏今天是要拿这个题目将刘玉尺等人一军,使他们不要夸夸其谈。但是他又觉得不应使刘玉尺等人太难堪,便望一眼宋献策,希望宋献策出来圆圆场。谁知宋献策也是个喜欢杂学的人,看过许多杂书,这时听他们谈得热闹,便也插话说:

"这射石没羽的事情,古书上倒是几个地方都提到,不专是对李广说的。司马迁写在李广的身上,别人就写在另外一人身上,其实都不足凭信。"

"军师,不知还有哪些书上提到过射石没羽,敢望赐教。"刘玉尺不相信宋献策会读过多少书,一面问,一面嘴角露出一丝讽刺的笑意。

宋献策想了一想,说:"噢,想起来了,好像我读《吕氏春秋》的时候,在《精通》这一篇上,有那么一句话:'养由基射兕中石,石乃饮羽。'这兕就是现在的犀牛、野牛，养由基要射兕，结果射到石头上，连箭杆后面的雕翎都射进石头里了。我当时看了也没有留意，只想着可见并非光是李广有这本领。"

李侔年轻气盛，听到这里，忍不住插言说："还有，还有。我看过刘向在《新序》中也说到楚熊渠子夜行，见到一块石头，以为是一个老虎卧着呢，弯弓射了一箭，把箭完全射进去了，连羽毛也射进去了。"

大家惊奇地望着李侔，没想到李岩这个兄弟也是如此博学。同时对射石没羽的事情也就更加恍然明白了。刘宗敏笑道：

"你看看，我随便一提，他们几位都是读书多的人，就引出别的例子来了，可见此事完全是瞎扯。"

李岩不愿意李侔在闯王军中显露锋芒，赶快给他使个眼色，要他不要多嘴。但李侔讨厌刘玉尺，已经憋了很久，不管哥哥的眼色，又说道：

"其实，我从前读《史记·李将军列传》时候，曾对照《汉书》，都不是说的'射石没羽'。《史记》上说的是'没镞'，《汉书》上说的'没矢'。刚才刘军师说《史记》和《汉书》上写李广'射石没羽'，恐怕也是一时记错了。当然，《汉书》上说的'没矢'，那'矢'字是包括箭杆而言，箭羽也在其中，可是毕竟未曾使用'没羽'二字。如今说的'没羽'不是书上原话，大概是从'饮羽'来的。这'饮羽'二字倒是最早见于《吕氏春秋》。"

刘玉尺不禁脸孔通红，只觉热辣辣的，不知说什么话好。袁时中觉得自己的脸上很没光彩，虽然依然挂着笑容，但那笑已经僵了。

闯王和曹操交换了一个微笑，都觉得十分有意思。闯王怕刘玉尺面上下不来，赶忙举起酒杯，向全体说：

"好，好。大家都说得好。请赶快喝酒，酒已经凉了。请，请！"

刘玉尺看见吉珪并没帮他说话，感到孤立和难堪。他怀着暗气，不得不端起杯子，对刘宗敏勉强笑着说：

"刘将军果然高见,高见。"

刘宗敏说:"其实你们各位学问比我高得多,对于射箭也是内行,只是你们太相信书本,喝的墨汁多了,把古人的话句句都当成是真的,不敢怀疑。我这个大老粗就是讲究点实际,古人说得对的,当然我们要信,说得不合情理,我就不信。就是孔夫子说话恐怕也有说不到板眼上的时候,哪有一个人说话句句都是对的呢?"

李岩笑道:"是的,连孟夫子也说:'尽信书,不如无书。'书上不可靠的东西很多,有时颠倒黑白,有时隐善扬恶,有的地方是传闻之误,也有的地方是有意栽赃,种种情况,不胜枚举。"

大家听了这话,纷纷点头。正当酒宴开得十分热闹、愉快的时候,忽然吴汝义进来,在闯王耳边小声说了几句。闯王问道:

"真有此事?"

"真有此事,马上就来了。"

闯王的心中非常不快,低声说:"好吧,来到以后就把他带进来。"同席的人们看见大元帅如此神色严重,都不知出了什么事情,登时停止了说笑,连已经端起来的酒杯也暗暗放下。曹操忍不住问道:

"李哥,出了什么事儿?"

李自成没有做声,眼睛望着二门外边,等待着吴汝义带那班人们进来。

李古璧虽然正月间在开封北城外为自己画像事挨了刘宗敏责打,但是伤好以后,那种令人讨厌的华而不实的老毛病依然如故。因为他找高一功、田见秀等将领说情,李自成仍然使用他,派他做一个四百人的首领,以观后效。他总想别出心计,做一些替自己沽名钓誉的事儿,获得闯王欢心。他仍然经常对不明白他的底细的人们吹嘘他跟随闯王年久,曾经屡立战功,只是因为崇祯十年在进川途中迷了道路,他率领一支人马被官军冲散,不得不回延安府去了三四年,所以如今没被闯王重用。他还说,刘爷对他重责,正是打算日后要重用他,这道理他清楚。

现在,李古璧仿佛立功归来,洋洋得意地带着一群百姓来到大厅前面。他自己走上台阶,向闯王禀报:

"禀报大元帅,末将因为昨天无事,就带了手下少数弟兄去到夏邑,县官已经逃走。夏邑百姓听说是闯王派人来,个个欢喜,焚香迎接,现在我把父老带来几个,向闯王表示投顺。"

闯王问道:"可骚扰百姓了没有?"

"没有。秋毫无犯。"

闯王又问:"你奉谁的将令,前去夏邑?"

"末、末将未曾奉谁的将令。因为大军攻破了商丘,我看没有别的事情,就想:既是闯王要到处解民倒悬,宣示吊民伐罪的宗旨,我就带着手下人马到夏邑去了。"

闯王说:"你可知道,我有令在先:以后行军打仗,不管什么事情,没有我的将令,不准擅自行事。如今人马众多,如果大家都像你这个样儿,自己想怎么办就怎么办,我们如何能够使全军上下如同一个人一样?如何能够有令则行,有禁则止?那不是乱蜂无王了么?"

李古璧一听,觉得闯王是要决心办他,吓得面色如土,赶快跪下说:"是,是。我只想到为大元帅尽力报效,没有多想其他,实在有罪。"

闯王脸色严峻,略作沉吟,向邻席望去,用平静的声音问道:"捷轩,你说应该如何处分?"

宗敏冷冷一笑,说:"擅自带兵离营,大元帅军法如山,当然不可轻饶。"

闯王把头一摆,说:"违反军纪者斩,推出去!"

李古璧以头碰地,哀求说:"求大元帅饶我这一次,以后永不敢了。"

闯王没有做声。刘宗敏把大手一挥,喝道:

"推出去!"

酒宴上文武众多,虽然有许多人心中认为处罚太重,但无人敢站起来替李古璧讲情,默默地看着吴汝义命两个亲兵将李古璧推出去了。这事情刚刚发生在大家快活高谈之后,所以许多人都感到诧异。特别是袁时中和他的亲信,十分震惊,没有想到闯王军法如此森严,同时也害怕今后跟着闯王不知何时会出了差错。

闯王又命吴汝义把从夏邑来的父老们都叫到帐前。父老们胆战心惊地来到大厅前,跪下向闯王磕头。闯王离席起立,走出来向众人抚慰说:

"你们都请起来。我手下的将领没有听我的吩咐,擅自到了你们夏邑城。我今天斩他,不是因为他犯了别的罪,只是因为我的军令必须遵行。换了别的人,如私自去破城,也要问斩。至于你们各位父老,心中有我李自成,眼中有我李自成,我很感激。你们就在我这里喝酒吧。"随即吩咐亲兵们,就在大门里边摆了两桌,让父老们坐下喝酒。

快散席的时候,闯王又对父老们说道:"你们既然来了,也好。我命人给你们一点银子,一点种子。银子拿回去散给贫苦百姓,种子拿回去种庄稼。现在种秋庄稼,虽然迟了一点,总比不种好。不种庄稼,秋后怎么办呢?另外,我想你们那里耕牛一定不多,兵荒马乱,耕牛都宰杀了。我送给你们二十头耕牛,你们带回去。"

父老们一听这话,一起跪下磕头,感谢闯王大恩。有的流下了眼泪,说从来没有遇见过有谁像闯王这么仁义,这么心怜百姓,真是百姓的救星来了。闯王请大家起来,随即吩咐吴汝义去告诉总管:立刻拿出一千两银子,多拿一些秋粮种子,再选二十头好的耕牛,让父老们带回夏邑。

吩咐完毕,闯王回头对罗汝才说:"咱们回去吧,还有许多事要一起商量。"

"走吧。后天我请大家喝酒,请大元帅务必光临。"

闯王点点头,微微一笑,然后转向袁时中,要他同刘玉尺稍留一步。袁时中望望他的军师,心中不免狐疑,但不能不听从,等待闯王送走罗汝才以后,有何话要同他谈。他明白破城后自己的队伍军纪较差,滥杀平民和奸淫的事情比曹营更甚,他在心中暗猜:莫非闯王要同他谈这事么?刘玉尺本来怀着一肚子抑压情绪,此刻反而坦然。自从在商丘会师以来,他更加明白闯、曹两营确实貌合神离,李自成深怕曹操离开,所以他认为小袁营在闯、曹争斗中有举足轻重之势,对闯王用不着处处依附,更不用过于害怕。因为左右有人,他不便说出心里的话,只向袁时中露出来满不在乎的一丝冷笑。

李自成送走了罗汝才以后,邀请袁时中和刘玉尺到二堂后边的知府签押房中谈话。除留下宋献策以外,他没有叫别人相陪。亲兵们也只留下两个,在签押房外边伺候。他并没有同袁时中们商量什么机密要事,只是较详细地询问了将士们在平时的操练情况,将士们有些什么困难,另外对袁时中和刘玉尺说了些勉励的话。他的态度十分亲切,既像是对多年相随的部将谈话,也像是对亲戚晚辈谈话,在酒宴上下令杀李古璧时那种风霜严厉的神色,一丝儿也看不见了。他还说:

"时中,你要告诉你手下的将士们,从今往后,你们的心中千万再别存在小袁营和闯营的畛域之见。要是仍存那样见识,就辜负我重看你的一片心了。我倘若不重看你,便不会将我的养女许配给你。养女虽不是我的亲生女儿,可是我们夫妻看待她比亲生女儿还重。不管是论公论私,等到大功告成之后,我绝不会亏待于你,也不会亏待了你手下的有功之人。你是我的亲信爱将,也是我的娇婿,所以你的小袁营跟曹营不同。日后不应该还有什么小袁营和闯营之别,应该化为一体。我要一视同仁,手心手背都是肉。你们也要明白,小袁营就是闯营,就是老府人马。我这是肺腑之言,你们要记在心中,还要传谕你们手下的众人知道!"

袁时中赶快站起来说:"蒙大元帅如此厚爱,末将粉身难报。大元帅的这番钧谕,末将一定牢记心中,也要晓谕手下的文武们一体知悉。"

刘玉尺随袁时中肃然起立,听时中说毕,紧跟着躬身说道:"今日回到驻地之后,即刻将大元帅钧谕,晓谕众头领知悉。大家天天盼望的也正是化除畛域,不讲陕豫,不分内外,不论新旧,化为一体,同心协力为大元帅打下个一统天下。玉尺碌碌书生,遭逢乱世,苟全性命于蓬荜,本不敢望有出头之日。两年前得遇袁将军义旗南指,趋谒辕门,倾谈之下,勉留效劳。玉尺与袁将军常言,方今天下扰攘,群雄并起,到头来不过是为新圣人①清道耳。嗣后得闻大元帅上应图谶,下符民望,方知天命攸归,必得天下无疑。小袁营全营将士,追随袁将军矢忠相投,愿效驰驱,实望使天下百姓早见天日,重获太平之乐。今后小袁营中倘有谁敢怀二心,人神不容。按我们袁将军之意,既然投了闯王麾下,且又得成为姻亲,今后这小袁营的称呼也就不应再要了。袁将军原说俟到开封城外,即刻传下令去,不再使用旧的称呼。至于新的称呼,当依大元帅明示遵行。只有如此,方算得小袁营与老府诸营一例看待,化为一体。"

闯王欣然点头说:"请坐下,坐下,不必拘礼。玉尺居一营军师之位,这番话说得很好,说得很好。此事不必太急。你们暂时只心中明白我的好意就行,不必急于向将士们宣谕。全军建制,正在由宋军师和牛先生拟就,破了开封后将宣布施行。小袁营这称呼就用到那时候吧。"

袁时中和刘玉尺唯唯称是。

宋献策一直在对他们察言观色,但是也不能断定他们的话中有多少不是真心。闯王也是如此。献策总是对他们坦然微笑,频频点头,使他们感到他十分相信他们二人的句句话都是出于至诚。等闯王说完上边的几句话以后,宋献策对袁时中和刘玉尺说:

"倘若大元帅把你们当外人看待,也不会今天就对你说出来肺腑之言。这完全是为着你们好,为着时中将军既是爱将,又是娇

---

① 新圣人——新天子。

婿。如今曹营和小袁营都归属于大元帅麾下，论往日关系，曹帅与大元帅同乡里，又是拜把兄弟，可是像刚才那样的肺腑之言，大元帅对曹帅是不肯说的。"

袁时中欠身说："大元帅和宋军师不把我当外人看待，我完全明白，所以一辈子要对大元帅感恩图报，不会有第二个想法。"

刘玉尺补充说："小袁营的全体将士也都有这个想法，为闯王矢忠不贰。"

闯王又说："今日我进城来时已经吩咐老营总管，给你送去三千两银子和二百匹绸缎犒赏将士，恐怕早已送到你的老营，交到刘静逸手中了。"

袁时中又说一些感激的话。

宋献策说："大元帅对小袁营如同对李补之、袁汉举、刘明远诸营一样看待，有功即赏，有过则罚。今日因小袁营将士归老府不久，所以特颁犒赏，以示优遇。"他转望着刘玉尺，亲切地笑着说："玉尺兄，刚才在酒宴上捷轩将军同你抬了几句杠，请你不要放在心上。他每次在背后谈论，极其佩服你有才学，有智谋。今日他吃酒稍多，加上有一些重大的事儿使他烦心。他这个人，你们大概都清楚，待朋友和部下一片赤诚，肝胆照人，语言爽快，所以全军上下都爱戴他，连大将们都呼他总哨刘爷。有的人受过他的重责，事后还是喜欢他，打心眼里尊敬他。玉尺兄，你可不要将今天的小事儿放在心上！"

刘玉尺赶快说："军师，我怎么能那样糊涂？今日小弟酒宴妄谈，不过为大家助兴耳。"说毕大笑，笑得十分坦然。

袁时中说："玉尺也是个爽快人，他绝不会放在心上。"

李自成点头说："这样才好。咱们是起义大军，大家真诚相待，不习惯讲究小节，更无虚饰。捷轩对我忠心耿耿，可是他有时也会抢白我几句。我喜欢他这种秉性脾气。你们同他相处日久，必定也会喜欢他的。"

又稍谈片刻，袁时中见闯王没有别的吩咐，便同刘玉尺起身告

辞。李自成和宋献策送出签押房,仍旧回来坐下。一个亲兵进来伺候,李自成使眼色命他出去,随即向献策问道:

"你看他们两个怎样?"

宋献策沉吟说:"我看,刘玉尺这个人很不可靠。袁时中事事靠他谋划,使我最不放心,必先除掉此人才好。"

闯王说:"时中说的话跟刘玉尺说的话差不多,看来多半出自真心。"

宋献策将眼珠转动转动,说道:"我怕这些好听的话是他俩事前商量好的。"

闯王说:"不至于吧。我是今天同他们说出来的,他们事先如何知道?"

献策说:"时中左右的人,刘玉尺的心计诡诈,虑事周密,在小袁营有小诸葛之称,只是有时骄气外露,是其所短。还有朱成矩、刘静逸二人,都是城府甚深的人。安知他们平时不与袁时中作许多计议,把临时应答的话都准备好了?"

闯王默然片刻,说:"那两个人倘若确实不好,也得陆续除去,但是暂以不动他们为好,免得时中不安。我既将慧梅作为养女许配给他,务要使他安心才是。"

献策说:"他昨天以女婿身份偕慧梅姑娘拜谒夫人,执礼甚恭。他还对夫人说他拥戴大元帅打天下,甘愿粉身碎骨。"

闯王笑着说:"邵时信和吕二婶都对夫人说,他同慧梅小两口如今很能和睦相处,这倒使我放心。"

"我也放心了。要不然,我如何对得起夫人和慧梅姑娘?"

他们相对一笑,随即骑马巡视城中的几个地方去了。

当闯王同宋献策还逗留在商丘城内时候,袁时中和刘玉尺已经到小袁营老营所驻的村子了。

果然,大元帅赏赐的三千两银子和二百匹绸缎早已送到,由刘静逸收下。如今朱成矩、刘静逸,还有两三位最亲信的、可以参与密议的头目,都在袁时中的屋中等候。

朱成矩和一部分亲信头目是去城内赴宴回来的,亲眼看见刘宗敏当众嘲笑他们的军师刘玉尺,都怀着压抑情绪。他们急于想知道李自成将袁时中和刘玉尺留下谈的什么话,所以都在时中的住处等候,并在小声议论。在当时讨论投闯利弊的时候,刘静逸和有的头目持怀疑态度,甚至说出了反对意见。由于赞成投闯一派占了上风,袁时中才决定投顺,并且去漯河附近谒见闯王。闯王决定将养女嫁给时中,喜讯传回军中,全营欢跃,是投闯派的黄金日子。但是从袁时中偕新夫人回到军中以后,尤其是到了睢州,怀疑派很快地占了上风,连袁时中和刘玉尺也有了后悔心情。到商丘三天来,小袁营三万人马被夹在闯、曹两营数十万人马中间,处处不能自由,而陕西将士们的乡土观念很重,不仅把小袁营的头目和士兵当做外乡人看待,还瞧不起新投顺的人。袁时中和刘玉尺更加后悔。

袁时中屏退闲人,和刘玉尺秘密地将刚才闯王和宋献策的话向大家复述一遍。大家感到吃惊,有人不觉说出:"这不是准备吃掉咱们小袁营么?"正待商量对策,邵时信奉慧梅命来见时中,说高夫人和牛、宋、刘宗敏等几位大将的夫人都到了慧梅帐中,请他赶快去拜见她们。邵时信的话刚说完,有人飞步进来禀报:曹帅军师吉老爷已经进了村子,请袁时中赶快出迎。袁时中对邵时信说:

"邵哥,请你回太太话,我接了吉军师稍谈片刻,便去拜见高夫人和各位婶娘、大嫂。今晚敬备水酒,请太太恳留高夫人和各位婶娘、大嫂吃饭。"说毕,他对时信一拱手,便带刘玉尺、朱成矩二人往大门外迎接吉珪。刘玉尺在二门内拉他停了一步,凑近他的耳朵说:

"吉子玉此来,虽是闲访,说不定会有测探之意,请不要对他露出一句口风,招惹是非。将军快去拜见高夫人和几位婶娘辈夫人要紧,对各位夫人务必恭敬,说话小心。今晚请将军送走各位夫人之后,就留宿太太帐中。对太太要特别殷勤,也要多说些对闯王感恩图报的话。"

袁时中低声说:"我今晚还要跟你们商议大事哩。"

"不。我要留吉子玉在此饮酒,晚上同他单独密谈一阵,十分重要。将军只管留在太太帐中,不必再回来。事后倘子玉出卖,玉尺甘受屠戮,将军不受牵连。"他看见袁时中有犹豫神色,又补充说:"至于金姨太太,务请将军暂时忘下,不再亲近。务必,务必!"

袁时中完全明白了玉尺的精细用心,微笑点头,继续向外走去。

第八章

　　当天夜里,高夫人已经睡了,李自成还在大帐中看书,随后站起来,在灯影里走来走去。目前,有一些大事萦绕在他的心中:第一件大事是马上就要开始第三次进攻开封,能不能十分顺利?北京现在有什么动静?崇祯自然要催促丁启睿、杨文岳、左良玉等人来救开封,他还能调动什么人马?一旦攻破开封,是否就按照近来同牛、宋二人秘密商定的主意,在开封建号称王?看来罗汝才决不肯真心拥戴,对他如何办好?……

　　想了一阵关于将来如何处分罗汝才的问题,感到特别棘手。倘若他不肯拥戴,留下他将是很大祸患。近来,关于曹操的问题日趋严重,虽然常不免横在心中,却使他加倍谨慎,连对几个最亲信的人也不肯流露半句口风。有一次,宋献策曾在无人时提到日后要除掉曹操的事,他的心中一动,但没有做声,等了许久,才口气严肃地小声说:"目前力求和衷共济,不要想得太多!"宋献策最能明白他的心思,但不好再说什么话。后来因为曹营诸将得到曹操默许,破商丘后暗中加紧增兵买马,还自己派人马往砀山一带打粮,刘宗敏和高一功要闯王同曹操谈谈,制止曹营擅自作为。自成的心中增加了疑忌,想了片刻,对他们责备说:

　　"如今开封还没有攻下,你们的心胸何必这样窄!"

　　刘宗敏说:"曹操来投,本来是同床异梦,没料到他……"

　　自成听见帐外有脚步声,用手势阻止他说下去。等知道无人进来禀事,他才微微一笑,说:

　　"你们不要上眼皮只望见下眼皮,不要在枝节小事上计较太多。俗话说:水过清不好养鱼。在小事上可以睁只眼,合只眼,不

153

必丁是丁,卯是卯的。"

高一功兼掌全军总管,对曹营的擅自作为深感不妥,沉吟片刻,说道:

"小事虽不必过多计较,可是一则会集小成大,二则要防患未然。"

自成说:"一功,你也糊涂啦。目前,只要曹操肯跟着我的大旗走,对我们就有莫大好处,其余的都是末节!"

尽管李自成认为时候不到,不肯对宋献策多谈曹操的问题,也不许刘宗敏和高一功计较小节,但是他常常在心中暗自思忖,并且细心观察,担心曹操会过早地离开他,由朋友变为劲敌。此刻他又想了一阵,深感到攻破开封后他同曹操或分或合,怕不好再拖延不决了。他忽然想到攻破襄城后找不到张永祺的事,近来风闻张永祺被曹营暗藏两日,私下放走。他没有将此事告诉刘宗敏等知道,只命吴汝义秘密查明真情,再作适当处置,但此事使他的心中久久地不能平静……

一直到鸡叫头遍时候,他才躺下睡觉。可是刚刚蒙眬入睡,乌鸦已经啼叫,天色麻麻亮了。他被帐外的脚步声惊醒,但未睁开眼睛,似乎听见是有人向守卫的亲兵们低声询问他是否醒来。此时高夫人已经起来,正在梳头,忙向帐外问道:

"子宜,有什么紧要事儿?大元帅刚才睡下。他昨晚又熬了一个通宵。"

吴汝义平日最担心闯王休息不足,听了这话,有点儿犹豫起来,喃喃地说:"我待一忽儿再来。"可是他正要退走,李自成已经睁开眼睛,抬起头来问道:

"我已经醒了。子宜,快进来。有紧急事,赶快说吧。"边说边披衣跳下床来。

这时,随在吴汝义背后,有两个亲兵走了进来,打算照料闯王梳洗。闯王一挥手,他们赶紧退了出去。

吴汝义走到闯王面前,悄悄地说:"有一件事情我查清楚了,现在我特来向你禀报。"

"什么事情查清楚了？"

"放走张永祺的事，我查清楚了。"

闯王一听，登时眼睛瞪大起来。这是一件大事，连高夫人也立刻停止梳头，向吴汝义注目凝视。他悄声问道：

"他是怎么逃走的？可是有人私放？"

"有人私放。"

"谁？"闯王的声音里充满了怒意。

"请闯王不要震怒，果然传闻不假，是曹营的人把他暗中放走。"

"曹营？谁干的事？曹操知道么？"

"大元帅可记得，曹营有一个叫黄龙的头目？他是曹帅的邻村人，还沾点亲戚，就是他把张永祺放走了。"

闯王咬着牙，沉默片刻，又问道："这话可真？"

"我查了好久，起初有曹营的人偷偷告诉我，我也不信，后来黄龙自己手下的人也对我说了，我才不得不信。"

"黄龙为什么要放走张永祺？"

"哎，曹帅本来与我们同床异梦，他手下人也不是真心拥戴大元帅坐江山，心里没有忘下那个投降朝廷的念头。这黄龙看见张永祺是个有身份的绅士，所以捉到后就把他暗中窝藏起来，等我们大军离开襄城时，又把他偷偷放了，还向他泄露了我们的作战机密。"

"什么作战机密？"

"据黄龙手下人告诉我说……"

闯王截断他："他手下人说的话可信么？"

"他手下这个人过去是他的亲信，可是有一次赌博输了钱，又喝醉了酒，骂了他几句，他要杀这个人，后经众弟兄讲情，没有杀，痛打了一顿。所以这人现在与他已经离心离德。我找到这个人后，又告诉他闯王将来如何必得天下，他也想留个出路，所以把他知道的内情都跟我说了。只是让我千万别露出一点风声,不然他就没命了。"

"你说吧,哪些机密被他泄露了。"

"原是大元帅跟曹帅商定了的,下一次攻开封时,围而不攻,断绝开封的粮草,使他久困自降。黄龙就把这计划告诉了张永祺,还让张永祺赶紧报告给省城里的大官们,使开封早做准备。"

闯王骂道:"真是可恶之极!"

"听说黄龙还对张永祺说:'我们曹营怕什么?不怕。咱们的事情老府管不着,老府算个屁!'这样,连我们老府也骂了。"

"这些事情曹帅都知道么?"

"开始大概不知道,后来他也知道了。叫人生气的是,曹帅不但不严办,还要遮掩。他对那些知情人说:'这事可不能走漏消息。谁若走漏消息,我立刻砍掉谁的脑袋!'"

闯王听罢,半晌没有说话。他越想越气,忽然站起来,把桌子猛一捶,说:"备马,我找曹操去!"

高夫人和吴汝义都一惊。高夫人马上说:

"你还是再想想吧,现在不是算账的时候。"

闯王又开始在大帐内走来走去,心上有一个很大的难题:怎么办?对此事必须要处置,但是又要处置得当。刹那间许多许多跟曹操之间的不如意事情都翻上了心头,使他怒火中烧。走了一回,他终于使自己平静下来。长叹了一声,说:

"是的,现在还不是算账的时候!"

自从进入豫东以来,李自成的义军每攻下一个城池,停留一二日或数日即便放弃,临走时将城墙拆毁。如今即将离开商丘,昨夜闯王已下令今日做好准备,明日一早开始扒城,由大将谷英总负指挥之责。但商丘城较一般州、县城大得多,城墙也较高厚,没有数万人一齐动手,不可能在三天以内扒完。

闯王已决定要征发城内和近郊居民三万人,不管男女老幼,都去扒城。义军抽调一万人参加，兼负监督百姓，维持秩序之责。

今天早饭以后，李自成率领刘宗敏、牛金星、宋献策和李岩等骑马巡视了扒城情形。有很多大户和小康之家的妇女，自幼将脚缠得很小，平时走路像柳枝在风中摇摆，从不下地劳动，更没有从事过爬高就低的重活，十指纤细，蓄着长指甲，如今被强迫前来扒城，不得不忍着心痛，剪去了长指甲。在众人前抛头露面，挖土抬砖，拥拥挤挤，踉踉跄跄，脚疼难忍，动不动跌倒地上，发出"哎哟"之声。李自成看了一阵，命谷英将一部分实在脚小体弱、不能做这种劳动的妇女放回家去，另外从老府、曹营和小袁营各调来一万将士扒城。原来老府有五千人，曹营有三千人，小袁营有两千人在监督百姓扒城，如今一律动手，不得站在一旁观看，有不卖力者即予重责。这样下令之后，李自成便带着刘宗敏和牛、宋等返回老营。在半路上，他们在路边野庙旁驻马，看了一阵老府的新兵操练，谈论起将去围攻开封的事。李自成望望李岩的神情，含笑问道：

"林泉，你今天有什么心事？身上不舒服么？"

李岩赶快在马上欠身回答："末将贱体甚佳，并无不适，也没心事。"

闯王又笑着说："我看你心有所思，看操时心不在焉，分明是在想别的事儿。我们之间，推心置腹，无话不谈。目前即将围攻开封，关系重大，林泉倘有高见妙策，何不赶快说出，大家一起商量？"

牛金星也说："是呀，何不说出来大家商量，供大元帅斟酌裁定？"

李岩本来不想说出，但又怕闯王和牛金星会向别处猜测，反而不好，随即说道：

"我是想商丘扒城之事，怕自己所见不深，说出来未必有当，所以未敢大胆出口……"

刘宗敏打断李岩的话头说："啊，你用不着这样说话谨慎！你有话只管说，不要藏在心里才好！"

闯王笑着说："你不赞成扒城，是么？"

李岩说："是的。实不敢隐瞒，以末将愚见，像商丘这样地方，弃城不守，不如留兵据守。如今我们兵力日益强大，与往日形势不同。然而仍如往日一样，每得一城，弃而不守，既不能广土众民，建立稳固根基，也不能抚辑流亡，恢复农桑，使百姓有复苏之乐。得城而不守，岂不大失百姓乱久思治之望？目前中原官军空虚，纵然能勉强凑成一支救开封的十万人马，内部人心不齐，士无斗志，实不足畏。官军倘若救汴，则无力进攻商丘；如攻商丘，则无力同时救汴。况商丘距开封不过三百余里，一马平川，正是我骑兵用武之地。倘敌兵来攻商丘，我数万骑兵疾如飙风，不过两日可至。敌兵屯于商丘坚城之下，被我军内外夹攻，必败无疑。我军一旦攻破开封，即可分兵一路，由商丘进兵江淮，略地徐、砀，则漕运截断，北京坐困，南京震动。……"

李自成的心中一动，说道："林泉，你停一停，咱们索性下马，坐下去扯一扯。"随即他自己先跳下战马，在庙门外的柏树根上坐下，向大家说："咱们就坐在这柏树荫下，听林泉谈完他的高见。我已经有好多天日夜忙碌，不曾听林泉如此谈话了。"

大家都在他的面前坐下，有的坐在一块半截砖上，有的坐在草上。众多亲兵亲将也都下马，到附近的树下休息。李自成望着李岩微笑点头，催促说：

"林泉，请接着说下去！"

李岩见闯王很重视他的建议，就从地上拾起一根小干树枝，一边谈他的意见，一边在地上画着地图，重要城市的地方摆个小瓦片或小砖块。他怀着无限忠心，巴不得李闯王能采纳他的建议，而宋献策和牛金星能够赞助。他用小树枝指着一个稍大的瓦片说：

"这是洛阳。另一路人马西上陕州、洛阳，封函谷关，断秦军东援之路。再有一支人马南下许昌、叶县，重占南阳、邓州。到这时，中原形胜，尽入手中。自尉氏、扶沟往南，汝宁、陈州一带，颍河、汝河南岸，数百里尽皆膏腴之地，不甚残破，容易恢复农桑，为足食养兵之地。在此四海糜烂之秋，有此中原一片土，足可以虎视八方，经营天下。"说到这里,李岩停一停,望望闯王和牛、宋等人,见闯王笑而不言,牛金星也无表情,他将小树枝扔到地上不再往下说了。

宋献策深知闯营将士的乡土之情极重,有意提醒李岩,笑着问道:"下一步如何?如何进兵关中?"

李岩赶快说:"当然要进兵关中,囊括秦、晋,再捣幽燕。"他重新捡起来小树枝,画着地说:"俟河南大局粗定,即分兵两路,西入关中:一路由灵宝入潼关,一路由邓州取道商州入关中。汉高祖也就是由商州进取咸阳。末将智虑短浅,窃自反复默思,大胆陈言,请大元帅留兵据守商丘,分略附近州县以为羽翼,占领砀山以为屏蔽,然后大军西攻开封,方为上策。何必拆毁城墙,弃而不守?"

李自成没有做声,觉着李岩的这番话也有道理,但又认为分兵防守则力弱,不如合兵一处则力强,能够时时制敌而不受制于敌。两年多来依此方略用兵,步步获胜。目前去攻开封,朝廷必然倾全力来救,不可大意。俟数月内攻克开封之后,朝廷救援开封已经溃灭,中原形势完全改观,官军更无反攻余力,到那时曹营这疙瘩也将动手割治,然后建号改元,分兵略地,选派府、州、县地方官,一切得心应手,不能算迟。何必过于心急?……但是他此刻没有将自己的早已决定的主意说出口来,只是面带微笑,转望牛金星和宋献策,用眼色向他们征询意见。

牛金星和宋献策自从破洛阳以后,每天常在李自成左右,密议大事,地位日见重要。李岩一则常常不同老营住在一起,而是随着豫东将士一起,操练他那一营人马,暇时坐在帐中读书,写字;二则他抱定"功成身退"宗旨,不像牛、宋二人热衷荣利和醉心事功,所以除非奉闯王召唤或有事禀报,很少追随闯王身边。如今他虽然是闯王的重要谋士,受到尊重,但牛、宋的重要性远过于他。牛金星和宋献策在一年半前对李岩写给闯王的书信中提出的远大谋略十分欣赏,也可以说十分佩服。但是自从罗汝才来到以后,他们明白闯、曹勾心斗角,势难久合,认为闯王想集中力量赶快打几个大胜仗的决策也很有道理,所以就不再热心支持李岩的主张了。尤其是牛金星，他比宋献策多了一点私心，不愿使李岩在功业上有过大的建树，这一点私心也影响他不肯在闯王面前多为李岩的主张帮腔。现在见闯王用眼色催他说话，他望着李岩说：

"林泉，你的话自然出自一片忠心，也是从大局着眼，在平日不失为上策。只是大元帅纵览时局，不欲受制于敌，自有深虑宏谋，年兄为何忘了？"

李岩明白金星所说的"深虑宏谋"是指先占开封，战败朝廷援军，然后剪除异己，建立名号，再以开封为根基，分兵略地，选任府、州、县官。听牛金星这么一说，他不敢再陈述自己意见，只好连连点头。

牛金星又笑着说："何况大元帅已经下令扒城，岂可半途终止？那样朝令夕改，岂不自损威信？"

李岩赶快说："是，是。岩思虑粗疏，见不及此，请大元帅不要见罪。"

李自成哈哈一笑，拍一拍李岩的肩膀，说："林泉，你的用意很好，我有什么可怪罪你啊！你要小心，我将来会怪罪你的，不是为你说错了什么话，是怪罪你不肯大胆说话，说话太少。我很羡慕唐太宗的身边有一个魏征。可是，林泉，我的身边就缺少像魏征那样的人物。你常劝我效法唐太宗，我实在望尘莫及。你以后效法魏征好么？"

李岩十分感动，说道："大元帅如此以国士待我，我倘有所见，岂敢缄默不言。"

刘宗敏忽然说道："林泉，你不管有什么话，只要你是为着军国大计，尽快说出！日后闯王坐了江山，你不惟同闯王有君臣之义，你的夫人还是闯王夫妇的义女哩！"

宗敏的话引得闯王和牛、宋都大笑起来。牵着马立在一旁的吴汝义和李双喜等几位亲将，都不觉跟着笑了。

路过豫东将士驻扎的村庄，李岩向闯王和宗敏等告辞回营。李自成回到老营驻地，让宗敏和牛、宋等各人自便，他向高夫人的住处走去。心中想着刚才的一段谈话，深深赞赏牛金星虑事周详。一跳下乌龙驹，高夫人的一个男亲兵就走到他的面前禀报：

"夫人命我去看看大元帅回老营没有，大驾果然回来啦！"

"有什么事儿？"李闯王随便问了一句，没等回答，大踏步走进高夫人的帐中。

慧梅带着慧剑、吕二婶，还有几个常常随在左右侍候的女亲兵，都在高夫人的大帐中，有说有笑，十分亲热。一见闯王进来，大家的笑语忽止，肃然起立。慧梅和慧剑赶快对他福了一福。高夫人对他说：

"自从小袁营来到商丘城外会师以后，慧梅回来过几次，你总是忙，她没有见到你，心中很是难过。今日她又回来了，所以我不断差人去瞧你从城中回来没有。这姑娘有一番孝心，她说今天见不到你就决不走。你正好回老营了！"

李自成望见慧梅双目含泪，不禁心中微微一动。他刚在上位坐下，慧梅就在他的面前跪下磕头。他说：

"你回来让我看看你就有了，不用磕头啦。"

吕二婶站在一旁笑着说："不管是日后论君臣之义还是今日论父女之情，慧梅姑娘回到老营来见到闯王，这三个头是非磕不行的。"

慧梅磕过三个头，站起身又拜了一拜，垂头立在高夫人（她已经落座）身边，两行热泪再也忍耐不住，扑簌簌滚落下来。慧英、慧剑、左右姐妹们见慧梅落泪，也都不由地眼珠儿红润。高夫人轻轻地叹口气，对自己未能阻止将慧梅嫁到小袁营感到内疚。闯王命慧梅和吕二婶都坐下，然后说：

"我亲自问过邵时信，知道时中待你不错，小袁营上下将士也很尊敬你，我已经放下心啦。以后有什么困难，你只管差邵时信或你吕二婶回来说一声，马上替你办妥。你在闯营时候立过不少功，还立过大功。嫁到小袁营，只要同时中和睦睦，帮助他建立功业,也算是你立了新的大功。听说你在小袁营也很满意,是么?"

慧梅低头不语,刚刚揩去的热泪忽然又奔涌出来。李自成想着慧梅虽非亲生女儿,但将她养育成人,同患难,共生死,比亲骨肉差不多,做女儿的一旦出嫁,回家来见到父亲,流几把眼泪也是常情,随即微微一笑,转向吕二婶问道:

"二嫂,你的年纪大,在洛阳经多见广。你看,袁姑爷对结这门亲事是不是十分满意? 他能够亏待慧梅么?"

吕二婶和邵时信早已商量过,关于袁时中和小袁营的事,只说闯王高兴听的,免得惹闯王听后心烦,也害怕自己惹祸,他们都明白袁时中的左右有刘玉尺等不正派的人物摇鹅毛扇子,总不忘使小袁营独树一帜,还风闻小袁营的将士们有不少人暗有怨言,后悔不该投闯王旗下,受到挟制,不如从前自由,还说袁时中从婆婆变为媳妇,……但是他们相约不将袁时中和小袁营实情告诉闯王和高夫人,甚至也不完全告诉慧梅。他们在来商丘会师的路上,还暗中嘱咐慧梅:在高夫人面前要多说袁姑爷的好话,使高夫人免得挂心。所以听到闯王询问,她立刻恭敬起立,笑着回答:

"回大元帅,要说到夫妻和好,相敬如宾,袁姑爷同慧梅姑娘可说是美满姻缘,实在难得。袁姑爷虽说原来已经有了两个姨太太,风闻金姨太一向受宠,可是自从咱们姑娘来到之后,他很少到金姨太帐中。他巴不得把咱们姑娘用双手捧着,生怕姑娘有一点儿不顺心,思念闯营。请闯王和夫人放心,像他这样百依百顺的好姑爷,打灯笼也难找到! 慧剑,你是亲眼看见的,我说的话句句不假,是不是?"

慧剑也被叮嘱过不得说出来惹闯王和高夫人心中不愉快的话。平时她同慧梅最亲密,分明有时看见慧梅偷偷流泪,偷偷纳闷,偷偷叹气,有时还看见慧梅因不满意袁时中的行事而不忿儿,可是这些实情她怎么敢说出口呢? 她也不愿说假话,腼腆地咬着下嘴唇,似笑不笑,偷偷打量慧梅用袖头去揩眼泪,又看看高夫人的喜悦面容。高夫人看见慧剑的腼腆不语的神情,越发高兴,心中

赞叹说:"这个黑妞,淳厚中带有聪明!"她转向慧梅,带着慈母般的感情说道:

"慧梅,自从打发你出嫁以后,我常常同闯王提到你,有时我常在梦中看见你,仍然骑着马跟在我的身边。如今知道你们夫妻俩很和睦,我同闯王就放心啦。慧梅,你吕二婶说的话可全是真的?"

慧梅为使养父母对她宽心,勉强轻轻地点一下头,但心中禁不住一阵酸痛,硬将眼泪往肚子里咽。她完全明白闯王将她许配袁时中的一番苦心,她也早已承认她同时中的姻缘是命中注定的,自己同小张爷命中无缘,几年来互相间空有情意终是无用。最近几天,她感到身上已有了怀孕的征兆。但因为她一则对这样事毫无知识,心中捉摸不定,二则害羞,不曾暗向吕二婶透露消息。她不敢抬起泪眼看养父,但是她在心中对他说:

"你女儿不管有多大委屈,也要使他拿出一片忠心保驾,为你出力打江山!"

闯王也因听了吕二婶的话心中高兴,对慧梅说:"你要处处尊重时中,不要觉得你是我的养女,在大军中经多见广,嫁到小袁营受了委屈。俗话说嫁鸡随鸡。做妻子的顺从丈夫才算贤惠,也才算知礼。你心里要明白:在我的眼中,时中的小袁营决不能如曹营那样。对曹营,我只能马虎一点,只要大致不差就行了。像这样一营,在我的'闯'字旗下只能有一,不能有二。对时中,我的期望很切,不把他当客人看待,也不把他的小袁营当客营看待。目前半是客营,半是闯营;日后不久,应该化客为主,就像你补之大哥、刘明远、袁汉举等率领的各营人马一样,我既将小袁营作为自己的人马看待,从今往后,在军纪上必将从严,操练上也将从严。今日特意对你讲说明白,让你心中有数,处身行事都不要违背我的心意。你明白么?"

慧梅站起身来,恭敬地低声回答说:"女儿明白,这也是女儿的心愿。"

李自成还想对慧梅再嘱咐几句,适逢双喜进来,禀报说曹帅来到,他便起身回到自己的大帐去了。

曹操今日设盛大午宴,请各营主要文武吃酒看戏。他昨日已发了请帖,刚才又派人骑马赴各营催请。他为着对李自成特别表示尊敬,亲自前来敦请。自成留他在大帐中谈了一阵闲话,看看日已正午,便带着牛、宋、李岩和住在行辕附近的一大群将领,由曹操陪同,骑马往曹营赴宴。住得稍远的将领们、袁时中和小袁营的重要将领们,由各自的驻地分路前去。

曹营的酒席果然丰盛,山珍海味齐全。原来在攻破商丘后,他的老营总管就赶快派出几个得力头目,不管别事,专门到乡宦大户邸宅,搜罗歌妓美女、戏子姣童、山珍海味、各种名酒,还替他找到了几名乡宦家的红案厨师。李自成和刘宗敏等佯装不知,看见时也一笑置之。今日曹营除酒席丰盛外,还有辕门外的空地上连夜搭了高台,有一班昆曲和一班梆子轮番演出。另外还有一群歌妓在主要席前侍候,执壶劝酒。只是因为辕门外正在唱戏,所以今日不用歌妓们清唱,而平日所用一班吹鼓手也不用了。

酒席闹腾了一个多时辰,戏也演了两出,大家十分快活,尤其对梆子戏《拷红》不断叫好。这时,有人告诉曹操说,商丘原来各家的戏班子非常讲究,当时那种最繁盛的情景,一般人都不记得了,只有一个老头子,现在也在他们的班子里打杂。大家对这个老头子很尊重,因为他什么事情都知道。

曹操问道:"现在也在这里么?"

"也在这里,刚刚还在叹气,喝了酒,还流起了眼泪。"

曹操感到有趣,说:"把他叫来,我问问他。"

随即有一个叫做吴清的老戏子被叫了来。他已经六十多岁了,年轻时也是唱旦的,所以直到现在,走路的腰身动作都还带着女人的姿态。他跪下去对曹操磕了个头,站起来躬身等着问话。曹操笑道:

"你说商丘的事情,年轻人已经不知道了,以前的戏班子十分兴盛。你倒说说看,以前的戏班子怎么个兴盛模样?"

"回大将军,这些年轻人啥都没见过。他们已经生在末梢年,那好时光,他们既没福享受,也没眼福看到。我年轻时在孙相国家里,那气派跟现在可不一样。太平盛世,真了不得。我们这些伶人一天到晚穿着绫罗绸缎,只要有几出戏唱得老爷们高兴,什么首饰,什么银钱都赏赐下来。唉,现在连想都不敢想了。"说着,他眼泪成串儿滚落下来。

郝摇旗听着,忍不住骂道:"去你妈的,那个时候你们享福,老百姓可苦了。你还想那个时候再回来,老子可不答应。以后就不准你那什么龟孙子相国再骑在老百姓头上作威作福。"

袁宗第也说:"这老头到现在只想着往日那种日子,可咱们就是要把那些富家大户、老门老户重新翻个个儿。"

曹操觉得大煞风景,便也笑一笑说:"好,你下去吧,让他们赏你点酒喝,可不要喝得太多。"

大帐内外,许多桌子上猜枚划拳,谈笑风生,十分热闹,只有闯王席上和周围的几处席上比较文静,有猜枚划拳也不大声嚷叫。当上过一道海参烧鱼肚和一道银耳汤之后,李自成一则有事,二则怕许多将领同他在一起感到拘束,便告辞先走。曹操明白他的意思,并不强留,又敬他一杯酒,说:

"李哥,你很忙,我不敢留你。说句良心话,你只会图谋大事,就是不会享福!这下一出戏就是商丘周士朴家的苏州班子扮演《琵琶记·吃糠》,你竟然不看,多可惜!"

李自成笑着说:"还是我早走的好。我一走,许多将领们都自由了。可是,你不要放纵他们赌博,也不许有人灌醉!"

罗汝才将李自成送出辕门。自成不急于上马,小声说:

"汝才,你多送我几步。我有几句体己话要跟你说一说。这里人太多,到村边说吧。"

汝才听了,心中发疑:"有什么重大的机密话啊?"他风闻近日小袁营的将士们有些怨言,后悔不该投闯,想着自成可能是要同他

谈一谈关于小袁营的事。他们走到村外停下,李自成用眼色挥退左右亲兵,对汝才小声说道:

"汝才,你可知道,我们破襄城时要捉拿的那个张永祺是怎么逃走的?"

罗汝才心中大吃一惊,但故意装得毫不知情,说:"不知道啊,我也是一直命令手下人用心访查。"

李自成拉着他的手说:"这事情你当然不知道。我也是才知道不久。我说出来,你不要动怒,反正事情已经过去了。但不说的话,你不知道,以后恐怕还会有这样的事情生出来。"

"你说吧,李哥,到底是怎么回事情,我也很想知道知道。"

"原是你这儿的人放走的,他们把你瞒得死死的。"

"啊?怎有这种事情?这太岂有此理!是谁放走的,李哥你可知道?"

自成点点头说:"我已经知道了,我本来前几天就要告诉你这件事情,又怕你听了以后生气,所以一直拖着。汝才,这事情你千万别让别人知道,我们心中有数就算了。"

汝才恨恨地说:"那不行,倘若是我手下将领把他放走,那非按大元帅当日的将令严加惩处不可,决不轻易饶过!"

自成故意说:"你说这话,我就不必提了。"

"李哥,你一定得说。"

"那你得答应不处分他。"

汝才装作勉强点头,说:"好吧,你说出来,我看情况处理。"

"是黄龙放走的。他捉到了张永祺,可是不向你禀报,私自把张永祺藏了起来。等到我们离开襄城时候,他偷偷把张永祺放走,还告诉张永祺:我们在麦熟以前要围开封,围而不攻,等开封困得没有粮食时,自己投降。他还嘱咐张永祺,去开封把这些话禀报给开封的周王和封疆大吏,让他们预先做好准备。"

罗汝才听着,心中确实十分吃惊,但表面却装作十分愤怒的样子:"啊?竟有这事?可恶!可恶!我非问清楚,宰了这小子不行!"

闯王说:"也不必多问,你只要自己心里有数,知道这个人不可靠,以后不要重用他就是了。好,我得走了。"

李自成招手叫亲兵们前来,接住丝缰,纵身上马,正要扬鞭欲行,他忽又不放心地俯下头去,对汝才悄悄地嘱咐一句:

"此事千万不可声张,不可让别人知道。你知我知,也就够了。"

闯王走后,刘宗敏、田见秀、高一功、牛金星、宋献策、李岩等又稍坐一阵,因为各自事情很忙,勉强等到席散,也都赶快起身告辞。袁时中偕同小袁营的一群文武,也跟着走了。剩下袁宗第和郝摇旗等,硬被曹操留下,掷了一阵色子,又听歌妓们清唱几段曲文,才放他们走掉。

袁时中回到自己营中不久,就有一个弟兄喝得醉醺醺地骂进帐来,说:"什么闯王人马,硬是欺负人。打开了商丘,金银财宝堆积如山,他们都弄到老府里去,对咱们是按人数发放军粮。咱们小袁营啥时候受过这种气? 为啥要受这种气? 他们说啥就是啥,你能够受这股气,弟兄们受不了这股气。还不如趁他们现在没有防备,我们杀进老府,宰了李闯王这些家伙!"

袁时中听了,吓得赶快摆手。他既不敢回答他,也不敢处分他,因为这是他手下的一个老人,而且他知道最近几天他部下的许多人都在嘀嘀咕咕,说些不满的话。于是他挥手让他退出去,说:

"你喝醉了,少说闲话,不要惹祸。"

可是这个老弟兄仗着酒势,一面骂,一面退出帐外;到了帐外,还继续骂,似乎故意要让别人听见,煽起别人对他的主张的同情。

正在这时,郝摇旗和袁宗第从曹营出来,骑马路过这里,听了几句,十分震怒。郝摇旗吩咐亲兵说:

"去! 把他的头头袁时中叫出来!"

立刻就有人进帐向袁时中禀报了。袁时中一听,是袁宗第和郝摇旗叫他,赶快出来,赔着笑脸说:

"袁将爷,郝将爷,不晓得你们二位驾临,没有远迎,请多多恕罪。"

袁宗第还想给袁时中一点面子,可是郝摇旗哪能容人,气冲冲地说:

"时中,这是你手下的人,骂闯王,还要杀进老府。这不是要造反么? 你难道就不知道? 你耳朵里塞了驴毛? 哼哼,什么话!"

袁时中赶快拱手说:"我完全不知道。竟然如此,我一定严办。"

郝摇旗又说:"你自己瞧瞧看,闯王对你不薄,把养女也嫁给你。你现在既是闯王的部将,又是闯王的女婿,你纵容手下人这样辱骂闯王,煽动军心。你自己瞧着办!"

"我一定严办,一定严办。"

郝摇旗仍然满脸怒容,没有再说二话,策马而去。

袁宗第对袁时中嘱咐道:"时中,下边的人竟敢这么放肆,你要好好管一管,不然闹出大的事情可不好啊,也辜负了闯王对你的倚重。"

"我一定严办,决不允许下边如此放肆。"袁时中说着,头上已经冒出汗来。

袁宗第冷淡地一拱手,策马离去。

这时,闯王在行辕已将一些公事处理完毕,因为很疲倦,便来到高夫人的帐中休息。高夫人没有在帐中,据亲兵们说,她去看左小姐的病去了。过了一会儿,高夫人就回来了。闯王问道:

"左小姐有什么病痛?"

"偶感风寒,已经服了药。刚才我去,已经退烧了。"

"她虽是左良玉的养女,但左良玉对她很亲,像亲女儿一般。左良玉的夫人又已经死了,所以我们现在要好生照料她,不可使她受了委屈。"

"这我还不明白? 用不着你多嘱咐。"

"可是也有许多人不明白这个道理。这次我们破了商丘,立刻派人去保护侯公馆,不许闲杂人员进内,家中的什物全没损失,为了什么? 还不是为了侯恂是左良玉的恩人。我们的棋盘上有左小姐这个闲棋子,将来说不定什么时候会很有用处。"

高夫人问道:"听说你前天在酒宴上杀了李古璧,这事情可做得过火了点。"

"唉,如今有曹营,又有小袁营,如果我自己手下人犯了军令,都不执行,日后谁还肯听我的命令,那军令岂不成了一纸空文? 所以我必须将李古璧当场斩首,杀一儆百。"

正说着,忽然一个亲兵进来禀报:"曹营将黄龙捆绑送来,请大元帅发落。"

闯王笑一笑,心里说:"到底是曹操转世!"他明白罗汝才不忍心杀黄龙,有意送到他这里来,给他出个难题。于是他马上回到自己的帐中坐下。弟兄们将黄龙押了进来。黄龙跪在他面前,低头不语。闯王心中恼恨,问道:

"黄龙,张永祺可是你放走的?"

黄龙心中并不服气,神色倔强,但又不得不装出畏罪的样子,答道:"是我放的。我有罪。我该死。"

"你为什么要放走他? 用了他多少银子?"

"我一两银子也没有用他的。我看他是个读书人,是个有用之才,所以不肯杀他。"

"狗屁! 他对什么人有用? 他在地方上无恶不作,民愤极大。他处处反对我们义军,把汪乔年勾引到襄城来,妄图让汪乔年和左良玉两面夹攻我们。这种人难道对我们有用?"

闯王虽然非常愤怒,但是能够冷静地控制自己的感情。他将应该杀张永祺的道理讲给黄龙听,实际上也是讲给押送黄龙的一群曹营将士听。大家都觉得张永祺确实该杀,而黄龙私自放走确实犯了大罪。黄龙到这时才感到害怕,脸色蜡黄,等待斩首。周围的人们,不管是老府的或曹营的,都以为闯王会立刻下令,将黄龙推出辕门斩首。因为黄龙罪大,没有人敢为他讲情。但是闯王忽

169

然微微冷笑，又说道：

"黄龙，在我们闯营里边，从来没有任何人敢背着我放走一个敌人。你今天放走的并不是一般的敌人，是我悬赏捉拿的要犯。在破襄城之前，我已经下了严令，必须将张永祺捉拿归案，有敢擅自释放者杀无赦。你这个混账黄龙，竟敢如此胡作非为，违抗本帅的将令。按你犯下的罪，不要说我会杀你，我简直就该将你五马分尸。你自己说，该不该五马分尸？"

黄龙害怕，浑身瘫软，勉强答道："我确实有罪。任闯王随意发落，我决不抱怨。"

闯王又注视了他一会儿，说道："我本该将你五马分尸，毫不宽容。可是，常言道：'打狗还要看主人的面子'。你是曹帅手下的人，我同曹帅是生死之交，结拜兄弟。我处死你容易，可是我不能让我的兄弟曹帅面子下不来。我今天看在曹帅的面子上放了你，下不为例。你不用感激我，你只感激曹帅就行了。来人！把黄龙的绳子解了，放他回营。"

旁边有个将领说："就这么便宜了黄龙这小子？"

闯王说："你们懂得什么？黄龙是曹帅的人，我是看在曹帅的面上放了他。快解绳子！"

人们赶快把黄龙的绳子解了。黄龙这时才真正动了心，噙着眼泪，跪在地上连磕响头，说道：

"大元帅，我今天才知道，你确实不是一般的英雄。我今生今世，不会忘记你对我的大恩。"

闯王说："这话你不要对我说。你今生今世不要忘记曹帅就有了。你对他忠心耿耿，也就算对我有了忠心。走吧。"

那一群押送黄龙来的曹营将士，始而都认为黄龙必死无疑，继而感到意外，随后十分感动，一齐跪下叩头。其中一个头目说道：

"感谢大元帅宽大，法外开恩，饶了黄龙一命，也给我们曹帅保全了面子！"

黄龙和曹营的将士一走，吴汝义就走到闯王跟前，将刚才小袁营发生的事情向他禀报，并说那个姓王的已经由袁时中亲自送到，现在辕门等候。他对这样事竟出在袁时中营中，十分生气，但是他暂时不露声色，沉默片刻，轻声说：

"吩咐时中带姓王的进来吧。"

袁时中进来后，一见闯王，马上跪下，说："大元帅，我有罪，请你严厉处分。"

闯王笑着，拉他起来，说："时中，你怎么这样说话？下边人乱说，并不是你自己说的，你又堵不住他的嘴，你有什么罪呀？"

"我管教不严，平时对这家伙太放纵了。我实是有罪，请大元帅严加处分。"

"你虽然有错，也只是管教不严之错。你自己对我的忠心，我完全知道。何况你今天既是我的爱将，也是我的半子，亲戚加爱将，本是一体。你不会对我有二心，我更不会对你有猜疑。下边的事情是下边的事情，归不到你的身上。你不要把这事放在心上。快坐下，坐下。"

袁时中遵命落座，态度十分恭谨。刚才在辕门外等候时，因知道曹营的黄龙犯了大罪，被闯王看在曹操情面上宽容不咎，便想着闯王也可能对他手下的老王放宽度量，略作责罚拉倒。现在见闯王待他如旧，语言温和，使他暗怀的希望倍增。他根本不明白在进来请罪时候，李自成已经将这件事反复考虑过了。他想：虽然只是这姓王的头目一个人酒醉露了真言，但显然不是一个人的事。袁营中别的人为什么不阻止他，容他乱说？而且袁时中本人为什么不当场处分他，容他乱说？可见这事情有点复杂。现在李自成仍不动怒，向立在帐外的那个被五花大绑的头目望了一眼，继续用平静的声调对袁时中说：

"至于姓王的这个家伙，确实有罪，如果任他这样下去，会扰乱军心，引起老府将士和你小袁营的将士发生隔阂。"他冷静地淡淡一笑，接着说："时中，我把小袁营看成真正自己的人马，对这事能不处分。你说对吧？"

袁时中欠身说："当然要严加治罪，重重地打他一顿，穿箭游营。"

闯王向左右一望，吩咐说："将这家伙推出辕门，立即斩首。还要告诉小袁营全体将士，如果有谁挑动众人，煽惑军心，或心存背叛之意，都要看一看他的下场。"

立即上来几个人，当着袁时中的面，把姓王的头目推出辕门斩首。袁时中心惊胆战，站起身向闯王说：

"请闯王也处分我。我是实实有罪。"

闯王又笑道："你有什么罪？你不要多心，坐下叙话吧。"

袁时中又请求处分，责备他自己对手下人管教不严。正说话间，闯王的一个亲兵进来，禀报姓王的已经斩讫。闯王若无其事，不作理会，面带温和的微笑，对袁时中谆谆嘱咐，务要治军严明，对违法乱纪的事不可宽纵，还说他如何看重时中，期望殷切。袁时中起立恭听，唯唯称是。然后，李自成将老营总管叫来，命他派人将王某好生埋葬，并送二十两银子交小袁营的总管，抚恤王某的家人。袁时中躬身又手，对大元帅表示感激。在驰回驻地的路上，袁时中对跟随人一言不发，但心中十分害怕，决定今夜要同刘玉尺等亲信仔细密商。他不断地向自己问道：

"以后的路怎么走呀？"

第九章

　　袁时中的心中十分沉重和愤懑，不自禁地流露于外。他一路上信马而行，浓眉不展，默无一语。快到小袁营老营驻扎的村子时，刘玉尺站在路旁迎候，离老远看见他气色不佳，暗暗吃惊。时中的乡亲老王被闯王斩首，小袁营的老营上下都已传遍，人心不服，都在窃窃议论。刘玉尺深怕时中在将士前流露出对李闯王的不满心情，所以他独自带几个亲兵出村等候。等时中来到面前时，他满面堆笑，赶快拱手说：

　　"恭喜将军！"

　　袁时中感到愕然，奇怪他的军师对刚才在闯王面前发生的事儿竟然不知。他正要说话，却看见军师赶快向他使眼色，随即又说：

　　"刚才的事情我全都知道，所以要向将军贺喜。我平日所担心的是闯王仍把将军作客将看待，今日之事使我的担心全消了。大元帅对曹营的黄龙那样处分，对咱营的人员如此处分，正显出大元帅对曹营客客气气，看待咱营如同老府的诸营一样。他巴不得咱营处处替他争气，恨铁不成钢啊！"

　　袁时中是一个十分乖觉的人，恍然明白了刘玉尺的深刻用心，慌忙点头说：

　　"你说得完全对，完全对。"

　　刘玉尺又说："闯王素日对谁愈亲，在心中愈是青眼相看，必定责之最严，不稍假借①。今日受闯王严责，实为难得。今后惟有我们全营更加奋勉，整饬军律，一心为大元帅尽忠效命，报答他的深

---

　　① 假借——对坏人坏事宽容。

173

恩厚爱。"

袁时中身边的亲兵们有的向刘玉尺投以愤愤不平的眼色,有的感到惶惑,有的疑心刘玉尺已经被李闯王暗中收买。大家又望望袁时中,却奇怪时中完全听信玉尺,微笑点头,连说:"我明白。我明白。"有一个亲兵原是袁时中的表兄弟,最不甘心小袁营目前所处的地位。他向身旁的一个亲兵看一眼,在心中抱怨说:

"起初听信刘军师的主意,去投闯王上了大当,又听军师的话向闯王求亲,中了闯王的美人计。咱们将爷一味听信军师的话,到今日还执迷不悟!"

另一个亲兵明白了他的眼色,也在心里说:"看吧,咱们小袁营的偌大家底儿都要断送在军师手中!"

袁时中看出来亲兵们的不忿儿神色,愈明白刘玉尺提醒他的话有多么要紧,多么及时。当他来到老营门外时,有许多将士都在等候着他。他带着坦然的微笑下马,向大家扫了一眼,同军师走进大帐。

朱成矩、刘静逸和三四位最亲信的将领都在时中的帐中等候。立在帐外的头目们也有跟进来的。大家看见时中进帐时面带笑容,右手悠闲地摆动着马鞭子,感到莫名其妙,也不好急着问,等他坐下说话。时中坐下以后,刘玉尺先挥手使亲兵们和不关紧要的人们全部退出,他并且走到帐门口又挥一下手,使人们退远一点,然后在时中的旁边坐下。时中登时收起了脸上的笑容,望着大家,用严峻的口气小声说:

"事情的经过你们都知道啦,目前务必要小心谨慎,万不能使别人抓住把柄。不许将士们对闯王、对老府说出一句闲话!你们要传谕各人手下将士:有谁敢私下里对闯王发一句怨言,我知道后立即斩首!"

有一个将领说:"可是众心不服……"

袁时中一摇头将他的话头阻止,说道:"此时但求不再替我惹祸,讲说不着众心不服。宁可枉杀几个好弟兄,也不能让别人找到借口,突然吃掉我的小袁营。"

另一个将领说:"像这样住在别人的矮檐下①,终不是长久之计。还不如……"

袁时中赶快用手势将他阻止,说:"莫慌②。我自有计较。你们稍不忍耐,咱们小袁营就一起完事。"他又望着大家提高声音说:"你们要恪遵大元帅钧谕,整饬营规,加紧操练,严禁将士们饮酒赌博,打架斗殴,骚扰百姓。有敢违反的,不论何人,一律治罪,轻则吊打,重则砍头。我是言出法随,你们要好生传谕将士,不要以身试法!"

众将领明白他的意思,齐声回答:"是!遵令传谕!"

众将退出以后,大帐中只剩下袁时中、刘玉尺、朱成矩和刘静逸四人。每逢他遇到重大问题,他总是先向刘玉尺等三人问计,然后再跟几个亲信将领密商。在三位谋士中,他对刘玉尺最为倚重,人们说刘玉尺好像是他的魂灵,遇大事总得刘玉尺帮他拿定主意。现在他轻轻地嘘一口气,先看刘玉尺一眼,然后向三位谋士问道:

"目前咱们小袁营的情况很不好,你们各位有什么高明主意?"

刘玉尺知道近几天来,许多人在暗中埋怨他当日不该力主投闯,弄得受制于人,所以他不肯首先说话。朱成矩原来也附和投闯,也不想说话。他两个都望着刘静逸,等他发言。刘静逸本来有满腹牢骚,但眼前一则小袁营处境甚危,他想着应该同刘玉尺和衷共济,以对付老府吞并为急务,二则他怕得罪了刘玉尺,将来遭到陷害,所以他苦笑一下,胸有成竹地说:

"如能化客为主③,自是上策,但恐甚难。既不能化客为主,应以速走为妙。"

刘玉尺因没有受到刘静逸的责难,顿感轻松,向朱成矩问:

"朱兄有何妙策?"

----

① 矮檐下——俗话:人在矮檐下,怎敢不低头。
② 莫慌——莫急,要沉着。
③ 化客为主——原来居于从属地位,通过阴谋诡计和各种努力,改变了形势,夺得了主动权、领导权,居于支配地位。

朱成矩忧虑地说："我也想三十六计，走为上策。但恐欲走不能，反成大祸。"

袁时中问："为什么欲走不能？"

朱成矩说："闯王一面将养女许配将军，一面对将军心存疑忌，近日指示我小袁营驻扎于闯、曹两营之间，两边挟持，岂不是防我逃走？何况我军只有三万将士，闯、曹两营数十万，骑兵又多，欲求安然逃走，岂是容易的事？"

袁时中略露不愉之色，说："照你说，难道我们只能坐着等死？"

朱成矩摇头说："不然，不然。我的意思是，必须先使闯王信我们决不走，不再对我们防范，然后抓住时机，突然而去，动如脱兔，使他追之不及。"

刘静逸说："闯王思虑周密，又有宋献策等人为之羽翼，恐怕不会给我逃走机会。如无机会逃走，看来不出三月，小袁营已经不复存在矣。"

袁时中的心头上格外沉重，背上冒出汗珠，将焦急的眼光转向刘玉尺的脸上。

刘玉尺态度镇静，一如平日，分明刘静逸和朱成矩想到的种种困难，他早已"筹之熟矣"。他故意沉默片刻，使大家冷静下来，然后淡淡一笑，轻捻短须，用极其平静的声音说道：

"当时我们决计投闯，求亲，今日决计离开，都有道理。盖此一时，彼一时也。从目前看来，纵然闯王无意吃掉小袁营，我们也应离开，不必久居'闯'字旗下。何况闯王已经将小袁营化为老府一队，以部曲看待我们。未来吉凶，明若观火，不走何待？"

朱成矩问："如何走法？"

刘玉尺回答："山人自有良策，暂时还不能奉告。"

袁时中急切地问："何时可走？"

刘玉尺含笑回答："山人昨夜卜一文王神课①，知道半月内即可

①　文王神课——即文王课，旧日流行的卜卦方法的一种。按照《易经》卜卦方法，用三个铜钱代替蓍草。

全师远走高飞。但究竟如何走法,到时再定。"

袁时中又问:"往哪儿逃走?"

"东南为宜。"

"你算准了可以全营逃走?"

"此是何等大事,山人岂敢妄言。"

刘玉尺在参加袁时中起义以前,乡试三考不中,只好隐居故乡,教蒙馆①与读书为生,郁郁无聊。虽然豫东是一马平川地方,他却自称山人,一则表明他无意功名利禄,标榜清高;二则显示风雅,抬高身价。自从他做了袁时中的军师以后,已经算是"出山",所以不再以山人自居,但遇着想出奇谋妙计,心中得意,谈起话来,仍然不由地自称山人。这是因为,他在起义前常看民间唱戏,诸葛亮身为蜀汉丞相,仍然自称山人,给他的印象很深,被他模仿。现在袁时中等听他的口气,看他的神气,又听他自称山人,果然都信他必有妙计,心情为之稍宽。袁时中笑着说:

"但愿军师有神机妙算,使小袁营得能平安走脱!"

刘玉尺站起来说:"老府耳目众多,我们不宜聚谈过久。"他又专对时中说:"将军,山人先走一步,晚饭请不必相候。晚饭之后,请将军在大帐稍候,山人再来与将军细谈。"

他带着十分自信的神气,先向袁时中躬身一揖,又向朱、刘二人略一拱手,匆匆地走出帐去。他给袁时中等留下了一团希望和宽慰,但随即在希望中产生了疑问。朱、刘二人互相望一眼,又望望时中。时中挥手让他们出去,同时赞叹说:

"军师常有出人意料的鲜着!"

从袁时中的大帐回到自己的军帐以后,刘玉尺即刻找出他的一份未完成的文稿,进行补充和修改。这是他到商丘以后,猜想到李自成可能有吞并小袁营之心,私自利用夜间赶写的一篇稿子。他是一个用心很深的人,不到拿出来的时候,不肯对任何人提起,

---

① 蒙馆——教初学儿童的私塾或家塾。

甚至对袁时中也瞒得很死。

将稿子补充修改完毕，他吩咐一个职司抄写的新入伙贫苦童生，一班将士戏称之为"录事官"，就坐在他的帐中誊抄一份。这个童生看完文稿，感到惶惑，悄声问道：

"军师，目前全营将士对闯王和老府多有怨言，你命我抄写这份稿子给谁看呀？"

刘玉尺严厉地看他一眼，说："你快抄吧，休得多问！"

那位"录事官"凭着是军师的乡亲，固执地说："这文稿倘若传布，对军师十分不利，务请军师三思！"

刘玉尺嘲笑地问："你说对我有何不利？"

"不惟军师将不免遭将士们背后议论，恐怕也不能见谅于袁将军。"

刘玉尺淡淡一笑，说："你快抄写吧，不要耽误！"

晚饭以后，刘玉尺带着誊清的稿子，来到袁时中的大帐。时中正在焦急地等候，并且嘱咐了中军，今晚同军师有事相商，任何人一概不见。看见刘玉尺进来，他示意叫他赶快坐下，然后低声问道："玉尺，有何善策？"

刘玉尺从怀中掏出文稿，请时中过目。袁时中就着烛光，将稿子看了一遍，心中大觉奇怪。他对文稿上的字儿大体上都能认识，只是对个别句子略觉费解，但整个意思是明白了。他怕自己文理浅，误解了稿子的真正意思，谦逊地说道：

"军师，请你替我念一遍，有些句子你得讲解一下。"

刘玉尺笑一笑，就替他一边小声念一边小声讲解。这是模仿《千字文》和《百家姓》的通俗四言押韵体，歌颂李自成的不平凡的出身：降生时如何有红光照屋，瑞鸟翔鸣；母亲梦一穿黄缎龙袍的人扑入怀中，蓦然惊醒，遂生自成。接着写李自成幼年颖悟多力，异于常儿，常在牧羊时独坐高处，命村中牧羊儿童向他朝拜，山呼万岁。跟着写他如何起义，如何屡败官军，威震中原。下边有一段

是刘玉尺的得意之笔,他不觉稍微提高声音,拉开腔调①,朗朗念道:

> 诞膺天命,
> 乃武乃文。
> 身应星宿,
> 名著图谶。
> 吊民伐罪,
> 四海归心。
> 泽及枯骨,
> 万姓逢春。
> 德迈汤、武,
> 古今绝伦。

袁时中叫刘玉尺停住,问他"诞膺天命"一句是什么意思。刘玉尺解释说就是"承受天命"的意思,是借《尚书》②上的一句称颂周文王的话。时中点点头,又问:

"有人说李闯王是天上的破军星下凡,原是骂他的话。你这一句说他'身应星宿',怕不妥吧?"

刘玉尺笑着回答:"有人说他是破军星降世,自然是人们因见他到处破军杀将,随便猜想之词。然而像他这样人,必应天上星宿无疑。倘有人问起闯王究系何种星宿降世,你就说是紫微星降世。闯王和老府的人们听到必甚高兴。"

"说闯王是紫微星降世,有没有依据?"

"没有依据。紫微星是帝星,是人君之像,所以这么说闯王必甚高兴。"

"难道像这样大事也可以信口开河?"

"自古信口开河的荒唐事儿多着哩。汉朝人编造刘邦斩白蛇

---

① 腔调——从前读诗、词、古文,都是按照抑扬顿挫的腔调朗诵,有音乐节奏。
② 《尚书》——"诞膺天命"是《武成》(《尚书》中的一篇)篇中语。

的故事,又说他在芒砀山中躲藏的地方上有五色云,谁看见了?像这类生编的故事哪一个朝代没有?请将军尽管大胆地说,其结果呀,哼哼,只有好处,决无坏处。"

袁时中仍不放心,又问:"倘若闯王和牛、宋等人问我何以知道是紫微星降世,我用什么话儿回答?"

"将军只推到我的身上,说是听我说的。"

"他们会当面问你!"

"我但愿他们问我。"

"你如何回答?"

"我同宋献策一样,奇门、遁甲、风角、六壬、天文、地理,样样涉猎。我还精通望气,老宋未必胜我。我会说:多年来紫微垣帝星不明,正是因为紫微星已降人间,如今那紫微垣最北一星不过是空起来的帝座而已。"

"他们会问你,你怎么知道帝星就应在闯王身上?"

"我当然知道!到商丘以来,我每夜更深人静,遥望闯王驻地,有一道红光直射紫微垣最北一星,故知闯王身应帝星,来日必登九五①。"

"别人为什么都未看见?"

"将军,别人不懂望气,如何能够看见?"

"听说宋军师也精通望气。他若不信,说你胡诌,岂不糟了?"

刘玉尺狡狯地一笑,说:"将军也太老实了!李闯王自从宋军师献《谶记》之后,自以为必得天下,而老府将士莫不祝愿他早登大位。我的话一旦出口,谁敢不信?谁不拍手附和?宋军师纵然心中不信,他在表面上也不敢独持异议。他既不敢上失闯王欢心,也不敢下违将士心意。况且,他会明白,倘若他敢说他不曾看见有红光上通紫微,闯王和将士们定会说他不精于望气,枉为军师。我谅他非跟着我说话不可!"

时中仍不放心,说:"牛启东十分博学,你如何骗得住他?"

_____

① 九五——指帝王之位。

"牛启东虽有真才实学，但因他一心想做开国元勋，爬上宰相高位，对闯王只能锦上添花。"

"李伯言不会信你的鬼话，你莫大意！"

"我料到他兄弟不会信我，可是不足为忧。他们受牛启东嫉妒，兢兢业业，平时惟恐说话太多，岂敢在闯王的兴头上独浇冷水？"

袁时中想了想，觉得刘玉尺的话都有道理，但仍不能十分放心。他沉吟片刻，说道：

"闯王平日不喜听奉承话，你也是知道的。听说前年冬天在得胜寨时候，有一位王教师见他箭法如神，称赞几句，就被他当面抢白。我知你想要我将这篇稿子送呈闯王，以表我对他拥戴之诚。可是，玉尺，说不定我会反受责备。"

刘玉尺说："将军之见差矣。前年在得胜寨跟此时在商丘大不相同。此一时也，彼一时也。像我写的这些奉承话都没有超过宋献策的《谶记》。他可能对你说几句谦逊的话，但心里一定很高兴。"

袁时中到这时才放了心，笑着说："什么闯王是紫微星下凡，你真会胡诌！"

刘玉尺说："古人胡诌在前，我不过稍加更改耳。《后汉书》上说：刘秀做了皇帝以后，把他的少年同伴严子陵接进宫中，谈了一天，晚上留严子陵同榻而眠。严子陵睡熟以后，无意中将一只脚伸到刘秀的肚子上。第二天，掌管天文的太史官上奏，说昨夜客星犯御座甚急。光武帝笑着说：'我同故人严子陵同睡在一张床上罢了。'御座也就是紫微星。兴古人胡诌，不兴今人生编么？"

袁时中哈哈大笑，说道："嗨，你们读书多的人，引古证今，横竖都有道理，死蛤蟆能说成活的！"停一停，他又问："这下边几句是写咱小袁营的？"

刘玉尺赶快说："非有下边几句才能收尾，敲了一阵家什才落到鼓点上。"随即他小声念道：

勉我将士,
务识天命。
矢勤矢勇,
尽心尽忠。
拥戴闯王,
早成大功。
子子孙孙,
共享恩荣。
倘有二心,
天地不容!

袁时中本来已经同刘玉尺等人决计率领小袁营脱离老府,现在见刘玉尺编出这篇文稿,明白了他的诡计,但是摇了摇头,小声问道:

"军师,你以为单凭这个文稿,就能够使他对我们小袁营不起疑心? 肯放我走掉?"

刘玉尺说:"我已经将棋路想好,请将军依计而行,定可顺利逃走。"

时中问:"下步棋如何走?"

玉尺说:"将军今夜一定得到太太帐中去住,将文稿读给太太听,问她可有什么地方应该修改。"

"我断定她只有满意,不会有什么挑剔。"

"要紧的就是使太太满意,知道此事,明日上午就可以传进高夫人的耳朵。"

"下一步棋如何走法?"

"请将军明日亲自见牛、宋二人,请他们将稿子审阅修改,并说你要命刻字匠连夜刻出,印成小本儿,分发小袁营将士背熟。"

"你真要命人刻版?"

"当然,当然。"

"牛、宋二人必会将此事禀报闯王,闯王不会阻止么?"

"替他宣扬,他当然不会阻止。"

"这两步棋都走了,闯王能信任我么?"

"还得将军杀几个人。"

"杀什么人?"

"杀几个兄弟,也要杀头目。为要取得闯王在短期间真正化除猜疑,视将军如心腹,非杀几个人头不可。当然除此之外,还要责打一批人,直至打死。"

袁时中的脸色忽然沉重,含着几分恼怒,默思不语,心里说:"我没发疯!"刘玉尺打量了他的神色,猜透了他的心思,微微一笑,正要说话,一个亲兵进来,对袁时中说:

"太太差人来说,她预备了几样荤素小菜,几杯好酒,等待将爷回去。"

刘玉尺不等袁时中说话,代他吩咐:"你告诉太太帐下来人,说咱们将爷正在同军师谈话,马上就回太太帐中。"

袁时中的亲兵说一声"是!"转身退出。

袁时中抱怨说:"玉尺,你怎么这样性急?"

刘玉尺说:"自从太太同将军成亲以来,很少对将军如此殷勤体贴,差人催将军早回她的帐中,而且准备了酒肴等待,断不可拂了她的美意。我怕将军犹豫,所以就赶快代将军回答。"

袁时中苦笑说:"唉,你不明白,因为我近来少去金姨太太帐中,她已经哭了几次,所以我原想今夜宿在她的帐中。"

刘玉尺说:"我何尝不明白将军的心思,可是将军几乎误了大事!"

时中问:"如何说我几乎误了大事?"

刘玉尺神色严重地说:"目前小袁营能否存在,能否伺机逃走,决于将军能否获得闯王欢心。今晚所议之事,全是为此。在此紧迫时候,只能百方使太太在高夫人前替将军多进美言,岂可惹她生气?况太太今晚如此举动,在别人家本是恩爱夫妻之常,在她却非寻常,其中必有缘故。"

"什么缘故？"

"我也猜测不透。总之必有缘故，请将军务必快去太太帐中。刚才的话，请听我简单扼要说完，不敢多耽搁时间。"

"你快说吧。"

"今日老王因酒后失言，被闯王斩了，在小袁营将士中颇多不平。从明日起，抓几个说出怨言的头目和士兵斩首，过三天再杀几个。另外还要重责一批人。借他们的人头和血肉之身，表将军忠于闯王之心。"

袁时中犹豫地说："这样事我不忍做。"

刘玉尺说："情势紧迫，请将军不要存妇人之仁，误了大事。俗话说：一将功成万骨枯。我从前只想着是在战场上死人如麻，近来才明白战场外也不免常常死人。为着事业成功，不但要杀死敌人，有时还得狠着心杀自己人，杀自己身边的人，杀身边有功的人。老子说：'圣人不仁，以百姓为刍狗①。'圣人把百姓当做刍狗，他还是圣人。该杀自己人时就得狠心，不能讲妇人之仁！"

袁时中无可奈何地点点头，叹口气说："你替我斟酌办吧。说实话，今日老王冤枉被斩，我现在心中还十分难过。"

刘玉尺说："你在太太面前，倘若她提到此事，你不但要谈笑自若，还得说杀得很是。"

"这个……很难。"

"不，你至少不能在太太面前露出来你的不平。汉光武的亲哥哥被更始②杀了，光武赶快驰回宛城，深自引过，不自称昆阳战功，不敢替哥哥服丧，饮食言笑如平常。更始没有杀他，反而拜他为破虏大将军，封为武信侯。何况老王只是你的部下，并不是你的兄弟，何必为他的被斩难过？"他将那份文稿塞进时中手里，说道："我的话说完了，请将军快去太太帐中。"

---

① 刍狗——用草扎的狗，祭鬼神时作牺牲。
② 更始——东汉南阳人刘玄，在王莽末年被绿林、新市、平林诸起义军拥戴称帝，年号更始，世称更始帝，后被赤眉军杀死。

袁时中默默起身,在亲兵们的护卫中往慧梅的住处走去。

自从见过闯王以后,慧梅对闯王听信宋军师和牛先生的主意将她许配袁时中的事,增添了谅解。另外,她觉察出自己已经怀了孕,往往在暗中思念张鼐时候,忽然想到腹中胎儿,那不可告人的感情就在一声轻叹中风消云散。她甚至责备自己不应再回想往日同张鼐之间的若明若暗的两好情意。她认为再这样在感情上藕断丝连,不惟对不起自己的丈夫,也对不起腹中的胎儿。她开始为着闯王的大业,为着腹中的胎儿,也为着忘却毫无用处的缠绻往事,半勉强、半自然地爱起自己的丈夫来了。她愿意在沙场上能同他一起杀敌,在家中多给他温柔体贴。

今天下午,她从邵时信的口中听说了老王被斩的事,起初她认为闯王斩得好,假若她遇到小袁营中有谁敢酒后骂闯王和老府,她也是非斩不可。她暗中抱怨袁时中对手下人管教不严,纵容了邪气上升。但是过了一阵,她的想法变了。她认为,既然时中真心拥戴闯王,率部投闯,又同她结为夫妻,就不会对闯王怀有二心。她仔细思忖:他在她的面前从没有流露过对老府不满的话,更没有一个字流露出不忠于闯王的意思,就拿他同她结成夫妻的日子来说,他对她也算得上十分满意,每次来到她的帐中,不管她自己有时冷淡,他总是恩恩爱爱,甚至为得到她的欢心,几乎是低三下四。(想到这里,她的脸颊不由地暗暗发红,眼睛里饱含着被新婚幸福所陶醉的神色,低下头去。)她想着,尽管他在同她成亲之前已经有了两个妾,可是近来他为了同她夫妻情笃,如胶似漆,他压根儿不去孙氏帐中,也很少宿在金氏的帐中。根据以上想法,她断定老王的不满意闯王和老府,他原不知情,他只是一时管教不严罢了。在心中作出这样判断之后,她同吕二婶商量,准备几样使他可口的荤素菜肴,几盏美酒,为他解闷,也趁机规劝他往后应如何管教部下。

本来,新嫁娘不但注意晨妆,也往往注意晚妆。慧梅出嫁以来,由于对婚姻怀着隐痛,念念不忘张鼐,所以从来不在晚上注意

185

打扮,照例一身戎衣,腰间挂着三尺宝剑,至少是挂一把短剑。可是今晚,她摘下宝剑,脱去箭袖戎装,换上一身桃红绣花短袄,下穿葱绿百褶裙,脚穿大红绣鞋,薄施脂粉,淡描蛾眉,玉簪云鬟①,香散雾鬓②。这在当时中上层社会的年轻妇女原是日常淡妆,但是慧梅生长在闯王军中,除非逢年过节,又无战事,才同高夫人身边的姐妹们稍事打扮。来到小袁营后,像这样为丈夫从事晚妆,实是初次。在吕二婶的帮助下梳洗打扮完毕,慧梅对着一把新磨铜镜,向正面和左右照看一阵,心情十分愉快。吕二婶站在她的背后从镜中看她,忍不住低声称赞:

"姑娘,你今晚真美,姑爷看见了一定喜欢!"

慧梅回头看了一眼,佯装嗔怪:"二婶,你也对我取笑!"当她将铜镜交给吕二婶时,又忍不住举起铜镜看了一眼。

袁时中在走往慧梅的"小闯营"(他也是这么称呼!)时候,一路上心思十分混乱。他忽而想着今晚刘玉尺同他商量的一些密谋,能否在不久之后顺利逃走,他心中没十分把握,万一被号称英明无比的李闯王识破机关,反而会促使祸事更快临头。他忽而想着因为娶了慧梅,军中近来议论纷纷:有人从好的方面看,说他是半个驸马;有人从坏的方面想,说他是中了宋献策定的美人计;还有说得更坏,竟说他已经受制于新夫人,以后休想有什么大的作为。这后边的讥讽话不完全是从小袁营将士中冒出来的,仿佛最初是从曹营传出的闲言讽语,传到小袁营就马上扎了根,发了芽。这些话常常使他痛苦,甚至使他暗恨慧梅和她的"小闯营"。他忽而想到金姨太太,觉得近来很对不起她,而今晚本来答应宿在她的帐中,又不去了。他在心中拿慧梅同金氏比较,想着金氏有一些可爱的地方而慧梅没有。金氏处处体贴他,当他有苦恼时百法儿逗他喜欢,平时打扮得花枝招展,而晚上总是重新打扮一番等候着他。她不会武艺,但女人何必精通武艺,天天弯弓舞剑?她不识字,但是

---

① 云鬟——鬟就是髻。妇女发多,梳成高髻,状如云堆,美称云鬟。

② 雾鬓——鬓发下垂,梳得较松,美称雾鬓。

常言道"女子无才便是德",只要她心儿灵慧就好啦。他想着金氏与他同床共枕时是那样有情,热得似火,这一点长处慧梅偏偏没有!他不喜欢慧梅常常是箭袖戎装,剑不离身;不喜欢她不施脂粉,纯凭天然生得俊俏;特别是不喜欢她对他总是以礼相待,缺少像金氏所有的热火劲儿。不管他有时被她的美貌打动心魂,如何对她爱得如癫似狂,而她总是默默地接受他单方面的狂热。起初,他认为她是害羞和生性庄重,尽量体谅她;可是如今日子长了,显然她不全是害羞和生性庄重,而必是有些不满意这门亲事,自以为是李闯王的养女而轻看了他。他想,倘若日后逃走,她愿意随他逃走便罢,倘若她不肯同走或胆敢阻挠,他就不惜一狠心将她杀掉,消灭了"小闯营"。他暗怀着一股怒火,走到了慧梅的驻地。

慧梅的驻地,外圈的前后左右是男兵帐篷,路口有男兵警戒,里圈是女兵帐篷,环绕着她的较大的帐篷,旁边是一个马棚。今晚袁时中来慧梅这里住宿,他的亲兵们像往日一样,只能走进兵营的外圈,到女兵帐篷前就被挡住,赶快退回。在往日,袁时中对这样的情况并不生气,有时反觉有趣。可是今晚,他已决计叛闯,对慧梅的感情随着发生变化,几乎不能忍受这样待遇。他怀着一肚子怒火,勉强装出平常神色。

吕二婶听见他的沉重的脚步声,赶快从慧梅的大帐中出来迎接,笑着说:"姑娘在帐中等候多时了!"随即她一边替时中掀开帘子,一边向帐中禀报:"姑爷大驾来到!"袁时中因为心中暗怀恼怒,对吕二婶不打招呼,昂然进帐。可是他突然被眼前的景象一惊,不禁心旌摇晃,片刻之前对慧梅的恼怒心情登时化为乌有,不停地打量着站起来用温柔的笑脸迎接他的妻子。妻子向他说一句什么话,他没有听清,只是痴痴地看她,忘记坐下,在心中惊叹说:

"十个金氏也抵不上一个她!"

慧梅被时中看得不好意思,尤其是吕二婶就站在他的背后伺候,多难为情!她向一侧转过脸孔,心里打趣说:"他好像不认识我!"吕二婶已经风闻袁时中是一个好色之徒,平时当着亲兵的眼

睛就同金姨太太拉拉扯扯,但她死死地瞒住慧梅。她担心时中忍不住拉扯慧梅,被慧梅嗔怒推开,倒反不美,所以她赶快笑着问道:

"姑娘,酒菜快凉了,就端上来吧?"

慧梅说:"快端吧。"

吕二婶退出以后,袁时中又像馋猫似的望着慧梅。慧梅对自己的丈夫如此爱她,既觉得甜蜜,又觉得不好意思,低头回避他的眼睛。尽管他们是夫妻,但毕竟是封建时代的新婚夫妻,而且她实际是刚开始爱他、开始尝到爱情的幸福,所以丈夫的那样望她,使她禁不住在幸福中脸红心跳。她深怕丈夫会猛然忍耐不住,跳起来将她搂住,被帐外的女兵们从门帘缝儿或小窗孔儿看见,于是她在心情极不平静中温柔地看丈夫一眼,轻声说:"我帮吕二婶端菜去。"赶快走了出去。

一会儿,慧梅同吕二婶将四个冷盘和四个热盘,两把盛着热黄酒的喇叭口锡壶①,两双红漆筷,两只像茶杯大小的青花鸳鸯戏莲瓷酒盅,摆在从村中富户家找来的半旧小方桌上。吕二婶笑眯眯地退出。这是她随嫁以来第一次出自内心的宽慰的笑。

慧梅替丈夫斟了满杯酒,双手递给他,然后为自己斟了半杯。时中一直看着她的温柔轻盈的动作,她的每一举手,每一个有意无意的眼波,以及嘴角静静儿绽出的甜的浅笑,鬓发拂动,云髻上的简单首饰的银铃摇响,加上红烛高照,红袄和旁边的绣被都似乎有微香散出,这一切都使他心神飘荡,未饮酒先有醉意。他举起杯子,笑视慧梅,说:"请!"慧梅嫣然一笑,轻举杯,浅入唇,只算是尝了一下,却用明亮而多情的眼睛望着丈夫将满盅酒一口喝尽。看见丈夫快活,她感到十分幸福,赶快又替他斟满一盅。时中笑着问道:

"太太,你今晚怎么想起来陪我饮酒?这可是咱俩成亲以来的第一遭呀!"

---

① 黄酒……锡壶——用黍子经过炒、煮,加入酒曲,发酵,榨出酒来,其色黄,俗称黄酒,以区别于蒸馏酒类。喝时用锡壶放炉上烧滚,送到桌上。

慧梅说:"我听说你今日下午心中不快,所以命吕二婶帮我亲自准备几样小菜,两壶黄酒,替官人解闷。"

袁时中心中说:"啊,你是为着这个!"尽管在转瞬之前他狂热地爱慧梅,此时却不能把她当做心腹人儿和共命运、同生死的好夫妻。他故意问:

"我有什么心中不快?"

慧梅笑道:"你还瞒我? 我听说闯王杀了你的一个乡亲老王,他是你老营中的一个头目,你也受了责备,弄得你心中不快,不是么?"

袁时中又饮了一满杯,自己斟上,神情十分坦然,又笑着说:"嗨,我没有想到,咱俩是恩爱夫妻,心连着心,每夜同枕共被,在枕上无话不谈,你竟然到如今还不明白我这个人!"吃了一口炒肉片,喝下去一口酒,他接着说:"我是忠心耿耿拥戴闯王,随闯王建功立业。可恨的是,我的部下竟然有人跟我不是一样想法,还想过草寇生活,酒后有怨言,对闯王大大不敬。闯王斩了老王是应该的,不斩几个人不能够压住邪气。闯王今日一动怒,我的事儿就好办了。从明日起,我要通令全营:凡敢对大元帅和老府口出怨言的,轻则责打,重则砍头,决不姑息! 哼,我不信有谁的野性子我驯不熟!"

慧梅看见丈夫对闯王一片忠心,十分感动,涌出泪花,在心里说:"唉,不枉我嫁给了他!"她用筷子夹了一段焦炸八块的鸡大腿沾了点椒麻盐,送到丈夫面前的醋水碟里,微带哽咽说:

"你倘若肯这样,闯王一定会高兴的。"

夫妻俩边谈边吃,感情十分融洽。慧梅频频替丈夫敬酒,暗中抱歉过去自己不该对丈夫冷冷淡淡。袁时中吃了一阵酒后,看出来慧梅确实十分爱他,随即从怀中掏出来刘玉尺拟的文稿,递到慧梅面前说:

"你在闯王老营读过书,识文断字。请你看看这篇稿子行不行。"

慧梅不知是什么稿子,不免感到奇怪。接在手中,从头到尾念

了一遍,不禁叫道:

"我的天,这唱词儿编得真好! 是你编的?"

"是我命刘军师起的稿子,我又帮他推敲推敲。你看行么?"

慧梅心中十分赞赏,但是她没有说话,只是脸上挂着快活而激动的微笑,用光彩照人的眼睛看着他,轻轻地点了点头,首饰上的小银铃随着点头发出十分悦耳微响。这笑容,这眼神,这热烈而含蓄的点头不语,只有做一个年轻妻子独对着心爱的丈夫时才有。当她不自持地注视着丈夫的眼睛时,她想着明天上午,她一定要去看高夫人,将时中的这一片忠心说给她听。

袁时中将凳子移到妻子身边,问道:"你看,有什么地方写得不够? 那些写闯王的出身和行事的地方有没有写得不对的?"

慧梅重新细看稿子,同时用肩膀抗他一下,暗中推开从背后搂在她的腰中的一只手,悄声说:"帐外有人!"当那只强壮的胳膊和大手从她的腰间缩走后,她又说:"你快吃酒吧,再不吃就冷了。"

袁时中问道:"有没有要修改的地方?"

慧梅笑望着丈夫,轻轻摇头,将稿子还给他。虽然她知道稿子中提到的有些事并不实在,但是她没有说话。例如:稿子里写闯王生下时有红光照屋,她从来没有听说。关于闯王的母亲梦见穿黄衣人进屋,惊醒后生下闯王,她知道原来军中只说闯王的父亲到米脂县一座也叫做华山的小山上庙中求子,生下闯王,所以闯王的乳名叫华来儿,讹成黄来儿,又附会成黄衣人进屋生闯王。近一年多来,军中只说黄衣人入屋生闯王的故事,祷小华山求子的事儿少人提了。关于荥阳大会的事儿,也是捕风捉影的话。她从前只听说众多义军首领在荥阳会商过军事,但是并不是义军被官军包围,当时官军分散数省,调集不起来,所传闯王在会议中说的话全是虚的,到高闯王死后,李闯王兴起,闯营中才渐渐传开了荥阳大会的故事,说得有鼻子有眼睛的。慧梅正像老府的众多将士一样,十分爱戴闯王,忠于闯王,巴不得闯王早坐江山,所以凡是颂扬闯王的传说都不辟谣,反而热心传播,久而久之,连他们自己也相信了。

她现在对袁时中拿给她看的稿子，只关心颂扬得是否到家①，其他全不在意。她多情地望着丈夫，赞叹说：

"这稿子写得真好！"

袁时中说："只要你说不错，我明日一早就去找牛先生和宋军师，请他们二位过目。倘若他们二位也认可，我就下令咱们小袁营中的刻字匠火速刻版。"

慧梅问："要印出来张贴么？"

时中回答："何止张贴！我要下令小袁营三万将士每日念三遍，都能背得滚瓜烂熟，牢记不忘，不许忘记一个字儿。我要小袁营全体将士从今往后，心中只有一个人，就是闯王；心中只有一件事，就是保闯王打天下。"

慧梅呆呆地凝视丈夫，眼睛里又一次涌出来激动的泪花，在心里叹息说："我的天，他是多么好啊！"她很想站起来扑进丈夫的怀里，同他搂抱一起，亲他的脸，亲他的浓眉，亲他的手，也让丈夫尽情地搂她，亲她。然而自幼到大所受的礼教熏陶，使她只能静静儿坐着，一动不动。随即她更加后悔过去的那些日子不该对丈夫那样冷淡，不禁滚下了两珠热泪。

袁时中看见刘玉尺的妙计已经在慧梅的身上成功，心中十分高兴，又加慧梅的美貌、温柔、善良，处处使他醉心和动情。近两三年他同刘玉尺等读书人天天谈话，也懂得了"妖媚"一词的意思。他开始发现他的妻子过去在他的面前只有庄重和矜持，而今晚是庄重里带着妖媚，这后者简直有不可抗拒的魅力，使他不能自持。他在心里说："我临脱离闯营时，非把她活着带走不可！"

帐帘外轻咳一声，吕二婶及时地笑眯眯地进来，问道："酒还用么？时光不早，姑爷忙了一整天，该安歇了。"

袁时中巴不得赶快就寝，说道："快把酒菜拿走吧，我明日一早还有事哩。"

慧梅帮助吕二婶收拾杯盘，忽然想起来张鼐，心中微觉惘然。

---

① 到家——达到相当饱满的程度。

但是她随即想着她往日同张鼐之间仅仅是心中互相有意,见面时并没有吐过一句越礼的话,那情意原是冰清玉洁,已经过去的事儿就让它过去吧。

收拾完小方桌,慧梅俯身去打开绣被,一股薰香散出。袁时中忽然不能忍耐,吹灭蜡烛,将慧梅搂到怀里。在往日,慧梅会推他一下,接着是低下头去,没有别的反应。而今晚她一反常态,紧紧地偎依着他,将半边脸颊贴在他的胸前。时中狂热地吻她几下,小声问道:

"倘若我日后离开老府,到处打仗,你肯跟随我么?"

慧梅说:"夫妻本应该双栖双飞,你这话何必问我?"

"我把你当成了心尖肉,害怕你有时会不肯跟随我去。"

"瞎说!为闯王打江山,你纵然走到天涯海角,出生入死,我永远同你一道!"

袁时中不由地叹息一声,又吻了一下妻子。慧梅悄声说:"让我取掉首饰。这小银铃一动就响!"她取掉首饰,放在枕边,破天荒地替丈夫解外衣纽扣。袁时中抚摸着她的肩膀,悄声说:

"我今晚才知道你真爱我!"他又搂住了她。

慧梅忽然停住,默然片刻,情绪紧张地说:"官人,你莫搂我。我有一句体己话,体己话……"

袁时中疑是老府中有人说他的坏话,或是有人陷害他,情绪也紧张起来,催她快点说出。她忽然紧搂住丈夫的脖子,嘴唇凑近他的耳朵,用轻微颤抖的悄声说:

"我,我,我有……有喜啦。"

袁时中猛地将她抱起来,快活地小声问道:"真的?真的?可是真的?"

"你莫嚷,近处有女兵巡逻!"

商丘扒毁城墙的工作,继续了三天。扒城之后,闯、曹大军又有五天停在商丘未动,继续派人向商丘附近各州县火急地催征粮草,以备大军长围开封之需。

在这几天之内,袁时中和小袁营突然被数十万大军所注目,变成了拥戴闯王的榜样,尤其获得李自成的欢心和倚信。当然,曹操和吉珪对袁时中的忠诚并不相信,李岩兄弟也有怀疑,甚至刘宗敏和李过也感觉袁时中不是个正派人,但是没有人肯对闯王明言。曹操和吉珪既不愿劝谏自成,也不愿得罪时中,抱着冷眼旁观的态度,等待看笑话。老府这边的将领如刘宗敏等因为袁时中大做拥戴闯王的文章,纵然有些看法,也不好在闯王面前说出没有把柄的二话①。

刘玉尺写的那篇颂扬李自成的稿子,以袁时中亲自编写的名义,请宋献策和牛金星看过,略有修改,无非增加些歌功颂德和"天命攸归"的话,又由宋献策呈请闯王审阅,然后迅速地仿照民间流行式样刻成几套木版,印成小书。好在商丘城中的杂货铺虽经抢劫,仍可以搜罗很多细麻纸和白绵纸,而颂扬闯王的小本儿只有数页,足可以大量印刷。袁时中传下口谕,集中许多随军眷属,边印刷边叠成小本,用针线缝好,切了毛边,散发各哨头目,由文书教给士兵背诵。绝大多数士兵是文盲,都得死背口歌②,不能背错一字,背好的有奖励,不用心的受斥责。还没离开商丘城外,在小袁营中已经出现了背诵《将士必读》的热潮。老府将士是闯王的嫡系人马,又多系陕西人,纷纷向小袁营索讨此书,争相传诵。曹操不肯叫自己的将士诵读,但是为着敷衍一下,他当着闯王面嘱咐袁时中:"小袁啊,你印的那个小本儿编得很好,可得赶快给我曹营几千本。你给老府将士不给我曹营将士,这样偏心我可不答应!"

时中欠身笑着说:"眼下赶印不及,所以没有恭送宝帐。日内定当送上,不敢有误。"

曹操又说:"你只要记在心上就好。你的夫人是大元帅的养女,就跟我的侄女儿一般。我曹营人马众多,你不送给我几千本,

---

① 二话——别的话,即不赞成、不同意的话。
② 背口歌——在蒙学中学童不能认识字,但能背诵,叫做背口歌。

我不但要责备你,见了我侄女儿的时候,也少不得要数说几句。"

包括闯王在内,这后一句话引得大家都笑了起来。但后来直到袁时中叛变逃走,他没有再提起这件事儿。

袁时中一边下令全营将士背熟《将士必读》,一边陆续处分了十几个头目和士兵,因为他们在人前说出了对闯王不敬的话。其中有的被枭首示众,有的割去耳朵,有的挨了鞭子。还有一个小头目,平日喜欢说俏皮话,在河南叫做松话,人们替他起一个绰号叫松话篓子。一次,一些人在说闲话,他也在场。当有人说李闯王有帝王之分,几年后要称万岁,他忍不住眨眨眼睛,说道:"人只能活几十岁,上百岁的极少,千岁万岁都是空话。"随即有人将他的松话禀报了袁时中,打了他五十鞭皮鞭,又将他插箭游营。一时小袁营人人小心,深怕无意中说了错话,横祸飞身。但是人们的心中并不恨袁时中,倒是同情他在闯王和老府大将们的威势之下不得不然。

在离开商丘之前,袁时中在闯营的地位大为改观,他不但真正成了李自成的心腹爱将,也真正受到了"乘龙快婿"的看待。为着他的骑兵不多,李自成赐给他五百匹战马,另外给他几百副盔甲,二百张好弓,五十件火器。在临向开封进兵前夕召开的重要军事会议上,李自成叫他和刘玉尺参与密议,散会后又单独留下他深谈很久。看见他如此忠于闯王,如此得闯王欢心,慧梅的心中开始感到幸福和骄傲。正像天下无数的贤良妻子一样,她对他尽力做到了温柔体贴,甚至在行军的路上,黄昏扎营以后,还劝说丈夫去金姨太太或孙姨太太的帐中歇宿。袁时中坚决不肯,笑着说道:

"如今我的心中只有你,你拿棍子也别想把我赶到别人帐中。"

从商丘出发以后,为着沿途收集粮草,大军每天只走四五十里。白天行军,慧梅戎装骏马,背负雕弓,腰系宝剑,俨然英俊女将,一如平日。然而每到宿营之后,便有一股神秘力量促使她赶快脱去戎装,洗去征尘,重梳云鬟,在吕二婶的帮助下用心打扮,虽然避免艳丽,却是淡雅中掩着红妆。往往,袁时中或去老府议事,或在本营中同刘军师和众将议事,她就坐在红烛下默默等候,时中不回来她不就寝;有一晚,她一直等到三更以后。

尽管袁时中已经得到了李自成的十分宠信,享受了慧梅的出众美貌和纯真爱情,但是丝毫没有改变他脱离闯王的决心。大军一天天向开封走近,而他要实现率部逃走的日子也一天天地临近。

闯、曹大军的主力由宁陵、睢州,经杞县到陈留停下,偏师略向西北,经内黄①,到兰阳西南停下,与到达陈留的主力会合。小袁营随主力西行,经过睢州时,奉闯王命留下三千步兵纠合百姓扒城。刘玉尺为部署扒城事,在睢州城内停留一天。睢州绅民因上次义军破城后秋毫无犯,所以此次义军经过,全未逃走,城关和四郊安居如常。

因知道杞县城和通许城都要拆毁,袁时中同刘玉尺商议之后,向闯王请求将拆毁两城的任务交给小袁营,好使大军休息。李自成欣然同意。闯、曹大军在陈留和兰阳一带休息,收割麦子,停了四天。而杞县和通许两城,在第四天也全部拆毁了。这天中午,袁时中应召去陈留县境谒见闯王,向闯王禀报扒城和征集粮草情况。闯王听了,十分满意,特别赏了一千两银子慰劳小袁营将士,并命他将全营开赴朱仙镇西北,离开封城十五里处驻扎。袁时中当即请求:小袁营将士一则连日扒城疲劳,二则尚有上千石粮食散在乡间,不曾归拢,需要在杞县多留一天或两天。李自成点头说:

"既然这样,你的小袁营就在杞县停留两天好啦,限定大后天黄昏前,开到开封城外安营扎寨,不可耽搁。"

袁时中起立躬身回答:"谨遵不误!"

他留在闯王的老营吃晚饭,又见了高夫人。高夫人说:

"听说你们小夫妻十分和睦恩爱,我同闯王都很高兴。慧梅不像她慧英姐,在我的身边从来不管事,没操过心,除练兵和打仗外,没有多的心眼儿。我有时说她:'梅呀,你这样一任天真,不学着操心世事,日后别人将你卖啦、吃啦,你还在鼓里坐着!'她笑着说:'我永远跟着你和慧英姐,学操什么心呀!'我说:'傻丫头,你终究

---

① 内黄——指内黄镇(河南另有内黄县),在今兰考县东南。

要嫁人的!'瞧瞧,果然如今已经出嫁了。幸好你待她好,夫妻相敬如宾,同心保闯王打天下,我不必再为她挂心了。"高夫人边说边笑,眼睛里似有泪光。

袁时中对高夫人说了些慧梅的好话,并说他决不会亏待慧梅,使高夫人更加宽慰。

闯王的大军先走,老营二更开拔。袁时中送走闯王和高夫人以后,才动身驰马奔回杞县。刘玉尺和朱成矩等都在他的老营,心中七上八下地等候着他。他先同他们见面,匆匆地说明情况,皆大欢喜。如今他们得到消息,督师丁启睿和总督杨文岳已经在潢川附近会师,等候平贼将军左良玉,然后联兵北来,救援开封。另外,据刘玉尺估计,开封为朝廷所必救,山东、山西、陕西都将有援兵前来。倘若半月后各路援兵齐到,闯、曹屯兵开封坚城之下,同床异梦,腹背受敌,颇难支持。所以他们认为小袁营目前应赶快脱离闯王,方不为迟。刘静逸因一直对玉尺不满,向时中问道:

"军师妙算如神,我不敢有何话说。只是,我军脱离闯王之后,有何稳着可走?"

袁时中说:"我想第一步先到豫皖交界处静观大势,再作道理。"

刘静逸尖刻地说:"当日有人要将军向闯王求亲,以为绝妙上策。今日我军背叛而去,对太太如何安置?"

袁时中说:"决计将她带走。"

刘静逸又问:"她原是闯王与高夫人养女,情逾骨肉。她如若不肯背叛闯王,将军如何是好?"

时中说:"她近日对我十分体贴,夫妻一心,必会随我同走。"

"不然,不然。太太之所以爱将军,是因为将军誓保闯王。一旦将军背叛闯王,难保不夫妻反目,势如仇敌。"

"这个……"

朱成矩插言:"静逸兄不必担忧。临走时可以骗她一同上路;上路之后,就不由她不一起背叛闯王。"

"不然,不然。据我看,闯王必派大军来追,不免大杀大砍。一旦闯兵追到,发生混战,太太内应,如何是好?"

时中说:"她同我情重如山,料想她不会背叛自己丈夫。"

刘静逸冷笑说:"我看不然……"他风闻慧梅原来心中另外有人,实不想嫁给时中,但是他不能说出,只好接着说:"纵然太太不肯背叛将军,她身边的四五百男女亲军都愿为闯王效死,不由太太做主,到那时如何对付?"

袁时中:"这个……"

刘玉尺冷冷地说:"到万不得已时,只有采取壮士断腕一着,有何难哉!"

刘静逸也冷冷地说:"未必有那么干脆!"

袁时中不愿他两个争吵起来,赶快摆手说:"快有四更天气,各自快去就寝,明日再议好啦。"

他正怀着不愉快的心情往慧梅的住处走去,刘玉尺从背后追来。当刘玉尺来到他的面前时,他一摆手,使他的和玉尺的亲兵们退避,然后问道:

"玉尺,静逸的顾虑也有道理,你还有什么妙计?"

玉尺小声说:"请将军在太太面前一如平日,千万不要露出一点形迹。"

时中点点头,说道:"万一她……我可是不忍心啊!"

"到时再说。从今夜到明天,将军要百般待她好,使她不会有半点儿疑心。我军不必在杞县停留两天,明晚就走,方能出闯王不意。"

"我明白。我明白。"

"还有,那个邵时信是个乖觉人,明晚我军临走前要设法瞒着太太将他除掉。"

"好,剪去太太的身边羽翼!"

"请将军对日后诸事放心。睢州唐老爷同丁督师有乡谊,原是世交,他愿意尽力见督师为将军说项。"

"你去睢州部署扒城时同他谈过此事?"

"谈过。"

"何不对我早说?"

"早说无益。"

"啊,你真周密!"

刘玉尺不再说话,躬身一揖,回头便走。袁时中怔了一下,继续向慧梅的住处走去。

慧梅住的地方是杞县城内一家乡绅的宅子,两百女兵分住在前后院,而两百名男兵住在左右邻院。四天来休兵杞县,慧梅因初次怀孕,身体常觉不适,也不出门。她常在心中暗想:马上要进攻开封,破开封后闯王将有一番大的作为,大概要建号称王,而袁时中必会在这一战中立了大功,受到重赏。她自己虽然也弓马娴熟,武艺出众,但毕竟是女流之辈。自古妇女们总是盼望丈夫建立功勋,扬名后世,荫福子孙,而不是希望自己争立功名。慧梅也抱着同样思想。她每想着时中拥戴闯王,将成为开国名将,便感到无限幸福。

今天黄昏以后,她在吕二婶的帮助下打扮一番,并且把出嫁时的一双比较素气的绣花弓鞋①也找出来穿上。在闯王军中,虽然姑娘们为着常年过戎马生涯,不提倡缠小脚,但是也爱穿绣花鞋,只是除非新嫁娘在平静无事的日子,很少穿弓鞋。今晚慧梅因心中特别高兴,故意将自己打扮得较平日用心一点,一则自我欣赏,二则让丈夫格外高兴。一群同她最要好的女兵头目和她的贴身女兵,都围在她的面前,看得她不好意思。她们认为新嫁娘理所当然地要打扮得花枝招展,所以对慧梅的着意晚妆丝毫不觉奇怪,倒是奇怪她经过打扮后竟是如此美貌,令大家不能不看,又看不够,从心眼里对她暗暗地称赞和羡慕。慧梅终于将她们都赶走了,只剩下慧剑仍不肯离开她,望着她傻笑。慧梅问道:

---

① 弓鞋——缠足妇女所穿的高跟鞋。

"黑姐,你看什么,难道不认识你慧梅姐了?"

慧剑说:"梅姐,我头一次才知道你这么美,比一朵鲜花还美。"

"傻话!你这丫头想招我的打了!"

"梅姐,你今晚一定心中很高兴。我看见你很爱姑爷,很幸福……"

慧梅的脸一红,伸手拧住慧剑的一只耳朵,说:"我看你还敢瞎说!"

吕二婶在一旁笑着说:"慧剑姑娘,你也该走啦,姑爷马上就回来了。"

赶走了慧剑以后,慧梅由吕二婶陪着,等候时中。由一更等到二更,不见消息。慧梅知道时中是去陈留老府,猜想到必是被闯王留下,说不定今夜回不来了。她表面上装作不在乎,同吕二婶谈着闲话,但心中焦急万分,刻刻地盼望他来。二更过后,她无情无绪,继续说闲话的兴致全消。有时她疑心时中已经回营,悄悄地背着她往金氏住的宅子去了。深通人情世故的吕二婶仿佛猜透了慧梅的心思,不愿她枉自苦恼,提醒她姑爷确实未回杞县。但是吕二婶知道袁时中近来虽不到金姨太太那里住宿,却仍是两情缱绻,暗中送给金氏许多贵重首饰,以表示恩情仍旧。为不愿慧梅生气,吕二婶一直将这事瞒住慧梅。

二更过后,慧梅催吕二婶回厢房休息,她独自继续等候。她望着第三次换的蜡烛又已经剩下很短,流着蜡泪。她听见街上打着三更。她听见三更过了,过了很久。四月夜短,也许快黎明了。她听见远处有马蹄声向近处走来,她正用心谛听,那马蹄声竟忽然转往别处,渐渐远了,听不见了。她忽然听见城中有第一声鸡叫……她想哭,但没有哭,深深地叹了口气,胡乱想道:在不爱丈夫时她没有尝过等候他的苦恼滋味,如今真心爱他,反而这般地尝受苦恼,夫妻间的事儿就这么没有道理!

这一支蜡烛着尽,她又换了一支。实在困倦,支持不住,但不肯单独上床,只好靠在椅背上闭目栽盹。她做了一个梦,看见她同袁时中并马而行,人马前呼后拥,说是奉命出征。她正在马上观望风景,忽被吕二婶叫醒。她刚睁开睡眼,便听见袁时中已经走进二门,正向上房走来。吕二婶迅速退出,替他掀开门帘。慧梅喜不自胜,赶快到门口迎接。也许由于她太爱时中,竟然像初恋人久别重逢,心头怦怦地跳了起来。

袁时中一进上房,看见慧梅的如花美貌,光彩照人的一双眼睛,忍不住就去抱她。慧梅怕被吕二婶从帘外看见,一回身躲开了丈夫的手,还报他的是含着笑意的、深情而幸福的眼波。时中狂热地向她扑去,她又躲开,走向红烛。她的脚步,她的体态,是那么矫健而轻盈。当丈夫又追上她时,她忽然吹灭红烛,低头不动,一任丈夫搂抱,百般温存。时中将她抱进里间,边走边悄声问道:

"你今晚打扮得真美,简直要我的命。你近来为什么喜欢打扮?"

慧梅悄声回答:"你快放下我。放下我我对你说。"当时中将她放下以后,她偎依在丈夫胸前,接着悄声说道:"官人,有两句古话,我记得下一句,上一句忘记了。"

"什么古话?"

"女为悦己者容。"

"啊,上一句是'士为知己者死'。"袁时中明白慧梅的用意,接着说:"拿我来说,闯王对我有知遇之恩,我就应该不惜粉身碎骨为他尽忠。"

慧梅举手抚摸着丈夫的脸颊,说道:"啊,官人,你的记性真好!"

时中趁机试探:"你会不会一辈子像这样爱我?"

"你为什么这样问我?真奇怪!"

时中遮掩说:"我没有别的意思,只是想着女人的心常常是靠不住的。"

慧梅生气地说:"瞎说!只有男人善变,岂是女人善变!我既嫁给你,就是你的人,死了也是你袁家的鬼。俗话说嫁鸡随鸡,嫁狗随狗,何况你是闯王的爱将,誓死拥戴闯王!"

第二天清晨,慧梅尚在熟睡,袁时中为着部署军事,以便率部叛逃,没有惊动她,悄悄地起床了。他走了几步,转回来站在床前,重新看看慧梅的脸孔和蓬松的头发,俯身向她的脸上吻了一下,心里说:

"只要你跟我一心,随我逃走,我就不会狠心对你!"

这天,袁时中继续派人向移驻开封附近的老府运送征集来的粮食和草料,暗中将他的三万人马调集到杞县附近,将一切应变方略都同几个最亲信的谋士和将领周密准备。到了下午,邵时信觉察出小袁营的人马不像是准备往朱仙镇开拔,但是没料到会有叛变。黄昏时候,他觉得情况更可怀疑,小袁营似将有背叛行事,赶快去见慧梅。一进慧梅的住宅二门,看见袁时中笑嘻嘻地出来,慧梅也是满面喜气,送他到帘子外边。他趁时中没有看见他,将身子一闪,躲进女兵房中。他不去向慧梅报告他的疑心了。

晚饭以后,袁时中派他的一亲信中军来告诉慧梅,从速准备,二更起程,全营离开杞县。慧梅心中兴奋,问道:

"不是原定后天方去开封城外么?"

中军恭敬地回答:"回太太,大元帅传下紧急口谕,说是有意外军情,命我们小袁营暂不前往开封,火速整装待命。"

慧梅心中狐疑,但是绝未想到小袁营将要叛逃。她一边下令火速准备,一边派人将邵时信找来。时信因军师刘玉尺派人叫他,正待前去,忽闻慧梅呼唤,便先来询问何事。慧梅说:

"邵哥,忽然军情紧急,不知何事。你就留在我的身边,以便随时商量。"

"可是刘军师唤我前去,不知有何吩咐。"

"啊,你去吧。"等邵时信走出二门,慧梅又将他唤回,说:"你哪儿也不要去,管他军师不军师!"

当"小闯营"男女将士一切准备停当时,袁时中匆匆进来,将慧梅叫进卧室,从怀中取出闯王的火急手谕,递给慧梅。慧梅看是闯

王字迹,上写道:

> 大元帅手谕:顷得确报,丁启睿纠集杨文岳、左良玉共约十余万人马,奔救开封。令仰袁时中接到此手谕后,即刻率领全营三万将士,火速驰赴陈州附近堵御。如不能拦阻敌军,可退至豫皖交界,然后从侧背牵制。本大元帅将另派大军,迎头痛击,予以全歼。切切凛遵勿误!

慧梅兴奋地问道:"何时出发?"

"即刻出发。"

慧梅向窗外吩咐:"传我将令,男女将士整队,随大军迎剿官军!"

袁时中说:"倘若你觉着身子不好,可率领你的男女将士暂回老府,不必随我作战。"

慧梅一愣,说道:"什么话,遇打仗时我怎好同你分开!"

时中说:"你同我一起也好。我已派两千名精兵,步骑都有,随你'小闯营'前后护卫,纵然发生混战,可保你万无一失。"

第十章

李自成命各营大军向开封周围开拔,另派一支人马由田见秀率领,直向西去,路过中牟,攻占郑州、荥阳、新郑、长葛诸县,断绝开封的西路接济,同时为闯、曹大军征集粮草。李自成和罗汝才两人和他们的老营,在各营大军出发一天以后,才从陈留城郊拔营西去。他们预先商定,两家老营将驻扎在开封城西大约二十里远的阎李寨,但两家老营出发较晚,距离朱仙镇不远就黄昏了。李自成和罗汝才因天气闷热,决定两家老营停在朱仙镇寨外打尖,休息,明日五鼓趁天气凉爽,继续赶路,而大批运送粮食和各种军资的骡马驮运队、牛车和小车,早动身半日,在数千精锐的步、骑兵的保护下走在前边,已经过朱仙镇向西北转去,黄昏时在杏花营附近停下。

老营刚在朱仙镇附近停下休息,罗汝才的部下有人得到一个不曾证实的消息,赶快禀报曹操知道:小袁营从杞县逃走了。曹操起初吃了一惊,但随即又觉得未必可信。袁时中同李自成并不一心,这一点他同吉珪早就心中明白,但袁时中叛变得这样快,确实出他们的意料之外。连足智多谋的吉珪,也认为袁时中逃走的消息不大可信,低声说:

"小袁营三万大军,突然全营逃走,事先不漏一点风声,真是奇怪!我看,这个荒信儿很不可靠,要严禁在我们营中乱传闲话。"

曹操沉吟片刻,说道:"原来我们两个私下说,闯王聪明一世,糊涂一时,听了老宋的主意,将好端端一双姻缘拆散,硬将慧梅嫁给袁时中,说不定会是赔了夫人又折兵,吃不完的后悔药。你在营中等候新消息,我现在就去自成那里看看。"

吉珪说:"倘若闯王还没有得到禀报,请你千万不要打听,免得落个事前知道的嫌疑。"

曹操笑一笑说:"我不比别人缺少一个心眼儿。"

在李自成的老营中,刚刚有人风闻小袁营从杞县逃走的事,但是没有人信以为真,所以不曾禀告闯王知道。这消息只传到中军吴汝义的耳朵里就止了。他想,袁时中最近深得闯王爱重,与慧梅也夫妻恩爱,没有道理会忽然叛变。老府与小袁营将士之间在商丘时虽有些闲言碎语,不够融洽,可是近日袁时中十分忠心,刻印了几千小唱本,通令全营将士背诵,那些小小的芥蒂已经全然冰消。现在忽然传言袁时中率领他的全营逃走,岂不荒唐?难道慧梅能够答应么?他疑心这谣言来自曹营,立刻暗中传令不许在老营中再谈此事,同时他也不急于禀报闯王,只派人往杞县探听究竟。闯王昨日通宵会议军事,未曾合眼,今日又忙于处理许多公事,然后行军到此,实在疲困,吃过晚饭就早早休息。

当罗汝才来到时候,李自成果然睡了。吴汝义听说大将军来到,赶快出迎。汝才知道自成刚刚睡下,不让汝义惊动,只向汝义问道:

"子宜,有什么新的军情没有?"

吴汝义说:"没有新的军情,大将军。"

汝才又问:"我们两个老营明日一早继续往阎李寨去?"

"是的,曹帅。大元帅没有新的吩咐,自然仍按原计而行。曹帅来见大元帅有没有紧急事儿?要我去叫醒他么?"

"不用叫醒闯王。既然开封方面没有新的情况,自然要依原计而行。"罗汝才故意提到开封方面,避免以后吴汝义会疑心他事先就知道袁时中从杞县逃走。

吴汝义果然生了疑心,问道:"曹帅可听到了什么消息?"

罗汝才笑一笑,随口遮掩说:"我想,开封城中的那班文武大员都知道我们是来围困开封,也会猜到我们必先动手抢收四郊麦子。他们的上策是出动两三万官军练勇,在城外立寨,一则使我军不能在郊外自由割麦,二则保护城中丁壮出城来抢割麦子。所以我想着放心不下,特意亲自来见大元帅,问问有没有新的情况。倘若城中出兵在近郊扎营,我们今夜就可以出其不意,派人前去劫营。没有就省事儿,我也回帐中睡觉啦。他娘的,开封的文武大员们尽是草包!"

送罗汝才出了营门,看着他同亲兵们上马去后,吴汝义回到自己帐中,赶快睡下,以便明日不到五鼓起身。

约摸半夜时候,吴汝义被值夜的亲兵叫醒,看见烛光中站着李岩,脸色严重。这是从来没有的事情,他不禁大为诧异,一跃而起,赶快问道:

"林泉,有何紧急事儿?"

李岩凑近他的耳朵小声说了两三句话,没有让旁边的亲兵听见。吴汝义大惊失色,说道:

"你等一等,我赶快去叫醒闯王。"

"是得赶快叫醒闯王,立即决定办法。"

如今局面大了,在行辕宿营地方,总是专设一个较大的军帐,作为李自成和他的文武要员们议事地方,有时他于议事后在这里看书,办公,留宿。今晚只有简短的会议,然后李自成处理了一些公事,便去后边高夫人的帐中休息。高夫人的寝帐外边,夜间轮流有一个女兵和一个中年仆妇值班。近一年多来已经不再怕会有官军来偷营劫寨,派女兵夜间值班是为着随时呼唤传达有人。如今高夫人的身边除有一大群女兵之外,还添了十来个专管粗使的中年仆妇,多系从老营亲军的妻子中挑选的,行军时都有马骑。每逢闯王宿在高夫人的帐中,夜间值班就多增加一个年纪稍大的仆妇,为的是一旦有事,进入帐中方便。吴汝义匆匆地来到高夫人的寝帐门外,命值班的女兵和仆妇火速将大元帅唤醒,说他有紧急禀报。那仆妇同旁边的女兵交换一个眼色,不敢怠慢,转身走进帐中,将闯王唤醒。

李自成不论多么疲倦,夜间睡觉总是十分机警,有事叫他,照例一叫便醒,猛睁双眼,虎地坐起,从不睡眼矇眬迟疑贪枕。现在他不知发生了什么急事,赶快披上衣服,趿着鞋走出帐外。高夫人被他惊醒,赶快从枕上抬起头来,侧耳谛听。

吴汝义挥手使女兵和仆妇退后,凑近李自成的耳朵禀报了小袁营从杞县逃走的事。自成的脸色一变,愤怒地小声说:"他妈的,竟有此事?……毫无良心!"

吴汝义说:"是的,他竟然做出此事。"

片刻沉默。高夫人知道出了意外大事,但不知是什么事儿,心中暗暗惊诧,赶快穿衣起来,点着蜡烛。

闯王向吴汝义吩咐说:"请林泉到大帐中等候。你赶快派人将牛先生、宋军师叫醒,请他们速来议事。还有,捷轩和一功也来。你派人飞马到补之营中,请他速来,速来!"

吴汝义说:"是,我立刻派人分头去请。还有,一更过后,大将军来了一趟,想要见你,因你已经休息,他便走了,似乎有点奇怪。"

自成机警地想道:难道他也知道了风声么?随即向吴汝义问道:"你为什么不禀我知道,让我见他?"

"我看你今日十分疲倦,他又无重要事,所以……"

李自成截住说:"你火速亲自去曹营,请大将军前来议事!"

吴汝义走后,李自成回到寝帐,赶快穿好衣服,高夫人一边帮他扣衣扣,一边小声问道:

"到底出了什么事儿? 有人叛变么?"

李自成简单地告诉她,袁时中已经叛变,率领小袁营全部三万人马从杞县逃走了。说毕,大踏步向外走去。高夫人蓦然一惊,几乎站立不稳,喉头感到壅塞,追在他的背后问道:

"慧梅还活着么?"

当闯、曹大军从商丘向开封进兵时候,李岩的一支人马奉命在杞县和陈留之间停留三日,负责征集粮草。按照当时社会习气,他应该趁机会回李家寨扫墓,与族人亲戚见面。牛金星和宋献策都是通达人情世故的人，建议李自成让李岩回家乡看看。闯王欣然同意，并亲自将此意告诉了李岩兄弟。李岩的手下将士也有很多人想回家看看的，要求李岩听闯王的话回李家寨扫墓。但李岩另有一种心思，不肯回李家寨去。他虽然已经起义一年半，深受闯王礼遇，与朱家朝廷恩断义绝，但是他竟然在心灵的深处摆脱不掉痛苦思想，总认为自己是父母的"不肖子"，愧对祖宗。他不肯回李家寨，也不让李侔代他回去，只着旧日管家范德臣同二十名骑兵回去，选择一个日子，将汤夫人的棺材从祠堂移出，暂丘①在祖茔旁边。当小袁营叛逃时候，范德臣和这二十名骑兵刚把事情办完，还没有离开李家寨。小袁营的人马急于赶路，没有进李家寨，经过圉镇时稍事停留，打了尖以后继续南奔，扬言是奉闯王命去截杀从豫南来救省城的官军。范德臣等看出这事大有蹊跷，就赶快回来，在朱仙镇附近找到李公子兄弟扎的营盘，告诉李岩知道。李岩知道虽有官军从豫南北来之说，但尚不知何时从豫南北来，闯王没有命袁时中去截杀官军，断定必是叛变，所以亲自连夜来禀报元帅。

李岩向李自成刚刚谈过了范德臣带回的消息，邵时信派来报信的亲兵也到了。这个人化装成小贩模样，赶到朱仙镇一带，但因人马众多，好不容易才找到大元帅暂时驻地。他撕破夹袄的一角，取出邵时信匆忙中写的字条，双手呈给闯王，上边写道：

> 小袁营云奉闯王之命，往南堵御官军，匆忙拔营。谨此叩禀。

李自成熟悉邵时信的笔迹，也看见过邵时信的这个亲兵，虽然字条上没有署名，他却知道是时信的亲笔。他又问了些小袁营拔营时的情况，便命这个人下去休息。李自成气得脸色铁青，默默不语，在大帐中走来走去。李岩坐在帐中，也不说话，等候牛、宋和刘宗敏等来到。

---

① 丘——棺材不正式埋葬，暂时浮埋或停放一个地方，书面语叫做"暂厝"。在河南口语中，浮埋叫做丘。

高夫人自从破了洛阳以后，竭力避免干预军中大事。这也是李自成的意见。他认为自己迟早要夺取江山，决不使前朝常有的后宫干政之弊再出现于他所创建的新朝。可是今夜是处理袁时中叛变的事，关系着慧梅的死活，她不能不来到大帐，希望商议结果既能够严厉惩办袁时中，也能够救回慧梅。李自成望望她，很懂得她的心情，用眼色示意她在一只行军携带的小马扎上坐下。

牛、宋、刘宗敏和高一功很快来到，随即罗汝才也到了。汝才因与手下人掷色子，尚未睡觉，一听吴汝义说大元帅请他紧急议事，他便心中明白，命亲兵们立即备马，飞驰而来。在亲兵备马时候，吴汝义将袁时中带着小袁营全部人马从杞县叛逃的消息告诉了他，他佯装毫无所闻，心中感觉可笑，恨恨地说：

"哼，竟然会有此事！"

大家都到了，只有李过驻地较远，尚未赶到。李自成自从崇祯十三年十月间进入河南以来，事业和威望一直如旭日东升。中州百姓都将他当成救星，编为歌谣，到处传唱。他自己和左右文武都认为他是"天生圣人"，几年内必坐江山。因为有这种环境气氛和大大不同于往日在艰难困苦中的心理状态，所以他在一时间很容易受了袁时中的欺哄，根本没料到袁时中会突然叛变，率全营人马逃走。他如今不仅十分气愤，而且为损伤了自己的威望而深感痛苦和愧悔。当大家纷纷议论如何派兵追剿袁时中时，只有李自成和高夫人一言不发。李自成巴不得立刻将袁时中和刘玉尺等人捉到，斩首示众，以泄心头之恨，并且为背叛者戒。然而他这个平日多谋善断的人，竟然在意外的精神打击下，一时心中踌躇，拿不定主意。他现在正要用全力围攻开封，预料朝廷必然要用最大的力量来救开封，如今正当这个节骨眼上，忽然分兵追剿袁时中，必然要减弱围攻开封的兵力，还必然要死伤许多有用的将士，因此他不想马上动武。可是，倘若不将袁时中消灭，别人就会轻视他，还会在背后嘲笑他。现在距袁时中从杞县叛逃已经有一个白天和两个夜晚，走了很远，未必能够追上。袁时中对豫东地理很熟，纵然能够追上,也未必能够将他一战剿灭。倘若战争纠缠过久,损兵折将,牵动围攻开封大计,纵然胜利,也可能得不偿失。还有,倘若对袁时中逼得过急,他带着三万人马投降了正在豫南的丁启睿或杨文岳,岂不为害更大?……

李过到了。事情他已经知道,所以他带着一脸怒容走进大帐,没有坐下便向闯王和大家问道:

"如何决定?派谁追剿?"

闯王没有做声,别人也不做声。高一功示意让他在一只小马扎上坐下。

李过不肯坐下,看一眼宋献策和牛金星,接着说:"当日袁时中刚投降就请求结亲,我就觉着有鬼,不可相信,免得吃了后悔药。幸而我一功舅说了一句,不能将兰芝许配给他。结果由军师们出主意,将张鼐和慧梅的姻缘拆散,将慧梅作为闯王的养女嫁给姓袁的。将慧梅作为闯王养女,我一百个赞成。这姑娘是在我的眼皮下长大的,自幼儿聪明伶俐,有忠有义,也练出一身武艺,在我二婶的身边出生入死,几次立了大功。硬把她嫁给那个从野地飞来的姓袁的,下场如何?如今还活在人间么?"他想着慧梅如不是已经被杀,便很快就会被杀,不禁恨恨地叹了口气。随即坐下,接着说道:"我当时就不同意这桩婚事,摇旗和汉举们也不同意,可是等大家知道时,木已成舟啦,生米已经做成熟饭啦。我只能暗地里顿顿脚,希望姓袁的有点良心。如今事已至此,光想着后悔药难吃没有用,要赶快派兵追赶,杀他个片甲不留。派谁去,商定了么?"

宋献策和牛金星一直担心高夫人会说出来对他们抱怨和责备的话,不断地偷偷打量高夫人的沉重脸色。他们没料到由李过开了腔,用这样从来没有用过的神色和口气对待他们,使他们只有惭愧,除掉苦笑外无言以对,神情十分尴尬。

闯王低着头没有做声。尽管他不满意李过责备牛、宋的话说得太直,但是他自己也心中悔恨,不能责备侄儿直言。他怕高夫人也忍不住对牛、宋说出来不好听的话,两次望她。高夫人懂得闯王的眼色，所以她不曾在侄儿对牛、宋说过抱怨话以后接着说一句话，只是深深地叹一口气，用袖头揩去了为慧梅涌出的两行热泪。

曹操在心中看笑话，却不得不说道："已经过去的事不用再提啦，如今只赶快决定如何处置吧。兵贵神速，再不派兵追赶，小袁营就逃进颍州地界，向南投降丁启睿，向东投降朱大典，都很容易。大元帅，倘若你认为围攻开封要紧，别的人马分不出来，命我的曹营人马去追剿如何？"

李自成回答说："家鸡打得堂前转，野雉不打一翅飞。野雉是活的，飞就让它飞吧。"

大家听了李自成的话都觉突然，摸不准到底是什么用意。有人暗想：这样任袁时中逃走不管，未免太宽大了。

刘宗敏平时往往容易暴怒，令人生畏，但现在他一直冷静地想问题。他在心中抱怨牛、宋当日不该劝说闯王将慧梅许配袁时中，但是他想着闯王待牛金星以宾师之礼，拜宋献策为军师，不能因他们一时虑事有误而多加责备，使他们面子上下不了台，引起文武不和。他也明白闯王既恨袁时中的叛逃，又担心对袁时中逼得紧了会促使他投降官军，另外又担心慧梅会被袁时中杀害。趁着大家在沉默中，他抬起头来望着自成问：

"大元帅，这件小事交给我处置可以么？"

自成问："你如何处置？"

"我想，既不能不派兵追杀一阵，也不必逼得过紧，免得他投降官军过早。也不要使他对慧梅下毒手。目前能够按这样想法处置，方算妥当。"

罗汝才不禁心中一惊，点头赞叹："虑得细，虑得是！捷轩不愧是大将之才，忙中不乱。"

自成说："捷轩，你将你的办法全说出来，让大家商议一下。"

宗敏说："请补之辛苦一趟，去追赶小袁营。先礼后兵，劝说袁时中赶快回头，做错的事决不追究。我估量袁时中一定不听劝告，大概免不掉会厮杀起来。补之可以杀败小袁营，但不一定会捉到袁时中,也不能……"

李过插言:"既然动兵,就得尽我的力量捉到他或杀死他,不留后患。"

宗敏接着说:"补之,你听我说。我们目前作战的着眼点是在开封,既要四面围困开封,还要准备杀败各路援兵,不应当分散兵力。小袁营有三万人马,要将它包围消灭,少说也得五万人马,还得拖长时日,穷追不放。在目前这样分兵作战,我们不干。我们不能让袁时中这小子拖住一条胳膊。"

李过问:"你给我多少人马?"

"我打算给你……顶多一万五千人马,一半骑兵,一半步兵。更多的人马没有。"

李过沉吟说:"只给这一点人马,我只能追上他,狠狠给他一下教训,不一定能够消灭他,捉到他。"

宗敏点头说:"对,对,正是这个意思。倘若追上他,你只需狠狠教训他一顿,使他损兵折将,知道疼痛,大伤元气,但还要适可而止,不逼他过早地投降官军。你还得使他认为对慧梅不下毒手,于他有很大好处。"

李过微微一笑,说:"我完全明白了你的意思。你给我出的是一道难题,这文章要做好很不容易。"

刘宗敏转向李自成,问道:"大元帅,你看,这篇小文章就这么做法,不必小题大做,行么?"

自成点点头,然后向大家问:"你们各位有何意见?"

罗汝才首先称赞说:"高明,高明。我根本没想到这个题目的文章应该这么做,果然是捷轩虑得周到!"

牛金星说:"追上小袁营之后,可以宣示大元帅德意,凡将士愿倒戈回老府的一律免究,另有重赏。补之将军出发时要多带银子,以备阵前赏赐。如此恩威并施,有劝有惩,小袁营多数胁从之众,不难瓦解。"

宋献策接着说:"还要带去大元帅手谕一道,劝谕袁时中勿信谗言,妄生猜疑,致令亲者痛,仇者快。望他翻然悔悟,速偕慧梅来归,将待他恩情如初,一切错误不提。"

高一功说:"慧梅在我们老八队中是有功之人,况且已经是闯王养女,不能不救她回来。按她的性子说,当她一旦明白了袁时中背叛闯王,她必不善罢甘休。补之带兵前去,一定要查明问清,慧梅到底死了没有。倘若她还没死,那陪嫁的四百多男女亲军是不是还在她的身边。补之,你这次去,倘若能救慧梅回来,当然是最好不过;如不能救她回来,要设法使袁时中不敢杀她。"

李过说:"高舅说的是,我的骑兵如果能冲进袁时中的驻地,自然要将她救出,接她回来。不过,听说她已有喜了,谁知她如今变心了没有?"

高夫人想起慧梅出嫁的情形,实在又痛苦又恼恨,正想找题目,听了李过的话,立刻对侄儿愤愤地说:"补之,你刚才还说慧梅也是在你的眼皮下长大的,为什么忽然又说这话?慧梅决不会背叛闯王。你看吧,她会死在袁时中的手中!"

闯王不希望她对宋献策等说出气话,劝说道:"我们正在商议办法,你不用担心嘛。"

高夫人说:"不管用什么办法,以保住慧梅的性命要紧。如今她的身边只有四百多男女亲军,虽说都是挑选的好样的,对慧梅也忠心耿耿,可是毕竟是在袁时中大军挟制之下,袁时中要杀害慧梅,他们也会全都死去,决不止慧梅一个被害。"高夫人越说越激动,突然转向宋献策,"军师啊,这亲事是你们怂恿成的,你们要救慧梅的命,将她和那四百多人马还给我。还有慧剑,你们是认识的,她哥哥是黑虎星,在开封城下中炮受伤而亡。两三年前在商洛山中时候,他将妹妹托付给我,说:'婶娘,我只有这一个妹妹,今后全靠你老人家照料她。她岁数还小,虽然有一身武艺,可是不懂事。'倘若这个黑妞也随着慧梅死在小袁营,你们这些做军师、出主意的,怎么对得起地下的黑虎星啊?"

这一段话说得宋献策脸上热辣辣的。牛金星也觉得十分难堪,只得勉强说道:"请夫人放心,必有妥善办法,将慧梅姑娘救回。"

高夫人眼圈一红,说:"纵然能够将她救回,可是姑娘已经嫁了人。杀了她丈夫,留下她守寡一辈子。她今年虚岁才二十一岁,叫她以后如何活下去啊。都是你们当日出的好主意!"说毕,愤愤地起身便走,一面走一面流着眼泪。牛金星和宋献策赶快站起来送行,但是她头也不回,没有同他们打个招呼。

李自成向他的侄儿问道:"你什么时候动身?"

李过说:"马上准备停当,五更动身。"

李自成望望李岩:"林泉还有什么高见?"

李岩说:"我想,袁时中不得已时必投朝廷。朱大典远在凤阳,中间有黄得功的人马隔着,他往东去投朱大典不容易。丁启睿如今驻军在汝宁一带,他去投丁启睿比较容易。补之在追赶小袁营时,可派出一支轻骑,驰至陈州与商水之间,虚张声势,拦住他南去之路。另外,以夫人名义给慧梅姑娘书信一封,先叙思念之情,知其仍在人间,心中稍慰。然后嘱其劝说袁时中不要上他人之当,赶快悬崖勒马,回来叩见大元帅请罪,保其平安无事,恩宠不减。纵然自生猜疑,暂时不肯回来,闯王因有汝在,已嘱汝补之大哥不要穷追,留个转圜地步。只要汝在,时中不降朝廷,一切好说,纵然时中一二年内不回来也不要紧。倘若汝不幸遭毒手而死或时中投降朝廷,二者有一,则从此与时中恩断义绝,势成不共戴天,等等。将这些话写进书子。阵上捉到敌兵,多给银子,收买他将书子送给慧梅。这书子必会被袁时中看见,让他在心中琢磨出得失利害。"

大家都点头赞成。闯王命牛金星替他写一道给袁时中的劝谕,李岩替高夫人写一封给慧梅的书信。会议就到此结束了。

离开杞县的第二天,慧梅已经看出来袁时中和小袁营的行踪可疑,又经邵时信将各种情况告了她,她断定袁时中已经背叛了闯王,她受了欺骗和裹胁。她当时不愿再走,派人将时中请来问话。

可是袁时中早有准备,在行军时将她的四百多名男女亲军,前后左右围得水泄不通,挟制他们一定要跟着大军一起走。慧梅愤怒地说:

"今天不是你死,便是我死。你死,不是我要杀你,而是闯王要派人马来处置你。我死,是因为你要杀我;你不杀我,我不会跟着你背叛闯王。"

袁时中苦苦劝她一起走,什么出嫁从夫啦,又是什么年轻夫妇要和睦啦,说了一大通。可是慧梅板着脸,让手下的四百多名亲军摆好了拼命的架势,坚决不走。在一瞬间,袁时中曾经想杀掉她。但稍一转念,仍觉不忍,毕竟他还是很喜欢慧梅的,特别是他知道慧梅已经怀孕了,而他又是很想孩子的,所以他决定无论如何不发脾气。他又对慧梅说:

"不管你多么不听我的话,我是不忍心杀你的。我知道你怀了孕,这是我的骨血,说不定还是个男孩。你想死,我偏不让你死。你手下的男女亲军,只要他们不先动手,我决不会动他们一根毫毛。我只是劝你跟我一起走;不走,我们都要被害。我本来并不想离开闯王,可是闯王听信了周围人的闲言,对我很不放心,听说就要动手杀我,我没有办法,才带着人马逃走。这只是暂时离开,等闯王将来明白我对他忠心耿耿,我自然还会回到他的大旗下边,替他尽忠效力。"

慧梅流泪说:"你若肯回到闯王麾下,我愿意百依百顺,服侍你到老。我既然已经嫁给你,不会不把你当丈夫看待。可是你要是背叛闯王,投降官军,要我跟你走,就休想。夫人每次问我,我都为你挣面子,说你忠心耿耿保闯王打天下,可是你现在却叛变了,你说我活着还有什么脸去见夫人,还有什么脸去见闯营的将士?"

两个人又争了半天。不管袁时中怎么劝,慧梅总是不走;而不管慧梅怎么哭闹,袁时中也总是不发脾气。可是时间一长,袁时中手下的人逐渐耐不住了,他们吹胡子瞪眼睛,怂恿袁时中采取强迫手段。袁时中不得已,只好向慧梅说:

"你既然已经嫁给我,生是我袁家的人,死是我袁家的鬼。夫为妻纲,天经地义。你今天走也得走,不走也得走,哪有做妻子的能不听丈夫的话?"

慧梅一听,更气起来,说:"你既然投顺了闯王,就应当生是闯王旗下的人,死是闯王旗下的鬼,怎么还能背叛闯王?背叛闯王就是不忠不义。我宁死也不能跟你这不忠不义的人一起走。"

夫妻两个正在争吵,袁时中的第二房妾金氏走了出来。自从慧梅"过门"以来,她看见袁时中同慧梅感情很好,虽然心里吃醋,但因为有几分害怕慧梅,所以不敢当面胡闹,只是有时在背后同袁时中耍赖而已。今天看见袁时中同慧梅争吵,快要动武,而小袁营的将士将"小闯营"包围得水泄不通,她忽然胆壮起来,指着慧梅的鼻子说:

"你不要以为自己真是闯王的小姐,实际你也是他家的丫头。只是为着跟我们袁将军结婚,才把你收为养女。你呀,你并不比我的出身高贵多少!虽然你是正室我是妾,可我比你早来了两年。你也不要因为怀了孕就神气起来,是男是女还说不定,能不能平安生下来也说不定。生孩子有什么稀罕?要不是天天行军,我自己早就给我们袁家生了孩子了。"她又骂了几句难听的话,忽然回过头来对袁时中说:"你的太太已经变心了,说不定将来什么时候你会在她的手中送命,不如趁早休了她!"

慧梅没有料到半路会杀出这么个泼妇来,最初简直有点发愣,可是越听越气,听到这里终于再也忍耐不住,猛地拔出宝剑,抢前一步,厉声叫道:

"我宰了你!"

金氏赶紧躲到袁时中的背后,越发大哭大闹起来。慧梅几次抢过去杀她,都被袁时中拦住。慧梅没有办法,只好向左右亲兵说:

"你们还不把这个泼妇赶走?"

一句话刚说出来,慧剑已经跑了过去,要拉金氏。袁时中恼火

215

了,说:

"你敢打她?她虽是妾,到底是你的主人!"

慧剑说:"姑爷,她在你家里是主人,在我们闯王将士面前就算不得一个主人。你不要偏心祖护她,这里有我们的军规:军中不准胡闹!"

袁时中气得要打慧剑耳刮子,慧剑用力格开,毫不示弱。袁时中猛然想起,自己不便对这班女兵动手,便恨恨地叹了口气,不再去管。

慧剑走过去,把那泼妇一推,推出五尺多远,跌在地上。金氏索性在众人面前撒泼,又是哭,又是叫,又是打滚,说她好歹是半个主人,如今受奴才欺负,要袁时中替她做主,不然要碰死在大家面前。慧剑气得眼睛通红,不管袁时中如何顿脚生气,大踏步走过去,伸开五指抓住金氏的背后领口,轻轻一提,将她从地上提了起来,摔出六七尺外,跌在地上,喝道:"你再闹,我就宰了你!你既不是我的半个主人,我也不是奴才。这里只有军法,没有别的!"

袁时中气得咬牙切齿,把脚一跺,对慧梅说道:"你要是执迷不悟,将来可不要怨恨我!"说罢,回身走了。

立刻,在慧梅和她的"小闯营"周围,又增加了袁时中的几百名精兵。慧梅的人马被围得更紧了。邵时信和吕二嫂感到这样僵持下去不行,悄悄商量一下,便劝慧梅说:

"不要吃眼前亏,我们还是随他走一段再说。如果能找机会逃回夫人身边,当然很好。如果能等待时机,劝得姑爷回心转意,那就更好。"

慧梅想了一阵,觉得他们说的话也有道理,目前实在没有更好的办法。她走回帐中,气得哭了一阵,又同邵时信商量一阵,然后叫邵时信去见袁时中,答应随小袁营往颍州一带去,但提出三个条件:第一,要尊重慧梅夫人的身份,任何人不得在她的驻地胡闹,不得欺侮她陪嫁来的男女将士。第二,对她陪嫁来的男女将士粮草不能短缺,各项供给从丰。第三,袁时中虽然已经背叛了闯王,但往后不应把事情做绝,要留下重回到闯王麾下的余地。

听了以上三条,袁时中认为慧梅已经有一半回心转意,喜出望外,满口答应。这事刚刚告一段落,袁时中忽得细作禀报,说杞县一带百姓风传李闯王即将派大军追赶前来。他不禁心中惊疑,下令全营赶快收拾启程。

从此以后,慧梅和她的四百多亲军总是被袁时中的精兵紧紧地包围着,无法自由行动。不管行军到了什么地方暂驻,也总是如临大敌。他们不敢轻易离开自己的驻地,袁时中也不敢随便走到慧梅的帐中去。慧梅和她的四百多男女将士日夜盼望闯王的追兵来到。

为着处理袁时中叛逃的事,李自成不得不抽调一部分精兵交李过前去追剿。李过刚刚动身,李自成忽接到紧急探报,知道丁启睿、杨文岳、左良玉三支人马奉旨在汝宁附近会师,正在日夜筹措粮草,不日北上,来救开封。看来小袁营的叛变尚未处置就绪,开封周围的大战又在密云欲雨了。他不能不停留在朱仙镇附近召集众将会议,重新部署军事。到了五月二日,他和曹操才将两个老营移驻开封城西的阎李寨(又称阎家寨)。他的老营扎在寨内的一家地主的宅子里。曹操的扎在寨外,相距三四里。第二天,即五月三日,闯、曹大军将开封合围了。

麦子已经熟了。义军并不攻城,只抢割城外麦子。城内也派出军民,抢割麦子。义军在大堤外抢割,城中军民在大堤内抢割。在大堤内外偶尔也发生零星战斗,但双方都以抢割麦子为主;有时相距很近,互不理会。

一连十天,义军分出来数万大军全力抢割麦子。将麦捆子运到各个驻地,有人专管打场。打好的麦子,一部分运往阎李寨,一部分各营留用。这种热火朝天的夏忙景象从来不曾有过。即使在太平年头,收麦的季节也很热闹,但是老百姓各家分散,同数万大军一股劲从事割麦打麦的情况不能相比。

在义军将士们抢割麦子的日子里,李自成时时在注视着左良玉等援军动静,准备着即将迫近的一次大战。当他知道援救开封的官军已经离汝宁北来的消息后,他派人火速给李过送去密谕,要他对袁时中切勿穷追,打一个胜仗后星夜回师。又传令给田见秀等将领,要他们速从郑州、荥阳和新郑一带退兵,赶回开封城外。道路哄传,援救开封的大军大概有二十多万人马,纵然只有十之五六,也不可轻视。在援军中,左良玉的人马有十万左右,比较能战,保定总督手下的总兵虎大威的一万多人马也较精锐。另外,不能不提防城中还可出动两三万兵勇同援军配合作战。尽管一年半以来,李自成在中原作战不断获得大胜,但是因为他才脱离艰苦困难阶段不久,所以对这次战争不敢有丝毫大意,总在思虑着全胜之策。

五月十六日黄昏,他在阎李寨又召集了一次军事会议,罗汝才、吉珪、刘宗敏、宋献策、牛金星等都参加了。会开得很久,到三更以后方散,但对于作战方略还没有最后确定。所以不能最后确定,是因为现在只晓得官军人马甚多,正在往开封奔来;但不晓得官军是直抵开封城下,还是在开封附近占领一个地方,与义军作战。他们估计官军会采取后一种方案,使义军既要对付强大的援军,又要防备城内的守军,处于"腹背受敌"的不利局面。但官军究竟要占领什么地方,现在还不能判断明白,也许是在朱仙镇,也许是在开封的东面,即陈留与开封之间,也可能就在陈留,因为陈留离开封只有四十多里路。由于对官军的意图未能最后探明,因此会议决定,先做些应急的准备,把义军所有的人马都集中到开封周围,以便一有情况,可以立即出战。会后,罗汝才先走,以后刘宗敏等也各回本帐去了。

李自成回到寝帐,正准备休息,忽然张鼐前来禀报事情。李自成顺便问了火器营的情况,嘱咐他务必把各种火器准备好,以便随时可以出去同援军作战。他一面和张鼐谈话,一面又命人把双喜叫来,要双喜把行辕的一些重要文书也都收拾好,准备随时带走。

张鼐和双喜尚未离去,忽然李过一脚跨进门来,说道:

"闯王,我回来了。"

大家看见李过回来,都非常高兴。眼看大战就要爆发,李过是一员重要大将,有他在,闯王就多了一个得力帮手。

高夫人也从里间出来,吩咐左右马上给李过拿东西吃。李过忙说:"二婶,不用拿东西。我在路上已经吃过了。"

闯王说:"补之,正等着你回来。好,先禀报你追赶小袁营的事吧。"

李过从朱仙镇出发之后,当日到了杞县,因知小袁营已经走远,便采取大胆决定,单率领数千轻骑日夜追赶,令步兵按站行军。到了柘城境内,袁时中果然被他追上。时已黄昏,李过的骑兵十分疲倦。他见小袁营已经占据有利地势,倚山据河扎寨,便只好隔河扎营,以待次日早晨看清地势,向敌进攻。当夜派人将闯王劝谕袁时中的书子和高夫人给慧梅的家书送到小袁营,没有回音,连下书的两名弟兄也遭到扣留。

天明后,李过不管小袁营有三万之众,率八千骑兵从浅处过河,先向小袁营将士宣布大元帅德意,号召重回闯王旗下有赏。小袁营将士一经接仗便纷纷溃散,有不少人倒戈回来。袁时中只剩不足一万步兵和一千多骑兵,裹胁着慧梅的四百多名男女亲军向亳州方向逃走。李过本来要继续追赶,因接到大元帅命他火速班师的手谕,就回来了。

大家因以前接到他派来的塘马禀报,对这次作战情况都很清楚,所以不再多问。他还想补充谈一点同小袁营接仗时的详细情况,被高夫人用手势打断,急着问道:

"慧梅的情况你知道么?"

"慧梅的消息我一直在打听,直到小袁营的许多将士投降过来,才得到真实消息。特别是我们在战场上捉到了袁时中的几个受伤的骑兵,消息更加清楚。他们不少人曾跟慧梅的亲军在一起驻扎，说的情况虽然不敢说都是真的，但看来也差不离。"

"什么情况，你快说！"高夫人催问。

"情况虽然不太好，但慧梅并没有死，袁时中不敢马上杀害她，也不愿杀害她。"

"你给我直说吧，不管是好消息，还是坏消息，都说出来，对我说出实话！这姑娘也算是我把她抚养大的，如今弄得她生不生，死不死，性命操在袁时中手里，你叫我怎么不挂心？快说吧，不要藏头露尾。"

李过摇摇头，叹口气说："这姑娘确实是好样的，对闯王忠心耿耿。"接着，他就把袁时中叛逃后，慧梅如何起初被蒙在鼓里，到睢州境才知真情，又如何同袁时中几乎刀兵相见，慧剑几乎杀死了金姨太太……种种经过情况，都一五一十地说了出来。高夫人噙满两眶热泪，又问："以后呢？"

李过说："以后的情况不很清楚，只听说在柘城境内，慧梅知道追兵将到，劝袁时中投降，夫妻又大吵一架。幸有邵时信和吕二婶解劝，慧梅大哭一场，没有再吵闹下去。据我看来，目前袁时中还不敢杀害慧梅，也不愿杀害慧梅，可是以后如果他投降了官军，慧梅不答应，到那时候就要见个黑白。我还听说，慧梅现在天天哭泣，常常不吃饭，后悔自己在出嫁之前没有自尽，竟落到这步田地。"

还有些情况，李过没有说出来。他听说，慧梅在痛苦之余，曾经骂过牛金星、宋献策，也说过抱怨闯王的话。李过不愿使大家难过，便没有多说什么。

然而，就是他说出来的这些情形，也已经使高夫人和站在门口的慧英等一群姑娘一面听，一面落泪。张鼐低着头，感到心如刀割。尽管他用了很大的力量不让眼泪滚出，但听到后来，还是有几滴泪水不由自主地从眼角滚落下来。闯王也叹了口气，低着头在屋中走来走去，不知道说什么好。

高夫人用袖头揩揩眼睛，说道："王长顺早就对我说过，怕我们丢掉了一个好姑娘,却没有笼络住袁时中的心。如今果然这样,这事会叫我悔恨一辈子。看来慧梅一定活不下去。"

李过赶紧劝慰说:"二婶不要太操心,等我们破了开封后,再想办法救慧梅回来。"

高夫人说:"谁知道到那时候慧梅还在不在人间?"

慧英听到这句话,忍不住发出了抽泣的声音。张鼐默默地从座位上站了起来,没有向闯王告辞,低着头走了出去,不提防同匆匆进来的李双喜撞个满怀。他瞟一眼双喜的有些不平常的脸色,没有打招呼,在此刻他除慧梅的不幸之外,别的事都不关心。刚刚走下台阶,他听见从屋里传出来双喜的声音:"禀父帅,据探马禀报,明朝援救开封的大军已到了尉氏县境,看来是直奔朱仙镇。左良玉和虎大威的人马行军很快,明显地是想抢占朱仙镇。"

闯王的声音:"啊?朱仙镇?已经到了尉氏县境?"

双喜的声音:"是的,父帅。看来敌军明日五更就会占领朱仙镇,请父帅赶快部署迎敌。"

闯王从椅子上一跃而起,说:"好了,这一仗就在朱仙镇打吧!你赶快命人叫宋军师、牛先生和几位大将都来,火速商量一下,火速出兵,赶在敌人来到之前先占朱仙镇!还有,叫小鼐子回来听令!"

张鼐听得清楚,精神突然激动起来,不再想慧梅的事,也不等双喜呼唤,回转来大踏步走上台阶,几乎又同双喜撞了身子。他站在台阶上,向屋中大声说:

"火器营首领张鼐到!"

第十一章

从汝宁来援救开封的明朝大军，分为两支，一支开往杞县，表面上大张旗鼓，实际上是一支偏师，只有一两万人。另一支是正师，有将近十五万人马，有一半比较精锐，经扶沟和尉氏，直奔朱仙镇而来，看来明日黎明就会抵达朱仙镇。

李自成本来把开往杞县的那一支视为官军的正师，像今年正月间左良玉救开封时一样，先占杞县城作为立脚地，没有想到，官军的大股精锐部队已经走直线从扶沟、尉氏北来，显然想抢占朱仙镇扎下大营，与开封城互为犄角。李自成同大家简单地商议一下，都认为必须赶在官军到达之前先去占领朱仙镇。但当时大将驻在阎李寨的只有刘宗敏和高一功。宗敏须得协助部署军事，高一功的中军营万不能调离老营。而且李自成深知作战持重，是一功所长，紧急迎敌，猛冲猛打，以气势压倒敌人，一功不如李过。他稍微思索片刻，便对李过说：

"补之，现在命别人去会耽误时间，你刚回来还没有休息，只得让你再辛苦一下，立即从你的人马中挑出三千骑兵，连夜赶往朱仙镇，抢占地势，使敌军不能进寨。你要马上动身，粮食可以不带，大军随后就到。"

李过站起来说："我现在就走，决不耽误。"

闯王又说："官军人马甚多，而且刚到朱仙镇，锐气方盛，不可轻敌。如果他们已经占稳了朱仙镇，你就不要抢夺，你可以在镇的西面占领地势，赶快把营寨修筑起来。如果官军来攻，你只可防守，不可出战，等明日大军赶到再作定夺。"

李过刚要走，闯王又把他叫住，再叮咛一句："记住！如果敌人已经进了朱仙镇,你要在镇的西边立营。"

"是!"李过答应一声,忍不住又问道,"可是在朱仙镇北面扎营不是更好么? 我们大军从这里出发,不是先到朱仙镇的北面么? 占领了朱仙镇的北面,就可以隔断开封同朱仙镇的通道。"

闯王简截地答道:"不必。朱仙镇有一条河是从西往东流的,如今正是旱天,人马不能无水。你占据朱仙镇西边就是占据上游,十分要紧,千万不要忘了。至于朱仙镇通开封的大路,我另派大军截断,你不用管。"

李过又答应一声"是",转身走了出去。

经过紧张的准备,约摸三更时候,刘宗敏率领刘芳亮、袁宗第、谷英、郝摇旗等战将,带着三万人马,加上罗汝才派来的二万人马,以急行军往朱仙镇开去。

如今已经知道,官军人数很多,号称四十万,实际有十七万,这数目不可轻视。李自成亲自把刘宗敏送出营门,看着宗敏上马,嘱咐说:

"捷轩,官军人数很多,左良玉和虎大威都是名将。特别是左良玉,曹操和敬轩曾几次败在他的手中,我们如今是第一次同他交手,千万不可轻视。你先到那里去看看,不要让补之那三千骑兵吃了他们的大亏。我同汝才随后也赶到朱仙镇去。这一次打仗,决不能受挫;万一受挫,会牵动整个大局。我这话你心里明白。"

刘宗敏在马上点点头。他完全清楚,曹操一直心中不稳,如果这一仗受了挫折,曹操就会变心,也许会投降官军,也许会重新跑到张献忠那里,同张献忠和革、左四营合起手来,那样,闯王的威望就会大大受损,势力也会大大减弱。闯王知道宗敏最明白他的担心,又嘱咐说:

"还有,你到朱仙镇后要拖住官军,使他们不能到达开封城外。原来我想,他们如果到了开封城外,我们就可把他们合围消灭。可是后来一想,他们到了开封城外,可能会分出一部分人马绕到城北,在黄河南岸和北门之间建立一座营盘,这样就为开封打开了一条救援之路,从黄河南岸到北门之间可以运送粮草,我们的久困开封之计就会落空。所以你一定要想办法使官军不能由朱仙镇开往开封,只要你能在天明以前做到这一点,天明后我们大军一到,就不用操心了。"

"大元帅想的是。左良玉这小子会想到这步棋的。今天夜间我要一面夺到朱仙镇,一面想办法让他们到不了开封城外。"

李自成转过头去对宋献策说:"军师,你跟捷轩一道去吧。有你去,我就更放心了。"

宋献策说:"我正要请大元帅让我随捷轩将军一同前往,遇事好随时商量。"

刘宗敏率着包括曹营在内的五万人马,在明亮的月光下向着朱仙镇飞速赶路。大约走到中途的时候,遇到李过手下的一名小校,飞驰而来。他是奉李过之命,往阎李寨向闯王求救的,不期与刘宗敏相遇。他在马上向刘宗敏叉手禀报说:

"总哨刘爷,敌兵人马众多,正在向我军步步进攻,炮火也很猛烈。李将爷已经负伤,仍然苦战不退,人马损失很重。请刘爷赶快去救。"

"眼下跟你们李将爷作战的敌兵有多少人?"

"敌兵人数说不清楚,看来比我们有十倍之多。困难的是他们炮火很猛,我们轻骑前去,没有炮火,箭也快射完了。如今退守在镇西北角的一小块地方上,差不多已被官军四面包围。李将爷说:宁死也不能再退后一步。眼下大家在拼命抵挡,许多弟兄和战马都被炮火击中……"

刘宗敏向小校挥一下手,同宋献策商量几句,便把众将领叫到面前,如此如此地做了部署,然后同宋献策、郝摇旗、刘芳亮、袁宗第只带着一万五千骑兵,向朱仙镇疾驰而去。只听马蹄动地,如同一阵风暴,所过之处,黄尘滚滚,遮住了人马的影子,天上的星月也昏暗起来。

这时李过正在苦战。

当他的骑兵半夜从西门进朱仙镇寨中时候,官军已经从南门和东门进寨,到了街心,并占了岳武穆庙。寨中百姓因事先得到官军要来的消息,差不多逃空了。寨中街道狭窄,不适于骑兵作战,且猝不及防,一开始接仗就处于不利地位。混战一阵,虽然人马损失惨重,他自己也负了轻伤,但是他的勇气如故,仍在大声呐喊督战。突然他的战马中箭倒地,他一骨碌从地上跃起,一看旁边正有一个官军的将官挺枪向他刺来,他一剑格开,又一剑将那将官刺下马来,夺过战马,飞身跃上,继续杀敌。他的人马已经越来越少,他只得留下部分人马拼死守住朱仙镇西北角的一段寨墙和一片宅子,他自己率着其余几百骑兵冲到镇外,在旷野上左右驰骋,忽然杀到东边,忽然杀到西边。敌人已经知道他是李过,是闯王的亲侄儿和得力大将,于是大喊着:"活捉李过! 活捉李过!"人马向他蜂拥而来,终于愈围愈多。李过的箭已经快射完了,他轻易不再放箭,只有当敌人过于逼近时才放箭,每射必中。这样,官军虽然围了几重,却也不敢向他逼得太近。

一万五千援兵正在风驰电掣地奔来。快到朱仙镇时,刘宗敏听到了前面的喊杀声,知道敌人正在围攻李过,情况十分吃紧。他立即命令李友率领一千骑兵去支援李过:

"益三,快去,帮补之将那班王八蛋的气焰压一压,给他们一点儿颜色看看!"

宋献策已经观察了片刻,等刘宗敏对李友吩咐一毕,他勒马走到宗敏跟前,一边用马鞭指画,一边说出来对敌办法。宗敏将头一点,说:

"好,就照你的计策行事。另外,我再派出一支骑兵,使他们顾此失彼。……摇旗!"

"在!"

"你率领两千骑兵……"

在刘宗敏稍微停顿的当儿,郝摇旗抢着说道:"对,对,快给我两千骑兵,直冲到朱仙镇街心,把这些狗东西杀他个落花流水!"

刘宗敏继续说:"不是要你到街心去厮杀,是要你绕过朱仙镇,到镇的南面和东南面,距镇五里之外,十里之内,见着房子就烧,见着田间没有割完的麦子也烧。"

郝摇旗问:"这是为什么? 如今战事吃紧,你何必让我去干这种事情,白耽误了时间?"

"你不要多问,只管听我的吩咐行事。我不派人叫你回来,你就只管烧房子、烧麦子,如果遇到零股敌人,就把他们消灭。你只有两千人,不许你打硬仗,把本钱赔了进去。"

郝摇旗不敢再问,率领两千骑兵,飞驰而去。

刘宗敏抬头望望李友去的方向,估计李友的一千骑兵已经杀到镇西,同围攻李过的官军交上手了。他感到时机已到,便对身边的将领们说:

"我们也动手吧。汉举,你带领人马冲进朱仙镇的中央,夺占岳武穆庙。二虎,你同世耀、白旺率领五千骑兵去截断朱仙镇东边来援之敌,如果镇内的敌人往东边逃,你就杀他个片甲不留。"

袁宗第等将领立刻走了。刘宗敏又对一名亲信小校说:"你速去迎接后队,传令谷子杰将爷,叫他从大军中抽出一万五千步兵,截断朱仙镇通往开封的大道,找一个地势好的地方,掘壕立寨,不许让官军通过。另外,要多派一些游骑出去,使开封的消息不能传到朱仙镇,朱仙镇的消息也不能传到开封。剩下的人马火速开到这里来。"

目送小校走后,他不愿等候后边大军赶到,刷一声抽出双刀,望一望宋献策说:

"我们也去吧。"

宋献策拔出宝剑,说:"走!"

刘宗敏扬刀跃马,大呼着向敌人最多的地方直冲进去。他的亲兵亲将一个个目无敌人,紧跟在他的左右和背后,势不可挡。在战马奔腾声中,只听见一个人的声音如狮吼一般:

"我来了! 我刘爷来了!"

李自成和罗汝才合营以后,声势日盛,人数有五六十万,哄传在百万以上。实际精兵大约只有十三万,其中步兵十万,骑兵三万。其他四五十万人,包括各种工匠、马夫、驮运队……种种属于后勤方面的非战斗人员,还有慕义而来的缁衣、黄冠①、三教九流之辈。由于没有一个根据地,单说随营的男女老弱眷属就有十几万人。另外还有大批新兵,未得训练,也在这五六十万数内。所好的是骑兵确实都是精兵,每兵有两三匹战马,而大批非战斗人员在危急当头时也能参加战斗。这一声势浩大的革命武装,存在着几个弱点:第一,由于精兵的人数不多,所以在围困开封时,不能分兵占据开封周围的重要城镇,竟然连朱仙镇这样战略要地,都不留人马驻守。第二,因为没有一个可靠的根据地,大批非战斗人员和十多万随营眷属只能跟随主力部队移动,以便得到保护,这样就为大军行动和给养增加了困难。第三,因为跟罗汝才同床异梦,就不能放开手使曹营兵单独作战,而且李自成还必须将一部分兵力控制在身边,防备罗汝才离开他。目前李自成大军的这几个弱点都因朱仙镇之战而一齐暴露了。

当李自成得知朝廷的援兵实际人数约有十七万之众时,便决定以全部兵力(包括曹营在内)对付来援之敌,力争一举将其击溃。同大家商量后,李自成决定把人马分为三部分:一部分将士连同老营家属暂时留在阎李寨候命;大部分人马半夜就向朱仙镇开拨;另外再拨一部分人马开往朱仙镇以西十五里的地方,那里距贾鲁河西岸不远,村名叫做刘庄,准备闯、曹两营新的老营驻地。部署一毕,李自成同罗汝才就带着各自的亲兵亲将和少数标营骑兵,乘着月色往朱仙镇奔去。将近黎明时候,大地上开始起了白雾。雾越来越浓,月色昏暗下去了,渐渐地一丈外人马的影子也模糊起来。只有马蹄声不断地在雾中响着,偶尔有兵器的碰击声从雾中传出。因为这一带都是一马平川,他们又都是轻骑熟路,所以虽然天上地下一片大雾,还是奔驰很快。

---

①　缁衣、黄冠——僧人、道士。

将到朱仙镇时，雾更大了，月色已经完全看不见。奇怪的是，离朱仙镇只有二三里路了，还听不到一点炮声，也听不到喊杀的声音。原野上奇怪的沉寂。李自成一面策马前进，一面心里担忧，不晓得李过是否已经阵亡，也不晓得战场上的情况究竟如何。他不免抱怨刘宗敏：为什么不及时派人给他报信？

其实，刘宗敏派的人已经过去了，由于大雾迷了路，是从另一条路往阎李寨奔去，没有同闯王相遇。朱仙镇的战事已经停止很久了。自从刘宗敏杀到镇上，官军便一下子由优势变为劣势，但官军的援兵也已经开到，与义军发生激战。正在这时，大雾起来了。镇上的官军不敢恋战，趁着大雾退出了朱仙镇。义军害怕中了埋伏，也不曾追赶，只是把朱仙镇占领，也把镇外的一切好的地势都占据，等待雾散以后再进行血战。

李自成和罗汝才进入朱仙镇时，天色已经大亮。虽然雾气仍然很重，但在三四丈外已可辨出人的面孔、马的颜色；十几丈外的房屋、树木的轮廓也都在雾中显露出来。

朱仙镇在河南是一个十分有名的市镇，从宋、金以来就很有名。古时从南方到开封，或由开封往南方，有东西两条路。东路由睢州、商丘继续向东南，过淮河到长江北岸，然后或往南京，或往扬州，路再分开。西路则经过朱仙镇，由许昌、叶县、南阳到襄阳，然后或经武昌去湖南和两广，或到荆州沿长江入四川。云南和贵州的士绅、举子、商人要去北方，也是取道襄阳、南阳、朱仙镇，然后由开封过黄河北上。至于豫南各府州县的人们去省城、北京，或往山东，朱仙镇也是必由之路。所以朱仙镇自来就很有名，并不单单因为岳飞进击金兀术曾在此地驻军。当然岳飞的驻军更增添了朱仙镇历史的光辉，使有爱国思想的人谈起它会引起慷慨吊古的感情。

李自成和罗汝才一路行来，只见义军正在休息。有的在做饭，有的在喂马。马没有解鞍，只将肚带松开。人也没有解甲，但因为天热，又刚刚经过行军、作战，十分疲倦，所以许多战士就躺在街上呼呼地睡去。有的人手上还拿着碗，碗里还盛着水，可是已经睡着了。当然还有不少人在寨外警戒,骑马或步行巡逻,以防敌人袭扰。这时,阎李寨的人马已陆续到达,都遵照刘宗敏指定的地点安营下寨,占领地势,并立刻在驻地外掘壕沟,修堡垒。李自成和罗汝才走不多远,就被刘宗敏的一名小校看见,小校将他们引到岳王庙前。他们下马以后,命随行的人都留在庙外,走了进去。

岳王庙是一座很大的庙,也称做岳武穆庙。李自成和罗汝才穿过正院,进入偏院,在要进入庙祝居住的道房时,便听见刘宗敏洪亮的声音从上房中传出来。他们在门外停了一下,只听刘宗敏吩咐白鸣鹤速去水坡集北边修好炮台,等待张鼐的火器营。又听他吩咐李过去睡,李过不肯,他就责备说:

"补之,你真是不听话,中了两处箭伤,还不去睡觉!"

李过说:"再等一下,说不定大元帅马上就要到了。"

李自成和罗汝才笑着进来。自成先吩咐李过快去躺下休息,又简单地问了问将士们的伤亡情况,然后问道:

"官军的人马都到了么?他们是如何部署呀?"

刘宗敏回答说:"现在大约都来到了,往杞县方面的一支人马今日上午也会来到。昨晚他们先到了两三万人,把个朱仙镇差不多占了七停。补之的人马太少,吃了亏,幸而我们来得快,接着跟官军杀了起来。官军看我们来势很猛,又不晓得我们来了多少人马,就有点慌乱起来。另外摇旗这杂种也做了一件好事,带着两千骑兵跑到朱仙镇南面到处放火,官军看到火起,不知虚实,怕被包围,就乱了阵脚。我们正在一阵好杀,大雾起来了,谁也看不见谁,这仗也就打不下去了。"

闯王又问:"如今官军的大营扎在哪儿?探明了没有?"

刘宗敏说:"敌人原想占据朱仙镇,没有夺到手,就在水坡集一带驻扎。水坡集就在东南面,离这儿十来里远。据刚才回来的探子说,他们已经扎好营寨,寨里寨外纵横约有二十里,丁启睿和杨文岳驻扎在西边,左良玉和虎大威驻扎在东边。杨文岳的兵不多,只有一万八九千人,但火器很多,倒是值得小心。别的情况现在还不清楚。”

"军师哪儿去了？"

"老宋顺着贾鲁河岸往上游察看去了。"

他们又谈了一会儿，闯王便对曹操说："汝才，你先休息吧，这两天你也不曾好好睡觉。"

"李哥也请休息吧。"

"我带着双喜、子宜两个，再出去看看，马上就回来。"

"李哥，雾气还没有消，看也看不了多远，你可要小心在意。"

闯王笑道："有雾更好，我可以一直到敌人营垒跟前去看。"

说罢，他们一起走出岳王庙。曹操出朱仙镇西门，去他自己的营寨中休息。闯王带着吴汝义、双喜和不到三十个亲兵出朱仙镇寨南门外巡视。

这时太阳已经升到树梢以上，大雾稍微消散一些，二十丈以外依稀可见人马的影子，五六丈以外已能看见人的面孔。闯王看了几处地方，看见一些临水的高阜都被他的人马占据，感到满意。又走到一处，看见义军正在那里修筑炮台，炮台前面掘了壕沟。闯王吩咐他们把壕沟再掘深、掘宽一些，便继续往前巡视，不知不觉已经到了临近敌营的地方。他仍然这里看看，那里望望。正在观察，忽然一个亲兵大声惊叫：

"有敌人！有敌人！"

所有的宝剑都"刷"地拔出来。在他们的前边不远，果然有二三百个敌人正向着他们冲来。

二更以后，驻扎在开封城东的李岩接到闯王军令，率领着他的人马，迅速往朱仙镇赶来。距离朱仙镇约有十几里路时，他听见杀声炮声，就自己带领一千骑兵先行，命李侔、李俊率领步兵和留下的少数骑兵在后边跟随。仅仅走了几里路，大雾起来了，杀声炮声也停止了。他知道一定是战争已经停止，但到底是敌人被打出朱仙镇，还是义军被打出朱仙镇，无从知道。他继续飞马前驰，不敢耽误,快到朱仙镇时,他看见了义军,问了一下,才知道战事确已暂时停止,官军被全数赶出了朱仙镇。于是他派一名小校去请示刘宗敏:他们驻扎何处。小校很快就回来了,告诉了地点,他就把骑兵带到指定的地方安营扎寨,并派出一名传令兵去大路上迎接李侔,让李侔直接把人马带到这里来。他又布置了如何掘壕和修筑炮垒的事。

把一切都安顿齐备,他才从西门进寨。这时闯王已同曹操离开岳王庙一阵了,但李岩不知道闯王进的是北门,还以为闯王没有到达呢。他进入岳王庙,见了刘宗敏,也看到李过。李过正躺在地上呼呼大睡,地上铺着一层厚厚的麦秸。他没有惊动李过,只同刘宗敏谈了几句话,知道闯王去水坡集附近察看官军营垒,他也很想亲自去看看,便辞了刘宗敏出来,重新上马,带着一批亲兵,驰出朱仙镇的南门。

这时闯王一行正在同骤然遇到的二三百敌人短兵苦战。由于当他们发现敌骑时,已经相距甚近,箭不及发,只好拔出宝剑迎敌。闯王十分镇定,他熟练地挥舞着花马剑,勇不可当。双喜、吴汝义和亲兵们紧紧地跟在他周围,拼死奋战,使敌人近不得身。但敌人倚仗人多,虽然死伤了几个,仍然蜂拥上前。他们并不知道被围的是闯王本人,而只是想夺取这一小队义军的战马。

带队的敌将年纪很轻,穿着铁甲,戴着铜盔,十分勇猛。他看出闯王是这一小队义军的头头,便挺枪跃马直向闯王冲去,枪尖在晓雾中闪着银光。快冲到闯王面前时,只听他大叫一声,突然中箭倒地。官军没有了首领,无心恋战,一哄而逃。

闯王正奇怪箭从何来,李岩已骑马奔到他的身边。闯王尚未说话,李岩先说道:

"请大元帅后退休息,我来追赶。"

说罢,将马猛抽一鞭,就朝着官军退走的方向追了上去。他的亲兵紧紧地跟着他。闯王也把花马剑一挥,同双喜、吴汝义带着亲兵们追杀前去。杀了一阵,敌人撇下了一些尸体,在乳白色的残雾

中逃得无影无踪。当收兵回来时,闯王在马上对李岩说:

"你来得正好,再晚一步,我说不定会吃他们的亏。这里雾太大,他们又是冷不防来到身边,竟被他们包围。"

李岩笑道:"大元帅福大命大,这几百官军,即便我不来,也不会伤着麾下。潼关南原突围时,那么多官军,层层包围,麾下还不是安然脱险了么?"

李自成说:"不管怎么说,你今天对我出了大力,救我于危急之中,将来如得天下,此功断不会忘。"

他们随便谈着,沿着贾鲁河岸向西一路走去,察看地势。这里到处都是义军,有的正在抢筑营垒,有的坐在地上休息,也有的正在向水坡集那面瞭望。闯王又想亲自去水坡集附近多看一看,李岩劝他说:

"请大元帅不必再去了。这些都是一般将领之事,不必由大元帅亲自去看。大元帅多年来每临战场,总是身先士卒,躬犯白刃,自古少有。大元帅奉天倡义,吊民伐罪,将建汤、武之业,如此轻冒风险,深违将士之心。第一次进攻开封时,正因为大元帅亲自到城下观看,离城太近,才中了一箭。今日又是亲临前敌,不期与大股敌人遭遇。这样的事情今后应以避免为上。古人说:'千金之子,坐不垂堂。'这话在我们身上当然不能合用,因为打仗么,总得冒几分风险。可是大元帅既是全军统帅,又是救世之主,一身系天下祸福安危,不可不多加小心。"

闯王笑道:"常言说'骑马乘船还有三分险'呢,何况打仗?纵然有危险,可不能只讲谨慎小心,反成了因噎废食。"

李岩也笑道:"遇到敌人,万一有了损伤,可同吃东西噎在喉咙里大不一样啊。今后大元帅不出来则已,如要出来,必须有众多兵将保护方好。孙策武艺高强,只因轻装出猎,遂遭意外①。"

"可是视察敌人营垒总不能带着许多人马,否则岂不打草

---

① 孙策……意外——汉献帝建安五年(公元200年),孙策出猎,他的马快,从骑追之不及,遇刺客中箭而死。

惊蛇?"

"人马带得少一些也可以,但那样就不能走得离敌人营垒太近。总之,大元帅要知道,今昔形势不同,已经不是在商洛山中的时候了。"

闯王心里暗暗感激李岩对他的忠心,不再坚持去水坡集察看敌情。他们来到一个较高的土丘上,这时雾已经消散了,整个战场和敌我营垒都历历在目。闯王想同李岩继续交谈,便让随行的人都退到土丘下边等待,同时吩咐吴汝义先回岳王庙向刘宗敏告知情况。

忽然一阵马蹄声来到坡下,闯王一瞧,见是郝摇旗带着十几个亲兵奔来,又见双喜一挥手,不让他们径自上坡。他想郝摇旗一定是来找他的,看那样子似乎急于要同他说什么话,但他没有理会,继续同李岩交谈,时而点头,时而微笑。李岩说道:

"大元帅,摇旗有什么事来见你哩。"

自成说:"我们还没谈完,让他再等一等。"

他继续同李岩谈话,郝摇旗只得焦急地望着他们。

李自成同李岩又密谈一阵,才一起勒马下坡。双喜立刻趋前禀报:

"禀父帅,我摇旗叔……"

不等双喜说完,郝摇旗已经急不可耐地策马过来,大声说道:

"大元帅,请恕我无礼! 我是特地跑来见你的,已经等了一阵了。"

李自成笑着说:"摇旗,咱们是生死之交,你有事随时都可来找我,说什么恕你无礼!"

"大元帅,话可不能这么说。如今你大旗下面人马数十万,与往日局面大大不同,倘若每个将领都随便来找你,那你每天光说话都会忙死,还怎么指挥大军,思虑许多大事呢? 今天我来找你,是确有重要话向你禀报。刚才双喜不让我上坡,是因为你和李公子正在商议要事，他做得很对。可是，唉，闯王，说真的，我是多么想赶快同你谈谈啊！"

"哦，这就是双喜的不是了。"闯王回头对双喜说，"双喜，以后你摇旗叔随时想见我，都让他见，不要管我是否在同别人谈话。"

双喜知道闯王不得不这么说，所以他只是笑，答道："孩儿知道了。"

郝摇旗赶快说："这可不行。你没事时我可以找你，有事时我怎能随便打扰你。如今你是大元帅，我虽然是个老粗，也要学会懂规矩，知礼数。就拿称呼说吧，背后一时不小心，可以叫你的名字，或叫你李哥，可是当着众人，一定要称你大元帅。"

闯王听了，哈哈大笑，说："摇旗，你多心了。咱们是多年来同生死共患难的老朋友，你随便称我什么都可以。"

摇旗说："不，不。自古以来，做啥要像个啥。你如今是大元帅，将来是坐金銮殿的真命天子。不讲朝廷之礼，光讲私家之礼，那总不像个九五之尊吧？闲话不说了，我现在来找大元帅，只为了一件事，要赶紧禀报。"

"什么事，你快说吧。"

"我刚才到了水坡集的南边，敌人的情况都看清楚了。他们正在扎营。前面有一二万人已经扎好了营，面对着朱仙镇。后面很乱，大部分营垒都没有扎稳。我想我们现在全力猛攻，一定可以把官军打得屁滚尿流。"摇旗说着说着，兴奋起来。"再说，我们在阎李寨一带已经休息多日，敌人从汝宁来天天赶路，到这里一定十分疲惫。闯王，机不可失，马上向他们猛攻吧！"

"你说的也有道理，目前我们可以一仗取胜。但我们还有更好的办法，不需要大打也能取胜。"

郝摇旗有点失望，说："要有什么计策，当然很好，我怕的是错过了这个时机。"

闯王笑了一笑，说："不会的，我马上就要去同军师商量。以后有你打的仗，你急什么？"

郝摇旗摇摇头，露出苦笑，说道："我的大元帅，好闯王，你知道我是栽过几个跟头，办过一些错事的，虽然你还瞧得起我，捷轩对我可就是不相信，总怕我办不了大事。昨天夜里，明明知道朱仙镇寨里打得很紧，补之人少，招架不住，他偏不让我救援补之，也不让进寨去打到敌人心窝里，却把我派到朱仙镇和水坡集外边的野地里，光烧那没有割尽的麦子。闯王，这味道可不好受啊！我郝摇旗自从跟着高闯王起义以来，不是靠吃闲饭过日子的。为什么别人可以进寨厮杀，我就不能进去杀个痛快？这太瞧不起我姓郝的了！"

闯王大笑起来，说："嗨，摇旗，你又糊涂了。仗有各种打法，有的时候要杀个痛快，有的时候你不杀，功劳同那杀个痛快是一样的。昨天夜间既要救援补之，又要把朱仙镇从官军手里夺过来，光靠硬打不行，所以捷轩把你派去到处放火，使敌人心中惊慌，不知我们有多少人马，怕后路被截断，趁着大雾就退走。你虽然没有在寨内厮杀，可立了大功啦。今天我到这里，捷轩头一个就报了你的大功，他怎么瞧不起你啊？"

郝摇旗感到满意，开朗地笑起来，对李岩说："林泉，我是个粗人，像你们那样在闯王面前斯斯文文地商量事情，我不行。可是让我去拼命，我倒是连眼也不眨。不过现在我又觉得我不该像以前那样，见了闯王，动不动就称李哥，更不能称自成。我应该像你们一样，规规矩矩地学些礼数。闯王今日的情形同往日大不一样了，我们不尊敬他，别人如何能尊敬他？如今有曹营的人，还有新来的人，如何能尊敬他呢？这道理我也明白啊，所以我也要跟你们学些礼数。"

闯王和李岩都笑起来。闯王说："摇旗，虽然你说自己是个粗人，可心眼儿倒学得很细啊。快走吧，快去休息，我们还要去找军师商量事情。"

郝摇旗走后，闯王同李岩又策马向坡上走去，打算往西边察看地势。闯王已经有截断贾鲁河的水使敌军自溃的想法，只是未同别人谈过。他想知道究竟在何处截断方好,所以打算往上游看看。

正在这时,吴汝义骑马匆匆赶来,向闯王禀报说,早饭已经备好,总哨刘爷请他速回岳王庙用饭,并商议进攻官军之策。闯王问道:

"军师回去了么?"

"军师已经回去。他对总哨刘爷说,他已经有了妙计,可以使数十万官军不战自溃。"

"什么妙计?"

"总哨刘爷也问他什么妙计,他笑而不答,说:等闯王回来,吃过饭再作商议吧。"

闯王心中高兴,对李岩笑着说:"走,我们去听听他到底有什么锦囊妙计。"

曹操在岳王庙前同李自成分手后,并没有回去休息,而是马上带着吉珪和一群亲兵亲将,在朱仙镇西南边察看了他自己的营寨,布置在营寨四周如何筑好堡垒,挖好壕沟。他是一个经验丰富的统帅,在这种节骨眼上,谨防自己吃亏,被削弱了兵力。尽管昨天累了一天,又加上连夜行军,但遇着这种大的战事,他倒是精神抖擞,看不出一点疲倦。察看了自己的营寨后,他又同吉珪等到朱仙镇的东边和南边观看地理形势。回到寨中,他又亲自审问了几个俘虏,了解官军的部署和虚实。到了巳时左右,他正要躺下休息一会儿,李自成派人来请他和吉珪前去岳王庙议事。他答复来人:马上就去。随即又把吉珪请来,问道:

"你看我们如何拿出取胜的办法?"

吉珪反问道:"麾下希望官军一败涂地么?"

曹操吃惊地问:"你问这话是什么意思?在阎李寨时不是已同自成做了决定么?这一仗如能把官军全数消灭或击溃,今后中原大局就可以大致定了。"

"不然。珪既视将军为知己,不得不稍进忠言。大将军若果为闯王大业打算,理应竭智尽力,提出取胜方略。但今日之形势,依珪看来,大将军还不能不为自己稍留后步。"

曹操的心里一动,望着吉珪,轻声问道:"老兄的意思可是……"

"今日朝廷费了九牛二虎之力,始集聚起这十七万的人马,号称二十余万。可谓来之不易,也是孤注一掷。如果一败涂地,朝廷再想集聚如此多的人马,恐怕不可能了。从此闯王必然志得意满,不会再把官军放在心上,官军也确实很难再有作为。倘若真的出现这种情形,则将军危矣。"

曹操低下头去,寻思起来。他也认为,李自成所以对他十分看重,竭力拉拢,不过是因为朝廷尚有力量,不得不如此罢了。如果这一仗果真把官军全部消灭,说不定闯王就会对他下毒手了。十几年来,他在义军中经历的事情真是不少。什么大鱼吃小鱼,小鱼吃蚂虾,你想找我的空子,我想占你的便宜,这些事曹操不仅见得多,而且自己就经历过不少。现在吉珪对他提醒,他不禁注视着吉珪的眼睛说:

"老吉,如今事已至此,非打不行。可是看你的意思,好像不主张消灭官军。那么你说,到底怎么办才好?"

吉珪冷冷一笑,轻轻捻着稀疏的略带黄色的胡须,眼神显得分外冷淡,好像这战争并没有放在他的心上,他考虑的是完全另外一回事情。沉默了一阵,他才慢慢地说道:

"大将军,今天我们要官军吃败仗,或者要官军陷入极大的困境,这都容易办。即使要他们全军溃败,也并不难。现在就看我们到底要它败到什么地步。依我看,我们可以让它吃败仗,陷入困境,但不必使它一败涂地。须知有官军的力量在,就有我们曹营在。今日官军全部覆没,明日我们曹营也就难以同闯王合手了。这事情如此明白,难道将军还看不清楚?"

"你说的也正是我心里想的。可是如今我不是要你空讲道理,是要你出个主意,让我斟酌。"

吉珪脸色更加阴沉,眼中射出奇怪的光芒。他上前将曹操拉

了一下,后退几步,分明是不愿让站在附近的亲兵亲将们听到一点点声音。他说:

"大将军,如今十七万官军的存亡决于我们之手。如果我们拼力与闯营一起苦战,则官军必然败亡无疑。如果我们少出一些力,既显得是忠心保闯王,又不使官军全军覆没,这就好了。"

"那,那,下一步棋又怎么走呢?"曹操仍然不解。

吉珪又沉默起来。他心中虽然早有盘算,可是他也担心说出来会使曹操动怒。考虑再三,他决心直截了当地说出来。当说的时候,他声音不觉有点打颤:

"大将军,我们相处虽然不过一年多的光景,但是你要相信,我是忠心耿耿保你的。纵然粉身碎骨,我并无半点私心。我将要说出的话,你不听也可以,只希望你能放在心上想一想。也许有朝一日,你会觉得有用。"

"你不要吞吞吐吐。我们两个什么机密话都可说,何必如此鬼鬼祟祟。"

"依在下之意,我们可以帮助闯王打这一仗,但不要使官军全部溃灭。在胜败决于呼吸之间时,我们突然倒戈,投降朝廷,共击闯王。官军在前,我们在后,腹背夹攻,必获全胜。闯王既败,朝廷对大将军必然重用,封侯封伯,不难唾手而得。"

曹操听罢,大吃一惊,轻轻问道:"如今下此毒手,岂不太早?"

吉珪斩钉截铁地回答说:"今日不走这一着棋,恐怕悔之晚矣!"

曹操犹豫地说:"以后还有机会吧?"

"不然,不然,机不可失,时不再来,过了这个村就没有这家店了。"

"闯王如果完了,我心里也不忍哪。为人总要讲点义气,何况自成待我不薄。"

"争天下,先下手者为强。自古以来,英雄相处,都是见机而作,不讲妇人之仁。当断不断,后悔莫及。"

曹操心中很不同意。虽然他对李自成也有戒心,但要他现在就同官军合手,消灭李自成,使天下英雄人人唾骂,他是不愿意的。而且他对朝廷、对官军并无丝毫好感,也不相信。他沉吟片刻,问道:

"倘若自成完了,朝廷岂能容我?"

吉珪又冷冷一笑,说:"大将军何出此言? 朝廷能不能容大将军,这事不在朝廷,而在我们。倘若我们兵败,势单力弱,纵然向朝廷磕头求容,朝廷也断不能相容。山东李青山,去年起义,到今年春天受了朝廷之骗,投诚了。他原想投诚之后朝廷会给他封赏,让他做官。不料反被押到北京,献俘阙下,凌迟处死。如果我们势单力弱,则纵然帮助朝廷消灭了闯王,仍不免落得李青山的下场。可是,如果我们消灭闯王之后,乘机扩充人马,只要有十万二十万雄兵在手,就可以既不怕朝廷,也不怕任何官军。每一朝代,经过大乱之后,必然出现群雄割据的局面,唐朝是活生生的一面镜子。今日之形势,崇祯想中兴,已不可能。但明朝二百七十年的江山,也不会马上覆亡。依在下看来,经此大乱之后,明朝还可苟延残喘几十年,甚至上百年也说不定。唐朝'安史之乱'以后就是这种状况。而整个中华必然是群雄割据,各霸一方。朝廷则各个给以封号,作为羁縻之策。我们只要有几十万雄兵在手,朝廷纵然心怀疑忌,也莫奈我何。到那时,何愁不封侯封伯,长享富贵? 此乃上策,请将军决断,不要坐失良机。"

曹操沉思不语。吉珪想起早上他们一起出外视察时曾经谈起的破敌之策,又说道:

"现在我们去闯王那里议事,请大将军随便敷衍几句,不要将我们今早商量的破官军之策全说出来。"

曹操仍在思索。关于他和吉珪商量的破官军的良策,到底说不说出来,他还拿不定主意,但是他也没有拒绝吉珪的劝告,只是轻轻地点点头,说道:

"我们去吧。"

第十二章

　　这时已近中午,在岳王庙东偏院的道房中,李自成、刘宗敏和宋献策正在那里等着曹操和吉珪。小院内外站着几个兵将,不许闲人入内。李自成同刘、宋二人已经密议了好久,对这一仗应该如何打,做了初步决定,为着尊重曹操,他们还是请他和吉珪前来商议。当曹操和吉珪来到时,他们赶快起身相迎。坐下之后,李自成用平静的声音说:

　　"现在我军已经占了地利。我们抓到了不少俘虏,问明了一些情况,可以断定官军总数有十七万左右;打宽一点,算作十八万吧。朱家朝廷一次会合这么多人马到一个战场上,这可是头一遭啊!"

　　他分明对眼前的一切事胸有成竹,微微一笑,向大家扫了一眼。看见大家都同意他对官军人数的估计,接着说道:

　　"左昆山是有经验的大将,如今他是平贼将军,手下实际带兵打仗的总兵和副将有好几个,人马有十二万。丁启睿和杨文岳合起来有五六万人。杨文岳虽然是我们的手下败将,可是他手下的总兵官老虎……"

　　刘宗敏插言:"狗熊!"

　　自成笑一笑,接着说:"且不说是狗熊还是老虎,就是这位虎大威吧,也是有打仗经验的总兵官。从昨天夜间这一仗看来,官军的士气也比往日高。大敌当前,我们可不能吃了'轻敌'二字的亏。一定不能轻敌!我们说起来有几十万人马,可是咱们自家心中明白:战兵毕竟不多。如今这一仗究竟如何打,我想听听大将军和吉先生的高见。"

　　闯王说罢,刘宗敏和宋献策都催促曹操说话。吉珪向曹操使

了个眼色,希望他不要把妙计和盘托出,但曹操在路上已经盘算定了,这时他露出很有把握的微笑,说道:

"据我看来,要战败官军不难,只要我们善于用计,可以不费多少力气,就叫它全军溃败。"

闯王笑道:"汝才,你是有名的曹操,足智多谋。既然有妙计在心,就请你赶快说出。你说我们如何能不损失兵将获得全胜?"

"完全不损失兵将,那也很难,打仗总得有死伤。我的意思是:我们可以死伤甚少,获得全胜。这是上策。下策是死拼硬打,将敌战败。"

闯王点头说:"好,好。你再说下去。"

吉珪又向罗汝才暗使眼色。汝才没有理会,继续说道:"如今官军人马虽多,也比往日能战,可是它有必败之点,容易被我利用。丁启睿、杨文岳、左良玉这三支人马,实是勉强合在一起,当年左良玉仅仅是总兵官的时候,尚且骄横跋扈,不听调遣;如今已是平贼将军,地位崇高,岂肯把丁、杨之辈放在眼里?尽管丁是督师,杨是总督,其实不能拿他怎样。这三股人马是三股搓不拢的绳,不是一股绳。他娘的,我们就抓住他们的这个弱点,使他们败在我们手里。我们今天可以暂且不向敌人猛攻,只须稍用挑拨之计,再加军力威压,几天之内,敌人必有内变,那时我们再全力猛攻,就可以不经多少恶战,把敌人全部收拾。"

听到这里,吉珪心里一凉,又盯了曹操一眼,那意思是:"你怎么能说出这样的话来!"

但曹操没有看他,继续说下去:"要使敌军自乱,并不困难。"

宋献策点头说:"当然,我们可以挑拨离间,使他们互相猜疑。"

曹操笑道:"闯王和你们都是足智多谋的人,这挑拨的办法,就不用我多说了。我现在要说的是一条十拿九稳的小计,只要依计而行,准可以使官军全军自溃。"

闯王赶快问:"什么妙计?"

曹操不理睬吉珪的眼色,回答说:"这朱仙镇和水坡集之间有一条河,如今干旱,河水虽然不大,却十分重要。如果没有这条河,官军十七八万大军饮水就没有来源了。光靠打井,不能供应十七八万人和上万匹战马、上千匹骡子。这条河从西北流来,先经过我们这里,然后才到水坡集。要是我们在上游三四里处截断了这条河,使河水不向东南流,官军就没有水喝。如此干旱天气,又如此炎热,人马饮水困难,加上我们用大军一压,必然不战自溃。"

大家听了都纷纷点头。宋献策暗想:"英雄所见略同,老曹果然非同一般!"

罗汝才又说:"另外,官军此来所带粮草不多。昨夜郝摇旗到处烧麦子,今天我们还可以继续这么做。在官军营垒周围十里到二十里之间,把田间没有割的麦子全部烧光,树木也烧毁,使官军野无所掠,不但没有水喝,也没有粮食吃,没有柴烧,不出三天,必然会乱起来。那时他们内有军心自乱,外有大军相逼,官军不溃逃,我曹操头朝下走路。乘其溃逃之时,我们前堵后追,岂不叫它全军覆没?"

闯王跳起来,狠狠地在大腿上拍了一下,双手抓住罗汝才的肩膀,大声说:

"汝才,你说得好,说得好!我们刚才商量了一阵,也是这个意思,可见我们心中的锣鼓都敲打到一个点子上了。好哇,老曹!"

罗汝才哈哈大笑,望了吉珪一眼,说:"我就知道大元帅,还有军师、捷轩,一定会想出这步好棋的。"

闯王又转过去问吉珪:"子玉有何妙计,也请说出。"

吉珪的心中不快,却赶快赔笑答道:"刚才我们曹帅已经都说了。他所说的也正是大元帅所想到的,请大元帅斟酌采用,全胜不难。我没有什么可说的了。"

闯王说道:"今天早饭以前,我们宋军师沿着河流向上走了几里,已经看好地方截断河流,把水引向河北洼地,汇成一片湖泊。另外要挖几道沟,将水引入我军营中,供大军饮用。目前炮台也正在赶筑,对左营的炮台特别要修得快一些,高一些。为了牵制官军,我又命郝摇旗率领两千骑兵、三千步兵到水坡集的东边、西边和南边,烧毁田间麦子,扰乱官军。如大队官军来,他们便退;如小股官军来,便将它剿灭。现在就请曹营也派出五百骑兵和两千步兵,协同摇旗,使官军不得安宁,既不能打柴,也不能打粮。"

曹操说:"这容易。我回营去马上就把人派来。不知大元帅还有什么吩咐?"

"如今有一个困难,就是我们的兵力不足。兵法上说:'十则围之'。我们虽然号称数十万,战兵不过十几万。我们的弱点也并不少。既要对付援军,又要对付开封城内的兵勇,两面迎敌,对我们十分不利。我想,目前在阎李寨留守的二万人马,恐怕必须调来,兵力方够使用。可是阎李寨留有十几万随营眷属,各种工匠,还有许多粮食、辎重,未曾运走。人马调来后,眷属们和工匠们自然跟着前来,可粮食、辎重怎么办? 我还没有想出妥善办法,请大家都想一想,如何处置。"

刘宗敏说:"辎重、粮食十分重要,我看留守阎李寨的人马还是暂不调来为好。"

宋献策想了一下,说:"可否调来一半,留下一半守寨?"

吉珪起初一直不愿多说话,现在知道大计已定,虽然心中失望,也不愿继续做出冷淡的样子,听了宋献策的话,他就摇摇头说:

"如今正是紧要关头,丢了粮食,以粮资敌,确实大为失策。但目前驻守阎李寨的人马都是一功将军率领的精兵,我们也有几千精兵在那里。依我看,调来两万,留下几千精兵守护阎李寨,也就够了。"

曹操点头说:"五千人死守几天,大致还可以。"

说罢,大家都望着闯王,等他决定。闯王默默地想了一阵,忽然目光炯炯,露出一种刚毅的神色,果断地说:"不,一个兵也不留,我的两万精兵和你的几千人马全数火速调来!"

吉珪说:"大元帅如此决断也好,那就应该将运不及的粮食草料、各项辎重全部烧毁,不可资敌。"

李自成微微一笑,胸有成竹地说:"烧屯么?……不用烧了,能带的尽量带来,带不来的粮食和军资送给开封守城的军民作礼物吧。"

大家听了,一齐吃惊,互相看看,又看看总哨刘爷。刘宗敏想了一下,也不明白,随即摇摇头,对自成说:

"嗨,有几万担粮食啊!恐怕会有万担以上粮食仓猝间没法带来;不烧掉岂不是白白地送给敌人?还有许多金银财宝也没有运完呢!你这样做是什么意思?"

闯王笑着说:"这次要大方送礼,不可小气。我已经下定决心,不惟一部分粮食要留下,那金银财宝也要留下一部分,送给开封军民。俗话说:舍不得娃子逮不住狼。如今我们要下狠心,扔掉这些东西。"

宋献策明白了闯王的意思,也笑道:"此即所谓'欲取之,姑予之'。"

闯王点点头,又说道:"事后就可看出我们并不吃亏。让开封人去搬那些粮食辎重吧,只要他们不来朱仙镇,不从背后纠缠我们就好了。现在时光紧迫,我们就不再深谈了。汝才、子玉,你们回去休息吧。兵力如何布置,等会儿捷轩会去你们那里详细商议。我还要到谷子杰那里看一看,那里十分重要。"

曹操和吉珪刚走,闯王就向外边问了一句:

"二虎来了么?"

"来了!"

从夜间直到天明起雾的时候,义军一共俘虏了三四百人,这些人多数是丁启睿和杨文岳麾下的官兵,也有一部分是左良玉的部下。左的人马是将近黎明时才赶来朱仙镇寨内增援的,同义军接战不久就起了大雾,所以被俘的人比较少。这些俘虏中约有三分之一受了伤,有些受伤还不止一处,可见官军初到这里,也有相当的锐气。战斗一结束,刘宗敏就下令将所有的俘虏集中到一起,交给刘体纯看管,听候发落,并命刘体纯从俘虏的口供中探明官军的实在情况。

现在李自成又把刘体纯找来,悄悄地嘱咐了一些话,要他照办。他对于刘体纯的机警聪明,素所深知,但目前这件事情关乎大局,他惟恐刘体纯未听明白,问道:

"二虎,我的用意,你可都明白了?"

"明白了。一定遵照大元帅的指示去办,请大元帅放心。"

闯王满意地点点头,说:"去吧,下午我要见到左营的那个军官。"

刘体纯走后,闯王让宋献策留在朱仙镇协助刘宗敏部署军事,自己便带着双喜、吴汝义和三百名标营亲军去看谷英。谷英驻守在距朱仙镇十五里的通往开封的大道上。闯王察看了他们在仓促中修筑的营垒,感到这座营垒虽然截断了大道,但面对开封的那一面还不够坚固。他指示他们要挖两道壕,壕岸上要多设一些堡垒,谨防开封的官军冲过来。正说话间,一名小校和一群士兵押着一名敌人的军官和十个士兵来见谷英,还拿着从这些敌人身上搜出的公文、令箭、腰牌。李自成心中喜出望外,用平淡的口气向小校问道:

"从哪搭儿抓到的?"

小校回答:"我们奉谷爷的将令,往东去走了十几里,埋伏在一个临大路的村庄里。这几个货绕道从那里往开封送公事①,正好冷不防落到我们手中。"

为首的军官虽然不认识闯王,可是看见众将围随闯王以及闯王的神气,说话的声调,料定他必是义军中的大人物。他赶快跪下,说:

"小人由丁督师大人差往开封送紧急公事,不想给你们义军兄弟捉到。请将军手下超生,饶小人一命。小人吃公家饭,受公家管,奉上头差遣前往开封下书,别的事全然不知。"

––––––––––

① 公事——口语中将公文叫做公事。

闯王下令剥下他们的衣服,帽子,给他们东西吃,严加看管,不许逃走一人。然后,他同谷英走到附近一棵大槐树下,屏退左右,小声说道:

"子杰,事有凑巧,该我们打胜仗了。我正盼望你在这里能捉到一个往开封送公事的官军,果然老天看顾,使我如愿以偿!"

"闯王……"

李自成接着说:"丁启睿的火急书信是送给河南巡抚高名衡的,说在三天以后,他同保定总督、平贼将军所率二十万人马将同我们在朱仙镇决战,要开封城内的官军义勇做好准备,只等火光一起,炮声一响,立即由陈永福率领出城,前后夹击我军,共奏大功。"说到这里,他笑一笑,又嘱咐说:"今日捉到俘虏的小头目和弟兄们,都给重赏。对捉到俘虏这件事,严禁外传。丁启睿的书信我带走。官兵的令箭、衣帽、腰牌要命令专人严密保管,一件不许丢失,也不许叫多人看见。"

李自成在谷英处吃了午饭,差一名亲兵往朱仙镇李岩营中,通知李岩速到驻扎在刘庄的大元帅行辕听令,另外差一名亲兵去通知田见秀在堵塞贾鲁河完工之后,速到刘庄见他。然后,他又向谷英嘱咐几句话,便赶快上马走了。

在朱仙镇西边五六里远的地方,贾鲁河已经在上午被田见秀率领的将士们拦腰截断。河水向西北不远处的一片洼地倒灌,渐渐形成了一个新的湖泊。因为这一带没有山,没有石头,两三千将士就用在附近村子里所能找到的筐子、篓子、麻袋、草包……在里面塞满黄土,一个一个地堆在河身的较窄处,截断河流。他们一边截流,一边开沟将河水向西北方的洼地引导,使新筑的拦河坝容易完成。同时,河南岸凡是容易决口或溢流的地方,都用土堵塞牢固,而一条通向朱仙镇方面的主要渠道也同时有将士挖掘,大部分利用原有的小沟和低洼地方。另外有许多地方,将士们正在挖修小渠,准备将干渠中的水引向各个驻地。

如今截流处土坝西边的河水在逐步逼高,西北面洼地形成的小湖在逐步扩大。对于闯、曹大军来说,这不仅是迫使敌人溃败的一个妙计,而且在这干旱的平原上,忽然出现了小湖和水渠,多么的令人高兴!这样新鲜事儿,老将士们在跟随李闯王起义的十多年中还是头一次看见!

许多将士站在水边观看。很多人在河边、小湖边和渠边饮马。许多将士脱得精光,跳进河中和小湖中洗澡,玩水,一片欢快。

田见秀从上午起就同将士们一起挖土,抬土,挑土。他一边杂在小兵们中间劳动,一边指挥全部工程的进行。他手下的将领们和左右人们因为他已经是四十多岁的人,又是大将地位,天气炎热,几次劝他不要同弟兄们一起干挖土和挑土的卖力活,只坐在凉快地方指挥就行。但是他一概不理,一直抢着干活。他和士兵们一样,光着上身,汗水不住地从脊背往下淌,整个身子好像从水中捞出来的一样。他打着赤脚,裤子卷到膝盖上边,连裤子也完全湿了。午饭是在工地上吃的。吃过饭,他同将士们稍稍休息一阵,继续干开了。

当工作完成以后,田见秀同将士们分散到河里和小湖里洗澡。驻扎在附近的曹营将士也有几百人在河中洗澡。有几个二十岁上下的小伙子,因见河水中间涨到胸脯以上深,快活地吹嗯哨,嚷嚷叫叫,互相泼水,还有的用笨拙姿势浮水,双脚打得水面扑通扑通响,水星四面飞溅。田见秀就坐在离他们一丈左右的河边浅水处,面带微笑,搓身上的灰垢,几次被他们弄起的水珠打到脸上。他的亲兵头目带着亲兵们为了保护他,坐在他的左右,相距不过四五丈远,一边洗澡,一边留神他的安全,并等候他随时呼唤。亲兵们几次显出怒容,想把那几个小伙子赶到远处。田见秀注意到他们的神情,用眼色阻止了他们。亲兵头目来到他的身边,问道:

"将爷,我替你搓搓背吧。"

"不用。不要让那些小伙子看出我同大家不一样,使他们玩得不痛快。"

"不过他们打闹得太不像话了。让他们知道是谁在这里洗澡，他们就安静了。"

田见秀笑着责备说："何必那样？我要是不跟随闯王起义，还不也是个普普通通的小百姓？你们何必要我在这些小伙子跟前摆出身份？"

"可是，咱们老府，如今没有一个将领像你这样没有一点儿架子！"

"还是保持本色好。"他笑一笑，接着说，"有朝一日，闯王坐了江山，天下太平，我解甲归田，或自耕自食，或出家为僧，还不是同乡下老百姓一起生活？"

亲兵头目笑着问："将爷，你常常这么想，到时候闯王能放你解甲归田或出家么？"

田见秀说："我如今虽未出家，却是佛门弟子，视富贵如浮云。人各有志，闯王也勉强不得。"

"到了那时，我们这班跟随你多年的将士怎么办？"

田见秀又笑了，轻轻说："你们安心打仗。日后天下太平，我不会要你们跟随我到深山野寺去。闯王自然会论功行赏，给你们荣华富贵。"随即他挥手使他的亲兵头目退走。

一个小伙子在水中玩够了，来到田见秀的身边，开始搓身上的灰垢。他看见田见秀相貌和善，没有官儿们的威严神气，也没有亲兵侍候，搭腔问道：

"老伙计，你是个火头军还是马夫？"

田见秀笑着回答："我是马夫。"

小伙子望望他身上的创疤，惊叹说："老伙计，你挂的彩不少啊！"

"跟随李闯王南征北战，打仗是家常便饭，还能不挂几处彩？"

"大元帅的老营中有一个马夫头儿叫王长顺，大大有名。你认识他么？"

"认识，认识。他是我的顶头上司。"

"你身上挂过多处彩，又是王长顺的老伙伴，日后大元帅坐了天下，你就跟着享福啦。"

"我这块料，大富大贵没有份儿，总会有碗饭吃哪。"

小伙子亲昵地恳求说："我搓不到自己背上，咱俩换替搓搓好不好？来，我先替你搓。"

"我自己已经搓净了。来，兄弟，我帮你搓一搓。"

小伙子高兴地说："你是个好人，我就不客气了。明天若是没事，我们还来这里洗澡，我先替你搓背。"

田见秀笑着点点头。小伙子移动到他的前边，开始让他搓背。田见秀的亲兵们都吃惊地望着这件事，而亲兵头目想站起来骂人。田见秀带着快活的笑容，赶快向亲兵们使眼色，不许他们大惊小怪。随即亲兵们互相看看，也暗暗发笑。当田见秀替小伙子将脊背搓净时候，听见岸上有人叫他的亲兵头目的名字。他回头望望，心中明白，在小伙子的背上拍一下，说："搓净啦，小兄弟。"小伙子向他笑着点点头，又顽皮地做个鬼脸，随即窜往深处，扎个猛子，在河中心冒出头来，向下游游去。田见秀赶快上岸，擦干身子，穿好衣服。亲兵们比他先上岸，早已穿好，并且已经从树荫中牵来了二三十匹战马。那个小伙子站在水中，望着他在一大群亲兵的护卫中策马而去，想着自己惹了大祸，完全呆了。

李自成回到老营时，李岩已经在等候着他。他向李岩介绍了已经决定的破敌方略，笑着问道：

"林泉，你看如何？"

李岩称赞道："很是周密。只要左昆山全军溃败，丁、杨两军就跟着溃败了。"

闯王说："我们要逼迫老左向许昌那条路上逃，落入伏中。如今有一件事情，只有你去办最为合适，不过得要你辛苦一点，率领你的人马火速动身。迟了怕来不及。"

李岩恭敬地回答说："请大元帅吩咐，我立刻去办。是不是要我们在杞县、陈留之间截断官军的退路？豫东将士久思为闯王效力一战，今日正是时候。"

闯王笑道："早上郝摇旗来请战时，你正同我在一起，怎么现在连你也耐不住了？这次确实要你率领豫东将士去建立大功，可不是到陈留、杞县去。那方面只需要一支疑兵，我派遣另外人去。"

李岩的心中已经明白是要派他往西南方面，说道："请大元帅吩咐明白。"

"我想快则三天，慢则五天，官军必有大队人马往许昌一带逃去，直奔南阳，或奔往郾城、信阳。现在就要你同德齐带着你们的人马往尉氏一带，打开几个寨子，用搜罗到的粮食赈济饥民，向百姓宣扬我们义军的威德。并让他们准备好棍棒、锄头、刀、枪，如有溃散的官军经过那里，就让他们随处截杀，为过去遭受官军残害的父老兄弟姐妹们报仇。就是这件事情，请你斟酌去办，办得越快越好。困难的是，还不许使水坡集一带的官军得到消息。"

"是！我一定遵办，赶快把事情办好。倘若官军从那里逃走，豫东将士奋力截杀，老百姓也定会揭竿而起，为他们自己报仇。"

"好吧，事不宜迟，请你率领自己的人马，立刻前去。"

李岩匆匆走了。为着有机会使他的豫东将士一显身手，他的心情振奋；但是他暗暗担心，闯王命他做的事距水坡集的十七万官军并不远，要使官军毫无所觉，实不容易。要是官军得到消息，怎么好呢？

李自成将李岩送走，想趁着田见秀来到之前处置那个左营军官的事，回到他的大帐中等候，却看见刚从阎李寨随同老营人马和健妇营移驻刘村的高夫人红着眼睛进来。他不禁奇怪，忙问道：

"什么事情这样伤心？你是很少掉眼泪的啊！"

"刚才二虎押来了一个敌人的军官，你先把这事处理完了，我再同你谈吧。"

闯王一听刘体纯押着军官来了，便顾不得再问高夫人伤心的原因,说道:"哦,这是一件重要事情,你派人去把左小姐请来。"

高夫人已经从刘体纯那里知道了闯王的计策,回答道:"左小姐早已请来了,在我的帐中等候。她听说从左营来了人,可以给养父带个口信,十分高兴,流下了眼泪。"说毕,她就命一个女兵去请左小姐。

左小姐今年虚岁十七,高挑身材,脚步轻盈。不足一年的闯营生活,使她的举止神态都有显著变化,不再像一班千金小姐们那样喜爱浓施脂粉,绫罗艳装。她常跟慧英等做伴玩耍,也从她们学习武艺。眼下因有大战,所以她戎装佩剑,脚着马靴,以防不测事变。高夫人派给她的十名女兵不但都是戎装佩剑,还身带劲弓羽箭,随时准备战斗。慧英在帐门口一声禀报,左小姐在女兵和丫环的簇拥中走到帐外。众人留步。她带着乳母进帐。她先向闯王行礼,叫了一声"干爸",又向高夫人行礼。高夫人一把将她拉在自己身边坐下,笑了笑,说道:

"你干爸叫你来,就是要你见一见从左营来的那个军官。你有什么话都可以对他说,让他回去启禀左帅。左帅知道你在这里平安无事,就会放心了。"

左小姐点点头,眼泪不觉滚了出来。

随即闯王一声吩咐,被俘的军官被带了进来。这个军官虽然只是一个千总,但仪表倒很神气,穿着左营的衣甲,头戴铜盔,腰挂宝刀。进帐以后,他先向闯王跪下磕头。闯王笑道:"你快见见你们的小姐吧!"这军官又向高夫人叉手行礼,然后才在左小姐面前躬身说道:

"问小姐的安。"

闯王命他坐下,然后笑着说道:"我们将你俘虏过来,待你还算不错吧?听说在战场上弟兄们也用绳子将你绑了,有点儿无礼,随后知道你是左营的军官,立刻松绑,以礼相待。你的盔甲宝剑,全都找到,还给你了。我的爱将刘德洁还用酒肉款待了你,好嘛,不打不相识,一打倒成了朋友!"

由于他说话的口气亲切，幽默，在场的人们都无声地笑了。那军官赶快站起来，恭敬地说：

"多谢钧座大人不杀之恩。"

闯王接着说："坐下，坐下。你同我手下的刘将军素昧平生，同我也素不相识。我们这样待你，只因为你是左帅手下的人。你也知道，我军昨夜俘了丁、杨两营的官兵，如何对待？俘了左营的官兵又如何对待？大不一样！"

"是，是。这些事，鄙人都看在眼里，心中清楚。鄙人回去之后，一定向左帅大人如实禀明。"

闯王接着说："我同左帅虽在两军对阵，可是我们之间并无私仇。两军阵上，我与左帅各行其是，双方将士各为其主，当然要互相厮杀。这也只是因为我为老百姓替天行道，左帅为崇祯尽忠效力。说到底，我同他前生无怨，今世无仇。为着留日后见面之情，我下令不许伤害你们左营被俘的人，不管是官是兵，一律放回。"

高夫人插话说："打开商丘的时候，闯王下令对侯府加意保护，不许骚扰侯府一草一木，也是给你们左帅留的情面。"

闯王接着说："我派人从南阳卧龙岗将你们左小姐接来，只是为着从南阳往襄阳的路上太不平稳，探知有大股土寇准备在半路劫走小姐，我担心她遇到凶险。将她接来之后，我待她像自己的女儿一样。她是我的义女，我是她的干爸。"李自成愉快地笑起来，又接着说："你看，我同左帅，论公事是敌人，论私情却是亲家！"

李自成哈哈大笑，引得左右的人们都忍不住笑了起来。那位左营的军官被帐中的愉快气氛所感染，脸上堆着既惶惑又感动的笑容，暗中打量左小姐、高夫人和乳母等人的笑，都不是假装的。关于左小姐的事，他只曾风闻，今日亲见，心中不胜惊奇。尤其是李闯王的平易近人的态度，娓娓动听的家常话，更使他心中惊奇："就是这人，嗨，眼下正指挥着数十万大军作战！"他又一次站起来，恭敬地说：

"我家小姐如此受闯王和夫人厚爱，平安无恙，鄙人回去后一定如实禀报,请我们左帅大人放心。"

高夫人说:"我同闯王,将左小姐当亲生女一样看待。原来跟着她的乳母、丫环、婆子,一个都没有伤害,仍然跟在她身边伺候。另外我挑选了十个女兵专门保护她,听她使唤。尽管军中比较艰难,可是每到一地,总是先把她的军帐搭起,让她早早休息。我们军中的妇女全是骑马,不许坐轿,可是老营中特意为左小姐备了一乘二人抬的小轿,六名轿夫替她轮流抬轿。行军时候,她高兴骑马就骑马,高兴坐轿就坐轿。一切吃的用的,都尽量照顾。"

李自成笑着说:"你家小姐刚来到我们军中时,还有点不习惯,如今就以我的老营为家了。她会把我这里的情况告诉你,你要记清,回去后老老实实向左帅回禀。我还有事,不能再说别的了。"

李自成走后,高夫人也自称有事,离开了闯王的大帐。在大帐中,陪着左小姐的只有她的乳母,另有三四名备呼唤的女兵侍立帐外。左小姐向左营的军官重新打量一眼,生怕不真,问道:

"你贵姓?是我父帅手下的什么军官?"

军官欠身回答说:"卑职姓刘名忠武,是平贼将军麾下的一个千总。"

"你是怎样被俘的?"

"回小姐,卑职今日五更奉命率五百步兵增援朱仙镇寨内官军,在大雾中与一同进寨的友军失散,看不清楚,被闯王的义军包围俘获。他们因知我是平贼将军大人的部下,不加伤害,用酒肉款待,发还了我的头盔、绵甲、战袍、宝刀。被俘的弟兄们也不伤害一人,已经全数放回了。"

左小姐与乳母交换了一个眼色,想着此人决非冒充的,心中猜不透闯王的用意。她分明知道闯王正在调兵遣将,许多人马从这座村庄附近经过,不知开往何处。总之闯王一心要将她养父的左家军一战杀败。她还明白,在如此干旱炎热的天气里,贾鲁河已被截断,官军十分缺水,闯王要逼迫以她养父为主的二十万官军不战自溃,然后将官军杀得七零八落,可是她猜不透闯王为什么放这个左营军官回去,不怕泄露军情,还要让这人同她见面。眼下不管闯王用的是什么计策,也不管一两天内的大战会有何结局,她养父的吉凶如何,只好将这些盘结在她心上的疙瘩撂在一边,愁眉不展地向被俘的军官问道:

"刘千总,俺父帅的身体可好?"

"请小姐放心,镇台大人的贵体很好,这一年多来稍微又发福①了。"

"俺哥哥可好?"她问的是左梦庚。

"少帅也很好。少帅目前也是副将职衔,蒙朝廷记功两次,如今随镇台大人襄办军务,不离左右。"

"如今也来到朱仙镇了?"

"在水坡集军中。"

左小姐因想到与父兄相距不远,却不能见面,暗暗心酸。停一停,她又问道:

"你可知道有一位丘将军的消息?"

军官知道左小姐问的是她的本生父亲丘磊,与左良玉是生死患难之交,从容答道:

"听说丘将军如今在山东一带,也是副将职衔,不日要升总兵。"接着,他又胡诌一句:"还听说丘大人常有书信给我们镇台大人,详情我不清楚。"

左小姐心中激动,用袖头揩去涌出的热泪,说道:"你回到俺父帅营中,一定要如实禀告父帅:俺在这里一切都好,闯王夫妇都把我当女儿看待。务恳父帅放心,不要以我为念。"

"我回去后一定如实禀报,请小姐宽心。"

左小姐已觉无话可说,向乳母望一望,用拿不定主意的眼神问道:"把东西拿来?"乳母明白了她的意思,起身走出大帐,低声对一个丫头有所吩咐。大帐中暂时沉默。军官刘忠武一则对左小姐无话可说,二则他猜不透是否真正放他回去,也猜不透李闯王在军事

---

① 发福——对成年人的发胖的奉承说法。

如此紧张中安排他同小姐会面,到底葫芦里卖的什么药。看出来左小姐将有什么东西给他,他不便问,在沉默中等候。

过了片刻,一个丫头取来一个用锦缎包着的小盒,双手呈给小姐。小姐没有接,轻声说:

"你打开来,请刘千总当面过目。"

丫环将东西捧到千总面前,解开锦缎包袱,露出一个红漆小盒;又打开盒盖,默默地递给千总。军官接到手中,看见里边装着一只翡翠簪子和一对玉镯。他正觉莫名其妙,左小姐用带着哽咽的声音对他说:

"这是我母亲的遗物。她老人家亡故以后,这两样首饰一直留在我的身边,不敢遗失。从前常听俺先母言讲,这是俺父帅做小军官时买来送给她的,所以她老人家说,看见这些首饰很难忘当年的患难恩情。你把这首饰盒带回去交俺父帅,可不能在路上遗失啊!"

"请小姐放心。只要闯王放我回营,……"

左小姐突然不能够控制自己,涌出热泪,哽咽说:"你回去启禀俺父帅,就说我叩请父帅大人金安,日夜都在思念他老人家;我终究要回到他的身边行孝,请他放心。俺闯王干爸已经说过,他同俺父帅无仇,实不愿兵戎相见。不得已同左家人马打仗,并非他的心意。闯王干爸愿意送我回去,等打过这一仗就好办了。你,你走吧。"

刘千总看出来,分明小姐还有许多话不能说出,他自己也不敢与小姐在一起太久,赶快将首饰盒揣进怀中,叉手告辞。恰在这时,闯王和高夫人回到大帐,吴汝义跟随在后,分明是刚处置了重要事儿。刘千总躬身向闯王辞行,并询问还有什么吩咐。闯王说:

"你回去禀告左帅,请他不用挂念左小姐,我不日将送她回去。你还告他说,我心中对他颇为仰慕,可惜无缘一见。只要他从水坡集撤兵南去,我决不派兵追赶。"

刘千总唯唯遵命,跪下去向闯王叩头,又站起来向高夫人叉手

行礼,重新向左小姐行礼,也向吴汝义辞行。闯王对吴汝义说:

"他是左帅的人,小心派兵保护。等黄昏后送他过朱仙镇,务使他能够回到左营,不令多人看见。"

吴汝义带着刘千总走后,左小姐向闯王和高夫人行礼辞出。高夫人为着她听到的那个坏消息,急于要同闯王说几句话,未出口眼圈儿先红。正要说时,田见秀来了。她知道闯王叫玉峰来十分重要,便把要说的话咽回肚中,对闯王低声说道:

"你们先计划打仗的事儿吧。"

李自成屏退左右,把整个军事部署告诉了田见秀。见秀一边听一边点头。李自成然后说道:

"玉峰,我们这一仗,一定要消灭左良玉。将他一消灭,朝廷在河南和湖广一带就无能为力了。你眼下就出发,率领五千骑兵,火速去到尉氏境内,估计一下,官军溃退时大约要经过哪些地方,将那里的大路截断。有些地方要挖深沟拦断去路,有些地方要布置疑兵。这些事情都得在三天内办成。我知道你一向身先士卒,与部下同甘苦,所以此事只有你去办,我最放心。"

田见秀十分高兴,说:"此事我一定会办好,决不会让他们从大路上轻易逃走。"

闯王又叮嘱说:"此事办成以后,你一定要马上派人告诉我。我得到你的确切消息后再向官军猛攻。"

田见秀匆匆离去。闯王忙了一天一夜,这时方才缓下一口气来。他见高夫人仍在旁边,刚想询问她何故伤心,忽然吴汝义进来禀报说:

"曹帅命人绑了一个士兵送来,请大元帅从严治罪。"

闯王十分诧异,忙问:"是怎么回事儿?"

"他们只说请闯王治罪,我也没有来得及多问。听说跟玉峰有关。"

闯王更觉奇怪,便走出帐外来看,果然看见曹营的一个小将和

几个士兵押着一个被五花大绑着的士兵。那小将一见闯王,便跪下说:

"启禀大元帅,这个兵新来不久,不认识田将爷,方才很是无礼。本来要请田将爷治罪,可是他已骑马走了,不敢再打扰他。我们大将军原说:找不到田将爷,就送到大元帅这里,请大元帅依法从严治罪。大将军还说:他平时对下边管教不严,也有罪。"

闯王问道:"到底为了什么事情!这个小伙子有什么罪啊?"

"回大元帅,事情是这样的,这样的……"

曹营的小将把这个小伙子如何在河中洗澡、如何叫田将爷替他搓背的事细述一遍,然后说:

"请大元帅从严处分,该杀就杀,该打就打。"

闯王不觉失笑,望着吴汝义说:"你瞧,大将军给我出了一个大大的难题,怎么办呀?"

吴汝义一时没解开他的意思,说道:"看在曹帅的面子上,处分他二十鞭子,不必重罚得了。"

闯王忍不住哈哈大笑,说:"子宜,你也糊涂了!玉峰的秉性脾气你也忘了?他对老百姓和对自己手下的人就是那么个好人,都说他是活菩萨。要是他如今在这里,也会大笑起来,决不会治这个小伙子的罪。"随即他对曹营的小将说:"立刻将他松绑。他不认识田将爷,这又何妨?以后再碰见田将爷时,赔一句不是就行了,不要在意。今后要好好杀官军,争立功劳,这比什么都要紧。你们走吧。"

说了以后,他就退回帐中,这才问高夫人:"究竟出了什么事情,你赶快告诉我。"

"我刚才到健妇营去,那里听到从小袁营逃回的人说,慧梅已经自尽身死。"高夫人说着,眼圈又红起来。

"此事当真?"

"据说那逃回的人也是听别人说的。听了这个消息后,红娘子和许多姑娘们都哭了起来。我也为此伤心。你们为着打江山,笼络人,把一个好端端的姑娘送往死地,如今落到这个下场!"

闯王心中凄然,勉强安慰道:"既是传闻,就不一定十分真确。小袁营以后一定要剿灭,可是目前还不到时候。如今我得操心打仗的事,等打完这一仗,立刻派人去查探慧梅的生死下落。"

高夫人叹口气说:"如今打仗要紧,你操心这一仗吧。"

第十三章

这几天在水坡集和朱仙镇一带正是人们常说的"大军云集"，几十里以内都是人马，而老百姓少得可怜，尤其是水坡集那边，几乎所有的男女老少都逃空了。极少数未能逃走的，也都被官军抓去，替他们干苦活。

官军以水坡集为中心，面对着朱仙镇，修筑了许多营垒，营垒外又掘了壕沟。所缺的是，由于这里树木不多，未能在壕外用大量树枝堆成障碍。从整个战场形势来看，官军处在不利地位。义军在西北、正北、东北三个方面集结了三十多万人马，其中精兵有十万以上，以压倒的优势对官军形成了半圆形的包围。在地形上，义军所占的地势较高，而官军占的地势较低。

起初，官军士气还是可以的，因为他们毕竟有十七万人马，号称二十余万。在第一夜的战斗中只是未能占领朱仙镇，失去了地利，人马损失不大，并没有影响大军士气。第二天下午未时刚过，官军就发现河水断流，只有在河床的低洼处还停聚着一些死水，但都不深。这使他们大吃一惊，人心顿时浮动起来，各营士兵都跑出来抢水，有的用水桶，有的用木盆、瓦盆。水一下子就被抢干了。他们又开始掘井，却只有一部分井掘到了水。有些井，掘了二三丈深，还不见水；更有些井，掘了一半，竟塌了下去。由于井少人多，开始提上来的水还比较清，提到后来就是混浊的泥汁儿。这里没有白矾，无法使浑水澄清，他们就只好用这样的泥水饮马、做饭。到最后，泥水也提完了，士兵们只得又在别处重新掘井。在抢水的过程中，发生了许多起互相斗殴甚至互相杀伤的事件。

当天黄昏后，丁启睿趁着月亮尚未出来，偕同左良玉到水坡集西北面巡视了与义军相持的一部分战场,希望能发现敌人营垒的弱点或防守疏忽之处,以便于五更前派出一支精兵去破坏截断河流的堤坝。但是水坡集与堤坝之间有义军两座营寨,防守严密,无隙可乘。他站在高处望了一阵,失望而回,已经是快到三更时候了。

官军在水坡集的驻地,经过午后重新调整:丁启睿因为他位居督师之尊,兵力也弱,驻扎在水坡集寨内和寨外东北一带,左良玉人马最强,驻扎在水坡集的正北,直接面对朱仙镇,东西数里。刚才丁启睿与左良玉暗中巡视的战场,大部分都在左良玉的防线附近。杨文岳虽然人马较少,但因为火器较足,黄昏时由水坡集的东北边调到水坡集的西北边扎下营寨,与左军的左翼衔接,而他在水坡集东北空出的位置则由左兵填补。整个战场形势,左良玉担负的责任占十分之六七,而且是面对着义军以朱仙镇为大营的主攻力量。就官军方面说,督师和总督的两支人马都是依靠左军为"长城"。这种形势,使左军所受的压力最大,同时也使左良玉对督师和总督更加轻视。

巡视回来,丁启睿认为局势严重,邀左良玉就近同到水坡集西门外杨文岳的老营,连夜密商军事。杨文岳因为有一件机密大事,正要去见督师。因为左良玉与督师同来,他只好暂不提起。

应该参加最机密军事会议的少数重要将领和幕僚,是在丁启睿巡视回转的路上就派人分头传知的,所以很快就骑马来到了。会议一开始,丁启睿先将眼下的严重局势谈了几句,请大家提出挽救危急的作战方略。将领们和幕僚们你望望我,我望望你,默默无言,等候着督师、总督和平贼将军三人拿出主张。杨文岳一则为火烧店的败逃受到朝廷严责,几乎被下狱治罪,不得不在口头上勉强主张进攻,二则他在黄昏后发现可怕情况,想趁此时试探平贼将军的口气,便首先打破帐中沉默,说道:

"目前贼兵势大,抢占了朱仙镇,先得地利,又截断贾鲁河,使我将近二十万大军处境艰危。摆在我军面前的有三策,必须选择一条：一是同敌决战，破釜沉舟，义无反顾。趁眼下我军士气尚未衰败，向敌进攻，全力以赴，同时约定开封守军自北策应，两面夹击，庶几可以扭转局面。倘能重占朱仙镇，与开封守军声气相通，即是首战告捷。继续努力，全胜不难。所以我主张与敌决战。各位大人以为然否？"

杨文岳心中怯战，实不希望有人附和他的主张，但是人们从他说话时的声音和神色上，猜不出他的真意，都用惶惑的眼睛望他，奇怪他为何竟然主张决战。左良玉只是用眼角瞟他一眼，从嘴角流露出一丝儿似有若无的微笑。杨文岳说毕以后，向全体参与密议的文武要员们慢慢扫了一眼，看出来丁启睿和大家的惶惑神情，很投合他的实际怯战的心思。惟独左良玉的神态使他的心中大为不安。他同丁启睿都害怕左良玉骄横跋扈，临阵自作主张，将他们抛给"流贼"。他不敢向左良玉的脸上多看，只是装得若不经意地扫过一眼，留意到左对他的冷淡和轻蔑神气。他不禁想到黄昏后他所发现的机密，更觉害怕。为着解脱大家陷于惶惑与沉默的困境，他深知丁启睿素来畏闯如虎，想借丁的口打消决战的建议，向丁轻声问道：

"督师大人以为是否可以趁早与敌决战？"

丁启睿从昨天起右边小眼角的肌肉经常跳动，这本是末梢神经过于疲劳所致，但是他自己疑心是不吉利的征兆，在目前的处境中更增加他的失败预感。他已经注意到平贼将军的冷淡与傲慢表情，当然也看出来文武要员们没有一个人同意决战。可是他自己既害怕贸然决战，又不敢说出来反对决战的话，成为皇上对他治罪的把柄。在片刻沉默中，他只觉得小眼角跳动得特别厉害。看见所有的眼光都在望着他，他只好捻着两年来迅速花白了的胡须向杨文岳问道：

"杨大人刚才说眼下摆在我军面前的有三策，其他两策如何？何不全都说出来请大家揣酌？"

杨文岳叹口气说："眼下被迫决战，尚有两三分胜利希望，至于另外两策,恐怕……不必说出来吧。"

一个监军催促说:"杨大人不妨说明,以便共同斟酌。"

杨文岳说:"第二策是竭力苦撑下去,深沟高垒,不与贼军决战。用计离间闯、曹二贼,伺隙而动。但恐怕离间未成,我军士气丧尽,人心瓦解,不可收拾。"

丁启睿问:"第三策如何?"

杨文岳说:"再支撑数日,如不得已,大军徐徐向杞县、睢州引退,不必困守此地。贼军如追赶前去,即在睢、杞一带决战,不至于如今日断绝水源。贼军如不敢尾追前去,我军随时可以返回,使敌人不能全力围攻开封。"

丁启睿的心里开始清楚,说道:"这第三策决不可行。大军一动,敌人乘机猛攻,很容易惊慌溃败。何况未经苦战,便要退兵,皇上见罪,如何是好?学生奉命督师,罪无可逭,如其死于西市,反不如死于战场!"

杨文岳问道:"然则决战乎?"

丁启睿说:"我昨日已差人密檄豫抚高名衡做好准备,于三日之内看见朱仙镇一带火光,即饬陈永福率城中兵勇三万出城以击流贼之背。故以学生看来,应该坚持数日,俟与开封联络就绪,进行决战。昆山将军意下如何?"

从开会到现在,左良玉一言不发,使人对他的心思猜测不透。他确实心中既有牢骚,又存狐疑,而且对丁、杨十分藐视。当他同丁、杨在汝宁境内会师以后,曾经建议大军走杞县、陈留,直趋开封城下,在禹王台、繁塔寺一带安营扎寨,背倚坚城,立于不败之地,同时占据黄河南岸,使开封北路畅通无阻,粮食由黄河源源接济。可是这个建议未被采纳,而以第一步占领朱仙镇为目标,致使今日前有强敌,后无坚城。他估计大军在水坡集无险可守,水源已断,三天之后必将不战自溃。他在丁启睿请他说话之后,又紧皱着浓黑的扫帚眉沉默片刻,想了一想,然后说道:

"刚才杨大人说的第三策,我倒以为可行,但是要快,也不必退得太远,致为敌人所乘。为今之计,确实只有暂时向东南撤退,算是上策。撤到什么地方?我看,可以撤到陈留一带,不受贼军包围,人马不愁断水,再图进兵开封城外。如此暑日炎热,一无水喝,二无柴草,人马如何支持?"

丁启睿一听到撤军的话,就想到皇上会将他下狱治罪以及满朝言官将对他肆口攻讦,不觉出了一身热汗,小眼角越发不停地跳动。他望着左良玉说:

"撤军?不可,不可。眼下大军万万不可后撤。将士们正在人心惶惶,猜疑百端,一旦后撤,容易溃乱。敌人乘机以大军冲突追击,并以精骑蹂躏,则结局不堪设想矣。"

在座的许多将军和幕僚多是督师和总督手下的人,都反对撤军陈留,认为此时大军向后移动十分危险。左良玉心里骂道:"同这班庸才在一起,受他们拖累,叫老子一筹莫展,真他妈的!"他向大家扫视一眼,不禁面露忿然之色,冷冷一笑,说道:

"既然督师大人与诸位大人都认为应该在此地与贼决战,我也无话可说,至于胜负吉凶,只好听天由命!"

丁启睿赶快说:"话不能那样说,左大人。只要我们与开封通了声气,约定日期,南北同时向敌营猛攻,进行决战,胜利仍有几分把握。"

左良玉不再说话,急于回营去料理军事。会议毫无结果而止。

这天夜间,左良玉在帐中召集他自己的亲信将领和幕僚开会。他毫无顾忌地提到丁启睿和杨文岳,说他们都是文臣出身,不懂军事,且系李自成手下败将,尤其是杨文岳,火烧店那一仗竟然撂下傅宗龙单独逃走。谈到这里,他带着嘲笑的口吻说:

"今日打仗,非同平时,贼军势力强大,又得地利。我们要谨防别人逃走,单独把我们留下。"

他手下的将领和幕僚们也纷纷嘲笑丁、杨不知兵。有人谈到,自从下午断了水源以来,军营中谣言很多,都说官军已被流贼四面

包围,明日李自成就要来攻。又说目前丁、杨营中已经军心不稳。左良玉心中忧郁,说道:

"如此处境,我们的军心也一样不稳。要传令各营,谨防逃兵;抓到逃兵,立即斩首。"

又有一个将领谈到午后放回俘虏的事,说:"这事十分奇怪,他们对我们的士兵用酒食款待,然后放回,却把丁、杨麾下的将士,有的斩首,有的剁去右手,有的割掉耳朵,然后放回。"

另一个幕僚说道:"此事我也觉得奇怪,想来想去这大概是李瞎子用的一条毒计。"

左良玉说:"这显然是李瞎子用的挑拨离间之计。我下午已经同丁、杨二位大人谈过,他们也认为这是闯贼存心挑拨。在这样人心浮动时候,我们要严禁将士们轻信谣言,更不许乱说闲话。"

一个将官摇摇头说:"尽管丁、杨两位大人知道是敌人挑拨之计,可是他们手下的将士并不明白。现在谣言愈来愈盛,都说我们的将士中曾有人带回一封书子,是李自成写给大帅的。"

左良玉的鼻子里哼了一声,说:"既然谣言愈来愈盛,我们更要严禁谣言。我身居平贼将军,李贼除非投降,断不会给我书信!"

散会以后,左良玉率领几个重要将领登上一个高阜,向北瞭望,但见远远近近,到处都有火光,有的火光向北延伸很远,分明在十几里外。从火光可以看出,义军的营垒一层一层,星罗棋布。如今官军再指望走近开封,与城中呼应,已不可能。左良玉看了一阵,心头感到沉甸甸的,便又转过身来向南望去。他发现,南边也有不少火光,一会儿在这里出现,一会儿在那里出现,火光有时很小,显然正在熄灭,但新的火光忽然又起。左良玉知道,那里并没有敌人营垒,而是一些游骑在焚烧田间麦子。他又想道:倘若战事不利,丁、杨势必先逃,他自己当然也要预先想好退路,眼下看来,向东南逃走或向西南逃走,都没有十分把握。他是一个深沉威严的大帅,不肯将他的心思向左右流露。同时,尽管已经考虑着战事失败和逃走的问题,他仍然希望明天能够说服丁、杨,向陈留一带撤兵,然后再从仪封方面迂回到开封城下。

回到帐中,他不敢解甲,就这么蒙眬睡去。忽然一个亲将进来把他叫醒。他睁开眼睛问道:

"有何紧急事儿?"

"禀大帅,派往开封的小校回来了。"

左良玉虎地坐起,说:"把他叫来!"

这个小校是左良玉尚未到达水坡集时,在路上派往开封去的。他绕了许多路,方才到达开封城下,被城上用绳子系进城内,向巡抚呈递了左良玉的书子。左良玉在书子里表示:愿意把人马开到禹王台和繁塔寺一带扎营,以护省城,再分出二三万人马驻扎在开封与黄河南岸之间,打通粮道。可是开封官绅们在巡抚面前开会商议,竭力反对,说左良玉的军纪十分败坏,到处奸掳烧杀,万万不可让他的人马开到开封。商议之后,巡抚就给左良玉回了一封书信,交给小校带回。

小校被叫进帐中,向左良玉呈上了高名衡的书子。左良玉虽然不怎样通文墨,但大体意思还是明白了,知道高名衡是婉辞拒绝他到开封城下作战。从小校口中他又获知了开封官绅们的态度,不禁十分生气,猛地把脚一跺,大骂了一声:"一群混蛋!"随即挥手使小校退出。

这时隆隆的炮声从北边响了起来,接着西北边和东北边也响了起来。炮声虽然稀疏,但响声很大,震得大地动摇。左良玉睡意全消,迈步走出帐外。他很有经验,轻轻地对左右说:

"这是贼军试炮,大家不必担心。"

说罢,又问身边一员亲将:"督师和总督那里有何动静?"

亲将回答:"他们那里还没有别的动静,但要谨防他们逃走。"

左良玉点点头,心情沉重起来:会不会他们也像在火烧店扔下傅宗龙那样,扔下我先逃呢?万一那样,我该怎么办?我是不是应当先他们走这一着?向哪个方向走?应该退往何处?……一连串的疑问涌上了他的心头。

当天夜间,左良玉走后,在杨文岳的军帐中又开了一次小小的军事机密会议,只有杨文岳、丁启睿和几个最亲信的将领、幕僚参加,现在会已经散了。杨文岳请丁启睿再坐一下,另有一名中军将领站在旁边,随时听候吩咐。帐外戒备森严,任何人不奉命不许走进。

杨文岳轻声说道:"督师大人,你认为今日闯贼不杀左营被俘的官兵,反而用酒食款待,然后放回,是何用意?"

"我看不过是离间之计,不必重视。"

杨文岳轻轻摇头,说:"我们要谨防被昆山所卖。"

丁启睿一惊,说道:"大人何出此言? 我看尚不至此吧?"

"不可不防啊。我是保定、河北、山东总督,不能节制平贼将军,也不会放在他的眼中。他只受督师节制。万一战局不利,像左昆山这样的人,连杨武陵①尚且驾驭不了,何况大人无杨武陵辅相之尊?"

丁启睿叹了口气。他当然知道自己确实比杨嗣昌差得远。一年来同左良玉在一起,虽然他有督师之尊,左良玉却并不把他放在眼中,使他常常徒然生些暗气。于是他沉默片刻,无可奈何地回答说:

"如今骄兵悍将,确实难以驾驭,汪岁星②就吃了这些人的亏:在襄城尚未接战,贺人龙、郑嘉栋等总兵便各自逃走,留下他独自困守襄城,终至城破身亡。火烧店之役,也是贺人龙、李国奇首先逃走。看来如果左昆山不肯用力打仗,或有私心,你我的处境就更加困难与危险了。"

"左昆山是一个能够打仗的人,只是太骄横了。杨文弱待他不薄,他却不听调遣,致使剿灭献贼之事,功亏一篑,反而丢了襄阳,逼得杨文弱只好自尽。如今据我看来,闯贼也在用各种办法拉拢昆山,说不定暗中也有些咱们不知道的情况。"

---

① 杨武陵——即杨嗣昌。他是湖南常德人,常德古称"武陵"。
② 汪岁星——汪乔年字岁星。

"这就难说了。归德侯家是昆山的恩人。这次闯贼破了商丘，对侯家就保护备至。侯家的人已经逃走，只留下住宅和一些奴仆，闯贼竟然派兵看守，不许动侯家的一草一木。看来闯贼用意甚深，我们不得不防。"

"岂但如此，今日放回的左营官兵，在被俘后不但没有伤害一个人，还用酒食款待，而我们两营的官兵，不是被杀，就是被剁去右手，割掉耳朵。虽然是李贼挑拨离间之计，也难怪将士们流言纷纷，自有道理。"

"不过此事昆山自己倒是在下午见面时先说了，认为是闯贼故施离间之计。"

"明的事情他不好不说，可是暗的事情就未见得向大人说出。"

丁启睿又是一惊，忙问道："大人莫非另有所闻？"

杨文岳探身向前，悄声说道："他手下有个军官，名叫刘忠武，是今日黄昏后才从闯贼那里放回的。他不知我的保定兵与左营已经换防的事，误走我保定巡逻地界，被我兵拿获，搜出罪证，并已经审问明白，情况十分蹊跷。我现在单独请大人留下，正是要面陈此事。"杨文岳说到这里，便吩咐在一旁侍立的中军说，"叫刘忠武来见大人。"

中军出去片刻，带来一个军官。那军官先向丁、杨躬身叉手，然后扑通跪下，害怕地向总督说道：

"卑职死罪，今日被闯贼所俘，幸而生还，如何处分，恳大人法外施仁。"

杨文岳说："现在不是问你的罪，是督师大人有话问你，你要老实回禀。"

"是，卑职一字不敢隐瞒，一定老老实实回禀。"

丁启睿问道："你叫刘忠武？"

"是，大人。"

"你站起来，好好说，你是怎样被俘的，他们为何没有杀你，又把你放回来了？"

刘忠武站起来,垂手恭立,回答说:"回禀大人的问:五更时候,我们左营有两千人马杀进朱仙镇,我率领五百人走在前边,不料起了大雾,对面不能见人。我走错了路,被贼兵包围。我还没有看清敌人,他们已经到了身边,被他们活捉了去……"

"后来呢?"

"后来被捉的人都送到刘二虎那里,共有三四百人。快近中午时候,刘二虎忽然走到卑职面前,望着卑职微微一笑,对我说:'老兄,我看你有点面善,好像在哪儿见过的。噢,我想起啦,从前我有个朋友跟你的面貌差不多。现在你是想活,还是要死?'卑职当时说:'我当然要活,可是我不能投降。'……"

说到这里,刘忠武偷偷地瞟了丁、杨一眼,因为"我不能投降"这句编造出来的假话,连他自己也不相信。看见丁、杨并无反应,他又接着说:

"刘二虎对卑职说:'我不要你投降,也不要你死。我同你前世无仇,今世无冤,见你是左营军官,我要救你。我奉闯王之命,不杀左营的客人。'说着,他把卑职……"

丁启睿截住问:"怎么,他说你是客人?"

"是,大人。他有时称我是客人,有时称我是左营朋友。"

丁启睿和杨文岳交换了一个眼色,向刘忠武说道:"快说下去,他把你……"

"他把卑职带进另一座军帐中,陪着我吃酒,要我不必害怕,说他一定送我回到左营。刘二虎还说,这次打仗,闯王立意要消灭丁、杨两军人马,但不想同左军打仗。还说,左小姐现在闯王老营,闯王愿意同左帅暗中言和,将小姐送还左帅。"

丁和杨又交换了一个眼色,心照不宣地点点头。关于左小姐去年在南阳卧龙岗被李自成劫去的事,他们都早已知道。

刘忠武接着说:"刘二虎对卑职盛夸他们闯王的人马如何众多,如何兵强马壮,粮草充足,又说不出数日,就要向督师和总督两支人马猛攻。他说,闯王将士跟左营将士井水不犯河水,只要左营按兵不动,只打空炮,闯王决不进攻左营。"

丁启睿对这话半信半疑,在心中默问:"真乎? 假乎? 闯贼离间之计乎?"他想了片刻,不肯相信,又向刘忠武问道:

"他向你询问我们官军情况,你都老实说了?"

刘忠武心中害怕,背上出了热汗,但是他装出微笑,立刻回答:"他也问到我们官军情况,卑职对他漫天撒谎,没说一句实话。他并不追究,只说:'你们那边的情况用不着问你,我们完全清楚。今天我要同你做个朋友;要是审问你,就不是朋友情分了。咱们少谈军事,痛快地喝酒吧。'所以,请大人放心,卑职丝毫没有泄露我们官军这方的实情。"

杨文岳说:"刘忠武,你快将见到闯贼和左小姐的经过情形向督师大人照实禀报。"

刘忠武说:"是,是。卑职不敢隐瞒,照实禀报。"

刘忠武将他被带到李自成老营以后的经过情形,对丁启睿说了一遍。丁启睿沉吟不语,心中增加了忧愁。杨文岳向中军使个眼色。中军将刘忠武带出去,随即将左小姐的东西取来呈上。丁启睿看过之后,对杨文岳说道:

"啊,我明白了。听说左昆山的夫人长得并不好看,可是昆山发迹之后,因她是糟糠之妻,共过患难,所以待她恩情如初,不另外贪恋女色。如今夫人已死,留下这点念物在小姐身边。今日两军对垒,李贼命左小姐将此念物送给昆山,又说他同昆山无冤无仇的话,其用心颇为明白。"

杨文岳点头说:"正是此话。幸而这刘忠武回来被敝营巡逻抓到,不然,不然……"

丁启睿问道:"贵营将刘忠武抓到,可曾走漏消息?"

"不曾走漏消息。"

丁启睿伸出右手在烛光下比画一下。杨文岳将中军叫来,小声吩咐他速派人将刘忠武剥掉衣甲,嘴中塞进破布,推到敌营近处暗暗砍死,不许声张。中军出去以后,丁启睿长叹一声,说:

"唉,外有强敌,内有军心不稳,十分可怕。倘若左昆山更有异图,这战事就不堪设想了。"

他们相对摇头叹气,又说了一些关于左良玉极不可靠的话,便都把希望寄托在今日派往开封的那个把总身上。丁启睿曾嘱咐那个把总从陈留附近绕道前往开封,想来路上不会出事。而只要这个把总明日能够回来,就可以同开封约好时间,与李自成的义军进行决战。虽然胜利并无把握,但情况总会好得多。只要他们能够鼓舞士气,拼死向前,而开封出来的人马又比较精强,战局或许能转为对他们多少有利。

阴历五月的夜特别短。当丁启睿和杨文岳在愁闷中分手时候,义军开始不断打炮,而天色也开始麻麻亮了。

天明以后是五月二十日,天气依然像往日那样晴朗,也像往日那么炎热、干燥。明朝的援军和李自成的义军在朱仙镇一带对峙,已经进入第三天了。今天开始,义军向官军猛烈地施放火器。从早晨到下午,战场上一直是炮声隆隆,硝烟弥漫。官军的炮火不多,主要依靠守在水坡集西北一带的保定部队开炮还击,但他们火药也不太多,所以有时不得不停下来,不敢多放炮。义军却一直不停地打炮,而且越来越猛。在官军的阵地后面、水坡集街上和附近的村庄里,凡是驻有官军的地方,都常有炮弹飞来,打坏房屋、军帐,打死打伤士兵和战马。

因为内地官军经历炮战的时候较少,所以义军加强火器进攻,给官军造成很大恐慌。许多官军躲到壕沟里,也有不少人躲到堡垒后面。

这时官军的粮食、柴草也更困难了,出去搜集粮草的将士常常被郝摇旗指挥的游骑杀散或俘虏。不得已,他们只好拆门窗、拆房子做饭。凡是受伤的骡马他们都杀死充饥。水,也更困难了,连池塘里的脏水都差不多喝干了。有的人渴不可耐,竟然接马尿来喝,可是因为马的饮水不足,所以马尿也很少,而且特别臊。

丁启睿和杨文岳都很着慌,左良玉更是着慌。他知道军心已经很不稳,担心会一败涂地。朝廷一向对他很忌恨,只是由于他手中人马众多,对他莫可奈何。倘若这一仗全军溃败,他也就跟着完了,说不定性命难保。这时在一般将领中也弥漫着恐惧、抱怨和失败情绪。丁启睿多次召集将领们开会,都拿不出什么办法;战还是不战,谁也不敢提出明确主张,怕以后追究罪责。

两三天来,丁启睿、杨文岳和左良玉都几次派人绕道陈留县境前往开封联络,可是杳无回音,谁也不知道派出去的人是否能够平安到达开封。越是没有回音,他们越是害怕,越是焦急万分,而他们的焦急和忧愁也影响到下级军官和士兵们。军营中常常有人在骂,说他们被将领们带到这个绝地,一无粮,二无草,三无水,硬是要死在这个地方。还有人说,没粮没草还容易熬,这没水,硬是渴死,实在难受。这些怨言是大家心里都有的,起初只是少数人骂,小声地骂,后来骂的人越来越多,而且变为大声嚷叫了。这情形丁启睿、杨文岳、左良玉、虎大威等完全清楚,有时他们自己也听见士兵在谩骂。倘在平日,他们一定要杀几个人,镇压一下,但是事到如今,军心动摇,上下离心,诸营猜疑,他们不能靠杀的办法来杜绝怨言了。谁都明白,如今一百个人里头,九十九个人有怨言,想用威压的办法维持士气,更容易激成兵变。

当水坡集官军陷入困境之时,在开封城内却另是一番景象。连日来城内也曾多次派出探子去刺探朱仙镇战况,都被义军的游骑捉住或者杀死。也有的探子走得比较近,只在离开封城南二十里左右的村庄中向老百姓打听,而那些老百姓都受过李闯王的救济,这时就按照义军的嘱咐,告诉这些探子说:官军正在朱仙镇步步得手,定能杀败流贼;流贼虽然人马众多,到底是乌合之众,顶不住左良玉、虎大威这些精锐之师。看来不出一二天,官军必定会胜。探子把这些好消息带回城中,开封的官绅军民更加放心。几天来他们一直在搬运义军遗弃在阎李寨的粮食和金银器皿,已经搬得差不多了。大家纷纷议论：如果不是官军强大，李自成惊慌失措，决不会丢掉这么多粮食。粮食笨重，不好运走，丢掉还不奇怪，为什么连金银器皿都丢掉呢？可见流贼兵力实际也很虚弱，退走时极为慌张，这是大家都看见的事实，谁也不能不信。

从昨天到今天，朱仙镇方面不断有炮声传来，特别是夜深人静的时候，炮声显得更响。而今天的炮声又比昨天更稠密。人们都认为这必定是官军正在向李自成的人马进攻。自从开封被围以来，巡抚高名衡和一些封疆大吏、重要官绅，不断地在商讨军事，遇有紧急事情随时开会，没有紧急事情则规定在每天午后未申之间都到巡抚衙门见面，或互通情况，或商议大事。今天他们又按时来到这里，与往日显得不同的是：他们每个人脸上都带有喜色，似乎胜利已经在望。

今天他们商议的题目就偏重在如何犒劳朱仙镇的援军和全城祝捷。犒劳之事，说起来容易，做起来难，因为需要银子。官军号称四十万，按三十万说，钱给少了，恐怕不行，给得多，就有一个如何摊派的问题。商量了一阵，决定由相当拮据的藩库①中拿出一部分，主要指望殷实大户和商号拿出绝大部分，再请周王殿下赏赐一部分。

会后，高名衡进宫去叩见周王，把官军即将胜利的消息启奏了周王，请殿下放心，并请殿下拿出数万银子慰劳官军。

就在这个时候，开封南门下边，驰来了一小队飞骑，向城上高呼，说他们是督师丁大人派来的，有重要公文递交巡抚。因为城门已经堵死，城上就用绳子把为首的一个小军官接到城上。那小军官自称姓张，名叫进忠，是丁启睿下面的一个把总。看他的腰牌，果然写着"张进忠"三个字。从他的盔甲来看，确是丁营的人。他还携有丁启睿的令箭和给巡抚的一封书子。城上的军官向他略微问了几句话，就把他带到巡抚衙门。这时高名衡尚在周王宫中未

---

① 藩库——明代各行省设承宣布政使，简称布政使，俗称藩台，为一省行政长官，兼管财赋。布政使司的库房俗称藩库。

回,黄澍和陈永福闻讯先赶来了。黄澍对于丁营的头面人物还知道几个,因怕其中有诈,就问他某人现在如何,某某人现在又如何。张进忠对有些人的情况对答如流,好像十分熟悉。也有些人的情况他不清楚,就说:"小人官卑人微,上边的事情多有不知,请老爷不要见怪。"黄澍问了一会儿,没有发现什么破绽,又问他朱仙镇的战况。他说官军已将流贼包围,一二日内即可剿灭。大家听了都十分高兴。黄澍命人将张进忠带下去吃饭,休息,并将酒肉系下城去,对张进忠留在城外的十名骑兵好生款待。

张进忠离开不久,高名衡就回来了。陈永福和黄澍向他回禀了刚才询问张进忠的情形,并递上丁启睿的书子。高名衡拆开一看,果然是丁启睿的字迹。信中说,他们正在步步得手,不日定可大获全胜,要开封守军固守城池,不要随便派人出城,谨防中计。

"好,好。"高名衡一面读信,一面高兴地自言自语。

一个仆人揭起半旧的湘妃竹帘,踱进来一位略带酒意的、态度潇洒的老士绅。大家赶快起立让座。这缓步进来的、胸前垂着花白长须的人物,是河南省士林中的有名人物张民表,字林宗,中牟县人。他的父亲张孟男在万历朝做过户部尚书,而他是富有学问,擅长诗、古文和书法的老名士。因为他的名望很高,所以巡抚和布、按二司等封疆大吏以及镇将陈永福,都对他十分尊敬。他上午也参加了每日照例在巡抚衙门的开封重要官绅"碰头会",散场后被巡抚的两三位地位较高的幕宾邀到花园中饮酒赏花,限韵赋诗,刚听说丁督师差人前来下书,所以特从花园来看个究竟。他将丁启睿的书子看了以后,哈哈大笑,说道:"好了! 好了!"随即望着陈永福说:

"陈将军,该你立功了。"

陈永福说:"这次援军的主将是左昆山平贼将军和保定镇将虎大威将军,主要是他们立功,我不过固守省城而已。"

高名衡仍然陶醉在刚才的兴奋中,说道:"是啊,左将军等立此大功,真不愧为朝廷干城。"

张民表仍然接着刚才的话头,不客气地对陈永福说:"陈将军,我看你不如率领自己麾下将士,杀出开封,给流贼一个措手不及,岂不更好?"

陈永福是个十分稳重的人,一向不愿冒险作战,听了张民表的话,笑了一笑,说:"张先生不知,用兵之事诡诈多端。我手下只有几千将士,连新招收的算在一起也不过万把人,既要守城,又要出战,力不从心,还是守城要紧。"

张民表甩甩手说:"可惜我老了,读书无用。如果我是将军,此正立功封侯之时,岂可坐失良机?"

大家知道张民表的秉性豪迈,说话向来直爽,恐怕再说下去,陈永福会吃不消,便忙用别的言语岔开。

张民表又对高名衡说:"抚台大人,往日你说藏有名酒,请我来喝。我因为开封危急,酒兴大减,不曾一尝仙露。今日既有如此大好消息,晚饭我就不能不叨扰了。真有名酒以助诗兴乎?"

高名衡笑道:"有酒,有酒。但是酒后得请老先生既要做诗祝捷,也请挥毫作书,留光蓬荜。往日求先生写字,先生总说有事,不肯动笔,今日如何?"

"今日我一定写,不但写字,还要写自己新做的诗。"

高名衡便请大家都留下来吃晚饭。当时在座的除陈永福、黄澍外,还有几个官绅。其中有个绅士叫李光壂,这时也对张民表笑着说:

"张先生,今日既是在抚台大人这里即兴挥毫,也请赏赐光壂一幅如何?"

"当然可以。你也是世家子弟,与我原有通家之谊。你知道我只是不替大商人写字,不替贪官写字,别的人,只要我酒后兴发,都可以写,何况今日不同平日,汴梁孤城即将化险为夷矣!"说毕,纵声大笑。

高名衡暂离客厅,走进签押房,亲笔给督师丁启睿写封复信,说"周王殿下与全城官绅父老望救情切,伫候捷音"。还说"已备有犒军粮、银、牛、酒诸事①，一俟贼退，即便送上"。他命人将朱仙镇来的下书把总叫来，亲自问了几句，将书子交他，又厚给赏赐，打发下书把总趁黄昏率领他的一小队骑兵动身，绕道回去。

　　这天晚上，巡抚衙门洋溢着快活的空气，所有的人都喝得醉醺醺的，只有黄澍和陈永福比较克制。饭后，李光壂向坐在他旁边的陈永福轻轻问道：

　　"镇台大人，尊驾今天酒喝得不多，颇亏海量。依大人看来，左将军们一定会打个大胜仗么？"

　　陈永福神色阴沉地回答说："骑着毛驴看账本，走着瞧吧。目前对朱仙镇的好消息只能相信一半，那一半要靠开封百万官绅军民的运气了。"

　　二十日这天夜里，情况比昨日更加危急。左良玉和杨文岳都到水坡集寨内丁启睿那里开会，依然毫无结果。会后，他从水坡集北门出来，怀着一肚子闷气和疑虑，到自己的阵地上巡视一阵，然后转回他的大帐。尽管左良玉的中军大营外边挖有壕沟，又有临时筑起的土寨和小的碉堡和望楼，但在左良玉的大帐外边，面对义军方向，临时又筑起一道土墙，以防义军逼近时会有流弹飞来。在他的大帐周围搭了许多大小不一的军帐和窝棚，岗哨密布，战马成群，但是整个这一片老营所在地肃静无哗，半轮月光下人影匆匆走动，帅旗招展，偶有战马嘶鸣和咀嚼麦秸或豌豆秆的响声。他在辕门外下马，向左右环顾一眼，一语不发，大踏步走向大帐。在大帐外和辕门前值夜的士兵们惊骇肃立，亲将们分两行屏息叉手，直到他走进大帐，才敢自由活动。那些迎接他的亲将们虽然肃立在路两旁寂静无声，却是每个人的心中都暗藏着许多疑问，同时偷偷窥探着他的脸色，希望从他的脸色上判断大军的前途吉凶。

　　在历年作战中，左良玉同张献忠打过多次，同罗汝才打过几次，同张、罗两家组成的联军也打过。尽管崇祯十二年夏天他曾在

---

① 事——件。

鄂西因轻敌中伏而吃过败仗,但是除此一次外他总是每战必胜,所以已经不把献忠和曹操放在眼中。他承认献忠用兵狡诈,十分勇猛,但是他看透了献忠在狡诈中有粗疏,小有胜利就骄傲起来,粗疏的地方更多。他专找献忠粗疏的时候猛然进攻,将献忠打个大败。他看透了罗汝才空有曹操之名,胸无大志,所以用兵上不能从大处着眼,只玩弄小诡诈,也不敢打硬仗。如今在他的心中视为劲敌的只不过李自成一人而已。他虽然实际还没有同李自成较量过,但是对于李自成进入河南两年来的各种行事深得民心,部伍整肃,纪律严明,兵强马壮,他完全清楚。所以常常不敢同李自成直接较量,采取避战态度。此次奉皇上严旨,同丁启睿、杨文岳联营援汴,却不能到达开封近郊,又不能抢占朱仙镇,不得已退驻水坡集,贾鲁河上游被截断,既失地利,又缺人和,败局已经显然。今晚会议之后,他完全丧失了取胜念头,而只是想着如何能够多支持数日,不要败得"倾家荡产",连老本赔光。只要老本不光,他就可以重新恢复,而皇上也不敢对他治罪。

进到大帐以后,左良玉颓然坐下,他很想顿脚长叹,然而他没有,甚至不肯在脸上流露出过多的苦闷神色。他的儿子、二十六岁的副将左梦庚,随即同几个亲信的重要将领进入大帐,肃立等候,想知道他与丁督师和杨总督会议结果。但是他没有说一句话,向他们轻轻挥手。大家明白必是会议又一次毫无结果,不敢多问,互相望望,肃然退出。

一名把总职衔的奴仆端进来半盆水放在他的面前,蹲下去替他脱鞋。左良玉将脚向后缩去,望着浑水,说道:

"如今将士们连吃的都十分欠缺,还洗什么脚啊!"

奴仆说:"大人已经三四天没有洗脚了。天气炎热,大人还有脚气,不管水多么困难,也不能不让大人洗一次脚啊!"

左良玉严厉地轻声吩咐:"端走!饮马去!"

这个奴仆不敢再说话,将水盆端出大帐。随即左梦庚又进来了。

左良玉猜到儿子必会再来,但是他神色严肃地问道:"你又来做什么?"

左梦庚用眼色使两个在帐中侍候的亲兵退去,然后走前一步,恭敬地小声说:"大人,如今处境不妙,人心惶惶,众将都想知道大人与丁、杨两位大人会商之后有何决策。"

左良玉轻蔑地冷冷一笑说:"他们还能拿得出什么决策!"沉默片刻,他又说:"你告诉众将,请大家努力苦撑数日,不要负朝廷厚望。数日之后,我自有主张。"

"是,孩儿去传谕众将,不过,大人,倘若军心瓦解或丁、杨两军逃走,我军想苦撑几天,怕也很难。"

"老子心中明白,你不用多言。"

"已经快四更天气啦,请大人赶快休息一阵。"

左良玉见儿子正要退出,忽然说道:"梦庚,老子今日处在嫌疑之地,你可清楚?"

左梦庚有点吃惊,小声问道:"难道丁、杨两位大人会怀疑父帅对朝廷的赤胆忠心?"

良玉望一眼帐外,感慨地说:"看来他们中了瞎贼的计了!"

"大人此话怎讲?"

"我们左营的士兵被闯贼俘去之后,用酒肉款待,全都放回,连兵器也都发还。丁、杨的士兵被俘之后,有的被杀;那些饶了性命的,有的割去鼻子,割去耳朵,还有的剁去一只手,然后放回。纵然是三尺童子,也都知道这是瞎贼的挑拨离间之计,不会上当。……"

"大人,难道丁、杨两位大人不知是计?"

"在今晚会议中间,谈起此事,虽然他们也说这是闯贼的挑拨离间,可是又两次提到贼兵破商丘后对侯府派兵保护,百般照顾,好像故意试探老子。他妈的,老子为朝廷血战十年,升为大将,又因战功拜为平贼将军。他们故意对我提这话是何用意? 这不是对我有猜疑之心么?"

左梦庚劝解说:"请大人不要生气,也不必介意。只要我们一心报国,何惧猜疑?"

左良玉沉吟片刻,说:"刘忠武至今未回,使我放心不下。"

左梦庚说:"也许被瞎贼留住不放,在战争中也是常事。"

"哼,没有那么简单!"

左梦庚一惊:"大人……"

左良玉叹口气说:"你自幼随我作战,已经升为副将,竟然少一个心眼儿!"

左梦庚慌忙说:"儿子确实无知,料事不周。"

左良玉说:"你想,李自成这狡贼将你妹妹劫去,作为他自己义女,百般优待,必有深的用心。刘忠武既非有名战将,也非我的亲信,瞎贼留他何用? 我担心的是瞎贼将他叫去,好言哄骗,然后命他带书给我。瞎贼也会命他拜见你的妹妹。你妹妹年幼无知,看见他以后必会伤心哭泣,然后按照闯贼的意思修书一封,命他带回。我不是担心他被留在贼营,倒是担心他带着李瞎子和你妹妹给我的两封书信,说不定还有什么贵重礼物,回来时被丁、杨二营的游骑抓去,使我跳进黄河洗不清,岂不受冤枉的窝囊气?"

左梦庚越听眼睛瞪得越大,忽然冲口而出:"啊呀,大人!"

"什么事?"

"大人所虑很是。孩儿听说,有人仿佛看见,保定兵在昨日黄昏后抓到了一个什么人,后来不知下文。"

左良玉:"果有此事?"

左梦庚:"此事不假,只是后来没有再听到一点消息。"

左良玉沉默片刻,对儿子说:"明日暗中打听,弄清是不是刘忠武给保定兵抓去了。"

"是,大人。"

左良玉轻轻叹口气,神色苦恼地低声说:"皇上多疑,又惯于偏听偏信,喜怒无常。我们同丁、杨两军在水坡集决难取胜。将来丁、杨二人为要推卸战败之责,必会诬奏我们左营同闯贼暗中勾结,不肯实心作战。"

左梦庚:"大人,这一手倒要提防。"

左良玉淡然一笑,不再说话。他心中明白:在这样朝纲不振的乱世,他只要手握重兵,谁对他也奈何不得。

左梦庚不明白他的微笑是什么意思,劝他赶快休息。他挥手使儿子退出大帐,然后沉思起来。过了一阵,他将一位帮他处理机密事项的中军刘副将叫来,小声问道:

"你派人两路刺探军情,今日有何变化?"

刘副将恭敬地小声回答:"往许昌方面去的五个细作只回来两个,一个走了大约四十里远近,一个走了三十里,都没有看见贼兵;询问百姓,也都说未见贼兵。往杞县、通许方面……"

左良玉:"往许昌的路上还有三个细作没有回来?"

"是,大人。他们大概去得远,尚未赶回。"

"好,你说说杞县、通许方面。"

"昨夜分头派往杞县和通许方面的五个细作,今日黄昏后都回来了。这一带有贼兵游骑出没,百姓哄传将有闯贼数万大军开到杞县,以防官军逃走。"

左良玉说了句:"明日再探!"挥手使刘副将退出。不到时候,他不肯对左右人泄露他的打算,只是想着三军之命系于他一人之手,在心中说道:

"我不能困守此地,等着全军覆没!"

第十四章

五月二十一日,义军继续整天打炮,比前两天更为猛烈。义军的大炮主要是对着丁、杨两军的营垒,好像故意对左军留有情面。因此在水坡集的大军中,到处是猜疑和谣言,使左营将士感到气愤。丁启睿和杨文岳虽然在他们各自的营中严禁谣言,但是他们自己也更加对左良玉不相信了。

在左营遭到各种猜疑的日子里,左良玉心中很清楚,对他的将领们嘱咐说:"你们要准备好,李瞎子很快就要以全力对付我们!"果然不出他的预料,义军两天来除面对左军阵地已经修筑的十来座炮台之外,又在距他的中军大营二里处修筑三座炮台,其中一座是二十一日夜赶修成的,特别高大。还有一座两丈高的望楼,可以清楚地观察左良玉大营中的动静。

二十二日黎明时候,左良玉发现了这座新筑的炮台,他立马在炮台对面的高处,仔细观察,看出了对方的弱点:炮台虽然在义军的营寨旁边,但是还没有和营寨连起来;炮台前面的壕沟也没有挖好,更没有布置树枝等障碍物;炮台本身也没有完全筑好,大炮还没有架起来。他又仔细观察营寨,发现寨中人马好像并不多,似乎有别的调动。最明显的是:在炮台旁背土和掘壕沟的,竟然大部分是妇女。他想:准定是闯王今日或明日有大的举动,所以这里人马不多,连妇女也用上了。

左良玉又观察了一阵,决定趁现在赶快派一支骑兵去夺占炮台;夺占以后,能守就守,不能守也要想办法把炮台拆毁。因为这座炮台上如果架起大炮,对左营的威胁实在太大。另外,他又寻思:应当把义军的营寨也夺过来,如果能够牢固地占领这座营寨,就可以将义军三面包围的阵势冲破一个缺口，甚至从这里打开一条通往开封的道路，那样，整个局面就可以完全改观。

想到这里，左良玉的眼睛亮了起来。他立刻下令，派出一支骑兵去攻占炮台。他自己也全副披挂，亲自督战，希望一鼓作气，取得成功。

这座营寨原来是袁宗第驻扎的地方，如今他正在岳王庙参加闯王主持的军事会议。他的人马在这一带分建了三座营寨，这座营寨中原来驻有两千步兵和一千骑兵，可是一部分调往别处使用，一部分奉命在帐中睡觉休息，以便蓄养精力，参加决战。目前正在守寨和修筑炮台的加起来不足一千人。另外从健妇营来了几百名女兵，也在帮助修筑炮台。闯王本来不愿抽调健妇营的人，因为红娘子怀孕，慧梅又走了，红霞和慧琼毕竟不如慧梅能干。可是后来经不起红娘子一再要求，慧琼等也在高夫人面前一再请战，才答应让她们派一部分健妇来修筑炮台和挖掘壕沟。红娘子虽然身上不利，但因为不放心，所以还是亲自前来指挥。炮台上还有一部分人是张鼐的火器营弟兄和罗虎的二百名孩儿兵。这时张鼐正在指挥弟兄们将三尊大炮从下面往炮台上运。这座炮台是用黄土装在麦秸编成的草包里，然后把草包一层一层垛上去筑成的，不需要打夯，筑得比较快。目前健妇们正在把最后一批草包抬上去，也有些姐妹们正在加紧修筑炮台和前边的壕沟。

忽然，一个健妇惊叫了一声："敌人来了！"大家抬头一看，果然一支左营的骑兵正向这边迅速冲来，势如飙风。这里的弟兄们、女兵们和孩儿兵们正在干活，虽然身边带着刀剑，可是都没有盔、甲，战马也拴在后面十几丈远的树上。幸而在炮台下面还筑了一些小的堡垒，里面安放着一些较小的火器，是为保护这一座炮台用的。在这千钧一发之际，一些弟兄奔到堡垒中，燃放了一批火器，把第一排冲到附近的骑兵射伤不少。就在这片刻之间，张鼐已跃上战马，大喊一声，冲了出去。他身边的几百名弟兄也都纷纷跃上战马，跟着他一起冲。他们虽然是仓促应战，但一个个勇气百倍，并没有把官军放在眼里。官军连日来又饥又渴,又慑于闯王义军之名,不免有些胆怯,加上战马的体力不足,所以同张鼐的人马稍一接触,便败下阵来。

左良玉站在后面不远的地方督战,一看自己的骑兵退了下来,勃然大怒,立刻挥剑把第一个逃到他面前的千总斩首,大喝道:

"不准退!再退全部斩首!"

他马上命令身边一个平时作战勇猛的副将亲自领兵向前,人马又增加了一批,合起来有两千五百骑兵。那个副将一马当先,向着张鼐那边猛冲过去。左军将士看到千总被斩,又见副将如此英勇,也都振作起来,冲了上去。张鼐虽然勇猛,毕竟人马太少,左冲右冲,逐渐陷入包围。但他知道,万不能后退一步;后退一步,不但炮台会被夺去,营寨也会丢失。

红娘子在后面全神贯注地看着这场厮杀。这当儿她已把健妇们组织起来。人人上马,准备冲杀。眼看张鼐被围,正在竭力苦战,她马上吩咐慧琼说:

"慧琼,你带姐妹们去救援一下小张爷,从左边冲过去。我在这里守炮台、营寨。去吧!"

慧琼正在为张鼐担心,早就想杀出,一听到红娘子的命令,马上把宝剑一挥,对女兵们喊了一声:"姐妹们,随我杀出!"女兵们虽然没穿绵甲,而且为修炮台累了整夜,现在却一个个像猛虎一样,越过炮台外很浅的壕沟,冲向敌人。她们在慧琼的带领下,并没有直接去救被围在右边的张鼐,而是在敌人的左边突然冲杀起来。官军不得不分散兵力来应付这一批健妇。张鼐乘此机会,杀开一条血路,冲出重围。

于是这两支人马,左右呼应,互相支援,来回杀敌。由于他们的人数比敌人少得多,想把敌人杀败,根本不可能;但是他们的战马吃得饱,饮得好,十分矫捷,人也十分勇猛,所以官军想把他们再包围起来,也不容易。

正在这时,又一支官军的骑兵冲杀出来,显然,左良玉是决心要把张鼐和慧琼这两队人马包围消灭,夺占炮台。红娘子见状,十分焦急,如果不是因为怀孕,她早就冲出去了。忽然,一个声音向她说道:

"邢大姐,让我们去吧!"

红娘子一看,原来是罗虎在请战。她马上果断地下令:"好吧,罗虎,带着你的孩儿兵,从右边猛冲过去。先用箭猛射一阵,再冲进垓心,免得自己的小兄弟多有死伤。"

罗虎刚走,又有一支左营的骑兵绕过交战双方,直向义军的营寨扑来。左良玉认为,只要冲进义军寨中,义军就会整个崩溃,炮台也可唾手而得。而这座营寨不过是个小土寨,寨墙不高,守寨的人又不多,看来要冲进去并不很难。带领这支骑兵的是一个有经验的参将,他发现寨西边的地势较高,便率领骑兵先绕到西边,然后来一个猛冲。可是没有想到离寨西门约摸一箭之地,是通向开封的大道,而中原地带的大道由于年年月月,大车通行,被轧得很低,往往比普通的地面低几尺,最低处甚至有一人多深,这在河南被称为大路沟。眼前的这条大路沟经义军稍加改造,两岸格外陡峭。左营的骑兵冲到这里,不能前进,正在徘徊,突然寨上火器、弓弩齐发,顿时死伤了不少官军。那个参将并不惊慌,迅速地观察了一下地形,立刻发现右面不远处有一段大路沟很浅,他便将人马往右面带去,打算从那里攻进营寨。

这时奉命在寨中睡觉休息的义军早已被杀声惊醒起来。为首的两个义军将领都姓白,一个是白旺,一个是白鸣鹤。他们早已注视着这支企图劫寨的官军,刚刚看见官军冲到大路沟边,便发射了一阵火器、弓弩。现在看见官军又从右边绕过来,白旺和白鸣鹤商量了一下,便各率五百骑兵分两路出寨迎敌。

由于义军来势很猛,官军禁不住纷纷后退。大约退了一里多路,那个参将发现义军人马并不多,而且没有后续人马,立即拨转马头,挥军再战,挡住了两支义军的攻势。

正当双方杀得难解难分的时候,在岳王庙开会的义军大将们也都听到了杀声。袁宗第听出杀声来自他的营寨,情知是左良玉派人劫营,立刻一跃而起,率着自己的亲兵飞驰而去。

李自成担心袁宗第吃亏,便霍地站起来,要自率标营亲军前去救援。刘宗敏也马上站起来,劝阻道:

"今日与往日不同。往日我们兵将很少,每遇打仗,你不顾危险,身先士卒。今日我们兵多将广,何用你大元帅亲自出战?我去!"说罢,迈开大步就要出去。

宋献策起来拦住,说:"大元帅不能去,刘爷也不必去,这事用不着你们亲自出马。我看左良玉决不是倾巢而出,仅仅是想夺取炮台,占点便宜罢了。派任何一位将军去都可以。"

闯王觉得有道理,便对刘芳亮说:"明远,你替我走一趟吧,率领一千骑兵前去驰援,要是有困难,这里再派人马支援。"

等到刘芳亮赶到炮台附近,左良玉已经收兵了。左良玉本来是想乘营寨空虚,奇袭得手,并不想大打,后来看见袁宗第率人马赶来,他知道时机已经过去,不愿继续鏖战,便赶紧鸣锣收兵。

袁宗第和张鼐赶快督率生力军,将大炮运上炮台,将炮台加固,又将没有挖完的壕沟全部挖好,防守的事情也布置得十分周密。

从下午开始,这尊大炮便不断地朝着左营打炮,有的炮弹刚好落在中军营,也有的炮弹穿过中军营落到更南边的营寨中,炸伤了不少人马,这给左营造成很大的威胁,人人惊慌不安,许多人躲到壕沟里面。炮火最猛烈时,连左良玉也不敢留在大帐。他故作沉着,缓步躲到壕沟。直到天黑时,炮声才渐渐稀疏。

由于左良玉的营盘成为义军的炮火的主要目标,左良玉又亲自督战去抢夺炮台,左营三天来所受的猜疑登时减少,对左良玉的谣言也平息了。然而这种变化已经挽救不了官军的败局。从崇祯十三年冬天开始,李自成的部队开始注意火器的重要。经过一年多的努力,张鼐的火器营成了一支进攻官军的可怕力量。目前,炮台准备就绪,很快就要对官军猛烈进攻。

二十二日晚上丁启睿又召集紧急会议,研究作战方略。大家都没有主意。杨文岳仍然主张进攻。他心里想:进攻纵然失败,也不过是溃乱,比不进攻而自溃总要好得多,至少朝廷不会治罪。但别的人都不同意,所以会议还是毫无结果。最后,丁启睿苦笑了一下,说:

"明天再议吧。"

到了半夜,左良玉通知他麾下所有参将以上的将领到他的大帐中听令,并命令他们严守机密,对于来大帐听令的事,不许使别人知道。

将领们陆续到来,他们看见大帐外戒备森严,左良玉的标营亲军已经站好队伍,牵着马等待出发。大家心里忐忑不安,不知道将下什么军令。有一个将领轻轻地问他的同事:

"是不是我军要独自杀开一条血路直趋开封城下?"

对方轻轻答道:"也许是,马上就会知道了。"

所有来到的人都匆匆地走进大帐去了。外面一片寂静,人马无声,只有繁星和下弦月缀在天上,照得地下人影憧憧。在对面义军营中还闪着火光。所有站在大帐外面的骑兵和步兵都把心提得很高,不知道马上如何出战。

趁着众将来到之前,左良玉从后边走出大帐,独自来到一个小土堆上,向对面敌营瞭望。一群亲随兵将都站在土堆附近,大约在两丈以外,不奉呼唤不敢走到他的身边。大家肃静无声,连轻微的咳嗽声也不敢发出。每遇左良玉心情不佳或将要做出重大决策时,他最讨厌左右人打乱他的安静,日久成了习惯。

今夜,他要决定的事情实在关系重大,也许算得是他一生中最大胆的一次决定。像今夜这样的决定,在贺人龙、李国奇、郑嘉栋等大将都较容易,然而他和贺人龙等大将不同。他在全国将领中声望较高,兵力较强,目前人马在十万以上,他自己受封为平贼将军,麾下有总兵和副将职衔的将领成群,荣誉和权势远超出一般镇帅之上。十几年来,他很少打败仗。尤其自从崇祯十二年在罗猴山受过一次挫折之后,他每遇战事总是小心筹划,大胆进攻,独当一面,不愿受担任督师或总督的文臣节制,朝廷上都骂他骄横跋扈,然而他总是处在胜利之中,不断地建立功勋。特别是对张献忠作战,他几乎是每战必胜。所以荣誉和权势都使他对今夜要做的决定大为苦恼。前天他就在思虑着这一挽救全军的办法,临到行动关头,他却不能不踌躇了。

他继续站在土堆上,在星光月色下默默思忖,下不了最后决心。突然,他看见就在昨天他想夺占的那座炮台左右,又出现了两座黑影,使他顿吃一惊。他推测:这必是对方在天黑以后赶筑起来的两座炮台,大约不到天明,三座炮台上的大炮就会一齐向他营中打炮。他愤愤地骂了一句:"李瞎子要专打我了!"顿时下了决心,不再犹豫。

当他回到帐中时,将领们已经来齐。大家见他进帐时神色严峻,嘴唇紧闭,知道战事临到了决定关头。但是都猜不透他如何决定,有人猜想他可能按照几天前的主意,下令向敌人全力进攻,夺取正北的炮台和营寨,直趋开封近郊,背城扎营,以求立于不败之地。有人知道向闯营进攻不易,胡乱做些别的猜测。等他坐下以后,大家的眼光都集中在他的脸上。整个大帐中静悄悄的,气氛紧张。倘若此时有一枚绣花针落在地上,大概也会被人听见了铿然声音。左良玉先向按官职高卑分两行肃立的众将官扫了一眼,轻声问道:

"如今这局势,你们都清楚。你们看,这个仗,应该如何打才能够使我们全军不至于溃败?"

众将领相顾无言。从正东方传过来三次隆隆炮声。左良玉心中明白,这是敌人故意向丁启睿营中打炮,使他不提防正在赶筑的专门对付他的另外两座较大的炮台。他因为自己看透了敌人的诡计,不自觉地从嘴角流露出一丝冷笑。随即,他又用威严的目光遍视众将,等待他们说话。一个职位最高的将领见别人都在望他,他

习惯地轻轻清一下喉咙,回答说:

"请大帅下令!职将等追随大帅多年,大帅要我们怎么打,我们就怎么打。抛头颅,洒热血,全凭大帅一句话。"他看大帅并未点头,又接着说了一句:"或夺取上游水源,或直趋开封城下,请大帅斟酌,但不可迟疑不决,误了大事。"

左良玉听了这些话,全无特别表情,于是转向一位素有智囊之称的幕僚,轻轻问道:

"局势如此不利,你是智多星,有何善策?"

这个幕僚本来想劝他退兵,但是不敢说出,怕的是一旦退兵会引起全军崩溃,日后追究责任,他就吃不消了。略一思忖,故意说道:

"依卑职看,拼力北进,打到开封城下,也是一个办法,大帅以为如何?"

左良玉冷冷一笑,摇头说:"已经晚了。"

于是帐中又一阵沉默。左良玉知道大家拿不出好主意;目前时间紧迫,也不允许在这里商量太久。他严肃地望望大家,说:

"目前想去开封,为时已晚;要进攻李自成大营,夺取上游水源,断难成功。惟一上策是离开这里,立刻离开,不能等到天明。"

全体都吃了一惊,所有的目光又一次都集中注视在左良玉的脸上。他带着焦急和愤怒的眼神,继续说道:

"刚才我看见贼营又在修筑两座炮台,连白天修筑的一共有三座大炮台。等黎明修成后,必然会向我营一齐开炮,敌人的三十万人马看来也会同时向我们进攻。到那时,丁营、杨营会先我们而逃。他们一逃,我们三面作战,也许是四面被围,再想退走就来不及了。如今只有一个办法,就是我们离开这里,先走为上。"

有人问道:"我们现在一走,丁营、杨营还有虎营,这三营怎么办?"

左良玉冷冷地说:"那就得听天由命了。如今保我们左营十二万将士的性命要紧,顾不了那么多了。"

又一幕僚问道："倘若丁督师、杨总督、虎镇的人马一旦覆没，朝廷岂能不问？"

左良玉向他狠狠地瞪了一眼，说："朝廷事我早看穿了。今日只说今日，保我们将士要紧。日后事何用今日担忧！"

那个幕僚吓得不敢再说话。左良玉又说道："我们先往许昌撤退，到许昌立定了脚跟，再作计较。"

有些人明晓得许昌不是立足之地，但也不敢多问。其实左良玉话虽然这么说，他的目的也不是驻军许昌，而是要从许昌直奔襄阳。他认为河南已经完了，在中原决无他左良玉立足之地，只是他不愿马上把奔往襄阳的话说出来。

大家正等待他说出如何能够全师而退，左良玉忽然提高声音说：

"诸将听令！"

所有的人都一下紧张起来，恭敬地站直身子，注目望他。只听左良玉非常清楚地把退兵的部署一条一条说了出来。哪一个将领在前开路，哪一个将领在后护卫，哪一个将领居中策应，他都考虑得十分仔细，说得十分明白。最后，他命令诸将出去后马上整队，等他的号令一下，立即出发。

负责在前开路的将领问道："我们向西南去，要穿过丁营、杨营的部分驻地……"

左良玉不耐烦地打断了他："事到如今，管不了那么多！"

众将肃然退出。

大约到三更时候，有几个骑兵从左营中军奔出，分向左军各处。没有号角，也没有人大声呼叫，但见各部营寨的人马都按照预定的部署开始向西南迅速开拔。当他们经过丁营、杨营的部分防地时，冲乱了这两营的人马。丁启睿和杨文岳都派人来找左良玉询问："是何缘故，忽然撤走？"左良玉根本不见他们的人，只命他的中军简单回答：

"奉了皇上十万火急密旨,要绕道去救开封。"

来人又问:"救开封为何往西南退走?"

"此系机密,不便奉告。"

左营人马就这样直奔西南而去,顺路还夺取了丁营、杨营的一些骡马。丁、杨两营的将士事出意外,赶紧出来拦阻,同左兵互相杀戮,各有死伤。但左营的将士不敢停留,一面砍杀,一面放箭,一面急忙赶路。

丁启睿在帐中急得顿足叹气,不知所措。他早就害怕左良玉来这么一手,今天果然如此。他只得去找杨文岳商议,可是马上有人报告他,杨营也匆匆撤走了。原来,杨文岳曾有项城火烧店的经验,那一次他几乎未能逃脱,全亏将士们把他强拥上马,撇下了傅宗龙,才保住一条老命。现在一见左良玉逃走,他不管督师丁启睿生死如何,马上将自己的部队集合起来向南方奔逃。丁启睿知道杨文岳已经扔下他逃走,赶快在他的亲兵亲将的保护下向东南狂奔。由于逃得太急,连皇帝赐他的尚方宝剑也丢掉了。在逃走的路上又丢掉了督师大印和皇帝敕书①。

总兵虎大威原归杨文岳指挥,本想保护杨文岳一起逃走,没想到杨文岳没有给他打招呼就先逃走了,接着听说丁启睿也逃走了。他知道大势已去,便率着自己的人马也向东南方向逃走。

官军整个崩溃了。十七万人马分为几支:大支是左良玉的部队,另外是杨文岳一支、丁启睿一支、虎大威一支。在逃跑的过程中,每一支又分为若干股,互相争道夺路。将士们恨不得自己比别人多生两条腿,或能长出一对翅膀。

惟一不同的是左良玉的人马。虽然也是逃离战场,但是一路上部伍不乱,哪一个将领在前,哪一个在后,哪一个在左,哪一个在右,基本上都能按照他的命令行动。他的帅旗已经卷了起来,由掌旗官手下的兵士扛着,紧紧跟在他的后面。他自己虽然换上了小兵的衣服,但是这丝毫不影响他作为全军主脑,一切情况都有人随

---

① 敕书——在任命他为督师时皇帝下的一道敕书,等于任命书。

时向他禀报,他也随时发出必要的命令。士兵不晓得他在什么地方,可是他的亲兵亲将,特别是中军营的将士,都晓得他的所在。这些情况确实表现出左良玉不惟经验丰富,而且确有大将之才。

不仅如此,对于如何应付义军的追击,如何迎击义军的拦腰截杀,他胸中也全有准备。他虽然骑兵不多,不足一万,但都在打张献忠时经过恶战锻炼,比较精锐。他命令骑兵一部分在后掩护,一部分分在两翼。还派了许多游骑在三四里外巡视,如发现敌人,一燃火光,全营马上可以占据地形,等待迎战。另有二万步、骑精兵作为中军营,随着他的最精锐的帅标营三千人马,一同前进,倘若某处出现危急,随时可以策应。

太阳慢慢地上了树梢,左军经过紧张的奔跑,已经走出五十里以外。骑兵还不怎么样,步兵已经显得困乏。几天来大家水喝得不多,东西也吃得不多,在平时也许跑五十里还能保持精神,今天就不同了。左良玉很庆幸李自成不知道他会逃走得这么快,不曾派人马拦住去路。

又走了一二里路,他们发现义军的骑兵追了上来,人数约有二万左右。左良玉心中一惊,立刻命令后队做好迎战的准备。但奇怪的是,这支义军并不逼近左军,总保持着二三里路的距离。有时派出小股骑兵前来骚扰,并不认真打仗,与左军稍一接触便退了回去。就这样,左军在前面走,他们在后面走,好像是送行一般。

左良玉发现前无伏兵,后面的追兵人马不算多,也不穷追,开始放下心来。他担心人马过分疲倦,倘遇意外,不能仓促应战,便下令全军赶快休息打尖。在打尖的时候,部队还是十分整齐,摆好了迎战的阵势。闯王的骑兵也停了下来不再前进,偶尔有数十名至多数百名骑兵走到左军附近窥探,可是左良玉的骑兵一迎上去,他们便赶快退走。

不一会儿,左营将士们都吃了干粮,饮了冷水,精神恢复过来,马也饮了水,大军又继续前进。义军也照样在后面跟随,仍不逼近。左营的将领一般都富有作战经验,见此奇怪情形,丝毫不敢松懈。也有些人心中感到纳罕：为什么李自成的这一支大约两万人马不穷追猛打呢？他们人数虽少，但这些日子来休息得好，精力旺盛，如果猛冲一下，左军是会吃亏的。这么想着，有人就在马上小声议论起来。

左良玉知道将领们心怀疑团，在马上望了望左右亲随，说：

"这有什么可稀罕的？自古打仗，谁都知道有两句话，就是'穷寇莫追，归军莫遏'。现在我们不是打了败仗，是全师退出水坡集，奔往许昌，万众一心，军容严整。李瞎子不愿同我们打硬仗，怕损失他的人马。他们跟在后面为什么？还不是想把我们沿路遗弃的军资抢去，看我们有机可乘时捡点便宜。要紧的是我们自己不疏忽大意，不给敌人便宜捡。"一个身边的将领说："大人，跟在我们后面的只有李瞎子的一部分人马，我担心他的大军会随后追到。"

左良玉说："我想，他吃柿子拣软的。眼下他的大部队人马，正在一心一意地去消灭丁、杨两军，两天之内不会全力来追我们。"

一个常在身边的清客向他奉承说："大帅知己知彼，用兵如神，全师而退，未失一兵一卒。自古名将用兵，罕有如此！"

左良玉摇摇头说："眼下还应该多加小心，可不能轻视李瞎子这个人。他善于用兵，非张献忠可比。"

那清客见自己的话不对左良玉的口味，赶快在马上拱手说："是，是，大帅所见极是。"

当左良玉从水坡集逃走的时候，李自成正在岳武穆庙中。因为已经侦知左良玉同丁启睿、杨文岳的意见不合，且处境十分困难，所以他特来这里同罗汝才、刘宗敏、宋献策等商量天明后如何集中更多的大炮攻击左营，迫使左良玉丢下丁、杨两军先逃。可是谁也没有料到，竟然不等到天明，更不等到他们再用大炮猛烈轰击，左良玉就慌忙地逃走了。

在当夜前来参加会议的大将中，郝摇旗到得最迟。连日来他一直率领游骑在水坡集南面放火烧麦子，扰乱敌营，监视官军动静。当他正要前往岳王庙时,得到禀报,说水坡集的官军营寨中人马声音杂沓,不知出了何事。他赶紧吩咐"再探"。自己飞马来到岳王庙,向闯王报告了上述消息。大家一分析,认为很可能是敌人趁黑夜逃走,但具体情况不清楚。正在商量如何出兵追击时,水坡集方面又有飞骑来到,向闯王禀报说:左营大军正从西南方向逃走,可是部伍不乱,有上万骑兵殿后,两翼也有少数骑兵。

得到这个探报,李自成、罗汝才等一下子心中全明白了。这突然的变化打乱了李自成已经做好的部署。在片刻之间,他重新做了一番思虑,正要发出命令,郝摇旗忍不住走到他的面前,说:

"闯王,让我带自己的弟兄去追左良玉这小子吧。我的人马驻在朱仙镇南面八里处,要去追他们很容易。"

李自成没有理他,下令李过和袁宗第率领二万骑兵和三万步兵前去追击。如何追击,他也做了一些指示。又命刘芳亮率领一万五千步骑兵进入水坡集,剿杀明朝尚未退走的部队,搜集遗弃在水坡集一带的骡马和各种军资。这样命令之后,他又望望罗汝才,把追击丁启睿、杨文岳的事情交付给他,并从自己手下拨出一万人,也归罗汝才指挥。

郝摇旗再也忍不住了,跳起来说:"闯王,大元帅,你把我急坏了!如今老左逃走,你为什么不派我去追赶?我去拦腰截住,准能把左营人马冲得五零四散!"

闯王笑道:"你太看轻老左了,所以我才不让你去追击。万一你又因为轻敌吃了老左的亏,岂不后悔无及?"

郝摇旗说:"难道我跟着你是吃白饭的?俗话说:养兵千日,用在一时。今日你不让我追赶,那我只好解甲归田了。有痛快仗不叫我打,要我这个人在闯王大军有什么用呢?"

闯王又笑了笑,说:"我给你一道军令,让你率领手下人马,专找虎大威,盯着他不要放,能把他消灭就消灭掉;不能消灭,也要打得他没有力量再去救援丁启睿和杨文岳。好,你赶快去吧。"

郝摇旗高兴地说:"好!虎大威也是朝廷有名的战将,我找他算账去,不让他轻易跑掉!"说罢就匆匆地退了出去。

李自成又把如何搜集明军遗弃的各种物资、如何搜抄逃散的明军、如何处置俘虏等许多事情通盘想了一下,对宋献策说:

"军师,我同捷轩去追左良玉,你和一功留下来。天明以后你们就去水坡集坐镇,这里的事情都由你二人主持。如何接应追杀丁启睿、杨文岳、虎大威的人马,也统统由你们相机处置,不必等我回来。"

宋献策说:"请大元帅放心,但愿老左这一仗飞不出我们布下的罗网,将其活捉或阵斩,使各路官军闻之丧胆,崇祯从此更无能为力。"

刘宗敏接着说:"使他无处可逃,逼得他阵上自尽,那样的下场也行啊。"

李自成心里也巴不得将左良玉捉获或者杀掉,但他不愿预先把话说得过火,因此他没有做声,也没有笑容,匆匆地看一眼身上的披挂,就带着刘宗敏离开了岳王庙。

他们率领五千精锐骑兵出发,向南大约走了十里左右,来到一个三岔路口。闯王分给刘宗敏两千骑兵,说:

"今天的事来得突然,手头可用的兵没有我们原来商量的那么充足,你带两千人马去吧,赶快去,能捉就捉到,不能捉就把他阵上杀死,总之这一次不能放他轻易逃走。"

"我知道,就按我们昨天的想法去做。估计等我遇着他的时候,他身边人马已经很少,我不会放过他的。"

闯王点点头,挥一下手,说:"事不宜迟,快走!"

将近中午的时候,左军人马又奔跑了三十里路,从后半夜算起,到现在已跑了七八十里,步兵早已十分疲倦,只是由于都想逃命,才勉强鼓着劲,继续赶路。原来部伍十分整齐,现在开始显得乱了。所好的是,前路没有拦阻,没有遇见埋伏。现在他们已经发现,在李自成的骑兵后面,还有很多步兵跟随着,但步兵同他们相距很远,大约在十里以外。跟他们接近的只有那二万左右的骑兵,仍然像早晨一样,不紧不慢地跟着,偶尔有小股骑兵靠得较近,左军一迎上去,对方立刻就退走了。

又走了一段路,左良玉在马上望见前面三四里路外有一个较大的市镇,炊烟缭绕,似闻牛、羊、鸡、犬之声,后来又听到一头驴子的叫声。看来老百姓并不知道他从这里逃走,所以仍然像往日一样,留在市镇里面。这情况使他十分高兴:既然这个相当大的市镇安堵如常,鸡犬不惊,可见并没有李自成的人马在这里拦截;倘若有"贼兵"在此,老百姓早就逃空了,不会听见这些家畜家禽的叫声,如同平时一般。他在心中笑道:

"人们都说李瞎子善于用兵,且有宋献策等为之谋划,今天看来,真是吹得过火。他们竟然没有料到我会向许昌退走,不知道在这里阻拦,真是疏忽可笑。"

刚刚在心中说了这话,他看见前队人马忽然停住,而后面人马仍在继续向前走,道路拥塞起来,部伍混乱了。他厉声喝问:

"前军为何不进?"

一个偏将从前面策马奔来,向他禀报:"前面有一条深沟,宽约八尺,深约七尺,挖起来的土堆在西岸,使壕沟更难越过;顺大路蜿蜒不绝,不知究竟多长。对岸竖了一块木牌,上面写着一行大字,看来我们是中计了。"

左良玉大吃一惊,问道:"那木牌上写的什么字?"

偏将惊骇地说:"那木牌上写的是:'左营溃于此地,降者不杀!'"

左良玉才知道果然中计,不禁心惊肉跳。但是他故作镇静,骂了一句:

"瞎贼妄想!老子会全师退到襄阳!"

这句话刚刚骂出,又一个将领骑马奔来,从怀中取出一张纸递给左良玉:"大帅,请看。"

左良玉打开那张纸,认得上面写的四行字是:

奉告昆山将军，

君乃釜底游魂；

速速率众投降，

免遭兵溃成擒。

"从哪儿撕来的？"左良玉大声问。

"在壕沟这边一棵树上撕下来的。"

"从左边绕道！"

左良玉担心敌人从右边包围上来，认为左边比较安全。可是刚才跑来的那个将领说：

"不行，大人。你瞧，左边数里之外，贼兵旗帜甚多……"

刚说到这里，一直跟在后面的二万名追兵陡然擂起战鼓，杀声震天。左良玉立即命令后军拼死应战，不得后退一步；又命令前军：

"填壕！立刻在壕沟上填出一条道路！"

他自己策马向前，督率将士填壕，但缺乏工具，不可能很快地填出一条路来。最前面的步兵没有办法，只好向左右散开，打算寻找浅处过去。可是数里之内，几乎没有浅的地方，最浅处也有五六尺深。左军一看这个情况，更加大乱，互相拥挤。前面的人先跳进壕沟，还没爬上对岸，后面的人又继续往里跳，一时沟里跳满了人。左良玉的中军骑兵，看到这种情形，没有办法，只好也策马过壕。马蹄踏在下面步兵身上，引起一片更大的混乱，一片惊人的惨叫。

等左良玉来到沟边，壕沟里已经填满了死伤的步兵，有些骑兵跳下去后也落下马来受了伤。左良玉再也顾不了他的人马，吩咐左右的亲兵亲将说："立刻过壕！"

说了以后，他就狠狠地在马上加了两鞭，马跳起来，但因为将士拥挤，没有跳过对岸，落在壕里，马腹碰上下边的刀枪。他的亲兵亲将拼死来救他，有的先过去了的人也在那边拉他上岸。但是他的战马已经受伤，行动不得。一名亲将赶快把自己的马换给他，让他骑上。等他和亲兵亲将上了岸，后面的人马也开始潮涌而来，你推我挤,拼死争路。

左良玉勉强把上岸来的人马整顿一下,正待向西南冲去,忽然从前面冲来几千义军的骑兵和步兵,拦住他们截杀。义军的旗帜上出现一个"田"字。左良玉骂了一句:

"他妈的,田见秀原来在这里等着!"

左良玉明白别无办法,下令人马向田见秀的阵势猛冲,不许退缩。可是田见秀的人马并不同他死拼,只是不断地接仗,打了以后就稍微退一段路,然后接住再打,目的是使左良玉的人马不断溃散。

这时在壕沟东边,义军的一万多骑兵攻得很猛,使左良玉的后队很难支持。左良玉看见后面乱得很凶,而田见秀的人马并不很多,便一面抵抗田见秀,一面准备派已经过了壕沟的部分人马去回救后军。他还严令后军大小将领必须拼死抵敌,不准惊慌乱逃。后军人马得到这条命令,又知道马上有人回来救援,果然不敢逃走。可是正在此时,左营将士忽然发现义军方面出现了闯王的大旗,还看见李闯王骑着乌龙驹驰向战场。虽然跟随闯王大旗驰来的只有三千骑兵,但是官军本来已在苦苦支撑,忽见义军又增添了人马,而且闯王亲自来了,精神顿时崩溃,再也不能抵抗,如同山崩似的,丢掉旗帜,各自逃命。壕沟早已填满半沟死伤的人马,活着的尚在挣扎,这时后队的步兵和骑兵又往里跳,又一次互相践踏、互相拥挤、互相砍杀。没有逃过壕沟的,在一场混战中有的被俘,有的自己跪下投降,有的被杀死在旷野上,有的落荒而逃。

知道闯王本人来到战场,左良玉非常惊慌。他左右尽管已有五六千人马集结在一起,但已经没力量控制败局。他的儿子左梦庚和一些将领劝他赶快走。他顾不得后边部队的生死,率领这几千人马杀开一条血路,继续往西南冲去。

闯王的骑兵正在沟东边到处追杀溃逃的左军,后面的步兵也赶上来了。他们全力消灭了未能逃走的大部分左军,但对左良玉本人却没有追赶。追随在左良玉身边的虽然只有几千人,连同后来跟上来的逃兵也不过一万几千人,人饥马乏,盔甲不全,十分狼狈,但在逃跑的过程中却是一股决死拼命的力量。田见秀不断地追杀、拦截,都无法阻挡这一股溃逃的激流。后来田见秀接到了闯王的命令,便不再穷追左良玉,把人马带回,一起搜剿在原野逃散的官兵。一个小将问道:

"田爷,为何不追赶啦?难道白白地让老左从我们手里逃掉?"

田见秀笑一笑,说:"咱们搜剿散兵吧。闯王自有布置,你怕他左良玉能够插翅飞走?"

第十五章

左良玉仍然没命地奔逃,逃了十里左右,忽然前面又有一队义军拦住了去路。这时左良玉的人马被田见秀截杀之后,已经不到一万,但是他知道后面已无追兵,便竭力保持镇静,下令部下勇猛杀敌,不许后退一步。刚刚布好阵势,准备迎敌,忽见敌人旗帜上有个"李"字,为首的将领一只眼睛旁边有一块伤疤。左梦庚一看大惊,对父亲说:

"大人,这是李过,小李瞎子!"

左良玉听说是一只虎在前拦路,知道非苦战不能活命,便大声下令:

"擂鼓!有后退者斩!"

他自己一马当先,率着将士冲向前去,要杀开一条血路逃走。忽听李过在马上高声喊叫:

"我是李过,请左将军说话。"

"停鼓!"左良玉将手一摆,对左梦庚说,"你去问他有何话说。"

左梦庚策马向前,向李过问道:"将军有何话说?"

李过高声说道:"请告左将军,家叔李闯王向左将军致意:明朝大势已去,亡在眼前。请左将军趁早投降,共图大事。"

左良玉在后面听到,忍不住骂道:"狗屁,火器营赶快施放火器!"

在左良玉的逃兵中,还有不少火器营的将士,立刻就有人点放了火器。李过挥兵稍退,等官军放过了这一阵火器,正在装药装弹的时候,他把宝剑一挥,义军就冲杀过来。左良玉挥兵死战。正杀得难分难解,猛听得另外一边鼓声大作,喊杀声大起。左良玉害怕被围,无心恋战,自己先走,阵势随着崩溃,人马都跟在他的后面夺路逃命。

这新杀过来的是李岩的人马。他在这里已经驻军了一天半,一面放赈,一面等候左良玉。现在他同李过合为一处,正在追杀左良玉的溃军,忽然后面又有大股溃军冲了过来,他们同这股溃军发生了一场混战。等他们把这一支七八千人的溃军杀散,左良玉已经跑得很远了。他们又追了一阵,追赶不上,便收兵回来,继续消灭那些溃散的左军。溃军已分成了小股,每股十几人,几十人,或上百人,也有上千人的大股,不管有路没路,到处逃窜。当地老百姓平时对官军恨入骨髓,这一两天又见李岩前来放赈,更是感激义军,加倍地痛恨官军。青壮老百姓多数听从李岩号召,拿起锄头、木棍、镢头,到处截杀这批逃散的官军,将他们打死。有些曾遭到官军杀良冒功的人家,或曾有妻女被官军奸淫的人家,被官军烧毁了房屋的人家,为解心头之恨,不但将官军杀死,还将他们剖心、割势①,或扔进火中。

左良玉的人马已经溃散了,只有不足两千骑兵追随在他的身边。后边杀声渐远,终于听不到了。左良玉心想,只要左右亲将还在,召拢溃散的将士,总还可以回来一批,等逃到襄阳后,利用他的声威,重新恢复不难。看见将士们灰心丧气的样子,他在马上向左右亲信们鼓励说:

"我们冲破敌人层层拦截来到此地,可见吉人自有天相②。闯贼毕竟失策,倘若他用大兵在沟边拦截,我们就很危险了。他埋伏在沟西边的人马太少,一路拦截的人马都不很多,加上我们将士用命,虽然死伤不小,到底李自成莫奈我何。如今前头不会再有敌人,大家好生赶路,到了许昌,稍事休息,就去襄阳。到了襄阳……"

正在说着,不提防前边又有一支义军拦住去路。左良玉在兵

---

① 割势——势,睾丸,《晋书·刑法志》:"淫者,割其势。"
② 吉人自有天相——好人自有天保佑。

败危急关头仍然能保持镇定,勒马前望,收拢队伍。亲将死士见主
帅十分镇定,也都胆壮起来,肃然无声,等候命令。左良玉见敌人
虽然全是骑兵,却是人数有限,不过一两千人,于是他故意在将士
面前露出轻蔑的冷笑,却在心中盘算着如何逃走。他断定这是李
自成布下的最后一支伏兵,冲过这一"关",以后就平安无事。在紧
迫中,他毫不慌乱地一面指挥自己的将士布成可以顶住冲击的方
阵,自己立马阵中,嘱咐大家沉着对敌,千万不要惊慌,一面差一小
校去见敌将,说他愿意用一万两银子买路。不想那个敌将在马上
哈哈大笑,声如洪钟,说道:

"我刘铁匠奉闯王之命,在这里等候左将军投降,非贪财卖路
之人。请左将军速速下马相见,不必再逃,我刘某一定以礼相待。"

左良玉想了一下,命小校前去回答:"左帅敬答刘将军,请将军
稍候片刻,容与部下将领商量决定。"

这样回答以后,左良玉把一个中年将领叫到身边,对他说:

"多年来我待你不薄,今日要用你出力了。倘若你不幸尽节,
你的父母妻子不用你挂心,我会视如家人,特别看顾,还要向朝廷
为你请恤请荫,使你家里能得到封妻荫子之荣,长享富贵。我的意
思你明白了吧?"

这位亲将身材魁梧,方面巨口,紫檀色面皮,短短的胡须,长相
近似良玉。他曾犯法当斩,左良玉将他救了,平日受左良玉特殊优
待。听了良玉的话,他的心中顿然明白,用略微打颤的声音回
答说:

"末将多年受大帅豢养之恩,常恨无以相报。今日兵败到此,
遇着悍贼刘宗敏拦住去路,正是末将以死报恩之时。末将定当遵
照大帅吩咐,前去诈降,死而无恨,请恩帅大人放心。"

左良玉对他又感激又赞许地点点头,然后向背后一看,说:"旗
鼓官,速将卷起来的帅旗打出,随陈将军前去投降,见机行事,不可
大意!"说罢,又回过头来对中年将领说:"陈将军,你率领全营前去
投降……"他把自己的计划低声地告诉陈将军,陈将军点头会意。

他又向左右将领嘱咐数语，大家立刻明白了是怎么一回事儿。左良玉的这些亲信爱将都是他多年豢养的死士。平时左良玉对他们百般纵容，随便赏赐，目的就是要他们临危效力，为他拼命。而他的亲兵亲将、家丁死士，心中也从来没有朝廷，没有皇帝，只有一个左帅。如今他们明白了左帅的意图，一个个忠心奋发，愿为左帅而死的悲壮情绪充满胸怀，勇气登时增长十倍。左良玉又向大家望了一眼，知道他们的忠心可用，自己也更加镇定。他们约定：以陈将军向刘宗敏拱手施礼为号，突然动手。左良玉最后在陈将军的肩上拍了一下，说：

"你去吧，要大胆，沉着。帅旗不可丢失！"

陈将军策马前去，后边跟着旗鼓官，高擎着左良玉的大纛，边走边卷，分明是要将大纛交出；再后边是左良玉的亲兵亲将和一批弓弩手。左良玉自己混在士兵群中，一起向着义军方面策马走去。

刘宗敏完全不知道左良玉已经换成小兵装束。他看见走在前面的敌将身材魁梧，十分镇定，以为真是左良玉，不觉嘴角露出一丝嘲讽的微笑，对身边一个将领说：

"哼！老左打敬轩那么得手，今日如此狼狈，恐怕他自己也没有预料到吧？"

这一支明军渐渐地来到面前，那个走在前边的大块头将领器宇轩昂，败而不卑，在马上拱手施礼，叫道：

"刘将军！"

"左将军！"刘宗敏拱手还礼。

突然，明军一声呐喊，冲杀过来。刘宗敏赶快应战，腿上已经中了流矢。他忍痛将箭拔去，大喊："活捉左良玉！"他手下的骑兵在一阵骤然的混战中大显身手，很快将敌人杀散。不管个别敌将如何为左良玉拼死卖命，毕竟饥渴疲劳，人与马力俱乏，抵不住义军的勇猛冲杀。

刘宗敏不管箭伤不住流血，双刀左杀右砍，吼声如雷，挡者披靡，紧追着那个大块头敌将不放。那敌将看见帅旗已经被刘宗敏的一个小校夺去,宗敏一马当先,亲兵不多,很快追近,断定自己万难逃脱,便忽然勒转马头,挺起长枪,说了声"看枪!"直向刘宗敏的心窝刺去。刘宗敏施一个"敬德夺槊"的绝招:身子一闪,左手抓住枪杆,趁势一拉,将敌将拉到身边,顺手擒住。可是他腿上的创伤忽然一疼,使他不由地松了手,敌将乘机逃开。他又把马镫一磕,追了上去。敌将因战马无力,又被刘宗敏抓住。刘宗敏狠狠地将敌将抛到马下,对左右亲兵说:

"捆起来!"

然后他又追杀了一阵逃敌,下令鸣锣收兵。他找了一棵大树,坐在地上,叫亲兵用布条将伤口捆扎起来。幸而伤势并不深,没有伤筋动骨。包好伤后,他叫人把敌将带到面前,问道:

"你是左良玉么? 不像。老子刚才误把你当成了左良玉。"

那个陈将军怒目而视,答道:"你说我是左将军,我就是左将军;你说不是就不是。要杀就杀,少说废话,耽搁什么工夫!"

刘宗敏举着大刀,站了起来,又把这个将领打量了一下,点点头,微笑说:

"你这小子倒还有种。我现在问你,你既然不是左良玉,为何要冒充左良玉来欺骗老子?"

"这有什么奇怪? 左帅待我有恩有义,我是他的手下爱将,为着保我们左帅重振旗鼓,为朝廷剿灭流贼,我才将自己的生死置之度外。这有什么奇怪?"

"你们左帅苦害百姓,罪大恶极,你还为他这样效忠,你难道就不怕老子捉到你以后活剥你的皮?"

陈将军用鼻孔冷笑一下,说:"刘铁匠,你大概也看过戏。在虎牢关前,刘邦打不过项羽,让纪信装作他出来诈降,纪信后来被活活烧死。老子今天犯到你手里,你愿用火烧,你就烧;愿剥皮,就剥皮;横竖这一百多斤肉交给你啦。"

刘宗敏也冷冷一笑,说:"我既不烧你,也不剥你的皮,看你还是个有种的小子,老子亲手斩了你,以解心头之恨,不给你多的苦吃。跪下！"

"要杀就杀，我这条腿只对左帅下跪，决不对贼人下跪。"

刘宗敏不再问话，一刀挥去，砍断了敌将的脖颈，又碰着敌将身上的铁甲，只听"咔嚓"一声，头早飞出去了，肩膀也被劈去一半，倒在地下。

刘宗敏四面望望，仍想追赶左良玉，但左良玉的人马已经杀散，不知道他逃往何处。正在这时，闯王的一名亲兵驰到跟前，说闯王催他火速回去，不必再穷追了。刘宗敏只好遵命而返，心中觉得十分后悔，叹口气说：

"老子一时粗心，放虎归山啦！"

约摸三更时候，李自成回到了朱仙镇岳武穆庙。曹操也回来了。从昨天后半夜起，义军就开始追击溃逃的官军，整天都在追击、截杀、混战，获得了空前的大胜。官军十七万人马，分作几路逃跑，差不多全都被消灭了。左良玉只率领几百人在混乱中逃走，不知去向。李自成估计他是逃往襄阳。丁启睿、杨文岳和总兵虎大威、杨国柱都朝汝宁方向没命地奔逃，人马所剩甚少。闯、曹二营仍有一部分人马在继续追杀溃军，大部分人马奉命返回。

李自成让曹操回营休息，自己留下来等待刘宗敏。两三天来他很少睡眠，不是听军情报告，便是商议、部署，或思虑一些计谋，加上整整一天都在指挥作战，双眼熬得通红，十分疲倦，很想躺下去好好地睡一大觉。可是，当他听完高一功和宋献策关于搜集官军遗弃的军资以及各路作战情况的禀报，又看过了夺得的重要东西后，心中十分兴奋，脸上露出满意的微笑，瞌睡也在兴奋中跑掉了。在这些重要东西中，有督师丁启睿的一颗大银印、一柄尚方宝剑和一道黄颜色的皇帝敕书；还有杨国柱等总兵官的旗纛和关防。李自成心想，虽然他在战场上多次获胜，消灭了傅宗龙，又消灭了汪乔年，但是一仗消灭这么多敌人，这还是第一次，看来要不了多久就会将明朝的江山夺到手了。

过了不久，刘宗敏回来了。他一见闯王，就骂自己没有捉到左良玉。闯王却关心他的箭伤，知道伤势不重，血早已止住，才放下心来，说道：

"捷轩，你不要心里悔恨，这怪不得你。虽说我们谋划甚周，如何炮轰，如何促其内溃，如何追击截杀，都作了打算，但没有想到他会提前一天逃走。所以我们临时就不能按原来的部署行事，也调不出那么多兵来拦头截杀。世界上的事情多不能筹划得十全十美，何况是大军作战？何况我们对付的是左良玉？今日没有将左良玉捉到，这也是天数。凡是大将都上应星宿，可见他的将星还不到落的时候。"

刘宗敏骂道："要真是天数啊，我看必定是老天爷瞎了眼睛！"

李自成笑着说："老天爷是不是瞎了眼睛，咱们不知道。照我看，咱们在人谋上也不够周全。第一，我们知道老左必然逃走，但没有料到他会提前一天逃走。第二，我们原以为等你截住他的时候，他身边已经没有几个人了，顶多一二百人，没料到他竟剩有两千多骑兵，死命相随。你身边也只有两千骑兵，要捉住他就太难了。"

宋献策在一旁插言说："左良玉豢养了一大批亲兵爱将、家丁死士，遇到危急关头都能够真心替他卖命。看起来人虽不多，却是困兽犹斗。"

李自成又对宗敏说："是啊，事前我同军师也想到这一点，所以我暗暗嘱咐玉峰和林泉拦路截杀，总以为经过两次截杀，还有补之给他们的当头一击，他身边的亲信死党一定或死或伤，所剩无几了，这样可以由你最后来收拾他们。没料到他还剩下这么多人，更没料到他在那个时候还能保持镇静，临时会命人替他向你诈降，向你拼命扑来。这一点你没有想到，我同军师也没有想到。可见得老左这个人决不能等闲视之。"

宋献策也安慰宗敏说："现在我们才知道，老左从离开水坡集时就换上小兵装束，混在大军之中，真是狡猾之至，想捉到他确实不易。"

自成说:"所以我说老左能够脱网而逃,虽是我们人谋不周,也是天意不该他马上灭亡。"

宋献策笑了一笑,自信地说:"其实我昨天曾经卜了一卦,知道左良玉尚不会亡。"

刘宗敏半信半疑,笑着抱怨说:"老宋,你何不早说? 早说出来,也免得我瞎费精神。"

"说得过早,一则会松懈军心,二则么,我也不可过早地泄露天机呀。"

大家又谈了一阵,都认为虽然这次没有把左良玉活捉到手,也没有把他杀死,可是他的亲信爱将已经死得差不多了。纵然他跑到襄阳一带能够死灰复燃,今后也不会有大的作为。正说话间,亲兵们端来热面条、杂面蒸馍和一大碗马肉。大家饱餐一顿,天色已明。刘宗敏因为带着箭创,尚神仙从刘村老营赶来,为他敷药包扎,催他休息去了。李自成让宋献策派人去把所有追击明军的人马都叫回来,不必继续穷追。大军就在朱仙镇、水坡集一带休息一天,明日重围开封。他又派人传令谷英:今日午后就抽出一部分人马回阎李寨一带,为驻扎老营之事重新做好安排。

李自成自己不肯休息,由宋献策和高一功陪着,到水坡集附近和寨中巡视。前几天临时修起的拦河坝,已经开了口子,水仍由原来的河道向东流去。这时水坡集的驻军正在早晨的阳光中挑水、饮马。李自成在水坡集看了堆积如山的各种火器、兵器和盔甲。当他走到一片树林里时,发现在那里拴着上千匹牛、驴,这些牛、驴都是官军从老百姓村庄里抢来的,现在由义军夺回,准备发还百姓。但树林里骡马却几乎没有,因为各营义军得到骡马都不肯缴上来。李自成巡视一阵,对军师笑着说:

"这一仗虽是旗开得胜,下一仗围攻开封更重要。咱们用全力打这一仗也正是为着早破开封。看来,开封不会再来这么多的救兵了。"

献策说:"请大元帅赶快回去休息,不可疲劳过度。"

李自成带着亲兵上马,同献策拱手而别。

李自成刚离开水坡集一刻多钟,李岩从另一条路上来找闯王。他因为在尉氏境内追杀左兵,收容降、俘,搜罗官军遗弃的骡、马、甲、仗和各种军资,所以天明后才从战场返回到朱仙镇附近驻地。他有重要话急欲面见闯王,回到驻地后随便吃点东西,喝几口水,不顾两日来的瞌睡和疲劳,策马驰进朱仙镇;听说闯王和军师来水坡集,他立即策马赶来。

宋献策看见李岩匆匆赶来,一则诧异,一则高兴:诧异的是不知李岩有什么紧急事来找闯王;高兴的是李岩这次奉命去号召百姓,阻击左良玉溃逃之路,立了一功,使闯王十分满意。他等李岩下马之后,互相拱手施礼,随即携着李岩的手问道:

"林泉,大元帅已经传谕:各处杀敌情况,他全已知晓。诸将回来之后,赶快休息,不必急着见他。你为何不留在你的营中休息?"

李岩说:"献策,你以为朱仙镇这一战就应该到此为止么?"

献策说:"我军全胜……难道不是?"

李岩见献策露出惊骇神情,赶快微微一笑,说道:"我特意来见大元帅,敬献一得之愚。帅座何在?"

"大元帅连日很少睡眠,指挥大军,奔驰战场,十分疲劳。我劝他回老营休息去了。林泉兄有何紧急建言?"

李岩向周围扫了一眼。献策会意,屏退左右,拉李岩进入帐中。他们悄声密谈一阵,随后声音稍大,站在数丈外一位军师的亲随只听见军师说道:

"仁兄处此全军胜利,欢欣若狂之时,能够高瞻远瞩,为大元帅筹思良策,弟实在佩服之至。倘若大元帅采纳此计,即可立于不败之地,收拾天下不难矣。兄在大元帅前作此建议时,弟一定从旁说话,劝其采纳。但以目前情势看,大元帅是否采纳,还在两个字上。"

李岩的声音说:"此是天赐良机,稍纵即逝。大元帅英明过人,只要军师同我一起说话,想来有采纳刍荛之望。"

以后的话听不分明,似乎宋献策叮嘱李岩在向闯王进言时见机行事,适可而止,不要勉强。随后宋献策送李岩出来上马,拱手相别,望着他扬鞭而去。

李岩听了军师的话,暂不去见闯王,让闯王好生休息。他自己也十分疲乏和瞌睡,也同样需要休息。但是他暗中担心:这大好机会,一错过就悔之无及!

在回驰驻地的路上,他重新在心中咀嚼着宋献策劝告他"不要勉强"的话,心中凉了半截。他初到伏牛山得胜寨的时候,只觉得闯王豁达大度,虚怀若谷,常同他谋划大事,毫无隔阂。但是近一年来,随着闯王的人马强盛,声望烜赫,对待他渐渐地不似往日那样推心置腹,无话不谈。他也看见,宋献策以军师之尊,有时有所建议也只能见机行事,适可而止。这种情形,一半由于闯王地位崇高,非复往日困难挫折处境,一半由于闯王军中的大小将领十之八九是陕西人,且系久共患难的旧人,对河南人有形无形中有畛域之分,以客人相看,所以连宋献策在闯王同他议论陕西将领时,也尽量不置可否或不深言是非。想着这些情况,李岩对他将向闯王面陈的极关重要的建议,不免犹豫。

片刻过后,他转念李闯王对于指挥作战,确实是古今少有的大军统帅,类似唐太宗。三天前,闯王召集重要将领和牛、宋等幕僚密商歼敌之计,大家都认为左良玉一旦逃走,可能从杞县、太康,直奔陈州,观望形势。如果追得急,使他不能在陈州立脚,他将向汝宁、信阳逃去。一年来他在信阳一带驻军较久,地理很熟,可以凭险据守,而那一带得到粮食也较容易。也有人认为左良玉逃跑时可能走通许、扶沟大道,直奔郾城,扼沙河据守,如同今年二月间的情形一样。如他被逼过紧,在郾城立脚不住,将从西平、遂平、确山一路退回信阳。当时连宋献策也想着左良玉会往郾城和信阳逃走。当大家纷纷议论时候,闯王只是静听,一言不发。临到决断时候,他力排众议,断定左良玉必将从许昌、叶县、南阳奔往襄阳,应该在尉氏到许昌之间伏兵截杀。许多将领认为从朱仙镇奔往襄阳,路途最远,沿路旱灾严重,久经兵燹,城乡残破,人烟稀少,粮食十分困难,担心左良玉不会从这条路逃走。闯王将道理说出之后,他和宋献策十分吃惊,深佩闯王的智虑过人。可是还有一些将领,包括号称足智多谋的曹操在内,还有些半信半疑。事后证明,闯王真是料敌如神,左良玉果然在尉氏境内全军覆没,侥幸保留住一条性命逃往襄阳。从这些方面去想,李岩相信李闯王必会采纳他的建议。于是他不再心中犹豫,带着兴奋的情绪对自己说:

"不用怕,要当面向闯王建议。这,这确实是经营中原的一条上策,不应迟误,坐失良机!"

李自成从水坡集出来,驰回朱仙镇西北十五里处的老营,走进大帐,不吃东西,匆匆脱去衣服,倒头便睡。一则因为十分困倦,二则因为大战胜利,心上猛然轻松,所以睡得十分香甜,不时扯起一阵鼾声。吴汝义也躺在旁边的帐中睡了。双喜因提前回来,已经睡过一阵,如今坐在前边的军帐中侍候,仍在经常打盹。周围戒备很严,不许喧哗,不许闲人走近大元帅的帐篷。有些将领因事来见大元帅禀报和请示,不等他们走近大帐便被士兵挡住,告诉他们大元帅正在休息,不要惊驾。也有人有比较紧急的要事,就由传事的头目禀知双喜,由双喜接见。

黄昏时候,李自成一乍醒来,看见帐篷门外已经暗了。他伸个懒腰,打个哈欠,仍很疲倦,不想起来。又闭起眼睛,打算再睡一阵。忽然从附近传来战马嘶鸣,他听一听,虎地坐起,跳下行床。双喜来到他的面前,恭敬地说:

"爸,你太辛苦了,饭尚未熟,不妨再睡一阵。"

自成用鼻孔哼了一下,说:"如今是我们卧薪尝胆的时候,哪能多睡!"

他洗了脸,向双喜问道:"军师回来了么?"

双喜回答："军师回来了,李公子也来了,都在军师的帐中等候。军师说:林泉同他有重要事来见父帅。"

"有重要事?……好,你快请他们来吧。"

片刻工夫,李岩随着宋献策进来了。施礼坐下之后,宋献策说道:

"林泉有一重要建议,上午未见到大元帅,在水坡集跟我说了。我认为此计似乎可行,请大元帅斟酌。"

闯王向李岩问道:"是什么高明主意?"

李岩欠身说道:"三四天前,大元帅断定左良玉必向襄阳逃窜,果然料敌如神。大元帅认为,左良玉必不肯与丁启睿、杨文岳往一个地方逃,断不会逃往豫南,一则他不愿受丁启睿、杨文岳的拖累,二则他不愿局促于信阳和潢川一带,不能处于举足轻重之地。襄阳扼南北咽喉①,襟带江汉,自古为兵家所必争之地。据襄阳即可以争夺中原,拱卫皇陵②,屏藩武昌。大元帅又说,左良玉如能固守襄阳,就可以东连德安③,南跨荆州,自成鼎足之势,不但使我军不能长驱南下,而且在此天下汹汹,明朝土崩瓦解之时,他可以虎踞上游④,割据自雄,步唐朝藩镇后尘。大元帅英明洞鉴,看透了左良玉的肺腑,故能大获全胜。"

李自成听了李岩的话心中十分高兴,但是他谦逊地说:"我这是俗话常说的'愚者千虑,必有一得'。"随即他不禁哈哈大笑,接着又说:"左良玉虽然败在我们手里,却不是泛泛之辈。论形势,一百个信阳抵不上一个襄阳。襄阳,在军事上十分重要!"

宋献策乘机说:"大元帅说的极是。因襄阳是一个极其重要地方,所以刘表是荆州牧,不驻节荆州而驻节襄阳,以与中原抗衡;建

---

① 咽喉——古代大别山只有羊肠小道,所以襄阳扼南北交通咽喉。

② 皇陵——明嘉靖皇帝的父、祖坟墓,都在钟祥。

③ 德安——宋、元、明、清设德安府,府治在今湖北安陆。

④ 上游——按古代军事地理眼光,对南京和江南而言,荆襄一带处在长江和汉水上游,地位重要。

安①末年,关公据襄阳,攻樊城,'威震华夏'②,曹操打算从许昌迁都于邺③以避其锋;西晋初,羊祜、杜预相继经营襄阳,成为灭亡东吴的根本。东晋偏安东南,以重兵守荆襄,以求伺机北伐中原。庾亮、庾翼④都重视经营襄阳,功虽未就,却为桓温⑤奠定了北伐基础。苻秦与东晋相争,均以襄阳之得失为重。南宋初年,李纲锐意恢复,劝宋高宗驾幸襄阳。岳武穆北伐中原,是从襄阳出师。蒙古与南宋交战,起初也是争夺襄阳。刚才大元帅说一百个信阳抵不上一个襄阳,此言极是。"

李自成一边听一边不断点头,深佩宋献策熟悉前代战争往事,对古人用兵方略了若指掌。等献策说完以后,他向李岩问道:

"林泉莫非建议我派兵去占据襄阳么?"

李岩赶快说:"是,是。岩正是为此事来见大元帅,机不可失。"

自成说:"请你详细谈谈。"

李岩恭敬地陈说了他的建议,就是请闯王趁朱仙镇大捷余威,派出一支人马,对左良玉穷追不放,不等他在襄阳立脚,将襄阳夺到手中。占了襄阳,即可囊括⑥宛叶,连接豫楚。襄阳所属州县不像河南残破,应立即设官守土,抚循⑦百姓,恢复农桑。将襄、邓、宛、叶连成一片,立定根基,即可由叶县北进河洛,由邓州入武关,夺取关中。他侃侃而谈,使李自成听得入神,不觉点头说好,随即问道:

"需要多少兵力?"

李岩说:"单说追赶左良玉,占据襄阳、樊城,有两万人足矣。但必须再占周围各县,襄阳方不孤立,方能招集流亡,安抚百姓,耕

---

① 建安——汉献帝年号。
② 威震华夏——这是《三国志·关羽传》中的话。华夏指曹操所控制的广大中原地区。
③ 邺——今河北临漳附近。
④ 庾亮、庾翼——他们是兄弟,东晋明帝的妻舅,都曾掌握兵权,有恢复中原之志。
⑤ 桓温——东晋时人,曾率师西征北伐,对东晋恢复事业做出重大贡献。永和十年(公元354年)春,桓温北伐苻秦,就是经襄阳两路出兵。
⑥ 囊括——包罗在内。
⑦ 抚循——抚慰。

战兼顾。看来还得两万人方可敷用。"

李自成的心中顿然感到困难,但是他的犹豫并没有流露于外,又向军师问道:

"你看,倘若依照林泉的主意做,诸位大将中谁能胜任?"

献策说:"补之如何?"

自成轻轻摇头说:"围攻开封事大,少不了他啊。"

"玉峰如何?"

"招集流亡,亲率农桑,安抚降将,以德服人,是其所长。身处复杂之地,与敌人既要斗智,又要斗勇,恩威并重,宽猛兼施,他在这些方面就显得不足了。"

大帐中片刻沉默。关于派什么人率兵追赶左良玉和坐镇襄阳,宋献策和李岩都有想法,但是谁都不肯贸然说出,等候李自成自己决定。过了一阵,李自成对此事更加犹豫,淡然一笑,说:

"且吃晚饭。此事……让我们今夜再仔细斟酌。"

夜间,李自成为着听取军事禀报和决定一些重要问题,不断地同手下的文武要员谈话,有时是单独密谈,有时是几个人一起商量,一直忙碌到三更以后,所以就留宿于议事的大军帐中。军师宋献策因为要按照他的意思重新部署围城军事,在晚饭后不久就离开老营走了。

约摸将近五更时候,他派人去将牛金星叫醒,请来密谈。牛金星赶快披衣下床,颇觉诧异。他想,晚饭后曾经同刘宗敏等几位重要将领议论围攻开封的事以及应如何对付曹操,在大帐中坐了很久,有什么紧急事又将他从床上叫醒?他在诧异之中,又有荣幸之感。像这样"君臣际遇",深荷倚信,每遇大事,随时咨询,旷代少有。他早已看定:只要闯王得了天下,新朝宰相高位,非他莫属。他于是屏退从人,只用一个亲信家奴打着灯笼,脚步轻快地往大元帅的大帐走去。

李自成笑着试他:"启东,你猜有什么事将你叫醒。"

金星回答说："自然是为着军国大计,大元帅有所垂询。"

闯王又说："你也精通风角六壬,为什么不猜我是请你来卜一卜何日破城?"

金星笑着回答:"决非问卜的事。金星深知麾下是开基创业之主,惟唐太宗可以相比,贤于汉文帝远矣。"

自成问道:"汉文帝如何?"

"汉文帝虽也是有名君主,然非创业之主,仅能守成而已。他遇到一个贾谊,竟不能用,故后人[①]有诗叹曰:'可怜夜半虚前席,不问苍生问鬼神。'"

李自成哈哈大笑,频频点头。然后,他将晚饭前李岩的建议对金星说了一遍,问他有何看法。牛金星问道:

"军师之意如何?"

自成说:"献策也认为襄阳十分重要。"

"麾下如何决定?"

"尚未决定。我对他们说,让我在夜里仔细斟酌,再做决定。"

"大元帅觉得是否可行?"

李自成迟疑地说:"眼下分不出数万人马,也没有适当大将可派。"

牛金星说:"麾下所顾虑者甚是。目前需要全力将开封合围,还要准备应付朝廷从陕西、山西、山东各地调集援汴之师。何况,"他将声音压得很低,接着说,"曹操极不可靠,时时得防他一手。兵分则力弱,乃用兵之大忌。倘兵力分散,一部精兵远在襄阳,一旦有朝廷援兵云集,或忽有肘腋之变[②],将何以应付?"

闯王点头说:"你虑的是,虑的是。"

金星又说:"左良玉原是湖广总兵,由此发迹,受封为平贼将军,襄阳如同他的老家。左良玉逃回襄阳,好似猛虎归山。他死守襄阳,烧断浮桥,我军纵派去两三万之众,未必能一举将襄阳攻克。

---

① 后人——指唐代诗人李商隐。下边诗句是李商隐《贾生》一诗中的名句。贾生即贾谊。
② 肘腋之变——发生在身边的事变。

倘若旷日持久,湖广援军四集,如之奈何?"

李自成点头说:"是呀,不能不想到会有不顺利时候。王光恩、过天星①等人都驻扎在郧阳至均州一带,甘为朝廷鹰犬,同我们已经势同水火。承天也驻有京营人马。两方面敌兵距襄阳都只有数日路程,必救襄阳无疑。"

金星接着说:"退一步说,左良玉弃襄、樊不守,我军顺利入据襄阳。左良玉纠集湖广诸军,四面围困襄阳。大元帅正有事于开封,欲救襄阳则鞭长莫及,不救则孤守襄阳之师不能自存。林泉说将宛、叶、唐、邓与襄阳连成一片,襄阳即不致孤立。可是,那又得从开封城下分去两三万兵力。每一州、县,只派官,不派兵,则不惟政令不行,官也不保。郏县之事②,可为前车之鉴。麾下可曾思之?"

李自成点点头,等待金星说完。

牛金星接着说:"况且,去坐镇襄阳的将才难选。久随大元帅的心腹大将虽然不少,但一则正有事于围攻开封,二则多非文武全才。他们善于佐麾下从马上得天下,而不屑于料理钱谷民事等繁琐之务。如有此文武全才,据襄阳形胜之地,经营日久,纵不能效法韩信王齐③,安能保其不形成尾大不掉之势?"

李自成没有做声,但是连连点头,在心中称赞牛金星谋虑深远。他起初想着李岩有文武全才,曾有意交给李岩两万精兵,加上李岩原有的豫东将士,追往襄阳试试。听了牛金星的话,将这个想法打消了。

牛金星又说道:"至于派兵追赶左良玉之事,金星所言,只是出自谋国忠心,从大处着眼,以求早日攻破开封,建立名号。议论未必得当,请大元帅自己斟酌裁决。"

---

① 过天星——惠登相的绰号,归左良玉指挥。
② 郏县之事——崇祯十四年春,李自成破洛阳、汝州之后,派杨赤心守郏县,但不派兵。不久杨被地方反动势力杀死。
③ 韩信王齐——楚汉相争时,韩信为刘邦远略齐地(今山东省的一部分,加上河北省的几县)。从侧面迂回,威胁项羽后方,在战略上十分重要。但韩信据齐地自王,一度使刘邦莫可奈何。"王齐"的"王"字作动词用。

李自成笑着说:"襄阳的事且不忙,并力围困开封是当务之急。只要拿到开封,一切都好办了。"

牛金星说:"拿到开封就可号召远近,分兵四出,岂但攻占襄阳而已哉!"

李自成说:"到那时,夺取关中比攻占襄阳更要紧。"

牛金星说:"是呀,关中乃麾下桑梓之邦,西安为自古建都之地。占了西安,则进兵幽燕不难。"

李自成不自觉地将膝盖一拍,说道:"你的话正说到我的心窝!天快明啦,你回去休息吧。明日事忙,我们趁这时还可以略睡片刻。"

第二天,五月二十四日,闯、曹大军开始返回开封近郊,重新将省城合围。但李自成和罗汝才两家的老营还不马上离开刘庄。高一功也仍在朱仙镇处置官军抛弃的众多军资。李自成因要在刘庄老营中欢宴闯、曹两营的重要将领,祝贺大捷,两家老营决定在午宴后收拾齐备,等到日头偏西时候,天气稍微凉爽,再向阎李寨移动。

早饭以后,他命人去朱仙镇告诉高一功,务必挑选两百匹好的战马送给曹操。双喜说:"曹营缴获了很多战马和骡子都未上缴,还要另外挑选好头口送给他么?"

闯王看了义子一眼:"你不懂。要学得懂事一点!"

他又下了几道命令。忙劲过去,时间稍闲,高夫人差慧英来请,他轻松地踱出大帐。王长顺正在辕门里边,见他出帐,赶快走到他的面前笑嘻嘻地向他禀报:昨日得到高将爷点头,他在水坡集为大元帅的护卫亲军挑选了五百匹战马,二百匹走骡。闯王高兴地说:"好啊长顺,你又发财了!"

长顺说:"我连一条马腿也没有,还不都是你闯王的?打了空前的大胜仗,我是你的老马夫头儿,听说你打算叫我做你的掌牧官,我自然不能不为你的护卫亲军打打算盘。"

"对,就应该不失良机。可是,长顺,你替我弄到这么多的好头口,为什么不立时向我禀报,让我早点儿高兴高兴?"

王长顺见闯王高兴,仍像往日一样同他亲如家人,就没有顾忌地笑着说:"我何尝不想让你早高兴高兴呀? 可是闯王,如今见你不像往日那么容易啦。"

"这话怎么说? 难道会有人拦阻你么?"

王长顺想着自己昨日下午兴冲冲地来见大元帅时被挡在辕门外的事,心中犹有余忿,几乎要滚出眼泪。但是他不敢说出实话,怕的是人们会骂他在大元帅面前告状。他的带着风霜颜色和深深皱纹、胡须花白的脸孔上忽然堆满了笑容,神气快活,卖着老资格说:"谁敢拦阻我呀? 我跟你起义时候,如今在你老营中的年轻弟兄,有许多人还是拖着鼻涕、光着屁股的玩尿泥的孩子哩!"

闯王说:"你有事来见我,除非我正在商议机密大事,倘若有人拦阻你,长顺,老伙计,你只管狠狠地骂他一顿,让他知道你这个老马夫的来历。有谁敢回骂一句,你告诉我!"

长顺说:"我不但要骂他,真惹我恼火啦,我会上边打他一耳光,下边踢一脚。让他向别人打听一下我跟着李闯王年代多久,打过多少仗,走过多少路,吃过多少苦,挂过多少彩! 哈哈,我好歹是老八队的'开国元勋',丝毫不是吹牛!"

李自成看出来王长顺说的不完全是真心话,但他没有多问,哈哈一笑,走出辕门。

他到了高夫人的帐中坐下以后,老营中较有头面的人物都来向他贺喜,说了些奉承的话。但因为他如今地位崇高,人们在他的面前已经有了拘束,行过礼,说过祝贺大捷的话以后,各自退出。有些老人从前会留下来很亲切地谈一阵家常话,如今都没有了。

等老营中的头面人物走完以后,高夫人告诉他左小姐也要来恭贺大捷,正在等候传见。李自成的心中一动,略微迟疑,点点头,吩咐慧珠去请。片刻工夫,左小姐来了。她向闯王敛衽下拜,强装笑容,跪在拜毡上,像背诵一般地微颤声说道:"干爸旗开得胜,大败官军,女儿衷心欢悦,特向干爸叩贺。愿干爸节节胜利,早定天下,实为四海万民之福。"

闯王笑着说:"你起来,坐在干妈旁边,我有几句话要对你说。"

左小姐又磕个头,站起来,拜一拜,在高夫人身边坐下。因为她心如刀割,只怕泪珠儿夺眶而出,也怕别人看见她的眼中含泪,只好低下头去。李自成明白她的心情,和高夫人交换了一个眼色,慢慢说道:

"你放心,左帅已经平安奔往襄阳去了。"

左小姐仍然不敢抬头,含着哽咽地低声问道:"不是说他已经全军覆没了么?"

闯王接着叹口气说:"胜败乃兵家之常,我在潼关南原也曾全军覆没。只要左帅本人平安,仍有他的功名富贵。我虽然在他去许昌的路上设了几道伏兵,后边又有步、骑大军追赶,可是我一再向众将嘱咐,只许杀散左帅人马,不许伤害左帅本人。倘若我不这样嘱咐,左帅决难平安走脱。杀散官军是我同朱家朝廷势不两立,保全左帅性命是我同左帅素无冤仇,对他颇为敬重,留下日后见面之情,与左帅共享富贵。"

左小姐再也忍耐不住,热泪夺眶而出,跪下去哽咽说道:"干爸如此胸怀宽大,实在令女儿感恩戴德,永不敢忘!"

李自成嘱咐左小姐要安心学习女工,闲时读书识字,练习骑射,不要以左帅为念,以待时机到来,送她回到左帅身边,父女团圆。说毕,就起身回大帐去了。

闯、曹两营的重要人物陆续到来,最后来到的是曹操和吉珪。大帐前接着很大的布棚,坐满了人,十分热闹。李岩因为闯王始终不对他提起追赶左良玉和占领襄阳的事,心中纳闷和失望。宋献策给他递眼色,要他不用再提。宋献策心中明白,必是闯王征询过牛金星的意见,牛深知闯王志在早破开封,以便建立名号,号召远近,所以也不主张分兵去占襄阳。在一年多以前,如果闯王不同意麾下什么人的建议,事后总要同这个人作一次深谈,详细说明他自己是如何考虑的。近来,他只不再提起,某一建议就算完了。

酒过三巡,李自成举杯起立,向闯、曹两营的重要文武说话,盛称这次消灭官军十七万是空前大捷,还盛称罗大将军(即曹操)的协力筹划,指挥得法,以及曹营将士的忠勇奋发,在战场上齐心杀敌,争先恐后。最后,他向大家敬酒,以示慰劳,又说道:"追赶丁启睿和杨文岳的我军将士,今日即可返回。到了今天,朱仙镇大战以全胜收场。从今日下午起,重新围困开封,务望诸君努力,共建大功!"

众将举杯欢呼。奏起军乐。辕门外成群的战马听见军乐声,不断地刨蹄子,振鬣长鸣。

步骑大军有很多从老营驻地的附近经过,匆匆向开封近郊开去。

第十六章

朱仙镇战役结束的第二天,一部分义军开始返回开封城外。李自成和罗汝才的老营尚未移营,而朱仙镇一带仍驻有很多人马,多是追杀官军回来的部队,奉命要休息到明天才拔营去围困开封。

五月二十四日这天晚上,李自成在他的老营大帐中召集少数亲信文武,研究朱仙镇大战以后的新局势和围困开封诸事,同时也研究了今后同曹营的关系。这次机密会议直开到三更以后。当大家退出时候,李自成对牛金星说:

"启东,明天到阎李寨,应该继续讲《资治通鉴》了,还有《贞观政要》这部书,我已经读完,有些地方还需要你讲一讲,才能完全懂得。"

牛金星恭敬地回答说:"《资治通鉴》自然要继续讲下去。将来大元帅建立江山,经邦治国,这里边有取不尽的经验。《贞观政要》既然已经读完,有些重要地方可以再讨论讨论。我想如今天气太热,大元帅也不必过于劳累。像大元帅这样于军旅繁忙之中还能勤学好问,真是千古难得!"

李自成近来已经听惯了这样颂扬的话,不再表示谦逊,随即转向李岩说:"林泉,你稍留一步,我有话跟你谈谈。"

大家走后,李自成拉着李岩的手,步出帐外,站在一棵大树底下。树梢上传来知了的叫声,叫叫停停。附近有战马在吃野草,偶尔还听到它们用蹄子刨土地的声音。天上满布星辰,一道银河横斜,织女星和牛郎星隔银河默默相望。旷野上,很多很多军营,到处有火光闪烁,分明是有的将士还没有睡觉。在李自成和李岩站立的地方,树枝上有一只喜鹊,在梦中被火光惊醒,从枝上飞起来,但忽然明白几天来都是如此，随即又落下来，换了一个树枝，重新安心地闭起眼睛，进入梦乡。

闯王说道："帐中闷热，站在这里倒觉得十分清爽。林泉，河南是你的家乡，人地熟悉，刚才议事，你怎么很少做声？莫非另有深谋远虑，不肯当众说出？"

"我有一个想法，不知对否。因为尚未思虑成熟，所以不敢说出。"

"大家议事，不一定思虑的都完全周到，你说出来何妨？好吧，现在没有别人，你不妨对我说说。"

"大元帅，我有一个愚见，不知妥否。请大元帅速命一大将率领三万人马去追左良玉，乘其在襄阳立足未稳，元气未复，攻占襄阳。将南阳与襄阳连在一起，随后再经营郧阳，可称为'三阳开泰'之计。如此，则我军进可攻，退可守，将立于不败之地。自古以来，襄阳十分重要，为南北交通要道，又在汉江上游。将来从襄阳出兵，可以东出随、枣，南取荆州。总之，占了襄阳，今后进湖广，入四川，下江南，都很方便。"

李自成用心听着，不置可否。李岩接着说道：

"对曹操只说追左良玉，不必说占领襄阳、南阳。等占领之后，大力经营，那时曹操即使心里不乐意，也莫可如何。"

李自成微微点头，又沉默半晌，方才小声说道："林泉，我们今天虽说有四十万人，可是能战的精兵不多，这你是知道的。此次朱仙镇之战，我们是全力以赴，所以不惜将阎李寨的很多粮食丢掉。今后既要攻开封，又要防朝廷，还要防曹操，兵力便很不足。要围攻开封，就不能分散兵力。还有一层，倘若我们的力量一弱，曹操对我们也就不再重视；纵然他没有别的想法，他的部下也很不可靠。所以你的想法虽然很好，也只能等攻破开封以后，再作计议。"

李岩不敢勉强，说："大元帅从全局着眼，以破开封为当务之急，又得防曹营怀有二心，所以将兵力集中在手，以策万全。老谋深算，胜于岩之管见远矣。"

李自成想了想,问道:"林泉,从明日起,我们就专心围攻开封。你今晚很少对围困开封的事说话,不知你尚有什么妙策不肯当众言明?"

"围困开封,众位文武讨论甚详,我没有别的妙策可说。今后倘有一得之见,定当随时献曝①。只有一件事情,刚才议事的时候大家都一时忘了。"

"什么事儿?"

"明日大军重围开封,应该向开封城内射进告示,劝谕城中官绅军民及早投降,免遭屠戮。就说大元帅体上天好生之德,不忍动用武力,暂时围而不攻,以待开门投降,文武官员一律重用,市廛不惊,秋毫无犯。如敢顽抗,破城之后,寸草不留。"

"好,好。我因为事情多,忘了让献策和启东他们草拟一个告示了。这事儿就交给你办。你回去休息一晚,明天早晨把告示拟好,带到阎李寨交我。"

李岩辞别大元帅,跳上战马,向朱仙镇附近的驻地奔去。

同日下午,约摸申时光景。

在开封城内,靠近南土街的西边,有一条东西胡同。在这条胡同的西头,有一个坐北向南的小小的两进院落。破旧的黑漆大门经常关着,一则为防备小偷和叫化子走进大门,二则为前院三间西房设有私塾,需要院里清静。倘若有生人推开大门,总会惊动一条看家的老黄狗,立刻"汪汪"地狂叫着,奔上来拦着生人不许走进,直到主人出来吆喝几声才止。那大门的门心和门框上,在今年春节时曾经贴过红纸春联。当时开封正在进行着激烈的攻防战,家家户户都不知这城是否能够保住,也没有心思过年。可是贴春联是两百多年来一代代传下的老规矩,又都不能不贴。现在这春联已被顽童们撕去大半,剩下的红纸也褪了颜色。只有门头上的横幅,红纸颜色还比较新鲜,上写着"国泰民安"四个字。不管是在当

---

① 献曝——古人的谦词,意思是贡献很不重要的意见或礼物。

时还是在今天,这四个字看起来都十分滑稽。

如今虽然天气很热,却仍旧从院中传出一片学童的读书声。有的孩子读"四书",有的读《千字文》,有的读《百家姓》,还有的在读《诗经》,不过那是个别人罢了。这些学生,有的用功,有的淘气,而且各人的天赋、记性都不一样。有一个孩子,显然是在背书,非常吃力,只听他扯着喉咙背着"子曰,呀呀呀,呀呀呀","呀"了好久,接不上别的字句。夹在这些学童的声音中间,有一个中年人的声音,也在朗读文章,音节很讲究抑扬顿挫。那文章听起来好像是一段跟一段互相对称的,懂得的人会听出来他是在读八股文,也许他面前的书就叫做《时文①选萃》,或《闱墨②评选》,总之,这是当时科举考试的必读之书,中举人、进士所必修的课程。这个中年人的琅琅书声一直传到大门以外,传到小胡同中。

这时在胡同的西头,有一位少妇牵着一个大约五岁的小男孩,向东走来。她分明听见了读书的声音,特别是辨出了那个中年人读八股文的声音,忧郁的脸孔上不觉露出来一点若有若无的笑,也许是一丝苦笑。她低下头去望着那个小男孩,轻轻问道:

"你听,那是谁读书?"

小男孩并没有理会这读书的声音,用一只手牵着妈妈,用一只手背擦自己脸上的汗。遇着一块小砖头、一块瓦片,他总要用他的破鞋子踢开。由于天气太热,他的上身没有穿衣服,只带了一个花兜兜;裤子是开裆裤,用襻带系在肩上。他长得胖乎乎的,大眼睛,浓眉毛,五官端正,一脸聪明灵秀之气。

那少妇大约有二十八岁的样子,平民衣饰,梳着当时在省城流行的苏州发髻,脸上薄施脂粉,穿的是一件藕荷色汴绸褂子,四周带着镶边,一条素色带花的长裙,已经半旧了。她的相貌端正,明眸皓齿,弯弯的眉毛又细又长,虽然算不得很有姿色,但在年轻妇女中也算是很好看的了。她正像当时一般少妇那样,走路低着头,

---

① 时文——明朝人将八股文称为"时文",以别于韩愈和柳宗元等人倡导的"古文"。
② 闱墨——评选出来的乡试或会试考中的试卷,称做闱墨。"闱"指试院。

目不旁视。与往常不同，今天她脸上带有忧郁的神色，好像有什么沉重的心事压在眉头。

这小胡同里行人不多，偶尔有人从对面走来，她就往胡同北边躲一躲，仍然低头走她的路，不敢抬起头来看人，但也不由地看看别人的脚。刚才她是去胡同转角处的铁匠铺，找铁匠孙师傅问几句话，问过以后，就很快转回家来。

她的婆家姓张，丈夫是一个黉门秀才，原籍中牟县，是当时有名的河南名士张民表的远房侄儿，名叫张德厚，字成仁。她的娘家姓李，住在开封城内北土街附近。她小时候本来也有名字，叫做香兰，但当时一般妇女的名字不许让外人知道，只有娘家父母和家族长辈呼唤她的小名。一到婆家，按照河南习俗，婆家的长辈都称她李姑娘，晚辈称她大嫂或大婶，也有邻居称呼她秀才娘子。但由于省会是一个大地方，秀才并不稀罕，称呼她秀才娘子的人毕竟不多。自从开封第一次被围以来，家家门头上都挂着门牌，编为保甲，门牌上只写她张李氏，没有名字。

她推开大门，惊醒了正在地上睡觉的老黄狗，刚要狂吠，闻到了主人的气味，又抬头一望，见是女主人回来，立刻跳起来迎接她，摇着尾巴，十分亲昵。它身边有条小狗，已经两三个月了，长得十分活泼可爱，也摇着小尾巴，随着老黄狗一起迎接主人。香兰回头把门掩上，忍不住隔门缝偷着朝外望望，恰好有个男人走过，她赶快把门关严，还上了一道闩。黄狗和小狗仍然摇着尾巴，同她亲昵。小男孩蹲了下去，不断地摸着小狗，拍它的头。那小狗受到抚爱，也对小男孩表示亲昵。但香兰心中有事，拉着孩子离开小狗，走进院中，来到学屋前。由于天热，学屋的两扇门大开着，窗子的上半截也都撑开。香兰有话急着要对丈夫说，但她不愿走到门口，让自己全身被学生看见。尽管这是蒙学，但内中还是有一二个十五六岁的男孩。为了回避学生们调皮的眼光，她默默地站在窗外，听她的丈夫读书，并从一个窗纸洞里张望她丈夫读书时那种专心致志、摇头晃脑的模样。望着望着，她感到心中不是滋味。自从丈夫中了秀才之后,三次参加乡试,都没有考中举人,如今还是拼命用功。可是大局这样不好,谁知今年能不能举行考试呢? 她为她丈夫的命运,也为她自己和一家人的命运感到焦心。等张成仁读完一篇文章,放下书本,正要提起红笔为学生判仿时,她轻声叫道:

"孩儿他爹! 你出来一下。他爹!"

香兰正像许多"书香人家"的少妇一样,温柔沉静,从来不大声说话。今天虽然心绪很乱,仍没有改变说话小声细气的习惯。张成仁于满屋蒙童的读书聒噪声中听见妻子的声音,知道她已上铁匠铺去过,便放下红笔,走出学屋来。他摸摸小孩的头顶,问道:

"回来了么? 外面有什么消息?"

香兰忧郁地摇摇头,说:"二弟还没有回来。有些人已经回来了,说是在阎李寨那边,又有了闯贼的骑兵,不许再运粮食。可她叔叔到现在还没有回来,不知会不会出了事情,孙师傅也很操心。外面谣言很多,怎么好啊!"

张德厚回头望了一眼,发现有几个大胆的学生正在门口张望,见他回头,都赶紧缩了回去。他便对香兰使了个眼色,说:

"我们到后边去说吧。"

说罢,他牵着小男孩一直走进二门。二门里边是个天井院,几只鸡子正在觅食。忽然一只母鸡从东边的鸡窝内跳出,拍着翅膀,发出连续的喜悦的叫声。小男孩笑着说:

"妈! 鸡子媻蛋①了。"

妈妈没有理他,蹙着眉头,跟在丈夫的身后进了上房。上房又叫做堂屋,是朝南三间:东头一间住着父母,西头一间住着德厚的妹妹德秀,当中一间是客堂。张德厚夫妻住在西厢房。他们除有小男孩外,还有一个八岁的女儿。如今这小女儿也在堂屋里随着祖母学做针线。祖父有病,正靠在床上。

他们一进上房,不等坐下,德厚的母亲就愁闷地向媳妇问道:

---

① 媻蛋——媻,音 fán。河南话将鸡鸭下蛋叫做媻蛋。

"你去铁匠铺打听到什么消息？德耀回来了么？"

母亲问到的德耀是张德厚的叔伯弟弟，他的父亲同德厚的父亲早已分家，住在中牟城内，因受人欺侮，被迫同大户打官司，纠缠数年，吃了败诉，微薄的家产也都荡尽。父亲一气病故，母亲也跟着死去。那时德耀只有五岁，被德厚的父亲接来开封，抚养到十二岁，送到孙铁匠的铺子里学手艺，现在早已出师了。因为德耀别无亲人，而德厚家也人丁单薄，南屋尚有一间空房，就叫德耀住在家中，像德厚的亲弟弟一般看待。自从李自成的义军撤离阎李寨后，开封城内天天派丁壮去那里运粮。今天早晨恰好轮到德耀和一批丁壮前去。可是丁壮们刚到阎李寨就碰见李自成的骑兵又回来了，大家赶紧往回逃。有些人还未走到阎李寨，也跑回来了。德耀到现在还没有回来，连一点消息都没有。

香兰怕她公婆操心，不敢把听到的话全部说出来，只说外边有谣言，好像官军没有把贼兵打败。

公公一听说消息不好，就从床上挣扎着要下来。德厚赶紧上前搀扶。老头子颤巍巍地说：

"这样世道，怎么活下去啊！昨日一天没有听见远处炮声，原以为流贼已经退走，官军打胜了。没想到事情变化得这么大，竟是官军打败了。德厚啊，你只会教书读书，天塌啦都不关心，也该出去打听打听才是！"

张德厚安慰父亲道："爹，你放心，像开封这样大城，又有周王殿下封在这里，朝廷不能不救。纵然朱仙镇官军一时受挫，朝廷也会另外派兵来救的。"

"你不能光指望朝廷来救兵，还是赶快出去打听一下吧！你不要只管教书，只管自己用功，准备乡试。虽然是天塌压大家，可是咱家无多存粮，又无多钱，经受不住围困。外边的情形一点也不清楚，怎么行呀？"

张德厚斯斯文文地说："我今天也觉得有点不对头。前些日子因为贼人来到城外，人心惊慌，只好放学。这几天开封城外已经没有贼人，学又开了，学生们来得也还不少。可是今日午后，忽然有些学生不来了，我就心中纳闷：莫非又有什么坏的消息？现在果然又有了坏消息！不过，我想，胜败乃兵家常事，开封决不要紧，请你老人家放心。"

老头子因为香兰说的消息太简单，一心想要儿子出去打听，便又感慨地说：

"要是战事旷日持久，这八月间的乡试恐怕不能举行了。"

张德厚一听这话，眉头就皱了起来。他最怕的就是今年的乡试不再举行，一耽误又是三年。他至今没有考中举人，照他看来，不完全是他的八股文写得不好，好像命中注定他在科举的道路上要有些坎坷。上一次乡试，他的文章本来做得很好，但因为在考棚中过于紧张，不小心在卷子上落了一个墨点子，匆匆收走卷子后，他才想了起来，没有机会挖补。就因为多了这个墨点子，他竟然没有中举。这一次他抱着很大希望，想着一定能够考中，从此光耀门庭。可是现在看来又完了，他不觉叹了口气，说：

"唉，我的命真不好！前几次乡试都没有考中，原准备这次乡试能够金榜题名，不枉我十年寒窗，一家盼望。唉，谁晓得偏偏又遇着流贼攻城！"

母亲深知道儿子的心情，见他忧愁得这个样子，就劝说道："开封府二州三十县，读书秀才四千五①，不光你一个人盼望着金榜题名。要是今年不举行乡试，只要明年天下太平，说不定皇恩浩荡，会补行一次考试。"

父亲又催他出去打听消息。张德厚因不到放学时候，不想出去。同时他知道，只要等同院的王铁口和霍婆子回来，就什么消息都知道了。霍婆子是个寡妇，丈夫死了多年，留下一个儿子，不料去年儿子又病死了，她就孤零零地住在前院的两间东屋里。这老婆子心地很好，靠走街串巷，卖针线过日子。住在南屋的王铁口，是在相国寺专门给人算命看相的。他的老婆是个半瘫痪的人，整

---

① 四千五——意思是很多，一般是指人说的。

天坐在床上,从不出门。关于大事件,王铁口知道最清楚。他在府
衙门、县衙门,甚至巡抚衙门、布政使衙门都有熟人,而相国寺也是
个藏龙卧虎的地方,三教九流,什么样的人物都有,所以他的消息
最为灵通。霍婆子虽是个女流之辈,但她走街串巷,有些大户人家
也进得去,所以每天知道的消息也不少。王铁口每天总要到黄昏
以后才收了他的算卦摊子回家来,而霍婆子今天也还没有回来。
张德厚的父亲又催他出去,说至少应去看一下张民表。母亲也在
一旁说道:

"你天天在家教书、读书,也不到你大伯家里看看。不管他多
么阔气,声望多高,一个张字分不开,前几代总还是一家人。你是
个晚辈,隔些日子总该去看一看,请个安,才是道理。你把学生放
了吧。"

张德厚被催不过,只好退出上房,回到自己房里换衣服。香兰
也跟了过来。张德厚偷偷地问妻子:

"到底有什么重要的消息? 你可听到了?"

香兰小声答道:"外面谣言说,官军在朱仙镇全部被打败了,逃
得无影无踪。督师丁大人、总督杨大人生死不明。如今流贼大获
全胜,又要包围开封,明日大队就会来到。到处人心惶惶,我的天,
怎么好啊!"

张德厚听了,脸色大变,半天说不出话来,当他换衣服的时候,
手指不由地微微打颤。一则他没想到官军失败得这么惨,很为开
封的前途担心。二则今年的乡试准定举行不了,使他有一种绝望
之感。他决定不再迟疑,赶快到张民表家去打听消息,便换上一件
旧纺绸长衫,戴上方巾,拿了一把半新的折扇,走到前院。

学屋里一片闹哄哄的声音,有的学生站在桌子上头,正在学唱
戏,有的站在凳子上指手画脚,有的在地上摔跤和厮打,闹得天昏
地暗。张德厚大喝一声。学生们一听见他的声音,马上各就各座,
鸦雀无声。有几个胆大的学生坐下去后,互相偷使眼色。倘若在
往常,张德厚一定要惩罚一番,至少要把那为头的顽皮学生打几板

子。可是今天他无心再为这些事情生气了，只对学生们说：

"今日我有事要出去，早点放学。你们都回去吧，明日一早再来上学。"

孩子们一听说放学，如获大赦一般，连二赶三拿起各自的书本和笔、墨，蜂拥而去。张德厚等学生走完后，把学屋门锁上，正要迈出大门，恰好霍婆子扛着卖货篮子回来了。张德厚一见她就叫道：

"霍大婶，今天回得好早啊！"

一般人在灾难的日子里，同邻居和亲朋之间的关系特别亲密，特别关心。像霍大娘这样的人，表现得特别突出。她今天下午本来还要去给几家大户的太太小姐们送精巧的绒花，因挂念着张德厚一家还不知外边变化，所以赶快回来了。她回头向街上望望，随即将大门关紧，上好闩，对德厚说：

"秀才，你，你大概还坐在鼓里，外边的消息可不好哩！"

德厚惊慌地说："大婶，你回来得好，回来得好。一家人都在盼望着你老回来！"

"唉，李闯王的人马又回来了，又把汴梁城围起来了。外边人心惶惶，大街上谣言更多。我特地赶快回来，给你们报个信儿。"

张德厚说："我正想出去打听消息，恰好你回来了，回来得正是时候。好，一起到上房坐坐。"

霍婆子虽是房客，却同张家相处得像一家人一样。大家都喜欢霍婆子，因为她为人耿直，心地善良，自己尽管很穷，遇到邻居有困难，总要想办法帮一把忙；常常，她宁肯自己受苦，也要把东西借给别人。在开封这个大城市里，做卖婆并不容易，尤其像她这样打年轻时就守寡，十几年来出东家，走西家，天天这里跑跑，那里串串，多亏自己立得正，行得端，所以街坊邻居没有任何人拨弹她一个字儿。纵然是爱说闲话的人，也从不说她一句闲话。尽管如今她只剩一个人过生活，可是多少人都把她当做婶娘一样看待。街坊上人们看见她，都亲亲热热地叫她"霍大娘""霍大婶"。这会儿她一到上房,秀才的妹妹德秀赶快给她端了一把椅子,又给她倒了一杯茶。霍婆子坐了下去,一家人都围着她问长问短。张德厚也脱了长衫和方巾,坐在她的对面。霍婆子就把外面听到的消息一五一十地说了出来。

据她听说,昨天一整天,李自成的人马都在追杀官军。官军经不起李自成的猛攻,全都溃逃了,逃不走的有的被杀死,有的被活捉。昨天黄昏以后,有一个姓杨的将官,只身从南门系上城,见了抚台大人,这才知道官军是五更以后就兵败逃走的。左良玉往西南,督师和总督往东南,跑得一片混乱。李自成的人马乘机追杀,使督师和总督都只能各自逃命,谁也不能顾谁。张德厚问道:

"前几天不是丁督师派了几名将士来,由南门系上城,说是已经把流贼包围起来,不日就要消灭,不叫城里出兵的么?"

"唉呀,你这个秀才先生,读书读愚了。那是中了李闯王用的计策!李自成命他的手下人扮成官军模样,来稳住城内,不叫出兵,好让他们全力收拾朱仙镇的官军。"

一听这话,张德厚全家人的心里都猛然一凉。在片刻中,大家面面相觑,无话可说。

霍婆子自己是孤老婆子,生死都置之度外,可是她望着张德厚一家老的老,小的小,不免为他们一家担忧,她不觉叹了口气,又说道:

"听说昨天夜里,抚台大人派他的公子出城,奔往京城求救,请皇上和周阁老①火速再发来一支大军救开封;周王殿下也派了人一起往北京去。可是大家都说,朝廷这次集结二十万人马,很不容易,一家伙在朱仙镇被打散,再想集结大军,真是望梅止渴呀。如今城里谣言很多,官府出了布告,严禁谣言,街上有些人不小心说了闲话,都被锁拿走了。"

大家又问了些情况,有的霍婆子知道,有的不知道。总的看来,情况十分不妙,李闯王这次再围开封,不攻破开封决不罢休,至

---

① 周阁老——指周延儒,时为首辅。

少也要围得开封粮草断绝,自己投降。

刚才张德厚在听了香兰带回的消息后,还希望那消息不太确切,或是香兰听错了。现在听了霍婆子的话,他完全绝望了,脸色苍白,不住摇头叹气。霍婆子又说道:

"秀才,你学也不能再教了。我看你得多多想办法,尽量存点粮食,不能光等着一家人饿死啊。"

张德厚听了更加忧愁。家里并没有多的银钱,往哪里去买粮食?

霍婆子也叹了口气,说:"在劫!在劫!鹁鸽市我认识一个李大嫂,她的娘家住在鹁鸽市,是回城来走亲戚的。她听见我说开封又被围,便赶紧收拾出城,谁知城门已经闭了。她向我哭着说,没想到回来看看爹妈,多住了几天,竟出不去了,家里还有丈夫儿女,不能见面,怎么办?她说得我心里也很难过。可是像这样情况的,在开封城内不知有多少人!"

张德厚的母亲说:"唉!家家户户,在劫难逃!"

霍婆子又说道:"我刚才说的那个李大嫂,她娘家住的院子,原来宋献策也在那里住过。没想到宋矮子在江湖上混了半生,一旦时来运转,突然发迹。他前年冬天悄悄到了闯王那里,拜为军师,红得发紫。哼,如今他那些江湖上朋友,在人前骂他从了贼,在背后谁不羡慕他一朝得志,呼风唤雨!"

德厚的父亲叹息说:"往年他在相国寺开卦铺的时候,我也见过他,只觉得此人不俗,却没想到他竟会呼风唤雨。"

霍婆子笑着说:"大哥,我说的呼风唤雨是比方话。你说,如今宋献策可不是如同龙游大海,虎跃深山么?"

大家正在说话,忽然听见打门声。可是站在二门外的老黄狗和小狗只叫了一声就停止了,亲热地摇着尾巴,向大门跑去迎接。香兰的脸上微露笑容,对八岁的女儿说:

"招弟,快去开门,你叔回来啦。"

看见果然是德耀回来，大家的心中都放下一块石头。

霍婆子是个急性人，忙问：

"德耀，你怎么回来了？你没有遇见李闯王的人马？"

"遇见了，遇见了。"德耀一面说，一面擦着脸上的汗，就脸朝里在门槛上坐了下来。

"他们没有把你掳去？"

"没有。这李闯王的人马倒真是仁义。我刚从阎李寨背了一袋粮食往回走，闯王的骑兵就来了，把我和别的几个背粮食的人都拦住，问我们是哪里人，为什么来背粮食。我们都吓慌了，只好跪下去说实话。说我们都是好老百姓，不是我们自己要来背粮，是衙门里逼着各家出壮丁，非来不可。他们又问，来人多不多？我们说，来人很多，有的已经走了，有的还没到，别的我不清楚，单单我们这一起就有十几个人。闯王的人并不打我们，也没有说要杀我们，只是说，你们老百姓无罪，都站起来吧。你们愿留下跟我们的可以留下来，不愿留的就回城。不过回城以后，再想出来就不容易了。要是城里没有亲人，你们就留下吧。我们说，我们城里都有父母亲人，不能留下。他们也不勉强，说：'那你们走吧，粮食留在这里。'我们就逃了回来。"

一听说闯王的人马这么通情达理，这么仁义，大家都觉得意外。张德厚的父亲开始在里间床上听着，这时下了床，拄着拐杖出来，问道：

"德耀呀，你说的这些话可是真的？"

"爹，我怎么会说假话呢？我亲身碰见的，确实如此。"

老头子说："别看他们这样，这叫做假行仁义，收买人心。等他一占了开封，就会奸掳烧杀，无恶不作。"

霍婆子说："你爷，可不要这么说。许多人都知道，李闯王的人马十分仁义，平买平卖，爱惜百姓，只是谁也不敢说出来。那官府的布告上说他们如何杀人放火，如何奸淫妇女，其实都是无稽之言。不过这事情咱们都不能说，万一让官府知道，可就大祸临头了。"

老头子说:"我不相信李自成会有这样善良。再说,他跟罗汝才在一起,那罗汝才可是做了许多坏事。今年过年后,他们的人马刚刚退走,城里官绅到繁塔寺去看罗汝才的老营,找到了他们扔下的众多妇女。"

霍婆子说:"罗汝才是罗汝才,李闯王是李闯王,原不是一路上的人。如今虽然合营,罗汝才奉闯王为主,实际也不是句句听闯王的话。听说闯王对他也只好睁只眼,合只眼。"

德耀又说:"伯,我亲眼看见闯王的人马,亲自和他们说了话,他们既不打人,也不杀人,还放我平安回城,这难道不是千真万确的事?"

老头子不再言语,心中有许多疑问,有气无力地叹了口气。霍婆子提醒德耀:

"你可不要出去乱说啊。你年轻嘴快,万一被别人听见,可不得了!"

张德厚接口说:"老二,你千万不要乱说。见别人只说流贼如何打人,如何杀人。关于他们的好话,你一点也不要漏出口来。"

香兰也说:"二弟,听你哥哥的话,不要糊涂。管他谁好谁坏,咱们当老百姓的,谁坐天下,咱就做谁的顺民,少说话为佳。这年头,谁说实话该谁倒霉。"

德耀明白他们说的句句都对,但心里也还是有许多话想说出来,憋在心里不舒服。正在这时,又有人打门,德耀不等小侄女起身,从门槛上一跳而起,跑出去开了大门,随即和王铁口一起来到上房。大家一见王铁口回来,知道他的消息是最真最灵的,就赶快向他打听。

王铁口告诉他们,昨晚逃回的那个将军,名叫杨维城,是在兵溃之后辗转逃到开封来的。这一次李自成和罗汝才确实人马众多,无法抗拒,所以官军在水坡集支持了几天,粮草水源都断了,左军先逃,随着全军只好各自逃生。

说了这些情形后，王铁口又对张德厚低声说："我把算卦摊子一收拾，又到几个朋友处打听了一下，就赶紧回来给你嘱咐一句话：开封这次一定要长久被围，将来不堪设想。不管如何，趁现在你们要想办法买一点粮食存起来，能买多少就买多少，纵然救不了大家的命，至少可以多活几天。"

王铁口的话，说得大家心中十分沉重，也十分害怕。明晓得开封要长期被围困，一围困就得饿死人，可是家里确实没有钱，怎么办？母亲望着德厚说：

"你出去一趟，先到你民表大伯那里看看情况，再赶到你姐夫家去，不管怎么说，他如今正在粮行里管账，看能不能先赊欠一点。我也到你舅家去一趟，看能不能借一点。咱们总得多少存点粮食，大人就是一天吃顿稀的也不要紧，不能让小宝饿死。他是咱张家的一棵独苗，单传的一条根。"

说到这几句，她的眼泪禁不住滚落下来。香兰也流出眼泪。王铁口不肯多坐，先告辞走了。霍婆子安慰了他们几句，也起身而去。德耀因为刚才回来时只同孙师傅打了个招呼，说自己平安无事，并没有多说话，想着孙师傅一定也有许多话要问他，便也起身往铁匠铺去了。

张德厚仍然呆呆地坐着。小宝偎依在他的膝前，背着《三字经》，声音琅琅。他见小宝如此聪明，才满五岁，《三字经》都快背完了，不禁脸上露出一丝苦笑。老头子望望小宝，说道：

"但愿全家能够过此大劫，你纵然不能高中，只要日后小宝书读得好，长大成人，科举连捷，也不负我一生心愿。"说完以后，他噙着眼泪，回到自己房里病床上去了。

张德厚在母亲和妻子的催促下，把小宝推开，重新换上汴绸长衫，戴上方巾，出门而去。母亲也梳洗了一下，赶着往亲戚家去了。香兰拉着孩子，刚刚闩好大门，有一个男人的脚步声来到门外，叫道：

"开门！开门！"

香兰不敢开,便答道家里没有人。那人听香兰这么回答,知道家里没有男人,也就不勉强她开门,说道:

"县衙门传出晓谕,家家要清查户口。你们家里要是有客人,赶快报名,要是没有就算了。"

"没有客人。"香兰小声答道。

那脚步声咚、咚地走了。香兰叹口气,回到内院西屋,想着这日子真不晓得怎么过。如今她已经不再希望丈夫在今年乡试中能够"名登金榜",但愿一家老少能渡过大劫。她站在二门外用袖头揩干眼睛,免得让孩子看见了她的泪痕。

晚上二更时候,在开封府理刑厅二堂后边的签押房中,推官黄澍正在同一个中年人小声密谈。这人姓刘,名文,字子彬,是在理刑厅掌文案的幕宾,俗称为行签师爷。在签押房的桌上放着几张用白绵纸写的李自成的《晓谕开封官绅军民告示》。自从义军第二次围攻开封以后,黄澍以他的精明强悍,敢作敢为,多有心机,特别是善于周旋于周王府、各上宪与陈永福等武将之间,而变为一个红人。另一位年轻有为的官僚是王燮,因为已经升为御史,在二月间开封解围后离开开封,所以如今守城更需要像黄澍这样的人。虽然论官职他只是知府下边的推官,但是论重要地位和实际权力,他不但远远超过开封府正堂,连号称封疆大吏的布政使、巡按御史、都指挥使等,有事情也得找他商量,听他的话。刘子彬是绍兴人,既承家学,又经名师指教,加上在府、州、县做幕宾十余载,在刀笔吏中也是个佼佼人才。黄澍将他倚为心腹,遇有重要事就同他密商。这时黄澍向他问道:

"子彬,所有射进城内的响箭都搜齐了么?"

"能够找到的都找到了,一共是二十支。依我看来,大概也就是这么多了。"

"万不能漏掉一支。这是闯贼耍的一个诡计,用什么'晓谕'煽惑军民。倘若有一支流到军民手中,全城的人心就乱了。这可不是一件小事!"

"这个我明白。一得到你的指示,我就立刻骑马赶到西门又赶到南门,以抚台大人的名义,传谕守城军民,凡拾到响箭的都不得隐瞒,立即递交我手。二十支是个总数,看来另外大概没有了。曹门、宋门都没有响箭。"

黄澍仍然不放心,说道:"我一听说响箭射进来,就向抚台大人禀明,将此事揽在我的身上。如果有一支响箭流落到军民手中,我们的担子可不小啊。"

"这,我也想到了。我已经以抚台大人名义传谕全城:凡军民人等有拾到响箭的立即上交,不许私看,更不许隐瞒不交,违者以通贼论处。看来不但普通军民,连那些守城的官绅也决不敢私自藏起来不交。"

黄澍这才觉得放心,点点头,重新把李自成的《晓谕》拿起来再读一遍。那《晓谕》上是这么写的:

> 奉天倡义文武大元帅李示,仰在城文武军民人等知悉。照得丁启睿、杨文岳、左良玉已被本营杀败,黄河本营发兵把守,一切援兵俱绝。尔辈如在釜中,待死须臾。如即献城投降,除周王一家罪在不赦外,文武照旧录用,不戮一人。如敢顽抗,不日一鼓破城,寸草不留。本大元帅体上天好生之德,不忍遽攻;先此恺切晓谕,以待开门来降。慎勿执迷,视为虚示。此谕!

后边用干支纪年,不书"大明崇祯"年号。黄澍尽管已经看过两遍,但是重读之下,仍然感到每一句话都震撼着他的心。如今开封确实成了一座孤城,很难再有援兵前来,粮食不多,救援亦绝。现在的人心与今年年节前后也大不相同,那时大家都相信朝廷必来救援,所以能够坚守。如今看到朱仙镇全军覆没,人人丧失信心,又加上许多人在传说李自成如何广行仁义、不扰百姓的好话,使民心十分不稳。如果李自成仍像前番那样猛攻,或采取久困之计,开封都将从内瓦解。因为对形势看得十分透彻,所以他更知道

李自成这个《晓谕》的真正分量。想了一阵,他心情沉重地说:

"子彬,我的意思,流贼的这二十份告示要送呈抚台大人和列位上宪过目之后全数焚毁,不许泄露一字。另外可以改写一张贼示,公布于众。你看如何?"

"如何改法,请赐明示。"

黄澍正要指出如何修改,一个丫环送茶进来,就把话停住了。等丫环走后,他走到门口望望,又走到窗前向院中望望,确信没有一个人,这才坐下,对刘子彬悄声说话。声音是那么低,那么轻,几乎连刘子彬也不能完全听清。但刘是一个用心人,尽管有个别字听不清楚,黄澍的意思他已经明白,不禁大惊,轻轻问道:

"这样能行么? 如果你准备将来使黄河决口,恐怕开封数十万军民,连你我在内,都不能活了。"

黄澍说道:"不然。不然。我想得比你周到,你只管按照我的意见去改。"

刘子彬仍然不肯,说:"按常理讲,黄河的河床多年淤积,全靠河堤将水拦住。河水比开封城高,这一点在开封人尽皆知。万一将来将黄河决口,开封岂能平安无事?"

"不,并不像你说的那么可怕。据我看来,如果把黄河决口,黄水向东南流,必然水势分散,来到开封城下时,水势已经变缓,不是那么急了。开封城外的拦马墙,自从今春流贼退走以后,重新修固,又高又厚。黄水被拦马墙一挡,一定不会再有多大力量,也许连拦马墙都过不来,即使过了拦马墙,这开封城墙是万万冲不倒的,水也漫不过来。到时还会分流,主流会绕过开封,往东南流去,开封城必会保全。而流贼屯在城外,如不仓皇逃遁,必然会被淹死。所以依我看来,此计可用。但今天万万不能泄漏,日后也不能泄漏。把我告诉你的两句话写在闯贼的《晓谕》上,也是为了一则可以固军民守城之心,二则万一将来必须决堤,大家也会认为此事罪在流贼,而不在城内。"

刘子彬恍然明白,但仍然说了一句:"这毕竟是一着险棋!"

"看似险棋,其实不险。"

刘子彬终于被黄澍说服,按照黄澍的意见另外写了一张《晓谕》,将提到周王的那一句话删去了,怕的是会引起百姓同感。又将"如敢顽抗,不日一鼓破城,寸草不留"改为"不日决黄河之水,使尔等尽葬鱼腹",并添上"本大元帅恐伤天和,不忍遽决"的话,这就看起来很像是闯王的口气了。改了以后,黄澍感到满意,就准备当夜去见巡抚。刘子彬问道:"局势如此险恶,抚台大人有何主意?"

"抚台除决定派他的大公子于昨夜悄悄出城奔赴北京求救之外,别无善策。如今抚台对人谈起守城之事时,总说他毕竟年纪大了,要靠大家尽力。他还说:'文官要靠黄推官,武将要靠陈将军。'"

"如今巡抚确实处处倚重老爷,这是很难得的机缘。倘能保住开封,事后由巡抚大人保荐,老爷一定破格高升。"

黄澍心中得意,故意说:"如今守城要紧,百万生灵的命运决于此战,哪有工夫去想高升的事。"

刘子彬又问道:"周宜兴新任首辅,此人倒是颇有才学,也有经验。不知巡抚大人派大公子进京,是不是要找宜兴求救?"

"巡抚一方面向朝廷呼救,请皇上速派大军;另一方面当然要找宜兴,请他设法救援。"

刘子彬充满希望地点点头,说:"想来宜兴久为皇上所知,这一次重任首辅,他当然急于有所建树,必会想办法调集人马来救开封。"

"但愿能够如此,就怕一时军饷很难筹集,所以我们也要想一个长久对敌之计。我现在别的不担心,就怕开封被围日久,守城军心有变。"

刘子彬沉吟说:"这倒是要认真对待。现在确是到处将骄兵惰,士无斗志。虽然陈将军的一支人马还比较好,可是日子久了也很难说。……"

两人又密谈了一会儿话,只见一个仆人匆匆进来,向黄澍禀报：

"老爷，抚台衙门派人来请老爷速去，陈将军和各上宪已经都在那里了。"

"把轿子准备好。"

"轿子已经在二堂停着了，请老爷上轿。"

黄澍将李自成的《晓谕》和伪造的《晓谕》都带在身旁，由仆人提着亮纱灯笼在前引路，上轿走了。

第十七章

崇祯所过的岁月好像是在很深的泥泞道路上，一年一年，艰难地向前走，两只脚愈走愈困难，愈陷愈深。不断有新的苦恼、新的不幸、新的震惊在等待着他。往往一个苦恼还没有过去，第二个苦恼又来了，有时甚至几个苦恼同时来到。为什么会有这种情况呢？他有时似乎明白，有时又不明白，根本上是不明白。直到现在他还没有断绝要当大明"中兴之主"的一点心愿。近来他不对臣下公然说出他要做"中兴之主"，但是他不肯死心，依然默默地怀着希望。

今年年节之后，虽然开封幸而解围，但跟着来的却是不断的败报，使他的"中兴"希望大受挫折。中原的失败和关外的失败，几乎同时发生。他原指望左良玉能与李自成在开封城下决战，使李自成腹背受敌，没想到李自成从开封全师撤离，左良玉也跟着离开杞县，与李自成几乎是同时到了郾城，隔河相持。之后，他又催促汪乔年赶快从洛阳赶到郾城附近，与左良玉一同夹击李自成。对于这个曾经掘了李自成祖坟的汪乔年，崇祯抱有很大的希望。然而事出他的意料之外，李自成不但没有被消灭，反而将汪乔年在襄城杀死了。这是继傅宗龙之后，一年之中死掉的第二个总督。差不多在这同时，松山失守了，洪承畴被俘，邱民仰和曹变蛟等文武大臣被杀，锦州的祖大寿和许多将领都向满洲投降了。这样，崇祯在关内关外两条战线所怀的不可捉摸的希望，一时都破灭了。另外，他还得到奏报，说张献忠在江北连破名城，十分猖狂，听说还要过长江扰乱南京，目前正在巢湖中操练水师。

到了夏季，新的打击又来了。在洪承畴被俘后，他曾一心希望洪能够为国尽节，为文武百官作出表率，鼓励大家忠于国事，没想到洪承畴竟然在沈阳投降了。他又曾希望归德府能够坚守。只要归德府能坚守,李自成进攻开封就会受到阻滞和牵制。他没有料到归德那样一座十万人口的城市,粮食充足,城高池深,竟然在两三天内就失守了。

就在各种不幸军情败报接连着传到乾清宫时,田妃的病越发重了。国事,家事,同样使他忧愁和害怕。随后他希望对满洲议和能够顺利成功,使他可以腾出一只手来专门对付"流贼";希望官军救援开封能够一战成功,挽回中原败局;还希望田妃的病情会能好转。为着这三件心事,他每日黎明在乾清宫丹墀上拜天祈祷,还经常到奉先殿跪在祖宗的神主前流泪祈祷,希望上天和二祖列宗的"在天之灵"能给他保佑。住在南宫①中的僧、道们不停地做着法事;整个北京城内有名的寺院、有名的道观和宣武门内的天主堂,也都奉旨祈祷,已经许多天了。但是国运并无转机,田妃的病情毫无起色,反而一天比一天沉重了。几年来,每逢他为国事万分苦恼的时候,只有田妃可以使他暂时减轻一些忧愁。他的心情也只有田妃最能体贴入微。虽然他从来不许后妃们过问国事,但是在他为国事愁苦万分时,田妃会用各种办法为他解闷,逗引他一展愁眉。所以尽管深宫里妃嫔众多,却只有田妃这样一个深具慧心的美人儿被他称为解语花。如今这一朵解语花眼巴巴地看着枯萎了,一点挽救的办法也没有。因为医药无效,他只好把一线希望继续寄托在那些僧、道们的诵经祈禳,以及天主堂外国传教士和中国信徒们每日两次的祈祷上。

六月初旬的一天,崇祯的因过分疲劳而显得苍白的脸孔忽然露出了难得看见的喜色。近侍太监和宫女们看见了都觉得心中宽慰,至少可以避免皇上对他们动不动大发脾气。但没有人知道这是什么原因,对崇祯这样严厉、多疑而又容易暴怒的皇上,他们什么也不敢随便打听。乾清宫的"管家婆"魏清慧那天恰好有事去坤

---

① 南宫——又称南城,明代在今南池子一带的宫殿群。建筑规模详细内容参见第一卷三十二章。

宁宫,便将这一好消息启奏皇后。周后听了也十分高兴。她多么希望皇上能趁着心情愉快来坤宁宫走走!

崇祯今天的高兴有两个原因。首先是陈新甲进宫来向他密奏,说马绍愉在沈阳同满洲议和的事已经成功,不久就可以将议定的条款密奏到京。虽然他明白条款对满洲有利,他必须让出一些土地,在金钱上每年要损失不少,但是可以求得短期间关外安宁。只要关外不再用兵,他就可以把防守关外的兵力调到关内使用。想到将来能够专力"剿贼",他暗中称赞马绍愉不辱使命。而陈新甲虽然在某些事上叫他不满,毕竟是他的心腹大臣,在这件秘密议和的事情上立了大功。

另一件使他略觉宽慰的事是:他接到了河南巡按御史高名衡五月十七日来的一封飞奏,说接到了杨文岳的塘报,丁启睿、杨文岳和左良玉的部队共二十万人马已经到了朱仙镇,把流贼包围起来,不日就可歼灭。虽然根据多年的经验,他不敢相信能这样轻易地把李自成歼灭,但又在心中怀着希望:即使不能把流贼歼灭,只要能打个胜仗,使开封暂时转危为安,让他稍稍喘口气,也就好了。近日来他总是吃不下饭,睡不着觉,今天感到略微轻松了。

他决定到承乾宫去看看田妃,但又想到应该先去皇后那里走走,让皇后也高兴高兴。于是他从御案前站了起来,也不乘辇,也不要许多宫女、太监跟随,就走出乾清宫院子的后门,向坤宁宫走去。

看见崇祯今天的心情比往日好得多,周后十分高兴,赶快吩咐宫女泡了一杯皇上最喜欢的阳羡茶。崇祯喝了一口,就向皇后问起田妃的病情。皇后叹了口气,说:

"好像比几天前更觉沉重了。我今日上午去看她,她有一件事已经向我当面启奏了。我正要向陛下启奏,请皇上……"

崇祯赶快问:"什么事儿?"

"田妃多年不曾与家里人见面。我朝宫中礼法森严,自来没有后妃省亲的制度。现在她病重了,很想能同家里人见上一面。她父亲自然不许进宫来。她弟弟既是男子，纵然只有十几岁，自然也不许进宫。她有个亲妹妹，今年十六岁。她恳求准她将妹妹召进宫来，让她见上一面。我已经对她说了，这事可以向皇上奏明，请皇上恩准。皇上肯俯允田妃所请么？"

崇祯早就知道田妃有个妹妹长得很美。倘在平时，他也不一定想见这个妹妹，但今天因为心情好，倒也巴不得能看看她长得到底怎样，便说道：

"既然她要见见她妹妹，我看可以准她妹妹进宫。你定个时间，早点告诉田妃。"

周后听了，马上派太监到承乾宫传旨，说皇上已答应让田娘娘的妹妹明天上午进宫。因为田妃平时的人缘很好，所以旁边侍立的太监、宫女听了都很高兴，特别是大家都知道，田妃恐怕不会活很久了。崇祯又坐了一阵，本想往承乾宫去，忽又想起还有一些文书未曾省阅，便决定次日上午等田妃的妹妹进宫后再去。他在坤宁宫稍坐一阵，忽又满怀愁闷，又回到乾清宫去。

第二天上午，崇祯正在乾清宫省阅文书，一个太监进来启奏：首辅周延儒在文华殿等候召对。崇祯点点头，正待起身，又一个太监进来奏道：田妃的妹妹已经进宫，皇后派人来问他是否要往承乾宫去一趟。崇祯又点点头，想了一想，便命太监去文华殿告诉周延儒，要他稍候片刻。他随即走出乾清宫，赶快乘辇往承乾宫去。

田妃这时正躺在床上。她这次把妹妹叫进宫来，一则是晓得自己不会再活多久，很想同家里人见一面；二则还有一件心事需要了结。现在趁着皇上驾到之前，她示意宫女们退了出去，叫她的妹妹坐到床边。

妹妹名叫田淑英，刚进宫来的时候，对田妃行了跪拜大礼。她不但很受礼仪拘束，而且战战兢兢，惟恐失礼。这时她见皇贵妃命宫女们都退了出去，亲切地向她招手，拉她坐到床边，又成了姐妹关系，单这一点，就使她十分感动，不觉热泪涌满眼眶。

　　田妃用苍白枯瘦的纤手拉着妹妹,轻声叹了一口气,哽咽说道:"淑英,我是在世不久的人了。宫中礼法森严,我没法见到家中别的人,所以才奏明皇上和皇后,把你叫进宫来。今天我们姐妹幸而得见一面,以后能不能再见很难说,恐怕见不到了。"

　　说到这里,田妃就抽咽起来。淑英也忍不住抽咽起来,热泪像清泉一般地在脸上奔流。哭了一阵,淑英勉强止住泪水,小声安慰姐姐说:

　　"请皇贵妃不必难过,如今全京城的僧、道都在为皇贵妃祈祷,连宣武门内的洋人们也在为皇贵妃祈祷。皇贵妃福大命大,决不会有三长两短;过一些日子,玉体自然会好起来的。"

　　田妃说:"我自己的病自己清楚,如今已是病入膏肓了。你也不要难过。我要对你说的话,你务必记在心上。"

　　淑英点点头,说:"皇贵妃有什么吩咐,请说出来,我一定牢记心上。"

　　田妃说道:"皇上在宫中为国事废寝忘餐,却没人能给他一点安慰。虽然三宫六院中各种各色的美人不少,都不能中他的意,所以他很少到别的宫中去。我死以后,他一定更加孤单,更加愁闷。我死,别无牵挂,就是对皇上放心不下。如果他再选妃子,当然会选到貌美心慧的人,但是那样又会生出许多事情。另外,我们家中因我被选到宫里,受到皇上另眼看待,才能够富贵荣华。我死之后,情况就不同了。大概你也知道,父亲做的许多事使朝廷很不满意。几年来常有言官上表弹劾,皇上为此也很生气,只是因为我的缘故,他格外施恩,没有将父亲处分。倘若我死之后,再有言官弹劾,我们家就会祸生不测。每想到这些事,我就十分害怕。如果日后父亲获罪,家中遭到不幸,我死在九泉也不能瞑目。我今天把你叫进宫来,你可明白我的心意?"

　　淑英似乎有点明白,但又不十分明白,两只泪眼一直望着姐姐,等待她再说下去。田妃接着说道:

　　"妹妹的容貌长得很美,比我在你这个岁数时还要美。我有意让皇上见见你,如果皇上对你有意,我死之后,把你选进宫来,一则可以上慰皇上,二则可以使我们家里长享富贵。妹妹可明白了么?"

淑英的脸孔通红,低下头去,不敢做声。她明白姐姐的用心很深,十分感动,但皇上是否会看中她,实在难说。正在这时,忽听外边太监传呼:

"皇上驾到!"

田妃赶紧对妹妹说:"你去洗洗脸,不要露出泪容,等候皇上召见。"淑英刚走,她又马上吩咐宫女:"把帐子放下来。"随即听见窗外鎏金亮架上的鹦鹉叫声:

"圣上驾到! ……接驾!"

崇祯没有看一眼跪在地上接驾的太监和宫女,下了辇,匆匆地走进来。

几天来虽然天天都想来看田妃,可是每当他要来承乾宫时就有别的事来打扰他,使他来不成,所以现在他巴不得马上就见到田妃。往日他每次来承乾宫,田妃总是匆匆忙忙地赶到院中跪迎,而这几次来,田妃已经卧床不起,院中只有一批太监和宫女跪在那里,看不见田妃了。以前他们常常于花前月下站在一起谈话,今后将永远不可能了。以前田妃常常为他弹奏琵琶,几个月来他再也不曾听见那优美的琵琶声了。今天他一进承乾宫的院子,心中就觉得十分难过,连鲜花也呈现凄凉颜色。

当他来到田妃的床前时,看见帐子又放下了。他十分不明白的是,最近以来,他每到承乾宫,为什么田妃总是命宫女把帐子放下。他要揭开,田妃总是不肯;即使勉强揭开,也是马上就又放下。今天他本来很想看看田妃到底病得怎样,可是帐子又放下了。只听她隔着帐子悲咽地低声说道:

"皇爷驾到,臣妾有病在身,不能跪迎,请皇爷恕罪!"

崇祯说:"我只要听到你的声音,就如同你亲自迎接了我。你现在只管养病,别的礼节都不用多讲。今日身体如何?那药吃了可管用么?"

田妃不愿崇祯伤心,便说:"自从昨天吃了这药,好像病轻了一些。"

崇祯明知这话不真,心中更加凄然,说道:"卿只管安心治病,不要担心。因卿久病不愈,朕已对太医院迭次严旨切责。倘不早日见效,定当对他们严加治罪。朕另外又传下敕谕,凡京师和京畿各地有能医好皇贵妃病症的医生、士人,一律重赏。如是草泽医生或布衣之士,除重赏银钱外,量才授职,在朝为官。我想纵然太医院不行,但朝野之中必有高手,京畿各处不乏异人。朕一定要遍寻神医,使卿除病延年,与朕同享富贵,白首偕老。"

田妃听了这话,心如刀割,不敢痛哭,勉强在枕上哽咽说:"皇爷对臣妾如此恩重如山,情深似海,叫臣妾实在不敢担当。恳请皇爷宽心,太医们配的药,臣妾一定慢慢服用,挣扎着把病养好,服侍皇爷到老。"

崇祯便吩咐宫女把帐子揭开,说他要看看娘娘的面上气色。宫女正要上前揭帐,忽然听见田妃在帐中说:

"不要揭开帐子。我因为大病在身,床上不干净,如今天又热,万一染着皇上,臣妾如何能够对得起皇上和天下百姓。"

"我不怕染着病,只管把帐子揭开。"

"这帐子决不能揭。隔着帐子,我也可以看见皇爷,皇爷也可以听见我说话。"

"还是把帐子揭开吧,这一个月来,每次我来看你,你都把帐子放下,不让我看见你,这是为何?"

"并不为别的,我确实怕皇爷被我的病染了,也不愿皇爷看见我的病容心中难过。"

"你为何怕朕心中难过? 卿的病情我不是不知道。从你患病起,一天天沉重,直到卧床不起,我都清楚。朕久不见卿面容,着实想再看一眼。你平日深能体贴朕的心情,快让我看一看吧,哪怕是只让我看一眼也好!"

"今日请皇爷不必看了。下次皇爷驾临,妾一定命宫女不要放下帐子。"

崇祯听她这么一说,虽然心里十分怅惘,也不好再勉强,只得叹了口气,走到平时为他摆设的一把御椅上坐下,说道:

"你妹妹不是已经进宫了么?快命她来见我。"

不一会儿,田淑英就由四名宫女带领来到崇祯跟前。她不敢抬头,在崇祯的面前跪下,行了君臣大礼。崇祯轻声说:

"赐座!"

田淑英叩头谢恩,然后起身,坐在宫女们替她准备的一把雕花檀木椅上,仍然低着头。崇祯微微一笑,说:

"你把头抬起来嘛。"

田妃也在帐中说:"妹妹,你只管抬起头来,不要害怕。"

田淑英又羞又怯,略微抬起头来,但不敢看皇帝一眼。她刚才在宫女们的服侍下已经洗过脸,淡扫蛾眉,薄施脂粉。虽然眼睛里还略带着不曾消失的泪痕,但是容光焕发,使崇祯不觉吃惊,感到她美艳动人,像刚刚半开的鲜花一般。崇祯继续打量着她的美貌,忽然想到十几年前田妃刚选进宫的时候:这不正是田妃十几岁时候的模样么?他又打量了田淑英片刻,心旌摇晃,同时感到往事怅惘。他默然起身,走到摆在红木架上的花盆前边,亲手摘下一朵鲜花,转身来插在淑英的头上,笑着说:

"你日后也是我们家里的人。"

田淑英突然一惊,心头狂跳,又好像不曾听真,低着头不知所措。田妃在帐中提醒她说:

"妹妹,还不赶快谢恩!"

田淑英赶快在崇祯面前跪下,叩头谢恩,起来后仍然满脸通红,一直红到耳朵根后。崇祯正想多看她一会儿,可是田妃又在帐中说道:

"妹妹,你下去,我同皇上还有话说。"

田淑英又跪下去叩了头,然后在宫女们的簇拥中退了下去。

崇祯目送着她的背影,十分不舍,可是田妃已经这么说了,而且左右有那么多宫女,他自己毕竟是皇帝,又不同于生活放荡的皇帝,也就不好意思再留她。他重又走到田妃床前的御椅上坐下,说道:

"卿有何话要同朕说?"

"启禀皇爷:臣妾有一句心腹话要说出来,请皇爷记在心里。"

崇祯听出这话口气不同寻常,忙答道:"你说吧,只要我能够办到的,一定替你办。"

田妃悲声说:"我家里没有多的亲人。母亲在几年前病故,只有一个父亲,一个弟弟,还有这个妹妹。万一妾不能够服侍皇上到老,妾死之后,请皇上看顾臣妾家里,特别是这个弱妹。"

崇祯隔着帐子听见了田妃的哽咽,忙安慰道:"卿只管放心,我明白你的心思。"

崇祯确实明白田妃的意思,他也感到田妃大约活不了多久了,心想如果田妃死了,一定要赶快把她的妹妹选进宫来。他又隔着帐子朝里望望,想着田妃的病情,心里一阵难过,便离开御椅,走到田妃平时读书、画画的案前,揭开了蒙在一本画册上的黄缎罩子,随便翻阅。这画册中还有许多页没有画,当然以后再也画不成了。他看见有一页画的是水仙,素花黄蕊,绿叶如带,生意盎然,下有清水白石,更显得这水仙一尘不染,淡雅中含着妩媚。他想起这幅画在一年前他曾看过,当时田妃正躺在榻上休息,头上没有戴花,满身淡妆,也不施脂粉,天生的天姿国色。当时他笑着对田妃说:"卿也是水中仙子。"万不料如今她快要死了!他翻到另一页,上面画的是生意盎然的大片荷叶,中间擎着一朵刚开的莲花,还有一个花蕾没开,下面是绿水起着微波,一对鸳鸯并栖水边,紧紧相偎。这幅画他也看过,那时田妃立在他的身旁,容光焕发,眉目含笑,温柔沉静,等待他的评论。他看看画,又看看田妃,不禁赞道:"卿真是出水芙蓉!"如今画图依然,而人事变化多快!他看了一阵,满怀怅惘,合上册页,蒙上黄缎罩子。他回到床前,正想同田妃说话,恰好这时太监进来启奏:

"周延儒已在文华殿等了很久,请皇爷起驾到文华殿去。"

崇祯忽然想到周延儒进宫求见,定有重要的军国大事,就对田妃说道:

"朕国事繁忙,不能在此久留,马上要到文华殿去,召见首辅。你妹妹可以留在宫中,吃了午饭再走。朕午饭之后再来看你。"说罢,他就往文华殿去了。

田妃吩咐宫女把帐门揭开,把她妹妹叫来。过了片刻,田淑英又来到田妃面前。田妃望了她一眼,说:

"你坐下。"

淑英为刚才的事仍在害羞,不敢看她的姐姐。田妃微微一笑,说道:

"妹妹,你不用害羞,我也是像你这样年纪时选进宫来的,要感谢皇恩才是。"

淑英说:"皇贵妃,刚才皇上来的时候,你把帐子放下了,听说后来皇上要揭开,你都不肯,这不太负了圣上的一片心意么?"

田妃叹了口气,见近边并无宫女,方才说道:"妹妹哪里想到,皇上对我如此恩情,说来说去,还不是我天生的有一副美貌,再加上小心谨慎,能够体贴皇上的心,我家才有今天的荣华富贵。我不愿皇上在我死之前看到我面黄肌瘦,花萎叶枯,我死后他再也不会想我。如果皇上在我死后仍旧时常想到我,每次想到我仍旧像出水芙蓉一般,纵然有言官参劾父亲,皇上也会不忍严罚。只要皇上的恩情在,我们田家就可以平安无事。自古以来,皇上对妃子的恩情都为着妃子一有美色,二能先意承旨,处处小心体贴,博得圣心喜悦。你也很美,不亚于我。我死之后,你被选进宫来,小心谨慎侍候皇上,我们田家的荣华富贵就能长保。"

说完这一段她埋藏在心中很久的话,忽觉心中酸痛,眼泪扑簌簌地滚落下来。淑英的心中也很悲伤,勉强对姐姐说:

"皇贵妃虽然想得很深,但也不要完全辜负了皇恩。下次皇上驾临,请皇贵妃不要放下帐子。"

"现在妹妹已被皇上看中,我的一件心事已经完了。如果今天午后皇上再来,我就不必落下帐门了。"

周延儒正在文华殿外面等候,看见崇祯来到,赶紧跪在路旁迎接,然后随驾进殿,重新磕头。

崇祯对于周延儒是比较重视的,因为周在二十岁就中了状元,这在明朝是很少有的。三十多岁时,也就是崇祯五六年间,他做过两年首辅,后来被罢免了。去年又被召进京来,再任首辅。他为人机警能干,声望很高,所以他第二次任首辅,崇祯对他十分倚重,曾对他说:

"朕以国事付先生,一切都惟先生是赖。"

周延儒见皇上对自己这么倚重,心里确实感动,但时局已经千疮百孔,他实在无能为力。明朝末年的贪污之风盛行,而周延儒和别的大官不同,他的贪污受贿也有些独特的作风。别人给他钱,不论多少他都要;即使本来答应给的数字很大,而最后给得不多,欠下不少,他也不再去要。他对东林和复社的人特别照顾,所以东林和复社的人对他也很包涵,在舆论上支持他在朝廷的首辅地位。

这时崇祯叫他坐下。他谢座后,在太监准备的一把椅子上侧身就座,然后向崇祯面奏了几位封疆大吏的任免事项,顺便奏称,据山东、河南等省疆吏题奏,业已遵旨严厉禁毁《水浒传》,不许私自保存、翻刻、传抄,违旨的从严治罪。崇祯说道:

"这《水浒传》是一部妖书,煽惑百姓作乱,本来早该严禁,竟然疏忽不管,致使山东一带年年土寇猖獗。幸好今年把土寇李青山一部剿灭,破了梁山,这才有臣工上奏,请求禁毁这部妖书,永远不许擅自刻板与传抄。可是疆吏们做事往往虎头蛇尾,现在虽有山东、河南一带疆吏的题奏,说是已经遵旨销毁,究竟能不能禁绝,尚未可知。此事关乎国家大局,卿要再次檄令他们务须禁绝此书,不许有丝毫疏忽。"

周延儒回奏说:"此书确实流毒甚广,煽惑百姓造反。臣一定给该地方的督抚们再下檄文,使他们务必禁绝。请陛下放心。"

崇祯沉吟片刻,总觉放心不下,又说:"像《水浒传》这样诲盗的稗官小说,败坏人心,以后不仅这妖书不许流传,其故事亦不许民间演唱。倘有违禁,擅自演唱,定将从严惩处,不许宽容。梁山泊的山寨房屋务要彻底拆毁,不留痕迹。倘有痕迹,以后再被乱民据守,后患无穷。"

周延儒恭敬地回答:"臣已檄令地方官吏,限期拆除山寨寨墙与房屋,请陛下宽心。"

崇祯心里最关心的是朱仙镇之战,可是到今天还没有捷奏到京,不觉叹了口气,向周延儒问道:

"卿以为朱仙镇之役能否一举将闯贼歼灭? 如不能歼灭,只是将其战败,也会使开封暂时无虑,也是一大好事,以先生看来,官军能否取胜?"

周延儒心中明白官军很难取胜,但是实际战况他并不清楚,只是因为左良玉与东林人物素有关系,便赶快回答说:

"以微臣看来,此次援兵齐集朱仙镇,人马不能算少,应该能获大胜。只怕文武不和耳。"

崇祯一惊,问:"他们那里也是文武不和么?"

"臣只是就一般而言。因为我朝从来都是重文轻武,文武之间多有隔阂,所以常常在督师、总督与总兵官、将领之间不能一心一德,共同对敌。这是常事,并非单指朱仙镇而言。如果文武齐心,共同对敌,胜利就可以到手。"

"丁启睿、杨文岳都不能同杨嗣昌相比,这一点,朕心中甚为明白。如今只看左良玉是否用命。倘若左良玉肯死心作战,纵然丁启睿、杨文岳都不如杨嗣昌,想来也不会受大的挫折。"

周延儒附和说:"左良玉确是一员难得的大将,过去在战场上屡建功勋,陛下亦所深知。现在以微臣看来,朱仙镇这一仗也是靠的左将军效忠出力。"

崇祯又说道:"那个虎大威,原是被革职的将领,朕赦他无罪,重新命他带兵,因知他是有用之将。想来这次他定会深感皇恩,不惜以死报国,不会辜负朕望。"

"要紧的是左良玉。自从皇上封左良玉为平贼将军,他手下人马更多了。这朱仙镇战况如何,多半要靠左良玉。"

崇祯点点头,没有再说别的。对于左良玉的骄横跋扈,不听调度,他自然十分明白,但这话他不愿说出来。他在心中总是怀着一些渺茫的希望,等待着朱仙镇的捷音。

周延儒见崇祯沉默不语,就想乘这个时候谈谈对满洲和议的事。他早就知道,陈新甲秘密地奉皇上圣旨,派马绍愉于四月间暗中出关,如今和议的事已快成了。可是他身为首辅,这样重大的国事,竟被瞒得纹丝不露,心中甚为不平。而且他也知道,朝中百官,对陈新甲有的不满,有的妒忌,有的则瞧不起他仅仅是举人出身。最近流言蜚语比以前更多起来。他今天进宫,虽是向皇上禀奏几个封疆大吏的任免事项和禁毁《水浒传》的情况,但也有意找机会探探关外和谈的消息。他见崇祯仍然无意谈及关外之事,便忍不住用试探口气说道:

"如今关外,松锦已失,势如累卵,比中原尤为可虑。"

崇祯又沉默一阵,答道:"关内关外同样重要。"

周延儒仍是摸不着头脑,又说道:"倘若东虏乘锦州、松山沦陷,祖大寿、洪承畴相继投降,派兵入关,深入畿辅,进逼京师,局势就十分危险了。所以以微臣之见,中原固然吃紧,关外也需要注意。"

崇祯不明白周延儒为什么突然对关外事这么关心,十分狐疑。停了片刻,他才说了一句:

"慢慢想办法吧。"

周延儒是个十分聪明的人,知道自己刚才对局势的分析并没有错,十分合理,可是崇祯好像并不在意,完全没有往日那种忧虑的神情。他顿时明白:议和的事已经成了定局!于是他不再停留,向崇祯叩头辞出。

回到内阁,他想着这么一件大事,自己竟被蒙在鼓里,不免十分生气,也越发想要探明议和的真实情况。岂能身为首辅,而对这等大事毫无所知!他更换了衣服,走出内阁,来到朝房里,同一个最亲信的幕僚一起商议。他们的声音极小,几乎没人听到……

几天以后,官军在朱仙镇全军溃败的消息报到了北京。崇祯震惊之余,束手无策,只得召集阁臣们到文华殿议事。大家都想不出有效的救汴之策,只是陈新甲尚有主见。他建议命山东总兵刘泽清援救开封,在黄河南岸扎营,控制接济开封的粮道。因开封离黄河南岸只有八里路,粮食可以用船运到南岸接济城内,开封就可长期坚守。他又恐怕刘泽清兵力不够,建议命太监刘元斌率领防守凤阳的京营人马速赴商丘以西,为刘泽清声援,再命山西总兵许定国火速东出太行,由孟津过河,直趋郑州,以拊李自成之背。崇祯对这些建议都点头采纳,觉得虽然朱仙镇大军溃败,只要陈新甲这些想法能够奏效,开封仍可继续坚守。

阁臣们退出以后,陈新甲独被留下。周延儒因为没有被留下,想着必是皇上同陈新甲谈论同满洲议和之事。他回到内阁,想了半天,从嘴角露出一丝冷笑。

在文华殿内,崇祯挥退了太监,小声向陈新甲问道:“那件事情到底如何?马绍愉的人怎么还未到京?”

陈新甲赶快躬身说:“请陛下放心。马绍愉已经派人给微臣送来了一封密书,和款已经拟好,大约一二日内就可将和议各款命人送到京城。微臣收到之后,当立即面呈陛下。是否妥当,由圣衷钧裁。如无大碍,可以立刻决定下来,臣即飞檄马绍愉在沈阳画押。不过到时恐怕还得有陛下一道手诏,谕知马绍愉或谕知微臣,只云‘诸款尚无大碍,可相机酌处’。”

崇祯问:“不是已有密诏了么?”

陈新甲说:“微臣所言陛下手诏是给虏酋看的。虏酋不见陛下手诏,不会同意画押。”

崇祯点头说:“只要各议款大体过得去,就可以早日使马绍愉在沈阳画押。为使虏酋感恩怀德，不要中途变卦，朕可以下一道手诏给卿。"

陈新甲说："皇上英明，微臣敢不竭尽忠心，遵旨将款事①办妥，以纾陛下东顾之忧！"

崇祯稍觉宽慰，点头说："如此甚好。卿下去吧。"

陈新甲辞出后，崇祯并没有回乾清宫，而是立即乘辇来承乾宫看望田妃。

田妃事先知道皇上要来，趁着今日精神略好，便命宫女替自己梳妆起来。她尽管病重，十分消瘦，但头发还是像往常一样黑，一样多。云鬟上插了朵鲜花，脸上薄施脂粉。脸上虽然病容憔悴，一双大眼睛仍然光彩照人。崇祯来到时，她勉强由宫女搀扶着，伫立门外，窗外鎏金亮架上的鹦鹉又像往日一样叫道：

"圣上驾到！圣上驾到！"

同时有一太监传呼："接驾！"太监们和宫女们都已跪到院中地上。田妃在两个宫女的搀扶下也跪了下去。崇祯见田妃带病接驾，十分感动，亲自扶她起来。坐下以后，他打量田妃今天特意命宫女替她梳妆打扮一番，可是毕竟掩盖不住长年的病容。田妃不断地强打精神，还竭力露出微笑，希望使崇祯快乐。过了片刻，田妃看出崇祯的忧虑未减，不禁心中沉重，明白皇上看出来她的病已经没有指望。她想着十几年来皇上对她的种种宠爱，而今天这一切都快完了，心中一阵难过，脸上的本来就出于勉强的微笑立时枯萎了，僵死了。她眼睛里浮出了泪花，只是她忍耐着不使泪珠滚落。崇祯回避了她的眼睛，轻声问道：

"你今天感到精神好了一点没有？"

田妃轻轻点头，不敢说话，怕的是一开口说话，就会流泪和泣不成声。崇祯告诉她，已经命张真人暂不要回龙虎山，仍在长春观为她建醮祈禳。田妃赶快谢恩，但心里明知无效。她安慰崇祯说：

---

① 款事——明代的政治术语，指对蒙古和满洲的议和事。"款"字含有使"夷狄"归附的意思。

"皇爷这样为臣妾操心,臣妾的贱体定可以支撑下去。只要太医们尽心配药,再加上满京城的寺、观都在祈祷,病总会有起色的。"

崇祯勉强装出一丝笑容说:"只要爱卿心宽,朕的心也就宽了。"

崇祯因为国事太多,在承乾宫稍坐一阵,就回到乾清宫省阅文书。晚膳以后,他心中很闷,坐立不安。他想去坤宁宫,又想一想不愿去了;想召一个什么妃嫔来养德斋吧,又觉得没有意思。这到处是雕栏玉砌的紫禁城中,如今竟没有一个可以使他散心解闷的地方!想来想去,还是决定去翊坤宫袁妃那里。他想起两三年以前,也是这样的夏季,他有一天晚上到了袁妃宫中,在月光下袁妃穿着碧色的轻纱衣裙,身材是那么苗条,脸颊和胸部又是那么丰满,他让袁妃坐在对面,一阵微风吹过,他闻到一股香气,是那么温馨。袁妃的一颦一笑,又显得那么敦厚。想起当时的情景,他站了起来,准备带着宫女们立即往翊坤宫去。可是刚刚走出暖阁,他又矛盾起来:国事如此艰难,哪有闲心到翊坤宫去!但是他实在六神无主,百无聊赖,继续向前走,走出了乾清宫正殿,到了丹墀上,才决定哪儿都不去了。他在丹墀上走来走去,走来走去,不许别人惊动他。快到二更时候,忽然有一个太监来到面前,跪下禀奏:

"陈新甲有紧急密奏,请求召见。"

崇祯一惊,但马上想道:既是进宫密奏,大概不会是河南的坏消息,一定是马绍愉的密奏来了。他立即吩咐说:

"命陈新甲速到武英殿等候召见。"

夜已经深了,从神武门上传来鼓声两响,接着又传来云板三声。在武英殿西暖阁内,只有崇祯和陈新甲在低声密谈。太监们都退出去了,连窗外也不许有人逗留。

崇祯坐在镶着金饰的御椅上,借着头边一盏明角宫灯的白光,细看手中的一个折子,那上面是陈新甲亲手誊抄的马绍愉所禀奏的和议条款。原件没有带到宫内,留在陈新甲家中。崇祯把这个文件看了两遍,脸色十分严肃、沉重。

陈新甲跪在地上,偷看皇上的脸色,心中七上八下。他不知道皇上是否同意,倘不同意,军事上将毫无办法,他这做兵部尚书的大臣就很难应付。

崇祯心中一阵难过,想着满洲原是"属夷",今日竟成"敌体",正式写在纸上。这是冷酷的现实,他不承认不行,但是由他来承认这一现实,全国臣民将如何说? 后世又将如何说? 嗨! 堂堂天朝大明皇帝竟然与"东虏"订立和议之约! ……

他又对和议的具体条款推敲一番,觉得"东虏"的条件还不算太苛刻。拿第一款来说,"吉凶大事,交相庆吊",实在比宋金议和的条款要好得多了。他又推敲另外一款:"每年明朝赠黄金万两、白银百万两于清朝;清朝赠人参千斤、貂皮千张于明朝。"他最初感到"东虏"要的金银太多了,目前连年饥荒,"流贼"猖獗,国库空虚,哪里负担得起? 但转念一想,如不同意,清兵再来侵犯,局面将更难收拾。随即他又推敲第三款、第四款、第五款……觉得有的条款尚属平等互利,并不苛刻,惟独在疆界的划分上却把宁远以北许多尚未失守的地方都割给清方,不觉从鼻孔哼了一声。

崇祯想到祖宗留下的土地,将在自己手上送掉,感到十分痛苦,难以同意。他放下折子,沉默半响,长叹一声。

陈新甲从地上轻声问道:"圣衷以为如何?"

崇祯说:"看此诸款,允之难,不允亦难。卿以为如何?"

"圣上忧国苦心,臣岂不知? 然时势如此,更无善策,不安内何力攘外?"

"卿言甚是。朝臣们至今仍有人无术救国,徒尚高论。他们不明白目前国家内外交困,处境十分艰危,非空言攘夷能补实际。朕何尝不想效法汉武帝、唐太宗征服四夷? 何尝不想效法周宣王、汉光武,做大明中兴之主,功垂史册? 然而……"

陈新甲赶紧说:"对东虏暂缓挞伐,先事安内,俟剿贼奏功,再回师平定辽东,陛下仍是中兴圣君,万世景慕。"

崇祯摇摇头，又长叹了一声。自从松、锦失守，洪承畴投降满洲和朱仙镇溃败以来，他已经不敢再希望做中兴之主，但愿拖过他的一生不做亡国之君就是万幸。只是这心思，他不好向任何人吐露一字。现在听了陈新甲的话，他感到心中刺痛，低声说道：

"卿知朕心。倘非万不得已，朕岂肯对东虏议抚！四年前那次，由杨嗣昌与高起潜暗主议抚，尚无眉目，不意被卢象升等人妄加反对，致抚事中途而废，国事因循蹉跎至今，愈加险恶。近来幸得卿主持中枢，任劳任怨，悉心筹划，对东虏议抚事已有眉目。倘能暂解东顾之忧，使朝廷能在两三年内专力剿贼，则天下事庶几尚有可为，只恐朝臣们虚夸积习不改，阻挠抚议，使朕与卿之苦心又付东流，则今后大局必将不可收拾！"

陈新甲说："马绍愉大约十天后可回京城。东虏是否诚心议和，候绍愉回京便知。倘若东虏感陛下恩德，议和出自诚心，则请陛下不妨俯允已成之议，命马绍愉恭捧陛下诏书，再去沈阳一行，和议就算定了。"

"马绍愉回京，务要机密，来去不使人知。事成之后，再由朕向朝臣宣谕不迟。"

"微臣不敢疏忽。"

陈新甲从武英殿叩辞出来，由于深知皇上对他十分倚信，他也满心感激皇恩，同时也觉得从此可以摆脱内外同时用兵的局面，国运会有转机了。

崇祯随即乘辇回乾清宫。因为他感到十分疲倦，未去正殿暖阁，直接回到养德斋。魏清慧回禀说刚才田娘娘差都人前来向皇上启奏，她今日吃了太医们的药，感觉比往日舒服，请皇爷圣心放宽。崇祯"啊"了一声，不相信医药会有效。但是他没有说话，只在心中骂道："太医院里尽是庸医！"在宫女们的服侍下他脱衣上床，打算睡觉。当宫女们退出后，他忽然想起来开封被围的事，又没有瞌睡了，向在外间值夜的太监吩咐：

"快去将御案上的军情文书全部拿来！"

355

第十八章

在被围困的开封城中，一交六月，粮食、青菜和柴火一天比一天困难起来。一般小户人家简直没法过生活。有钱人家想尽一切办法囤积粮食。越囤积，粮食越恐慌，粮价越上涨。粮商们因为粮食的来路已断，不愿把全部粮食卖完，往往借口没有粮食而把大门关了起来，哄抬市价。官府起初三令五申，严禁粮食涨价，要粮商一定得按官府规定的价格出售。不但禁止不住，反而促使家家粮店闭门停售。随后官府就严禁粮商闭门停售，价格可以不限。这样一来，粮价就像洪水泛滥，不停地上涨。只有那些有钱有势的人家才能买到粮食，穷家小户望天无路，哭地无门，只好等着饿死。

巡抚高名衡害怕这样下去，会引起饥民暴动，便将处理粮价的大事交给黄澍经管。黄澍决定从严法办几个粮商，压住涨风。他很快就查明南门坊①粮行的掌柜李遇春是全城粮商中的一个头儿。此人因为一只眼睛下面有块伤疤，绰号叫"瞎虎"。他原来同黄澍手下的一些人颇有来往，自从开封被围，他在这些人的纵容下，操纵粮价，大发横财。自然，有些银子也到了黄澍手下人和各衙门官吏的手中。黄澍对李瞎虎同自己手下人之间的勾当也很清楚。但目前全城人心惶惶，如果不将李瞎虎这样的首要粮商镇压几个，可能会激起民变。

黄澍事先禀明巡抚和巡按，亲自带领兵丁和衙役，突然来到南坊李家粮行，将李瞎虎捉到，绑在十字路口，当着围观的人群摆了公案，亲自审问。李瞎虎睁眼望望，在黄澍左右见到好些熟识的面

---

① 南门坊——商店集中处叫做坊。开封有五门，各门都有一坊。南门坊是南门内的粮店集中地。

孔,但是他知道在这种情势下,他们谁也帮不了他的忙。于是他只得装出非常老实的样子,向黄澍磕头哀求,表示愿意献出几百担粮食,只求饶他不死。但黄澍此来的目的是为了杀一儆百,也为了借粮商的一颗人头收买民心,怎么能够手软?他拿起惊堂木将桌子一拍,说:

"我今天不罚你粮食,就罚你一颗人头,以平民愤。还要拿你做个样子,看哪个粮商再敢闭门停售,哄抬粮价!"

这样,就不管三七二十一,把开封在围城中粮价疯涨的罪责全推在以李瞎虎为首的粮商身上,当场将李瞎虎的头砍了。

经此一杀,果然各家粮行暂时不敢闭门停售。但每日售出的粮食不多;稍售一些就不售了。因此买粮的人总是天不明就赶赴五坊,家家粮行前都是拥挤不堪,挤不到前边的就沿街排队。实际上多数人买不到一粒粮食,只有那些力气大、会挤的人和地痞流氓才能多少买到一点。每天都有人为买粮食而打架斗殴,每天都有人被踩伤,甚至也有被打死的。

众多的平民百姓既无钱买粮,又买不到粮,每日仅能一餐,而且一餐也只能吃个半饱。城内原有许多空旷的地方,长着野草。近日有许多人提着篮子去挖野草,但人多草少,没几天就被挖光了。如今开封的人心与前两次被围攻时大不一样。那时开封城中不怕缺粮,如今缺粮了。那时许多老百姓听了官府宣传,都以为李自成的人马奸掳烧杀,十分可怕,所以甘愿与官府一起,死守城池。经过了这几个月,人们逐渐看清,闯王的人马其实军纪甚好,十分仁义,只有罗汝才的人马骚扰百姓,掳掠妇女,但他的人马也得听闯王的军令,也许闯王会不让他的人马进城闹事。因为缺粮已成现实,又有了这些想法,开封的一般平民百姓对于守城之事不再热心,特别是那些穷苦人家,在饥馑之中,倒是天天盼望闯王进城。

张德厚家里在五月底的时候用各种办法存了点粮食。那时当铺还收东西,他家里能够当的东西都拿去当了,把所有的钱都买了粗细粮食。近来勉强度日,一日只吃两餐,其中有一餐是稀的。一家人中,老头子有病,能够吃点细粮;五岁的小男孩是全家的命根子,让他多吃一点,别人全是半饱,眼看着大家一天天都瘦了下来。

这天,一家人正在堂屋里啃黑馍,老头子望望大家说:

"我是快死的人了,留下粮食你们吃罢,我吃一餐野菜就行了。"

说着,用他干枯的手把自己得到的一块黑馍掰开,偷偷地分一大半给五岁的孙子小宝,一小半给八岁的孙女招弟。孩子们正吃着,香兰看见,狠狠地打了招弟一巴掌,还想打小宝,但又不忍,手在空中扬了扬,放了下来。招弟平常就吃不饱,现在爷爷塞给自己小半个黑馍,还要挨一巴掌,就大哭起来。祖母看着伤心,也大哭起来。香兰心中后悔,也忍不住哭起来。老头子在一旁流泪叹气,伤心地责备香兰:

"迟早一家都会饿死。是我给孩子们吃的,唉,你打孩子做啥?我是快死的人了,能让孩子们渡过这场大劫,咱们张家就有一线希望。"

这时,恰巧霍婆子从外面回来,照例又来到后院,把外边的消息告诉张家。她知道了刚才发生的事情,便告诉他们:明日东岳庙施粥,每人一碗。她说她是要去的,又劝张德厚的母亲和香兰也去。起初香兰感到不好意思。霍婆子说:

"现在顾不了那么多,脸皮一厚,拿着碗挤进去,人家施舍一碗,就可以救一天的命。"

香兰心想,小宝和招弟确实也饿得够可怜了,如能领到一碗粥,自己少吃一点,回来救一救孩子们也是好的。这么想着,她就决定要跟霍婆子去。张德厚的妹妹德秀听说嫂子要去,又想着目前一家人都在挨饥饿,便对母亲说:

"妈,我也随着你们一道去。"

霍婆子说:"姑娘,你只管拿着碗去。乱世年头,讲什么大闺女不能出三门四户。常言道,'大街上走着贞节女'。只要自己行得端,立得正,怕什么?何况这是领粥去,又不是去闲逛大街。像我这个人，三十多岁时就守寡，婆家娘家全无依靠，既要为丈夫守节，又要吃饭，十几年来自家天天抛头露面，为生活奔波。尽管我串东家，走西家，可是没人对我拨弹一个字。姑娘，有你霍大娘跟着你，你明天只管去。"

德秀的妈妈听霍婆子这么一说，又想着孩子们确实快饿倒了，就同意让德秀明日也去。

第二天，正是六月初七，天还不明，东岳庙东西长街上和附近的街道上已经挤满了人。有的站着，有的坐着，有的干脆躺在地上。那躺在地上和靠墙而坐的都是已经饿得没有力气的饥民。到处是老人、妇女和小孩。到处都有小孩子在叫着饿，还有抽泣声、啼哭声、呼喊声、吵嚷声。人越来越多，到底有几万人，谁也不清楚。每个人手里都拿着一个大黑瓦碗或粗瓷碗。开封官府故意在东岳庙施粥，看似一片善心，其实是欺哄小民，敷衍塞责。如果真心要救救百姓，为什么不分在十个八个地方施粥呢？分散之后，不是方便了百姓么？所以领粥的百姓最初都是怀着对官府感恩的心情而来，后来看到人这么多，而且越来越多，大家就开始抱怨起来，说："像这样情形，有多少人能领到一碗粥呢？"

天明以后，饥民更从各个方向像潮水般地汇集到东岳庙来。东岳庙附近本来已经人群拥挤，密密麻麻，不能透风，可是外面的人还在挤进来，已经有老人和小孩被挤伤、挤倒，然而很久都没有开始施粥。一直等到巳时过后，上边烈日当空，人人饥饿干渴，有的人已经奄奄一息，倒了下去，有的人害怕倒下去后再也爬不起来，只得拄着棍子，互相搀扶。终于等到了施粥的时候，大家都拼命向前拥挤，每个人都伸长干枯的手，每只手上都拿着一个大黑瓦碗或粗瓷碗，每个人都巴不得把手伸得比别人更长一些。可是许多瘦弱的老人和孩子，不但挤不上去，反而被别人挤往后边，有的被挤倒地上，随即发生了互相践踏的事情。有的地方因为人群拥挤而互相厮打。哭声、骂声、惨叫声、厮打声，混成一片。

香兰半夜就起来准备,她用杂面蒸了几个馍,留给公公、丈夫、招弟和小宝,一人一个,她同婆婆、妹妹每人吃半个,然后随着霍婆子出门。在出门之前,她又望了正在沉睡的招弟和小宝一眼,在小宝的脸颊上轻轻地吻了一下。看到孩子消瘦的面庞,她止不住滚下眼泪。

天色麻麻亮,还有星星。在往日这个时候,院子里已不断地有鸡叫声。如今所有的鸡都被杀了,反正自己不杀,别人也会偷,而且留着也没有粮食喂。杀了以后,一家人慢慢地吃了好几天,但从此小宝就没有鸡蛋吃了,院里也再听不到一点鸡声。她们在寂静中穿过院子,来到大门口。那只小花狗也跟着她们跑到大门口,但是她们走出大门后,它却不敢跨过门槛,胆怯地朝外望一望,就赶快退了回来。三天以前,大黄狗被几个兵丁闯进来硬行拖走了,拖走时一路惨叫,直到走出大门很远,还从胡同里传来可怜的叫声。这给小花狗的印象很深,从此只要有生人来,它就夹住尾巴,浑身打颤,赶快逃走,而且再也不敢跑出大门,只敢站在门里边,朝空荡荡的街上偷偷张望。

张德厚送她们出来,一直望着她们去远了,才把大门关好。想着自己的妻子和妹妹从来没有到人群中抛头露面过,而现在只好跟着霍婆子一起去领粥,他既感到伤心,又感到不放心。回到内院西屋,他无心再睡,可是没有灯油,又不能点灯读书,只好坐在桌边,等待天亮。在黑暗中,他不禁又默默地想着:今年能不能再参加乡试?大概不能了。那么,下次乡试一等又是三年。这么想着,他伤心地摇摇头,长叹了一口气。本来他是每天早上都要起来练字的,多年的教书生活,使他养成了晚睡早起的习惯。但现在天还未明,无法写字,他只好在心里默诵读过的八股文和古文。读着读着,他就习惯地摇头晃脑,诵声琅琅,很富于抑扬顿挫。蓦然想到如今正是围城的日子,全城几十万生灵都是朝不保夕,全在忧愁凄惶中,他这样天不明就读书,被邻居们听见不好。于是他改为默诵,不敢再出声音了。

天明以后,他开始研墨写字,写了三十个大字,又写了两百个小字,完成了每天的功课。又过了一阵,招弟和小宝醒来,用带哭的声音喊着:

"饿!饿!我饿!"

"不要哭,我弄东西给你们吃。"

张德厚安慰了孩子们几句,就到厨房里去烧开水。家里柴火早已经烧光了,只好劈家具当柴烧。开水烧好后,他先端一碗送到父亲床前,请父亲就着开水吃点干馍。近两三天,老头子的身体比先前更差了,看见儿子送开水来,就挣扎着从床上靠起来,说道:

"你不要多为我操心。我今年已经五十六岁,也是该死的人了。看来这次开封被围,不是短时间能够了结的。等到开封的人都死得差不多了,这城会不攻自破。"他又压低声音说:"围城久了,说不定城里会有内变。不管怎样,你要把小宝照顾好,咱张家就有希望。你媳妇是个贤慧人,宁死你们不要离开。你们一起千方百计保住小宝,我们张家就不会断子绝孙。我是家中累赘,你不要太管我。我早死一天,你们可以少操一份儿心。你们,儿呀,要好生照料小宝!"

张德厚听了,十分难过,一面哽咽,一面拿话安慰老人。老头子吃了几口,就不肯再吃了。张德厚又回到厨房,端了两碗水,让招弟和小宝也起来喝水、吃馍,看着孩子们狼吞虎咽地吃完了,他自己也用开水泡了一些馍吃。一面吃一面想着父亲刚才说的话,暗自伤心,流下了眼泪。后来他随手取了一本书,一面看一面圈点,左手仍然拿着那个黑馍慢慢地啃着。过了一会儿,他抬起头来,忽然看见小宝正站在他的身边,两个圆眼睛直溜溜地望着他手中的馍。小宝的后面站着招弟,招弟旁边是那只小花狗,眼睛也都望着他手中的馍。特别显得可怜的是招弟,这个孩子从很小的时候就明白,自己在家里的地位不能同弟弟相比,弟弟是男孩,自己是女孩,所以什么事情她总是让弟弟。刚才,父亲把母亲留下的黑馍给了她和弟弟一人一个,弟弟没有吃饱,她也没有吃饱,可是她还是把自己的馍分了小半个给弟弟。如今见弟弟站在父亲身边，望着父亲，她不想过来，但又忍不住，也站到弟弟后边来。张德厚望着孩子们期望的眼睛，便把自己吃剩的馍又分了一半给小宝，另一半给招弟。小宝接过馍，立刻说道：

"爹，你的馍上有许多墨汁。"

张德厚低头一看，果然有许多墨汁，是他刚才看书的时候，不知不觉中将砚瓦中的墨汁当成了往日吃惯的辣椒汁，用馍蘸墨汁吃了几口。他哄着孩子说：

"小宝，你吃吧，吃了墨汁读书心灵，长大就能考取功名。吃吧。"

小花狗在张德厚分馍时几次摇动尾巴，但最后发现没有它的份儿，失望地走了。

孩子们也跑了出去。张德厚继续看书，感到肚中十分饥饿。他知道香兰另外还藏着馍，那是她平时自己省下的一份，但是他不愿动它。心中饿得发慌，只好再喝些开水。

时间慢慢地过去，日头移到正南了。以前，这正是吃午饭的时候，可是现在家里什么也没有，自己一直在饿着。孩子们虽然早上吃了一些馍，现在也饿得有气无力，不愿意玩了。招弟一声不响地坐在屋角。小宝不时地向张德厚哭道："我饿！我饿！"他只好把小宝搂在怀里，拿些别的话哄他。

中午过去了，母亲、妻子、妹妹都还没有回来，到底领到粥没有呢？他越想越觉得放心不下：妈妈年纪大了，近来身体也很弱；妻子和妹妹都是没有出过门的人，到了那样人山人海的地方，会不会出事呢？于是他又走到大门口，打开大门向胡同中张望了一阵。她们仍然没有踪影。他心中七上八下地回到里屋，想看书，看不下去。

大约未时过后，他忽然听见前院有叩门声，赶快跑出去把大门打开，果然是母亲和香兰、德秀回来了。霍婆子没有回来。母亲是由香兰、德秀搀扶着回来的。张德厚见状，大吃一惊，赶紧上前把母亲搀住,扶进堂屋坐下,忙问是怎么回事。香兰和德秀把经过情形说了一遍,他才知道在开始领粥的时候,人群一拥向前,将母亲挤倒地上。幸赖霍婆子竭力相救,才爬了起来,但已经被踩伤了。德秀也被人群挤到一边去了,只有香兰拼命挤上前去,领到了一碗粥,三个人分吃了。霍婆子也领到了一碗粥,倒在她们的碗里,让她们带回给爷爷和孩子们吃,她自己又拿着空碗挤向前去,说是要再领一碗带回来给王铁口的老婆吃。

这时老头子从里间床上爬起来,拄着棍子出来。一见老妻伤得很重,不禁哭了起来。德厚、香兰、德秀也哭了起来。招弟和小宝也偎在香兰的身边哭。香兰边哭边把霍婆子给的那碗粥又分成几份,捧给公公一份,剩下的给了丈夫、小宝和招弟。

回到自己的房里,她感到浑身无力,头晕心慌,只出虚汗,便靠在床上休息。过了一会儿,张德厚回到房里。他知道香兰累了一天,没有吃什么东西,饿昏了。他的心中十分难过,责备香兰不该总是把自己的一份馍省下来,偷偷地塞给他和小宝。但他不敢大声说,怕被父母听见。香兰比刚才更觉头昏,两眼冒出金星,听了德厚的抱怨,她忍不住望望自己藏着黑馍的地方,仍然不愿去取。趁着张德厚又走出去的当儿,她走到一个瓦缸旁,从里边抓起一把糠来,放在碗里,用凉水拌了拌,吃了下去。尽管那糠难以下咽,但吃下去后,过了一阵,头昏就好了一些,眼睛也不再冒金星了。后来,张德厚又回进房来,见她稍好一点,含着泪对她小声说道:

"小宝娘,看来爹的病不会好了,也许活不多久了;娘给踩伤,看来也很难好起来。如今最可怜的是小宝。一个五岁的孩子,正是长身体的时候,如何能够让他饿着? 他是家里的命根子啊!"

香兰悲哀地望望丈夫,说:"我们两个也不一定能逃过这一劫。没有了大人,孩子怎么过活下去?"

德厚说:"不管怎么,咱们总得让小宝活下去。只要留下小宝,咱张家就不会断根。"

香兰半天不说一句话,后来,忽然愤愤地冒出一句:"人家姓李的和姓朱的争天下,把咱们百姓也拖在里头,叫咱们怎么活?"

德厚从来没有听他媳妇说过这样的话,感到吃惊,问道:"你怎么会说这样的话?是谁告你说的?"

"领粥的时候,大家都纷纷这样议论,说姓李的和姓朱的争天下,苦了咱们小百姓。"

"小宝娘你可不要乱说!姓朱的是当今皇上。我们读书人总要有一个忠心,宁死不能对皇上有丝毫怨言,君君臣臣,做臣民的只能讲一个'忠'字。"

香兰不敢分辩,心里总觉得这个"忠"字十分渺茫,不能当饭吃。可是她自从结婚以来,没有违背过丈夫的意思,所以尽管心里有许多疑问,也不敢说出口来。

官府在东岳庙施粥,一共三天。第一天,老弱和儿童被践踏死的有几十人,挤伤踏伤的有几百人;很多人等了一整天,领不到一碗粥,倒卧路旁,呻吟哀号。第二天,黄澍派出一名典史,率领乡约五人、社长一人、吏目三人,带着许多衙役和丁勇,维持秩序。但情况仍然很乱,挤倒挤伤的人还是不少。初九又施了一天粥,以后就停止了。

在初八、初九这两天,香兰又随着霍婆子半夜就往东岳庙去,先占好地方,守候在粥厂前边,所以每次都抢到了一碗粥。但是妹妹德秀从第二天起就不愿去了,她没有说出原因。父母因为她是未出阁的姑娘,也不勉强她去。霍婆子和香兰心照不宣,都知道一定是在昨天向前挤的时候,有什么年轻男子趁机会在她身上摸了一把,所以这姑娘宁愿饿死也不愿再去。

施粥停止以后,开封百姓更加感到绝望。其实并不是他们能够靠着施粥活命,而是因为这施粥一停止,就意味着开封从此进入了绝粮的可怕时期。过了一天,官府要搜粮的谣言传遍全城,有些地方确实已经开始搜粮,现在除了个别达官贵人和有钱有势的乡绅之外,一般平民百姓,包括一些殷实人家,人人感到恐慌,担心什么时候会来搜粮,把秘密贮存的救命粮食都搜去,大家就只好饿死。

张德厚家中的粗细粮食不到一石,大部分是在义军重新围攻开封后,设法抢购来的。如今要搜粮的风也吹到了他们这里。当天夜里,趁着更深人静,张德厚夫妇将这些救命宝贝装进缸中,埋到地下。夫妇两个都是久饿之人,身子无力,加上德厚又是一个自幼读书的人,没有劳动过。所以等他们在茅厕的墙根下挖好坑,埋下缸,又填上土,天已经亮了。德厚累得直喘气,浑身虚汗,回到屋中,跌在一把椅子上,叹口气说:

"唉,要是老二在家就好了。"

香兰说:"他们守城,五天一轮。他已经去了四天,今天该下城回来了。"

正说话间,临街大门上有轻轻的敲门声,随即又传来王铁口的咳嗽声。香兰赶紧跑出去开了大门。王铁口手上拿着两个馍,走了进来。这两个馍比较白,原来是昨天他上藩台衙门卜卦,临走时人家送了他几个馍。在目前,送馍的事已经很难得了。他把两个馍递给香兰。香兰连声道谢,赶紧把一个送到上房,留下一个,准备让丈夫、小宝和招弟分吃。

张德厚给王铁口倒了一碗开水,问道:"铁口大哥,你去抚台衙门卜卦,到底吉凶如何?开封有无要命风险?"

王铁口哈哈大笑,说:"老弟,目前我们都不晓得开封将会如何。实话对你说吧:卜卦有时准,有时不准。要真是那么准,卜卦的人都可以做官了,何必还来摆摊子?你问开封将来有没有破城的危险,我自己也不知道,只能说,到时再说吧。不过我对那些做官的富人说起来,总要找些吉利的话安慰他们,使他们宽心。如果我说,李闯王必进开封,那岂不是惹祸上身?我们都不是很久的人了,何必那样自找麻烦呢?这是对你老弟说的实话。"

张德厚又问:"可有什么新的消息?"

王铁口说:"我给你看样东西。"说着就从口袋里掏出一张纸,递给德厚过目。德厚打开一看，原来是李自成的一个晓谕，上面写道：

奉天倡义文武大元帅李谕：照得①开封被困，细民无罪。顷据探报，饥民倒卧街衢，老弱死者日众。本大元帅出自农家，深知百姓疾苦；原为吊民伐罪，提兵莅豫，岂忍省会士庶，尽成饿殍！今特照告城中官绅：自明日起，每日日出后放妇孺老弱出五门采青，日落之前回城。义军巡逻游骑不再到大堤以内，对走近大堤采青者妥为保护。倘有城中兵勇混迹其间，意图窥伺骚扰，定予捕斩不赦。切切此谕！

张德厚看过这一道晓谕抄件，沉默不语，他不明白李闯王的用意是真是假。按一般常理推测，既然是围困开封，就应当把城内困得没有办法，不攻自破；怎么会忽然自己提出来，让城里的老弱妇女出五门采青？这不是困死，而是放生。自古哪有这样的道理？他不能相信李自成会这样仁义，但晓谕又是明明白白地这么写着，使他感到摸不着头脑。

香兰在丈夫看晓谕的时候，站在身后也看晓谕。她识字不多，不能看懂，但丈夫念出来的晓谕，她听得明白。这时她望望丈夫，又望望王铁口，小声问道：

"李闯王真会这样仁义么？"

张德厚脱口而出："不知这闷葫芦里卖的啥药？"

王铁口捻着胡子，慢慢说道："我看这个晓谕是出自诚意。"

德厚问道："何以见得？天下竟有这样仁义的流贼？"

王铁口笑了一笑，说："德厚，你是秀才出身，应该知道有句俗话，叫做'胜者王侯败者贼'，安知今天这个流贼就永远是流贼？"他看见张德厚一脸惶惑的神情，便接着放低了声音说："如今的贼就比官军讲仁义，不像官军扰民，所以才有'贼过如梳，兵过如篦'之

---

① 照得——明、清到民国年间，下行公文和官府布告，开始时常用"照得"二字，成为习惯格式。

谣。这句民谣很流行,难道你没有听说过?"

张德厚摇摇头:"竟然如此?"

"早已如此,岂自今日!"

"可是……"

"德厚,你这个人只晓得读书,真是'两耳不闻窗外事,一心只读圣贤书'。外边的事儿你不打听,只怕耽误了你的举业①。别人的话送到你耳朵里头,你都只当耳旁风!"

张德厚叹了口气:"唉,读书人没有用,一脑袋四书、五经……"

王铁口赶快截住说:"不然,不然。只要能过此围城大劫,你不愁没有登科扬名的日子。不管谁坐江山,都得用读书人,都得举行乡试、会试,选拔人才,你愁什么?"

张德厚感慨地说:"可是我自幼读圣贤书,略知忠君之义……"

他的话还没有说完,又被王铁口拦腰打断:"嗨! 老弟,你又糊涂了,你不过是个秀才,又没有吃朝廷一天俸禄,犯不着死抱着'忠君'二字。"

张德厚被王铁口一句话抢白得说不出话来,心里也觉得王铁口说得有理。确实,自己没吃过朝廷一天俸禄,三次乡试都没有中,至今还是个白衣秀才,算不上大明皇上的臣子。这"忠君"可以讲,也可以不讲,和那些已经做了官的人到底不一样。可是这种想法,他还是不愿说出口,仿佛有了这种想法,违背了自幼所受的圣贤教导。于是,他又问道:

"外边对这晓谕有何议论?"

"外边么? 十个人有九个人认为,李闯王准许百姓出城采青是出自真心,连官府也……"

"官府如何?"

"官府也信以为真。"

"何以见得官府也信以为真?"

王铁口笑道:"你真是坐在鼓里! 刚才官府已经出了告示,严

_____

① 举业——科举时代,学习有关科举考试的学业。

禁闯王的晓谕流传民间,倘有私传晓谕者一律问斩,还严禁谣言。看起来,这是官府害怕李自成争取民心。可是它另外出了一通告示,晓谕百姓:从明天起,每日放妇女老弱出城采青。一交卯时,五门齐开,戌时关闭城门。这不是连官府也相信李闯王的晓谕么?可是它一字不提是李闯王的晓谕,只说这是上宪出自恫瘝百姓之心,特施恩惠。"

张德厚听了连连点头,心中开始恍然,觉得目前局面确实与他原来想象的完全不同。可是他还是有点担心,便又问道:

"会不会有贼兵混进城来?"

王铁口淡淡一笑:"德厚,你放心吧,城门稽查森严,青壮男人不准出去,也不准进来,何惧之有? 你真是多操心啊!"

大门上传来叩门声,王铁口正要回家去看看瘫痪的妻子,便顺便出去开了门。进来的是霍婆子,她同王铁口站在前院小声说了一阵,又把自己的破篮子放回东屋,然后来到内院西屋,将明天要放妇女老弱出城采青的事告诉张德厚夫妇,并说她明天也要出城采青,将替他们带回来一把野菜。

香兰望望丈夫,意思是问:她是不是也可以跟着霍大婶出城采青。张德厚十分犹豫,觉得放心不下,半天不说一个字。霍婆子见他拿不定主意,便对香兰说:

"你明天暂不要跟我出城。你同我不一样,你是年轻人,不像我已经是老婆子了。何况我的脚又大,走惯了路。你再等两天看看,要是真的出城去没有事儿,闯王的人马确实保护城中的采青妇女,那时你再随我出城不妨。"

香兰本来心中也有点害怕,听霍婆子这么一说,就决定不去了。她轻声问道:

"霍大婶,你要出哪道门啊?"

霍婆子胸有成竹地说:"出西门。"

张德厚问:"为什么不出宋门或南门? 这两道门都离得近些。或者出曹门也可以。西门那么远,你为什么要从那里出城呢?"

霍婆子笑着说："你真是个秀才先生。我可仔细想过了：上次开封被围，曹操的人马驻在东边和南边，宋门外和南门外都驻扎有曹操的人马，游骑也常到曹门外。这一次，看来他们还会在禹王台一带驻扎老营，虽说我是老婆子，可也不得不小心啊！"

张德厚笑道："大婶，你既是大老婆子，还怕他们么？"

霍婆子也笑起来，说："看你说的，虽然大婶是个老婆子，其实也只有四十几岁，不到五十。常言道：'吃粮当兵满三年，看见母猪当貂蝉。'那曹操的人马军纪向来不好，能掳掠年轻妇女当然掳掠年轻妇女，掳不到时说不定连年纪大的也一样拉去。你大婶还想死后清清白白地去见你霍大叔，所以我宁肯多走几里路，要出西门采青。"

德厚夫妇听了霍大婶这番话，感到很有道理。香兰又说道：

"霍大婶，你明天出城去试一试。倘若有年轻的娘儿们出城采青，没有出事，我后天也随你去。如今救一家人的性命要紧。"

"你别急。我明天出城打算走远一点，摸摸实情。倘若一切无碍，闯王人马看见采青的妇女们确实规规矩矩，尽心保护，以后我一定带你出城。"

香兰和德厚都从心里感激霍婆子，连声说道："这样好，这样好，过两天后跟你出城。"

第二天五更，天还没亮，霍婆子就动身了。香兰也早早起来，将她送到大门口，望着她走出小街，一直望到看不见她的影子，方才闩好大门，心里暗暗祝祷着霍婆子黄昏时平安归来。回到里屋，她望望还在熟睡的两个孩子，看着他们都饿得面黄肌瘦，她是多么盼望也出城去采青啊！

霍婆子沿着大街小巷走了几里路，当来到开封西门时，太阳已经有城头那么高了。城头上和城门洞站着许多兵丁，都有军官带领，还有许多丁壮，由绅士们带领。城门开了一条缝，只能过下一个人。吊桥已经放下来了。专门有一二十人在城头上管着绞吊桥的绳索。

采青的人正在陆续出城，但是城门口并不拥挤。因为是第一天放人出城，大家都小心谨慎，很不放心。尤其是年轻妇女，大都不敢出来。虽有一些少妇被饥饿逼得没有办法走出城来，那都是容貌比较丑的，穿着破烂的衣裙，故意连头也不梳，脸也不洗。其余大部分是老头子、老太婆，拄着拐棍，扛着篮子。也有不少小孩跟着大人出城，但都是男孩和十岁以下的小女孩，十岁以上的女孩几乎没有。两次开封被围，老百姓还没有一次像这样在战争期间出城采青。今天是第一遭，到底出城后是吉是凶，大家的心中都没有底儿。而且大家不仅害怕闯王人马，也害怕城里的官军和义勇。

看到这种情形，霍婆子暗中庆幸她没有贸然带香兰一起出来。她想，香兰年纪又轻，长得又俊，万一有个好歹，她怎么对得起张家一家人啊！

过了吊桥，就是西关。原来这里有一条街道，一大排房子，如今全光了。那还是开封第二次围城时候，城中官绅乘着闯王人马还未到达，下令把这里的房屋全烧毁了，为的是不让义军占领西关，站在房子上向城中打炮。当二月中旬开封解围之后，官府又干脆下令把这里所有的砖墙都拆了，将砖头运进城内，一部分砖头用来在空地上盖临时的棚子住人，一部分运上城头作为守城的武器。西关的树木也都锯光了，如今只看见一片空旷。

霍婆子过了西关，来到一个地势较高的地方，向四处张望。她原以为在西关外会遇见闯王的人马或一些游骑，所以一路走着，心里总有些七上八下；没有想到竟是一片旷野，直到三四里外的大堤边，都不见一个走动的人，更没有看见一个李自成的人马。霍婆子又举目向远处看看，因为有大堤隔住，看不见什么动静，只是大堤外的某些高处，分明有义军的旗帜在阳光下飘动。霍婆子更放了心，想道："李闯王果然军纪严明，没有一个散兵游勇出来扰害采青的百姓。"

因为出城的人不很多，野菜很容易找到，不到中午，霍婆子就将她的大篮子采满了。她感到十分干渴,也很饥饿,想找个地方休息一下,弄点水喝。她回到西关,找到了一座井台。可是打水的辘轳早被拖走了,别的工具也都被拿走了。井台上长满青草,显然是很久没有人在这里打水了。她正感到失望,忽然在青草中发现有一个木梆子,上面还有一段木把。这木梆子是约摸不到一尺长的木头,中间挖空,系着绳子,是专门为过往行人饮水方便准备的。因为很久无人使用,如今已经干裂了。霍婆子喜出望外,赶快将这木梆子拾了起来。木梆子上原来有许多绿苔,因为长久未用,已经变成黄色。霍婆子就用这个木梆子从井里打水,连着打了几次,才压下去喉中的干火。而经过打水以后,那上面的绿苔又慢慢恢复了原来的颜色。霍婆子是个有心人,自己喝过水后,就把这木梆子系在井台边上,让别人来了还可使用。干完这些事后,她坐了下来,掏出一个黑馍充饥。

正吃着,有一个老太婆也往井旁走来,还没有走到,身子一晃,站立不住,就坐了下去。霍婆子望见,吃了一惊,赶快跑去搀扶。一看就知道这老婆子是饿晕了。她把她勉强搀起来,扶到井台旁坐下,把自己刚刚吃了几口的黑馍递给老婆子,又用木梆子替她打了凉水喝。那婆子喝了几口凉水,吃了一点黑馍,眼睛望着霍婆子,泪珠从眼角滚下,难过地说:

"你也是穷人,你把干粮给了我,你怎么办呢?"

"我比你到底年轻几岁,身子比你壮。我还可以饿着回城,你不吃不行了。我不能看着你饿死啊!一家人还等着你带野菜回去吃呢!"

那老婆子听了这话,眼泪流得更厉害了,说:"大嫂,你不是光救我一个,也救了我一家人的命。全家早已没一粒粮食吃了。年轻人不能出来,只好让我这老太婆出来采青。大家都等着我带野菜回去救命。"

霍婆子也心里难过,说:"采青只能吃几顿,以后的日子可怎么过啊。"

老婆子叹口气说："过一顿是一顿呗。只要今天饿不死，就挨它一天；明天没有东西吃了，只好饿死。这年头，在劫难逃，有什么办法呢？可怜我那个小孙女长得多好看啊，现在饿得肉都没有了。"

"如今，千家万户都遭孽。人家争天下，咱老百姓也跟着受苦，还陪着丧了性命。"

"是啊，我们是穷百姓，从来不管他姓朱的姓李的，谁坐天下，只要能过太平日子就行，可是如今只好陪着饿死。年轻男人还要抽去当义勇守城。我们是几代人受苦受罪，守城还不是为那些有钱有势的人！"

霍婆子低声说："大娘啊，嗨，你这话真是说到我的心坎儿上。我是无儿无女的一个老寡妇，可是我心里明白，这些年轻人去守城，都是为了有钱人。不守吧，上边官绅不答应；守吧，实在对我们穷人没有一点好处。多守一天，就多饿死许多穷人！"

那老婆子又喝了几口水，站起来说："我现在心里好受多了，我还要去采青。这半篮子野菜带回去不够吃两顿。"

"大娘，你不要再去，把我这篮子里的分一些给你，你赶快回去吧。我比你年轻，我再去找点野菜不难。"

"那怎么行？就这样吃了你的半块馍，我的心里已经过意不去啦。"

"唉，大娘你说哪里话！我们说来说去都是穷人，能够帮上忙就帮些忙，你千万别在意。"霍婆子一面说着，一面就把自己篮子里的野菜抓出几大把，将老婆子的篮子塞满，又把老婆子搀起来，看着她往西门方向走去了，自己才扛起半空的篮子离开井台，回头往旷野走去。她因为把大半个黑馍都给了那个婆子，这时确实很饿，肚子里不断咕噜咕噜地叫唤。实在没有办法，她就把篮子里的野菜拿一些放在嘴里嚼着，这野菜没有洗，带着泥土的气味，吃了以后，不大好过，所以她吃了几口就不吃了。这样，她一直走到大堤边，又采起野菜来。正采着，忽然附近一些采青的老婆子和小孩都奔跑起来。霍婆子抬头一望,看见大约一里外,有一队骑兵正在堤上向南走去,看来并不是向着她们这个方向来的。她知道不碍事,又蹲下去,继续挖了一些野菜,直到把篮子塞得满满的,这才回城。

一进城门,就有很多人拦住她,出高的价钱买野菜。她坚决不卖。正要走开时,有两个当兵的排开众人,走到她的身边,不由分说,强行从她篮子里拿了好几把野菜,分文不给,扬长而去。霍婆子怒目而视,但没有办法。

回到家里,她将野菜送一些到王铁口家里,又送一些到张德厚家里。张德厚的母亲自从上回领粥被挤伤以后,到现在还没有好,老头子的病也没有好。看见霍婆子送野菜来,一家人都十分感激。德厚的母亲说:

"霍大嫂,你这么大年纪,好不容易采了这点野菜回来,还往我们这里送,这真是……"

"都是老邻居了,别说这些话。明天我还要出城去,明晚再给你们送些来。"

第二天一大早,趁着太阳还不太高,霍婆子又扛着篮子出了西门。这天采青的人很多,有许多年轻的妇道人家也出来了。近城二三里以内,到处是采青的人,直到近午还有陆续出城去的。

霍婆子一则因为近城处的野菜已经不多,二则想知道大堤外到底有什么动静,就壮着胆子往大堤走去。有一些采青的人,想多采一些野菜,也往大堤走去。但到了堤边上,不少人怕遇见闯王的人马,又赶快回头走了,只有霍婆子和另外两个胆大的婆子走上了大堤。可是她们刚刚来到堤上,就看见从西面驰来一群骑马的人。那两个老婆子知道这是闯王的人,吓得面如土色,回头就下了堤,慌张逃走。霍婆子也不免胆怯,随即下堤,但刚刚逃到堤下,忽然听见堤上有声音叫她:

"大娘,不要走。我们不扰害百姓,你不要害怕。"

那两个婆子已经跑远,没有听见这喊话。霍婆子听了,便不再跑了。她虽然胆子比较大,但这时心里很发毛,不知有什么事情会落到自己头上。她壮着胆回头望去,只见那些人都已经站在大堤上了。中间有两个人看来是两个头儿,一个戴着麦秸凉帽,身材高大,骑在一匹青灰色的高头大马上。另外一匹枣红马,上面骑着个矮子。在他们的左右是几十个护卫的骑兵。两个当官的和那些骑兵,也都面带微笑,望着霍婆子,还有一些人在向远处采青的人们张望。

霍婆子向他们打量了片刻,看清那个骑着青灰色战马的人,眼睛很大,鼻头和颧骨都很高,左眼下边有一块小小的伤疤。那个骑枣红马的矮个子,手上拿着马鞭子,好生面熟,但不记得是在哪里见过:是在大相国寺? 还是在开封街上? ……猛地她恍然明白过来,不觉又惊又喜,赶快对着他们跪下,一面在心中鼓励自己:

"不怕,不怕,这可碰上了,我的天呀!"

第十九章

　　将近黄昏时候,香兰仍不见霍大婶回来,不免担心,怕她在城外会遇到三长两短。正在盼望,熟悉的敲门声传了进来。

　　香兰一开大门,霍婆子闪了进来,回身将门关好上闩,一句话不说,向她住的东屋走去。香兰望着霍婆子,觉得她的神情跟往常大不一样,好像遇到了什么喜事,又好像不是喜事,而是什么很重要的新奇事儿,那脸上的神色似是兴奋,又似是神秘。香兰觉得奇怪,不知应不应该打听一下,她到底遇到了什么事?如今大家都是天天饥饿,天天愁闷,怎么霍大婶出去一天,采了一篮子野菜,就忽然变成这么一副不寻常的神色呢?霍婆子也注意到香兰一肚子难猜难解的神情,越发不急于先对香兰单独说出那事儿,便问道:

　　"秀才先儿在不在家?"

　　"他饿死也不管,还是一天到晚看书;不在家里,他能到哪里去?"

　　霍婆子机密地说:"你大姐,快告诉咱们秀才先儿,我马上就去跟你们说几句体己话。"

　　"大婶儿,你遇到了什么事儿?我从来很少见你这个样。"

　　霍婆子笑了一笑,说:"你别管。你回去等着,我马上就来。"

　　说罢,她就开了东屋门进去,一会儿包了一包野菜出来,往王铁口住的南屋走去。香兰站在二门口,一直好奇地注意着她的动静,只见她进到南屋,就同王铁口说起话来,后来声音变得很低。香兰就不再听下去,怀着奇怪的心情,回到自家屋里,对丈夫说:

　　"霍大婶采青刚回,神色跟往日大不同,好像遇到了什么大喜事,又好像不是喜事,真奇怪!她待会儿要来跟咱们说的。"

张德厚也感到不解，说："难道是李闯王的人马有退走的消息？"

香兰摇摇头："怕不会吧。李闯王这次围困开封，已经打败了左良玉，更没有官军来救，他平白无故为什么要离开开封呢？"

张德厚也觉得李自成不可能无故退走，便重新把眼睛转向书桌，继续读书。可是他毕竟不能安下心来，不时地听着二门口有没有脚步声，等着霍婆子来向他说说新闻。

过了一阵，霍婆子捧着一包野菜来到了内院西屋，将野菜扔在地上，说：

"这是今天采的一点野菜，你们先吃着吧，明天我还要出城采青。"

香兰说："俺们自己不出城，累大婶儿天天跑很远出城挖野菜，还要分给俺们，实在叫人感激不尽。"

德厚也说："大婶儿，你这是雪里送炭！"

霍婆子说："何必说这话？说了倒觉得你们把大婶儿见外了。十几年的老邻居，有困难互相关顾，这是正理。何况你们上有老的，下有小的，不像我死活都是一个无牵无挂的孤人儿。"随即她使个眼色，对招弟说："招弟，你带着小宝到上房找奶奶去玩。快去吧，我在这里要跟你妈说几句话。"

招弟胆怯，感到有些莫名其妙，轻手轻脚地离开了。小宝恋妈不肯离开。霍婆子对他说：

"小宝，你去吧，你去玩一阵，明天你霍大奶回来，给你带多多的野菜，青的野菜。"

张德厚和香兰见霍婆子要把两个小孩撵走，知道必有要紧话说，便也哄小宝快到上房去玩。小宝无可奈何地离去了。

霍婆子一看面前没有别人，忽然问道："你们猜一猜，我今天碰见谁了？"

德厚和香兰你望望我，我望望你，感觉这题目没头没脑，不知从哪儿去猜。霍婆子心中高兴，又催他们：

"你们猜呀,你们一定能猜到的。"

张德厚忽然想起,以前听霍婆子谈过,她娘家有一个哥哥,是她惟一的亲人,十年前从家乡洛阳出外逃荒,以后就杳无消息。于是问道:

"你可是遇到你那位失散的哥哥了?"

"不是的。你再猜。"

这时,王铁口笑眯眯地走进房来。看他的神气,好像他什么都清楚。张德厚赶快问道:

"王大哥,你今日没去相国寺院中摆摊子?"

"上午去摆了一阵。下午见你王大嫂身子很不好,身上发烧,头也晕,所以我留在家里照料她。"

德厚又说:"刚才霍大婶叫我们猜她今天遇到了什么人。我猜她遇到了多年不见的哥哥,她却说不是的。铁口,这别人的心事你是最有办法的,你猜猜吧。"

王铁口捻着胡须,轻松地微笑着,那神气是说,他不需要猜,已经全知道。香兰也耐不住了,说:

"王大哥,你到底知道不知道,大婶儿遇着谁了? 你要知道,赶快告诉我们,别让我们瞎猜啦。"

王铁口笑道:"很新鲜,霍大婶已经对我说了。"

张德厚忙问:"谁呀?"

王铁口望望门外,又望望他们,这才凑近身子,极其机密地说道:"霍大婶遇见了李闯王和宋献策!"

张德厚夫妇简直惊呆了,张嘴结舌,半天说不出话来。尤其秀才,把眼睛瞪得老大,望望王铁口,又望望霍婆子,简直不敢相信。过了一会儿,他向霍婆子问道:

"大婶儿,你是老远地望见他们?"

霍婆子说:"老远地望见还值得说? 清清楚楚,三对六面!"

香兰说:"我的天呀,你跟他们三对六面,不害怕么? 怎么会遇到的?"

霍婆子小声说道:"我采青到了大堤上面,忽然从大堤西面上来一群骑兵,中间两匹大马,骑着一高一矮两个头目。那匹青灰色的战马上骑的是一个大个子,穿着箭服,戴着草帽,高鼻梁,浓眉毛,眼睛大大的,很有神,左眼下边有一块小小的伤疤。那匹枣红马上骑着一个矮子,虽说矮,器宇却很轩昂。我一看就觉得十分面熟,好像是在哪里见过的,一下子却想不起来,后来我忽然明白,啊,这不是从前在相国寺卖卦的宋矮子绰号叫宋孩儿的那个人么?现在他是李闯王的军师了,我的天!人一混阔,神气大不一样!唉呀,我明白啦,那个左眼下有伤疤的就是李闯王!决没有错!"

香兰忙问:"大婶儿,你害怕么?是不是吓瘫了?"

霍大婶笑着说:"不害怕才怪哩!像咱这样的小百姓,看见芝麻子儿大的官都害怕,何况是在大名鼎鼎的李闯王面前!你大婶儿是碰上啦,想躲也躲不及,只好豁上啦。我心里很慌,小腿也有点儿筛糠,赶快跪下磕头,不敢抬头,上句不接下句地说:'闯王大人,军师大人,我这个穷老婆子给你们磕头行礼!……'"

张德厚问道:"他们同你说话么?"

霍大婶说:"他们可一点儿不拿架子。宋矮子先开腔,在马上哈哈大笑,说:'你这位大嫂,怎么一眼就看出来他是闯王、我是军师呢?'听见他的笑声,还有那样口气,我不再害怕了,抬起头来说:'我没有军师大人那样能掐会算的本领,可是我在开封城中住了半辈子,见人多了。你老不认识我,我可看见过你老。'宋矮子又笑起来,说道:'对,对。我从前隐于鹁鸽市,在江湖上小有名气。你……'"

王铁口忽然醒悟,截断霍大婶的话头说:"啊,大婶,你听错了。献策不是说隐于鹁鸽市,是说他'隐于卜筮'。"

"他不是在鹁鸽市住过么?"

"他是在鹁鸽市住过,在鼓楼街也住过,第四巷也住过,可是'隐于卜筮'是一句自占身份的话,不是说在鹁鸽市隐居过。如今宋献策大阔啦,再提起从前卖卜算命的事,自然不能说那是混饭吃,像我王铁口一样没出息。他将自己说成是'隐于卜筮',那身份就显然不同了。"

霍大婶笑着说："哟，我的蚂蚱爷！你们喝过墨汁儿的人，说起话来竟有那多的讲究！"

德厚说："大婶儿、铁口哥，你们都不要说那些不干紧要的题外话，请大婶儿快将遇见他们两人的事儿说清楚。大婶儿，你快说清楚！"

霍大婶神色严重地嘱咐说："我只对你们说一说，任谁别想从我嘴里掏出一句话。你们见了别人，千万要口风紧，说出一个字就会有杀身之祸！"

大家同时点头，说："决不能走漏消息！"

于是，霍大婶接着刚才说到宋献策同他谈话的话头，将下边的故事讲给他们。

听到这个采青的婆子说好像见过他，宋献策又一次在马上爽朗地大笑起来。他催马向前一步，神气很亲热，对采青的婆子说："你说你从前见过我，那不奇怪。不瞒大嫂，我从前等待风云际会，暗访英雄，故意在大相国寺前院西廊房前边租了半间门面，开个卜卦的铺子。你看，"他用鞭子向一个骑马的后生一指："他就是我在大相国寺的书童。大嫂，你见过他么？"看见霍婆子惊奇地点点头，献策接着说："真是巧遇！说不定，我从前还替你看过相，测过字，算过流年，批过八字。"他又快活地纵声大笑，转回头对李自成说："大元帅，我虽然足迹半天下，可是在开封的时间最久，熟人最多。开封有许多人都记得我，就是我记不得人家。提起我宋孩儿，上自官府，下至市井细民，知道我的人可多啦！"

李自成点头说："在三教九流中认识你的人当然很多，你不能都会记得。"他又望着霍婆子说："大嫂，你莫害怕，快站起来随便说话。虽然我们的军师在开封熟人很多，可是如今正在围城，想碰到熟人可不容易。今天遇到大嫂子，也算有缘。"

随即宋献策问了她姓什么，家中有什么人，做何营生，然后又问:"大嫂子,你出城一趟不容易,是住在周王府的西边么?"

霍婆子摇摇头说:"远啦!"

宋又问:"布政使衙门附近?"

霍说:"还远呢!"

宋说:"那你在什么地方住呢?"

霍说:"在南土街的西边不远。"

宋献策把眼一瞪,觉得有点奇怪,说:"大嫂子,你为什么不出宋门,不出曹门,也不出南门,非要穿过大半个开封城,出新郑门来采青?"

霍婆子说:"实不瞒你老说,我怕出宋门、曹门或南门会遇见别的人马,不像你们闯王手下的人马,怜悯百姓,不欺侮妇女。我们城里人确知闯王的老营又扎在阎李寨啦。"

宋献策和李自成互相望了一眼,明白了她的意思,笑了一笑。随即宋献策对霍说:

"你放心吧,现在五门外驻军的军纪都很好。闯王有严令,不许一兵一卒进入大堤以内。如有人擅自进入大堤,轻则二十军棍,重则一百皮鞭。倘若调戏采青妇女,立即斩首。我们还派有骑兵,分成小队,经常在大堤上巡逻,一则防备城中兵丁混在采青百姓中出来捣乱,二则禁止弟兄们在妇女采青时走入大堤以内。"

……

霍婆子说到这里,不肯再说下去了。张德厚忍不住问道:

"大婶儿,他们还对你说了什么?"

霍婆子吞吞吐吐,不肯再说。

王铁口猜到霍大婶必然隐瞒了重要见闻。如今处在绝粮的围城之中,关于李自成和宋献策的任何动静都是他迫切想知道的,更何况霍大婶所隐瞒的必定是更有重要关系的话!他用焦急心情对霍大婶说:

"大婶儿,你是害怕我们的嘴松啊!你一万个放心,我们的嘴比城门关的还严。这样世道,说错一句话就会遭杀身灭门之祸,亲戚邻居连坐。你只管说出来,连一个字儿也不会出这屋子!"

霍大婶又犹豫片刻,悄声说道:"我不是说过么,宋孩儿在鹁鸽市住过。他知道我是一个卖婆,就对我说:'大嫂你整年走街串巷,登门入宅,这鹁鸽市你可熟悉?鹁鸽市中间路西,有一家黑漆小楼门,青石门墩,主人姓张。这张家你可知道?'我笑着说,'你老如问起别家我也许不知,这张家可是我的老主顾。张先生也是读书人,这几年闲在家中,喜欢种花养鸟,不问外事。'宋献策笑着点头,对我说道:'我打听的就是此人! 大嫂子,托你回城去替我问候这张先生,嘱咐他不必害怕,不日我们就进城,秋毫无犯。开封如不投降,义军会攻进城去。'我的天,这话你们可千万不要对别人泄露一字!"

大家点头,表情异常严肃。沉默一阵,霍大婶望着王铁口,笑着说道:

"我看宋献策是一个很讲交情的人,就大着胆子问他:我们院里住着一位王铁口,军师大人可认识他?那宋矮子一听就笑起来,说:'他是我江湖上的朋友,我当然认识。啊,大嫂子,原来王铁口跟你住在一起啊!你回去告诉铁口,就说我问候他,也请他转告相熟的朋友们,都不要害怕。破城以后,没有他们的事儿。当义军进入城中时候,他们各自在大门上贴上"顺民"二字就好了。要是他们能够设法出城,不妨到阎李寨找我。如今我们闯王这里,正是需要人才的时候。凡来的人,厚礼相待;凡有一技之长,量才任用,决不埋没英雄。'"

王铁口听了,心中十分激动,只恨自己没有机会出城。他原来同宋献策仅是一面之识,既无杯酒之欢,也无倾谈之缘,不料宋献策竟然还心中有他。他于是感慨地说:

"唉,你们都不清楚,献策兄这个人,十分不凡。他有学问,有抱负,有肝胆,有义气,平常总是救人之难,远非一般江湖中人可比。如今被李闯王拜为军师,言听计从,将来准定是开国……"说到这里,王铁口马上意识到这话说出来很危险,就突然住口了,但大家心中都明白，一齐点头。

霍婆子又说道："他还提了一些江湖上人的名字，问是不是还在大相国寺。有些是我知道的，像陈半仙、赛诸葛、赛伯温等，他们都在相国寺摆摊子。他又问起，'铁口的日子还好过么？'我说：'还不是一样，大家都不知道什么时候能够有出头之日。铁口的日子比别人还难过，老婆半身不遂。'"

王铁口说："只要我不饿死，城破之后，我见到献策兄，说不定还有出头之日。"

霍婆子听王铁口这么一说，忽然想起他老婆的事，就对铁口说："铁口，你家大嫂这两天常常发呆，呆一阵就流眼泪。我问她有什么不舒服，她就大哭起来，说她是个没有用的人，多了一张嘴；要是少她这一张嘴，你说不定还能熬过这一劫。我听她这话很不妙，铁口，你可要留心啊！"

王铁口心情很沉重，叹口气说："是的，我也知道她有那个心思，所以我常常出去后记挂着家里。今天下午没有出去摆摊子，就是因为我很不放心。"

德厚又问："霍大婶，这闯王可知道我们城中人在受苦么？"

霍婆子说："秀才，你是只知道读书，不知道别的。要是李闯王不知道城中的苦情，他怎么会出告示，让城里人出去采青？闯王可是很仁义的，他见我是个穷婆子，就命亲兵掏出二两银子给我。"

说到这，她望望王铁口，决定不把宋献策的事说出来。原来当时宋献策也掏出了四两银子，叫她带二两给王铁口，带二两给他鹁鸽市的旧房东，另外也给了她几钱碎银子，她就压在篮子底下带回来了，刚才去南屋时已将二两银子交给王铁口。她知道这事万一走漏风声，王铁口会不得了，鹁鸽市的那家人家也会不得了，所以，她对此事只字不提。王铁口见她一丝不露，也就放心了，说道："霍大婶，你们再谈谈吧，我还要回去看看。"说罢就走出房去。

趁着王铁口不在面前，霍婆子赶快从怀中掏出来一块银子，递给香兰。说道："李姑娘，这是李闯王赏赐我的银子，我分一半给你们。你们的船重,银子在你们的手中比在我的手中更有用。快拿住吧,咱们有钱大家花,说什么也得撑过这一劫。"

看见香兰夫妇坚不肯收,霍大婶发了急,差不多是用恳求的口气说:

"你们别固执啦,咱们都是在难中,分什么你的我的!我霍大婶儿的秉性难道你们不清楚?我是为救小宝呀,这一两银子你们非收下不可!可惜你们大婶儿错生成一个女人。倘若我是男子汉,我也会为朋友两肋插刀,为朋友卖去黄骠马……"

大门上传进来敲门声。还听见德耀的叫声:"嫂子,开门!"霍婆子不容香兰再拒绝,将银子往她的针线筐中一扔,站了起来,说:"你们莫动,我回屋去,顺便给德耀开门。"德厚夫妇感动得滚出眼泪,不知说什么话好,只是勉强说出不能完全表达心意的感谢话。香兰紧紧地抓住霍大婶的宽袖子。来不及先得到丈夫同意,声音打颤地悄悄说:

"既然闯王的人马这么好,不扰害百姓,好婶子,明天你带我一起出城采青去!"

霍婆子望着张德厚。张德厚点点头说:"既然大婶儿没有遇到乱兵,也没有遇到闯王的人马不讲理,去就去吧,不过要小心在意。"

霍婆子同香兰约好了明日动身的时间,然后去替德耀开大门。她还要趁着天不黑,赶往鹁鸽市给宋献策的旧房东张家送银子。

德耀大步流星地走进二门内的西屋,说:"哥,嫂子,我师傅明天也要出城采青。他刚才对我说,他要能回来就回来,万一回不来,要我好好照顾师娘,不要让师娘伤心。你们说他这话奇怪不奇怪?"

张德厚和香兰也觉得奇怪,他们都知道,孙师傅的老婆腿有点瘸,走路不方便,所以不能出城,只得让孙师傅出城去。可是他为什么要说这种话呢,难道他不打算回来了么?香兰望着德耀问:

"老二,孙师傅是不是出去以后不想回来啦?"

"师娘在城内,他怎么能不回来呢?"

"可是他的话中分明有不回来的意思。"

德耀说:"是呀,我也觉着奇怪。可是我是徒弟,年龄又小,他有些事情并不跟我商量。近来我又常在城上守城,铺子里的事我更不清楚。"

张德厚有点想通了,说道:"如今谁也不知道自己的命运如何。孙师傅怕万一出了什么事,纵然想回来也不能回来。如今世道,什么事儿都很难料。孙师傅年纪大了,自然想得周到些。他怕的就是万一回不来,只好让老二照料师娘,这也是人之常情,理所当然。"

听德厚这么一说,香兰也觉得有道理,不再猜测。德耀心中虽然还有许多疑问,但又不敢说出。他离开西屋,又到上房去看看伯父、伯母,坐了一阵,仍回铁匠铺去了。

第二天早晨,香兰很早就起来,准备同霍婆子一起采青去。德秀前一天知道了嫂嫂要出城去,她也很想去。虽说是个未出阁的姑娘,出去很不方便,但她思前想后,决定还是一起出城,多采些野菜回来,好让一家人饱餐一顿。父母和哥哥因知道李闯王的军纪严明,也不阻止。这天早晨,她故意穿上一件很脏的衣服,头也不梳,脸也不洗,同香兰一人扛一个篮子,跟着霍婆子一起动身。张德厚把她们送到大门外,对于德秀采青的事,他很不放心,嘱咐霍婆子和香兰一定要多多小心,人多的地方不要去,没有人的地方也不要去,也不要回得太晚。他又嘱咐香兰和德秀,不管采多采少,都早早回来。霍婆子安慰他说:"有我跟着,万无一失。"张德厚站在门口,一直望着三个人都出了街口,这才转身进来把门关上。

霍婆子带着香兰和德秀走到北书店街和南书店街交口的地方,转入山货店街。从这里往西去接着徐府街。就在徐府街的东口,站着一个四十岁左右的妇女。当霍婆子同香兰姑嫂来到她面前时,她并没有多说什么话,好像只是偶然相逢,就随在她们身后一起穿过徐府街,经过旗纛庙前边,往西门走去。霍婆子并没有向香兰介绍这位大嫂是谁,也没有向这位大嫂说明香兰是谁。简直就没有说什么话,四个人如同陌生相遇,匆匆赶路,惟恐出城太晚。香兰心里觉得奇怪:这位路遇的大嫂到底是谁呢?她跟霍婆子是什么亲戚?她们是原来约定在徐府街东口见面,还是偶然相逢?为什么这位大嫂不说话?但是她又不便于问霍婆子,想着不管怎么,霍婆子和这位大嫂一定是平时就相熟的。八成也是昨晚约好的。

出了西关以后,霍婆子嘱咐香兰和德秀就在附近一带采青,不要往远处去,也不要往人少的地方去,并说稍过午时,她就回来同她们一道进城。这样嘱咐以后,她还不放心,又特别嘱咐德秀说:

"你不要离开你嫂子,采到多少野菜都不打紧,我多采一点就有了。人多的地方不要去,人少的地方更是千万不要去!"

霍婆子说的那么认真,有些在旁边走着的人听了,都不觉笑起来,说:"你这个老大娘,她可是你的亲闺女?看你叮嘱得多仔细!"

霍婆子也笑了,随着大家一起往远处走去。在徐府街东口遇着的那个妇女,一言不发,跟着她一道去了。

香兰和德秀被留在西关附近,那里有不少妇女采青。香兰和德秀平日没有机会出城,今天第一次离家走出城外,来到这个生疏地方,身边有那么多妇女,还有老头子,都弯着腰,或蹲在地上,采着野菜。她们既感到胆怯,又感到新鲜。姑嫂二人不时地向大堤方向张望,看有没有李闯王的人马跑来,有时又向城门方面张望,向左右张望,看有没有城内的官军出来,有没有坏人混在妇女中采青。采了一阵,看见大家都是很安静地采着野菜,她们才完全放下心来。香兰在心里说:"要是不打仗,太平年景,多好啊!"有时,旁边的人忽然大声说起话来,香兰和德秀都不搭腔。有时,也有人同她们说话,香兰用几句话敷衍过去。她们牢牢地记着霍婆子的嘱咐,不敢离城门太远,以防万一有什么动静,可以赶紧逃回城内。

可是近处的野菜已经被采了两天,剩下不多了。她们后来只好将勉强可吃的草根也挖出来,放在篮中。

天气炎热,又很饥饿,姑嫂俩不断出汗,衣服已经透湿,同时又感到头昏心慌。香兰害怕自己一头栽下去就没法回城了。幸而筐子里有刚才剜到的几棵茨蕨芽,她抓了一把,分两棵给德秀,说道:

"秀姑娘,秀妹,快嚼嚼吃下去,吃下去几口野菜就止住心慌了。"看见德秀还在迟疑,香兰又说:"妹妹,快嚼嚼吃吧。咱俩有一个栽下去起不来,两个都不好回城了。一家老小都在等着咱俩早回家,也等着野菜救命哩!"

德秀想着父母在家中为她挂心,又在挨饿,心中刺痛,又不敢流泪,低头嚼茨蕨芽。大叶子老了,叶两边的茨刺伤了嘴唇,味道苦涩,难以下咽。然而她不肯吐出,继续咀嚼,勉强吃下。

香兰也是同样地勉强往肚里咽。吃了几口,心慌的情形果然轻了。她不再担心倒下去,一边寻找野菜,一边继续嚼茨蕨芽。她一直在惦念着家中老小,尤其是放不下丈夫和一双儿女。今早她同妹妹离家时两个小孩都没有醒来,如今他们一定饿了,哭哭啼啼要吃东西,怎么好啊!她嫁到张家整整十年,从来没有让丈夫在生活上操过一分心。她为着使他专心读书,科举成名,从来不叫他照料孩子。可是今天她不在家,妹妹也出来啦,孩子们在饿着,丈夫在饿着,两位老人在饿着,而且是一个有病,一个被踏伤……

香兰想着想着,忽然忍不住泪如泉涌,抽咽起来。德秀见嫂子哭,也跟着抽咽起来。姑嫂俩都惦念着家中老小,边哭边继续寻觅野菜。

这时,张德厚在家中挂心他的妻子和妹妹,后悔不该让她们出城采青。他照例要写大字和小字,可是今天写得特别不顺手,写完一张后,自己看着也不满意,于是他干脆放下笔,拿起一本书来。可是书也看不进去。左思右想,总是担心香兰和德秀会出事。这些年来,不仅外边有"流贼"骚乱,就是那些兵勇,他也听说得多了,什么事情都干得出来。虽然霍婆子是个有经验的人,有她带着,决不会让香兰和德秀走近大堤,因此也不会遇上"流贼"。但对那些兵勇,霍婆子也没有办法。万一有兵勇调戏姑嫂两个,如何是好?

快到中午的时候,小宝和招弟都吵着肚子饿。今天因为香兰走了,母亲身体还没有好,无人做饭,所以孩子连一顿饭也没有吃。张德厚哄了孩子们几句,便走进厨房,打算烧点开水,然后用开水泡些粗粮让老人和孩子们对付一餐。可是进去一看,水缸已经空了。平时每天有一个中年男子推着水车到胡同里边来卖水,到了他家门口,就敲敲门,然后香兰出去,那个人就连桶带水将一担水交给香兰,把前一天用完的两个空桶带走。现在这个男子也饿得没有办法,出城采青去了,所以已有三天没有来卖水。这可怎么好呢? 他想了一想,便先去铁匠铺看德耀在不在。谁知到那里一看,只有孙师母一人在家,德耀又被人叫上城去了。张德厚没有办法,只好决定自己借副担子去挑水。按说挑水并不难,从家里到井边也不太远,可是他长到这么大,自己还从来没有挑过水。况且他自幼读书,又中了秀才。如今张秀才穿件长衫去挑水,好像也不太合适。然而不挑又怎么办? 孩子们要喝水,老人也要喝水,一家人都得喝水。犹豫了一阵,他终于换上一件旧的布长衫,挑着水桶往附近的一口水井走去。站到井边,将空桶放下井中,不知什么道理,不管他怎样用力将井绳左右摆动,或提起来向下猛一放,那空桶总是漂在水面,水灌不进去。德厚正在着急,幸好来了个挑水的,是同街住的远邻,枯瘦如柴,对他凄然一笑,叹息说:"唉,这样年头,连秀才先生也来挑水!"他替德厚打了两桶水,放在井沿,然后为自己打水。

张德厚的腿脚本来无力,将水桶挑起来后更加不住摇摆,水桶乱晃,地上洒了很多。他一路挑着,水桶随着脚步踉跄,水不断溅出桶外,长衫被溅湿大片。肩膀疼得吃不消,不会走着换肩,为换肩停了几次,将水桶放在地上。累得浑身大汗,好不容易挑进前院,忽然听见南屋里边王铁口的老婆在哭,嘴里喃喃着:

"我不能拖累你啊,要死也只能死我一个人,你还可以多活几天。我,我不能拖累你啊!"

张德厚以为王铁口在家,就放下担子,走到门口问道:

"王大哥在家么?"

王铁口的老婆带着哭声答道:"他到大相国寺摆摊子去了。"

德厚走进屋中,说:"王大嫂,你不要一个人着急想不开。现在谁都一样,日子都不好过。"

王大嫂说:"若是我的腿脚能够走动,我也要随霍大婶一起去采青。眼看着死在家中,还要拖死铁口!"

"我想要不了多久,这日子总会有个结局,不能总像现在这样。你要放宽心,可不要想别的念头。"

"为着赚几个钱,他总得出去摆摊子。可是他一出去,家里就什么事都干不成。这两天没有卖水的,你看怎么办?水缸都空了。"

德厚说:"这好办,我刚刚挑了一担水,可以放一桶在你这里。"

"哎呀,我的天,你秀才先生也出去挑水,这可是开天辟地没有见过的事儿!算啦,等铁口回来后,再想办法。"

德厚说:"唉,他也是没有挑过水的人。这不算什么,你就不用等他回来挑啦。"张德厚一面说,一面就提了不满一桶水倒在王铁口的水缸里,然后又把另外不满一桶分成两半,挑进自家厨房,倒进缸中,将水桶还给了隔壁邻居。

水烧开以后,他用开水给小孩们泡了两块掺麸皮谷糠的黑馍,哄住他们不再啼哭,又端了两碗开水送到上房。父亲又饿又病,睡得昏沉不醒。母亲见了他就说:

"儿呀,我总是放心不下,不知她们姑嫂俩出城去会不会有三长两短!"

张德厚虽然自己的心中很焦急,但是安慰母亲说:"娘,你老不用操心。她们有霍大婶带着,我想不会出啥事儿。"

母亲叹了口气,又说:"要不是有你霍大婶儿带着她们,我宁肯一家饿死也不会让她俩出城采青!"

就在张德厚出去挑水的时候,霍婆子和那个中年妇女一边采青,一边往前走,越走越远,并且离开了大路。别的妇女不敢走得太远,陆续停了下来,只有霍婆子和那个妇女继续朝西南方向走去。霍婆子见周围已无别人,便对那个妇女说道:

"李大嫂,那堤上有棵小树,我们就往那里去吧。"

李大嫂有些害怕,踌躇不前。

霍婆子说:"你不要害怕,昨天我同宋矮子都说好了,他听我说了你的事,立刻对我说:'你把她带出来,明天我派两个骑兵在那里等候,一定把她护送回新郑家去,和自己的丈夫、孩子们团圆。'"

原来,这个李大嫂的娘家住在鹁鸽市,与宋献策是旧邻居,她是开封围城前回来走亲戚的,后来听说开封又被围,就想赶紧出城,谁知城门已经闭了。这些日子来,经常哭哭啼啼,担心自己从此再也见不到丈夫和孩子们。霍婆子去鹁鸽市时知道了这件事,就一直放在心上,昨天恰好宋献策问起原来的房东,她就把李大嫂的事情顺便说了。昨天去鹁鸽市送银子时,便与李大嫂约好了在徐府街东口会面,然后一起出城。

李大嫂听了霍婆子的话,还是有些害怕。这种事情她毕竟没有经历过,想起马上就要跟着李闯王的人走,心里很紧张,怕万一逃不走,落入"贼营"。霍婆子又催她说:

"我把你带出来交给义军,我担的风险比你大,还不是怕你丢下男人和孩子们,一个人饿死在开封? 现在我都不怕,你怕个啥?"

李大嫂说:"霍大嫂,你为啥不逃走?"

"我跟你不同啊! 我在开封城外没有家,也没有亲戚,只好守在开封城内。"

这时从大堤外传过来骒马的叫声、驴子的欢快叫声、黄牛的深沉叫声,还传来鸡犬的叫声。李大嫂听见这些声音,忽然胆大起来,眼前好像出现了自家的村庄。她对霍婆子说:

"大堤外还有百姓没有逃走？"

"大堤外义军纪律严明，没有谁敢骚扰百姓的一草一木。"

李大嫂其实日日夜夜都盼望着逃离开封，不要死在城内，为此她不知流了多少眼泪，在神前烧过多少香，许过多少愿，只怕自己再也出不去，永远不能同丈夫和儿女见面。如今她出了开封，已经走近大堤，心头忽然狂跳起来。她望望霍婆子，轻声叫道："霍大嫂！"霍婆子望望后面，发现并没有人跟在背后，向她使眼色，同时小声说道：

"快上！翻过大堤就没有人看得见了。"

李大嫂并没有朝后望，听见霍婆子的话，虽然心中仍觉害怕，倒是不再犹豫，不顾心跳腿颤，也不东张西望，一个劲儿地向前走去。等她们爬过大堤，果然看见有几个骑兵牵着马在那边等候。霍婆子认出那为头的是宋军师的一个亲兵，昨天在大堤上见过面。那亲兵立即迎了上来，笑着说：

"你们到底来了。我们在这里等了好久了，还以为你们变卦了呢。"

霍婆子也笑着说："她就是李大嫂。她的邻居是你们军师的房东。我把她交给你们，请你们行行善，想法子送她回家，让她活着同全家团圆。"

"大婶儿你放心。军师已有吩咐下来，让我们先带她去老营。到了老营，自然会有人送她回家。你放心好了。"

李大嫂心里非常感动，拉着霍婆子的手说不出话来，只是流泪。

正在这时，有一个年轻的小伙子，长得五官端正，向前走了两步，对霍婆子拱手一揖，赔笑说道：

"大婶儿，昨天我听军师的亲兵们回去谈了同你见面的事儿，我今日特意来等候你，要向你打听一个人，不知你认不认识。"

"我是一个卖婆，一年到头，走街串巷，只要有名有姓的人，你不妨说出来，让我想想。"

小伙子说："我听说你是住在南土街西边，鼓楼往北，红河沿南边,离定秤胡同不远。我打听的并不是什么有名气的人家,只是住在那一带的寻常人家,男的是个秀才,名叫张德厚,字成仁。你听见过这一位张秀才么?"

霍婆子笑起来说:"嘿,真是无巧不成书,你可打听到点子上啦!那张家跟我同院住,好得像一家人。我住在前院东屋,他家住在后院,前院西屋是张秀才教蒙学的地方。如今蒙学不教了。哟,你真是打听得巧。你怎么知道这张家呢?"

小伙子的两颊有点泛红,说:"我跟他家小时候就认识。我离开开封的时候,德厚还没有中秀才。我想打听一下他家里的情况,还都平安么?"

霍婆子问道:"你是哪里人?"

"我是汝宁人。我姓王,原来在开封住家。后来因为家中很穷,父亲又死了,母亲就带我们回到家乡去。"

霍婆子将他打量一阵,忽然喜出望外地拉住他叫道:"哎呀,我的天!你可是王相公?你叫从周?虽然没有同你见过面,可是我常听他们家谈起你。啊,原来你在这儿,真是做梦也没有想到!山不转路转,多巧!"

小伙子名叫王从周,窘得满脸通红,不好意思地问道:

"大婶儿,你知道我们是亲戚?"

"怎么不知道呢,那张秀才就这一个妹妹,今年十六岁,长得很好。常常听她父母说,你们是从小订的亲,这些年来兵荒马乱,也不知道你在哪里。不管离得多远,到底是一家人,她们家到现在还总在提这件事。可惜开封被围,你们见不了面。"

"她家里还有粮食么?"

"唉,一提粮食,怎么好说呢?开封被围,家家都是有一顿,没一顿。张家又没有钱,又没有多的亲戚。就是一个秀才,靠教蒙学过活,现在蒙学也不教了,哪里有钱去买许多粮食?这几天,城里人都出来采野菜。今天,她姑嫂两个,就是你嫂子和秀姑娘,也都出城采青来了。她们不敢到堤上来,就在城门附近采些野菜。不过那里的野菜前两天已被别人差不多采光了,昨天已经很难采到,今天更是难上又难。"霍婆子又从上到下看了王从周一眼,说,"你们好端端的两家亲戚,如今却不能成亲,只好等着闯王爷把开封攻打下来,到那时候再办喜事了。"

王从周被她说得不好意思,但这是一家他最连心的亲戚,遇到今天这机缘不能不认真打听清楚,于是只得厚着脸皮问:

"大婶儿,我那家亲戚今日也出来采青啦?"

"我不是刚说了么?秀才娘子、秀姑娘,平日连大门也少出,今日救命要紧,万般无奈,只好跟随我出城采青。说也可怜,你的那个人活了十六七岁没有走这么远!她们姑嫂,就在城门附近,离西关不远。来,来,你跟我来,我指给你望一望。"说着,霍婆子拉着王从周的袖子,朝堤上走了几步,然后用手指着城门附近,说:"你看!你看!"

王从周看了一阵,虽然看见那里有许多妇女在采青,但究竟谁是张德厚的娘子和妹妹,却看不清楚。他白望了一阵,仍然走下堤来,对霍婆子说:

"大婶儿,我托你一件事,不知道行不行?"

"王相公,看你说哪里话!我跟张家是多年邻居,像一家人一样。我自己是半边人,年轻守节到现在,无儿无女,把那姑娘看得像自家的闺女一样。我有个头痛发热,她都来伺候我,伺候得很好。你说要托我为她家办事,不管办什么事都行。"

王从周很感动地说:"昨儿一听我们军师的亲兵在老营谈起,说遇到你怎么怎么,知道你是好人。我就想到,我们的亲戚家离你的住处也许不远,还没想到就在一个院里住。在我们老营,有个管军马的头儿,人们都叫他王大叔,也叫他长顺大叔,听说了我的事,就从自己积攒的钱中拿出五两银子给我,说:'好,送给你的亲戚去。'他后来对高夫人一说,高夫人也给了五两。以后闯王也听说了,又加了十两。我自己一两银子也没有,这二十两银子都是闯王、高夫人和王大叔给的,今天我都带到堤上来了。不管怎么样,请大婶儿替我把银子交给张秀才家。"

霍婆子一听，连说："中，中，可是行！王相公你放心，我一定替你把银子带给他家。如今张家老的老，小的小，坐困城中，上天无路，入地无门。你老丈人病倒在床，你丈母娘也在领粥时被踩伤。如今也不能说家里完全没有粮食，多少还是有一点儿，可是能对付吃几天？今天愁不到明天！这银子对他们实在有用，是救命的钱！"

王从周将二十两一包的银子交给霍婆子，又拿出几钱碎银子给她作为酬谢，霍婆子高低不要，十分坚决。王从周说：

"大婶儿，这是我的一点儿心意，你不要可不行！既然你跟他们像一家人一样，我也应当孝敬你老人家。你若不收，你老就亏了我做侄儿的心啦。"

霍婆子说："你定要给我银子，我就走了。我这个人说话做事，一向说一不二，说不要就不要。我一个老婆子，要这干什么？等到你们小夫妻成了家，我要能见着，也就很高兴了。"

她说得那么动感情，那么真诚，旁边的亲兵听了都很感动，说："真是个好妈妈，做事有情有义。"

王从周又问："不知道进城的时候，要不要搜查。万一搜出来，那就不得了。"

霍婆子说："恐怕要搜。昨天出城进城的时候都搜了的。不过我可以把银子放在篮子底下，上面用野菜盖好，就没人看得出来了。"

左右的亲兵们说："可不能露出来啊！"

霍婆子说："不会露出来。万一露出马脚，我宁肯自己死，决不会连累张秀才一家人。你放心吧。"

霍婆子翻过大堤，向城边走去。王从周向她目送一段路，同宋军师的两个亲兵让那位李大嫂骑上一匹骡子，一起回阎李寨老营去了。

霍大婶在离西城门一里多远的野地里找到了香兰姑嫂。她心里十分高兴，没想到昨天遇到宋矮子，替鹁鸽市送去二两银子，又帮助李大嫂出了城,办了一件好事;今天又遇着王从周,给张家办一件大大的好事。王从周这小伙子,她看来看去,觉得他诚实善良,有情有义,和德秀确是一对良缘。她想,要是能看着他们成亲,她就满意了。找到香兰和德秀后,她俩的篮子还没有装满,不想马上就回。霍婆子笑道:

"我这里采的很多,回去分给你们一点就有了。"

这样,香兰和德秀就同着霍婆子一起往城门方向走去。一路上,霍婆子是多么想把刚才的巧遇和王从周托带二十两银子给她们的事告诉这姑嫂两个啊!但是她终于忍住了没有说出来,一则她怕德秀听了会十分害羞,二则同路的人很多,她怕被别人听见会惹出大祸。她将这天大的好事藏在心中,打算等回到家中再说。她猜想,当张家听到这消息时会多么吃惊和喜欢,说不定老头子的病会因此好起来,老婆子的伤也会因此有了起色。她一面走一面不住地打量德秀,心内想道:在三五年内闯王坐了天下,王从周准有一官半职,那时德秀也该有享福的日子,真是好命!德秀不知道霍婆子今天为什么这样几次打量她,感到不好意思,低下头只管走路。香兰却觉察出在徐府街东口遇到的那位大嫂没有同霍婆子一起回来,感到有些蹊跷,但是因为同许多人在一起,她不敢向霍婆子询问一句。

快到城门时,香兰姑嫂走在前边,霍婆子走在后边。城门口有许多兵勇,凶神恶煞般地站成两行,正在盘问和搜查回城的人。香兰和德秀十分害怕,腿有些发软。香兰紧紧地拉着德秀,害怕这些兵勇会对她们无礼,特别怕他们调戏德秀。她惊慌地回头看一眼霍大婶,怕同她离得太远。霍大婶一面故意慢走一步,一面在后面轻声说道:

"莫怕,快走!"

香兰紧拉着妹妹刚走进城门不远,回头就看见一个武官正在盘问霍婆子:"你篮子里藏的什么东西?"

霍婆子的脸色一变,马上答道:"野菜。"

"搜！翻开来！"

随即有个兵勇一把夺过霍婆子的篮子，就势一倒，野菜撒了一地，露出来一包银子。武官当即命令把香兰等几个走在霍婆子前面的妇女都拦了回来，然后向霍婆子喝问道：

"你的同伴是谁？"

"我孤身一人出城，没有同伴。"

"没有同伴？胡说！"

"要说同伴，这出城采青的妇女都是俺的同伴。"

那武官用手向香兰、德秀一指，问："她俩是你的同伴么？"

霍婆子摆头，说："不认识，刚才在进城门时遇到的。"

"是同一个街坊的么？"

"是同一个开封城里的。"

"你为什么对她们说：'莫怕，快走'？"

"我看她们一个是黄花少女，一个是年轻媳妇，平日不出三门四户，看见兵勇们害怕，所以叫她们别怕，快走。她们快走，我们后面的人也可以跟着快走，不会都挤在城门口。"

武官转头问香兰道："你认识这女人么？"

香兰听了霍婆子刚才的答话，又看见她的眼色，便回答说："不认识。"

武官挥手让香兰和德秀走掉。姑嫂俩走了三四丈远，回头一望，看见霍婆子已被五花大绑，又听那个武官问道：

"你家住何处？"

"我孤身一人，没有家。"

"你说实话！"

"我知道你们不会放过我。要杀就杀，休想问出我住在何处。"

香兰不敢再听，拉着德秀飞快往城里逃去。已经逃出很远，她们还不明白到底出了什么事情。姑嫂俩都是脸色灰白，腿发软，心头狂跳。想起霍婆子被五花大绑的样子，她们想哭，又不敢哭。香兰用打颤的小声说：

"妹妹，别怕，咱们赶快回去。"

香兰姑嫂二人只是心中惊慌，并不晓得饥饿，赶了一会儿路，方才感到口中干渴，双脚也感到疼痛。但她们还是不停地走，越走越慌，越慌越走，巴不得赶快回到家中。她们常常觉得好像有兵勇在后边追赶，想回头看，又不敢看。有时前边也出现巡逻兵勇，使她们觉得提心吊胆。只要那些巡逻兵勇向她们打量一眼，她们就以为大祸将要落在头上，几乎吓得要死。有时迎面遇到一些在她们觉得怪模怪样的男人，姑嫂俩也觉得非常紧张。在这种时候，香兰就把德秀的手拉得紧紧的，心中说："除非我死，谁也别想从我身边将德秀抢走。"尽管时当盛夏，姑嫂俩都感到对方的手指发凉，凉得冰人。

她们好不容易奔到自家大门外，听见从内宅传出母亲的哭声。只当家中出了事，香兰和德秀赶快在左右张望一阵，发现并无兵勇在门口看守，心中才略觉安稳，赶快上前敲门。过了片刻，张德厚出来把大门打开，她们一眼就看出张德厚的脸色十分难看。香兰不觉惊问：

"家中出事儿了？"

德厚见她们姑嫂两个神色慌张，也惊问道："你们出事儿了？"

片刻之间，谁也回答不出。德秀趁这个时候，从哥哥身边擦过，哭着往内院奔去，因为她要马上见到母亲，而且她还疑心是不是老父在这半天内已经病故。

香兰进院后，见她丈夫既不回答她的话，又不把大门关好，一副痴痴呆呆的样子，便说：

"快把大门关好，你迟疑什么？"

德厚问："霍大婶不在后边？"

香兰说："她出事儿了，真吓死人。你快快关门！"

关好大门后，香兰随着丈夫进了上房。母亲见她和德秀平安回家，心中稍宽，就把家中出的事情告诉她们：原来，铁匠铺的孙师傅今天早上出城采青,正要走出宋门,被守城的兵勇拦住,搜查他的篮子,查出在一件破汗褂下边有新打就的一二百个箭头,顿时就把他绑了,下到理刑厅班房,已经审问过一次,受了重刑。随后兵勇又到铁匠铺抄家,将孙师母带走,又到城上将德耀抓走。下午有同德耀一起守城的熟人回来传了消息,一家人惊慌失措。张德厚只得马上去找张民表,恳求他出面搭救。张民表答应给理刑厅的黄老爷写封书子,请他将德耀释放,只是不知德耀是否牵连得很深。另外,王铁口得讯后,也马上去理刑厅衙门找熟人打听消息,至今未回。

听完母亲的叙述,香兰也将霍婆子的事说了一遍。母亲嚷着:"我的天呀!银子是从哪里来的?那个妇道人家被她送到哪儿去了?没想到霍婆子这么一个行得端、立得正的人会做出这样蹊跷的事来!"

老头子在病床上说:"难说呀!难说呀!"

黄昏时候,王铁口回来了,没有回他自己的家,先来到上房,把他打听来的消息对德厚一家人说了。他刚才在理刑厅衙门里头找到了熟人,知道孙铁匠确已受了重刑,但是宁死不吐出跟谁串通一气,出城投"贼",也一口咬死他的徒弟张德耀毫不知情。不管他有没有咬到别人,他本人已经定了刑,听说理刑厅的黄老爷已经问他斩刑,上详①了抚台和臬台。

关于霍婆子的事,他也打听了。大家都说,她的罪特别重,因为她拐卖了一个年轻貌美的妇女。另外有人还说,"流贼"要她把周王府的宫女拐卖出去,卖一个宫女给她一千两银子,她已经答应。但霍婆子对拐卖的事死不承认,咬死说那个女人只是在采青时偶然同她走在一起,她并不认识那个女人,更不知道她姓啥名谁,后来就分了手。她不晓得,这几天城上天天有兵勇在望风,清清楚楚地看见她领着那个年轻貌美的妇女翻过大堤,过了很久一阵,她独自回来,那个女的却没有再露面。这些情形都被站在城上

---

① 详——向上级衙门禀陈事件的公文叫做详,也作动词用。

瞭望的兵勇看清了,所以进城的时候,不查别人,偏偏就查她的篮子,把她捉住。王铁口又说,霍婆子已经受了酷刑。因为她什么都不肯招,所以被打得死去两次,都被冷水喷醒。听说晚上还要审问,明天就要处决。

听了这些话,一家人都觉纳闷。他们既可怜霍婆子,好端端地惹了这场大祸,受了这么大的苦,还要断送性命,又对那女人的来踪去影和那二十两银子的事猜解不透,不知那银子到底是怎么来的。他们都知道霍婆子决不是拐卖妇女的人,决不会为了二十两银子将一个年轻貌美的良家妇女拐去。特别是香兰和德秀都见过那个女人,知道并不年轻,也不貌美,而是一个四十岁以上的中年妇女,脸上还有稀疏的几点麻子。再说,拐卖妇女也不是那么容易的事,人家怎么肯随便跟着她走过大堤? 她又怎么知道在堤那边有闯王的人等着呢? 后来,关于银子事,王铁口猜道:

"我看还是宋献策忘不下相国寺中相熟的一些朋友,托霍婆子带回来二十多两银子分给大家。霍婆子不晓得这事情会担多大风险,一片好心带着银子回来,这也是她的义气。"

大家觉得这话说得有道理,纷纷点头,更惋惜霍婆子这条命送得冤枉。

王铁口回自己屋里去了。约摸停了一顿饭的工夫,他重新来到后院,站在二门里边小声地叫张德厚。德厚从西屋出来,两个人就站在窗外小声谈话。王铁口告诉张德厚:他今夜要到外边躲一躲,怕的是官府要抓与宋献策熟识的江湖上人。又说他出去以后还要托衙门中的朋友打听消息,倘若无事,明日上午他就回来。他没有敢把他同老婆的全部谈话告诉德厚。其实,他回去后跟老婆商量了很久,老婆知道昨天宋献策托霍婆子带给他二两银子的事,劝他千万逃走,怕的是万一霍婆子熬刑不住,将这件事说出来,那就要大祸临头。他老婆甚至说:"虽说我们夫妻一场,你不忍离开我,怕我自尽,可也不能因为我就拖累你,使你不能逃走。我是个半身不遂的废人,怎么能拖累你一个活生生的人呢? 你走吧! 你不走,我反而心中不安。你走吧,你走吧,我以后决不会拖累你,何必我们两个饿死在一起呢? 你多活一天,不更好么?"他知道老婆此话说得很不祥。但因为对于霍婆子带给他二两银子的事不好露出来,所以他也不便将老婆的话全部对德厚说明。他只是拜托德厚,如果他明天上午回不来,到中午的时候,请德厚夫妇给他老婆送点水喝。说罢,他就匆匆离家了。

在睡觉以前,香兰和德秀一起到二门外察看。张德厚这一家,素来小心谨慎,每天晚上,香兰都要出来各处看看,怕的是有坏人翻墙过来开了锁偷东西。今天因为在城门口受了惊,她不敢独自出二门,便特地把德秀叫来同她一起察看。她们在院中走了一圈,各处都没有发现什么特别的地方,就是在霍婆子住的东屋的门上,如今只有一把铜锁锁着。想起霍婆子这么一个好人从此不能再回来,姑嫂俩都感到一阵悲切。这时忽然听到小花狗"汪,汪"的叫声,原来,不知道什么时候,这条小狗钻进了东屋,现在出不来了。可是它隔门缝看见了香兰和德秀的影子,同时也闻到她们身上的气息,便在屋里哀叫起来,好像哭泣一般。香兰感到难过,知道这小狗也是饿得可怜,到处找食,钻进了东屋。她走过去,把霍婆子的门勉强推开一条缝儿,帮助小花狗钻了出来。

第二天已时过后,王铁口确知自己无事,回到家来,一推开门,发现老婆不知什么时候已经上吊死了。他大叫一声,跑出去将德厚叫来,帮他把死尸解下,放在床上。他一头扑上去,伏尸痛哭。香兰、德秀听说王大嫂吊死了,又是害怕,又是伤心,姑嫂两个一面哭,一面向二门外头走。母亲赶紧叫住德秀,自己也从床上挣扎着起来,由德秀搀扶着,一起来到二门外边。到了王铁口住的南屋前,德秀不敢往前走,但母亲一定要进去看一眼。看过之后,退出来,嚎啕大哭。香兰、德秀也都大哭起来,就像哭自己家中亲人亡故一样。

天气炎热,尸首不能久放屋中。王铁口从左邻右舍请来几个人,帮他将老婆用席子卷了,抬往乱葬场中。张德厚也陪着王铁口送葬到乱葬场,挖坑掩埋,焚化了阡纸,然后一起回来。在路上,他们听到街巷哄传,今日正午要斩决孙铁匠,凌迟霍婆子。回家后,德厚对大家说了,母亲和香兰又哭起来,德秀也欷歔落泪,都在想着:霍婆子年轻起就守寡,虽然走东串西,靠卖零碎东西度日,可是立身端正,从来没有人对她说过一句闲话。她们一家从没有把她当外人待,也不知多少次得过她的帮助。真没想到,这么一个热心快肠的好人,竟落到这样可怜的下场!

将近中午时候,在抚台衙门前,孙铁匠和霍婆子被押了出来。往日斩人都在西门外,现在西门关闭了,五门都关闭了,再也不许人出外采青。为了让霍婆子和孙铁匠被处死的事在全开封引起震动,故意不把刑场设在别的地方,而设在抚台衙门前。从抚台衙门到行刑的地方,中间有一块较大的空地,已经满满地围着看的人。孙铁匠和霍婆子分别从男监和女监中提出来,押到刑场。

霍婆子经过各种酷刑,脊背上已被打得皮破肉绽,腿骨被压杠压得差不多断了,最痛苦的是每个指头都被用竹签深深地插进指甲内,这是一种叫人撕心裂肺的毒刑;还有一种叫做"拶指"的酷刑,是用小木棒夹住十个指头,用绳拉紧,几乎要把骨头夹碎。这一切刑罚把霍婆子折磨得已经不像人样,但是她的神志还是清醒的。她对于死已经丝毫也不在意,但求速死,免得受罪。把她带到刑场,放在地上后,她没有倒下去,勉强坐着,心里想起了许多事。使她感到问心无愧的是,从昨天下午到夜晚,不管是多么痛苦的刑罚,都没有能使她乱说一句话,没有连累一个人;直到现在,官府都不知道鹁鸽市那家人家和张德厚一家跟她有什么关系。在审问的时候,她曾经同黄澍当面争辩,毫无惧色。当时黄澍拍着惊堂木问她:为什么她要答应给"流贼"拐出来周王府的宫女,一个宫女卖一千两银子?她听了以后,冷冷一笑说:

"你血口喷人!周王府的宫女自来不能走出宫门,如何能够拐卖?再说如今开封城内,大闺女只花几两银子就可以买到,周王府的宫女怎么能值一千两银子?你不要以为一进了王府就都是天下绝色!"

因为她公然顶撞,使黄澍十分恼怒,施以种种酷刑。后来,黄澍让她在一张纸上画押,她坚不肯画。一个衙役抓住她的手,把笔放在她手里,硬要她画。她照着那张纸唾了一口,但后来一想:反正画是死,不画也是死,不如画了,死得快一点,免得活受罪。这样,她就在纸上画个"十"字。

现在,她把前后经过又想了一遍,觉得自己死也死得干净、硬朗,没有一丝愧意。转眼看见孙铁匠在她的旁边坐着,也已经受过重刑。她朝他微微点头,说:

"孙师傅,没想到咱们同路。"

黄澍出来了,坐在监斩官的位子上,前边还放了一张案桌,后边有人替他打着伞。左右站着许多衙役、兵丁,真是够威武的了。

孙师傅先被拖到场当中。他猛然发现,刽子手是个熟人,名叫陈老大,几个月前还请他打过一把刀。陈老大站在他的左边,拔掉了他脖子后边的亡命旗。他望一眼陈老大,说:"老大,你用的刀是我打的,请你把活儿做好一点。"

陈老大没有做声,一刀下去,那头与尸身同时倒地,喉咙已断,但在脖颈后留下来一点皮儿,使头与尸身没有脱离。观众一看暗暗惊叫起来,赞叹陈老大这个活儿做得出色。

随即霍婆子被从地上拉了起来,绑到几丈外的一根事先竖好的木桩上。她的上衣早就被脱光了,两个刽子手拿着尖刀,从她的胸部两旁、两肋、乳房,一刀一刀地割去。血,流满了全身。她起初不想哀叫,死死咬住牙关;后来实在疼痛难忍,时而发出很低的叫声,时而咒骂官府。人们发出惊呼的声音:"咦!咦!……啧啧!啧啧!"有的人不忍看下去,从人堆中挤出去走了。但凌迟妇女的事是极其罕见的,所以看的人还是不断地拥进来。霍婆子慢慢地没有声音了,慢慢地血流得很少,最后血也不流了,显然已经死了。可是刽子手没有听到黄澍的喝令,还是一刀一刀地割,一刀一刀地割……

下午,香兰听从婆婆的吩咐,在院中望着西方烧化一堆钱纸,磕了头,哭着祈祷说:

"霍大婶儿,你到阴间享福去吧!在这人间纵然活下去也没有意思,好生去吧,阎王爷会明白你是一个好人!"

又过了几天,孙师母和德耀被释放了。但孙师母没有回到家中。走到半路,遇到街旁有一眼苦水井①,趁着跟随的衙役没有留意,她突然跳进井中死了。德耀回到家中。跟来的两个衙役勒索"酒钱"。德耀虽然受了重刑,但毕竟是小伙子脾气,把眼一瞪,说:"哥,不要为我作难。他们要钱,没有;要人,我再回班房去!"说罢,开门就走。

一个衙役骂道:"好,拉他再去坐班房!"

另一个衙役把德耀拉回来,说:"老弟,你就不要二百五了。班房容易进,不容易出,出来以后,再进去也不是那么容易。"转过头来又问德厚,"你没钱也可以,有粮食么?"

张德厚说:"我们一家人早就没有吃的了。你看,小孩,大人,都饿成这个样子,哪有粮食给你们?"

但是不管德厚怎么苦苦哀求,衙役就是不走,说道:"从来衙门好进不好出。虽说官府让你兄弟回来,可是我们也操了一场心,不能白白地放你兄弟回家。你别想我们空手离去,什么时候有钱我们什么时候走。"

正在这时,王铁口回来,见这种情况,他晓得衙役们最难对付,不给钱是没有办法的,可是他也知道张德厚现在一文不名。他回到自己屋里,将霍婆子带给他的二两银子中用剩的,取出几钱来,说好说歹,塞给衙役,把他们打发走了。

张德厚叹了口气说:"你看这世道,还有一点天理没有?莫怪李闯王会得人心!"

王铁口点点头,不让他说下去。

---

① 苦水井——开封土质硝碱严重,很多井水味苦,不能饮用,称为苦水井。

第二十章

处决孙铁匠和霍婆子的当天晚上，约摸一更过后，高名衡差人将陈永福和黄澍请到抚台衙门，坐在内书房密商大计。自从今年三月间王燮调走以后，黄澍就被高名衡十分倚重。虽然黄澍论资历并不深，论官职不过是开封府理刑厅的推官，省城里很多文官的职位比他高得多，有的人甚至是他的顶头上司，所以起初大家对他突然这么获得巡抚的重用，实权在握，不免心怀嫉妒。可是经过近来一段时间，大家都看到此人确实年轻有为，心计甚多，所以只好自愧不如，反而对黄澍产生了依赖心理，一切事情都指望他出谋划策。

今晚高名衡忧心如焚，连晚饭都吃得很少，虽然上午处死了孙铁匠和霍卖婆，但究竟解决不了守城的重大困难。目前城中粮食将断，谣传李自成就要攻城，或传城中饥民将为内应。倘若如此，开封就十分难守。高名衡担心，如开封守不住，不仅他自己和他的全家性命难保，还有开封城中的周王一府、众多官绅、数十万军民，都将同归于尽。他自己身为河南封疆大吏之首，即使能侥幸逃出开封，却不能逃脱朝廷治罪。

仆人献茶以后，高名衡屏退左右，开门见山，把当前的困难提出来，问他们两位可有什么妙计，以应付李自成的围攻。有片刻工夫，陈永福和黄澍相对无言，一则因为局势确实严重，并无善策可言；二则他两个都希望先听听别人的主意。高名衡在他们两人身上打量了一眼，知道他们都跟自己一样，心情比较沉重，不觉叹了口气，望着陈永福说：

"陈将军前两次守开封，深得朝廷褒美，不知对于今日形势有何善策?"

陈永福心里十分明白:现在形势与第二次守开封时大不一样。那时李自成与罗汝才来攻开封,虽然人马也有四五十万,但真正的战兵不多。守城军民都在盼望着左良玉会来救援,劲头很足。可是从春天以来,闯、曹两营的人马又增添很多,而官军有朱仙镇之败,城中军民都不能指望再来救兵。最可虑的是,李自成采用久困之计,使开封绝粮,不战而亡。这两三天来,他的心中十分焦急,觉得固守开封实在没有把握,可算是束手无策。但此刻在巡抚面前,他身为守汴主将,不能完全说出心中的话,使别人误认为他对敌畏怯。他的神态冷静,不慌不忙地回答说:

"大人不必忧虑,开封城高池深,易守难攻。虽然官军有朱仙镇之溃,然而,请大人放心,如果流贼马上攻城,则军民同心同德,合力守城,敝镇敢担保城池不会有意外风险。怕只怕相持日久,城中绝粮……"

高名衡说:"目前困难的是城中粮食不多。"

陈永福说:"只要军中有粮,军心就不会变,就可以使开封城稳如泰山。"

高名衡说:"怕的是围困日久,外无接济,粮食断绝。"

陈永福说:"万不得已,宁可多饿死一些百姓,不能使将士饿着。一旦军心不稳,敝镇也无能为力。"

高名衡尽管心中不满陈永福的话中含有要挟味儿,但也只得点点头,叹了口气。

陈永福见巡抚不明确表示意见,又说道:"只要军粮充足,开封确实可以坚守。请大人三思,确保军粮要紧。至于百姓食粮,当然也十分重要,但目前最急需的是军粮。"

黄澍不满意陈永福挟兵权以自重,但不敢露于辞色,徐徐说道:"军粮固然要紧,然如民心不固,城亦难守。以下官看来,目前之计,应由官府发银买粮,至少筹措粗细粮食五千石,发粜军民,以救燃眉之急。"

高名衡问:"军人也买粮么?"

陈永福说:"在营官兵由国家发粮,可是在营官兵都有家属,和百姓一样。"

高名衡点点头,忧虑地说:"五千石粮食谈何容易。纵然能够筹措三五百石,但城中人口数十万,杯水车薪,无济于事。半个月以后如何?"

黄澍说:"大人,目前不能想得那么远,只要能够救一天就救一天,以后总还有办法可想。"

高名衡感到这确是无可奈何的事,将来怎么办,只有留待以后再说。沉默片刻,他望着黄澍问道:

"买粮的事,要任劳任怨,黄推官可能主持?"

"下官想来想去,觉得此事不宜由官府来办。"

"不由官府来办,由谁来办?"

"如今开封城内按五门分为五社,统归总社指挥。此事可命总社去办。总社李光壂,为人精明强干,又是本城世家。此事委他去办,定可办得十分周到。"

高名衡点头说:"让李总社办,我也放心。只是粮价怎么办?抢购之下,粮价更要上涨,纵然能够筹措几万两银子,又能买到多少粮食?何况几万两银子也不容易筹措,官绅们谁肯出那么多银子?"

"银子先从藩库里拿,不必让官绅出,免得误时。至于粮价,开始可以限价,我已经同李光壂商议过,定为麦子每石四两银子,杂粮每石三两银子。"

陈永福笑了一笑,说:"黄推官想得太容易了! 这样限价,恐怕买不到粮食。"

黄澍说:"如果买不到,只好不限价。不管怎么贵,粮食一定要买到手。"

正在谈话,忽然陈永福的中军前来禀报:据南门、宋门守将来报,禹王台与大堤外火把流动,似有大股贼兵正在调遣,准备攻城。

这消息使高名衡、黄澍、陈永福都感到吃惊。黄澍脱口而出：

"没想到闯贼这么快就准备攻城！"

陈永福马上起身告辞，赶往城头察看。

黄澍同高名衡又密谈一阵，离开巡抚衙门，在家丁和衙役的簇拥下赶回理刑厅。由于巡抚对他的倚信更深了，他的心中深感高兴，相信解围之后必将飞黄腾达无疑，但是他也感到身上的担子沉重，开封的吉凶难料。在回理刑厅的路上，他挂心着河北的消息，不知李光壂派去河北送信的人今夜能否赶回。倘今夜不能赶回，那就是路上出了事故，一个解救开封的妙计受了挫折。

回到理刑厅后院的家中，黄澍得知李光壂仍无音信送来，十分不安。他派仆人去西偏院将文案师爷刘子彬请来书房议事。

姨太太柳氏尚未睡觉，等候着他。第二次开封解围以后，大太太因为受了惊骇，本来就虚弱多病的身体，更觉支持不了，又害怕再一次遇到围城，便在二月下旬带着儿女和一些仆人回江南原籍去了。以后柳氏就成了这里的主人，凡是黄澍生活上的事，都由她一手照料。为了获得黄澍的欢心，她百般温存体贴。往日因为碍着大太太，使她纵有本事，也不得伸展。如今去掉了这根眼中钉，她就想方设法讨好黄澍，同时也要把一个官太太的权柄真正抓到手。当下她服侍黄澍换了衣服，命丫环秀菊端来洗脸水，又命女仆陈嫂带着一个粗使丫头下厨房给黄澍安排消夜的饭菜。看看左右并无别人，她就挨近黄澍说：

"老爷，你近来这么劳累，守城的担子你差不多担了一半，吃饭睡觉都不安，这样下去，身体怎么能够吃得消啊？我真为你操心。"

黄澍在她身上拍了一拍，得意地说："如今我虽然官卑职微，可是担子确实很重。蒙抚台大人青眼相看，将守城的大事都交给我办。各位上宪、全城几十万绅民也依靠着我。我不出力怎么行啊？困难也就是这些日子，一旦开封解围，一切都好了。"

柳氏用媚眼望他一望，高兴地说："只要开封解围，老爷立了这么大功劳,一定是步步高升,直上青云,说不定知府、道台、巡按的印把子都会来到老爷的手中。"

黄澍说:"但愿开封城能够守住,不怕不叙功升迁。我升官,你也有好处。"

柳氏把嘴一撇,说:"好自然好,可是诰命轮不到我的头上。只要你不把我打入冷宫就好了。"

"你何必说这话?你知道太太多病,不是长命之人。她一旦病故,你就是正室夫人了。"

"我不听你的甜言蜜语!太太万一病故,自然有官宦人家、富豪名门家的小姐给你填房。我算什么人,怎么敢图这个?我现在不希图别的,只想趁我还没被你撂在一边,望老爷念着我百依百顺,尽心服侍老爷,让我攒点儿体己银子,等到我人老花残……"

黄澍没等她说完,望着她轻轻冷笑,说:"你不要蛇吞象!难道你攒的体己还少么?"

柳氏反驳说:"太太在这里时,她攒了多少银子、金子,多少珍珠宝贝?我能攒什么?我跟她不一样。她总是大太太,就是日后年老,满头白发,仍然是老爷的正室夫人,儿孙满堂,人人孝敬。奴仆成群,一呼百诺。我呢?一旦人老花残,被老爷撂在一边,自有别的年轻貌美的人儿伺候老爷。趁如今老爷还喜欢我,也趁老爷手掌守城大权,何不让我多攒点儿体己?"

"你真是喜欢饶舌。我又没说不让你攒钱,你总是怨天尤人。不过如今我虽是有权在手,在前程上也要看得远一些。你不论做什么事,也不要做得太露骨。一旦闲话传出去,我就不好办了。"

"你只管做你的清官,我的事你睁只眼合只眼。横竖我是老爷的人,不敢替老爷多惹是非。"

黄澍无可奈何,在柳氏身上拧了一把,搂住她的细腰,笑着说:"我算服你了。我在外边可以威风十足,一回到后院,就得听你的了。"

"你要真是看我一点情面,就请你把曹门大街源昌粮行的掌柜赵万金开释了。"

"他闭门停售粮食,弄得别的粮行都跟着他学。我没有杀他就算不错了,监狱总得让他多坐些日子。"

"还不是因为粮食少,流贼围了城,他才停售。你听我一句话,把他开释了吧。"

"我罚他的钱还没有拿出来。"

"你罚了他多少银子?"

"至少得罚他八百两银子。"

"别的我不管,这八百两银子可得分给我一半。"

"这一点钱也看在你的眼里?"

"这一点钱虽然不多,可是我也知道积少成多。好吧,老爷,就让他拿五百两银子,把他开释了吧。"

黄澍笑道:"你是不是另外拿了他的银子?"

柳氏说:"我怎么敢私自要他的银子?老爷,你把我的胆量也说得太大了。"

黄澍问道:"你既然没有另外要他的银子,为什么要替他求情呢?"

柳氏又笑一笑说:"老爷不信,可真是冤枉了我呀。不过,对老爷不说假话,他也送了点小人情,这是常有的事。"

黄澍明白了,无可奈何地说:"好吧,我就将他开释,给你留点面子。"

柳氏捻了一下黄澍的胡子,柳腰一扭,依偎着黄澍,撒娇地说:"我看老爷你也不敢不答应,小心我不理你,给你一个脊梁!"

刘子彬已经到了书房。仆人进来通报后,黄澍赶快起身,去书房中同刘子彬见面。他们向来都是在书房中商议机密,在商议的时候,仆人都得离开。由于开封局面一天比一天困难,他们都不仅要在困难中立功,以便将来有一个好的前程,而且也想乘这个机会多捞银子。黄澍懂得刘子彬是他的真正心腹,刘子彬也希望依靠黄澍升官发财。他不是进士,也不是举人,只希望在开封解围后以

"襄赞城守,卓著劳绩"的考语,借"军功"得到优叙。

当他们坐下以后,一个老仆人在门口问道:"老爷,现在要消夜么?"

黄澍的肚子已经有点饿了,立即吩咐拿消夜来,随即对刘子彬说:"等吃了以后细细商议。"仆人和丫环送来了两碗鸡汤挂面和四盘美味的菜肴,两盘荤的、两盘素的,还有一瓶中牟县出的"秋露白"。黄澍和刘子彬一面吃一面谈,忽然听见窗外脚步声,黄澍停了筷子问道:"在窗外的是谁?"

一个丫环在窗外答道:"等着给老爷添挂面。"

黄澍说:"不要了,你们都回去吧,该睡觉了。"

窗外的脚步声渐渐远去。黄澍又拿起筷子来,一面吃一面低声对刘子彬说:

"我们盘算的事情,看来着着都很顺利。以前我们要成立义勇大社,练一支守城义勇,怕的是陈总兵心中不高兴,经过反复密谈,他现在心中已不存芥蒂了,知道我们义勇大社成立以后,只会帮他的忙,不会拆他的台。巡抚方面也已经点头,看来抚台大人是很支持的。"

刘子彬说:"我看抚台大人心里也是愿意我们成立义勇大社的,因为现在守城就靠陈总兵了,万一陈总兵有一点疏忽,官兵心力不齐,或者别有意图,巡抚光靠抚标营那一点人马也弹压不住。我们成立义勇大社,练成一二万义勇,就是给巡抚添了一把依靠力量。"

黄澍点头说:"也正是因为这个原因,巡抚这一两天当着陈总兵面虽然并没热心外露,可是他的心中是首肯的。今晚他对我私下嘱咐说:'你好好干,将来我不会亏待你。你这守城之功,我一定上报朝廷,从优奖叙①。'"

刘子彬笑着说:"看来抚台大人对老爷确是言听计从,倚为腹心。"

----

① 奖叙——奖励和晋升官职。

他们随即谈到为公家买粮食的事。这事情他们同李光壂已经做了许多准备，只待巡抚批准，而今晚已经决定了。可是李光壂需要有一个人经纪银两。黄澍便问刘子彬道：

"子彬，李熙亮需要有个人帮他经纪银两出入，你看谁可胜任？"

刘子彬早已胸有成竹，暗中也同李光壂商量过，听到黄澍这么一问，他故作思索一阵，然后回答说：

"城中绅士虽多，但精明、干练、清正的人并不多。有的人不能任劳任怨；有的人年纪太轻，没有阅历；有的人过去手上不大干净，名声不好。倒是有一个人，老爷你也认识，不知他可不可以？"

"你说是谁？"

"刘光祖这个人，老爷以为如何？秀才出身，家中殷实，为人清正，别人很信得过他。"

"噢，你说的是耀先哪！我也风闻其人颇为干练，好像你们常有来往。"

于是刘子彬也就坦然地告诉黄澍，他和刘光祖在一年前认了宗，以兄弟相待。虽然他同刘光祖相处只有一年多，可是通过一些事情，深知刘光祖这个人确有才干。黄澍听罢，说：

"只要你认为可靠，就不妨请他帮助李熙亮经纪银两之事。"

刘子彬又说："此人素有正绅之名，做事也颇为机密。"

这言外之意，黄澍当然明白，于是就将话题又转到了向各上宪递禀帖的事，需要刘子彬连夜起稿。他们商量了一下禀帖的内容：首先是要吹嘘黄澍，说他早已料到会有奸民和不逞之徒混于出城采青的百姓之中，暗与流贼商量如何在城中举事，内外应合，所以预先密饬理刑厅得力吏员带领精干衙役分布五门，与兵勇协力防范，果然在宋门捉获孙铁匠，在西门捉获霍婆子，为开封消除了隐患。禀帖要着重说明孙铁匠与霍婆子罪证确凿，业已报呈抚、按，依律处以极刑，以昭炯戒。另外需要着重说到的是，周府为天潢①

————————

① 天潢——指皇族。

宗支,宫禁森严,而霍婆子向贼拐送良家美貌少妇之后,复欲勾骗宫女送往贼营,以图厚赏,实为罪大恶极,依律罪加一等,凌迟处死,人心为之大快。

关于霍婆子企图勾骗宫女卖给闯营将士的事,原是黄澍与刘子彬听到的道听途说,他们都不相信,但是禀帖中将这作为处决霍婆子的一项重大罪款,因为只有这样才更能取得周王对黄澍的赏识。

刘子彬很快就拟出了稿子,交给黄澍看了一遍,酌改了一些字句,随即交给书吏连夜誊抄。黄澍望着刘子彬笑道:

"子彬哪,开封解围之后,除我们守城出力官吏都应论功优叙之外,单就凌迟霍婆子这一功,周王殿下也不能不……"

话未说完,忽听见仆人在窗外禀报:"总社李老爷有紧要事前来面禀,立候传见。"黄澍赶快与刘子彬交换了几句话,声音低得连他也仅能听见,然后刘子彬退了出去。黄澍赶快离开座位,到书房门口迎候。

不一会儿,李光壂进来了。黄澍抢前一步拉住他的手,说道:"正等着你哩!"进书房坐下以后,仆人送上茶来,黄澍使眼色让仆人赶快退出,然后探着身子问道:

"熙亮兄,有何重要消息?"

李光壂望望窗外,听不见外面人声,小声回答说:"消息十分重要!"

黄澍赶快问:"到底如何?"

李光壂说:"打发去河北的人已经回来了。"

"啊?已经回来了?严大人跟卜总兵的意思如何?"

"他们两位都说那个办法可行。"

"可是严大人说的?"

"是严大人说的。严大人说,目前势不得已,只好依照原议去做。严大人请黄老爷暗中禀明周王殿下和巡抚、藩台等各上宪,也要禀明陈镇台，以防将来别人说他对如此大事，擅自决定。"

黄澍点点头，半天没再说话，思考他明日将如何向周王启禀，同时回想着他同新任河南巡按严云京的密议经过。

二月间开封解围之后，巡按任浚因与高名衡争功，发生不和，又断定李自成必将再来攻城，赶快贿赂一位朝中显要大臣和一位用事某太监说话，升转别处做官，在四月初离开开封。新任巡按严云京在五月中旬来到黄河北岸，不敢过河，驻节封丘城内。五月二十日那天，开封哄传李自成的大军即将到达开封，满城人心惊慌。黄澍奉巡抚之命，趁着围城之前，过了黄河，到封丘请他速带北岸官军过河，来开封共同守城。严云京不敢过河，借口北岸只有总兵卜从善三千人马，过河无济于事，不如留在封丘，可以调集援军，从北岸救援开封，也容易征集粮草接济城中。黄澍当时建议，万一开封被围日久，无法解围，城中危急，便由严云京派兵从南岸朱家寨附近掘开河堤，使开封周围尽成一片汪洋。黄澍得意地把这计策称做"以水驱敌"，在心中比之《三国演义》上的"水淹七军①"。但他知道李自成决非于禁，开封只能暂时解围，而不会将闯兵全部淹没。秘密议定之后，黄澍连夜返回城中。此刻黄澍想了片刻，对李光壂说道：

"开封城万无一失，只怕数百里内洪水滔滔，不知将淹毁多少村庄，漂没多少人畜！"

李光壂说道："我也觉得后果堪虑。"

黄澍又想了片刻，忽然下了狠心，说："巡抚与诸位上宪都已暗中同意，只待周王殿下点头，就可决定。"

李光壂说："从河北回来的人说，严大人、卜大人正等着开封的回音，一旦决定，就好动手。"

黄澍说："我马上就要禀明抚台大人，然后同抚台一起进宫，面奏周王殿下知道。此事万万需要机密，不能露出风声。一旦决了黄河，不管水大水小，李自成必然大为震动，如果闯李寨的军粮辎

---

① 水淹七军——故事见于通行本《三国演义》第七十四回。

重被淹,他就非退兵不可,这样开封之围自然也就解了。不过黄河决口之后,城中望见黄水奔来,一定会议论纷纷。我们一定要防止消息泄露,一口咬死说是流贼决河,这一点十分重要。"

李光壂神色严重,点点头说:"当然,当然。"

过了两天,约摸辰时左右,忽然全城哄传昨夜李自成掘了黄河,要将开封全城军民淹死。首先是北城和西城上的守城军民看见一道黄水从西北向东南流来,随即黄澍命几个眼睛特别尖的年轻人吃饱肚皮,登上上方寺铁塔半腰,有的爬上塔的最高层,观看水势。

水并没有照严云京和黄澍的期望,冲向阎李寨,而是从阎李寨北边数里远的低处向东南方向流来。水势不大,流速缓慢,在阳光下明灭如线。人们还看到,城外义军毫不惊慌,大堤内外常有不少义军到水边观看、饮马。

城中百姓担心口子愈冲愈大,黄水会越过早已无用的大堤,滔滔而来,冲塌城墙或漫过城头,灌进城内。家家户户都赶快烧香许愿,除在院中焚香祷告玉皇之外,也成群结队往省城隍、府城隍和祥符县的县城隍以及各地方的关帝庙烧香许愿。特别是黄河的保护神金龙四大王庙,今天特别热闹,人群川流不息,敲锣打鼓,前来烧香磕头。整个开封城陷入了一片恐怖之中。人们原来都怕饿死,现在却更怕被黄水淹死。

中午过后,一道黄水过了大堤缺口,向城边流来。水势不大,看来不可能冲毁城墙。分明大河水枯,不能为害。于是大家放心了。有人觉得奇怪,猜不透李闯王此时掘河,到底存的是什么心思。

有人问道:"李闯王到底为何要灌城? 他不是要抢夺财物么,把城淹了对他有什么好处呢?"

也有人问道:"既然要灌城,为何不将口子开得更大? 为什么不等到河水涨时掘口?"

到处议论纷纷,可是谁也说不清楚。

这一天上午和下午,黄澍和李光壂,带着几名亲信,两次登上西北城角,观看水势。起初感到心中遗憾,因为这水流很缓也很小,既不能淹没"城外流贼",也不能使李自成在阎李寨的军粮受损。后来看见这一股黄流灌进城壕,他们又大大地高兴起来。对于守城来说,黄水倘若将城壕灌满,如添数万守军。黄澍和李光壂交换了一个微笑的眼色,许多话尽在不言中。

连续三天,这股黄水继续向开封流来,义军并没有将口子堵住。黄澍心里明白,一定是李自成大军也需要用水。久旱不雨,开封城外的井水都快干了,人和骡马都饮水困难,所以乐得暂时不堵缺口。

直到二十日,水才停止流来。黄澍派人潜出城外打探,知道是李自成派人将决口堵死了。又风闻黄水开始流来时,曾有人向李自成建议缓堵决口,以供将士与牲口饮用。等到城壕灌满以后,李自成才知道上当,一怒之间把那个建议的人杀了。但这只是传闻,究竟是真是假,谁也不能断定。

六月二十二日晚饭以后,李光壂骑马到理刑厅来见黄澍,商议确定在明天上午辰时向饥民开始发粜。随即他们又谈起守城的事。尽管黄水已经把城壕灌满,但由于天旱日久,消耗很快。李光壂告诉黄澍,在百姓中传出谣言,说李自成将于七月初天气稍凉就大举攻城,他认为此事不可不加以防备。黄澍说:

"这并不是谣言,陈总兵曾派细作混入曹营,探得确有此谋。刚才我在抚台衙门,已经与抚台大人、陈总兵作了商讨。我们估计到七月初,城壕中的水还不会全干,对守城大大有利。"

李光壂说:"此外,流贼人马虽多,但也有可乘之机。为今之计,莫若来一个釜底抽薪。"

黄澍忙问:"熙亮,何谓釜底抽薪?"

李光壂说:"闯、曹二人不和,人尽皆知,我们何不因势利导?倘若能用离间之计,使他们更加不和,互相掣肘,也可制止他们攻城。"

黄澍点头说:"这办法我也想过,并同抚台大人谈过两次,抚台大人也认为需要挑拨闯、曹二贼不和。倘能使曹贼投降朝廷,当然是个上策,如不能使曹贼投降朝廷,只要使闯贼对曹贼放心不下,也是一个中策。但如何用计,还需研究。"

李光壂说:"此事需要快做,快做就能够制止流贼攻城。黄老爷试想,如今曹营也有二十多万人马,如果闯、曹同床异梦,各怀鬼胎,则攻城难免不有后顾之忧,所以要禀明抚台,赶快相机用计。"

黄澍说:"正是这个主意。"

随后他们将刘子彬请来一起密商成立义勇大社的事。如今大社虽然没有成立,但已择定要在六月二十六日正式树旗,许多人已经在忙忙碌碌地做事。在曹门附近的一个大宅子里,连日来一直人来人往。已经决定,义勇大社将来就设在这里。

他们商量了一阵,决定让刘子彬拟出一个稿子,等义勇大社正式成立时,用来祭告天地。这文章一定要写得慷慨激昂,感人肺腑。另外还需要写一份通告,事先张贴各个街道、路口、庙宇、衙署,让大家知道义勇大社成立宗旨和它的首领人员。刘子彬虽然将来并不在义勇大社任职,但是因为他是黄澍的心腹,所以也在义勇大社参与密议,出谋划策。凡有重要文稿,或者请他亲自起草,或者请他修改润色。他起身走后,李光壂也跟着告辞回家。黄澍送了出来,又拉着李光壂的手,停了一下,悄悄说道:

"熙亮,情况十分紧急,关于决河淹贼的事,这次没有成功,日后秋汛来到,一定要抓紧时机,再次决河。如今北岸还不知道消息,你务必再找一个可靠的人,今晚或明晚向北岸严大人送去一封密书。"

李光壂点头说:"一定照办,请黄老爷放心。"

黄澍回到书房,重新坐下看一些重要公文。姨太太柳氏忽然走了进来,娇声娇气地说:

"你天天那么忙,今天又累了一天,也该休息去了。"

"你看这守城的担子有一半压在我的身上,我怎么能够休息?

另外还有这粮食的事,明天就要向全城居民粜粮,会不会发生抢粮的事,很难说。你叫我如何休息?"

柳氏拿起茶壶,换了一杯热茶放在他的面前,又拿起一把扇子,一面替他扇着,一面很体贴地说道:

"老爷,你这屋里很热,也该叫一个丫头来替你打扇子才是。"

黄澍说:"有许多机密话要在这里商量,机密文件也在这里看,不能让丫头奴仆随便进来。"

柳氏娇声问道:"我来,老爷可放心吧?"

黄澍笑了一笑,捏了她一把,说:"你是我的心上人,我自然对你放心。"

柳氏说:"你别骗我,什么你的心上人!你的心上人晓得是谁?你现在已经快把我打入冷宫了。"

黄澍问道:"这是什么话?"

柳氏说:"事情明摆着,你们为公家买粮食,花了几万两银子,谁晓得你们这些官绅老爷下了多少腰包,结果只送给我三百两银子。你们大家都吃饱了,从牙缝中剩的给我这一点,我天天等着下雨,结果下了这一点点蛤蟆尿。"

黄澍笑起来,说:"哪有这事!你不晓得,外面耳目众多,刘光祖这个人做事谨慎,也怕别人疑心,又不得不应付抚台大人的太太和三位姨太太,还有藩台大人,还有参与其事的诸位官绅,谁都得在这几万两银子里头多少捞一把。分给你三百两银子,这已经是刘子彬和刘光祖两个人想了许多办法。"

柳氏把嘴一撇:"有大家的,也就有我的。我好不容易做了你的二房太太,难道有他们占的便宜,就没有我占的便宜?哼!"

黄澍说:"你不要口张那么大,像一只饿虎扑食。先收下这三百两银子再说,以后再买粮食,碰到机会,他们还会暗中送你银子。"

柳氏说:"以后他们买粮不买粮我不管,这一次只给我三百两银子我不干,干脆大家吵开了,谁也不能用。"

黄澍将脸沉下来，严肃地说："这是救命钱，别贪得无厌了。你赶快回后院睡觉，不要在我面前说这些抱怨的话，耽误我的重要公事。"

柳氏见黄澍真的不高兴起来，也就不敢再争执。本来三百两银子已经满足了她的愿望，只是她想再多争一点而已，现在便乘机收场，妩媚地看黄澍一眼，笑着说：

"老爷，这回我听你的，可是以后倘有买粮食机会，你可得告诉刘子彬他们一声，不能少了我。"

黄澍点点头："到时再说吧，不会少了你的。"

这时刘子彬有事又走了进来，听见他们的谈话，也对柳氏说道："请姨太太不要嫌这三百两银子少，以后有机会，我和刘光祖还要为姨太太想办法多报效一点。"

柳氏笑着说："只要你们心中有我就好了。"说罢，赶快走了。

黄澍问道："子彬，你回来了，有什么事？"

刘子彬小声说："老爷要的粮食要趁今天夜里运来，我特地再来问一声，看是不是三更以后运进来？"

黄澍说："一定要三更以后运。此事须办得十分机密，只派几个亲信的衙役、兵丁押运。外人问起来，只说是军粮。"

刘子彬小声问："要运来多少？"

黄澍说："先运来十石吧。"

"看来开封要长久受围，十石不少么？"

黄澍想了一下，说："好吧，运来十五石吧，也不要太多，因为巡抚衙门，布、按各上宪衙门，道台衙门、知府衙门，还有总兵衙门、都司衙门，谁都想在这一次官粮里边分些。要是我们分得太多，惹起别人不满，张扬出去，反而不妙。"

刘子彬点头说："老爷虑的很是，那我今天夜间就吩咐人把粮食运来好了。"

刘子彬匆匆走后，黄澍重新坐下，给严云京写信。在信中他告诉严云京说：今日虽未成功，但此计日后可用；何时使用，到时再作计议。

忽然从北城上传过来炮声和呐喊声。黄澍大惊,跳到院中,向家奴们大声吩咐:

"快去问问,是不是闯贼攻城!"

六月二十三日上午辰时左右,曹门坊开始发粜粮食。全城只有这一个地方发粜,加以五隅粮商早已闭门绝粜,所以曹门坊买粮人的拥挤情况十分怕人,隔好些街道,就听见人声鼎沸,吵闹不堪。开始发粜之后,人声更是嘈杂,夹杂着叫声、哭声,闹成一片。曹门坊前用车辆和大的木头塞断街道,谁也不能够进入坊内。但见你推我挤,万头攒动。随即发生了几起混乱,有两处是妇女老弱被挤倒踏伤;有一处是一个老婆子被挤倒后竟然没人救护,遭到一阵践踏,死在地上;还有一处是一个十二三岁的男孩被挤倒踏伤,幸而救起,已经不能动弹。向曹门坊附近望去,但见挤呀,拥呀,吵呀,骂呀,哭呀,加上厮打,一片混乱。所有的人都想买到粮食,可是后面的人挤不到前面去,前面的人又被后面的人推倒,混乱越来越可怕。

昨夜有两起义军到西城和北城的壕边窥探,引起城上打炮,呐喊。守城官绅担心这是李自成即将攻城的先兆,都不免感到惊慌。黄澍得到禀报,亲自奔往城上看了看,又到巡抚衙门商议一阵,所以就寝时已经天色将明。现在他骑马来到曹门坊,已近中午时候。

黄澍看见曹门坊附近人群正在拥挤吵嚷,他自己也无法挤近前去,只能立马在人群的后边观看。平时他是开封府理刑厅的推官,老百姓对他相当害怕,可是现在大家只顾争着买粮,谁也不管他来不来。他呼喝着大家不要闹,可是谁也不理会。他只看到一些年轻有力气的人跳到别人肩上,向卖粮食的人呼喊,将钱投了进去,里边就给他一点粮食。可是没有力气的人就只好被人挤倒,一点粮食也买不到。他又看见一群官兵乱打百姓,冲到前边,强行买粮。百姓不服,不肯让路,口出怨言。官兵动手乱打,不少百姓被打伤,吵闹更加厉害,一时民情汹汹,几乎要发生兵民互斗。

黄澍害怕在如今人心浮动,军心不稳的日子,如果发生互斗,局面将不堪收拾。他知道现在不管是兵是民,都怀着一肚子怨气。当官的如果处置稍为不慎,军与民将怨气发泄出来,就会使开封人心瓦解,给李自成以可乘之机。所以尽管他平时对百姓官气十足,容易暴怒,此时却不敢随便弹压。他只吆喝了几句,就赶快退回,打算绕道一条小胡同,进入发裹粮食的后院,找刘光祖商量。忽然遇到巡抚衙门王巡捕骑马前来找他,说抚台大人请他立刻前去,有要事立等面商。黄澍不再去找刘光祖,随着王巡捕,策马向巡抚衙门奔去。

布政使梁炳和总兵陈永福等人已经坐在高名衡的内书房中。黄澍同他们见过礼,刚刚坐下,高名衡便迈着缓慢的八字步,脸色忧郁地进来。大家起立,拱手相迎。高还了礼,坐下说道:

"都请坐,有要事商量。"大家坐下之后,他接着说道:"周府刘承奉前来传周王殿下口谕,所以学生来迟一步,劳诸位久候。"

梁炳问:"周王殿下有何钧谕?"

高说:"刚才刘承奉来传周王殿下钧谕,"他停了一下,自己先站起来,梁炳等人也赶紧站起来,肃立不动。他用恭敬严肃的声调接着说:"周王殿下闻李自成即将攻城,十分忧虑,传谕我开封文武臣工,矢勤矢勇,打退闯贼进攻,以待朝廷救援。因见城中百姓饥困,人心浮动,特谕我等一心一德,妥为安抚百姓,安抚军心,务使流贼无隙可乘,洛阳、襄阳之惨变不再见于今日,则开封官绅百姓幸甚,国家幸甚!"说到这里,他闪着泪花,轻轻地叹了一口气,又接着说:"上边几句话,就是刘承奉来传的周王殿下的钧谕。大家坐下吧。"

大家都又恭谨地坐下。实在周王的传谕也是一般的话,并无新鲜之处。周王的担忧也正是大家的担忧,所以听了传谕,大家都觉得心头沉重。高名衡又说道:

"我请你们各位来,是因为我得到探子禀报的一些重要消息,是否真实还不敢说,看来十分之九是可靠的。第一个消息是,皇上已经将兵部尚书陈大人下到狱中。"

大家猛吃一惊。陈永福问:"何故下狱?"

高名衡说:"听说他的罪名是暗与东虏议和,还说他失陷了洛阳、襄阳两处藩封重地。"

大家都觉得十分吃惊,几乎不敢相信,想道:不是皇上原来有意同东虏议和么?怎么又把陈新甲下狱呢?另外大家也很奇怪:洛阳、襄阳失守,不能归罪于陈新甲,而应归罪于杨嗣昌。杨嗣昌奉命督师,剿贼失败,致有洛阳、襄阳之陷,与陈新甲何干?既然杨嗣昌不曾因失陷两藩获罪,他死后皇上派人前去致祭,还赐了祭文,陈新甲为什么独独要获罪呢?这一切疑问,大家都不敢说出口来,只是觉得朝中事太可怕了。

停了一阵,高名衡又说:"另一个探到的消息是,闯贼确将于七月上旬大举攻城,我们不可不预做准备。"

大家都将眼睛望着陈永福,默默不言,神色忧愁。

陈永福想了一下,说:"抚台大人,各位大人,以我看来,目前闯、曹二贼兵力十分雄厚,守城军民也真是疲惫,但是我身为武将,守开封一定要尽力而为,纵然粉身碎骨,决不后退一步,但求军粮有着落,周王殿下不吝赏赐,方好鼓舞军心民气,齐心协力。"

高名衡说:"陈将军所言甚是,粮食方面我们正在设法,可是也是一天比一天困难。至于赏赐,周王殿下的话比较好说。依将军看来,倘若七月上旬流贼攻城,我们到底有没有把握把开封坚守下去?"

陈永福摇摇头说:"战争之事,瞬息万变,有许多话也很难事前说准。"

高名衡说:"请将军不必顾忌,有话不妨直言。"

陈永福说:"闯、曹合营以后,流贼能战之兵大约十万,骑兵大约三万,至于胁从之众,老弱妇女合起来,大约百万。在攻城战中,胁从之众也很有用,这是流贼比我们力量强大的地方。我们还有一个困难之处,是民饥兵疲,能够真正打仗的也不过一万多人。很多百姓愿意守城,守城就是守家,可是天天饿着肚皮,终有一天会人心离散,所以我对于开封守城也只能尽力而为。有粮有钱,事情就会好办。"

高名衡说:"陈将军所言确是实情,但流贼也有其可乘之机,首先是闯、曹二贼不和,人尽皆知。曹操常有投降朝廷之意,倘若我们令其互相猜疑,互相牵制,他们的攻城力量就会减去一半;如果能把曹贼说动,令其投降朝廷,则闯贼将不战自败。"

陈永福说:"大人所谋甚远,但此事仓猝之间恐难成功。"

高名衡点点头,又说:"我们城中粮食虽然十分困难,可是流贼人马众多,粮食是从各地方运来的,日久屯兵坚城之下,也将有很大困难。这时只要有援军前来,或有别的办法,断了流贼的运粮之道,流贼也就不能长围开封。"

陈永福说:"大人所言极是,但今日并无援军前来,没人去断流贼运粮之道,奈何?"

经陈永福一问,大家都觉束手无策,有的摇头,有的叹气。

高名衡又说:"风闻朝廷将派商丘侯若谷为督师大臣,来救开封,看来不日侯大人会到封丘。"

陈永福说:"侯大人虽然声望很高,但手中无兵无将,所指望的是左昆山。左昆山新败之后,驻在襄阳,是否会重新率兵前来开封,看来也不一定会来。至于别路援军,虽然听说有山东的刘泽清,山西的许定国,可是都很难指望。目前惟一可靠的还是我们守城的军民。只有守城军心民心不散,有粮食吃,才能够保开封不落入流贼之手。"

黄澍说:"镇台大人所言极是。远水不解近渴,更不能望梅止渴。现在义勇大社马上就要成立,成立之后,守城力量就又增加了许多。但今日燃眉之急尚不是敌人攻城。今日下官到曹门坊察看出粜粮食的情况,看到那里十分混乱,军民相争,民与民争,军与军争。如此下去,不但不能使饥民买到粮食,反而会引起军民互斗,后果将不堪设想,所以必须立即设法制止混乱。"

大家听了都觉得十分吃惊。高名衡赶快问道:"黄推官有何善策?"

黄澍欠身说:"请大人速出告示,明文规定:三、六、九日散兵粮,余日让百姓籴粮,兵丁平日不准下城,下城者立斩。郡王青衿另外发给粮食,也不准率家人前去买粮。"

梁炳听了说:"这办法好,好,可以把军民分开。"

陈永福说:"本来军人不该买粮,军人粮食都是由官府散发。"

黄澍说:"虽由官府散发,但有些官兵为他的亲戚买粮,有的人说不定买了粮再倒一手,卖给别人,因此引起混乱。"

陈永福:"既然有此情况,就请抚台大人赶快出一告示。凡是兵丁,从今日起不准下城买粮,违者立斩。"

高名衡说:"这事立刻就办,我马上就吩咐文案师爷将告示拟出,张贴通衢。"

他们都心中清楚粮食没有来源,这次举办发粜原是个糊弄局儿,只打算举办三天,骗得"当道尽心为民"的舆论,事后呈报朝廷。但是谁也不肯说穿粜粮的真实用意和张贴告示的无用。

梁炳问道:"大人命公子赴京呼救,不知是否已经到京?目前正军事危急之时,陈本兵获罪下狱,大人可知道何人继掌中枢①?皇上可另有知兵的得力大臣?"

高名衡叹口气,摇了摇头。他知道一点朝廷消息,但是他不愿说出,只是感慨地说:

"北京呀北京!皇上在目前……"

众官注目望他,等他将这句话说完。但是他深深地叹口气,不再说下去了。

---

① 中枢——通常指中央政府,明代习惯指兵部。大概由于宋朝的枢密院掌管军事,明去宋不远,故称兵部为中枢。

第二十一章

朱仙镇溃败之后,丁启睿、杨文岳、左良玉都有密奏到京,说明溃败的原因和经过情形,虽然都有请罪的话,却尽量将罪责推给别人,并且大大夸大了李自成人马的数目。丁启睿和杨文岳在仓皇逃窜数日后,又在汝宁会合。他们虽然也有矛盾,但在谈到溃败原因时又互相有些包庇,都将主要罪责推给左良玉。

崇祯看了他们的密奏,愤怒谩骂,继而痛哭,叹息自杨嗣昌死后剩下的全是庸才。他下旨将丁启睿"褫职候代",杨文岳"褫职候勘①",而对左良玉只下旨切责,希望他固守襄阳,整兵再战,以补前愆。

他在灰心失望之中,想着幸而周延儒被他起用,回到内阁任首辅。尽管崇祯六年六月他将周延儒罢黜归里,但他知道延儒原是个做事敏捷的人,只因朝廷上门户之争,使他一怒之下将延儒斥逐,经过他换过几个首辅,看起来都不如延儒练达有为,不愧是"状元宰相"。所以他不久前听了朝臣们的意见,重新起用延儒,对他期望甚殷。对丁启睿、杨文岳、左良玉三个人的不同处分,崇祯也是采纳了他的意见,由他"票拟②"。现在崇祯为急于救援开封,在整个朝廷大臣中选不出一个可以受命督师的人物。他不想将全体辅臣召进宫来,只要首辅周延儒在文华殿单独召对。

周延儒一听太监传谕他单独去文华殿召对,便猜到八九分是密商选派督师救汴的事。他这次能够"东山再起",回朝重任首辅,也借助东林和复社③人物张溥的吹嘘活动。朱仙镇溃败后,他向皇

---

① 候勘——等候问罪。
② 票拟——明朝内阁辅臣代皇帝拟出批示、饬谕稿子,叫做票拟。
③ 复社——崇祯年间继东林之后出现的一个最重要的结社。

上建议对左良玉从轻处分,虽然是因为左良玉手中掌有重兵,又希望他继续打仗,另外也因为左良玉是商丘侯恂提拔起来的,而侯氏弟兄都是东林人物。现在当他随着一位御前太监往文华殿走时,他的主意已经打定了。

崇祯等周延儒行了礼,赐座以后,跟着问道:"如今开封被困,望救甚急。卿看何人可以前去督师,为开封解围?"

周延儒站立回答:"左良玉曾受侯恂提拔之恩,耿耿不忘,陛下可曾听人说过?"

崇祯轻轻点头:"朕也有所闻。"

周延儒接着说:"如今虽然有朱仙镇之败,然左良玉已至襄阳,立住脚跟,看来不难很快恢复元气,整军再战。前次之败,败于督师、总督与平贼将军不能和衷共济。故必须选派一位他素所爱戴的大臣出任督师,庶几……"

崇祯截住问:"你是指的侯恂?"

延儒躬身说:"是,陛下。恐怕只有侯恂可以指挥得动。"

崇祯沉吟片刻,狠狠地说:"左良玉骄横跋扈,朕已百般隐忍,仍然不知悛改!"

延儒小心地说:"左良玉虽然辜负圣恩,然目前中原寇氛猖獗,尚无宁日,像良玉这样有阅历、韬略之将才亦不易得。望陛下从大处着眼,待其以功覆过。有良玉在,不惟献贼胆慑,即闯贼亦有所顾忌,不能肆志中原。看闯贼不敢乘朱仙镇战胜余威,分兵穷追,直下襄阳,就可知闯贼仍不敢轻视良玉。"

崇祯又沉吟片刻,问道:"左良玉能够很快恢复元气么?"

"左良玉威望素著,善于驾驭,远非一般大将能望其项背。看他密奏,说他到襄阳之后,卧薪尝胆,招集旧部……"

崇祯心中急躁,不等首辅说完,问道:"卿看良玉能否再次救援开封?"

延儒说:"这要看对他如何驾驭指挥。"

"他果然能听从侯恂指挥?"

"臣不敢说他必会听从侯恂指挥,但知他至今仍然把侯恂当恩人看待。"

崇祯仍不能决定,沉吟说:"姑且试试?"

延儒说:"是否可以将侯恂释放出狱,畀以援汴督师重任,请皇上圣衷裁决。"

崇祯实在别无善策,觉得这是一个可行的办法。如今对别人很难指靠,只有对左良玉尚可寄托一线希望。他也明白,别的人确实无法指挥左良玉,只有侯恂也许可以指挥得动。然而此事也有难处。他想了一下,说:

"朕也不惜将侯恂释放出狱,命其戴罪督师,将功赎罪。但是他下狱多年,怕一时朝臣不服,如之奈何?"

周延儒回答道:"这事不难。陛下不妨第一步先将侯恂释放出狱,给以适当官职,使大家都知道陛下将要重用侯恂,将来言官也不会攻击。稍过一些日子,再命侯恂出京督师,也就很自然了。"

崇祯点点头,觉得周延儒毕竟是个有办法的人,想的这个主意好,十分妥当。他说:

"此事朕再考虑一下,倘确无更合适的人出京督师,言官又不妄议,就将侯恂释放。"

可是周延儒叩辞走了以后,崇祯心急如焚,哪里能够等待?他立刻把司礼监王德化叫来,命他代为拟稿,下旨将侯恂释放出狱。王德化跪在地上还没有起来,崇祯忽然觉得:"这事要办得越快越好。"随即挥手让王德化退出,自己坐在御椅上考虑了一阵,便提起笔来,在一张四边有龙纹图案的黄纸上写道:

> 前户部尚书侯恂,因罪蒙谴,久系诏狱。近闻该臣颇知感恩悔悟,忠忱未泯,愿图再试,以功补愆。目今国家多事,更需旧臣宣力,共维时艰。着将侯恂即日特赦出狱,命为兵部右侍郎兼右佥都御史,总督平蓟等镇援剿兵饷。钦此!

他命御前答应马上将手诏送司礼监发出,然后靠在御椅上,略微松了口气。正要去看田妃的病,一个太监进来,将陈新甲的一封密奏呈上。他看后心中一喜，不去承乾宫了。

据陈新甲的密奏，马绍愉已经回到北京，对满洲议和的事已经办成。崇祯马上命太监前去密谕陈新甲：马绍愉不宜在京城多见人，以免泄露机密。

太监走后，崇祯想着两件事总算都有了着落，心中暂时平静下来。午饭以后，他回到养德斋午睡一阵。醒来时，宫女魏清慧进来侍候他穿衣。崇祯的心情比午睡前更好，不再像平时那样愁眉苦脸。他打量了魏清慧一眼，觉得她虽然不像费珍娥那样美丽，但是凤眼蛾眉，肌肤细嫩，身材苗条，也有动人之处。特别是魏清慧已经二十一二岁，显然比费珍娥懂事得多。所以他一面让魏清慧给自己穿衣，一面不住地拿眼睛看她，脸上带着微笑。魏清慧正在替崇祯扣扣子，发现皇上目不转睛地望着自己，眼中有一种不平常的神情，不觉脸红，胸口突突乱跳。崇祯见她脸红，更觉有趣，一瞬间他很想把她搂在怀里，但又觉得自己毕竟是皇帝，又不是贪色误国的皇帝，不能那么轻狂，于是他笑着问道：

"管家婆，费珍娥现在还好么？"

魏清慧嫣然一笑，说："皇上怎么也叫奴婢管家婆啦？"

"你是我的管家婆，乾清宫的许多事都要靠你照料。"

"只要皇上不生气，奴婢就是万幸了。"说着，她的眼波向皇上一转，那动人的神态使崇祯几乎不能自持。他听到魏清慧的心在狂跳，呼吸急促。然而他还是克制着自己，没有去搂抱她，又问道：

"魏清慧，我刚才问你，费珍娥可还好？"

"她还好。她一直都很感激皇上厚恩。"

"她是去陪公主读书的。你等一会儿去向公主传旨，叫她把仿书带来，让我看看她有没有长进。"

"遵旨。奴婢马上就去传旨。"

侍候崇祯梳洗之后，魏清慧就往长平公主的宫中走去。一路上她都在想着刚才发生的事情，奇怪崇祯今天第一次用那样的眼神看她,现在回想起来还有点不好意思。她平时常觉一生无出头之日,强装笑容,心中却藏着无限苦闷,如今却好像有一缕日光忽然照上了阶下幽草,使她感到惊奇、甜蜜、狐疑,觉得希望在前,又觉得世事渺茫难测。年轻的皇上毕竟没有对她做出异乎寻常的动作,或说出特别明显爱她的话,倒是念念不忘费珍娥。如今派她去向公主传旨,还不是想看看费珍娥? 当然,费珍娥也是够可怜的,要真能蒙皇上喜爱,倒是一件好事。她一路胡思乱想,带着不平静的矛盾心情,匆匆地到了公主那里。

长平公主不敢怠慢,禀明母后,在一群宫女的簇拥下来到了乾清宫。她向父皇叩头问安之后,从费珍娥手里接过一叠仿书,亲手跪捧到父皇面前。崇祯说:

“你起来。我看看你的字有没有长进。”

公主又叩一个头,站了起来。崇祯把她的仿书放在御案上,认真地看了十几张,同时用朱笔将写得好的字打了圈。随即他放下朱笔,转过头来,含着微笑对公主说道:

“你的字有长进。今后还要好好地练。”

说毕,他扫了那些宫女一眼,好像是对她们的嘉许。其实他只是想看看费珍娥。当他的目光扫到费珍娥时,发现费珍娥也正在默默地偷眼望他。他的心中一动,觉得费珍娥真是美貌,好像比在乾清宫的时候更加出色。他连着望了几眼,望得费珍娥低下头去,双颊泛起红潮。

魏清慧站在一旁,将这一切都看在眼里。看到皇上果然仍是那么喜欢费珍娥,她既有点替费珍娥高兴,又不禁为自己感到怅惘,崇祯又向公主问道:

“你近来读些什么书?”

“正在读《列女传》和《诗经》。”

“那《列女传》可都会讲?”

“有些会,有些不会。不会讲的都由别的奴婢帮我讲,内书房的老太监也替我讲。一般的道理女儿都能明白。”

崇祯终于忍不住,转向费珍娥问道:"费珍娥,你是陪伴公主读书的,那书上的道理你能够懂得么?"

"奴婢能够懂得。"费珍娥跪下答道。

"你们在我面前说话,可以不必跪着。"

"奴婢原先伺候皇上,有时说话可以不跪。如今奴婢伺候公主,已经不在乾清宫了,因此皇爷问话,奴婢不敢不跪。"

崇祯笑了起来,说:"你倒是很懂皇家礼数。我问你,公主能背的书,你也能够背么?"

"奴婢还能背一些。"

公主接着说:"她比我背得还熟。"

崇祯又笑起来,问公主道:"你《诗经》读到哪里了?"

"《国风》还没有读完,待读完以后才能接着读《小雅》。"

崇祯又问费珍娥:"你也读《诗经》么?"

"奴婢陪侍公主读书,凡是公主读的,奴婢也读。"

公主又插话说:"她不但也读,她比我还读得好,《国风》已经读完,开始读《小雅》了。"

崇祯笑着问费珍娥:"你最喜欢读哪几首? 可能背几句给我听听?"

"奴婢遵旨。"费珍娥说罢,马上朗声背道:"呦呦鹿鸣,食野之苹。我有嘉宾,鼓瑟吹笙。吹笙鼓簧,承筐是将。人之好我,示我周行。呦呦鹿鸣,食野之蒿……"

当费珍娥开始背书的时候,崇祯看见她两片红唇中露出的牙齿异常洁白、整齐,声音又是那么娇嫩,那么清脆悦耳,心里越发感到喜爱。他怕在女儿和别的宫女面前泄露自己的真实感情,失去他做父亲和做皇帝的尊严,便做了一个手势,让费珍娥停下来,淡淡地说道:

"费珍娥,你背得不错。你是个聪明人,今后要好好读书。"说罢,他又转过脸来,望着公主说:"《诗经》中有些是讽刺诗,有些是称颂后妃之德的,我怕有许多诗句你们不懂,可以过一年再读。现在先把《列女传》读熟,《女四书》也要读熟。"

然后他命魏清慧取出四匹绸缎和文房四宝,赐给公主,对服侍公主的宫女们另有赏赐,特别对费珍娥多赏了四两银子,以奖励她陪伴公主读书有功。先是公主,随后宫女们都向他跪下磕头谢恩,然后辞出。这时崇祯最后又望了费珍娥一眼,心里想:等公主明年下嫁的时候,不妨把费珍娥留下,仍让她回乾清宫来。

公主走后,崇祯也没有在乾清宫多留,就乘辇往承乾宫看田妃去。

田妃今天的情况又很不好,痰中带着血丝,吐在一个银壶里。崇祯坐在田妃的床前,亲自拿过银壶来看了看,不觉眉头紧皱,心中凄然。昨天他已命太监去太医院询问:田妃到底还能活多久。据太医们回奏,恐怕只在一月左右。但这些话他不好对田妃说出来,仍然安慰她道:

"你的病不要紧,慢慢会有起色。你一定要宽心,好好养病。"

田妃并不相信崇祯的话,但也不愿使崇祯伤心,勉强苦笑一下。崇祯忽然想起从前每次来承乾宫时多么快活,而如今竟然成此模样,心中又一阵难过。他站了起来,走到平时田妃喜欢的一座盆景前边,看见盆中的水已经干了,花草已经萎谢。他不忍再看,回到田妃的床边,又说了几句安慰的话,就乘辇返回乾清宫。

就在他去承乾宫看望田妃的时候,他的御案上又新到了一些奏疏。他随手拆开一封一看,不禁大吃一惊:原来是一个言官弹劾陈新甲与东虏议和,疏中提到款议的内容和他所见的密件竟然相同,还说目前不仅举朝哗然,而且京师臣民人人都在痛恨陈新甲的丧权辱国之罪。崇祯又惊又气:如此机密大事,如何会泄露出去,而且泄露得如此之快?难道是马绍愉泄露的?但他随即又想:马绍愉决无这样的胆量。那么,究竟是怎么泄露的呢?他站起来,绕着柱子转来转去,彷徨很久,连连说道:

"怪!怪!如何泄露出去?如何京师臣民都知道了?真是咄咄怪事!"

尽管乾清宫并不很热,但是崇祯看了言官方士亮的奏疏却急出了一身热汗。他既担心由于言官的反对,使得之不易的"款事"败于一旦,又害怕同"东房"秘密议和的真相全部张扬出去,有损于他的"英主"之名,而这后一点使他最为害怕。他从水晶盘中抓起一块窖冰①向两边太阳穴擦一擦,竭力使自己略微镇静,随即站起来在暖阁里走来走去,边走边狠狠地小声骂道:

"什么言官,都是臭嘴乌鸦,成事不足,败事有余!哼!你们遇事就哇啦哇啦,自诩敢言,借以沽名钓誉,全不顾国家困难。朝廷上许多事都败在你们这班乌鸦手中!"

他踱了一阵,心情稍微平静,重新坐下,在方士亮的疏上批了"留中"二字。过了片刻,他觉得不妥。倘若方士亮还要纠缠怎么好?倘若明日有许多言官跟着方士亮起哄,纷纷上疏攻讦陈新甲,反对议和,岂不败了和议大计又张扬了种种内情?他的双脚在地上乱踏,急了一阵,重新提起朱笔,在一张黄色笺纸上写下了严厉手谕:

> 给事中方士亮平日专讲门户,党同伐异。朕已多次容忍,以示朝廷广开言路之意。不意值此松锦新败、中原危急之时,方士亮不恤国步艰难,专事捕风捉影,轻信流言蜚语,对大臣肆口攻讦,混淆视听,干扰朝政,殊堪痛恨!本应拿问,以振纲纪;姑从宽处,以冀悔悟。着罚俸三月,并交吏部酌调往边远行省效力。钦此!

他忽然一想,担心如此处置言官,会引起朝议大哗,纷纷讦奏陈新甲暗中主持和议之非,反而会将秘密内情和盘托出。于是他的怒气消了,只好将刚写好的手谕揉成纸团,投入痰盂,决定等一等朝臣们有什么动静。尽管他的心情十分烦乱,但是御案上堆的重要文书很多,他不能不勉强苦恼地继续省阅。方士亮讦奏陈新甲的事缠绕在他的心上,使他十分苦恼,不时地停住朱笔,望着窗户凝神,深深地嘘出闷气。

---

① 窖冰——冬天将大冰块藏于窖中,夏日取用的自然冰。

御案上的香已经烧得差不多了。今天本来轮到一个姓陈的年纪较大的宫女负责乾清宫中添香和送茶的事，可是魏清慧对她说："皇爷今日心绪不佳，容易生气，我替你去吧。"姓陈的宫女也知道自己本来长得不十分俊，年纪又已经二十四岁，早就断了被皇上看中的念头，现在听了魏清慧的话，感激她对自己的好意，便悄悄笑着说："清慧妹，不怪你是乾清宫的管家婆，真会体谅别人。"

魏清慧知道崇祯从承乾宫看过田娘娘的病后，心情就不十分好，但没有料到刚才又有一封言官的奏疏惹动了他生气。她一方面确实怕姓陈的宫女无意中受皇上责备，另一方面也怀着一点缥缈的希望。她特意换上一套用龙涎香熏过的平时皇上比较喜欢的衣裙，薄施脂粉，云鬓上插了两朵鲜花，又对着新磨的铜镜照了照，觉得自己虽然不像费珍娥那样玉貌花颜，但也自有一种青春美色。

于是她离开了乾清宫后面的宫女住房，脚步轻盈地来到崇祯正在省阅文书的暖阁外边，听一听，然后轻轻地掀帘而入，那帘子几乎连一点声音都没有发出。当她一路走来时，心里早已做好打算：今日来到皇上面前添香，她当然要像往日一样庄重、小心、温柔、大方，决不能使皇上觉得她有一点轻浮，但同时她要大胆地露一丝若有若无的微笑，还要设法在皇上面前多逗留一些时候。甚至她还想着，如果皇上看她添香，她不妨故意地将眼波向皇上一转，像前天在养德斋侍候皇上穿衣时那样胆大，看皇上对她如何。对于这些想法，她自己也觉得害臊，不由地脸颊泛红，呼吸急促。但这时她已经到了皇上面前，没有时间继续想了。皇上并没有觉察她的来到。魏清慧看见崇祯的神情，不禁心中一寒，那一切在心中悄悄燃烧的希望的火苗突然熄灭。她不敢多看皇上，赶快添了香，屏息退出，心中暗问：

"天呀！出了什么事儿？"

崇祯知道有人进来添香，但他没有抬起头来，不知道是魏清慧。后来他听见身后帘子一响，知道添香的宫女已经走了。他放下文书，又长嘘一口闷气，靠在椅背上，重新想着泄露机密的事，仰

视空中,连说:

"怪事!怪事!真是奇怪!"

崇祯想叫陈新甲立刻进宫,当面问他如何泄露机密,便命一名太监出宫传旨,但马上又把这个太监叫回。他想,如果现在把陈新甲叫进宫来,追问他如何泄露机密,这事就很可能传出去,至少陈新甲自己会泄露给他的左右亲信,朝臣中会说他先命陈新甲秘密议和,现在又来商量如何掩盖。重新考虑的结果,他决心从现在起就不单独召见陈新甲了,以便到不得已时只说自己毫不知情,将新甲下入诏狱,等半年、一年或两年之后,事过境迁,还可以将新甲放出,重新使用。

从下午直到晚上,他在宫中六神无主,各种事情都无心过问,也不愿召见任何大臣。首辅周延儒曾经要求进宫奏事,他命太监回绝,只说:"今日圣上御体略有不适。"陈新甲也曾要求入宫单独面奏,他同样拒不召见。往日他也有种种烦恼、愁闷,但今日似乎特别地精神颓丧,萎靡不振,连各处飞来的紧急文书也都无心省阅。无聊之中,他就往袁妃住的翊坤宫去散心。

皇上的突然驾临,完全出袁妃的意料之外。虽然袁于一年前晋封为贵妃,但是很少能盼望到皇上来翊坤宫一次。接驾之后,趁着崇祯欣赏金鱼,她赶紧重新打扮。虽然她妩媚不如田妃,但是丰满、稳重,则田妃不如。崇祯一时高兴,要同她下棋。她不再像三年前在瀛台澄渊亭上那样,故意使用心计,把皇上逼得走投无路,然后卖出破绽,让皇上转败为胜,而是一见皇上有点困难,马上就暗中让步。崇祯比较容易地连胜两局,十分满意,晚上就宿在翊坤宫中。就在他聚精会神地同袁贵妃下棋时候,陈新甲与满洲秘密议和、丧权辱国的消息已经传遍了朝野,言官们纷纷地将弹劾陈新甲的奏本递进宫来。

年轻的崇祯皇帝由于田妃久病,不到承乾宫过夜,也极少召别的妃嫔或宫女到养德斋陪宿,每日都在为国事苦恼,今晚偶然宿在翊坤宫，一时间十分愉快。袁妃虽然不如田妃美艳，也不像田妃那样多才多艺，又善揣摸他的心意，但袁妃也毕竟是他和皇后一起于崇祯初年从许多美女中挑选的人尖子，今年不满三十岁，仍是青春焕发年龄。她在晚膳后经过精心晚妆，淡雅中含着妩媚，加之天生的肌肤细嫩，面如桃花，蛾眉凤眼，睛如点漆，光彩照人，顾盼有情，这一切都很使崇祯动心。袁妃很少能盼望到皇上"临幸"，平日冷落深宫，放鸽养花，消磨苦闷时光，今晚竟像是久旱忽逢甘雨。近来她明白田妃不久将要死去，深望从今后将得到皇上眷顾，不再在闲愁幽怨中虚掷青春。她已经为皇上生了一儿一女，暗想着一旦田妃亡故，只要她能够得到皇上一半宠爱，晋封为皇贵妃不难。这一晚上，她对崇祯百般温柔体贴，使他高兴。袁妃平日待人宽厚，对下有恩。宫女们和太监们都希望她从今后能受到皇上的宠爱，他们就会有许多好处，也能在后宫中稍稍"扬眉吐气"，所以今夜整个翊坤宫都是在幸福之中。他们觉得，今晚翊坤宫的花儿特别芳香，连红纱宫灯和明角宫灯也显得特别明亮，带着喜气。

可是玄武门刚刚打过四更，崇祯一乍醒来，想起来与满洲议和的事已经泄露，不禁出了一身热汗，将袁妃一推，突然说道：

"我要起来，回乾清宫去！"

袁妃惊醒，知道皇上要走，温柔地悄声劝道："皇爷，你年年忧心国事，日理万机，难道连一夜安生觉就不能睡到五更？"

崇祯又一次推开她，焦急地小声说："唉，你不懂，你不懂朕有多么困难。卿莫留我，不要误我的大事！"

袁妃的心中惘然若失，不敢再留，随即唤值夜的宫女们进来。她在宫女们的服侍下赶快梳洗穿戴，然后她和宫女们又侍候崇祯起床。吃过燕窝汤和几样可口的点心，崇祯立即吩咐"起驾"。袁妃率领宫女和太监们到翊坤门跪下送驾。当皇帝上辇时候，她轻轻叫了一声："皇爷……"她本来想说她希望皇上今晚再来，但是她当着一大群跪着的宫女和太监的面不好出口，磕了头，怅然望着皇上乘的辇在几盏摇晃的宫灯中顺着长巷远去。她的许多梦想顿然落空。从地上起身之后,她暗想着国事不好,心头不禁变得沉重,又想到她自己的不幸,陡然心中一酸,几乎滚出热泪。

崇祯回到乾清宫,果然不出所料,御案上堆着昨晚送来的许多文书,其中有三封反对朝廷与满洲秘密议和。这三封奏疏中,有一封是几个言官联名,措词激烈。所有这些奏疏,并不是徒说空话,而是连马绍愉同满洲方面议定的条款都一股脑儿端了出来。尽管这些奏章都是攻讦陈新甲的,但崇祯知道每一件事都是出自他的主张或曾经得到他的点头,所以他的脸孔一阵一阵地发热,前胸和脊背不住冒汗。

玄武门楼上传来了五更的钟声以后,崇祯在宫女们的服侍下换上了常朝冠服,到乾清宫丹墀上虔敬拜天,默默祝祷,然后乘辇去左顺门上朝。关于言官们讦奏陈新甲与满洲暗中议和的事,他决定在上朝时一字不提,下朝以后再作理会。但是他已经断定是由陈新甲那里泄露了机密,所以对陈新甲非常恼恨。他一则为着忍不住一股怒火,二则希望使言官们不要认为他知道陈新甲与满洲议和的事,在常朝进行了一半时候,他忽然脸色一变,严词责备陈新甲身为兵部尚书而对开封解围不力,朱仙镇丧师惨重;又责备他不能迅速调兵防备山海关和长城各口,特别是在洪承畴投降之后,对辽东恢复事束手无策,一味因循敷衍,不能解朝廷东顾之忧。

陈新甲俯伏在地,不敢抬头。起初他不知道皇上为什么拿开封的事突然这样对他严加责备,接着又责备他不能调兵防守山海关和长城各口,不能为皇上解除东顾之忧。随即他忽然明白:一定是皇上变卦,要把与东虏议和的事归罪到他的头上。于是他浑身冒汗,颤抖得很厉害。当崇祯向他问话的时候,他简直不知道如何回答。虽然他平日口齿伶俐,但现在竟讷讷地说不出话来,只是在心中对自己说:

"我天天担心的大祸果然来了!"

但是陈新甲虽很恐怖,却不完全绝望。他想他是奉密旨行事,目前东事方急,皇上会想出转圜办法。

崇祯将陈新甲痛责一顿之后，忽然又问刑部尚书："那个在松山临阵脱逃的总兵王朴，为什么要判处秋决？"刑部尚书赶紧跪下说明：王朴虽然从松山逃回，人马损失惨重，可是溃逃的不光是他一个总兵官，而是整个援锦大军崩溃，他也是身不由己，所以根据国法，判为死罪，秋后处决。

崇祯听了大怒，将御案一拍，喝道："胡说！像他这样的总兵，贪生怕死，临敌不能为国效命，竟然惊慌逃窜，致使全军瓦解，为什么不立时处决？"

刑部尚书也被这突然严责弄得莫名其妙，惊慌失措，赶紧叩头回奏："臣部量刑偏轻，死罪死罪。今当遵旨将王朴改判为'立决'，随时可以处决。"

崇祯余怒未息，本来不打算理会言官，可是一时激动起来，忍耐不住，将严厉的目光转向几个御史和给事中，指着他们说：

"你们这班人，专门听信谣言，然后写出奏本，危言耸听，哗众沽名。朝中大事，都败在你们这些言官身上。如果再像这样徒事攻讦，朝廷还有什么威望？还能办什么事情？"

他声色俱厉，不断地用拳头捶着御案。那些御史和给事中一个个吓得跪在地上，面如土色，不敢抬头。这么发了一阵脾气之后，他不再等待朝臣们向他继续奏事，起身退朝。

崇祯回到乾清宫，自认为今天上朝发了一顿脾气，对东房议和的事大概没人再敢提了，这一阵风浪从此可以压下去了。只要朝臣中没有人再攻讦陈新甲，朝议缓和下去，对满洲议和事以后再说。但是他害怕这一次风波并没有完，叹一口气，精神混乱，仰望藻井①，自言自语：

"中原糜烂。辽东糜烂。处处糜烂。糜烂！糜烂！倘若款事不成，虏兵重新入塞，这风雨飘摇的江山叫我如何支撑啊！"

过了一天，朝中果然仍有几个不怕死的言官，又上疏痛讦陈新

---

① 藻井——有彩绘装饰的天花板。

甲暗中与东虏议和、丧权辱国之罪。其中有一封奏疏竟然半明半暗地涉及到崇祯本人，说外面纷纷议论，谣传陈新甲暗中与东虏议和是奉皇上密旨，但上疏者本人并不相信，盖深知皇上是千古英明之主，非宋主可比云云。崇祯阅罢，明白这话是挖苦他，但没有借口将上疏的言官下狱。他的心中很焦急，眼看着事情已经闹大，想暗中平息已不可能。可是这事情到底是怎么泄露的呢？他不好差太监去问陈新甲，便把东厂提督太监曹化淳和锦衣卫使吴孟明叫进宫来。曹化淳先到了乾清宫，崇祯先用责备的口气问曹化淳：

"陈新甲辜负朕意，暗中派马绍愉同东虏议和。事情经过，朕实不知。他们暗中议和之事，言官们如何全都知道？你的东厂和吴孟明的锦衣卫两个衙门，职司侦伺臣民，养了许多打事件的番子。像这样大事，你们竟然如聋如瞆，白当了朕的心腹耳目！陈新甲等做的事，何等机密，朝中的乌鸦们是怎样知道的？"

曹化淳跪在地上，一边连说"奴婢有罪，恳皇爷息怒"，一边在转着心思。从秘密议和开始，主意出自皇上，中间如何进行，曲曲折折，他完全心中清楚。但听了皇上的这几句话，他明白皇上要将这事儿全推到陈新甲的身上。他在地上回奏说：

"对东虏议抚的事，原来很是机密，奴婢不大清楚。如今泄露出来，奴婢才叫番子们多方侦查……"

"侦查的结果如何？"

"启禀皇爷，事情是这样的：马绍愉将一封密件的副本夜里呈给陈新甲。陈新甲因为困倦，一时疏忽，看过之后，忘在书案上便去睡了。他的一个亲信仆人，看见上边并未批'绝密'二字，以为是发抄的公事，就赶快送下去作为邸报传抄。这也是因为陈新甲治事敏捷，案无留牍，成了习惯，他的仆人们也常怕耽误了公事受责。方士亮是兵科给事中，所以先落到他的手中。第二天五更上朝时候，陈新甲想起来这个抄件，知道被仆人误发下去，赶快追回，不料已经被方士亮抄了一份留下。这个方士亮像一只苍蝇一样，正愁没有窟窿蕃蛆，得了这密件后自然要大做文章。"

"京师臣民们如何议论？"

"京师臣民闻知此事，自然舆论大哗。大家说皇上是千古英明之主，断不会知道与东虏议和之事，所以大家都归咎于兵部尚书不该背着皇上做此丧权辱国之事。"

崇祯沉吟片刻，叹息说："朕之苦衷，臣民未必尽知！"

曹化淳赶快说："臣民尽知皇上是尧、舜之君，忧国忧民，朝乾夕惕①。纵然知道此事，也只是一时受了臣下欺哄，不是陛下本心。"

崇祯说："你下去吧。"

略停片刻，在乾清门等候召见的锦衣卫使吴孟明被叫了进来，跪在崇祯面前。他同曹化淳已经在进宫时交换了意见，所以回答皇帝的话差不多一样。崇祯露出心事很重的神色，想了一阵，忽然小声问道：

"马绍愉住在什么地方，你可知道？"

"微臣知道。陛下要密召马绍愉进宫询问？"

"去他家看他的人多不多？"

"他原是秘密回京，去看他的人不多。自从谣言起来之后，微臣派了锦衣旗校在他的住处周围巡逻，又派人装成小贩和市井细民暗中监视。他一家人知道这种情形，闭户不敢出来。"

崇祯又小声说："今日夜晚，街上人静以后，你派人将马绍愉逮捕。他家中的钱财什物不许骚扰，嘱咐他的家人：倘有别人问起，只说马绍愉因有急事出京，不知何往。如敢胡说一句，全家主仆祸将不测。"

吴孟明问道："将他下入镇抚司狱中？"

崇祯摇摇头，接着吩咐："将他送往西山远处，僻静地方，孤庙中看管起来。叫他改名换姓，改为道装，如同挂褡隐居的有学问的道士模样，对任何人不许说出他是马绍愉。庙中道士都要尊敬他，不许乱问，不许张扬。你们要好生照料他的饮食，不可亏待了他。"

"要看管到什么时候？"

---

① 朝乾夕惕——意思是朝夕勤奋戒惧，不敢懈怠。这是封建朝代歌颂皇帝的习用语。

"等待新旨。"

吴孟明恍然明白皇上的苦心,赶快叩头说:"遵旨!"

崇祯召见过曹化淳和吴孟明以后,断定这件事已经没法儿强压下去,只好把全部罪责推到陈新甲身上。于是他下了一道手谕,责备陈新甲瞒着他派马绍愉出关与东虏议款,并要陈新甲"好生回话"。实际上他希望陈新甲在回话时引罪自责,将全部责任揽到自己身上,等事过境迁,他再救他。

陈新甲接到皇上的手谕后,十分害怕。尽管他的家中保存着崇祯关于与满洲议和的几次手谕,但是实际上他不敢拿出来"彰君之恶"。他很清楚,本朝从洪武以来,历朝皇帝都对大臣寡恩,用着时倚为股肱,一旦翻脸,抄家灭门,而崇祯也是动不动就诛戮大臣。他只以为皇上将要借他的人头以推卸责任,却没有想到皇上是希望他先将罪责揽在自己身上,将来还要救他。陈新甲实在感到冤枉,而性格又比较倔强,于是在绝望之下头脑发昏,写了一封很不得体的"奉旨回话"的奏疏,将一场大祸弄得不可挽回了。在将奏疏拜发时,他竟会糊涂地愤然想道:

"既然你要杀我,我就干脆把什么事情都说出来。也许我一说出来,你就不敢杀我了。"

在"奉旨回话"的奏疏中,他丝毫不引罪自责,反而为他与满洲议和的事进行辩解。他先把两年来国家内外交困的种种情形陈述出来,然后说他完全是奉旨派马绍愉出关议和。他说皇上是英明之主,与满洲议和完全是为着祖宗江山,这事情本来做得很对,但因恐朝臣中有人大肆张扬,所以命他秘密进行,原打算事成之后,即向举朝宣布。如今既然已经张扬出去,也不妨就此向朝臣说明原委:今日救国之计,不议和不能对外,也不能安内,舍此别无良策。

崇祯看了此疏,猛然将一只茶杯摔得粉碎,骂道:"该杀!真是该杀!"尽管他也知道陈新甲所说的事实和道理都是对的,但陈新甲竟把这一切在奏疏中公然说出,而且用了"奉旨议和"四个字,使他感到万万不能饶恕。于是他又下了一道手谕,责备陈新甲"违旨议和",用意是要让陈新甲领悟过来,引罪自责。

陈新甲看了圣旨后,更加相信崇祯是要杀他,于是索性横下一条心,又上了一封奏疏,不惟不引罪,而且具体地指出了某月某日皇上如何密谕、某月某日皇上又如何密谕,将崇祯给他的各次密诏披露无遗。他误以为这封奏疏会使崇祯无言自解,从而将他减罪。

崇祯看了奏疏后,从御椅上跳起来,虽然十分愤怒,却一时不能决定个妥当办法。他在乾清宫内走来走去,遇到一个花盆,猛地一脚踢翻。走了几圈后,他回到御案前坐下,下诏将陈新甲立即逮捕下狱,交刑部立即从严议罪。

当天晚上,崇祯知道陈新甲已经下到狱中,刑部正在对他审问,议罪。他忽然想到自己的多次手诏,分明陈新甲并没有在看过后遵旨烧毁,如今仍藏在陈新甲的家中。于是他将吴孟明叫进宫来,命他亲自率领锦衣旗校和兵丁立即将陈家包围,严密搜查。他想着那些秘密手诏可能传到朝野,留存后世,成为他的"盛德之累",情绪十分激动,一时没有将搜查的事说得清楚。吴孟明跪在地上问道:

"将陈新甲的财产全数抄没?"

"财产不要动,一切都不要动,只查抄他家中的重要文书。尤其是宫中去的,片纸不留,一概抄出。抄到以后,马上密封,连夜送进宫来。倘有片纸留传在外,或有人胆敢偷看,定要从严治罪!"

吴孟明害怕查抄不全,皇上对他生疑,将有后祸,还怕曹化淳对他嫉妒,他恳求皇上命曹化淳同他一起前去。崇祯也有点对他不放心,登时答应命曹化淳一同前去。

当夜二更时候,陈新甲的宅子被东厂和锦衣卫的人包围起来。曹化淳和吴孟明带领一群人进入宅中,将陈新甲的妻、妾、儿子等和重要奴仆们全数拘留,口传圣旨,逼他们指出收藏重要文书的地方。果然在一口雕花樟木箱子里找到了全部密诏。曹化淳和吴孟明放了心,登时严密封好,共同送往宫中,呈给皇帝。

崇祯问道:"可是全在这里?"

曹化淳说:"奴婢与吴孟明找到的就这么多,全部跪呈皇爷,片纸不敢漏掉。"

崇祯点头说:"你们做的事绝不许对外声张!"

曹化淳和吴孟明走后,崇祯将这一包密诏包起来带到养德斋中,命宫女和太监都离开,然后他打开包封,将所有的密诏匆匆忙忙地看了一遍,不禁又愧又恨,愧的是这确实是他的手迹,是他做的事;恨的是陈新甲并没有听他的话,将每一道密诏看过后立即烧毁,而是全部私藏了起来。他在心中骂道:"用心险恶的东西!"随即向外间叫了一声:

"魏清慧!"

魏清慧应声而至。崇祯吩咐她快去拿一个铜香炉来。魏清慧心中不明白,迟疑地说:

"皇爷,这香炉里还有香,是我刚才添的。"

"你再拿一个来,朕有用处。"

魏清慧打量了崇祯一眼,看到他手里拿的东西,心里似乎有点明白,赶快跑出去,捧了一个香炉进来。崇祯命魏清慧把香炉放到地上,然后把那些密诏递给她,说:

"你把这些没用的东西全部烧掉,不许留下片纸。"

魏清慧将香炉和蜡烛放在地上,然后将全部密诏放进香炉,点了起来,小心不让纸灰飞出。不一会儿,就有一股青烟从香炉中冒出,在屋中缭绕几圈,又飞出窗外。崇祯的目光先是注视着香炉,然后也随着这股青烟转向窗外。他忽然觉得,如果窗外有宫女和太监看见这股青烟,知道他在屋内烧东西,也很不好。但侧耳听去,窗外很安静,连一点脚步声也没有,放下心来。魏清慧一直等到香炉中不再有火光,也不再冒烟,只剩下一些黑色灰烬,然后她请皇上看了一下,便把香炉送出。她随即重回到崇祯面前,问道:

"皇爷还有没有别的吩咐?"

崇祯将魏清慧从上到下打量了一番,不禁感到,宫里虽有众多妃嫔,像这样机密的事却只有让魏清慧来办才能放心。魏清慧心里却很奇怪:皇上身为天下之主,还有什么秘密怕人知道?为什么要烧这些手诏?为什么这样鬼鬼祟祟,害怕窗外有人?但是她连一句话也不敢问,甚至眼中都没有流露出丝毫疑问。崇祯心头上的一块石头放下了,想着魏清慧常常能够体谅他的苦心,今夜遵照他的旨意,不声不响地把事情做得又快又干净,使他十分满意。他用眼睛示意魏清慧走上前来,然后他双手拉住了她的手。魏清慧顿时脸颊通红,低头不语,心头狂跳。崇祯轻轻地说:

"你是我的知心人。"

魏清慧不晓得如何回答,脸颊更红。突然,崇祯搂住她的腰,往怀中一拉,使她坐在自己的腿上。魏清慧只觉得心快从口中跳出,不知是激动还是感激,一丝泪光在眼中闪耀。这时外边响起了脚步声,而且不止一个人的脚步声。魏清慧赶紧挣开,站了起来,低着头不知如何是好。这时帘外有声音向崇祯奏道:

"承乾宫掌事奴婢吴忠有事跪奏皇爷。"

崇祯望了魏清慧一眼,轻声说:"叫他进来。"魏清慧便向帘外叫道:

"吴忠进来面奏!"

崇祯一下子变得神态非常严肃,端端正正地坐着,望着跪在面前的吴忠问道:

"有何事面奏?"

吴忠奏道:"启奏皇爷:田娘娘今日病情不佳,奴婢不敢隐瞒,特来奏明。"

"如何不好啊?"

"今日病情十分沉重,看来有点不妙。"

崇祯一听,顿时脸色灰白,说:"朕知道了。朕马上去承乾宫看她。"

在太监为他备辇的时候,崇祯已经回到乾清宫西暖阁。发现在他平时省阅文书的御案上,有一封陈新甲新从狱中递进的奏疏。他拿起来匆匆看了一遍。这封奏疏与上两次口气大不一样。陈新甲痛自认罪,说自己不该瞒着皇帝与东虏暗主和议,请皇上体谅他为国的苦心,留下他的微命,再效犬马之劳,至于崇祯如何如何密谕他议抚的话,完全不提了。崇祯心中动摇起来:究竟杀他还是不杀? 杀他,的确于心不忍,毕竟这事完全是自己密谕他去干的。可是不杀,则以后必然会泄露和议真情。正想着,他又看见案上还有周延儒的一个奏本。拿起一看,是救陈新甲的。周延儒在疏中说,陈新甲对东虏暗主和议,虽然罪不容诛,但请皇上念他为国之心,救他不死。又说如今正是国家用人之时,杀了陈新甲殊为可惜。崇祯阅罢,觉得周延儒说的话也有道理,陈新甲确实是个有用的人才。"留下他? 还是不留?"崇祯一面在心中自问,一面上辇。

在往承乾宫去的路上,他的心又回到田妃身上。知道田妃死期已近,他禁不住热泪盈眶,心中悲叹:

"难道你就这么要同我永别了么?"

他的辇还没有到承乾宫,秉笔太监王承恩从后面追上来,向他呈上两本十万火急的文书。他停下辇来拆看,原来一本是周王的告急文书,一本是高名衡等封疆大吏联名的告急文书,都是为着开封被围的事,说城内粮食已经断绝,百万生灵即将饿死,请求皇上速发救兵。

崇祯的心中十分焦急,感到开封的事确实要紧。万一开封失守,局势将不堪设想。他也明白开封的存亡,比田妃的病和陈新甲的事,要紧得多。他的思想混乱,在心中断断续续地说:

"开封被围,真是要命……啊,开封! 开封! ……侯恂已到了黄河北岸,难道……竟然一筹莫展?"

田妃的病情到了立秋以后,更加不好,很明显地一天比一天接近死亡。据太医们说,看来拖不到八月了。在三个月前,崇祯接受太医院使①的暗中建议和皇后的敦促,命工部立即在钦天监所择定的地方和山向②为田妃修建坟墓,由京营兵拨一千人帮助工部衙门所募的工匠役夫。如今因田妃病情垂危,工部营缮司郎中亲自住在工地,日夜督工修筑。田妃所需寿衣,正在由宫内针工局③赶办。直到这时,崇祯对救活田妃仍抱着一线希望。他继续申斥太医们没有尽心,继续向能医治田皇贵妃沉疴的江湖异人和草野医生悬出重赏,继续传旨僧道录司督促全京城僧、道们日夜为田妃诵经,继续命宣武门内天主堂西人传教士和中国的信教男女为田妃虔诚祈祷,而他自己也经常去南宫或去大高玄殿或英华殿拈香许愿……

崇祯皇帝在这样笼罩着愁云惨雾的日子里,陈新甲的问题又必须赶快解决。近半个多月来,有不少朝臣,包括首辅周延儒在内,都上疏救陈新甲。许多人开始从大局着眼:目前对满洲无任何良策,而中原又正在糜烂,中枢易人,已经很为失计,倘再杀掉陈新甲,将会使"知兵"的大臣们从此寒心,视兵部为危途。朝臣中许多人都明白对满洲和议是出自"上意",陈新甲只是秉承密旨办事。他们还认为和议虽是下策,但毕竟胜于无策。倘若崇祯在这时候将陈新甲从轻发落,虽然仍会有几个言官上疏争论,但也可以不了了之。无奈他想到陈新甲在"奉旨回话"的疏中说出和议是奉密旨行事,使他十分痛恨。陈新甲的奏疏他已经"留中",还可以销毁,可是如果让陈新甲活下去,就会使别人相信陈新甲果是遵照密旨行事,而且陈新甲还会说出来事情的曲折经过。所以当朝议多数要救陈新甲时,崇祯反而决心杀陈新甲,而且要快杀,越快越好。

到了七月中旬,刑部已经三次将定谳呈给崇祯,都没有定为死罪,按照《大明律》,不管如何加重处罪,都没有可死之款。崇祯将

---

① 太医院使——太医院主管官,正五品。
② 山向——坟墓的方向。
③ 针工局——太监所属的一个机构。

首辅周延儒、刑部尚书和左右侍郎、大理寺卿、都察院左右都御史召进乾清宫正殿，地上跪了一片。他厉声问道：

"朕原叫刑部议陈新甲之罪，因见议罪过轻，才叫三法司会审。不料你们仍旧量刑过轻，显然是互为朋比，共谋包庇陈新甲，置祖宗大法于不顾。三法司大臣如此姑息养奸，难道以为朕不能治尔等之罪？"

刑部尚书声音颤栗地说："请陛下息怒！臣等谨按《大明律》，本兵亲自丢失重要城寨者可斩，而陈新甲无此罪。故臣等……"

崇祯怒喝道："胡说！陈新甲他罪姑且不论，他连失洛阳、襄阳，福王与襄王等亲藩七人被贼杀害，难道不更甚于失陷城寨么？难道不该斩么？"

左都御史颤栗说："虽然……"

崇祯将御案一拍，说："不许你们再为陈新甲乞饶，速下去按两次失陷藩封议罪！下去！"

首辅周延儒跪下说："请陛下息怒。按律，敌兵不薄城……"

崇祯截断说："连陷七亲藩，不甚于敌兵薄城？先生勿言！"

三法司大臣们叩头退出，重新会议。虽然他们知皇上决心要杀陈新甲，但是他们仍希望皇上有回心转意时候，于是定为"斩监候"，呈报皇上钦批。崇祯提起朱笔，批了"立决"二字。京师臣民闻知此事，又一次舆论哗然，但没有人敢将真正的舆论传进宫中。

七月十六日，天气阴沉。因为田妃病危，一清早就从英华殿传出来为田妃诵经祈禳时敲的木鱼和钟、磬声，传入乾清宫。崇祯心重如铅，照例五更拜天，然后上朝，下朝。这天上午，他接到从全国各地来的许多紧急文书，其中有侯恂从封丘来的一封密奏。他昨夜睡眠很少，实在困倦，颓然靠在龙椅上，命王承恩跪在面前，先将侯恂的密疏读给他听。

新任督师侯恂在疏中先写了十五年来"剿贼"常常挫败的原因，接着分析了河南的目前形势。他认为全河南省十分已失陷七八，河南已不可救，开封也不可救。他说，目前的中原已经不再是天下腹心,而是一片"糜破之区";救周王固然要紧,但是救皇上的整个社稷尤其要紧。他大胆建议舍弃河南和开封,命保定巡抚杨进和山东巡抚王永吉防守黄河,使"贼"不得过河往北;命凤阳巡抚马士英和淮徐巡抚史可法挡住贼不能往南;命陕西、三边总督孙传庭守住潼关,使"贼"不得往西;他本人驰赴襄阳,率领左良玉固守荆襄,以断"流贼"奔窜之路。中原赤地千里,人烟断绝,莫说"贼"声称有百万之众,就拿有五十万人和十万骡马说,将没法活下去。曹操一支看出李自成有兼并之心,暗中猜疑,有了二心,袁时中的人马,已经离开李自成,变为敌人。我方当利用机会从中离间,"贼"必内里生变,不攻自溃。为今之计,只能如此。……

崇祯听到这里,不由地骂道:"屁话! 全是屁话! 下边还说些什么?"

王承恩看着奏疏回答:"他请求皇爷准他不驻在封丘,驰赴左良玉军中,就近指挥左良玉。"

崇祯冷笑说:"在封丘他是督师,住在左良玉军中就成了左良玉的一位高等食客,全无作用!"就摆手不让再读下去,问道:"今日斩陈新甲么?"

"是,今日午时出斩。"

"何人监斩?"

"三法司堂官共同监斩。"

"京师臣民对斩陈新甲有何议论?"

王承恩事先受王德化嘱咐,不许使皇上生气,赶快回答说:"听说京师臣民都称颂皇爷是千古英主,可以为万世帝王楷模。"

崇祯挥退王承恩,赶快乘辇去南宫为田妃祈禳。快到中午时候,他已经在佛坛前烧过香,正准备往道坛烧香,抬头望望日影,心里说:"陈新甲到行刑的时候了。"回想着几年来他将陈新甲倚为心腹,密谋"款议",今后将不会再有第二个陈新甲了,心中不免有点惋惜。但是一转念想到陈新甲泄露了密诏,成为他的"盛德之累",那一点惋惜的心情顿然消失。

当他正往道坛走去时候,忽然坤宁宫一名年轻太监奉皇后之命急急忙忙地奔来,在他的脚前跪下,喘着气说:

"启奏皇爷,奴婢奉皇后懿旨……"

崇祯的脸色一变,赶快问:"是承乾宫……"

"是,皇爷,恕奴婢死罪,承乾宫田娘娘不好了,请皇爷立刻回宫。"

崇祯满心悲痛,几乎忍不住大哭起来。他扶住一个太监的肩膀,使自己不要倒下去,自言自语地喃喃说:

"我早知道会有这一天……"

崇祯立刻流着泪乘辇回宫,一进东华门就开始抽咽。来到承乾宫,遇见该宫正要奔往南宫去的太监。知道田妃已死,他不禁以袖掩面,悲痛呜咽。

田妃的尸体已经被移到寝宫正间,用较素净的锦被覆盖,脸上盖着纯素白绸。田妃所生的皇子、皇女,阖宫太监和宫女,来不及穿孝,临时用白绸条缠在发上,跪在地上痛哭。承乾宫掌事太监吴忠率领一部分太监在承乾门内跪着接驾。崇祯哭着下辇,由太监搀扶着,一边哭一边踉跄地向里走去。檐前鎏金亮架的鹦鹉发出凄然叫声:"圣驾到!"但声音很低,被哭声掩盖,几乎没人听见。崇祯到了停尸的地方,嚎啕大哭。

为着皇贵妃之丧,崇祯辍朝五日。从此以后,他照旧上朝,省阅文书,早起晚睡,辛辛勤勤,在明朝永乐以后的历代皇帝中十分少有。但是他常常不思饮食,精神恍惚,在宫中对空自语,或者默默垂泪。到了七月将尽,连日阴云惨雾,秋雨淅沥。每到静夜,他坐在御案前省阅文书,实在困倦,不免打盹,迷迷糊糊,仿佛看见田妃就在面前,走动时仍然像平日体态轻盈,似乎还听见她环佩丁冬。他猛然睁开眼睛,伤心四顾,只看见御案上烛影摇晃,盘龙柱子边宫灯昏黄,香炉中青烟袅袅,却不见田妃的影子消失何处。他似乎听见环佩声消失在窗外,但仔细一听,只有乾清宫高檐下的铁马不住地响动,还有不紧不慢的风声雨声不断。

一连三夜,他在养德斋中都做了噩梦。第一夜他梦见了杨嗣昌跪在他的面前,胡须和双鬓斑白。他的心中难过,问道:

"卿离京时,胡须是黑的,鬓边无白发。今日见卿,何以老得如此?"

杨嗣昌神情愁惨,回答说:"臣两年的军中日月,皇上何能尽悉。将骄兵惰,人各为己,全不以国家安危为重。臣以督师辅臣之尊,指挥不灵,欲战不能,欲守不可。身在军中,心驰朝廷,日日忧谗畏忌……"

崇祯说:"朕全知道,卿不用说了。朕要问卿,目前局势更加猖獗,如火燎原,卿有何善策,速速说出!"

"襄阳要紧,不可丢失。"

"襄阳有左良玉驻守,可以无忧。目前河南糜烂,开封被围日久,城中已经绝粮。卿有何善策?"

"襄阳要紧,要紧。"

"卿不必再提襄阳的事。去年襄阳失守,罪不在卿。卿在四川,几次驰檄襄阳道张克俭与知府王述曾,一再嘱咐襄阳要紧,不可疏忽。无奈他们……"

突然在乾清宫的屋脊上响个炸雷,然后隆隆的雷声滚向午门。崇祯被雷声惊醒,梦中的情形犹能记忆。他想了一阵,叹口气说:

"近来仍有一二朝臣攻击嗣昌失守襄阳之罪,他是来向朕辩冤!"

第二天夜里他梦见田妃,仍像两年前那样美艳,在他的面前轻盈地走动,不知在忙着什么。他叫她,她回眸一笑,似有淡淡哀愁,不来他的身边,也不停止忙碌。他看左右无人,扑上去要将她搂在怀里。但是她身子轻飘地一闪,使他扑了个空。他连扑三次,都被她躲闪开了。他忽然想起来她已死去,不禁失声痛哭,从梦中哭醒。

遵照皇后"懿旨",魏清慧每夜带一个宫女在养德斋的外间值夜。她于睡意朦胧中被崇祯的哭声惊醒,赶快进来,跪在御榻前边劝道：

"皇爷，请不要这样悲苦。陛下这样悲苦，伤了御体，田娘娘在九泉下也难安眠。"

崇祯又哽咽片刻，问道："眼下什么时候？"

"还没有交四更，皇爷。"

"夜间有没有新到的紧急军情文书？"

"皇爷三更时刚刚睡下，有从河南来的一封十万火急的军情文书，司礼监王公公为着皇爷御体要紧，不要奴婢叫醒皇爷，放在乾清宫西暖阁的御案上。"

"去，给我取来！"

"皇爷，请不必急着看那种军情文书，休息御体要紧。皇后一再面谕奴婢……"

崇祯截住她说："算啦，你休息去吧。"

他不敢看河南的军情文书，明知看了也没有办法。等魏清慧退出以后，他闭起眼睛，强迫自己入睡，却再也不能入睡，听着窗外的风声、雨声、养德斋檐角铃声，一忽儿想着河南和开封，一忽儿想到关外……

第三天夜间，他先梦见薛国观，对他只是冷笑，不知是什么意思。他吓得出了一身冷汗醒了。第二次入睡以后，他梦见陈新甲跪在他的面前，不住流泪。他也心中难过，说道：

"卿死得冤枉，朕何尝不知，此是不得已啊！朕之苦衷，卿亦应知。"

陈新甲说："臣今夜请求秘密召对，并非为诉冤而来。臣因和议事败，东房不久将大举进犯，特来向陛下面奏，请陛下预作迎敌准备。"

崇祯一惊，惨然说："如今兵没兵，将没将，饷没饷，如何准备迎敌？"

"请陛下不要问臣。臣已离开朝廷，死于西市了。"

陈新甲说罢，叩头起身，向外走去。崇祯目送他的背影，忽然看见他只有身子,并没有头。他在恐怖中醒来,睁开眼睛,屋中灯光昏暗,似有鬼影徘徊,看不分明,而窗外雨声正稠,檐溜像瀑布一般倾泻在地。在雨声、风声、水声中似有人在窗外叹息。他大声惊呼:

"魏清慧! 魏清慧! ……"

第二十二章

对于黄河水灌入开封城壕，李自成并不重视。他为着避免将士伤亡过多原没有打算攻城，而是采取围而不攻的办法，使开封在饥饿中自行崩溃，或者投降。所以虽然城壕灌水，加固了城防，但对于实行的战略意图，并无妨碍。

转眼之间，到了七月中旬。从这时起，城中开始天天有人饿死，而且死亡率愈来愈高。几次有兵丁在夜间从城上缒下来，企图骚扰义军或在附近的村子里杀戮一些百姓，割下首级，带回城内，一方面向上官报功，说他们杀了城外的"流贼"，另一方面又可将人头卖钱，供人煮吃。有的兵丁被义军捉到，从他们的口供知道城中的各种实情。李自成估计这样下去，要不了很久，城内就会发生兵变、民变，开门投降，如同瓜熟蒂落。

一天清晨，他照例很早起来，出阎李寨西门去观看将士操练。陪他一同观看的有牛金星和宋献策。到了校场以后，看见刘宗敏已经早到了。后来高一功也来了。为着粮草秣料的事，高一功最近特别操心，有时白天忙碌，晚上通宵不眠。所以对于中军营的操练，他往往没有工夫来看；有时来看，也到得比较晚。

大家看了一阵操练，又走了几处地方，一起转回寨内。尽管现在正是秋禾成长的季节，可是他们所过之处，满眼望去，无论谷子苗，包谷苗，还是高粱苗，全都是稀稀拉拉，半死不活，有的地方光秃秃的，露着多沙的土地。闯王心中明白，天气久旱固然是庄稼不长的原因，另外虽然他传下禁令，不许骡马吃百姓的庄稼，但草料如此困难，怎么能禁得住呢？况且曹营的骡马也有几万匹，禁住闯营，也禁不住曹营，只能看着秋庄稼被骡马吃光。

回到老营以后,闯王把大家留下来一同吃饭。吃饭时,高一功告诉他:李岩奉命出去打粮,昨天后半夜已经赶回来了,因为他正在睡觉,所以没有敢叫醒他。闯王听说李岩回来,十分高兴,问道:

"他打粮的情况如何?"

高一功说:"倒也打到了两三千石粮食、豆料,不日之内就可用骡车、马车运回,他自己先赶回来禀报。"

闯王说:"两三千石粮食豆料,可以解一下燃眉之急。"

高一功叹口气说:"是啊,不过长此下去,很难每次都打到这么多粮食。"

饭后,亲兵们都退了出去,闯王和牛、宋、刘、高开始秘密商议,同时让吴汝义派人去请李岩速来。近几天来他们都知道曹营将士因为粮草一天比一天困难,军心有点不稳,传出了一些谣言。所以谈话的内容很快就集中到这个问题上。大家都觉得,倘若不能迅速攻破开封,又不能解决粮草难题,就很难稳住曹营的军心。可是根据目前情况,粮草困难的问题不可能完全解决。大军驻在开封周围,二百里之内,粮食几乎搜罗尽了;每日骡马大车络绎于途,打来的粮食却越来越少。因为富户差不多已经逃光,平民百姓能逃的逃,不能逃的也都是自顾不暇,没有余粮卖给义军,而且大多数的百姓都在等待放赈救命。近来几乎就靠在已经缺粮的平民百姓身上榨油,不惟征粮困难,还要失去人心。曹营将士看到这种情况,渐渐地不愿再继续围困开封。但李自成根本不考虑停止围困。他想,前两次攻开封都受了挫折,如今是第三次进攻开封,倘若中途撤离,士气会大受影响,以后再进攻开封就更困难。何况一旦放弃围攻开封,他同牛金星等商议就的早日在开封建号称王的决策就没法实现,其他许多打算都将随之落空。

商量了一阵,大家得不出好的办法,只是要闯王安抚曹操,让他不要有别的图谋。这时李岩进来了。他先向闯王施礼,然后同刘、高、牛、宋等一一见礼。坐下以后,闯王向他问起征集粮草的情况。他将半月来在郑州、新郑、许昌、长葛等地征粮的情况一五一十作了禀报。最后他说，由于连年荒旱和战争，经过这次征集，这几县所剩无几了。今后征粮会一天比一天困难了。李自成静静地听着，一言不发。他看出李岩有许多话未敢明说，沉吟片刻后，向大家问道：

"现在开封是必须拿下来，可是粮草又一天比一天困难，曹营的军心已经不稳，据各位看来，有什么好的主意？"

宋献策平时便知道李岩有比较可取的想法，便说道："林泉，你刚从外边打粮回来，看见了许多情况，不妨说给我们大家听听，供大元帅斟酌采纳。"

李岩自从破洛阳以来，说话十分谨慎，但这次出去一趟，确实感触甚深，不觉打破了平时谨慎小心的习惯，对闯王说道：

"目前我们数十万大军驻扎开封城外，粮草困难，自然难免。我在外边半个月来，常常思想这个难题，想来想去，也想出些愚陋之见，不知可否说出？"

闯王说："你只管说吧，不必有什么顾虑。"

刘宗敏也笑道："林泉你这个有学问的举人公子，近来说话总喜欢吞吞吐吐，何必这样？我们都是为闯王打江山，有话就快说吧。"

李岩说道："我有一个愚见，合起来也就是四个字：分兵略地。我们大军继续围困开封，势在必得，这一点我完全明白。可是我想，大元帅用不着全部人马都驻扎开封周围。不妨分出二三万人马，到豫东、豫南，占领几个府州县，一则是分兵就食，二则也是为了在中州地面扎下根基，使今后永立于不败之地。这与围困开封可以相辅相成，并不相背。走好这步棋之后，以后还可以采取更大的略地之计。"

宋献策问道："何谓更大的略地之计？"

李岩说："从前楚汉相争，以鸿沟为界，双方都难马上取胜。汉高祖命韩信分兵远出，越井陉，夺取邯郸，并了赵国土地，然后继续东征，到了如今山东地带。这样整个项羽的疆土，就被汉兵迂回包围了一半。用此大胆的出兵方略，决定了楚汉胜负。如今我们先占领豫中、豫东和豫南，这一步走了后，再派遣数万人马，到处取粮于敌，乘间蹈隙，号召饥民，东出淮泗，截断运河，从兖州北上，占据山东各地。倘能如此，明朝就失去左臂，断绝漕运，处于坐困之势。而我们用漕运之粮，补充大军给养，整个局面也就打开了。”

李自成没有急于表示可否，等待李岩继续往下说。

李岩继续说道：“自从朱仙镇一战之后，左良玉精兵战马损失殆尽，逃入湖广；杨文岳、丁启睿溃不成军。我军在开封城外不会再遇大敌，故目前宜赶快分兵略地，机不可失。”

李自成点点头，转望军师。

宋献策也赞赏李岩的建议，故意说道：“林泉，此系大事，不可轻动，动必有成。你刚才说，第一步先派出二三万人马到豫东、豫中、豫南去，这办法么……请详言之，详言之。”

李岩说：“杞县、太康、睢州、商丘一带，我们来开封路上都攻破了，如今那里没有官兵，有的县里也没有地方官吏。我们不妨派兵前去，重新占领。像陈州、西华、扶沟，一直到汝宁、潢川，全部占领。每略一地，设官守土，安抚百姓。这样，我们围攻开封大军的粮草秣料，就可以由这些地方源源供给，这些地方的土地、百姓也就归大元帅所有。”

高一功用眼睛望着李岩，一面听，一面点头，又转望闯王。闯王也觉得这是个上策，但心中仍在犹豫，望望牛金星，问道：

“启东，你觉得如何？”

牛金星深知闯王的顾虑，说道：“如今开封破城在即，曹营将士又分明有了二心。在这种情况下，分兵略地之策，可以暂缓。等破了开封，完了一件大事，到那时分兵略地，设官守土方是万全之策。”

李岩说道：“启东所言，自然是从大处着眼，可是杞县、太康、陈州、睢州，都离开封不远，不需派多的人马，就可以占领，先使这一带土地人民为我所有，岂不甚佳？”

牛金星笑一笑，问道："倘若曹帅也派兵略地，又将如何？"

刘宗敏说："别人不奉闯王将令，不得擅自略地。"

牛金星说："要是那样，就会促使我们跟曹营过早决裂。……"

刚说到这里，只听见一阵马蹄声来到大帐外面，随即看见李过神色严峻，匆匆地走了进来。李自成问道：

"补之，有什么急事么？"

李过说："现有重要军情，我不得不亲自跑来。"

高一功赶快问道："什么重要军情？"

李过回首望望帐外，挥手使帐外的将士退向远处，然后转过来小声说道："曹操已经归顺朝廷，跟开封城里的高名衡有了成议。我们近来常常担心此事，不想果然拿到了把柄。"

李自成猛吃一惊，忙问："你如何知道？拿到了什么把柄？"

李过正要说明，忽然一个亲兵进来禀报："曹帅驾到！"

大家赶快起身，出去迎接曹操。宋献策拉了一下李自成，小声说："一定要如同平日一样，不可露出丝毫形迹。"

刚说了这句话，曹操已经下马，面带微笑，昂然向大帐走来。

曹操是单独来的。在平常时候他总是带着吉珪一起来，好像没有吉珪他就没有了主意。其实曹操这个人眨眼就是主意，有时想的歪点子出人意外。今天他不带吉珪，那用意只是表明，他要找闯王谈十分机密的话，所以纵然是自己的军师，也不愿使他参与谈话。众人见他一人前来，也都明白他要同闯王说体己话，所以寒暄之后，都退出大帐。可是曹操偏把宋献策拉了一把，说道：

"献策老兄，我今天谈的话，你也需要听一听。你既是我们大元帅的军师，实际也是我的军师。我有时也要向你问计，你可不要把我见外！"

宋献策哈哈大笑，说道："我虽是大元帅的军师，可是也情愿随时替曹帅出谋划策。只要曹帅相信我，我定当竭诚代筹。"

坐下以后，李自成向曹操问道："你今天这么早一个人来到我这里,必有重要话谈。不知要谈什么事?"

曹操没有开言,先轻轻地叹口气,表示十分为难,半晌方才说道:"这话我想了两天,看来非亲自找李哥说不行。请李哥千万不要生气,也不要多心,我是永远忠心耿耿保李哥打天下,纵然说出来的话使李哥不高兴,用意还是在拥戴李哥,不至于以后冒出意想不到的事儿。"

李自成说:"汝才,有话你只管爽快说出。你我是老弟兄,情同手足,有什么话不可说呢?"

曹操说:"因为我们长久屯兵于开封城外,这里一马平川,柴草缺乏,烧火喂马,都是一天比一天困难。粮食虽然征来的不少,可是慢慢地也困难了。我那里存粮已经很有限,快要告罄。将士们近几日来,私下里纷纷议论,都不愿意在这里再留下去,怕的是坐吃山空。李哥你也清楚,常言道:兵无粮草自散。虽说你我的人马平素纪律很严,将士上下齐心,可是真到了缺草断粮的时候,也难免军心动摇。我知道你这里情况比我那里好得多,粮草比我那里多得多,所以我那里传出的一些流言蜚语,你这里是听不到的。我想来想去,觉得还是不要隐瞒真情,一五一十都禀告大元帅,请你看怎么安排,我怎么遵令而行。"

尽管李自成不满意曹操说话时带着的威胁口气,但是他一直面带微笑。听完以后,问道:

"就这么一点小事?"

曹操点头说:"就这件事,看来也不算小事。我那里二三十万人马的军心需要稳定,粮草需要补足。"

闯王同宋献策交换一个眼色,哈哈地大笑起来,说道:"虽说不是小事,可是比起我们共建大业来,到底还是小事啊!"

曹操问道:"大元帅如何决定?"

闯王说:"给你想办法,不用你在将士面前弯腰作揖,拿空话抚慰众人。"

曹操心中大喜,说道:"好我的李哥呀,你的确是非凡人物!这两天把我忧愁坏了,可是在你眼里竟然不像一回事儿。粮草什么时候可以给我?"

李自成回答说:"我今天就同一功商量商量,暂时恐怕只能先给你两千石粮食,供你急需,随后就会源源接济。至于豆料,先给你三百石。草是困难的,你自己也想想办法。我们共同渡过目前这一段艰难。等到破了开封,人马就不需要都驻扎在这里了,到那时一切就方便了。怎么,先给你两千石粮食行不行?"

曹操喜出望外,说:"这当然好极了,有这两千石粮食,暂时可救一救燃眉之急,以后的事再说吧。"

李自成说:"我还在继续从各州县征集粮食。有我闯营用的,也就有你曹营用的,我不会厚此薄彼,亏待了曹营将士。"

曹操说:"我知道李哥你不会亏待曹营将士。如今闯营也好,曹营也好,都是你的人马,手掌手背都是肉。"

李自成笑一笑,问道:"今日吉军师为何不一道来?"

曹操说:"我是准备来挨你的骂的。吉子玉不来,你骂我几句,我回去装在箱子里,谁也不知道。如果他跟我一道来,万一传出去,我曹操的面子也不好看,说不定还会引起我曹营将士们许多闲言。"

宋献策哈哈笑起来,说道:"曹帅,人家叫你曹操,你真是想事儿精明过人。不过,今日毕竟有一点你没有想到。"

曹操问:"献策,我哪一点没有想到?"

宋献策说:"你没有想到大元帅不但不骂你,反而因为你说了实话,对你更加尊重,这一点你就没有想到。"

于是三个人都大笑起来,屋里充满着一团和气。笑过之后,谈了一阵闲话,曹操又放低声音说道:

"既然我今日来见大元帅,说些体己话,还有一些下边的情况,我也不妨大胆地说出来吧。"

闯王问道:"下边还有什么情况?"

曹操说:"这话我自己听了以后也很生气,也查问过是哪里传出来的闲话，后来知道并不是某一个张三李四说出来的，是不少人都在私下乱谈。我现在已经下令，不许再妄谈此事，倘有违令的，一旦查出，定要严办。"

宋献策问："到底是什么话？"

曹操又叹了口气，说："人们的嘴难堵啊，我有什么办法呢？他们说，将来攻破开封之后，闯营吃饱了，曹营饿瘦了。为什么呢？因为闯王会传下严令，不许人马随便入城，不许抢劫，由闯营派兵入城，占领周王府和各郡王府及各个重要衙门、各处重要街道和乡宦富豪家宅。派人拿着闯王令箭，到处巡逻。曹营人马不要说不能进城，纵然进了城，也得赶快遵令退出。等到闯营人马将全城金银财宝和妇女都搜罗一空，才分派一点给曹营。又说，到那时上有闯王严令，下有我这个大将军的军法，将士们纵然心里不服，也没有二话好说。他们纷纷说的就是这些闲话，你们说可恼不可恼。我当然知道大元帅是决不会这么对待曹营的，可是有时下边的嘴是堵不住的啊。"

宋献策不等闯王回答就说道："闯王同大将军曾经说明，闯营也好，曹营也好，手掌手背都是肉。破了开封之后，决不会吃饱了闯营，饿瘦了曹营。闯王志在夺取江山，像大海一样包容百川，岂会在这些事上厚此薄彼？何况闯、曹二营原是兄弟，如今曹营也等于是闯王自己的人马。说这些闲话不是故意挑拨闯、曹二营之间的手足之情么？"

曹操说："是的呀，我也觉得这话说得完全违背闯王的心意，所以我已下令不许下边随便乱说。"

李自成知道曹操是故意拿这话来试探他，就说道："汝才，我已经对你说过，今日再说明白。破了开封之后，仍像往日一样，所得财物和牲口，闯营六份，曹营四份。如果这次能不经过大仗，逼使开封投降，到时闯、曹二营都派人马进城。闯营从西门和北门进去，曹营从南门和东门进去，闯营占西北，曹营占东南。鼓楼以西以北，都归闯营安民，鼓楼东南，都归曹营安民。这话以前我也说过，现在当着献策的面，我再把这话说清楚。你回到曹营可以传知将士，让大家放心，我决不会对曹营另眼看待。"

对于李自成的这一决定，曹操心中并不满意，甚至有点气愤，但他表面上仍装作十分感激，连声说："这办法好，这办法好，我一定遵照大元帅的指示向将士传谕。我想将士们一定会安下心来。"

因为他的态度那么自然，所以李自成和宋献策也就不再谈这件事了。又说了一阵闲话，曹操起身告辞，但还没有走出大帐，吴汝义迎面匆匆走来，向闯王禀报：

"禀告大元帅，城上忽然出现很多人，还向城外打炮，旗帜也很多，不知什么用意。"

闯王和曹操都觉诧异。闯王说道："汝才，你暂时不要回去，同我一起到大堤上看看，弄清楚城里想搞什么把戏。献策，咱们一起走吧。"

于是他们一起走出辕门上马。刘宗敏等闻讯也一起赶来。到了大堤上，果然望见城墙上旗帜增加了很多，守城军民也增加了很多。还有一些人骑马在城上巡逻。他们听到禀报，说四面城上都是如此，五门都有炮声隆隆不断。

看了片刻，闯王鄙视地一笑，说："这叫做望乡台上打锣鼓，不知死的鬼。"

宋献策也说："城内已经没有了办法，害怕我们乘他们十分困难，开始攻城，所以故意打肿脸充胖子，这叫做'耀兵诈敌'之计。"

曹操说："实际上他们自己吃了亏。今天让几万人上城露一露，每个人总得叫他们吃点东西。城中粮食已经十分缺乏，玩弄这一诡计又得浪费许多粮食。"

闯王说："这些蠢货，越是困难越做蠢事。"

他们一面闲谈，一面下了大堤，回阎李寨去。走了不远，遇着一条岔路，曹操同闯王、献策、宗敏等拱手相别，从岔路向西南奔去，直接回他的老营。李自成一直很关心李过要向他禀报的那个机密消息，一回大帐，就向双喜吩咐：

"快请你补之大哥来！"

李自成向李过低声问道："补之，你刚才说曹操暗降官军，已经有了成议，可拿到了什么证据？"

李过说："今日五更，我们捉到一个城中出来的细作，他是去向曹操投送密书的，被我的巡逻兵士抓到，在他身上搜出一封高名衡的书子，这可是真凭实据。"

于是他从怀中掏出密书，递给闯王。闯王看过以后，又交给宋献策，说道：

"军师，你小声念给大家听听，我们再斟酌一番。"

宋献策接过密书，把重要部分念了出来。大意是这样的：

> 前接将军密札，已悉转祸为福之举，又见大炮炮口向上，不伤我兵，足见真诚。本院业经飞奏朝廷，拜封当在旦夕。所约之事，仍照密计而行。河北兵马当于八月二十九日子夜由朱家寨南渡会合……

下边的话还没有念出来，刘宗敏愤怒地骂了一句："果然是反复无常！"可是他忽然想到也许其中有诈，向李过问道："这奸细你审问过么？"

李过说："奸细确是城中派出的，也确实是从巡抚衙门来的，说的城内情况都对，但究竟是城内同曹操真有勾结，还是高名衡用的离间之计，一时很难断定，连这个奸细也不知道。"

闯王问道："既是向曹营投书，如何被你抓到？"

李过说："他大概是三更出的城。本来应从西门出来，但知道我们的人马不断在西面巡逻，所以就从南门出来，绕道很远，又走错了路，不提防就被我的巡逻骑兵捉住。看来我的人马移营到城西南角的事，城中尚不清楚。"

闯王向大家问道："你们看汝才是不是已经投降了官军，与高名衡有了密约？"

大家一时无言，轮流将书子拿在手里仔细推敲，说不准曹操到

底是真降了还是高名衡用的反间计。闯王看大家都拿不准,于是说道:

"看来汝才不会已经投降,八成是高名衡用的反间计。"

刘宗敏说:"不过我们也不得不小心点,以防万一。"

闯王说:"这话也对,今日汝才来见我,分明是部队已经同我们不一心了。前几天就传说曹营打算拉走,所以我才命补之移营西南,也是防他这一手。今日汝才说是向我禀报下边情况,实际是探我的口气。"

高一功说:"不仅是探你的口气,也是向你将一军。"

宋献策说:"刚才我没有仔细想,只觉得曹操对大元帅的话好像是满意的,现在看来,这人确实狡诈,他面上堆笑,心中实不满意。"

闯王问道:"你觉得哪件事他不满意?我也看到他笑中有诈,但是我不敢说他完全不满意。"

宋献策说:"暂时分给他两千石粮食,又分给他几百石豆料,对这件事他不会有别的话说,因为他知道我们闯营也有困难。何况不久就有大批粮食运到,还要继续分给他。我疑心的是,大元帅说破城以后,鼓楼以南和鼓楼与宋门之间,让他驻兵,安抚百姓;鼓楼西面和北面由闯营驻兵。虽然他满口说好,还对元帅表示感激,可是现在想来,他的心中定然不服。"

闯王说:"我也想着他不会真正心服,可是我的话又不能不说清楚。反正如今曹操是一个不熟的脓包,还不到割的时候。对他有时可以马马虎虎,睁只眼,合只眼,有时不能不把话说到明处。如不说明,一旦城破,临时就不好收拾。"

牛金星说:"话说明了好。如果他确想拉走,我们也只能早日割去这个脓包。不把话说明白反而不好。"

闯王又转向李岩问道:"林泉,你想曹操对我说的话会如何想法?"

李岩说:"我看曹帅定然心中失望。目前开封情况,大家都了若指掌。周王府在鼓楼西北,各大衙门都在鼓楼以西偏北,富家大户也多在鼓楼以北。鼓楼以北,市面繁华,人烟稠密。而鼓楼以东和以南地方,只有整个开封的三分之一,人口也少得多,虽然也住有郡王和乡宦大户,但比之鼓楼以北相差甚远。大元帅说破城以后让曹营驻扎鼓楼以南和以东,他如何会心中服帖?可是当着大元帅的面,他又不敢说出二话。看来今后我们同他既要委曲求全,多方照顾,也要随时防他一手。对于高名衡的密书,不可信其有,也不可信其无。"

闯王点头说:"这话也是。看来高名衡确实有意招降曹操,至于是否已经勾手,还得我们暗暗查访。目前这封书子的事,万万不可走漏消息。"

刘宗敏向李过问道:"那个投书的奸细,你如何处置?这事别人可曾知道?"

李过说:"这个奸细是我亲自审问的。审问之后,我知道从他身上不会得到更多的消息,就命人立即斩首。至于书子的事,我对周围亲信都说是写给闯王的,无非辱骂之词,所以谁也不知内情。"

宋献策说:"补之此事处理得十分严密,我们都不要露出痕迹。这封书子要好好地保存在大元帅手中,以备后用。"

刘宗敏又问李过:"那个奸细还说了些什么?"

李过说:"他说的一些情况,我们也都清楚。比如说城中已经断粮,开始不断有人饿死,军民都十分艰难。因为害怕兵变,现在天天搜粮,宁教饿死百姓,也要让军队吃饱。还说城内正在训练车营,准备从北门到黄河,打开一条通道,让黄河北岸的粮食接济城内。"

牛金星插话说:"这事我们早已知道,也不新鲜。"

李过说:"这个奸细还说,他在城中听到消息,山东总兵刘泽清来援救开封,不日就可到达。"

宋献策说:"这消息我们也得到了,不过什么时候刘泽清的人马才能来到,尚无确信。"

李过说："他还说侯恂做了督师，驻扎在封丘城中，手下有三个总兵官，合起来有一万多人马。总兵卜从善较有名气，来到封丘也早，可是只有三千多人，防守河岸。督师行辕中每日笙歌管弦，演戏的、弹唱的，十分热闹，却没有力量过河救开封。"

大家都笑了，说："这事情我们更加清楚，不必由他城中人来告诉。"

李过也笑了，说："别的消息就没有什么了。"

大家正在继续谈话，忽然亲兵进来禀报说："郝将爷捉到了替官兵运粮的五百个百姓，马上就要押解前来。"

大家都感到奇怪：从哪里来的运粮百姓？难道是从黄河北岸来的么？正议论着，郝摇旗已经走了进来，同闯王和大家都见了礼，还未坐下，忽然田见秀也走了进来。田见秀的来到使大家更觉诧异，赶快让他坐下。他最近把营盘一部分移在曹门外应城郡王花园附近，一部分移在大堤北边。因为义勇大社几次在夜间派人出城骚扰，加上他偶患小病，已经有四五天不曾亲自来阎李寨了。

李自成先问了田见秀的身体情况，接着说道："你们二位来得很好，正要同你们商量事情。摇旗，听说你抓了五百运粮百姓。好，你先说说吧。"

郝摇旗的营寨扎在阎李寨东北方大约十里之处，离黄河岸只有二三里路。他的人马不多，所以闯王命他扎营在那里，也只是为了防备河北官军偷渡，进行小的扰乱。

昨天夜间，北岸官军暗暗地将五百个青壮农民运过黄河。每个农民背了二斗杂粮，也不派兵保护，让他们想办法穿过义军驻地，送到开封北门，将粮食接济城内。这事情本来做得十分荒唐，而这五百百姓在逼迫之下又不敢不背粮食。他们下了黄河堤岸之后，便偷偷地往开封城的方向走，走了不远就遇到郝摇旗的巡逻兵丁。他们吓得赶紧躲进一片洼地。那里虽有一些芦苇，但是不能够将五百人完全隐蔽起来。看看到了四更天，他们害怕了，如果不趁天明前穿过义军驻地,到达开封北门,天一亮他们就会被人看见。他们悄悄商量之后,赶快动身又走。可是偏偏今夜月光皎洁,走了不到二三里路,就被郝摇旗的巡逻兵丁遇见,立刻将他们包围起来,全部捉获。这时天色开始明了。

郝摇旗觉得这事真是可笑,自己并没有想到立功,偏偏功劳送到了手上。他略微审问一下,便下令将这五百人押往老营。他是个急性子人,便带着少数亲兵,跨上战马,先直奔老营而来,将经过情形一五一十对闯王禀报。闯王问他:

"你打算怎么处置?"

郝摇旗根本没有多想,就说:"我们现在粮食不多,没有东西给他们吃,不如全部斩首,将尸首扔进黄河,使北岸和下游的官军看见,以后再也不敢派人向开封接济粮食。闯王,你说行么?"

闯王为曹营的事正在心烦,没有多想,点头说:"可以,杀了吧。这五百人也不必送来这里,你处置了算啦。我今天事忙,不要让我多操心了。"

郝摇旗马上站起来,说:"好吧,我现在就去下令,将他们带到黄河岸上斩首,将尸首扔进黄河。"说罢不肯多停,像一股旋风,大踏步走出军帐。

忽然田见秀说道:"不行,请闯王不要这样处置。"

李自成猛然抬起头来,问道:"玉峰哥,难道这样处置不行么?"

田见秀说:"老百姓并没有罪,他们是被迫给开封送粮,杀了他们会失去百姓的心。我们虽在兵戎之间,也应该以慈悲为怀,能不杀就不杀,能少杀就少杀。虽在刀光剑影之中,也要看出我们的仁慈,方是菩萨心肠。"

牛金星说:"玉峰的话也有道理,请大元帅格外施恩。"

田见秀又说:"请闯王立即下令,命郝摇旗将他们饶了,放他们回家。"

李自成沉吟说:"饶了他们,以后官军还会想办法给开封偷运粮食。我们要绝了他这一条心。"

李岩欠身说:"请大元帅放心,以后北岸再不会派人给开封送粮了。"

"你怎么知道?"

"这一次侯恂他们本来无意给开封接济粮食,只是朝廷一再催逼,加上周王催促,巡抚和封疆大吏恳求,他不得已,才敷衍一下,也是向朝廷塞责。所以我看他以后不会再做这种蠢事了。"

李自成恍然明白,对吴汝义说:"你迅速派人骑马追上摇旗,命他饶了这五百百姓。"

吴汝义刚要走,闯王又补上一句:"每人剁去一只右手,让他们也知道这事以后万万不能再做。"

吴汝义想到郝摇旗是个任性的人,怕派别人去说不清楚,就亲自骑马追赶。

闯王又向田见秀问道:"玉峰,你从城东来到这里,有什么紧急事儿?"

田见秀说:"有紧急军情,十分重要,刚才被郝摇旗说的事情岔开了。"

宋献策笑道:"如今你已经慈悲为怀,救下了五百个百姓的性命,可以说你的正事了。"

田见秀心里仍不平静,他想着这五百个百姓被剁去右手,日后如何再种庄稼?如何谋生?又想着黄河岸边没有船只,他们如何能回到北岸?可是望望闯王的神色,分明在等着他谈另外的事情,他知道近来闯王一心想着如何早破开封,有些事不像以前考虑得那么周密,有些话也不好对他多说。于是他只好谈自己的事情了。

自从七八天前田见秀奉命移营曹门东北的大堤外以后,就不断派遣细作和游骑打探山东总兵刘泽清来救开封的人马行踪。今日得到了新的准确消息,知道刘泽清只有五千人马,一股沿黄河南岸陆行而来,一股乘大船逆水西来,沿路征用了上千名百姓拉纤。

水陆并行,大概今日可到柳园渡,打算在柳园渡扎上营盘,倚靠北岸官军从水上支持,先立于不败之地,然后救援开封。田见秀因常捉到夜间出城袭扰的官军和义勇,对城中情况也很清楚。他特别谈到李光壂的车营计划,黄澍十分支持,所以将城中所有几千辆牛车全部改装成兵车,天天操练,准备一旦操练熟时,车上站着官兵和义勇,由城上用大炮保护,开出北门,成两行一直排到黄河南岸,中间成为甬道,使北岸的粮食从中间甬道源源不断地运进北门。可是操练了半个多月,前天请巡抚高名衡和总兵陈永福亲临阅军,他们都说不行,说车营一经李自成的人马冲杀和炮火攻击,必然溃乱,徒然断送一万多人的性命和一万多拉车的牛马。现在不再谈论车营了,保存的牛马纷纷被杀吃了。

李自成听完以后,笑着说:"城里的好主意,可惜打消了!"

于是话题转到了如何消灭刘泽清,纷纷献计,谈笑风生。忽然,一个亲兵进帐禀报:

"夫人驾到!"

很久以来,凡是闯王开会的时候,高夫人决不前来。她常对高一功说:自古后妃干政都没有好结果;日后闯王如得天下,也应以前朝后妃干政和外戚擅权为戒。每次同左右谈叙家常,谈到近几年的事,她常说当日在困难时候,她不得不替闯王分点心,尤其是在商洛山中时候将领们十之七八害病,闯王也害病,所以她就替闯王担起一些担子。自从破洛阳之后,人马众多,不要说战将如云,连牛先生、宋军师和李公子都来到闯王身边,她就不必再多管事了,免得开一个不好的例子。所以她今天的突然来到,使大家都觉奇怪。

高夫人进来了,眼睛里带着泪痕,脸色沉重。后边跟着慧英,脸上也有泪痕。大家起立相迎,都不知又出了什么严重事情。高夫人默然坐下,慧英站在她的背后。李自成也很诧异,问道:

"出了什么事情?"

高夫人叹口气说:"慧梅的生死常常使我操心,有时在夜里梦见她对我哭泣。现在从颍州附近来了一个老尼姑,替她送来一封密书,才得到了真实消息。"话说到这里,她忍不住哽咽起来,从袖中掏出一个纸条,递给闯王,说:"这是老尼姑缝在鞋底子里带出来的,所以没有被袁时中的人马搜去。这老尼姑走了十几天,方才来到这里。你看看吧。"说着用袖口擦去滚出的热泪。

闯王把慧梅的信展开,一看确是她的字。字写得不好,但字句还是清楚的。信中大意说:她被袁时中劫持到颍州一带,袁时中的老营就扎在颍州北乡王老人集上。她天天哭泣,思念闯王和夫人,望闯王派兵救她回去。她说她的一点孝心和忠心并没丧失,万望闯王可怜她,赶快派兵前去救她。她说她日夜等待,天天暗中焚香祈祷,祝闯王旗开得胜。

闯王看着这封书子,心中反复琢磨,无计可救慧梅,心里很不好受。他把信交给宋献策等人。大家传阅一遍,一个个默默无言。高夫人说道:

"事情就是这样,你们商量重要军事吧,我不在这里打搅你们。慧梅的事如何处置,慢慢再说。今天这事我是不能不让闯王知道,也不能不让你们知道。抱怨的话我不再说了。"说罢站起,流着泪,哽咽着,走出帐去。慧英紧紧地跟在她的背后,用袖头擦泪。

牛金星和宋献策等送高夫人出帐回来,一句话没有说。尽管高夫人今天没有说责备的话,但他们确实都有愧心。

李自成想了一阵,对李岩说:"林泉,你是豫东一带人,人地都比较熟。你看能否派妥当的人到袁时中那里,劝他仍然回来,过去纵有天大的罪,我不再追究。"

李岩还没有回答,刘宗敏摇头说:"不行,如果闯王一味宽宏大量,不咎既往,以后别人再像他一样叛变逃走,如何处置?此例可不能开!"

闯王说:"捷轩,你不要性急,目前先稳住袁时中,使他不要死心塌地投降朝廷,也免得慧梅被他杀害。"

牛金星也说:"尽管我们知道袁时中打算投降朝廷,已经同丁启睿有了勾搭，但是如果能暂时稳住他，只有好处，没有坏处。等破了开封之后，再跟他算账不迟。"

宋献策也同意这个办法，并说此事交林泉去办最好，他能想办法找一个豫东的人去见袁时中。

田见秀本来也是不赞成将慧梅许嫁袁时中的，但一直不曾说过话，这时不觉叹口气说：

"过去的事不必再追究了，如今稳住袁时中要紧。倘若能把慧梅接回来，也可以使夫人安心。闯王，我在这里不能久留，看来中午过后，刘泽清的人马就会来到。如何作战，请你下令吧。"

闯王当即对刘宗敏说："捷轩，你立刻把人马准备好。补之目前在开封西南，十分重要，他的人马不能再动。你就亲自带着刘明远的一万人马，暂时埋伏在开封西北，不要惊动刘泽清，等他在柳园渡安下营寨，刚刚驻定，那时再包围消灭。"

他转向田见秀："玉峰哥，你回去后，将人马暗暗向北移动，防备开封官军出北门与刘泽清会师。如有官军出城，不管是车营，是步兵，你都要将他们杀得落花流水。"

这时吴汝义已从郝摇旗那里回来。闯王又将他叫到面前，说道："子宜，你派人告诉张鼐，速带二十尊大炮，到柳园渡附近埋伏。等刘泽清的人马到柳园渡扎下营寨，我们的大军就要向他猛攻。在猛攻之前先用炮击，炮击之后，骑兵冲杀。"

田见秀站起来要走，又说："大元帅，我有一个意见，事关开封城中数十万生灵。如今开封已经每日饿死人，倘若……"

闯王问道："是不是三言两语可以说完？"

田见秀摇摇头："不是三言两语可以说完，可是事关重大。"

闯王说："等消灭了刘泽清，你再赶快向我说出你的建议。眼下事不宜迟，你快去部署你的人马吧。我会记着这件事，记着你要救开封数十万人的性命。走吧，走吧！"

田见秀走后，李自成带着双喜和亲兵们往柳园渡附近驰去，想亲自站在一个高地方看看地形。他在马上想了许多问题：忽而想到曹操和他的同床异梦,曹操会不会拉走或投降朝廷? 忽而想到慧梅来的书子,袁时中的可恶,刚才夫人和慧英在他面前的神情和泪痕;最后又想到田见秀所说的开封城中数十万生灵,不禁在心中问道:

"玉峰会有什么迅速破城的良策?"

第二十三章

自从援汴大军在朱仙镇溃败以后，开封城中的官绅军民日夜盼望朝廷的救兵再来。到了七月上旬，风闻山西总兵许定国奉旨来救开封，五千人马到了沁水县①境，因监军御史王燮催促速入河南渡河②，将士胆怯，一夕鼓噪四散。差不多同时，又听说宁武副将周遇吉率领三千人马来救开封，刚过了太行山，在沁阳附近自溃，剩下一部分人马退回山西。开封官绅明白他们的人马不多，纵然能够来到也无济于事，所以对他们的半途兵溃不很重视。近来城中向河北望眼欲穿，都把一线希望寄托在刘泽清率领的一支救兵上。

刘泽清在黄河北岸的陈桥驿休兵三日，于十四日先派一营渡河，在柳园渡立下营寨，引水环绕。前四天，王燮从北岸密檄城内，告以渡河日期，并说有杞县五万义勇百姓前来接济，要求高巡抚和陈总兵看见柳园渡火光就派兵勇出城，双方会师，打通从河南岸到开封北门的通道，运粮食接济城中。城中官绅军民异常振奋，立时准备了出城作战的兵勇，先筹措了两万银子犒赏。没想到刘泽清过河到柳园渡的一营人刚立好营，义军骑兵和火器营从东、南、西三面环攻。刘营将士中炮死伤甚多，争相夺船。义军随即一齐猛攻，势不可挡。官军全营溃乱，溺死的不计其数。王燮闻败，拿着尚方剑立在大船上，到黄河中流督战，败局已经不可挽回了。

开封城中预备的兵勇都未出城。开封官绅在北城上望着义军如何进攻，刘营如何溃败，有人不禁放声大哭。从此以后，开封居

---

① 沁水县——属山西省，距河南省边境尚远。
② 河——指黄河，这是自古以来的习惯用法。

民再也不盼望援兵和粮食接济了。

八月初旬的一个下午，大约申时过后，张德厚从张民表的宅中出来，怀中揣着五两银子，手中提着一包草药。他很久没有在街上露过面了，如今是骨瘦如柴，走路的时候感到腿脚无力，就像是害过大病的老年人那种神气。他因为父亲已经饿死，剩下一家人也随时都会饿死，所以今天不得已又来到伯父张民表家中，要求周济。一年多来，他替张民表抄写了许多稿子。张民表喜欢他的小字写得工整，就让他将自己的几十卷文集重新誊抄一遍，也让他抄了许多部稀见的好书，这都是他用教蒙馆的闲暇时候来抄的，有时熬到深夜。张民表对他做的事很感满意，常常称赞，也答应给他一些银子。实际上今年已经给过他两次银子。

张民表近来生活与往日也大不同了。开封城中的名流学者自顾不暇，没有人再有闲心来同他饮酒赏月，谈诗论文，风雅的生活被饥饿与忧愁代替，使张府的门庭大为冷落。他是以草书驰名中州的，过去经常有人向他要"墨宝"，他常常为人家写条幅，写对联，写各种大小的字。他有一个习惯：决不替商人写字；豪绅有劣迹的，他也坚决不写；就是一般的达官贵人，他也不喜欢为他们写字。他喜欢给那些读书人写字，哪怕是落第的举人，他也写。可是近来求他写字的人却稀少绝迹了。有时他也不得不给一些有权有势的人写幅中堂，写副对联，为的是兵荒马乱，他不敢过分得罪这些人。他时常被请到城上去看一看，在城楼上坐一坐，走一走。因为他是极有名望的文人学者，又是名门公子，父亲在万历朝做过尚书，所以他在城头上露一下面，可以稍稍安定守城军民的心。

今天张德厚到他那里时，他刚刚从城上回来，正在休息。他看见张德厚已经饿得走了相，问了问他家里情况，才知道德厚的父亲已经饿死，母亲也快饿死了。张德厚是个孝子，说的时候不禁呜咽出声。张民表听了，对张德厚的一片孝心颇为感动，安慰他说：

"开封城万不会失守。莫看眼下城中日子很艰难，其实流贼也有困难。闯、曹二贼同床异梦，决不能长久屯兵于开封城下。"说毕,就吩咐仆人称了五两银子交给德厚,又说道:"你拿回去先用吧,以后如有困难,我还会周济你一点银子。"

张民表家里还开着很大的药铺。近几天来开封城中的药材店,凡是能够充饥的药材如像干山药、茯苓、莲肉、地黄、黄精、天门冬等都被有钱的人抢购一空;接着,像何首乌、川芎、当归、广桂、芍药、白术、肉苁蓉、菟丝子、车前子乃至杜仲、川乌、草乌、柴胡、白芷、桔梗、蒺藜等,也都被抢购一空。有的人是临时买去就吃,也有的人是买了存下来,预备以后吃。张民表的管家看到这种情况,也从自己的药铺中尽可能把这一类药材运进公馆,以备将来使用。张民表吩咐仆人包一些中药给张德厚,让他拿回去煮一煮,救一家人的命。张德厚感激万分,当下给张民表磕了一个头,落下感激的眼泪,哽咽着告辞出来。

这时街上冷冷清清,显得十分凄凉,有的大街上甚至一个行人都没有。多么繁华的一座省会,自古以来号称东京,而今凄凄惨惨,如同地狱一般。他走到鼓楼附近,忽然看见一群兵丁锁拿了一老一少两个人,迎面而来。他赶快闪在街边,偷眼观看,看见这两个人的脸上都带有血痕,显然是挨了打;再一看,觉得这两张脸都好生熟识。等他们走过以后,他才想起来,那个五十多岁的人是张养蒙,三十左右的人是崔应星,都是住在鹁鸽市附近的殷实户主。他在应星的堂兄弟应朝家中坐过一年馆,所以同他们都是熟人。不过自从围城以来,他没有再见过他们。这两个人不再是往日那样胖乎乎的,红光满面,而是满面烟灰,憔悴万分,使他乍遇见几乎认不出来。

他走过一个粪场,那里原来有一个小小的菜园,而今菜园里一点青色菜苗也没有了,剩下的是一个大的粪池和一片小的水坑,坑中水还没有完全枯干。他看见几个人蹲在水坑边,将刚刚从粪池子里舀出来的小桶大粪倒进竹筛子,然后将竹筛子放到水坑里晃啊晃啊,使大粪变得又碎又稀,从筛子缝中流走,把白色的不住活动的蛆虫留在筛子里边。他近来虽不出门,却常听说有人从粪中淘出蛆虫充饥,如今果然被他亲眼看见了。他感到一阵恶心,没敢多看,赶快继续往前走。

走了不远,看见有一个中年人带着一个不到十岁的孩子,正用锄头刨开粪堆,在那里捡蛴螬,已经捡了二十几条。当他走近时候,那小孩赶紧伏下身子,用两手护住蛴螬,同时用吃惊的和敌意的眼睛瞪着他。那中年人也停下锄头,用警惕的眼神望他。这眼神使张德厚感到可怕,不由地脊背上一阵发凉。

惨淡的斜阳照在荒凉的乱葬场上,照在灰色的屋瓦上,到处都是阴森森的。特别是许多宅子现在都空起来了,人搬走了,或者饿死了。这些空房的门窗很快被人们拆掉,有的甚至整个房子都被拆掉。凡是拆下的木料,不管好坏都当柴烧。一阵秋风吹来,张德厚感到身上一阵寒意。风,吹得地上的干树叶刷啦啦响。因为缺柴,所有的树最近几乎被人锯完了。只有那满地的干树叶,一时还未被扫尽,在秋风中满地乱滚。

在深巷中一些暗森森的房子里边,好像有人影在活动。究竟是人影还是鬼影,张德厚觉得没有把握。他十分害怕,忽然起一身鸡皮疙瘩,根根毛发都竖了起来。他近来常常听说,开封城中有许多地方已经发生了人吃人的事情。这不是一般的传闻,而是事实。半个月以前,官军从河北强迫五百个百姓运粮食过河,结果被李自成的人马捉住,剁了右手,任其自便,很多人逃到城下,有的死在城壕中,有一部分人从水门进了城,一夜间被兵丁们全部杀死,将肉吃了,将头卖给别人,一颗人头七钱银子。这事情也千真万确。另外,不久前曾有官军半夜缒下城去"摸营",有的人一出去就投了义军,不再回来;有的去附近的村中将百姓杀死,把头提回来,先向周王府报功领赏,然后重价卖给别人吃。因恐被人们认出面孔,故意在被杀者的脸上和头上乱砍几刀,诡称是格斗被杀。然而后来到底露了马脚,不仅有人认出来是郊外的亲戚和相识,不敢声张,还有人看见有的死人头不长胡子,耳垂上带有窟眼,显然是用妇女的头混充"流贼"首级。现在官府已经明白实情,禁止兵丁们半夜再缒城"摸营"。

当张德厚想到自己正一个人走在空洞洞的胡同里,而腰间又带有银子,手上又提着一大包草药时,心中充满疑虑和恐怖,努力加快脚步,希望尽快地赶到家中。由于饥饿,身上没有一把气力,他走了一阵就浑身出汗,不断喘气,心头慌跳不止。

忽然他听见背后有脚步声,回头一看,是两个人紧紧地尾随着他。这两个人的眼窝深陷,目光阴冷,十分可怕。他们显然比他强壮,脚步很快,越走离他越近。他恐慌至极,几乎浑身都瘫软了,想着今天必定会死在这两个人的手里,银子和药材都要被夺去,自己会被他们剁开,煮了吃掉,同时想着老母、妻子儿女和妹妹也将饿死。他想要大喊"救命!",可是在这冷僻的胡同里有谁能够听见呢? 纵然听见,又有谁敢出来救他呢? 正在危急万分之际,忽然从右边的一条胡同中走出两个人,他一看,原来一个是王铁口,一个是他的堂兄弟德耀。王铁口手中提着宝剑,德耀手中提着大刀,另外一只手中抓着一包东西。他们没想到会在这个地方遇见张德厚,只见他面色惊惶,气喘吁吁,德耀赶快上前喊道:

"哥! 哥!"

张德厚明白自己得救了,在心中暗庆更生;赶快扑到德耀和王铁口面前,回头看时,那追赶他的两个人已经停住了脚步,迟疑片刻,回头走了。

王铁口带着抱怨的口气说道:"德厚,你太不小心了。你一个人跑出来做什么?"

张德厚说:"我到民表大伯家去了。我不能看着一家老少都饿死,去请民表大伯周济周济。"

德耀问:"大伯可周济咱了?"

张德厚噙着感激的泪花说:"大伯到底跟别人不同! 他给了我一点银子,又给了这一包草药! 要是不死,我一辈子不会忘下他老人家的眷顾!"

王铁口说:"不管怎么,以后一个人不要出来。你是书生,手无缚鸡之力，出来之后，说不定遇到歹人，性命难保。尤其是黄昏时候，你千万不要离家。"

德厚点头说："我实在是太大意了！刚才背后那两个人就是在追我，要是你们晚来一步，我就完了。你们两个怎么会走到一起的？"

铁口说："我现在也在宋门一带，跟德耀常能见面。今日德耀说一定要回家来看一看，我就跟他约好了一起回来。他是年轻小伙子，我也懂得一些武艺。我们两个在一起，没有人敢来害我们。可是德厚呀，你是书生，又不会武艺，饿得皮包骨头，没有一把劲儿，可不要再随便一个人离开家！危险哪，实在危险哪！眼下开封的事情就像地狱一般，你坐在家中哪能全部知道！"

张德厚一面听着，一面把他们两个打量一眼。看见德耀身上缝着一个布条，上写"义勇"二字；王铁口穿的是官军的号衣，打扮得像军官模样。德厚不觉后悔起来：当日别人曾让他到义勇大社去当个文书，他却不愿离开家，如果当时去了，如今也穿上号衣，或者在身上缝一个布条，自然会安全多了。他尤其羡慕王铁口。过去他们两家相处虽很和睦，王铁口也替他办过一些事情，可是他心中对铁口总有些轻视，认为他是一个江湖上的人，走的不是正道，而他张德厚却是圣贤门徒，黉门秀才，走的科举"正途"①，日后就是举人、进士，光前裕后。谁知王铁口因为久混江湖，熟人很多，加上稍通文墨，略懂武艺，如今在陈永福军中受到重视，比他这个"百无一用"的书生强得多了。就在片刻之间，许多事情一股脑儿涌上心头。他默默无言，夹在王铁口和德耀中间往家走去。

转过了孙铁匠那个铁匠铺，他和德耀、铁口不约而同地投了一眼，只见铺板门用铜锁锁着，里头早已空无一人。他们又往前走了不远，听见一片大人小孩的哭声从胡同中传出。小孩的哭叫更其惨不忍闻。他们都十分惊恐，那哭叫声分明是从自家院中传出的，也有些哭叫声是从左右邻舍中传出的，中间还夹着妇女和老人的

---

① 正途——明代因重视科举，由科举出身做官，称为正途。

哀告声。到底出了什么事情？他们又往前走几步。看见自家的大门和左邻右舍的大门一律洞开，与往日情景完全不同，好像有军队在里边出出进进，同时也听到了兵丁的威逼声和吆喝声。他们越发惊恐了，赶快向自家的大门走去。张德厚一面走一面心跳得厉害，腿又发软，暗暗地呼叫：

"天哪！天哪！"

近来开封城中，常常发生抢劫案子。夜间常有兵丁和义勇突然到百姓家中把一切可以吃的东西和银钱抢走，这已经是司空见惯的事情，特别可怕的是开封城中已经有不少地方在夜间被兵丁冲进院子，把人拉走、杀掉，分吃人肉。尽管在这一带还没有发生过这种事，但因为到处传说，令人害怕，所以有些男人较少的人家这时便搬到一起住，或者把几家院子打通，互相帮助，一家有事，大家吆喝。近来张德厚家的院也有了很大变化：原来霍婆子住的两间东屋，有一间已经拆毁，和东邻接通了；西边有一段小的院墙也拆了一个豁口，可以和西邻随便来往。

张德厚等一进前院就看见有许多兵丁正在东边邻院到处搜粮。还有几个兵丁把一个六七岁的小孩拉在院中，扭住两只胳膊，另外一个兵拿着一把纳底子的长针往小孩的皮肉里面刺，已经刺进几根。他的父母和祖父母都跪在旁边哭着求饶。但兵士们毫不心软，根本不听。那个拿针的兵丁嚷着：

"你们说不说？粮食到底藏在哪里？你们不说，我就再刺一根。"

于是一根钢针又刺进小孩的皮肉里。小孩放声哭叫，惨不忍闻。大人们拼命磕头，为孩子哀求饶命。

王铁口等瞥了一眼，明白是怎么一回事，无暇多管，就直往二门里边走去，听见上房里头也在哭，也在叫，也在哀求。张德厚和德耀脸上已经没有一点血色了。王铁口明白这时候不能对兵丁们有一点触犯，否则马上就会被杀。所以他偷偷地把手中的宝剑插进鞘中,又小声叫德耀也把刀插入鞘中,然后厮跟着走进上房。

兵丁们正在上房中逼问藏粮的地方,威胁着要用大针刺进招弟和小宝的皮肉中去。奶奶已经瘦得三分像人,七分像鬼,这时把小宝搂在怀中,跪在地下,不住磕头。香兰搂着招弟,也跪在地下。婆媳俩一面哭,一面哀告饶命。德秀也扑在小宝身上,用自己的身体遮住小宝。几个兵丁翻箱倒柜,把东西扔得乱七八糟;另有一个小军官、两个兵丁站在奶奶和香兰面前,要把小宝和招弟从她们的怀中拉出来。奶奶拼命地不放小宝,哭得极惨。正在这时,王铁口已经走到他们面前。那军官一看王铁口也是一身军官装束,就暂时停下来。王铁口马上拱手施礼,赔笑说道:

"老兄,辛苦了。"

小军官看着王铁口,觉得有些面熟。王铁口一把拉住他,笑道:

"怎么,你忘了我么?"

军官说:"我好像同老爷有点面熟。老爷尊姓?"

王铁口说:"我如今是总镇衙门里步兵营的书记官,原是在相国寺摆卦摊的王铁口,江湖上人人尽知。"

他一露自己的牌子,那小军官马上改变了态度,拱手说:"啊,是王老爷,久仰!久仰!近来常听人说老爷在步兵营高就了,可是一直没有机缘拜见。老爷是贵人多忘事。大约在一年半以前,王老爷曾经给我看过相,批过八字,细推流年,说我在去年要有一官半职,不想果然应了;又说我今年会有凶险,只要过了这一关,就会大富大贵。如今他妈的围在城中,又缺粮又要打仗,难道不是凶险么?王老爷,请你铁口吐真话,我这一关能过去不能过?"

王铁口故意在他的脸上打量片刻,笑着说道:"老兄,务请放心!今年被围在开封城中,的确是一场浩劫,许多人将很难渡过这一关。不过老兄自有吉星高照。我看你的脸上虽有菜色,盖多日半饥半饱所致,要紧的是老兄的印堂没一点灰暗之气。如今老兄的运正走在两眉之间,乃是逢凶化吉的开朗气色,所以请你完全不用担心。不过遇此年头,还要发菩萨心肠,多积阴骘。常言道:五官八字虽强,无德不能承受。老兄气色不坏,能多做几分好事,气色定会更佳。我虽然现在也成了军官,但我到底是王铁口,说一句就是一句。我从前靠看相算命,养家糊口,结交朋友,也没有说过半句奉承话。"

小军官十分高兴,说:"真的么? 如果这样,将来开封解围之后,我要重谢老爷。老爷你怎么到这儿来了?"

王铁口说:"我就住在这个院中,那南屋就是我的家。这一位是张秀才,是这院里的房东,也是我的莫逆之交。现在这个小孩子,是我干儿子。我自己没有儿子。这个小孩如同我亲生儿子一样。请老兄高抬贵手,不要逼他们太甚。也请老兄关照弟兄们,不要再搜粮了。这位张秀才,地无一亩,又不经商,靠教蒙馆度日,一向日子十分贫寒,家中连一粒粮食都没有留存的,有时我从军营回来,带点东西救救他们一家的命。老兄千万看在我的情面上饶了他们。"

军官听王铁口说得很诚恳,就马上挥手让兵丁们停止搜粮,并且对王铁口说:"不瞒王老爷说,我们也是奉上边的命令,万不得已,拿着令箭,到处搜粮。许多街道已经搜了两遍。这条街道没有大户人家,是一条穷街,所以挨延到今天才来搜粮。如今不看僧面看佛面,看在尊驾的佛面上,我们就不在张秀才的家中搜粮了。听说尊驾在镇台衙门人缘极好,上下拉扯得很活,就是总社李老爷那里,话也可以随便去说。我这小小的军官,以后仰仗尊驾看顾的日子多着呢!"然后他又转过脸去对一个小头目说:"怎么? 还在敲敲打打干什么?"

小头目说:"这个地方敲着是空的,粮食一定埋在这个地方。"

张德厚一听骇慌了。他确实有一只缸埋在那里,其中盛着半缸粮食。不料他正在着慌,忽听王铁口打个哈哈说:"什么粮食!那个地方是被老鼠掏空了,你不要瞎猜。"随即又递眼色给那军官。军官挥挥手说:

"管他下边空不空,说不搜就不搜了。你听我的,给王老爷一个面子。"

那小头目不敢再敲,但显然很不满意。王铁口见状,把那军官的袖子一拉,说:"请到西边屋里说句话。"

军官随着他到了西屋。王铁口从袖中取出一两多碎银子,说:"老兄请不要嫌少,我今日回来就带了这么一点散碎银子,请收下让弟兄们随便喝杯茶吧。"

军官不肯要,说:"我知道你们文职军官也很穷,欠饷很久,我怎么能要你的银子!"

王铁口硬把银子塞进他的手中,说:"我知道你不会要,可是弟兄们总得喝杯茶。你收下,我另有话说。"

那军官方把银子揣进怀里,恭敬而亲热地说道:"请王老爷吩咐。"

王铁口说:"如今到处都在死人,所以正是大丈夫积阴骘的时候。阁下年纪很轻,趁此时候,多救几条人命,积下阴骘,就可以逢凶化吉。开封解围之后,一定会步步高升,青云直上。我说的这些都是良心话,也是经验之谈,请不要当成耳旁风。"

军官叹口气说:"王老爷说的完全是真实话,我们这些当兵当官的何尝不知。我们现在困守开封,每天搜粮,起初名曰买粮,实际也是敲诈勒索,不知逼死了多少人命。如今到处搜寻粮食,天天都逼死人。况且把别人的粮食搜来,我们有了粮食吃,老百姓就只好饿死。有些小孩子身上扎了几十根大针,又惊怕又流血,又疼痛,又饥饿,过几天也很难再活下去。这事情我们过去从来没做过,如今就天天做。许多殷实人家,一天几次被搜,这一股兵丁搜过,那一股兵丁又来。老百姓恨死我们,私下都在议论:'保开封保的是大官,是周王府,死的是平民百姓。'王老爷,说句良心话,如今开封百姓,恨兵不恨贼啊。"

王铁口点点头:"你算是把话说透了。确实我也常听说,百姓不恨贼只恨兵。说恨兵也不完全对,因为兵是没有权的,上边指到哪里,你们走到哪里,说到底还是恨上边。可这是咱两个的体己话,对别人是不好说的。我也是一名官员,不应该说这些话。可是人总得给自己留一条后路,不然将来百姓会恨死我们,恨到无可再恨的时候,会与我们拼命,同归于尽,那时我们可就死无葬身之地了。"

他说时神色沉重,饱含感情。那年轻军官听了十分感动。两个人又感叹了一番,然后一起回到上房。兵丁们都在坐着等候。那年轻军官挥挥手说:

"走吧,咱们离开这里,以后不许再来啦。"

兵丁退出以后,到了邻院。这时东西两邻继续哭声连天,听着撕心裂肝。大家心中明白:东邻的一个小孩是弟兄三房合守的一棵独苗;西邻有三个小孩,两男一女。如今这东西邻四个孩子都在被兵丁不住地用钢针刺进皮肉。在哭声中还夹杂着鞭子打人的声音、叱骂的声音、威逼的声音,还有大人的哭声、叫声和哀求声也混在一起。张德厚实在不忍听,对王铁口拱拱手说:

"王大哥,你会说话,又是一位官员,你帮邻居们去讲讲情吧。"

王铁口使个眼色说:"你真是书生!如今什么时候,各人自顾不暇,你还想叫我去替别人讲情!我们现在只能各人自扫门前雪,能够保住自己不死就是天大的幸事了。"

大家觉得王铁口的话说得很对,都不敢再提邻居家的事了。小宝还在奶奶的怀中哭泣,奶奶说:

"小宝,你捡了一条性命,快不要哭了。你王大伯刚才说了一句谎话,说你是他的干儿子。你现在给他磕个头,真的认他做干老子吧,他救了你的性命。"

说着,把小宝推出来,向铁口磕了个头。香兰让招弟也跪下去给铁口磕了个头。铁口从怀中掏出来一包粮,说:

"我今天弄到了这点粗粮,也只有三四斤,能救一天命就救一天吧。"

他把粗粮递给张德厚，德厚夫妇和奶奶都千恩万谢。德厚又问道：

"王大哥，刚才你到西屋去，是不是给了那军官一点银子？"

王铁口矢口否认："我一点银子也没有给他。我今天回来时没有带一分银子。"

从进上房时起，德耀就一直很不平静，听见侄儿侄女的哭声，他几乎要拔出刀来，同那小军官和兵丁们拼命。忍到现在，军官和兵丁们走了，他还是紧咬着牙齿没有说话。这时看见王铁口把粗粮拿出来，他才把手中提的包也递给嫂嫂，说道：

"这是一点野草。在靠东北城边有一个很大的荒坡，是乱葬坟场，长了些稀稀的草。如今大家都去那里抢草，我也去抢了一些，拿回来你们煮一煮吃吧。"

东西两院的哭声和叫声渐渐地止住了。分明是那些搜粮的官兵得到了粮食，退出去了。王铁口和张德厚都坐下来，相对叹息，又谈了一些外边的情况。德耀原是参加李光壂的义勇大社的，后来又被挑出来参加车营，天天训练。现在车营计划已经取消，德耀又回到宋门守城。守城的义勇大社，粮食也在一天比一天减少，大家常常饿肚皮。谈到这里，王铁口插嘴说："现在连周王府的宫女们也常常吃不饱，何况百姓！"接着他们又谈到前些时"买粮"的事情，说不知枉死了多少人。张德厚问道：

"我刚才回来时，看见张养蒙、崔应星被兵丁绑走了，想必也是被逼着要粮食？"

王铁口说："你还不晓得，崔应星的叔伯兄弟崔应朝一家人昨天就被绑走了。如今开封城内为官为宦的大士绅，有权有势，虽然也受苦，也出粮，人还不至于遭殃。至于那些非官非宦的殷实之家，就不免人人遭殃。从前说'米珠薪桂'，如今粮食就是命。前天我亲眼看见有挑筋教①的一对夫妻，女的头上脸上蒙着黑纱，一起

---

① 挑筋教——犹太民族由于宗教习惯，宰杀牛、羊后必将腿上的筋挑除，所以宋以来的中国人对犹太教俗称挑筋教。从北宋时有一部分犹太人移居开封，沿袭不绝。

买米。他们掏出来整把的银子和珍珠、玛瑙,买到的不足二升米。有几颗米掉在地下,夫妻俩抢着去捡,可是一颗珍珠掉在地下滚动,他们连看也不看。把米捡完后,赶紧逃走,惟恐被别人抢去。"

听了王铁口的话,大家都不断叹气,觉得以后的日子更难过了,人吃人的事儿一定会更多、更惨。奶奶绝望地说:

"天呀,天呀! 咋着好呢? 逢到这年头,活着还不如早死的好!"

王铁口说:"婶子不要这么说。只要我活一天,一定想办法帮你们一点忙。以后我和德耀要经常回来看看。德耀是年轻小伙子,又会点武艺;我好歹如今有一官半职,也习过武。我们两个一起回来,万一遇着有人抢劫,我们还可以救一救。"

德耀说:"我以后只要能请假,就回来。"

又谈了片刻,王铁口对张德厚使个眼色。张德厚站起来,跟着他来到西屋。王铁口小声说:

"德厚,有两件事儿,我告诉你,你千万不要告诉第二个人;万一走漏出去,是要杀头的。"

德厚神色紧张,吃吃地说:"大哥,你说吧,我对谁都不说。"

王铁口说:"第一件事,我听说李闯王给巡抚和陈总兵下有密书,劝巡抚和陈总兵放城中老弱妇女出城逃命。出去的人,他一个不杀,妇女一个不辱,愿往亲戚家去的,他派兵护送。"

德厚问道:"果有此事?"

铁口说:"巡抚和陈总兵因怕此事扰乱军民的心,所以不许外传一个字,可是我听说确有此事。李闯王的密书已经来了几天了,只是上边的主意还未定。他们一怕老弱妇女一旦放出城去,城中情况会完全被李自成知道;二怕百姓都想出城逃生,引起城中大乱,不战自溃;三怕兵丁们散了心,不愿再拼死守城。"

德厚沉吟说:"可是放老弱妇女出城,古人也有此办法。"

"看来是非放老弱妇女出城不行。"

"何以见得?"

"近来城中绝粮,救兵无望,巡抚等封疆之臣已经束手无策,经常登上城头,向北痛哭。大势如此,不趁早放出老弱妇女何待?"

张德厚想到自己的一家老弱妇女,不知如何是好,不再言语。过了片刻,王铁口用更低声音说道:

"还有另一件事儿,十分奇怪。"

德厚抬起头来问:"何事令你奇怪?"

王铁口说:"听说,李光壂暗中吩咐他家中的奴仆伙计们秘密造船。开封城中从来没有人造过船的,可是李光壂为造这船已经催了几次,你说这是什么意思?"

张德厚大惊:"怎么会有这样的话? 这是怎么回事儿?"

王铁口说:"我是混迹三教九流,到处都有朋友,这是一个好朋友悄悄告我说的,他就在义勇大社里头替李光壂办事,也算李光壂的一个心腹。"

张德厚脱口而出:"你的意思是说开封会被水淹?"

王铁口挥手不让他再说下去,小声答道:"我也在疑心。李光壂家中造船这事太怪,也说不定开封会被水淹。"

张德厚沉吟说:"这太怪了。目前正是天旱,黄河水并不大啊。"

"什么事情都有出人意外的时候。我现在告诉你这件事,你可千万不要露一点口风。我们只要自己心中有数,预先准备几块大的木头,就不会马上淹死。好,话就说到这里,出去千万千万别走一点风声,这可是要杀头的话呀!"

张德厚点点头,随着王铁口又回到上房。这时天已经黑了。

王铁口对德耀说:"走,咱俩一起回宋门去吧。再晚了,就是咱俩一起走,也说不定会吃亏的。"

张德厚也不留他们。临走的时候,奶奶问道:"你们什么时候再来?"

两人一起答道:"我们一有空就回来看看。"

奶奶忽然叹口气:"唉,谁知道还能不能再看见你们!"

　　十六日下午,巡抚衙门向全城居民传谕:从十七日起到十九日止,连着三天,每天辰时至申时,五门开放,妇女老弱可以出城逃生,壮年男子不许混出城去。

　　这消息在全城居民中引起很大震动。好几天前,人们已听说李自成曾给巡抚一封密书,说他体上天好生之德,不忍见全城百姓同归于尽,要高巡抚速将老弱妇女放出城去。可是巡抚、按院和开封知府对这件事讳莫如深,坚决否认李自成曾有这封书子送进城中。一般老百姓对这封书子的传说半信半疑,直到现在到处敲锣传谕,才证实确有此事。这传谕既给一部分人们带来希望,也同时给人们带来各种疑虑和将要生离死别的悲伤。一天来人们纷纷议论,有的人担心闯王人马未必像传说的那样不随便杀戮老弱、奸淫妇女;有的人担心出城以后纵然能够受到闯王人马的保护,却未必能不受到罗汝才人马的苦害。多数人家在开封近处没有亲故,必须走到百里以外才能找到暂时安身之处,可是到处盗贼如麻,妇女们如何能够走脱? 这些都使人们产生各种疑虑。悲伤的是,男人不许出城,这样就必然造成一家人生离死别。所以听到传谕以后,家家都在议论,家家都有哭声。

　　张德厚的家庭也不例外。德厚和他的妻子香兰,婚后恩恩爱爱,不曾有过反目的时候,如今正在困苦中相守,忽然间来了这意外的事,香兰走不走呢? 按香兰的意思,她宁愿跟丈夫饿死在一起,不愿意单独逃生。可是德厚苦劝她逃生,因为她若逃生,可以把小宝带出城去。这个男孩是一家的命根子,不能让他饿死在开封。还有招弟要不要也带走? 实际上香兰早已饿得皮包骨头,走路没有一把力气,单带着小宝一个孩子已是万分困难,倘若再把招弟带走,母子三人都走不动,只好饿死荒郊。另外,香兰与婆母的感情就像亲母女一样,如果让婆母也出城去,她已病了多日,连站都站不稳,怎么能够走路? 倘若把婆母留在城中,香兰又觉于心不忍。还有妹妹德秀,正是十六七岁的大姑娘,出不出城呢? 如不出城,只有饿死;如果出城,又多么令人担心!

一家人商量来商量去,只有抱头痛哭。正在这时,王铁口回来了。他对德厚夫妻说:

"我回来正是为着此事。这是难得的逃生良机!不乘此时逃走,难道让一家人全都饿死不成?"

德厚说:"我担心她们出去,举目无亲,无处可以存身。"

铁口说:"出去以后再说以后的话。只要能够出去,就多了一步活路,比死在城内好。再说,难道你们就没有亲戚在开封近处?"

德厚的母亲饿得有气无力地说:"有亲戚,可是不在近处,在兰阳西乡,离这里一百几十里路,是我的娘家。如今我的兄弟还活着,人虽穷,暂时在那里住几个月还是可以的。"

铁口听了点头说:"这就很好。如今往东去还比较安稳。一边讨饭,一边慢慢走,终能走到兰阳县境。好在是兰阳西乡,那就又近了一步。"

母亲问道:"到底闯王人马是不是真的都那么好,不奸淫妇女,不杀害百姓?"

铁口说:"我实话对你说,闯王人马并不像官军那么坏,可是这话只能背后说,人前可不能乱说。小宝妈不是出西城采过青么?难道还没有亲眼看见?"

香兰说:"那一次我同妹妹一起出去,确实人马都不到大堤以内。有几个采青妇女在大堤边遇见了闯王人马,他们连问也不问,十分规矩,再好不过。"

铁口说:"着啦!耳听是虚,眼见是实!既然亲见闯王人马的军纪很好,何必多疑?"

德厚夫妻说:"唉,我们实在是被愚弄的日子久了,总是不很放心。"

铁口说:"我再向你们说明白,这驻在曹门和宋门一带的,是闯王手下大将田见秀带的人马,田见秀的老营就驻在应城郡王花园,杞县李公子的人马驻在城东南一带,他的老营就扎在禹王台旁边。这位田见秀,人们都知道是个吃斋念佛的活菩萨,到处多行善事;

李公子当年作过《劝赈歌》，也十分体恤百姓。李姑娘①带着小宝出城，我看就从宋门出去最好。再说，往兰阳县境，也只有出宋门最为方便。"

母亲听了这话，感到稍微宽心，说："你说出宋门好，那就让李姑娘明日带着小宝出宋门去试一试吧，倘若能够逃出两条命，也是我们张家的大幸。"

张德厚又问："王大哥，这事你能不能占个卦问一问吉凶？"

铁口笑道："虽然我半生吃江湖饭，以看相占卜为生，但今天既然我们都将同归于尽，不妨实话告你说吧。德厚，占卜的事，渺茫难凭。倘若占卜那么灵验，宋献策为何让李闯王第一次攻开封，中了箭伤？为何又让他第二次攻开封受挫，白死了数千精兵？可见连宋献策身为李闯王的军师，尚且不能算得那么灵验。我王铁口是什么人？你还不知？只要此事可行，何必向我问卦？'山人'我给你出的主意比卦还灵验得多，这叫做'尽人事少信天命'。"说罢，他坦然一笑，又说道，"反正我日后也不会靠算卦谋生了，今天把我的底儿都露给你们。"

张德厚愁苦的脸上也露出笑容，又问道："你看德秀这姑娘要不要跟她嫂子一起出城？"

王铁口向德秀打量了一眼，心里也觉得难作主张。德秀已不是小姑娘了，尽管饿得走了相，但两只眼睛仍像秋水一般明亮，皮肤细白，真像俗话说的：小家碧玉。万一出城去有了好歹，他怎么对得起德厚一家？可是不出城，难道让这个好姑娘也饿死不成？他想了一下，忽然有了主意，说道：

"明日先让小宝妈带着小宝出城。明天一天我们对城外情况必然知道得更多，倘若出城妇女果然受到闯营保护，没有三长两短，后天早晨再让德秀出城不迟。"

德厚说："那时候就没有人跟她一道了。"

---

① 姑娘——河南风俗，长辈称晚辈妇女为姑娘，前边冠她的娘家姓氏。纵然她活到几十岁，长辈仍以某姑娘相称。

铁口说:"这不难。我算定明天出城的人只是一部分,还有很多人心怀疑虑,想出城又不敢出城,到后天还会有很多人出城。明天我会在熟人中找一位可靠的大娘,后天早起带德秀一起逃出。"

大家听了王铁口的这番话,让香兰带着小宝先出城逃生的主意定了。母亲流着眼泪说:

"唉!要是她霍大婶儿还在世,该有多好!"

当天夜里,香兰哄小宝睡了以后,在黑暗中一面哭一面将需要带的衣服和旧鞋子都收拾停当,包在一个小包袱里边,又找了一个篮子,还准备了一根棍子。这棍子为的是怕上路以后,万一走不动,可以当拐杖拄着;遇着狗时,可以防身。一面准备着这些东西,一面小声哭着同丈夫谈了许多话。他们商量着以后万一都能活下去,如何见面;万一有一方不幸死去,另一方应当怎么办。他们明白这次分手就是永别,以后见面很难,不是双双死去,就是有一方先死,所以彼此千嘱咐万叮咛说不尽的伤心。只是张德厚虽然心如刀割一般,却忍着泪对她尽量说了些安慰的话。

黎明时候,香兰早早起来,煮了一些东西,要同小宝在走之前吃一点才能出城去。这煮的一锅东西中,有张德厚从张民表家取回的中药,其中有茯苓、天门冬和桔梗等等,另外还掺了一点点杂粮,含着浓厚的药味。小宝被哄着也吃了一碗,一面吃一面哭,说他不吃药。

吃过之后,一家人依依哭别。婆婆舍不得小宝,放声悲哭,随后一面哭一面嘱咐儿媳:

"李姑娘呀,不管多么艰难,要把小宝拉扯成人。他是一家人的命根子,传宗接代就靠这一棵独苗。倘若出城后你能够活在人世,逢年过节,不要忘了替饿死在开封城内的婆婆、丈夫在露天地里烧一些纸钱!你纵然拉棍儿讨饭,也不要使小宝饿死!……"

招弟知道妈妈要带弟弟出城逃生,死抓住母亲衣襟,放声大哭说:

"妈妈也带我走吧！妈妈也带我走吧！"

这哭声撕裂着香兰的心，也撕裂着全家人的心。德秀抱着招弟，用好言哄她，让她不要拖住妈妈，但招弟却不理，竭力挣扎着，要同妈妈一道出城。香兰见招弟哭得这么惨痛，也痛哭起来，不忍动身。小宝见姐姐哭，妈妈哭，他也嚎啕大哭起来。最后全家人都大哭起来。哭了一阵，祖母怕耽误了媳妇出城，把招弟揽到怀里，哄她说：

"招弟，你听奶奶说。小宝是男孩子，你不能同他比，他是一家的命根子。让小宝随妈妈逃走吧，先救活弟弟要紧。你可惜不是一个男孩子。"

招弟听奶奶这么一讲，心中明白了：在生与死的问题上，她也不能同弟弟比，应该让妈妈带着弟弟走。于是她不再大哭大闹，变为低声抽泣。香兰牵着小宝，哭哭啼啼动身。一家人都送出大门，忍不住又哭了一阵。德厚挥手让他们走去，然后把母亲搀回院里，闩上了大门。

香兰一面哭，一面牵着小宝往宋门走去。这时街上有不少妇女，也在哭哭啼啼向宋门走去，香兰母子就混进了这哭着的人流。

昨日下午，王铁口和德耀已约好今晨在宋门等候香兰和小宝。这时果然在城门附近遇见了。香兰有几天没见德耀，今日一见，看出来他已比往日饿得更瘦了，不禁心中更加悲痛。从宋门出去的妇女，约有两三千人，小孩们也在里边拥挤着。但因有兵丁守门，大家有点害怕；同时因为大家都饿得瘦弱无力，好像风一吹就会倒下，所以挤得不算厉害。香兰与德耀洒泪相别后，已经走出一丈开外，又回过头来嘱咐道：

"德耀呀，要常常回家去望一望。你哥是一个书呆子，百无一能，只会读书。娘快饿死啦。你一定常回去看一眼，兄弟！"

她哭，德耀也哭，小宝也哭。她和小宝被卷在拥挤的人流中出了城门。

第二十四章

　　出了宋门，就是一个岔路，一条向禹王台方向去，一条直往东去。直往东去的这条路要越过大堤，那里是往商丘去的官马大道。凡是出城的妇女，从曹门出去的，要在曹门大堤缺口处聚齐。从宋门出去的，或者到宋门大堤缺口处聚齐，或者到禹王台、繁塔寺聚齐。香兰第一次走出宋门关，不知道往什么地方去，看见往正东大堤的缺口处较近，堤上插着几面小旗，堤下有许多帐篷和席棚，她便拉着小宝，随众人往那里走去。

　　曹门和宋门的大堤口，还有禹王台和繁塔寺，都是收容出城的老弱妇女的地方。西城外的收容地是孤魂坛。北门外大堤口也有收容地方，但是从北门出城的老弱妇女较少。老弱妇女们到了收容地方，可以先在帐篷和席棚中休息一会儿，等领得了赈济再走。从这里到禹王台和繁塔寺一带的安置出城灾民事都归田见秀掌管。李岩如今当了田见秀的副手。

　　每一个收容妇女的地方都安置了许多大锅，煮有稀饭。为着防备官军乘机出城袭扰，每个地方又部署了一二千步、骑兵，监视城中动静。这时田见秀刚刚视察了曹门外收容老弱妇女的地方，又到了宋门外。他看见许多老弱妇女已经来到，便一再嘱咐兵丁们要妥善安置这些饿伤了的老弱妇女。在宋门大堤外负责的是两员偏将，一个是白旺，一个是李俊。田见秀对他们嘱咐说：

　　"一定要让老弱妇女们好生休息，能够今天就去投亲靠友的今天就去，不能今天走的就在帐中暂住一晚，明天再走。这些妇女饿了多时，身体无力，倘若晚上到不了亲戚家，露宿旷野，十分不妥。"

　　说毕，他又看了看路旁的大木牌，那上面写着闯王的禁令："不

许欺压难民，侮辱妇女，倘有违反，定斩不饶。"他转过身来对李
俊说：

"子英，这上边的四句话，你要反复向弟兄们讲明，让大家牢记
在心。我们为救城中生灵，作此义举，倘若有一点差错，我们如何
对得起这些妇女？又如何对得起城中百姓？"

李俊唯唯遵令。他知道，李岩原来也有此救活开封城中老弱
妇女的主意，但没有贸然向闯王提出。直到打败刘泽清之后，才由
田见秀向闯王竭力建议。为此一事，李俊对于田见秀更加钦佩。

田见秀又对白旺嘱咐："子英照料出城妇女，安排她们投亲靠
友。你要随时看着城内有没有官军出来，倘若出来，你立刻带兵将
他们赶尽杀绝，不许他们骚扰。"叮嘱以后，他重新上马，向禹王台
方向奔去。

当田见秀走后不久，有一个青年小校，骑着一匹骏马，后边跟
着四个骑兵，从北门驰向曹门，在曹门大堤稍作停留，又来到宋门。
李俊认识他，是在汝宁投军的王从周。他很喜欢这个小伙子，就把
他叫住，问他来此有何事情。

王从周说："我在找我的一家亲戚。她们在开封城内住，要是
出城，离宋门比较近，出曹门也可以。我想她们会乘今天这个机会
出城来的，来找找试试。唉，恐怕不容易找到！"

"你的什么亲戚住在开封？住在哪条街上？"

"是一家表亲，"王从周不好意思说明是他的未婚妻的家庭，
"只知道住在鼓楼街北边不远的地方，靠近南土街西边，可是街道
名称我已经记不清了。"

"她们家姓什么？男人叫什么名字？"

"她们家姓张，男人是一个秀才，名叫德厚。"

"她家的妇女你可认识？"

"我同这个表嫂倒是见过一面，可是那时我还小，如今也记不
清了。"

"你在这一大堆妇女中间看一看，倘若有仿佛见过面的，你不

妨问一问。"

王从周在出城妇女中走了一圈,并没有见到似乎相识的人。他想找以前出城采青时见过的霍婆子,也没有看到。李俊倒很细心,见王从周找不到,就高声向妇女们询问:

"有没有张秀才家的妇女?请出来!"

问了几遍,没有人答应。李俊对王从周说:"你看,好像没有来到这里。莫非往禹王台和繁塔寺那边去了?你到那边先去看看,待一会儿再来这里吧。"

王从周和四个弟兄飞身上马,向禹王台、繁塔寺奔去。

这时香兰刚刚走到这里,王从周寻找她们的事,她一点不知。她远远地好像听见有人问:"有没有张秀才家的人?"但是听不清楚,何况她第一次单独出门,遇事小心谨慎,十分胆怯,不敢多言多语,更根本没料到会有人寻她,怎敢随便打听?当王从周骑马奔走时,她也看到了,断没有想到这竟是自家的亲戚。她只是一个劲儿在心中感叹:而今母子两人,孤苦伶仃,虽说要去投奔亲戚,可是路途很远,谁知能不能走到?可惜近处竟没有一个熟人!这么一路想着,她不禁又涌出了伤心热泪。

她到了扎着许多帐篷和席棚的地方,出城的妇女都在这里坐地休息。有些人因为过于饥饿衰弱或有病,坐下去后就倒在地上。小宝早就走不动了,不住啼哭。她牵着小宝,走进一个帐篷,在妇女们中间坐了下去。

附近砌起二十几座土坯灶,上坐大锅,有的锅内已经煮好了粥,有的正在煮。灶下,火光熊熊。灶上,烟雾腾腾。小宝正在对新地方感到惊奇,忽然看见了粥,闻见香气,不顾害怕,向母亲哭着说:"我饿呀!我饿呀!"声音是那样凄惨,不仅香兰听了心如刀割,连义军将士听了也觉得非常难过。一个兄弟见小孩饿得可怜,不等香兰自己去领粥,他便盛了两碗,端来递给香兰和小宝。小宝伸出两只小手,可怜胳膊细得像两根柴棒一样。这个义军兄弟迟疑了一下,怕孩子端不动这一碗粥。香兰也看出孩子端不动,赶紧一只手接了一碗。她把自己的一碗先放在地上，将小宝揽在怀里，端着碗让他喝粥。小宝多少日子没有见过这样又稠又香的粥了，自己抓着筷子，赶快往嘴里扒。香兰一看这样不行：孩子饿得太久，喉咙饿细了，肠子饿细了，吃得急了，会噎住，会呛住；吃得饱了会撑坏肠子，甚至撑死。她只得夺过小宝的筷子，自己喂他吃，一面喂一面小声说道：

"小宝，莫太急，莫太急，小口吃，小口吃。"

她自己也饿得头昏，肠子里头咕噜噜连声响，可是她不能自己先吃。她一面喂小宝一面想起招弟，想起自己的丈夫和婆母，还有妹妹德秀，他们都仍在城内挨饿。这么想着眼泪簌簌地滚落下来。有几颗眼泪落在碗中，她不愿小宝吃下眼泪，就接过小宝的碗来喝了两口。施粥的碗都是大碗。香兰看小宝吃得差不多了，怕他撑得太厉害，就把剩下的半碗夺过来，哄着他不要再吃了，留下半碗，待会儿再吃。小宝很听话，加上实在疲倦得很，安静地躺在妈妈的腿上，转眼间便呼呼入睡。

香兰这才自己端起碗来喝粥，一面看着小宝的睡相，心里感到可怜。可怜的是孩子太苦。为什么要打仗？为什么要守开封？把孩子饿成这样！可是，孩子毕竟逃出了开封，如今倒是睡得踏踏实实的。她正在这么想着，忽听小宝在梦中叫道：

"奶奶，奶奶，快来吃粥！爹，快来吃粥！"

香兰听了这话，心如刀割，不觉哽咽起来。对自己说："在这儿举目无亲，母子俩如何能逃到兰阳？"想着，想着，觉得前头路一团漆黑。

吃过粥以后，各人领取三升粗粮。香兰因为还带着一个孩子，就领了六升粗粮。发放粮食以后，李俊吩咐妇女们赶快各自投奔亲戚，不要在此久留，以免时间晚了，到不了亲戚家，耽误在中途。同时也说明，如果近处没有亲戚，今天可以住在帐篷中，明天一早起来赶路。有少数妇女想回城去，李俊说：

"我们大元帅传谕，愿回城去的听其自便。"他又说："可是明天如果城门关闭，不许出城，就没有办法逃出开封了。"

香兰听说可以返回城中，便不忍心离开丈夫和招弟，也不忍心丢下婆母和妹妹了。想了一阵，下定决心返回城中。未时刚过，她的体力恢复过来了，小宝也睡足了觉，有了精神。她不敢再迟疑，向李俊磕了头，便提起包袱，背上粮食，左手拉着小宝，右手拄着棍子要回城里去。李俊觉得于心不忍，追上几步，劝她不要回城，以免一起饿死城中。她流着泪说：

"我不能眼看着亲人在城里挨饿。我现在把这点粮食带回去，明日能够出来我就再出来。要是官府不再让妇女出城，我就同一家人死在一起。"

李俊见她是一个贤良的妇女，不觉叹息一声，心中十分感动。又问她姓什么，她回答说姓张。李俊还想再问下去，由于有好几个妇女同时过来向他问这问那，一时间很乱，只得作罢。

香兰已经走出很远，王从周又骑马奔来。原来他在禹王台、繁塔寺两地都没有找到他所要找的亲戚，深感失望。这时又向李俊问道：

"你这里有没有从鼓楼街北边来的妇女？"

李俊猛然想起香兰，说："有一个好像是读书人家的娘子，我知道她姓张，可是没有顾得问她住在哪里，不知是不是张秀才家的人。"说着，他用手指着城门方向，"你看，就是她，已经快进城门了。"

王从周手搭凉棚，向西望去，看见果然有一个妇女牵着孩子，背着粮食和一个包袱，快到宋门关了。他不禁叹气说：

"唉！说不定就是我的亲戚，可是没有办法追上了。"

李俊说："说不定她明日还会出城来的。"

王从周说："明日也许她不来了，也许她想出来却出不来了。你想，谁晓得城中官府明日会不会继续放妇女出城？"

李俊摇摇头，深为惋惜地说："这个娘子是个贤妻良母。她心中丢不开她的丈夫和她的婆母，真是个好娘子！"

当天，各门都有少数重回城内的妇女，总计约有一两百人。官绅们因害怕城中军民如仇的情况泄露出去，严令兵丁义勇，对回城的妇女妥加保护，不许抢夺她们携回的粮食。香兰尽管十分辛苦，进城门后担惊受怕，毕竟赶在黄昏之前平安地回到家了。

虽然返回城内的妇女人数不多，但是立即产生了很大影响。不仅轰动她们的左邻右舍，同街共巷，而且经过城门，经过大小街道，到处有人拦着询问。关于妇女携粮返回的消息飞快地传遍城中，使城中居民对义军的行事深感惊奇，暗中敬佩，也有想出城而又疑虑踌躇的饥民们感到鼓舞，不再犹豫。

张德厚一家意外地重新团圆，如同做梦，惊喜和悲痛齐上心头，奶奶将小宝搂在怀中，香兰将招弟拉到膝上，相对伤心哭泣。香兰因为泣不成声，好不容易才回答了丈夫和母亲的询问，将出城后遇到的事儿述说清楚。左右邻居都来问讯，将堂屋当间儿挤得满满的。大家明白了香兰回来的经过以后，互相叹息，有人称赞香兰好，有人对自己家中出城的妇女开始放心，有人拿定主意叫自己家中的年轻媳妇和闺女们明日出城逃生。但是大家心中都有一句话不敢说出，那就是称赞李闯王必得天下，他的人马果真是古今少有的仁义之师。

邻人们散去以后，香兰知道母亲、丈夫、妹妹和招弟都在饿着，赶快去给他们煮了一点东西充饥，又将携回的六升杂粮装进一只空缸里，埋入地下。原来在西屋角有一个塌陷的地方，如今稍微刨深一点，就可以埋好，掩上旧土，堆一些破砖在上边。她刚刚将粮食藏好，疲惫不堪，正想休息，忽然听见有人敲大门。她蓦然两腿发软，心中慌跳，暗暗叫道：

"我的天，准是来抢粮食的！"

任凭外边敲了几次门，香兰和丈夫只不应声。母亲颤抖地说：

"又是要命的兵勇！天呀，他们不见答应，会把大门砸开的！"

招弟听说是兵勇来了，缩在奶奶的怀中大哭。一家人正在无计可施，忽然听见仿佛熟悉的声音叫道：

"德厚！德厚！"

因为招弟在大哭，所以叫门的声音不能分辨清楚，随后又听见叫声：

"哥！哥！快开门！"

张德厚陡然放心，说道："是德耀叫门！"

香兰接着说："刚才叫门的是铁口大哥！"

一家人如庆再生。招弟立时不再大哭，换成了哽咽。德厚赶快答应一声，站起来向外走，却向母亲和妻子说道："他俩这么晚回来，有什么重要消息？"

王铁口和德耀厮跟着来到堂屋。德耀起小跟着哥嫂过日子，衣服鞋袜都由嫂子亲手做，饥饱冷暖全靠嫂子关心，一上堂屋台阶，抢先带着哭声叫道：

"嫂子，你回来了！"

香兰望着弟弟，没有回答。她的喉咙被一股热泪堵住了。

坐定以后，王铁口说道："我听说李闯王允许妇女们携粮回城，想着李姑娘对婆婆很孝顺，夫妻感情又好，猜想她必会回来，所以替德耀请个假，同他一道回来看看。德厚，你们夫妇决定下一步怎么办？"铁口又朝着香兰问："李姑娘，你是什么主意？"

香兰哽咽说："我既然回来，就不打算走了。一家人要死就死在一起，到阴曹地府也不分离。"

铁口向德厚的母亲问："大娘，你老人家可也是这个主意？"

母亲叹口气说："我是快死的人，已经没有主意了。自从她带着小宝走后，我放不下心，就像是失去魂灵一样。招弟不住地要找妈，哭个不停。你兄弟是个读书人，嘴里不言不语，怕我做娘的过于伤心，可是我听见他背着我唉声叹气，也看出他眼里常常是泪汪汪的，铁口……"母亲又哽咽又喘气，停了一阵，艰难地继续说："铁口，李姑娘说的是，既然回来了，不如一家人守在一起，到阴间还能够鬼魂相依。开封近处无亲无故，让李姑娘带着小宝出城逃生，我死了也不放心。"

王铁口深深地叹口气,摇摇头说:"不然!不然!"

张德厚赶快问:"大哥有何主意?"

铁口说:"我回来就是为要帮你们拿定主意,而且事不宜迟,必须今晚就拿定主意。"

"请大哥说出高见。"

"按照我说,李姑娘明日一早,带着德秀姑娘、小宝和招弟赶快出城,万不要留在城内。大娘有病,你同大娘留在城内,这是万不得已,不留下别无办法。既然一家六口人有四口可以逃生,为何都等着在城中饿死?难道你们愿意连小宝也活活跟着你们饿死,你张家人除德耀外全都死光?其实,长久下去,我同德耀也将饿死!"

德厚的心头一亮,说:"大哥!……"

铁口接着说:"李自成确实有过人之处,近世罕有其伦。他能够以无辜苍生为念,知会守城大吏放老弱妇女出城就食,这样行事实出我意料之外。我更没料到,他向出城妇女们发过救济粮之后,愿返回城中者随便,不加阻拦,仍然一体保护。此乃古今少有之事,竟然见之于今日!据我看,开封军心民心,必将大变。本来老百姓从搜粮开始之后已经不恨贼而恨兵,今日之后,民心更难维系,必将迅速瓦解。可是正因为李自成的这一手十分厉害,我断定官府明日再放一天妇女出城,就会停止。所以,你们必须今夜拿定主意,让他们四个人明日赶快逃生;稍迟一步,悔之晚矣!"

大家听完王铁口的话,觉得句句合理。经过一阵商量,只好按照铁口的话拿定主意。王铁口又嘱咐一些话,带着德耀走了。

第二天是八月十八日。香兰因为要同丈夫和婆母分别,自己带着妹妹和两个小孩出城逃生,几乎一夜不曾合眼,总在哭泣。黎明时候,她先起来,替丈夫将常穿的衣服清点一下,一边补补连连,一边流泪。她实不想离开丈夫单独活下去,可是为救孩子们,她只好忍痛离家。

母亲也早早地起来,带着德秀跪在神前烧香。这是家里仅仅剩下的一点香,她洗了手,拿出来恭恭敬敬地点着,插进香炉。中间供的是恭楷书写的"天地君亲师"牌位和木制的祖宗神主,另外还供有木版套色印刷的关帝骑马横刀挂轴,红绿两种彩色已经随着年深岁远而变得十分古旧。她跪下去磕了三个头,虔诚地默默祈祷,有时也不由地发出声音。她祷告玉皇大帝、关圣帝君和祖宗神灵保佑她的儿媳、闺女、小宝和招弟平安出城,顺利逃生。特别是为着小宝,她反复哽咽祷告:

"请神灵保佑,小宝是我们张家的命根子。张家传宗接代,就只剩下这一棵独苗了。求求老天爷、关老爷和祖宗在天之灵,保佑她们母子平安吧!"

她祝祷以后,又叫儿子和儿媳都进来跪下,向神灵磕头祈祷,保佑媳妇们大小四口人一路平安。

这天早晨家里煮的是一些山药、茯苓和一些糠皮和杂粮。大家都吃了一点,让两个小孩子吃饱,惟有香兰吃得很少,她宁肯饿着肚子走出城去,多留下些吃的东西给丈夫和婆母。快动身的时候,祖母一只手拉着小宝,一只手拉着招弟,哭得难舍难分。她又对香兰千叮咛万叮咛,要她不管怎么样,一定要把小宝带大,为张家留下一条根。香兰听了这话,失声痛哭。德秀从未离开过母亲,这时也在一旁捂着脸痛哭不止。张德厚毕竟是个男子汉,怕耽误久了,官府变卦,不让出城,于是一面挥泪,一面催她们赶快起身。

由于昨天有一部分妇女携带粮食回城,盛赞闯王的人马如何仁义,如何出人意料地好,城中居民对义军的疑虑消除,今日有很多妇女出城。左右两家邻居昨日没有妇女出去,今日就有三个妇女带着四个孩子,约好了与香兰一起出城,香兰为着等候邻居,比昨天晚出发了一个时辰。她们是从宋门出城的最后一批妇女。

王从周很早就来到宋门外的大堤上,站在通往商丘官道的豁口处,等待亲戚。等啊,等啊,等不到昨天李俊所说的那个妇女,失望得很,又骑马往禹王台、繁塔寺奔去。

与香兰同行的邻居妇女,因为都有亲戚在陈留县境,出了宋门关,就同香兰、德秀分手,向东南方向去了。

香兰一面走,一面想着丈夫和婆母,明白今日去后很难再见,今日的分手就是死别。她又想着自己是年轻媳妇,德秀是黄花闺女,太平年头出门还难免路途风险,何况今日世道如此荒乱,谁知能不能走到兰阳县境?这样想着,她一阵伤心,边走边哭。德秀也是边走边哭,同嫂子一直哭到大堤。

李俊看到她们来了,迎上去细问了她们的家住在什么街道、男人姓甚名谁,然后大为高兴,大声地说道:

"啊呀! 果然就是你们! 大嫂,你们有一位亲戚在这里寻找你们,昨天就在寻找,刚才又来了一次。"

香兰感到奇怪,说:"军爷,我们在近处没有亲戚。"

李俊说:"有一个后生,姓王名从周,是汝宁人氏。他说是你们的亲戚,难道你忘了不成?"

德秀听到从周的名字,顿时脸红,心口嗵嗵地跳,羞得低下头去,躲在嫂嫂背后。香兰愣了一下,忽然明白过来,但又不懂这个王从周何以在义军之中。她向李俊问道:

"你说的这个后生有多大年纪?"

"大约十八九岁。"

"好端端的,他怎么来到此地?"

"几个月前,我们大军路过汝宁,他投了义军,起初在马棚里喂马,后来知道他认识字,又见他少年老成,就把他拨到元帅标营,如今当上了一名头目。"

香兰这才明白果然是他,脱口说道:"哦,我的天! 这位王相公①,他是我家没有过门的客②啊!"

这句话使李俊也一愣,原来王从周与她们并非表亲,而是张家的女婿。他马上派了一个亲兵飞马往繁塔寺一带寻找王从周,要

---

① 相公——长辈或平辈而年长的亲戚对年轻人称相公,表示客气。
② 客——河南人妻族的长辈或平辈而年长的人称女婿为"客",才结婚为"新客",结婚前为"没有过门的客"。

他赶快前来认亲。

香兰心中十分庆幸,觉得这简直是天上掉下来的一位亲戚,做梦也想不到的事儿。她不住地说出感谢苍天的话,又不时地偷望妹妹。德秀低头不语,十分害羞,一方面她庆幸能够在这里遇见亲人,另一方面她不知道应当如何同这未过门的女婿见面。当然她也暗暗地感谢苍天,感谢神灵的保佑。

王从周来到的时候,香兰们已经吃过施舍的粥。李俊带着王从周来同她们见面。王从周先向香兰行礼,香兰赶快福了一福还礼,从周也十分羞怯,不敢看德秀,向香兰不好意思地叫了一声"嫂子",问道:

"你们打算去哪里投奔亲戚?"趁着说这句话,他偷偷地瞟了德秀一眼,并未看清她的面孔。

香兰答道:"我们近处没有亲戚,只有在兰阳县境内有我们的舅家,现在只有往那里去才能暂时躲避一下。可是路途很远,我们又从没有出过门,多么困难哪!"话未落音,眼泪已经奔流。

王从周说:"嫂子,不要难过。你们今天就住在这帐篷里,等我回去向长官禀报一下,看能不能明天找一个妥当人送你们到兰阳亲戚家去。"说着,他又用眼角偷瞟了德秀一眼,但德秀仍旧低着头,使他看不清楚。

德秀也很想看看这位未过门的女婿,但又不敢抬起头来,只看见他脚上穿着马靴,腰间挂着宝剑。

当下他们在堤边商量定了,香兰等四口人今天就住在这帐篷里边,等着王从周去安排如何送她们去兰阳县。王从周来后,香兰很想把这意料不到的喜事托人告诉丈夫和婆母,让他们在城内放心。她就向周围的妇女们打听,果然有位同街坊的妇女要回城去,住的地方离张家不远。她托这位妇女回城后给丈夫和婆母带个口信,那妇女也答应了。可是等那妇女走到宋门关的时候,才知道城门已经关闭,墙壁上贴着官府的告示,糨糊尚未干讫。一群妇女围立在告示前边,听一个返回城来的白胡子老者念了一遍,大家猛然失望,有的竟忍不住哭了起来。原来那告示是开封知府出的,借口有流贼混入城中,奉抚台大人面谕,立即将五门关闭,不许老弱妇女回城,明日亦不再放人出城。妇女们没有别的办法,只好悲叹着、哭泣着回大堤上去。

香兰听到这消息后,十分难过,求李俊再想办法。李俊摇头说:"没有什么办法。一定是城中官府因为昨日回城的妇女说了实话,怕动摇守城军民的心,所以才这么突然变卦。你们既然已经出来,又碰见了你家没有过门的客,这就是天大的幸事。你们安心等待吧,从周一定会找到妥当的人将你们送到兰阳。"

在兰阳县西乡有一个宋家庄,这是一个小小的村庄,周围有一道土寨,住着几十户人家。香兰和德秀带着两个孩子,住在亲戚家中。因为她们来时带有王从周赠送的几两银子,舅家又很热情相待,所以日子过得也还安定。看看八月已过,重九将至,香兰十分想念开封城中的丈夫和婆母,担心他们是否还活在人间,经常皱着眉头,心事沉重。

偏偏这时招弟患了病。乡下缺医少药,尽管也请了一个儿科郎中给看病,又求了神,许了愿,但发过几天高烧后,转成惊风,不幸死去。

香兰哭得极惨,而且精神上也萎靡了,常常整天不吃饭,痴痴地想着女儿。后来她自己也发起烧来,昏沉沉地睡觉。德秀细心地照料嫂嫂,生怕她一病不起。

就在这时,忽然传来一个消息,说太监刘元斌率领的京营人马奉皇上圣旨去救开封,在豫皖交界处逗留很久,最近来到了兰阳县境。这一带百姓早就听说太监刘元斌的京营兵军纪很坏,到处杀人放火,奸淫和掳掠妇女。所以听说他的人马来到,全村人心惶惶,一日数惊。不意这一惊,香兰的精神反而振作起来。她自己是年轻妇女,担心受辱;同时也为妹妹德秀担心。德秀也是天天担惊、发愁,夜间不敢睡觉,随时准备躲藏,还时时想着一个"死"字。

过了两天,京营兵果然来到寨中,杀了许多人,又放火烧了几座房子,从十三四岁的女孩到五十岁以内的妇女,凡是没有来得及逃走的,几乎都被奸污。有的不从,被他们杀死;有的年轻妇女,长得不丑,奸污后被带走。德秀也被捉到,正要拉她去奸污,恰恰路边是一口深井,她猛地挣脱官兵的手,扑进井中。官军来不及抓住她,骂了几句,离开了井边,另去搜索别的妇女。

香兰这时正抱着小宝藏在附近的一个麦秸垛中,看见德秀投井,吓得浑身颤栗不止。不料这时恰有一个军官从旁经过,看见麦秸抖动,发出索索声音。他顺手用枪杆子将麦秸一挑,露出了香兰和小宝。那军官见香兰虽然消瘦,却长得很俊,喜出望外,猛地一把拖出来,当着小宝的面就要强奸她。她抵死不从,又是挣扎,又是哭骂,又是口咬。披头散发,衣服撕破。小宝大哭大叫,扑在妈妈的身上救护妈妈。那军官大怒,提起小宝扔出去几尺远,幸而地上有麦秸,没有摔死。香兰看见小宝在地上挣扎着爬不起来,也哭不出声,她像疯狂一般,猛地坐起,照军官的手背上咬了一口,向小宝扑去。那军官一怒之下,一耳光将她打倒在地,晕了过去。军官望望她,火气消了,趁着她无力抗拒,将她强奸。

香兰清醒以后,哭着爬到小宝身边,将孩子搂在怀里。军官命一个士兵将她从地上搀起来,拖着她往北走。她紧紧地拉着小宝不放。小宝也拼命抓住她,大声哭叫:"妈呀!妈呀!"那军官对她说:

"你好生跟我走,我救你母子两个性命。你的小孩子长得怪好看,我很喜欢他。为着救你的孩子,你好生跟我们走吧。要不然,不光你活不成,你的孩子也活不成。"

香兰想救小宝,但又想到今生无颜再见丈夫,打算一死完事,不肯跟他们走。她挨了许多打。士兵们还打小宝,打得孩子尖声哭叫。并且威吓说要杀小宝。她不忍心孩子吃苦,更怕他们杀害小宝,才慢慢挪动脚步。一路上她几次想到自尽,一看见水井就想往里跳,但看看身边小宝,想着他是张家的命根子,就暂时放弃了自尽念头。

后来不知走了多远,她和小宝被扶上一匹老马,小宝被她紧紧地搂在怀里。在生与死的思想缠绕中,骑着马走啊,走啊,最后到了黄河岸边。那里停着许多大船,载满官兵。她和小宝被送上一条船去,这时她才知道自己已被这个军官霸占了。那军官把她带进舱中,又逼她一起睡觉,她不肯,军官便拔出刀来说:

"你要跟着我,这孩子可以抚养成人。你要不愿跟我,我先杀这孩子,再来收拾你。"

说罢目露凶光,拉着小宝就要到舱外去杀。小宝哭得惨痛万分,抱着她的腿不肯出舱。到这时,香兰不得已只好屈服了。以后她就跟着这个军官生活,可是只要军官不在面前,她就痛哭不止,饭量一天天减少,人越来越憔悴。在悲痛和耻辱的日子里,转眼间重阳节来到了。

小宝的生日恰在重阳节。往年每到此日,香兰都要为小宝做一件新衣服,做些好吃的东西,但现在她只好托那个军官找来两个鸡蛋,煮了煮,算是给小宝做生。小宝对她说,他做了一个梦,梦见奶奶、爸爸,还有姑姑、姐姐,还梦见了叔叔。小宝毕竟太小,梦中情形说不清楚,但是他说,他很想念奶奶,很想念爸爸。

香兰听了这个梦,想着招弟、德秀都已经死了,丈夫、婆母和德耀说不定也已死在开封城中,莫非是全家鬼魂一起来给小宝托梦?这么想着,她不禁痛哭起来。哭了好长一阵,趁军官不在船上,她走出船舱,向西方望着哭道:

"天呀,你们都死了,何必再来寻小宝?我知道你们想念小宝,可是如今阴阳相隔,不能再见面了啊!我求你们在阴曹地府看顾小宝!"

当香兰站在船头上朝西方哭着祝告的时候,她的丈夫和婆母并没有死。母亲已经连着七八天卧床不起。她刚才也做了个梦,梦见香兰和小宝哭着回家,走进了大门。她迎上去,说道:"小宝,别哭,今儿是你的生日!"忽然她伤心地哭起来,被自己的哭声惊醒。醒来以后,听到外边雨声很稠,原来好几天来开封就不断下雨,今天雨下得格外大。

德厚听见母亲的哭声,挂着棍子,艰难地来到面前,安慰母亲说:"请妈妈不要发愁,我们还有一件皮袄,一口破皮箱,这些皮子都可以泡一泡,然后煮煮充饥,只要几天内不死,说不定城就会破。只要闯王来到,放赈分粮,老百姓就有救了。"

母亲告诉儿子:她不是怕饿死,而是梦见媳妇和小宝回来了,所以才哭了起来。德厚叹口气说:

"娘啊!如今已到了这步田地,你还想他们做啥呢?再说,他们四口人出城去都有了活路,你老也可以放心了。"

正在说话,只见王铁口挂着一根棍子,一歪一歪地回来了。由于邻家院子的大门开着,他不曾叫门,就从邻家院子穿了过来。他如今是那么瘦弱,简直和过去变成了两个人。本来是很强壮的一条汉子,现在却驼着背,骨瘦如柴,脖子上青筋暴在外面,嘴也有点歪了。他已经很少再回来,但今天却是冒着雨,踏着泥,艰难地走回来了。他一进屋就无力地坐了下去,对张德厚说:

"德厚,我今天没有给你们带吃的东西。我回来只是告诉你们两个消息。我要不回来,没有人会告诉你们,所以我不放心啊!"

"铁口大哥,有什么重要消息,你说吧。"

"德耀昨天夜里逃走了。"

德厚一惊:"他逃到哪里去了?"

"他们守城的义勇也是饿得没有办法。他约了几个小伙子,昨天夜里用绳子系在城头上,缒下城去。临下城的时候,被一个巡逻兵看见了,他们拔出刀子砍死了那个兵,几个人赶快缒下城去。后来城上别的人听见响动,赶出来朝城下放箭,又扔石头,因为下了多天雨,弓弦湿了,松了,所以箭倒不能射远,也射不准,伤不着他们。可是,那些石头要是打着人,不死即伤,这倒使我担心。究竟以后情况如何,我就不清楚了。"

德厚叹了口气，流下了眼泪，但没有说别的话。母亲在里边床上听见，哭了两声，也就罢了。因为如今大家都是命在旦夕，所以对亲人的死也不像平时感到那样难过，何况德耀也可能并没有被石头打着，已经侥幸逃了出去。

王铁口又说："还有一件事，我不能不对你说，这又是要命的事儿。"

德厚说："也没有什么要命，顶多官府来抓我，说我的弟弟逃走了，向我要人。我随时都准备着死，不放心就是老娘还躺在床上。"

铁口说："不是这事。今天官府已经顾不得抓人了。"

"那是什么事呢？"

"我上次同你说过李光壂家造船的事，现在事情越来越奇怪，李光壂家想造船，没造成，又赶快秘密绑了一个木筏，不许仆人外传。听说巡抚、知府、布政使、按察使也都在命人绑筏子。还有理刑厅的黄推官也在连夜命人绑筏子。你说这怪不怪？多少年来黄河没有淹过开封城，可是他们为什么都秘密地绑筏子？难道开封会被水淹么？怪，太怪了！"

德厚也感到奇怪："开封如果被淹，他们怎么能够料到呢？"

铁口说："所以我说很奇怪。这事我也不敢多猜，我回来只是告诉你，一定要准备一块大的木头，万一水淹，抱住木头就可逃生。"

说完以后，他不肯多坐，站起身来又说："近几天开封吃人的事情很多，还有父亲吃了儿子的。我要赶早回去，免得天色稍晚，走路更加担心。"

他冒着大雨，又从邻家院子穿过，向着宋门方向走去。走过一条较长的胡同，他远远地看见有两个人蹲在那里敲一个死人的腿骨。腿上已经没有肉，他们是在敲破骨头，寻找骨髓。这样的事，王铁口在城里已经见过两次，所以并不感到害怕。当他快走到那两个人蹲的地方时，脚下一不小心，滑倒泥中。雨继续下着。他忽然看见那两个人从死人骨头旁站起来，像两个饿鬼似的，每人拿着一根棍子，目露凶光，艰难地向他走来。他心里想道："啊哟，这是来吃我的?"他拼命挣扎着要站起来,可是由于饿得太厉害,刚撑起半个身子,眼睛发黑,头脑晕眩,爬不起来。正在这时,突然觉得头顶上挨了一棍,猛然倒了,不省人事。

王铁口走后,张德厚又走进里屋跟母亲谈话。他们都不相信开封会被水淹,觉得这是不可能的事。他们倒是想起今天是小宝的生日,不知道她母子俩现在哪里。母亲说:

"唉,今年小宝的生日没有人替他做了!"

这时香兰仍坐在船舱中,将小宝抱在怀里,一面喂鸡蛋给他吃,一面说道:

"小宝,今年这就是给你过生日了。要是我们能逃过这一关,明年太平无事,再给你做件新衣服吧。"

刚说到这里,忽然间几百条大船都骚动起来,一片吵闹声音。

香兰仔细一听,才听到人们吵嚷说,朝廷派御史前来清军,御史大人已快到黄河岸了。她不懂得什么叫"清军",正在惊骇,那个霸占她的军官已带着几个兵丁来到船舱,叫她赶快出舱。后边舱里住着的女人也都被逼着出舱。香兰不知道出舱有何事情,就走出舱来,小宝吓得一面啼哭,一面拉着她的衣襟也跟着出了舱。这时那个军官便逼着她立刻跳下水去。同时各船上都在逼妇女投水。满河一霎时齐哭乱叫,妇女们纷纷被推落水中。香兰这才明白是要杀她们妇女灭口。她望一眼滔滔黄水,并不怕死,不贪恋这样的耻辱生活,可是她舍不得小宝,没有立刻跳进水中。一个兵一把提起来大哭的小宝扔进黄河,但见水花一溅,便不见了。香兰刚向着小宝落水的地方哭喊一声,有人从她的背后猛力一推,将她推进水中。

过了很久,大约是过了一夜,她发现自己睡在一间很破的茅屋里,面前尽是陌生的面孔,男女都有。原来她被推下船后,立即被洪水冲走。黄河正在涨水,常有从上流冲下来的各种木料、家具,以及死的人和牲畜。香兰碰巧抓住一根木料,死死抱住不放,因此忽而略微下沉，随又漂起，得以不死，但后来也失去知觉。她凭借这一根农舍屋梁竟然漂流了大约十里，被冲到河漫滩①水边浅处，被一片芦苇挡住。幸而被村民看见，将她抬回村中救活。这时她望望众人，想了一阵，重新想起她被推下水去的经过。由于刚刚苏醒，浑身乏力，她没有马上说话。旁边的老百姓叹息说：

"唉！昨天真惨哪，几百个年轻妇女被官军活活地扔下黄河，水面上漂满了死尸。你好在还没有断气，遇着我们打鱼，把你救了上来。"

香兰问道："我的孩子呢？"

老百姓摇摇头说："不知道，没有看见什么孩子。"

香兰这才完全明白，无力地哀哭起来。

救她的这些百姓都非常穷苦，但心都非常好，尽管自己生活十分艰难，还是弄了点东西给香兰吃，要她好好休息。过了一天，香兰的体力慢慢恢复了，但精神已经失常，疯疯癫癫。旁边没有人的时候，她就跑出来，跑到黄河堤上，呼唤小宝的名字，唤一阵，哭一阵，直到那些渔民发现后，把她拖回屋中。但只要别人一不注意，她就又跑了出来。这样她几乎天天都要跑到黄河岸边哭喊。哭喊了几天，喉咙嘶哑了，神经更失常了，有时连饭都不愿吃了。

交九月以来的连阴雨，在开封和上游下得较大，这一带断断续续，下得较小，有时阴天，有时半晴。但是从上游来的洪水，日夜都在上涨。洪水早已越出了河槽，也涨满了两边宽广的河漫滩，冲刷着大堤。那些坐落在河漫滩中较高地方的许多村落，如今几乎全不见了，有的地方只剩下点点的黑色的或淡灰色的树梢，有的也许还露出来尚未冲走的屋脊。放眼望去，有许多地方，但见大水茫茫，无边无岸。

可怜的香兰，稍稍恢复了力气以后，每天不断跑到大堤上边，望着黄河用嘶哑的声音哭喊。她的眼睛，原先是明如秋水，如今因

---

① 河漫滩——沿河床两边，由洪水淤积成的泥沙滩地，可以耕种，有的地方也有村落，但遇涨大水，便没入水中。

不眠和哭泣而通红了。

她的衣服已经被自己撕破,一条一条地挂在瘦弱的身上,在深秋的冷风中飘动。

她的头发几天来没有梳过,带着不曾洗去的泥沙和不曾梳掉的草叶,散乱地披在背上和肩上,缕缕长发在强劲的野风中飘动,中间夹杂着新出现的几根灰白头发。

她在大堤上有时对着黄河呆呆凝视,有时脚步踉跄地走来走去,仿佛在寻找失去的东西,乱走一阵便痴呆地停住,望着远方哭唤小宝。有一次她实在衰弱得很,坐在大堤上,好久站不起来,只望着滔滔洪水,不断哭喊:

"小宝你回来吧!小宝你回来吧!快快回来吧!小宝,我的娇儿,你是咱张家的命根子,你在哪里?你在哪里?妈妈在寻找你呀!……"

旷野寂静,没有回答,只有汹涌的风浪冲刷大堤,澎湃做声,而无边的洪水滔滔东流。

三四个村中妇女慌慌张张赶来,又一次在大堤上找到了她。她们害怕她扑进水中,从左右紧抓住她的胳膊,将她搀起,劝她回去。她挣扎着不肯回村,望着河心边哭边说:

"小宝,我看见你了,看见你了。你同姐姐在玩哩。姑姑在照看你们。好孩子,你可要听姑姑的话呀!……啊啊,我看清啦。没有招弟,也没有德秀,只有你可怜的一个孩子。你不是在玩。你是被别人扔进了水中。你沉下去了,沉下去了!我的天,我的心尖肉,我的可怜的儿呀!……"

这最后一句哭唤,简直要撕裂人心,跟着是嘶哑声嚎啕大哭。妇女们也都感动得哭泣起来。香兰忽然转过头去,向着西方,望着开封方向,嚎啕声变成了幽幽哀泣,边哭边断断续续地说出来下边的话:

"小宝爹,我对不起你呀!德秀死啦、招弟死啦、小宝死啦,统统死啦。我不是不愿死,原是想晚死一步,救小宝一命,给张家留下独根。小宝爹,我不是无志气、无廉耻,甘愿失身的人。为着小宝,我苟活至今。唉,这一切都完了,都完了,我到了阴间也无脸见你!"

她转回头来,对着黄河,想跳进水中。妇女们用力将她拖住,劝她不要轻生。她们说乱世年头,清白妇女被兵抓到,被匪抓到,受糟蹋是常有的,用不着为这轻生。她们还劝她苟活下去,等待着开封解围,夫妻团圆。香兰一听这话,重新嚎啕大哭。妇女们跟着哭泣,都不敢再提这话,勉强将她拖下大堤,拖回村中。

九月十五日夜间,天气完全放晴。二更以后,香兰趁主人一家人都睡熟了,悄悄出来,逃上大堤,沿堤向东,一边走一边哭喊:

"小宝,我的娇儿,你在哪里?妈为你快要疯啦。妈在呼唤你,呼唤了几天。儿呀,你怎么不答应妈呀?小宝,你快点答应一声!……"

她从西向东走很长一段路,又回头向西走,不停地哭唤,声音嘶哑,几乎呼唤不出声来。旷野寂静,悲风呜咽,月色惨淡。小宝始终没有回答,只有洪水无情地冲刷大堤,澎湃作响,滔滔东流。

好心的人们顺着哭声,将她找回,按在床上,强迫她睡下。可是四更时候,她又逃了出来,走上黄河大堤,对着黄河哭唤小宝。主人们睡得正酣,不知道她又逃出。村中只有一个老人,在睡意矇眬中似乎听见从远处传来叫声:"小宝你回来吧!"但是这声音是那样的哑,那样的低,听不清楚,所以不曾重视,只以为是出于他自己的疑心。

天明以后,主人不见了她,也听不见大堤上有可怜的哭唤声音。好心的男女们赶快来到堤上,却没见她。人们分别向东向西,沿堤寻找,找了很远,竟没有见到她的踪迹,也没有听见她的哭声,但见洪水滔滔,向东流去。

第二十五章

从五月初二日李自成的部队到达开封城外,开封被围困已经快满四个半月了。

连阴雨下了十来天,今天是九月十三日,天气开始放晴。街上满地泥泞,坑洼的地方都积满了臭水。街上很少行人,冷冷清清,凄凄惨惨,简直不似人间。原来一些荒凉的地方堆满白骨,黄昏以后有磷火在空气里飘荡,现在白骨也被水淹没了。过去开封房子很多,如今人死房空,空房又被拆毁当做柴烧,空旷的地方也更多了。偌大一座东京汴梁城,连一声狗叫也听不见。猫也没有了。甚至飞鸟都已经绝迹了。每一次飞鸟来到,总是被人们设法捕获,或用弹弓打死;又因为城中没有粮食,也没有青草和虫子可做食物,所以久而久之,鸟再也不飞来了。

这天下午,开封府推官黄澍在惨淡的斜阳中,骑着一匹瘦骨嶙峋的枣红马,从巡抚衙门出来,回他的理刑厅衙门去,前后跟着二十几个兵丁和衙役。在平常日子,一个府的推官本来用不着带这么多人护卫,但目前情形不同,老百姓恨兵,兵和百姓又都恨官,所以他必须多带几个人出来,以防在街上被乱兵和百姓杀死。至于他骑的这匹马,如今在开封也成了稀罕东西,只有总兵陈永福还有一些战马未被杀掉,其余那些大衙门,每个衙门至多也只剩一匹二匹马了,黄澍的这匹枣红马现在看去毛色毫无光泽,两个肋窝深深地陷了下去。一般瘦马都是先从屁股和肋窝瘦起,而这匹马竟连头部都显得瘦骨嶙峋。它驮着黄澍,艰难地走在泥泞的街道上,走走停停。其实已经走不动了,但后面有鞭子在赶着它,只得勉强再往前走。黄澍也并不愿意骑它,无奈衙中的轿夫们已经饿得一点劲儿也没有。今天黄澍是先去周王府,又去巡抚衙门,如果步行出来,太失体统,路也太远,所以非骑马不行。何况他自己的身体也十分衰弱,如不骑马也不能走两个地方。

从巡抚衙门出来后,他的心情非常沉重,甚至近乎灰心绝望。原来他希望这一次开封能够固守,"贼"退之后,他可以叙功受赏,得到升迁。现在这一个希望破灭了。经过差不多四个半月的围困,城内人死了很多,不管是军民还是官绅都受了很大的苦。如今已经山穷水尽,再也支持不下去了。今天北城和东城外的义军开始搬运大炮,修筑炮台,看来只要连晴几天,就会发动攻城。黄澍明白,城是万万守不住的,如果不赶紧采取对策,城破之后,周王殿下和各个封疆大吏一起同归于尽,他黄澍也万难逃脱。实际上,他今天已是最后一次去周王府和巡抚衙门,以后大概不会再去了。

回到理刑厅衙门院中,他被人扶着下马,直接往后边的签押房走去。可是走了几步,他回头看见那匹枣红马正在被马夫牵往西偏院马房中去。那马不小心碰着一块石头,打个前栽,几乎要倒下去。他忽然想到,整个理刑厅衙门中的兵丁、衙役、官吏近来都十分饥饿,而他以后很难再骑这匹马了,于是他心一狠,吩咐管事的说:

"把这匹马宰了吧,每个人分一斤马肉。剩下的留到明天晚上再分。"

他没有说明为什么明天晚上要分马肉。仆人们更不管他明天不明天,一听说要杀老爷这匹心爱的坐骑,都高兴地往西偏院走去。

黄澍走进签押房,文案师爷刘子彬已经在那里等他。刘子彬如今也饿瘦了,脸孔已经瘦得走了相,好像变成了另外一个人。他的胡须忽然增添了不少花白成分,鬓边也增添了白发。他挥手使仆人们退出,小声向黄澍问道:

"老爷去朝见周王殿下,殿下有何钧谕?"

黄澍苦笑,摇摇头,接着小声谈了他去周王府的经过。

原来,当他去到王府时,周王正在奉先殿祈祷,管事的刘承奉出来接见了他。他把目前的危急情形向刘承奉说明后,便问周王有何谕示。刘承奉说,周王这两天常在宫中哭泣,宫中也已经绝粮了,可是各家郡王、奉国将军,更其绝粮得可怜,纷纷前来哀求周王。周王没法周济他们,惟有相对流泪。黄澍随即说道:

"承奉大人,目前开封危在旦夕,无力再守。下官今日进宫,是为着拯救一城生灵。从前曾有壬癸之计,看来势在必行。但此事十分重大,地方疆吏不敢擅自决定,特命下官进宫来面恳王爷殿下做主。"

刘承奉吃了一惊,随即恢复镇静,低声说道:

"这计策王爷知道,可是到底能行不能行,王爷也说不准。王爷怕的是大水一来,开封全城不保。"

黄澍说:"开封城外有一道羊马墙,大水碰着羊马墙,水势已经缓和了,加上开封城基有五丈厚,不要说大水在几天内会流过去,纵然长久泡也泡不塌。反之,流贼在城外受了大水一淹,必遭漂没,不漂没的必会退走。流贼退走,北岸官兵就可以用粮食接济城中。"

刘承奉又说:"凡事都要多从坏处着想。万一黄水来得很猛,漫过城墙,岂不全城生灵同归于尽?"

黄澍说:"大水来时,北城地势较高,决不会漫过城墙。"

刘承奉说:"王爷怕的是全城军民死于洪水之中。"

黄澍说:"如今天气放晴,流贼即将攻城,而城中军民绝粮,人心不同。万一三两天内城中瓦解,不战自溃,流贼进城,不但军民百姓没法逃命,连王爷殿下和宫眷也难逃出流贼之手。"

刘承奉因为知道周王对壬癸之计不敢做主,因此听了黄澍这番话,虽然心动,仍然沉吟不语。黄澍又问了几次,刘承奉只是沉吟、叹气,既不说可行,也不说不可行。

正在这时,周王已离开奉先殿,知道黄澍前来求见,他无心接见,便命一个太监出来向黄澍传谕。黄澍立刻跪下恭听,只听那太监说道：

"王爷殿下有口谕：寡人阖宫数百口，粮食已尽，不知如何是好。巡抚与黄推官有何妙计，只管斟酌去行，但要从速。"

黄澍马上磕头，说声"领旨"，便辞别刘承奉，出了王府。他认为，虽然周王没有指明要行壬癸之计，但有了上面这段旨意，将来万一皇上追究，便可敷衍过去。

现在他把经过情形告诉刘子彬后，刘子彬也很高兴，接着问道：

"老爷去见抚台大人，他可有什么吩咐？"

黄澍又摇了摇头，苦笑说："抚台大人说他已经智穷力竭，万不得已只好以一死上报皇恩。"

刘子彬问："壬癸之计，他如何决断？"

黄澍说："他不置可否。我问得急了，他竟叹口长气，落下眼泪，我就不好再问了。"

刘子彬说："当然啦，这是最后一着棋，关系重大，连周王殿下都只说了一句话，像抚台大人这样宦海浮沉多年，如何敢轻易说出可否。这担子他担不起来，但他心中难道就不想想除了壬癸之计，目前已别无良策？"

黄澍说："我看他心中也未尝不想行壬癸之计，只是怕担负责任罢了。"

刘子彬问："老爷去巡抚衙门时，可有别人在座？"

黄澍说："陈军门也在那里。"

刘子彬问："他的意思如何？"

黄澍说："他多年带兵，很有阅历。如今城中情况，他也最为清楚。他说今日城中人心已经不稳，从搜粮那时起，百姓已经不恨贼而恨兵、恨官，如今更说保开封保的是王府和大官，不是保的百姓，甚至公然说李自成的人马如何仁义，只要投降，百姓可以平安无事。他又说守门兵丁将士也是怨言甚多，埋怨他们拼命也好，饿死也好，都是为周王和大官们卖命，而自己的家眷却在忍饥受饿，天天有人饿死。"

刘子彬说："镇台大人知道这种情形就好,他也可以拿出主张。"

黄澍摇摇头说："他是武将,他怎么好拿出主张?"

刘子彬说："他难道不知道开封不能再守么?"

黄澍说："陈大人对开封目前危险局势了若指掌,他也亲眼看见流贼在向城边搬运大炮,准备攻城。不过他说他料就流贼未必真的攻城,因为流贼现在师老兵疲,士气十分不振,加上城壕由于下雨多天,水已灌满,流贼想接近城墙十分困难,所以他们不会认真攻城。如今怕的是流贼只要向城上打几炮,呐喊几声,守城军民就会竖起白旗,开门迎贼,或一哄而散,各自逃生,到那时想弹压也弹压不住。"

刘子彬说："陈镇台不愧是有阅历的大将,这话说得很透。"

黄澍说："可是我一提到壬癸之计,他就不置可否。问得急了,他只回答说:'我是武将,智谋非我所长。我能战则战,不能战也惟有自尽以报皇恩。'"

刘子彬说："他们都不肯明白说出自己的主张,看来只有老爷来做出决断了。"

黄澍叹一口气说："是啊,我本来还想去见见我们的知府老爷,可是又想,见了他也无济于事。况且听说前天他太太在吃东西的时候,看见仆人端来的一碗东西里头有一截人的手指,她立刻就吓昏了,已经吃进肚里的东西又都吐出来,从那时起就一病不起,弄得我们知府也心绪不宁。我去见他也没有用,如今事不得已,这壬癸之计就由我们决定了吧。"

刘子彬问："老爷看日子定在哪天?"

黄澍正要回答,忽然姨太太惊慌地进来,将他们的秘密谈话打断了。

却说姨太太脸色煞白,哭声嚷道:"天呀,你们还在这里商量事情！咱们衙门中已经乱起来了，马上就要你杀我，我杀你，你们还不快去看看。"

黄澍大惊，面无人色，连声询问："什么事？什么事？你快说！什么事呀？"

姨太太说："你不是叫他们把那匹马杀死么？大家都只分一斤肉，衙役兵丁全是一样。可是张新贵这东西倚仗着老爷一向对他好，他就非要两斤不可。分肉的人说不行，旁边的人也说不行。他马上就拔出刀子，对分肉的人说：'你说不行，我连你的心肝一起吃掉！'那分肉的人一看他要动手，就赔笑说：'好兄弟，何必这么生气？'赶快割下两斤肉，往他手中一扔，故意使肉落到地上。张新贵弯下身去拾肉，这分肉的奴才跳起来一刀将他砍死了。张新贵刚死，一群奴才都围上来，要分他的死尸，也有人说不行，不同意分吃张新贵的肉。两下里越吵越凶，就要动武。老爷，你赶快去吧，马上就互相砍杀起来了！"

黄澍没有听完，立刻就往西偏院奔去。刘子彬怕他处理不当，紧紧地跟在他的后边。黄澍到了西偏院分肉的地方，那些人正在争吵，都把刀剑拔了出来，没有刀剑的就找根棍子拿在手里，眼看马上就要互相厮杀。黄澍大怒，冲上去就要破口大骂。刘子彬急忙在背后将他的衣襟拉了一下。黄澍猛地省悟，明白此刻决不是怒骂仆人和衙役的时候。他略一思索，就走前两步，双膝跪到地上，叫道：

"你们赶快杀了我吧，杀了我吧，你们既然想吃肉，就把我的肉分给你们吃了吧，你们不要吃别的人。"

那些人一看老爷跪在地上，都害怕起来，有的赶紧去搀他，有的慌忙跪下，也有的偷偷溜走。黄澍看大家不再争吵，才站了起来，吩咐说：

"我们受苦也只这两天了，你们每人有一斤肉，可以暂时填填肚。分不完的肉，我黄某决不私自吃掉，留到明天再给大家分一次。这张新贵跟我多年，也出过力气，我不忍看他被众人吃掉，我也不忍看我的仆人互相残杀，你吃我，我吃你。我现在只求你们将张新贵埋到后花园中，让他安心地归天去吧。"

说到这里，他不由地落下眼泪。众人忙说："请老爷放心，我们马上就去埋他。"立刻就有人去抬张新贵的死尸。

黄澍又嘱咐管家亲自去后花园照料，这才同刘子彬重新回到签押房来。坐下以后，他们相对无言，只是叹气。这时姨太太也走进房来，坐在旁边。平时黄澍和刘子彬有重要密议，姨太太照例是要回避的，可是现在已到了生死关头，商量的是如何走最后一步棋了，所以她不愿回避，黄澍也没有叫她离开。她听了一会儿，实在不懂，只是知道这计策十分重要，而且不可耽误。她忍不住问道："你们说的'人鬼之计'是什么计策？"

黄澍瞪她一眼，说："现在不用你打听，以后自然知道。你对谁都不能提'壬癸之计'这四个字，千万！千万！"

姨太太不敢再问。黄澍也不理她，对刘子彬慨然说道："我黄某官职不高，担子却重。我决不能坐等开封瓦解，死于流贼之手！"

刘子彬问："马上差人往河北去么？"

黄澍说："趁近来围城的流贼疲劳万分，士气衰落，防守十分松懈，今晚就差人绕道下游，赴黄河北岸面见严大人，请他于明日或后日夜间，依照前计行事。"

刘子彬问道："这两天秋月极明，容易被堤上贼兵看见，能成功么？"

黄澍说："敌兵松懈，必无防备。"停一停，他又用严重的口气对这位亲信幕僚说，"子彬，倘若你我都能平安活下去，此事只有天知，地知，你知，我知。"

刘子彬赶快说："请老爷放心，我宁死也不会泄漏一字。"

黄澍说："请你快去安排出城的人，我要去休息一下，头晕得厉害。"

刘子彬起身告辞走了。

黄澍由姨太太挽扶着，往内宅走去，边走边低声嘱咐："你赶快带一个可靠的丫头,将值钱的东西打成包袱。"

"又不能出城,这值钱的东西还用得着么?"

黄澍没有回答,用很有深意的眼神望她一眼,不再说话。

新任的河南巡按御史严云京在北京陛辞以后,于五月上旬到了封丘。那时开封情况已经不妙,李自成的大军到了开封近郊,围困开封之战马上就要开始,所以严云京不敢渡过黄河,逗留在北岸的封丘城中。

五月二十日,黄澍趁李自成的人马还没有合围,开封北城与黄河之间还可以畅通无阻,带着少数亲随来到黄河南岸的柳园渡。李光壂也陪着他一起前来,将他送上船后,返回城中。

黄澍渡过黄河,在封丘住了三天,同严云京详细研究了开封形势。他们都认为,闯、曹大军有几十万,单是能战的精兵就有十万上下,朝廷想要救援开封,也是力不从心,眼看开封被围之势已经定了。而开封人口众多,号称百万,粮食都靠外边运来,一旦被围日久,很难固守。他们商量了一条计策:从开封西北的黄河南岸掘开河堤,用黄水去淹死闯、曹大军,至少使闯、曹大军不能顺利围城。为着不张扬出去,他们称这个办法为"壬癸之计",像现代军事上的所谓代号。

这计策商定之后,六月十四日就由黄河北岸派兵坐船过河在朱家口掘开了河堤。使他们遗憾的是,当时天旱日久,黄河水枯,虽然掘开了河堤,水势仍然十分平缓,水流也小,仅仅能把城壕灌满,对闯、曹人马毫无伤害。七八月间,黄澍同严云京又有过一次密书往还,重新研究水淹义军的事,但什么时候再行此计,第一要等待黄河秋汛到来,第二要等待黄澍从开封城送来消息。

那时八府巡按严云京常常站在黄河岸上观看水势。水一直未涨,河槽中许多处露出沙洲。他是河南封疆大吏,守土有责,却长期驻节北岸,坐视开封被围,军民绝粮,一筹莫展。他担心拖延日久,城中有变,开封失守,所以常望着黄河焦急。七、八两个月,就在焦急中过去了。

进入九月以来，秋雨连绵，河水暴涨，不仅原来河心沙洲全然不见，而且滔滔洪水，一望浩渺，奔流冲刷堤岸，汹涌澎湃。这正是决口淹"贼"的好时机，可是开封城内偏偏没有消息。严云京天天等候着开封来人，总是等不到，他想，难道现在开封竟被围困得完全没有人能够出城了么？他对别人不敢露出心事，只能私下焦急和叹气。

九月十四日黎明，严云京被仆人从床上叫醒。仆人告他说，从开封城中来了一个下书的人，说是带有开封府推官黄澍的蜡丸书，要当面递给巡按大人。严云京一听，赶快披衣下床，来到外间，问道："下书人在哪里？"

仆人立即将下书人带进屋来，向他跪下磕头，并将一个蜡丸双手呈上。仆人去接蜡丸，严云京等不及，伸手抓了过来。立刻对着烛光，破了蜡丸，看上面写的什么。

那是黄澍的笔迹，写在一张小小的纸片上。虽然也有上下款，但严云京无暇去看，一眼就望到那主要的语句，写的是：

> 全城绝粮，溃在旦夕。壬癸之计，速赐斟酌。澍已力竭，死在旦夕；北望云天，跪呈绝笔。

严云京把这几句话反复看了三遍，纳入袖中，又向来人问了开封城中的情形，深深地叹了口气，随即命仆人将来人带下去吃饭、休息。那下书人跪在地下问道：

"大人，要不要小的带回书返回城中？"

严云京本想让这个人带封回书给黄澍，安定城中军民之心，但这念头只在脑海中一闪，马上就觉得不妥：万一此人被"流贼"抓到，岂不泄露机密？于是他对下书人说：

"你就留在我这里吧，不用回开封去了。"

在仆人的服侍下，严云京梳洗完毕，匆匆地吃过早饭，便去找总兵官卜从善商议此事。按照明朝中叶以来重文轻武的官场习俗，严云京是不必去拜访卜从善的，只要派人把他请来就行了。但目前时势不同,武将手中有兵,表面上是重文轻武,实际上文臣不得不迁就武将,缓急之间还得靠武将救命。所以严云京穿好衣服后,就乘轿子去封丘城外拜访卜从善。

卜从善一听说严云京亲自来访,觉得诧异,赶快走出营门恭迎。进入军帐,坐下以后,严云京说道:

"卜大人,今日学生有密事相商,所以亲自前来,以免误事。"

卜从善听了以后,赶快挥手让左右亲信退出,又出去吩咐不许任何人走近大帐,然后回来坐下,欠身问道:

"不知按台大人有何吩咐?"

严云京从袖中掏出黄澍的密书,说道:"请将军过目之后,再商议此事。"

卜从善虽是武将,却粗通文墨,在官场中日子较久,对于文官那一套遇事互相推诿,不敢承担责任的习气,十分清楚,所以他拿起黄澍的书子,仔细推敲了一番,猜到他们的密计十分狠毒,故意装作不解,抬起头来说道:

"大人,这黄推官的书子里并没有说明要我们采用什么办法啊。"

严云京笑一笑说:"将军没有看明白这书子里说的'壬癸之计',就是请我派人偷决河堤,水淹闯贼之计。按五行,北方壬癸水,所以壬癸就是指水,而且黄河在开封之北,用壬癸更为恰切。这是五月间我同黄推官约定的暗语,以免计议泄漏。"

卜从善又欠身说道:"虽然他说的是水,可是他也只是请按台大人赶快斟酌斟酌,并没有要求我们派人决河。"

严云京到此时才知道卜从善并不简单,便笑着说:"官场行文,大抵如此,不肯把话说死。其实他的意思完全明白,你看这'全城绝粮,溃在旦夕',岂不是望救心切?而他也知道现在除决河之外,没有别的办法可救开封,所以接着就说'壬癸之计,速赐斟酌',这不是很清楚了么?而且后边又说'澍已力竭,死在旦夕;北望云天,跪呈绝笔',就是说他已没有别的办法,这是他死以前的绝笔,请我斟酌一下,赶快采用'壬癸之计'。"

卜从善装作才看明白,"啊"了一声,连连点头,说:"大人说的很是。只是像这样大事,岂可瞒着督师大人?"

严云京说:"当然要禀明督师大人。我现在只是先同你私下商量,等我们商定了,再去面禀督师大人。督师大人也要听我们说出办法,他才能表示可否。"

卜从善说:"上有督师、按院,又有监军御史,只要你们列位大人说出主张,我一定按照上峰钧谕去做,决不会耽误大事。但此事关系重大,督师大人他肯点头么?"

严云京对此事也没有十分把握,说道:"他如今不决断也没有办法了,看来只有同意采用'壬癸之计',别无善策。"

卜从善说:"不一定吧?"

严云京心中暗惊,问道:"卜大人以为督师大人不肯采用此计?"

卜从善说:"敝镇也不是说他不肯采纳此计,只是说他不一定同意此计。"

"何以见得?"

"如今黄水正涨,十分凶猛。倘若决口,流贼固然被淹,开封也不一定能够保住。督师大人是河南人,在开封城中必有很多亲戚、门生、故旧,怎肯让他们同归于尽?这是其一。其二,大水淹没开封之后,必向东南流去,归德府将有数州县蒙受重灾,田园房屋冲毁,人畜漂没,祖宗坟墓不保。督师大人世居商丘,归德府各州县名门大族多是他侯府亲故,百姓也多是侯府亲故、佃户。所以我担心他不肯同意。其三,他是朝廷大臣,下狱多年,特旨放出,命他督师,来救河南。两个月来,侯大人对解救开封之围,一筹莫展,已经使他害怕皇上震怒,将他重新下狱,他怎敢再担当这样大的担子?我想,他必然要密奏朝廷,请准圣旨,才敢决定。"

严云京笑着说:"将军想得很细,可是你只知其一,不知其二。"

"这其二怎么说?"

"正如将军所云,督师奉旨援汴,却是一筹莫展。倘若长此徘徊黄河北岸,坐视城中自溃,将来必受朝廷严谴。他是刚从狱中释放出来的,岂肯重对刀笔吏乎?所以他对开封局势比我们还要焦急。当然,如果开封失陷,你我都有罪责,但责任最大的还是督师大人,这事情难道你不明白?"

卜从善点头不语,等待严说下去。

严云京继续说:"昨日皇上又来了一道手诏,对督师大人严加督责,命他迅速带兵过河,解救开封之围,不许规避逗留,贻误戎机。皇上住在深宫,对外边情况不完全明了,不晓得我们现在根本无力过河。可是既是皇上圣旨,又有谁敢违抗?所以接旨以后,督师大人一直绕屋彷徨,坐卧不安,苦无救汴之策,也苦无自救之术,这情形难道将军没有看见?"他看见卜从善仍然点头不语,接着说道:"所以学生刚才说卜大人虑事虽细,但只知其一,不知其二。目前依学生看来……"

他的话还未说完,忽然卜从善的中军进来禀报说:"启禀二位大人:督师立请二位大人前去议事。看来督师大人定有十分紧急事情,请大人与按台大人即刻动身吧。"

侯恂驻节封丘城中,已经两个月挂零了。他对于解救开封之围,原没有多少信心,也没有神策妙计。这一点,连崇祯也心中清楚。仅仅因为他是提拔左良玉的恩人,皇上放他出狱,畀以督师重任。侯恂明白左良玉新败之后,一时元气难以恢复,断不会再次来河南作战。但是为着侥幸出狱,也为着侥幸有所成功,他离开北京,迅速驰来封丘。临离京时,亲戚故旧们向他推荐了不少在京城候缺和谋差使的人员,随他前来效力。这些人都没有实际本领,大部分只能在行辕中吃闲饭,做清客。

侯恂多年不带兵了。突然受命督师,身边需要大批可以信赖的人,一则便于使唤,二则组成一支亲军,保护他的安全。当他离京时候,先派人奔回商丘,一则报喜,二则将此意告知二子侯方夏和管家。他到封丘不久,就从商丘和归德府属来了很多人,最后共来到几百人。其中一百多人是来督师行辕要官做的,并无实际用处。这一大批人都依仗是侯府的族人、旧人、瓜葛之亲、通家之谊,或仅仅是归德同乡,经过家乡中头面人物写信举荐,他们在督师行辕中抢美差,捞外快,比外路人更有门路。归德侯府本来是豫东望族,奴仆众多,除养有一班戏子之外,还有歌妓。这班歌妓实际是从丫环挑选出来,请人教会她们丝竹清唱。在今年四月间义军围攻商丘时候,侯府的女眷、奴仆、戏子和歌妓都在前三天由家丁和悍奴保护,逃往别处。最后逃出商丘城的是侯方域的弟弟方夏。当时城门已闭,严禁出入。侯方夏根本不管府、县衙门的禁令,率家丁数十人夺东门而出,无人敢阻。此事使商丘很多人十分痛愤,哄传是侯方夏打开城门,李自成的人马乘机破城。实际是侯方夏离开商丘的第二天,闯、曹大军才到达商丘城外。由于侯府的奴仆和家丁完整无损,这时由管家的儿子率领一半前来,加上从商丘来的佃户青年和别家的失散家丁,编成了五百人的督师亲军。那一班会扮演昆曲的戏子也被送来。

侯方域也被他的父亲从南京叫来,参与谋划,兼掌重要文墨。他是位青年公子,颇有文名,为复社重要成员,一向住在南京,过着诗酒轻狂的宦家公子生活,与桐城方以智、宜兴陈贞慧、如皋冒襄齐名,过从也密,当时人称为"四公子"。他实际对军事完全不懂,在封丘只住了一个多月,代他的父亲起草了两封重要奏疏,那封向皇上建议舍弃开封和河南的荒唐奏疏就是他帮助出的主意和代父亲起的稿子①。由于这封奏疏被崇祯置之不理,侯恂认为他在军中不适宜,他自己也贪恋江南生活,在八月下旬便离开封丘了。

侯恂在封丘虽然有四个总兵官,但人马不到两万,并无一员名将。卜从善只是因为是河南援剿总兵,长期在河南作战,五月间先到封丘,防守黄河,所以获得他的倚信,实际也是一个庸才。有用的谋士也没有一个。每天他都在愁闷中打发时光,或者同清客下

---

① 稿子——即《代司徒公论流贼形势奏》,收入《壮悔堂文集》卷四。

棋,看戏,听曲而已。昨天接到皇上催战的严厉手谕之后,他真是彷徨无计,想着随时都有被逮入狱的可能。今天又接到兵部十万火急檄文,说是"据探报,流贼趁开封绝粮,兵民无力据守,将于日内大举攻城"。檄文也是催侯恂火速派兵渡河,运粮食接济城中。侯恂明白渡河不能,不运粮接济开封也不行。倘若开封在不久失陷,他不仅要重新入狱,八成连性命也保不住了。

等严云京和卜从善坐下之后,他屏退左右,将兵部的十万火急檄文交他们看过,忧心如焚地问道:

"目前开封情势紧迫,朝廷一再督催接济。你们二位有何善策?"

严云京先说道:"北岸兵力单薄,实在无力渡河。况且秋汛正涨,纵然兵力充足,船只不够,如何渡法?纵然兵多船多,也不能渡河:未近南岸,就会被流贼的炮火击中,船沉人亡。"

侯恂转望卜从善,问道:"卜将军有何良策?"

卜从善站起身说:"请督师大人吩咐。敝镇只能遵令而行,实无良策。"

侯恂示意卜从善坐下,深深叹一口气,说:"为爱惜将士性命,老夫只好等待重入诏狱。河南是我的桑梓之邦,岂肯坐视沦亡?实在没有解救良策啊!"

严云京说:"眼下只有一个办法,也许可以破流贼数十万之众,救开封一城生灵。"

侯恂赶快问道:"有何办法?"

严云京从袖中取出黄澍的书信交给侯恂,说道:"我刚才已同卜将军作了商量,认为此计可行,请大人斟酌决定。"

侯恂一看就明白严云京与黄澍早有密议,要将黄河掘口,放水淹"贼"。他将书子交还严云京,轻轻摇头,小声说:

"此系险着!"

严云京说:"请大人不必担忧。据黄推官说,黄水断不会漫过城墙。"

侯恂说:"我是河南人,比黄推官清楚。黄河在开封这一段,倘若河水平槽,高出开封三丈。一旦溃决,开封城很难保全。"

严云京说:"黄水决堤之后,水势必将分散,下游必然受灾,然而请大人放心,断不会漫过城墙。只要开封保全,藩封与全城军民无恙,其他不足论矣。"

侯恂沉默片刻,不敢有所主张。倘若他不同意,数日内"流贼"破城,严云京会攻击他畏怯游移,阻挠淹"贼"之计,他必将再次入狱,不免死于西市。如他同意,开封淹没怎好? 他何以上对朝廷下对桑梓父老? 他知道严云京已经决意决堤,只好叹息说:

"老夫心中无主,实乏善策,惟凭严大人与卜将军斟酌行事。"

严云京说:"此事极关重要,请大人万勿向他人泄露。"

侯恂微微冷笑说:"老夫尚不至此!"

严云京向卜从善使个眼色,一同辞出,重新密议去了。

第二十六章

在八月中旬,李自成完全知道开封城中的绝粮情况,所以听了田见秀的建议,马上同意。经过必要的准备,他命人射书城内,要城中放出老弱妇女逃生。在约定放老弱妇女出城的这一天,他临时传令,凡妇女领了赈粮后愿意返回城中的,听其自便,将士们认真保护,直到难民进入城门为止。那时他正带着宋献策在南门外不远的地方巡视,听双喜向他禀报:将士们在私下谈论,说这样办法过于宽了,不知大元帅为什么如此思虑不周。他微微一笑,向双喜问道:

"你也不懂这道理么?"

双喜立即在马上恭敬回答:"回父帅,孩儿懂得。"

"你懂什么?"

"看来妇女们带粮食回城对守城有好处,可是带回的粮食很少,无济于事。每个妇女们的嘴都贴着肉告示,到处宣扬闯王的仁义,城内的军民还有心固守城池么?"

李自成点点头。停了片刻,他收了脸上的微笑,对左右亲兵们说道:

"凡是要返回城中的妇女,都是城中有亲人牵肠挂肚的。她们想用携带回城的一点点粮食去救亲人,情愿同亲人饿死在一起也不愿单独逃生。但愿携粮回城的妇女,进了城门以后,粮食莫被兵丁抢走!"

一个亲兵大胆地问道:"大元帅,下一步该怎么办? 还要这样不冷不热地围困下去? 还打算围困多久?"

闯王说:"怎么,你等急啦? 好的,快有眉目了。"

　　李自成没有明白答复亲兵的问题,亲兵不敢再问了。

　　城中停止放老弱妇女之后,在李自成的大帐中曾开过一次机密的军事会议。多数人主张攻城,但李自成没有采纳。两次攻开封都受了挫折,尤以七个月前那一仗围攻多日,极其惨烈,将士死伤很多,终未攻克,给李自成的教训很深,所以听了众人的讨论之后,他慢慢地说:

　　"既然开封不肯投降,我军久屯坚城之下,士气也难免疲塌,当然以赶快攻城为宜。可是这次攻城,不能再用掘城办法,也不能指望用大炮打开城墙,多半要靠用几十架云梯爬城。这样办法不管能否成功,我军将士死伤必然更为惨重。倘若仍然不成,我军士气大挫,也难再留在开封城下了。"

　　像往常一样,李自成态度冷静,显出深谋熟虑的神情,不肯将他所担心的事全部吐露。牛金星和宋献策一听口气,都立刻明白了他的心思。原来他们也是赞同攻城主张的,担心拖延日久,士气不振,而曹营如今已经有了不少怨言,日久必然会军心不稳。如今他们看见大元帅态度持重,明白他一则顾虑将士死伤过多,二则顾虑万一再不成功,威望大败,元气又伤,对今后颇为不利,甚至会促使曹操早日离去。他们二人互相望望,都不敢再说攻城的话了。李过是积极主张攻城的,在大家沉默中等了片刻,忍不住向宋献策问道:

　　"军师,你也不主张马上攻城?"

　　宋献策微笑说:"城还是要攻的,不攻就不会破。但大元帅不欲将士流血过多,提醒我重新在心中琢磨。目前要紧的是,选择一个攻城的最佳时机,以较小的伤亡攻破开封。我想,倘若再迟十天、八天,到瓜熟蒂落时候,我军轻轻一攻,城内瓦解,城头自溃,当然更好得多。那时倘若仍须靠云梯爬城,城上军民将无力拼命厮杀,定会有人竖起白旗。一处竖起白旗则全城自溃,此即所谓瓜熟蒂落之势。"

牛金星接着说:"军师之言,颇中肯綮①,也深能领会大元帅对攻城主张持重之意。况且,此次围困开封,并非徒为子女玉帛,而实欲据汴京以号召天下。故与其经过恶战,使开封极其残破,处处成为废墟而后得之,不如保全宫殿与官府衙署无损,街市邸宅完好,得之之后,稍加恢复,大体上仍是汴京气象。将来破西安,破北京,都将照此行事,决不取名城于灰烬之中。"

李自成听宋献策和牛金星说话时候,眼角微露笑意,频频点头,随后向李岩问道:

"林泉有何高见?"

李岩本来想着如今攻城,守城军民大概不会有坚强抵抗,破城不难,而城中百姓每日可以少饿死几百或上千的人。但是他看见闯王的主意已定,而且牛金星在说话中连用"汴京"二字,便不敢多言了。他恭敬地欠身说:

"再等候数日看看情况不妨。"

拖了几天之后,一交九月,开封和上游一带开始下起连阴雨来。在雨中,火药和引线容易发潮和直接被雨水淋湿,弓弦也因潮湿而松软,城壕又灌满了水,攻城的事没人提了。

到了九月十四日,天气完全放晴。李自成看见近来士气低沉,传出不少怨言,而曹营的情况更坏。他想着眼下攻开封大概已经是瓜熟蒂落的时候,便在早饭后召开了一次军事会议。只有刘宗敏、高一功、牛金星、宋献策和李岩参与密议。他们要讨论的是如何处理入城以后的各种问题,特别是如何处理跟曹营的关系。李自成希望开封不要受到太大的破坏,很担心曹营进去以后,放火烧毁房屋,随便抢劫杀人,掳掠和奸淫妇女,会使自己失去中原人心。虽然过去已经有了口头约定:破城之后,曹营要占领鼓楼以东和以南的地方,这些地方虽然没有北城和西城重要,可是富人依然很多,也有不少大绅士和大商人住在这里。倘若一把火烧得不像样

---

①　肯綮——筋骨的结合处,比喻问题的关键所在。綮,音qǐng。

子,如何能够据开封以号召天下?另外,如果曹营人马进城之后,不按约定,多占领了一些地方,又怎么办?这些问题说起来容易,实际处理起来却不是那么简单。更重要的问题是,几个月来闯营和曹营之间的矛盾逐渐显露,而现在更是非重视不行了。

由于要讨论这些问题,所以今天的会议特别关防严密。会议在大元帅的大帐里召开。在李自成的大帐周围有一些较小的帐篷,吴汝义、李双喜和一些文武就在里面办公。前边是亲军的帐篷,在亲军帐篷外边横着两座箭楼,把住入口,算是大元帅府的辕门。在平常日子里,一般将领可以随意出出进进,但今天都被挡在辕门外边,不许随便进去。

就在这时,王长顺来到了大元帅行辕,还带着一个农民装束的老人。到了辕门口,正要往里边走,没料到两个哨兵竟来把他挡住,说道:

"王大伯,你老人家不要进去。里边有重要会议,不许闲人进内。"

王长顺把眼睛一翻,说:"你们两个后生,怎么知道我是闲人?"

在闯王老营中,没有一个人不认识王长顺。而且不管平时跟他熟不熟,都对他相当尊敬。这不仅因为他是闯王的旧人,多年来立下了数不清的汗马功劳,而且也因为他为人耿直,乐于助人。就拿最近的事来说:王从周要周济亲戚,没有银子,王长顺就从自己的积蓄中拿出五两银子给了从周,这故事已传遍老营,使人敬佩。如今那两个把辕门的哨兵听了王长顺的话以后,赶快赔笑说:

"你老人家自然不是闲人,可是刚才中军吴将爷有令,不管是谁,一概不许放入辕门。王大伯,我们是奉命行事,不得不如此啊!"

王长顺听了,觉得这话也有道理,但又想到自己要谈的事情实在十分要紧,刻不容缓,倘若耽误了,说不定几十万义军和开封城以至往东南去许多州县的父老百姓都要遭殃。他用缓和的口气说:

"我跟随闯王多年,你们说的我全明白。可是我今天有机密大事,必须马上禀报闯王。你们看我带来一个人,要是没有紧急大事,我不会把他带来亲自叩见闯王。你们不要挡我,闯王不会怪罪我的。"

哨兵又赔笑说:"王大伯,你是大元帅的旧人,我们知道你平时可以随便见大元帅,也可以随便见夫人。只是今天吴中军一再嘱咐,不能随便放进人去。"

王长顺想了一下,转了话头说:"这样好了,我进了辕门之后,不去元帅大帐,只当面同吴中军或双喜小将爷谈一谈,这总可以了吧?"

哨兵一想,王长顺毕竟不是一般的人,就放他和那个庄稼人走了进去。

谁知走不多远,遇到第二道岗哨,王长顺又被挡住。这两个哨兵同他也很熟。他就对他们说:

"我知道如今闯王的大帐中正在商议机密要事。我不去大帐,只要见一见吴中军或双喜小将爷。"

哨兵说:"请你老在这里等一等,我们去传报一声。"

随即有一个哨兵去到双喜帐中,又去到吴汝义帐中,出来后说:"双喜小将爷奉命到曹营请曹帅去了,吴中军现在事情很忙。"

王长顺多少有点恼火,说道:"不管吴中军忙不忙,我这事比什么事都吃紧,都重要。你告诉吴中军,就说我老马夫王长顺来见闯王,请他传报。我不是为自己的事情,是为全营的吉凶安危,也为几百万老百姓的性命来的。"

哨兵说:"不行啊,掌牧官,今日大元帅大帐里确实在商议要事。你老的事情不管多么要紧,横竖不过是替百姓说句话,请闯王放赈救济饥民罢了。这些话,你老或早半天或晚半天说给闯王都是一样。"

王长顺将眼睛一瞪,说:"你们瞎猜什么?我要对闯王说的事你怎么能猜透?扯淡!我的事比你瞎猜的要紧急得多!"

哨兵一看王长顺动了火,不敢得罪,忙说:"你老等一等,我再去禀报吴中军,行不行?"

王长顺虽然恼火,但想到目前情形确非昔比,一般将领要见闯王,都不像以往那么容易,得一层一层往里传报,特别是要先通过吴汝义或双喜。先见了他们,经他们点了头,传报了,才能见到闯王。这么一想,他的气消了,于是说道:

"这是新规矩,我明白,不能怪你。好吧,我再等一等,你速去传报吴爷。"

哨兵进去不久,就同着吴汝义的一个亲兵头儿一块儿出来。那亲兵头儿满脸堆笑,同王长顺打招呼说:

"王大伯,请你老等一等,今天我们吴将爷十分忙碌,马上不得闲空,等一会儿他抽出工夫,再同你见面。"

王长顺说:"你再替我传禀一声,就说我有极其重要的事要当面禀报吴中军,请他转禀闯王知道,不能耽误。"

那亲兵头儿见王长顺的口气和神色都很严重,又问道:"王大伯,真有很紧急的事情?"

王长顺说:"谁还骗你这小子?王大伯跟着闯王打天下的时候,你还穿着开裆裤呢!我能骗你?赶快去向吴中军传报,确实不能耽误!"

那亲兵头儿正要回去传报,却看见吴汝义拿着一叠文书,匆匆忙忙地走出自己的帐篷,往大帐去了。王长顺失望地叹一口气,对背后的老农民说:

"如今老营的事很忙,和往年大不相同,咱们只好再等一阵吧。"

于是他们退回两步,找一个地方蹲了下来。过了一阵,看见吴汝义又从大帐中出来,走回自己的帐中。王长顺又让哨兵传话,随即那个亲兵头儿又出来了,对王长顺说:

"吴将爷吩咐,说他眼下不得闲,请王大伯留客人吃午饭,吃过午饭再来见吧。"

王长顺听了这话,知道没有办法,只好带着老农民转身回去,准备吃过午饭再来。他的心中很不是滋味:往年局面不大,规矩也不多,他什么时候想见闯王就见闯王,吴汝义这些人更不在话下,而如今得一层一层,先见这个,再见那个,不像往日那么容易见到闯王了!

他回到自己马棚前边的小帐中坐下后,一个同他要好的马夫头儿问道:"见了闯王了么?"

他摇摇头:"闯王有事儿,还没有见到。"

"闯王不在老营?"

"在,在他的大帐中。"

马夫头儿笑道:"既然闯王在他的帐中,你就冲进去把你的紧急事情当面一说,不就完了?"

王长顺没有回答,从地上抓起一根柴火棒,慢慢地掐着,一截一截掐断。那马夫头儿不晓得他的心事,又说道:

"我还记得,在商洛山中,石门谷杆子叛变,你跑去见闯王,被李强挡住了路,你大吵一顿,推开李强就往里冲。那时闯王正在睡午觉,听见吵闹,连鞋子都穿不及,就出来将你请进去,还把李强骂了一顿。你今天怎么啦?哼,别人不让你进,你就不敢进了!"

王长顺骂道:"你懂个屎! 如今不是当年了。"说罢,他不理这个同伴,就同身边的老农民谈起话来。

这个农民姓赵,住在阎李寨西北二十里左右的一个村庄里。他原是一个老河工,每年带着一批农民到黄河堤上抢险修堤。今年因为打仗,官府自然没有力量去过问黄河抢险的事。义军将领都是陕西高原上的人,不晓得黄河险情的关系多么重大,所以也没有认真去管。往年每到这个时候,开封附近一带,少则几万人,多则十几万人上堤抢险。而且从春天就开始准备了抢险的各种物料。今年春天全没准备,现在堤上也只有少数民工和少数义军的巡逻人马。应该备用的各种抢险用具只是马马虎虎地备了一点。

昨天王长顺在向百姓买草料时遇见了这个老赵,谈起黄河的险情,王长顺很担心,便让他今天来一趟,要带他亲自见闯王说一说。没想到闯王没见着,连吴汝义也没见着。这时两个老头子在帐中坐着,又谈起了黄河险情。据老赵说,今年秋汛来势很猛,目前离堤岸已只差二尺,如果上边下雨,水还会猛涨,即使不下雨,万一起了北风,浪头直冲堤岸,十分危险。如今守堤的人不多,抢险的物料也缺,万一决开口子,不但开封周围不保,往东去的许多府、州、县都要被淹。

王长顺的帐中还有些别的人,原来都在各自谈话,后来听到老赵的话,所有的声音都停止了,所有的眼光都望着这位陌生的农民。他一说完,大家就要求王长顺无论如何一定要在今天将这番话禀报闯王。万一吃过午饭仍然见不到闯王,一定要找到总哨刘爷或总管高爷,将话说明。

王长顺走出帐外,望望日头,看见离吃午饭的时间还早,就对老赵说:"这里离黑岗口只有十几里路,咱们两个骑马去那里看看如何?"

老赵说:"那太好了,我也是实在放心不下。虽说我住在黑岗口西边,黄河决了口子淹不到俺们村庄,可是我当了半辈子河工,看见如今那水势,我真是担心哪!"

王长顺立刻吩咐自己的亲兵,牵来两匹马,他和老赵骑了上去,带着几名亲兵,就向黑岗口方向奔去。

天气十分晴朗,秋阳照着浩渺无边的黄河。王长顺和老赵立马在黑岗口的堤上,望着大水。黄水不断地翻滚打旋,水面上冲来了各种死尸、树木和木料,还有些破家具也随着浪涛浮沉。有些死尸和什物被冲到岸边,打个回旋又向下游冲去。幸而此刻风势很小,而且是东北风,不很可怕,然而即便如此,浊浪拍击着黑岗口的堤岸,依然发出震骇人心的澎湃声音。

向远处望去,但见十几条大船和许多小船,张着白帆,靠着轻微的风力,缓缓地沿着北岸向西边驶去。自从开封围城以来,南岸已经没有船只,大小船只都被官军弄到北岸去了。如今这十几只大船和许多小船载着卜从善的步兵和一些大小火器以及几千斤火药往黑岗口对岸的西边运去,准备破坏南岸的河堤。他们要破坏的地方在黑岗口东边,但是因为水流迅急,他们必须先到上游很远的地方,然后放船顺流而下,驶到黑岗口的东边靠岸。王长顺们手搭凉棚望了一阵,并没有想到这就是破坏南岸河堤的官军,还以为这是官军运送粮草的船只,所以也不大在意。使他们惊心的是滚滚黄流,不停地冲打堤岸。老赵说:

"你看这水面要比堤内平地高得多,要是一旦决口,就不可收拾啦。"

他又指着突出在水里的堤坝,说:"这叫做埽。往年一到春天,就要从几百里外运来石头,加固沿岸一个一个埽坝。今年因为打仗,没人管了。你看,有些石头竟扔在堤里边。现在这埽坝十分危险,万一冲毁了几块石头,就会被水削成大洞,堤岸就要崩塌。往年这堤上堤下,堆的草包麻袋像山一样,里边装满了泥土和石头,哪里有险情,在哪里抛下去;一旦决了口,就拼命地往里抛,一面挡住洪水,一面抢修河堤。如今这里虽然也堆了许多草包、麻袋,可是远远不够用。往年这时候,大堤上到处是民工,如今稀稀拉拉的没有多少人,万一决口,抢都抢不及。这黄河不同于别的河,一个蚂蚁洞就可以把河堤冲毁,那时不知有多少老百姓要遭大殃。"

老河工每指点一个地方,说几句话,王长顺就跟着点头,心里增加了新的忧虑。他生在陕北米脂县黄土高原,离黄河很远,后来虽曾跟着李自成的部队越过黄河到了晋南,又越过黄河到了豫西,但那两次都是在冬天,河水很窄,又结了坚冰,看不到汹涌的浪涛。现在是他生平第一次看到黄河涨水,奔腾汹涌,宽阔无边。他确实感到害怕。这时只见老河工又指着东北方向说道:

"封丘就在那个地方,明朝的督师大臣就驻在封丘。听说那里有不少官兵,可是不敢过河。"

王长顺心里想道:他们现在不晓得有什么诡计,如果他们又像六月间那样,偷偷在朱家寨决一个口子,可就不得了啦!但这话他没有说出口来。又看了一阵,王长顺便问堤上的巡逻义军,今日的水势比昨日如何。一个小头目告他说,今日已经落下去半尺深,看来水势还在往下消。王长顺心里稍觉宽慰,可是老赵却马上摇摇头说:

"你不要看河水在消,常言道:天有不测风云。谁知道上游是不是又要下雨?纵然不下雨,如今水势这么猛,堤岸又没有修,还是可以冲开口子。哪怕这水再消下去三尺,还是比堤内的平地要高出许多,比开封城也要高出两三丈。万万不可大意!"

王长顺听了这话,刚才的一点点宽慰心情一扫而光了。他忍不住对巡逻的义军说:"你们要日夜有人巡逻,千万不可大意。这里人少,我回去禀明闯王,他一定会派众多的人来到堤上。"

说了以后,他不敢耽搁,带着老赵和亲兵们奔回阎李寨。

这时已经中午过了。王长顺同老赵赶快吃了午饭,又去见闯王。进了辕门,知道闯王也吃毕了饭,仍在同文武亲信议事。长顺只好先找双喜。双喜问明来意,也觉得事情十分重要,但他毕竟年纪太轻,对黄河的事情毫无所知。他说:

"王大伯,事情虽紧,可是大元帅正在商议军情。明天再禀告他,行不行呀?"

王长顺有点恼火,说:"小李爷,你现在官大了,就不听我这个大伯的话了。要不是万分紧急,我决不会几次三番来求见闯王。我难道是闲得发疯,随便来见大元帅说闲话的么?这黄河不同于我们米脂县的小河,只要堤上有一个小漏洞,就会河堤崩塌,变成大的水灾,许多府、州、县洪水滔天,老百姓死亡流离。你千万立刻禀报闯王,说我有紧急事儿求见。"

双喜这才让王长顺坐在他的帐中等候,自己立刻进大帐去了。

上午罗汝才和吉珪来到以后,军事会议继续进行。曹营将士因久屯开封城外,士气十分疲塌,加上长久阴雨,烧柴困难,差不多将老百姓的门窗和家具都烧光了,对于跟着李闯王围开封之事怨言日多,离心离德。幸而曹操照顾大局,尽力维持,得以不出事端。但是曹操自己也常常心烦意乱,巴不得赶快结束这场战争。所以一讨论攻城的事,汝才满口赞成,而且也认为破开封确实已经到了瓜熟蒂落的时候,反对再拖时间。他还说:

"大元帅,这座繁华的东京汴梁,坚守到现在,就好比一盏灯油快要着干,只要轻轻吹口气儿,它就熄啦。困难的是四面城壕已经灌满了水。我们要在攻城之前,从宋门附近掘开惠济河口,将水放走,另外得每人背一袋土,在水中填出路来。如今弟兄们一个个闷得心慌,只待大元帅攻城令下,准定全营欢腾。"

李自成原来担心罗汝才可能对攻城事三心二意,听了他的话,意外高兴。当下商量一二日做好攻城准备,明日夜间掘开宋门外被堵塞的惠济河口,泄走东、北两边城壕的水。当然短时间要将水泄干不可能,只求从北城到东城地势较高的地方,城壕水减去大半,就容易用土袋填出攻城道路。

当李双喜为王长顺来见的事走进大帐时,闯王同大家正讨论破城以后的事。因为罗汝才提出希望将南土街到曹门一带也分给曹营占领,闯王不好当即拒绝,正感心烦,对双喜挥一下手,要他退出。他不敢提王长顺求见的事,立刻退了回来,对王长顺说:

"大伯,你在我这里稍等一等,会议快完了。会议一完,我就传禀。"

王长顺无可奈何,只好坐在双喜帐中焦急地等待。大约过了两顿饭的时候,会议才完。李自成等人送曹操、吉珪从大帐中出来,一直送出辕门,看着他们上马以后,才返回大帐。王长顺一眼望见闯王送曹操回来,正打面前走过,跳起来就要去向他禀报。双喜忙将他拉了一下,使了一个眼色,说:

"大伯莫急,让我去禀报吧。"

双喜往大帐中去了一会儿,回来说:"大元帅知道了。"

王长顺极为惊奇:这么大的事情,闯王竟然不急,只说"知道

了",难道"知道了"三个字就能保住大堤不开口子么?他忍不住推开双喜,一横心冲出帐去,一直跑到大帐门口,大声叫道:

"大元帅,老马夫王长顺有急事求见!"

跟在后面的双喜大惊,赶紧去拉他的胳膊。他猛一下甩脱了双喜的手。这时只见闯王已经走出帐来,王长顺迎上去,由于着急,一时说不出话来,只是叫道:

"闯王!闯王!……"

李自成见王长顺急得这样,倒觉得很有趣,停下脚步,面带微笑地望着他。王长顺见闯王对他的鲁莽行动并未生气,心中稍安,说道:

"闯王,我找你好几趟,好不容易才来到你的面前。我有大事,特来向你当面禀报!"

李自成说:"刚才双喜已经跟我说了,黄河水势很大,怕的是堤岸有险。我已经知道了。"

王长顺说:"闯王,大元帅,你光知道可不行呀!你要马上派人上到河堤上,再耽误就晚了!"

李自成问道:"你看果真有险么?"

王长顺说:"我也不懂黄河水性,是一个老河工老赵跟我说的。他半辈子在黄河上护堤抢险。他的话决不是随便说的。我早饭后就把他带来,要他跟我亲自向大元帅禀明。可就是见不到你啊,我的闯王!如今你还没有坐江山,我这个老马夫,马夫头儿,有事要见你就这么困难。有朝一日……"他说到这里,心情过于激动,不由地滚下眼泪,说不下去。

李自成也感到心中一动,依然面带微笑,望着王长顺亲切地说:"我真是今天有重要军事会议,是为着我们全军的。"

王长顺说:"我知道大元帅的军事会议是为着全军的,可是我今天要禀报的事情也是为着全军,为着无数百姓。"

李自成带着温和的笑容和随便的口吻说:"长顺,你以后有紧要的事情找我,不必等别人传报啦。只要我没有特别重要的事儿,我一定马上见你。你不同旁人,可以像往日那样无拘束地跟我说话。你是我们老八队的老弟兄,我怎么能不见你呀?"

王长顺听了这番话,越发动了感情,说道:"闯王,我知道你念旧,不会忘记我这老八队的老弟兄。可是我王长顺虽是大老粗,却不是那种不知天高地厚的冒失人。我咋能不明白?你今天的身份已经不同往日啦。你手下战将如云,谋臣如雨,像我这样的旧人上千上万,如果都像我这样乱闯乱说,还成个什么体统?谁要见大元帅,一层一层传禀是理之当然。人物大啦,不这样怎么办呢?要不是今天为着黄河的事情,我定不会两次三番闯进辕门,要求亲自向你面禀!"

李自成说:"好了,这事情我已经知道了。我今晚就派人到堤上去。现在我还要到禹王台去部署军事,不能同你多谈了。"

王长顺说:"闯王,部署军事虽然重要,但这事也千万马虎不得。万一今夜出了事情,黄河决了口,后悔就来不及啦!"

牛金星在一旁见王长顺这么任性,心里很不高兴,便笑着插话说:"长顺,你这样想着军民百姓,确是难得,不过咱们大元帅如今日理万机,不能再像从前一样了。这件事只要大元帅记在心里,我也记在心里,今晚派将士上堤防护,不就行了?"

王长顺仍不放心,说道:"既然大元帅要去禹王台,就请总哨刘爷、总管高爷去堤上看看如何?"

刘宗敏没有答话,高一功也没有答话,因为马上就要进攻开封,他们两个人身上的担子都很重,都在为自己的事情操心。宋献策便笑一笑,说:

"长顺,我现在先跟着大元帅到禹王台去一趟。回来以后,我亲自到黄河堤上看看。我在开封住过几年,黄河的情形也知道一些,我记在心中就是了。"

王长顺还要说话,闯王同牛、宋及众将不再停留,走出辕门,飞身上马。王长顺站在原地,忽然想起李公子是开封府人,应该清楚黄河的水性,上午听说也在这里开会,怎么这会儿没见呢?他正想

找找李公子,却见闯王在马上回过头来,吩咐吴汝义说:

"子宜,你派一个得力头目晚上率领五百人到堤上巡逻,不得有误。"

吴汝义恭敬地答道:"遵令!"

王长顺大失所望:这五百人遇到决口,如何能够抢救? 他大声说道:

"闯王,五百人太少了!"

可是闯王等人的战马已经出寨,飞驰而去。王长顺见这一行人马,前后有数百精兵护卫,十分威风,不知怎地忽然想起三年前闯王去石门谷的情形,那时只有三十个人跟随,今日局面确实大大不同往昔了,他不觉叹了口气。过了片刻,吴汝义见他仍站在原地,望着骑兵背影发呆,对他说道:

"长顺,你还看什么呢? 马上我就派人上河堤,不等晚上。"

王长顺说道:"你不懂啊,子宜。李公子应该懂得,他到哪里去了?"

吴汝义说:"他吃过午饭就奉命先走了,去部署进城的事去了。去堤上巡逻的人我马上就派,你放心吧。"

王长顺又叹一口气:"唉! 五百人哪,五百人哪,那么长的河堤,五百人济什么事啊!"

约摸初更时候,李自成同宋献策,带着双喜、李强和两百名亲兵匆匆赶回阎李寨。

下午,他和宋献策去了几个地方,亲自部署了攻城军事和入城后的一些措施。牛金星陪他出寨后,就去曹营同曹操继续商议入城后的一些具体问题。刘宗敏和高一功都去忙自己的事情,也没有跟随他转回老营。

他走了几个地方后,来到开封南门外的繁塔寺,同田见秀和李岩商量入城后如何救济饥民的事。田见秀本来驻在应城郡王花园,因为近十几天来雨水很多,那里地势低洼,所以他留下一部分人马在那里围困曹门,自己带着另一部分人马移驻到繁塔寺一带。李岩是吃过午饭就到了他这里,商量破城以后如何把部分妇女、儿童护送出开封城,暂时寄屯繁塔寺、禹王台一带,该赈济的赈济,该收养的收养,使他们不致饿死,有病的就给治病,等城中秩序安定之后,再遣送回城。这事情看起来容易,做起来很难。要搭许多帐篷,要到各条街巷去把那些害病的、快饿死的、已经不能行动的妇女、儿童都送出城来,这不是一件简单的事。由于田见秀心地善良,最乐于做这种好事,李岩在这方面较有经验,所以李自成将这任务就交给了他们两位。现在李自成听了他们商量的各种办法,觉得十分周到,一一点头认可。

这时天还没有黑下来,李自成趁着心中高兴,便想到寺内各处走走。从去年十二月下旬到今年正月,曹操的老营曾经驻扎在这里,那时李自成来过多次,但每次都是匆匆忙忙地来商量事情,从未到寺内各处看过。而且因为曹营掳掠了很多妇女,无论禅房、斋堂还是寺外的帐篷,都是每日笙歌管弦,酒宴不断。李自成一见这种场景,心里就很不高兴,虽然面上不能露出来,却也无心再在寺内各处游览。如今田见秀驻在这里,既没有一个从农村掳掠来的妇女,也没有随便从农村抢来的牛、羊。兵营是兵营,禅房是禅房,只有田见秀和少数亲兵住在寺内,其他所有将士都住在帐篷中,不许骚扰寺院。寺里还有几个老和尚和两三个年轻和尚没有逃进城中,仍然按时念经礼佛;每逢初一、十五,仍然撞钟。每日早晨诵经时候,钟声、磬声、木鱼之声传出大雄宝殿,使人感到在这荒乱年头,惟有这繁塔寺倒是一片清静佛地。

李自成在田见秀、李岩和宋献策的陪同下,登上繁塔,观看了一阵风景。下来以后,又走进大雄宝殿,忽然看见这里放着一张小桌,两把小椅,桌上摆着象棋。李自成少年时候对象棋也很有兴趣,后来起义了,练兵打仗,天天忙得不亦乐乎,就没有工夫再下棋了。现在他不觉走到棋桌旁看了一眼。

桌上是一盘残棋。红棋车、马、炮各有一个,还有一个过河卒,

正在围攻黑棋的老将,黑棋士相不全,虽然也有一马一炮,显然很难招架。李自成回头问道:

"玉峰,你同谁在下棋?"

田见秀笑着说:"我同老和尚在下棋,残棋没有下完,听说你来了,我们就不再下了。这老和尚很细心,棋照样摆在这里,等着明天再下。"

闯王笑道:"你倒真会忙中偷闲。大军诸事纷杂,还有闲心下棋,真会享清福啊。"

大家听了都笑起来。李自成又问道:"谁是红棋,谁是黑棋?"

田见秀说:"我走的是红棋。"

李自成说:"你快赢了。老和尚已经不好招架了。"

田见秀说:"下棋的事千变万化,我常常认为自己棋势很好,就快赢了,谁知一个疏忽,棋势马上改观,反被老和尚赢了去。"

李自成听了这话,觉得心里一动,忽然想起了王长顺对他说的话。他本来准备趁着黄昏之前赶回阎李寨去,这时变了主意,说道:"玉峰,林泉,我还有一件事要同你们二位商量。走,咱们干脆到玉峰的房里再去看看。"

田见秀笑着把他们带到自己的卧室。这是一间禅房,房内仅一张绳床,一张破方桌,几把由他自己修理好的椅子。砖地扫得干干净净,不见灰星。靠后墙有一张破旧条几,部分漆已剥落,擦洗得一尘不染,上边放着一尊不到一尺高的镀金佛像,袒露右臂,跌坐莲花宝座,神态慈和、安详。佛前供一旧铜香炉,两旁一对锡烛台,插着红烛。蜡烛没有点燃。炉中插着一炷香,轻烟袅袅上升,清幽的香气散满小房。李自成一进来就笑着说道:

"玉峰,你这哪里像是一员虎将住的地方!"

田见秀也笑了,说:"如今身在大军之中,围城半载,难得有这样清净地方,我当然不能放过。"

坐下以后,李自成先提到黄河秋汛的事,说道:"这些日子来,连天下雨,也晓得秋汛来到,只是大家都忙着攻城的事,没有十分重视。今天王长顺来找我，说了护堤抢险的事，我才想到要好好注意。堤上原有一二千人，还有一些民工，现在我又赶快加派了五百人前去巡逻。林泉是开封府人，对黄河的事比我们知道得多。林泉，你看这黄河秋汛的事应如何防备？"

李岩马上说道："此事几天来我也常常放在心中，只是想着老营已经派有人在堤上巡逻，我就大意了；老营到底派去多少人，我也没有问。现在听大元帅这么一说，两千人实在太少。往年秋汛，征调百姓很多，不但堤内各个村庄的男子全部上堤，就是周围几十里甚至百里以外的民夫也征来上堤。今年因为开封被围，地方官自然不管了，我们也没有重视。现在大元帅一提，这倒真是一件大事。王长顺是米脂县人，他何以会想到此事？"

李自成说："他认识本地一个老河工，给他讲了黄河的险情，所以他今天将老河工的话对我说了。我对黄河的事儿十分外行。你看眼下应该怎么办？"

李岩说："五百人只能算是增加巡逻，至少得派几千步兵，携带镢头和锹，还要准备许多箩筐、许多草包和麻袋。"

李自成说："堤上原来也有些草包、麻袋，装满了沙土，还堆积了一些石头。"

李岩说："那是往年用剩下来的东西，一定不够。黄河的事，不怕一万，只怕万一，一个地方决开口子，要抛进许多麻袋、草包、石头，有时甚至要准备一些船只，不得已时在船内装满石头，沉在缺口。就这样，有时都还堵不住。大元帅，我看这事十分紧急，必须立刻就办。"

李自成不再多谈，站起来说："既然这样，我就立刻回老营下令。"

田见秀说："已经黄昏了，大元帅在这里吃了晚饭，再回老营去吧。如果真是这么紧急，就派一个人先去传令。"

李自成说："不，那样他们不会重视，我要亲自回去。"

宋献策说："大元帅累了一天，就留在此地吃饭，我先回老营部署上堤的事情,如何?"

李自成说:"不,我们一道走吧。"

说了以后,他们就一起走出繁塔寺,带着亲兵,在暮色中向西北奔去。

离阎李寨不远就是曹操老营驻扎的地方。曹操听到禀报,说大元帅和宋军师从繁塔寺一带巡视回来,路过这里,他赶快同着吉珪和留在这里吃晚饭的牛金星一起来到辕门外迎接。李自成没有下马,只说有急事要回老营。曹操说:

"我们正在晚宴,请大元帅千万留下,喝杯酒,吃点饭,再回老营不迟。"

李自成说:"不,我有急事。启东可以留在这里,吃过饭以后再回老营。"

说了以后,拱拱手,就同宋献策继续往老营赶去。已经走出一里之外,他们还隐约听见从曹营中传出的丝竹管弦和猜枚划拳的声音。

回到老营之后,李自成马上把谷英叫来,命他立即率领三千人去守护河堤。今天晚上以守护为主,明天一早要多备抢险工料,抢修险处;今天晚上倘能找到一些工具,也尽量带去。谷英不敢怠慢,立刻派丁国宝和白鸣鹤各先率五百骑兵出发,到黑岗口一带加强巡逻。他自己赶快派人寻找各种抢险工具,准备三更时候率领剩下的二千人带着工具和粮食赶往河堤。

闯王又想到王长顺,赶快派人把他叫来,问那个老河工走了没有。王长顺告他说,老河工早已走了。

宋献策也很焦急,他担心的是白天的东北风在黄昏时已转成了西北风,风力虽然不大,但显然会增加黄河冲击南岸的水势。他立刻派人传知沿河各村庄,要男人们一律上堤,不得怠慢。

闯王想到东北风转成西北风,越发焦急,向吴汝义问道:"谷子杰上堤了么?"

吴汝义回答说:"一千骑兵已经出发,子杰正在集合人马,收罗家伙,准备随后赶上堤去。没有家伙,空手去没用。"

闯王说:"催他赶快,不要多耽搁时间。"

黄河,黄河,真是一条一年四季变化分明的大河。年年都有春夏秋冬四季,而年年四季的变化只有黄河流域最为显著,也只有在黄河上反映得最为充分。

每到冬天,黄河水枯,河心露出一片一片的沙洲。有水的地方结了坚冰,牛车、马车、小车和步行的旅人,从坚冰上走过去,如同走在陆地上一样。黄河啊黄河,多么安静的黄河,沉沉地进入睡乡。尽管坚冰下面水还在流,那就像心房还在跳动一样,但它确实是沉沉地睡着了。

到了春天,黄河两岸的大地慢慢由黄转绿,柳条慢慢发芽,在春风中摇曳不停。小鸟在柳树上对着黄河呼唤。慢慢地黄河被唤醒了。桃花开放的季节,黄河的冰在日光中闪耀着彩色,在暖暖的春风中慢慢消融。冰渐渐地薄了,河心传来冰裂的声音,终于裂成冰块。这时如果遇着几天连阴雨,冰和水都向下游奔去,一块一块的冰,互相赛跑,竞争,碰撞,拥挤,在水面上显得特别活泼。车马不再通行了。步行的旅人也都改乘木船。船夫们一面撑船,一面随时用竹篙点开冰块,以免船帮被它碰坏。尽管如此,这时的黄河还是比较安静的,看不出它的愤怒,看不出它的凶猛。

夏天来了,如果雨多,黄河便开始涨水,大水灌满了河槽。这时船要过黄河就比较困难了。篙往往不管用,撑不到河底,桨也不能完全管用,因为黄河的水不断打旋,好像没有什么规律可循。于是船夫们只好一面用桨,一面用锚。几个人把锚提起来,用力向前一抛,随着抛锚的力量,船向前驶进一段路,然后再把锚拉起,再往前抛。有时也得用篙,因为谁也不晓得水下的情形如何,也许昨天还是深水,一夜之间黄沙堆积,就成了浅流,在浅流的地方便得用篙。

到了秋天,经常秋风秋雨,连续多日。古代的诗人们,一遇着秋风秋雨,便要感叹,便要吟诗。一代代无数的骚人墨客,游子思妇,逢到这样时候,常不免愁绪满怀。但是他们何曾想到,此时的黄河是多么惊心动魄!它,在暴怒;它,在疯狂;它,在咆哮。它好像把整年的力量和愤怒都集中在这个时候,一古脑儿向人间发泄出来。这时你站在南岸向北岸望去,常常尽你的目力所及,也只是见洪水滔滔,浊浪排空,却不能望见北岸。这是破坏力最大的季节,天天会有沉船,会有人和牲畜,家具和木料,随着滚滚黄流漂浮而下。

如今正是这个季节。由于闯王的义军都只注意围攻开封,对黄河的脾气竟没有多去了解。直到今晚,丁国宝和白鸣鹤的一千名护堤的增援人马才到了堤上,然而并没有携带任何工具。

二更时候,有二十多只大船和一些小船,撑了满帆,从西北向东南疾驶而来,越过黑岗口后,继续向东。船乘水势,兼借风力,疾如箭发,转眼之间就在月光下消逝了。

刚到黑岗口堤上的丁国宝(白鸣鹤由另一条路奔往柳园口)看到了这些大船的帆影,只想到这是前来骚扰的敌人,却没有想到这是前来偷决河堤的。守堤的马世耀立刻将人马分为两支;他自己率领二百骑兵从堤上往东奔去,要赶在大船之前,使敌人不能靠岸。因为不知官军有无后续船只,所以就留下手下的一个重要头目率领三百骑兵在原地等候,以便策应。同时又派了几名飞骑往老营告警,并催促谷英率人马速速前来。

这时大堤上响起了锣声。锣声从黑岗口敲起,一直向东敲去,传呼堤上守军,注意防守。人的喊声也是此伏彼起,与锣声、马蹄声、浪涛声混合一起。

官军的船队到朱家寨堤外停了下来,准备靠岸。守军发现,立刻向船上射箭,同时拼命敲锣报警。义军和护堤的百姓一片呐喊。船上的官军由卜从善亲自指挥,并不呐喊,只是不断地向岸上射箭,岸上守堤的义军和百姓本来不多,这时纷纷中箭倒地。正在这千钧一发之际,丁国宝亲自率领的二百骑兵赶到。守堤的军民看见来了援兵,顿时勇气倍增,一齐向官军船队射箭。船上的敌人尽管来时准备了盾牌,减少了伤亡,但是中箭的还是不少。

眼看敌船不但不能靠岸,反而向河中间退去,岸上的人都十分振奋。可是突然间从左右两只大船上发了火器,有鸟铳,也有火炮。堤上的义军看见火光一闪,却无处躲避,纷纷死伤;有的战马受伤,惊跳起来,连人跌落水中。

丁国宝的坐骑也中了炮倒下,把他也摔在岸上。他立即跳起,命令弟兄们全体下马,死守河堤。这时有一只敌船乘机靠了河岸,因为船板和堤面几乎相平,所以三四十个官军很容易地跳上了河堤。丁国宝挥舞大刀,奋力砍死了两个刚上堤的官军,随即他被一箭射伤了左臂。他继续大声呼叫,死不后退,弟兄们在他的鼓励下也没有溃散,将已经登岸的官军杀死一批,余下的赶回船上。船上第二次施放火器,比第一次更加猛烈。丁国宝中炮倒下,左右弟兄也死伤殆尽。丁国宝在地上凭着最后的力量呼喊:

"守住河堤! 守住河堤!"

一声未了,被敌人一枪刺进胸膛死了。官军纷纷上岸,再没有遇到坚强的抵抗。他们显然事先计划得很周密,所以上岸之后,一支官军向西边奔去,一支官军向东边奔去,奔到五十丈以外才停下来,立刻把堤上准备用来抢险的草包、麻袋堆成一道墙,好像堡垒一般,各种火器和强弩都架在草包和麻包上面。而另外一部分人,约摸有一百左右,便开始用镢头和铁锹挖掘河堤。河堤有两丈多宽。他们想挖一道三尺宽、五尺深的沟,让黄水从沟中流过来,然后把决口越冲越宽,最后把河堤冲垮。他们先从河堤里边往外挖,又从堤上面向下挖,挖一个又深又大的洞,却留下靠水的一面,约有三尺宽,没有挖。他们轮流休息,挖得很快,挖出来的泥土被运到东西两边,加固了堡垒。

丁国宝留在黑岗口的三百骑兵听到朱家寨河堤上传来的厮杀声,立刻奔来增援。但是他们刚到朱家寨附近,就被官军的火器和弓弩挡住。尽管他们下马拼命厮杀,却无法冲过官军设置的防线,徒然死伤了很多弟兄。他们没有准备大小火器，只能靠弓箭同敌人对射，敌人有装满沙土的麻包和草包做掩护，而他们完全暴露在光光的黄河堤上。带队的头目一看这种情况，就分出几十个人下到河堤里边，向掘口的地方奔去，准备从那里爬上河堤，赶走掘口的敌兵。可是他们人数太少，堤上又不断往下射箭，使他们纷纷伤亡，这一计又失败了。这位头目只得再派一名弟兄，飞马向老营求援。

当三百义军从西边向掘口处奔来时，东边堤上巡逻的义军拼命从东边向西攻打。可是他们并非精兵，人数也不多，又没有得力的指挥将领，尽管他们十分勇敢，却始终冲不过敌人的防线。

这时中间掘堤处的官军不管两边战斗多么激烈，仍然埋头掘堤。原来他们还把掘出来的土往两边运去，现在就干脆运到堤下。那在堤中间掘洞的人已经掘了五尺深，比堤外的河水还要低三尺，他们就不再向下掘了，从船上抬出了一个比水桶粗两倍的大坛子，坛子里面装满了火药。他们把坛子放到洞中，将一根指头粗细的引线一直牵到洞外。引线事先用一根竹筒子装起来，以免被水打湿。他们在坛子上面压上一层土，就退回船上，准备炸堤。

却说大将谷英在阎李寨得到禀报，立刻率领两千步、骑兵迅速赶往朱家寨堤上。由于堤上不利于骑兵作战，一千多骑兵驰到后，迅速下马，步行奔上河堤。但是要杀败官军，保住河堤，为时已经晚了。官军点燃了引线，抛下许多死尸和重伤兵士，退回船上。船纷纷起锚，向河心退去。只听轰隆一声，河堤靠水的一面崩塌了，洪水冲进缺口，顺着挖好的壕沟，向堤内猛冲。谷英身先士卒，抢堵缺口。敌人的帆船又向岸上打炮，岸上的义军也向船上射箭。船很快地退到射程之外，继续向岸上打炮。幸而义军也找来了几杆鸟铳向船上打去，帆船不敢再停留，一直往封丘方向驶去。这时天色已经麻麻亮了。

被炸开的缺口很快被黄水冲宽，水流越来越大，灌入堤内。谷英大叫："堵口！堵口！赶快堵口！"

可是河水继续猛冲缺口,两边的河堤不住崩塌。朱家寨和附近的村庄传来一片惊慌呼叫的声音,村民扶老携幼,奔跑逃命。有的还来得及拿出一点东西,有的就只身逃了出来。堤内低洼的地方很快变成了一片汪洋。

李自成在谷英走后不久便下令老府和曹营各抽调五千步兵上堤。他自己和宋献策也驰赴朱家寨,留下刘宗敏和高一功坐镇老营。

当李自成集中力量抢堵朱家寨缺口的时候,在西北三十里处,即古博浪沙地方,亦即阳武县治东南的黄河上,有三十只大小帆船向狼城岗附近的马家寨堤岸疾驶而来。这些船只并非从封丘驶来,而是命令阳武知县将运送军粮的船只腾出来,士兵带着大炮和鸟铳上了船,还带了铁锹和镢头。这些船在黄昏以后已经偷偷驶到黄河中心,停在离狼城岗不过数里之处,只等从朱家寨传来炮声,或看见火光,他们就要动手。他们还约定,如果朱家寨掘堤的事不顺利,拖到白天,朱家寨河面上的官军就在船上烧起狼烟。

严云京坐在一只大船上,一言不发,目不转睛地向东南凝望。他们命令所有的船只都不许露出灯光,以免被岸上的巡逻义军和护堤的百姓瞧见。忽然从朱家寨一带传来了炮声,也看见了火光。严云京又向岸上望了一阵,轻轻地对左右说:"好了,好了! 岸上巡逻的流贼很少,只要我们登上岸去,闯贼和曹贼的老营就要全部被洪水淹没。"

李自成赶到朱家寨后,亲自督率军民堵口。将士们抱着或抬着大石头,草包和麻包,拼命地往决口处抛下,但是所有沙土包和石头一抛下去就被凶猛的洪水冲走,越堵越显得无效。他们仍在作最后努力,企图挽救,连李自成自己也杂在弟兄中抛掷沙包。正在纷乱之间,闯王忽得禀报,知道敌人在狼城岗、马家寨登岸,杀散少数巡逻义军,掘了河堤。李自成听了大惊,正想分兵前往狼城岗抢救,忽然又来了禀报,说黄水从狼城岗附近冲过马家寨,直向阎李寨方向汹涌奔流,势不可挡。在突然之间,这位常在战争危急时保持异常镇静的大军统帅,竟然惊慌失措了。

过了片刻,他下令迅速撤兵,派一名小校去告诉曹操,同时派出五十多名骑兵,每二人一起,分头向各处闯、曹两营的驻军传令:城西义军向中牟附近撤退,城南义军向通许附近撤退,城东义军向朱仙镇附近撤退。命令发出之后,他吩咐谷英立刻整顿堤上的步、骑兵撤退,将他的全营一万余人尽快移到阎李寨附近的高岗上扎营,然后协助高一功的中军营抢运阎李寨老营粮草和各种军资。

下过十万火急的命令以后,李自成上了乌龙驹,带着宋献策、双喜和一二百亲兵,离开河堤,趁洪水淹没阎李寨之前,疾驰回营。

他一面策马奔驰,一面后悔自己对黄河不该大意,又后悔在八月底之前不该放过了破城机会,致有今日……

朱家寨附近的决口已经迅速扩大,成为一道骇人的洪流,发出万马奔腾般的巨大声音。李自成在马上侧首望去,在凄凉的晨光中看见洪水正在淹没朱家寨,还淹没着附近许多大小村庄。无数的房屋正在纷纷倒塌。草屋顶上坐着逃命的人,漂在水上。木料和家具漂在水上。人和牲口漂在水上。年轻的爬到大树上,但树被洪水冲倒,淹没,漂起。到处水声中夹杂着哭声和呼救声……

从西北马家寨决口的地方,虽然距离很远,但水声也渐渐清晰,好像是刮大风的声音。他转首向右望去,却没有看见洪水,惟见各村庄的百姓扶老携幼,牵着牲口,哭着,喊着,逃离家门,向附近的高处奔逃。因为下了多天雨,泥泞很深,还有积水,老人和儿童不断跌倒。李自成的心中辛酸,不忍也不暇细看。

他一面策马奔驰,一面想着一年半以来三次攻开封,前两次都受了挫折,第三次竟得到这样结果!想着几十万大军和牲口会有很多被淹死在开封城外,往东南去将有许多州、县百姓遭到洪水之灾,他十分心痛,几乎滚出眼泪,不禁深沉地叹了一口气。

第二十七章

张德厚的母亲已经死了三天,尸体埋在后院,家中只剩下他孤单单的一个人了。

今天早晨他起来的时候,太阳已经很高了。近来他听从邻人的劝告,每天很少起床走动,大部分时间都躺在床上睡觉,这样可以减少体力消耗,多活几天。实际上他也没有力气多在院中走动了。他如今每天只吃一餐,一直都处在饥饿状态中,常常饿得心慌,头上冒出虚汗,肚子也好像空得两片合成一片,不时发出轻微的咕噜噜的响声。

现在锅里还剩有一点食物。那是一件旧羊皮袄,羊毛刮光了,皮子放在水里泡了两天,又放在锅里煮了很长时间,终于煮得厚起来,松软了,可以咬得动了。但是这块皮子几天来已经吃得差不多,现在只剩下很小的一块了。另外锅里还有一些蛆虫,这是他学邻人的样子,从茅缸里将蛆捞出来,在水里洗净。好在过去十二三天天天下雨,院子里几口空缸都灌满了雨水,并不需要费力去井里打水。

他把那煮好的一小块皮子和一点蛆虫热了一热,发现这食物不但不能吃饱,连吃个半饱都不够,怎么办呢?地下还埋有一点粮食,那是香兰从城外带回来的,吃到如今,尚未吃完。母亲活着的时候不肯吃,要给儿子留下活命。他为着救母亲不死,还是陆续地煮了一些。每次煮包谷,他都要按着数来煮,先是煮一百颗,后来减到八十颗、七十颗。今天要不要把粮食挖出来,再煮一点包谷呢?盘算一阵,还是决定不挖,留待最后救命。

于是他决定再去捞蛆虫。当他走到后院时,忽然看到有许多蛆虫从母亲埋葬的地方爬出来。原来他那时饿得一点力气也没有，请来帮忙的一位邻居老人比他饿得更厉害，所以两个人只挖了个很浅的坑，就马马虎虎地将母亲的尸首埋了进去。如今尸体已经腐烂，臭气扑面而来，蛆虫也从尸体中爬出土外。他看了心中难过，哭了一声"娘啊"！落下眼泪，无心再捞蛆虫。

退回屋中以后，他忽然想到前天放在一个角落里的老鼠笼。那也是他听了邻居的建议，把家里的一个旧老鼠笼找了出来，想碰碰运气抓只老鼠吃。本来开封的老鼠已几乎被人们吃光，可是近来城中人死得太多，老鼠出来吃人的尸体，又重新繁殖起来。而且由于人们在屋里和院中到处捉鼠，吃过几次亏后，老鼠也有了自己的办法，不住在人家屋里，倒住在宅子外边，只是在人们不注意的时候才来到屋中寻找东西吃。邻居们捉到一只老鼠后，往往当成一个喜讯互相传播。张德厚受到邻居的鼓励，也安放了一个鼠笼。

现在他决定去看看他的鼠笼。他并没有抱太大奢望，只是姑且看一看罢了。不料当他走近鼠笼看时，果然有一只很大的老鼠被关在笼里，正急得不住地走动。他喜出望外，几乎要大声叫出来。可是他没有叫，因为忽然意识到如今家里已只剩他一个人了。他把老鼠笼子拿过来，放进一只水缸里泡了一阵，一直等他确信老鼠已被淹死之后，才打开笼门，取出死鼠。取的时候，他还有点不放心，惟恐老鼠装死，万一突然跑掉，他就没什么好吃的了。

他小心翼翼地把老鼠拿到一个邻居看不见的地方，深怕被别人抢走似的，偷偷地将鼠肚子割开，取出肠子，将屎从肠子里挤干净，然后把洗净的肠子同整个老鼠一起放进小锅中。煮的时候，他还不住地向外张望。院里有一点轻微声音，他都疑心有人来了，会抢他的老鼠，或者向他乞讨一点鼠肉。幸好并没有人来，院里只是风声罢了。

鼠肉煮好后，他把羊皮和蛆虫也热了热，盛在一只碗里。虽然没有一点盐，完全是淡的，但是也觉得这是一顿丰盛的午餐，仿佛生平从未吃过这样的美味。吃着吃着，他又想起了母亲，想着她不能与自己一起享用，又心酸起来。后来他又想，要不要把煮的东西都吃光呢？他不想吃光，但实在是饿久了，这食物的诱惑力使他狠狠心全部吃了下去。吃完之后，他感到多少日子来都没有这么饱过，决心重新碰碰运气。于是他在鼠笼里放进几颗包谷，充做诱饵。起初摆了十颗，后来想想太可惜，取出三颗，只剩七颗在里面。他想起老鼠常常是在夜间无人处活动，就把鼠笼提到后院的一个阴暗角落里，希望今夜再捕到一只又肥又大的老鼠。

将鼠笼安置停当后，他回到自己住的西屋，坐了下去。这时，母亲临死那一天的情景又重新浮现在眼前。母亲当时已经饿得只剩下皮包骨头，连一点点力气也没有了。她用极小的声音对德厚说：

"儿呀，你不要心疼我。如今这世道，活着还不如早死好，早死的人是有福的。你爹走得好。他走的时候我没有跟他一起走，如今我要到阴间去找你爹啦。"

喘了几口气，她又断断续续地说道："我想着这开封城是不会久守了，不是闯王打进来，便是城内有人开城门迎闯王进来。不管怎么，人们的苦日子快到头了。儿呀，你要等着呀，妈是等不着那一天了。儿呀，你是孝子，我舍不得你，也想再看小宝他们一眼，可是我等不到那一天了。"

想到母亲说的这些话，张德厚一阵心疼，忍不住滚下泪来。他又记起，母亲曾三番两次地对他说：

"我们两代人没有做过一件亏心事，所以神灵护佑，让媳妇带着小宝逃出城了。"

当时德厚答道："娘，德秀也逃出去了，招弟也逃出去了。"

"我不管那两个姑娘。我说的是小宝，他是咱张家的一条根，只要他逃出去，他妈把他拉扯成人，我们张家就不会绝后了。"母亲有气无力地哭了一阵，接着说："儿呀，省城一旦解围，你要立刻去寻小宝和你媳妇回来，还有你妹妹和招弟……你千万记住啊！"

德厚哽咽着说："娘，你放心，我一定把他们接回来，让小宝好好读书,日后长大成人,魁名高中。妹妹出嫁的事,我会妥当安排,请娘放心。"

母亲的声音更加低弱,只见她嘴皮抖动着,又说了句"你记住啊,记住啊",随后就不再说话了。张德厚俯身一看,母亲已经断气。

现在他想起那一天的情景,不觉心如刀绞,又揸了一阵眼泪,才慢慢地平静下来。他转头看看案上放的那些书,已经积满了灰尘。他把书上的灰尘拂去,不禁心中又想道,今年科场误了,不知下一次科场是否还可以赶考,说不定乡试榜上题个名,也不辜负了父母的养育之恩。由于身体衰弱,他已没有精神再去看书。这时觉得十分疲倦,他就又倒在床上,睡下去节省体力。不知不觉地他进入了睡乡。

仿佛过了一阵,他忽然明白自己今天要去贡院参加乡试。抬头一看,只见妻子正在替他收拾考篮。母亲在上房对着"天地君亲师"的牌位烧香磕头,虔诚地替他许愿,望神灵保佑他这次能考中举人。母亲许愿以后,妻子已经把考篮收拾停当,也来到上房磕头许愿。然后一家人将他送出大门。分明是大人事前教会的,只见小宝跑出来对他叫道:

"爸爸,爸爸,我梦见你考中了,考中了。"

他笑一笑,摸一摸小宝的头顶说:"我是要考中的。我考中了,一家人都喜欢。"

小宝说:"我也喜欢。你要考中的,考中的。"

母亲说道:"小孩嘴里掏实话,看来这一次你是要考中的。"

他离开了家,自己提着考篮往北走去。在贡院大门外,已经熙熙攘攘,满是赶考的秀才。许多人都有仆人相随,有的人还带着书童。虽然仆人和书童都不能进入贡院,可是那气派却显得很阔气。他正要提着考篮向贡院大门走去,忽然听见有人在叫他。连叫了两三声,他才听清楚是熟识的声音,但总没看见是什么人。那声音继续在叫,他就答应了一声。随着这一声答应,他突然醒过来,怔

了一下,睁开眼睛,才听清楚叫他的人站在窗外。原来是东邻和西邻的两个邻居。两个人的声音都十分焦急和惊慌,叫道:

"张秀才,张秀才！你快点起来,黄河决口了！决口了！满城人都在说黄河决口了！"

张德厚忽然坐起,连声问:"真的？真的？"

马家寨地势比朱家寨高得多,所以马家寨的河堤被官军掘开之后,流势更猛,直向东南奔腾而下。在开封西北大约十里处,两股黄流汇合一起,主流继续向东南奔涌而去。但也分出一些支流,淹没了开封西郊和东郊的大片地方,又从西郊流向南郊。

自从马家寨和朱家寨的两个口子掘开以后,朱家寨以下的黄河水势渐渐地小了。黄河从两个口子转移河道,而在开封城北和城东则发出了像海潮一般巨大的声音,在开封城中心都可以听得清楚,十分吓人。

开封城中的官绅军民,凡是走得动的都登上北城、东城和西城观望水势。还有人用梯子爬上了大相国寺的大雄宝殿屋脊,也有人登上了钟楼和鼓楼,更有几个力气大一些的年轻人爬上了铁塔的上面第二层。但爬上这第二层也就累得差不多了。像往年能够爬上铁塔顶层的人,这时已是一个也没有了。

这时已是下午申时左右,惨淡的斜阳照着茫茫黄水,淹了郊区,渐渐地向城墙逼近。

黄澍和李光壂都站在北城上。陈永福和他的几个将领也站在北城的西北角。黄澍最关心的是闯、曹人马是否淹死,所以他又同李光壂向东走去,那里也可以望见城北和城东许多地方的义军营盘。他们看到许多义军已经逃走,有的义军转移不及就被黄水淹没了,人马的尸体浮在水面上。黄澍和李光壂拍手称快,说道:

"好了,好了,开封得救了！上天保佑,开封得救了！"

几天前黄澍秘密地派人向巡按御史严云京送去蜡丸书,送书人没有返回,河北的消息杳然,使他十分放心不下。是不是那个人中途被闯王的人马捉去？是不是过黄河的时候淹死在黄水中？现在看到黄水滔滔而来，他不但放下心来，而且还为自己庆贺。他想着事过之后，朝廷对"壬癸之计"必将重赏，今后飞黄腾达，已是指日可待。

黄昏以后，大水涌到城边，西城和北城的羊马墙，有很多地方被水冲塌或泡塌。洪水越过羊马墙，到了城根。城北关还残存的少数空房，很快就倒塌了，有些木料随水漂走。黄水开始从北月城门的缝隙中流入月城。黄澍和李光壂赶快来到北城门上。虽然如今城中灯油用尽，没有灯光和火把照亮，可是凭着阴历十六的月色，他们还是能看见月城内已经到处是水，虽然不深，却在不断地往上涨。

他们立刻下了城头，督率士兵和义勇，堵塞月城缝隙。黄澍不断地破口大骂，总觉得人们不够尽力。其实，大家早已饿得一点力气都没有了，并不是不尽力，而是无力可尽。黄澍深怕万一月城门堵不住，出了事情，局面就将不可收拾。他越是害怕，就越是恼怒，看见大家动作迟缓，他又增加了二三十人，用被子衣服去塞缝隙，并命人去搬运沙袋。月城门本来用沙袋堵了三尺高，使义军无法攻城门。如今大水是从三尺以上的门缝冲进来，所以必须用沙袋将月城门上边将近一丈高完全堵死。这样忙了一阵之后，他发现脚下的水快淹到大腿了，担心自己走不脱，就同李光壂一起退回大城门以内。这时大城门没有关闭。都认为目前重要的是堵塞月城门，只要月城门能够堵塞严紧，大城门就不会出事，即使流进小股水，对于整个开封城不会有大的妨碍。

他和李光壂重新上到城头，指挥大家加紧堵塞月城门。他还是不住地骂，并一再叫道："谁不用力，一律斩首；用力的，重重有赏！"

李光壂提醒他说："如今大家已经散了心了，请黄老爷不要骂得太重。"

黄澍不满意地说："这些奴才们，愚民们，你不狠骂，他们就不肯用力。开封安危,千钧一发呀,老兄!"

下边人们在黑沉沉的门洞中堵塞漏洞。有人骂道:"妈的! 你赏给老子一千两银子,一万两银子,一粒粮食也买不到,谁要你的重赏!"

又一个骂道:"斩首? 斩你娘的×! 天天为你们守城啊,守城啊,人都饿死完了,还要守城,谁还有力气来堵这屌门!"

一骂开头,旁边接话的人就更多了:

"守什么城? 都是为了保周王一家和他们这些骑在老百姓头上的官老爷!"

"开封城中的百姓都快死完了,你王八蛋还这么凶,有本事自己来堵堵看!"

"咱们不堵了,大家同归于尽吧,反正迟早几天内总是饿死!"

"我一家人只剩下我一个,我活下去也没有意思了!"

"你还想活? 你能够活下去? 就是保住开封不被水淹,你一样得饿死!"

这时月城门内的水更深了,有的人实在没有力气,在水中晃一晃,站立不稳,倒了下去。有的人发出了呻吟声。大城门内也有水灌进来了。黄澍跺脚大骂,下令将大城门赶快堵死,免得大水进来时堵塞不及。

月城门里的人听说要把大城门堵死,大家都害怕了,因为那样一来,他们就连一条退路也没有了。这时在月城门率领众人堵塞缝隙的三个头目马上商量了一下,叫大家赶快退入大城门,不要死在月城里边。大家听了这话,一哄奔向大城门。但许多人因为实在饥饿,而且又在水中,没有奔到大城门就倒下去爬不起来了。这时一个头目对他的同伴说道:

"好兄弟们,我们逃也逃不走了,逃走也是饿死,干脆和城里的亲王、郡王、官绅老爷们同归于尽吧。"

一个兵丁马上答道:"好,同归于尽,老子不活了。"

另一个兵丁边说边往回走:"我有办法:把这个腰杠取下来,挪开中间几个沙包,门马上就冲开了,同城里头的王八蛋们一起同归于尽吧!"

于是三个人回到黑暗的月城门洞,挪去中间沙包,就去取腰杠。可是外边水的压力太大,腰杠被门挤得紧紧的,根本抬不动。三个人都走到腰杠的一头,拼命地抬起来,终于使腰杠的一头离开了墙洞。同时大门立刻就压迫过来,只听喀嚓一声,腰杠断了,水推城门,城门推沙包后移。有的沙包倒了。月城门再也关不住了,只剩下一把大铁锁还挂在门上哗啦哗啦地晃动。不过片刻之后,铁锁晃掉了,也可能是断了,洪水凶猛地冲了进来,这三个人连叫一声都没有,就被水冲没了,月城内的水立刻涨了一人多高,原来堆在里边的沙包和一个顶着月城门的石碑都被冲到一旁。这时大城门还没有完全关好,洪水很快又冲开了大城门,奔腾咆哮。本来洪水并不是直冲北门而来,而是顺着城墙向东流去。月城门不朝正北,而是偏朝东北,所以不是面对洪流。月城门只是受洪水高涨时的压力,而不是受到冲击力。倘若不是防洪的"义勇"百姓自己抽去腰杠,移动沙包,月城门断无被冲开之理。月城门仅仅门缝进水,对那么大的东京汴梁决无危险。何况在月城门缝进水的情况下,临时用沙包堵死主城门,完全来得及。所以开封的毁灭,一毁于北岸官军过河掘堤,二毁于守城的"义勇"百姓痛恨王府官绅。只是事后官绅们讳言真相,遂使真相被歪曲和掩盖了三百多年!

黄澍和李光壂看见他们的"壬癸之计"已经酿成了大祸,全开封城很快就要沉没在黄水之中,恐怖万分。黄澍既怕自己身家难保,又想到自己是建议掘河的罪魁祸首,一下子浑身瘫软,几乎站立不住,完全没有了一点主意。高名衡和陈永福从西北城角派人赶来,责问是怎么回事,又传下巡抚严谕:立刻堵塞北门,不顾一切,务须堵住!随即陈永福派了一营官兵赶来,交黄澍指挥。李光壂也抽调了一营义勇大社的人到北门堵水。但是这些官兵和义勇事前既没有准备堵水的东西,又加上人人饥饿,体力十分衰弱,对着奔涌咆哮的黄水,毫无办法。他们勉强抬些沙包扔进水中,登时就被冲走。后来北门的两扇包着铁皮的大门也被冲掉,随流而去。

李光壂一看情况不妙,叫黄澍赶快进城,将理刑厅衙门移到高处,他自己也要回去料理家事。黄澍此时已经没有主意,亡魂失魄,望着凶猛进城的大水连连顿脚,绝望地悲呼:

"完了!完了!我也完了!"

李光壂也非常害怕,勉强安慰他说:"黄老爷不必害怕,虽然开封酿成大祸,可是流贼必定也会淹死大半。李自成的老营已被淹没,说不定闯贼本人也被淹死了。纵然他能逃出黄水,也无力再围开封。朝廷对黄老爷不会怪罪的。"

因为周围有人,他不敢直言道出掘河的阴谋。但黄澍听了以后,心中稍觉安慰,心想自己一家人总不会被水淹死;只要流贼淹死很多,开封不被占领,朝廷方面话还是好说的。李光壂见他惊魂稍定,便不再等候,带着家丁奴仆匆匆离开了。可是没走多远,刘子彬忽然赶来,把他叫住,又一起回到黄澍身边。刘子彬比较镇定,望着他们说:

"我刚从东城来,看了那里的水势,我有一计可以救开封,至少可救一半开封。"

黄澍急问:"你有什么妙计,快说!"

李光壂也说:"你快说,我们立刻照办。"

刘子彬说:"如今北门已经没法想了。西城门还没有冲开,那里水也很大。倒是曹门和宋门外面水势平缓,大水从应城郡王花园向东南流去。倘若现在将曹门、宋门打开,黄水可以出曹门、宋门向东流去,城里就不至于完全淹没。这是自古以来常用的泄洪办法。"

经他一说,黄澍立刻想到了上古鲧"堙"洪水、禹用"疏导"办法而结果大不一样的故事。李光壂也想起来泄洪是前人救开封城的有效办法,于是他马上说:

"黄老爷你看如何?我看此计可行!"

黄澍立刻说:"好,好,这是用疏导的办法……"

　　李光壂不等他说下去,就接着说道:"既是这样,趁现在水还不太深,打开曹门和宋门,再迟就打不开了。这事交给我去办吧。"

　　黄澍点头同意。李光壂立刻带着家人走了。他一面走一面吩咐几名亲信带领义勇大社的人,分头到曹门和宋门去打开城门。他自己快步奔往土街南头,向西拐,奔回家中。土街一带在城中地势较高,李光壂的家虽然离开土街有一段路,但因为他家一连三座宅子都建筑在高台子上,所以尚未进水。

　　黄澍又在城上呆呆地站了一阵。他在想着周王、巡抚和各大衙门的长官,万一他们有个三长两短,他将如何是好呢? 这时在苍茫的月色中,满城几乎没有一个地方没有洪水奔流,到处是水声、哭声、喊声和庙宇的钟声。大大小小的庙宇都在紧急地敲钟,告诉人们洪水已经入城。整个景象是那样恐怖,黄澍完全呆住了。刘子彬拉了他一下,说:

　　"黄老爷,赶快同我回署去吧。"

　　几个月前,为着守城方便,黄澍将他的理刑厅衙门搬到了曹门里边,可是那里的地势较低,等他和刘子彬赶回时,水已经涨得很高。所好的是,几天来他暗暗地命仆人家丁准备了木筏,现在只要将木筏加固一下,就可把一家人救出来。由于他回得太迟,已经耽误了一些时间。等他和他的姨太太、刘子彬夫妇登上木筏,洪水已经冲来,有两个丫环,因为年龄小,身体弱,竟被洪水冲走了。未及搬上木筏的钱财珠宝也大部分被冲走。等他们乘着木筏来到曹门附近时,整个这一带已成了一片汪洋。

　　这时水已经到了南门。南门外也是水,那是从西城外流过来的。南门内外的水差不多都跟城墙平了。水还在继续上涨。黄澍惊魂未定,忽然得到禀报,说曹门和宋门已经打开,两股大水正从城内流出。黄澍赶快上了曹门城墙,望了望,果见两股洪流奔涌而出,感到一线希望,在心里说道:

　　"好了,好了,这样城中的洪水就可以减弱了。"

　　站在黄澍身边的刘子彬发现自己想的办法果然有效,也不禁暗暗高兴。他想,事后很可能因为他出了这个主意,救了城中无数生灵,被朝廷记一大功。

可是天明以后,他们发现,虽然曹门和宋门泄去了一部分洪水,但是因为许多地方洪水漫过城墙,所以城内水势依然猛涨,全城几乎已经完全沉入水中。留存在水面上的只有钟楼和鼓楼的上半截、各个大衙门的屋脊和富家大户的高楼屋脊、相国寺大雄宝殿的屋顶、周王府的假山和紫禁城中的宫殿顶以及各王府的假山、屋脊。另外没有完全淹没的是山货店街的部分地方和土街中段的一段街道。还有一座铁塔矗立在滔滔洪水之中。其余大街小巷,但见一片茫茫大水,连屋脊都看不见了。

张德厚被邻居叫醒以后,只听见满城的哭声、喊声、钟声,完全没有了一点主意,在屋里屋外转了几圈后,忽然想起王铁口曾经对他暗暗嘱咐,说开封城可能被大水淹没,要他准备一根木料,临时抱住还可以逃命。木料倒是现成的,霍婆子住的那一间东房早已拆了,门窗和椽子都当柴火烧了,还分了一部分给东西邻居当柴烧。大梁还剩下两根,扔在西屋檐下的墙根地方。但是他又想道,自己是这样虚弱,大水来了,他怎么有力气把这木料抱紧呢? 又怎么经得起在水中浸泡呢? 这么一想,又没了主意。后来他想还是找一个牢靠办法吧。于是他将剩余的粮食从地下挖出来,装进一个小口袋里,绑在身上,又将他从前常常背诵的几本艾南英等名家选定的"时文"以及他自己从历科会试和乡试闱墨中选抄的好文章包成一包,又到上房将祖宗的神主从条几上"请"下来,连同几件旧衣服都包在一个包袱里,也绑在背上,这才艰艰难难地将家中的一把旧梯子拖出来,靠在西房檐上。他想,如果大水来到,他就爬上西房,再由西房转到上房,坐在屋脊上。过了一阵,他听见水声愈来愈大,好像就要冲到附近,他认为是该爬上房坡的时候了,但他没有立刻爬梯子,而是先走进后院,跪在埋葬母亲的土堆旁,磕了一个头,哭着说:

"娘啊,不孝儿子照顾不了你老人家的尸体了。儿子没有办法,只有一个人上房顶逃命去了。娘啊……"

他还想说什么话,却哽咽得说不下去,又磕了一个头,颤巍巍地站起来,走进院中。他刚要往梯子上爬,忽然有一只手拉住他的衣服,同时有个声音在背后喊道:

"先生,先生! 你不要爬房坡,不要爬房坡!"

张德厚扭头一看,原来是东邻一个叫春生的少年。这少年今年十七八岁,以前曾经跟他读过两年蒙学。他当即说道:

"春生,大水已经来了,赶快逃命要紧。"

"先生,爬房坡不行。你到俺家院里去吧!"

德厚正在奇怪:为什么要到他家院里去? 春生的父亲也急急忙忙地来了,喊道:

"张先生,你快到俺家院里去,咱们一起逃命吧!"

"你们有啥办法逃命?"

"如今水势很大,这房子经不起水冲。即使水流缓慢,也经不起水泡。咱们开封城内,十家有八家的房子砖都起了硝,多年来硝把砖都蚀烂了。黄水一泡,房子就会倒塌。何况现在水的来势多么骇人,咱们庶民百姓家的房屋能顶啥用! 你千万不要上房坡,快到俺家院里去。我们正在扎一个筏子,你就同我们一起坐筏子逃命吧。"

德厚本想跟他们过去,但又一想,他们的筏子一定很小,他们家还有老人,还有妇女,如何能载得动呢? 他迟疑一下,说道:

"我还是上房坡吧。这房子三两天不会泡塌。你们家的人很多,你们上筏子吧,我不连累你们。"

"你怎么说这话呢,我们挤在一个筏子上,何在乎多你一个人? 我虽是不识字,可是我知道你是有学问的人,又没做过一件亏心事,只要过了这一关,日后定会魁名高中。可是你一死,这一肚子好学问也就随着水冲走啦。"

因为以前两家关系很好,春生父亲要写封信,读封信,都是请张德厚帮忙,所以现在无论如何不肯丢下张德厚让他一个人被水淹死。他一边说话一边就拉着张德厚往东边院子走去。春生一看地上还有两根木料,就招呼父亲回来,一起扛了一根木料过去。

来到东院后,德厚就要同他们一起去扎筏子,春生父亲说:"张先生,你是秀才,没做过这种活,你站在一边等着吧。"

筏子本来已快扎好,现在又加了一根木料,重新绑牢。春生家男女五口人都出来了,吃的东西也都拿出来放在筏子上。春生的母亲哭哭啼啼,这也舍不得扔,那也要往筏子上搁,被春生父亲跺着脚骂了几句,只好不带了。

大家正要上筏,春生父亲一眼看见张德厚还穿着长袍,叫道:"秀才啊秀才,你快把长袍脱了吧!万一落进水中,腿被长袍裹住,人就死得更快。"

张德厚从来没有穿过短装,好像自来读书人就必须穿长袍。现在经春生父亲一提醒,才不得已脱了长袍。

他们刚刚在筏上坐定,大水已经来到,一下子就冲倒了垣墙。木筏在院里漂了起来。幸而春生父子都懂得一点水性,准备了两根长竹竿拿在手里,使木筏不会撞着屋檐。他们并不急于让筏子随水漂流,希望在院里能留多久就留多久。春生从房檐爬上屋脊,将一根绳子系在堂屋的兽头①上,然后下到筏上,拿着绳子的另一头,这样木筏就不会被水浪打走,总在院里。

水愈涨愈高,很快把东西偏房和临街的房子完全淹没了。春生父亲用竹竿在水里试了试,竟有一丈多深。这时张德厚才感到春生父子真是好心人;如果他留在家里,现在真是太危险了。正这么想着,忽听见"轰"然一声,他家的堂屋在水中倒下去了;又是"轰"然一声,春生家的偏房也倒下去了,只剩上房还没有倒。木筏仍然围着上房,在水浪中颠簸。又过了好久,上房终于倒塌了。春生松开绳子,木筏随着洪水向南漂去。

一路上,筏子几次差点碰着高楼的屋檐,都被春生父子用篙尖

---

① 兽头——屋脊两端的鸱吻,河南人俗称兽或兽头。

点开。此时已是十八日早晨,天色已明,水面上的东西看得十分清楚,使他们躲过了好几次凶险。但春生父子对于撑船毕竟不是十分内行,很难掌握方向。当筏子被冲到州桥附近时,忽然从对面来了一只大木筏,筏上坐了十来个人,男女都有。眼看春生家的小木筏就要被大木筏撞翻,幸而这时从大木筏上伸出了一根篙,将小木筏点开了。张德厚抬头一看,见大木筏上坐的并非别人,就是张民表和他的妻、妾、仆人,还有一个顶小的儿子。张德厚赶紧叫了一声:

"大伯!"

张民表这时才看清这个短装打扮的人就是德厚,于是问道:

"德厚,你们一家人呢?"

德厚哽咽着说:"我们一家就剩我一个了,这筏上坐的是我的邻居。"

"你有没有东西吃啊?"

"我只有两升杂粮,带在身上。"

张民表命仆人用一根带钩的竹竿将小筏子拉到近边来,然后又命人拿出二两银子和一些杂粮交给德厚,说道:

"你既然逃了出来,这就是不幸中的万幸。过了这一大劫,你就可以好生读书了。"

张德厚千恩万谢了一番,又问道:"大伯,你筏子上堆了这么多油纸包,是什么东西? 如今东西可是越轻越好啊!"

张民表回答:"这些东西是有点沉,但是非带不行。我几十年的心血都在这里。这里有我的文稿两百卷,有很多还是你替我誊抄的。另外还有一些字画,有晋唐人的墨迹。还有一些经我圈点过的宋、元版书。这些东西我都不能不带啊!"

说完以后,仆人将带钩的竹竿一松,两只筏子顿时被洪流冲开,各向一方。过了片刻,春生家的筏子在一座高墙下停住了。张德厚回头去看张民表的大木筏,几乎惊叫起来。

原来,有许多落在水里的人,望见这只大木筏,都纷纷游过来,要上筏子。张民表不忍心见死不救，便听任这些人往筏子上爬。谁知由于一边人太多，使筏子失去平衡，突然翻了下去。张民表和他的妻、妾、孩子、仆人以及所有的字画、书籍、文稿，全部掉进水中。只听见他们惊叫了一声，便再也没有露出头来。倒是一个仆人，抓住了一根木头，另一只手抓着张家的小少爷，随水流去。还有一些纸张也在黄水中时隐时现。

张德厚目睹这一切，又是惊骇，又是难过，几乎要哭出声来，心中叹息：

"唉，一代文人，风流名士，完了，完了！"

不知为什么，一个漩流将木筏冲向东来。张德厚坐在木筏上，看见相国寺南边和左右，大部分民房都已经淹没；相国寺的房檐也没在水中，只露出一条屋脊，屋脊上挤满了人。有的人显然是只身爬上屋脊，而亲人没有能爬上去，因此正在四下寻找，发出哀痛的呼叫声。在山门外有一片洄水，水上漂着许多尸体，还有许多房屋倒塌之后，木材也随着洄流漂浮，同尸体挤在一起。有的人落水后没有淹死，随手抓了一根木头，正在大声呼救。还有一个老婆婆，抱着一个小孩，大概是孙女吧，坐在一只大木盆中，也在水中漂流。忽然从对面冲来一个人，一把抓住木盆也想爬进盆去，不料盆被爬翻，那老婆婆惨叫一声，抱着孙女，跌到水里去了。

黄昏时候，张德厚乘坐的木筏撑到鼓楼下边，想找一个存身的地方，可是忽然听见鼓楼上边传来一片哀号："不要杀我呀！不要吃我呀！"惨不忍闻。他们赶快用篙一点，离开了鼓楼。

这时暮色更重了，往哪儿去呢？四周望望，到处是洪水，到处是尸体，到处是倒塌的房屋，到处都可听见人们的呼救声、哀号声和哭喊亲人声。他们的木筏就在这恐怖的气氛中无目的地漂流着。夜间，他们所担心的不是洪水会把木筏冲到哪里去，而是担心有人会洄水来抢上他们的木筏，把筏子弄翻。后来他们想到西北的城墙较高，大概不会被水淹没，就在月色中将木筏向西北撑去。路过巡抚衙门和布政使衙门时，隐约地看见衙门大堂的屋脊上也有人,也传来哭声和叫声。

第二天是九月十九日,天明以后,他们的木筏到了西门附近。这一带地势较高,城头露出水面。他们将木筏靠拢城墙,艰难地爬上城去。因为都饿得没有力气,张德厚和春生家的几个女人都差点跌进水中,幸而水面离城头不过两尺左右,在春生父子的帮助下都平安地爬了上去。城上已经有很多人,有官绅,也有军民。张德厚和邻居们找了一个地方坐下去,背靠着城垛休息。春生家带了一点干粮,这时拿出来大家嚼了几口。张德厚也把自己带的一包粮食拿出来和邻居们共用。然而两家的粮食都只有一点点,怎么够吃到得救呢?他们互相望望,感到绝望。如果没有人来救,他们不是要饿死城头么?万一再下起雨来,如何是好?一串可怕的疑问使他们都埋下头去,不再说话。

第二十八章

　　黄澍一家人于十七日夜间移居北城墙上,露宿在北门附近。高名衡和各大现任官吏和乡宦之家也都逃到北城墙上。北城墙上挤满了逃避水灾的人,军民混杂,呼喊啼哭之声不断。只有高名衡等几个封疆大吏,有兵丁和奴仆护卫,所占地方不与百姓混杂,秩序稍好。陈永福和他的家属逃到西北城角,他的将士们带着家眷同他在一起,占了一段比较干燥的地方,因为有很多兵丁保护,秩序也比别处稍好。

　　周王没有出来。当天夜间,高名衡和黄澍都曾派人去请周王火速逃上城墙。但王府的金银宝物太多,一时运走不及,等太监和宫女刚刚将重要东西包扎停当,大水已经把紫禁城包围起来,所以周王和他的家属好几百人,包括那些郡王和奉国将军之家,都一起上了紫禁城头。紫禁城有五丈高,同大城一样,所以逃在城头上也还安全。

　　天明以后,也就是十八日早晨,高名衡请几个重要的文武官员前来议事。黄澍等人都来了,只有陈永福没有到,派了自己手下的一个赞画和一员副将前来。他事前知道黄澍等有"壬癸之计",派兵丁以军用名义控制了城内州桥附近河里仅有的两只小船,如今正忙于抢救他的将士。

　　高名衡在城头占的地方,临时由亲兵奴仆们搭了两个布篷,一个布篷住着女眷,一个布篷是他自住的地方。几个亲信幕僚也同他住在一起。帐篷里既没有床,也没有桌子,只是地上摊了羊毛毡和麦秸稿荐①。前来议事的大官们就拥挤在这布篷中席地而坐。

---

　　① 麦秸稿荐——用麦秸做的床垫子。

大家都十分委顿,脸上、衣服上到处是黄泥,平日那种官场风度一丝儿也见不到了。

高名衡心中很抱怨黄澍和严云京的"壬癸之计",但是说不出口来。因为他自己也曾默许过这一条毒计,如今开封已经淹毁了,如果他说出来,黄澍反咬一口,会将罪责全推到他的身上。他低着头沉默片刻,叹息说道:

"如今要赶快差人到北岸求救。这是最关紧要的第一桩事。我身为朝廷封疆大臣,守土有责,原应城存与存,城亡与亡,死在这里并不足惜,但周王殿下及数百口宫眷必须救出去,官绅军民必须救出去。至于这次开封被淹,我将以一身承担,决不使他人受过。"说话的时候,他看来十分诚恳,眼泪簌簌下流。

黄澍说道:"昨天早晨,卑职已差家人李勇、柳体直二人泅水过河请救,请大人放心。"

高名衡问道:"如此大水,茫茫无边,如何能够到达北岸?"

黄澍回答:"请大人放心。他们都是卑职的家乡人,深习水性,各人又都抱了一根木头。现在水面虽阔,但水在城外散开以后,猛力大减,又没有北风,估计他们可以渡过河去。纵然中途淹死一个,另一个也可到达北岸。"

高名衡望一望别的官员,只见大家愁眉苦脸,唉声叹气,都没有一个人说话。他无可奈何地说:"我们只好等候着吧。我想侯督师大人和严巡按大人不会不想法来救我们。"

有位官员说道:"抚台大人所言极是。北岸各文武大员奉旨来救开封,如今开封被淹,他们决不会袖手旁观,说不定昨天就在准备如何前来相救的事。尤其是侯督师,他自己是河南人,岂能不救?"

大家听了,纷纷点头。会议到此,就在无可奈何中结束了。

在黄河北岸,众文武大员直到十七日中午才知道大水淹没了开封全城。自从秘密掘了河堤之后,严云京和卜从善就非常关心开封安危和城外闯、曹人马被淹情况,不断地派出小船去打探消息。十六日那天,黄水还没有进城,他们庆幸自己立了大功。但因城外水还在涨,所以也不敢过分高兴。十七日这天,他们得到了开封被淹的禀报,十分害怕。严云京和卜从善商量了一下,就放出谣言,说是李自成派人掘了河堤。卜从善又把那天晚上指挥掘堤的几个军官叫来,要他们严令部下,不许乱说一字;谁敢乱说,定斩不饶。同时他们感到百思不解的是:黄水并不是直冲开封北门,而是经过北门外边,向东流去,北门是关闭着的,为着守城,封得很牢,何以黄水能冲进去?

驻在封丘的众多文武官员,对于水淹开封全都十分震惊。特别伤心的是新到来的监军御史王燮。他跟严云京不一样。掘堤的秘计他一点也不知道。那天晚上他正在一百里外视察数千新到的援兵。他虽不是河南人,却同开封有着特殊的关系。半年以前他还是祥符县的知县。李自成两次进攻开封,他都是守城的主要负责人之一,曾经拼死拼活地同闯、曹大军恶战,使开封幸免失陷。也正因为他守开封立了大功,所以由知县升任御史,派来封丘监军。他没有想到,过去开封不曾在他的手中失陷,如今却被黄水淹没。他站在黄河岸上,向南瞭望,不禁嚎啕大哭。同僚们明白他的特殊感情,都从一旁劝他。他哭着说:

"我辈奉圣旨救援开封,开封之围不但没有解,反而遭到水淹。设若周王殿下有虞,我们如何对得住朝廷?又如何对得住开封全城的官绅军民!"

严云京在他旁边恨恨地说:"没料到闯贼如此狠毒,围攻不成,竟然决河灌城!"

卜从善也顿着脚说:"我就担心闯瞎子会下此毒手,可惜我们的将士驻在黄河北岸,无从防守黄河南岸。"

王燮对于黄河决口的原因,内心是很怀疑的,但现在顾不得细究原因,便问严云京如何去救开封。严云京说:

"我已经吩咐下边人赶快准备船只。"

王燮焦急万分,说:"准备船只的事,必须马上动手。下边人遇事拖沓惯了,恐怕一时办不好。这事一刻也拖延不得,由我亲自料理吧。"

严云京说:"王大人倘能亲自料理,再好不过,我同王大人一起坐船前去。"

王燮说:"严大人可以留在北岸继续准备船只。我先带一批船只走吧,先救出周王殿下及宫眷要紧。"

严云京说:"是否先向督师大人禀明,看督师大人如何吩咐?"

王燮说:"好,我此刻就同严大人一起去禀明督师大人。"

于是他吩咐手下人先去备船,自己便同严云京一起骑马去督师行辕。

在督师行辕中,侯恂已经知道开封被淹,也是十分震惊,他特别害怕的是决口的秘密会泄露出去,连累到他。几年的监狱生活,他已尝尽了苦味,只要想到崇祯脾气暴躁,对大臣毫不宽容,他就浑身发寒。他想,"壬癸之计"是他默许的,至少他未阻止,倘若严云京把罪责推到他的身上,他不惟会重新入狱,而且性命难保。他绕屋彷徨一阵,回想着几天前他同严云京的谈话,其实并没有对掘堤之事明确表示同意,只是说了一句"你们斟酌去办,老夫实乏善策",此外并无一张纸片落在严云京手里。最后他想这事还是相互袒护为上策,只要皇上不认真追究,大家都可平安无事。

正在这时,王燮和严云京一起来到行辕,向他禀告营救开封之事。他催促他们赶快派出船只到开封去接周王、宫眷和高名衡等重要官员,其余官绅军民也要尽量救出。

王燮对于黄河决口之事心存怀疑,乘机说道:"我们奉旨救汴,未见寸功。今日汴梁全城被淹,真是无面目再见朝廷,下官惟有以一死以谢皇上。"

侯恂听出来他的话中有话,默不做声。

严云京叹口气说:"黄河决口虽系天灾,历代难免,但我们身居北岸,无力照管,也算一半是人谋不臧①。倘若周王一家性命不保,唉唉,不惟监军大人无面目再见朝廷,我是河南封疆大臣,也惟有以一死谢河南百姓。"

侯恂说:"河南是学生桑梓之地,学生又奉命督师,如今开封被淹,主要罪责应由学生担当。眼下派船救开封周王殿下及官绅百姓要紧,以后之事另作商量。"

王燮说:"我已经在准备十几条大船,并准备了两船粮食,请大人放心。我现在心中感到奇怪的是:开封久困之下,城门必然堵塞很严,黄水如何能够进城?何况闯贼必欲得到开封,而开封早已粮尽,破城只在旦夕,为什么他要掘黄河淹没开封?且听探子禀报,黄河决口之后,流贼移营不及,淹死甚众。有人说死了一万多,有人说死了二三万。既是闯贼掘堤,何以粗心如此?"

严云京心惊肉跳,强作镇静,捻着胡须说道:"据学生两次派人去探,确是闯贼派人掘开口子,先掘朱家寨,后掘马家寨,两口并决,水势凶猛,因此才将北门冲开。"

侯恂想用话岔开,赶快接着说:"开封一带河身高过城墙,这是大家都知道的。以本朝来说,洪武二十四年,河决原武县黑洋山下,向东南流经开封城东北五里处,成了一条大河,往下去同淮河汇在一起。那一次开封城岌岌可危,幸而洪水没有入城。到了洪武三十一年,黄河又决了口子,冲塌土城,从北门流入城中,各衙门和民房,有的淹没,有的冲塌,城内大水很久都不曾干。到了永乐九年,黄河又从西北三十里处决口,也就是现在的马家寨、朱家寨之间,朝廷没有办法,就在黄河北岸掘一道新河,把水导入黄河故道。以后正统年间,黄河又涨,又改了河道。所以现在不能说一定是闯贼掘开口子,也不能说不是他掘开口子。据学生看来,八成是天灾。天顺五年的时候,黄水也冲进开封,所以开封城门被冲毁的事在本朝就有过两次。天顺五年那一次,周王及各郡王全都逃离开封,避居邻县。城中官民也都移居城上,等待水退。"

———————

① 臧——善,好。

王燮说："从天顺以后，护堤有了经验，黄水不再淹没开封，已经一百几十年了。"

侯恂说："虽然以后堤防有法，开封不再被淹，可是去年十二月闯贼围困开封，到今年正月下旬才离开。四月间又来围困开封，困了它半年之久。往年官府督率军民，每年修堤防汛，未雨绸缪。今年省城陷于围困，不能修堤护堤，九月初连着下了十多天大雨，黄河暴涨，终于将堤岸冲开口子，这也不是人力所能防止的。所以应该说，或是闯贼掘堤，出于人祸，或是河水自己决口，纯属天灾。二者必居其一，尚待查明。如今不是谈论开封如何被淹的时候，还请二位速速派船到开封救人要紧。"

当时因为黄河已经改流，从封丘到柳园渡，河水很快地变得很浅，有些地方露出沙洲，所以原来停在封丘附近的大船都已移到西边三十里以上的地方，只有小船仍在封丘岸边停留。

王燮来到岸边，一面命小船速往对岸柳园渡等候，一面带着仆从、兵丁骑马奔向西去，在封丘城西南三十多里处上了大船。船上已经装好一百多石粮食，二三百兵丁。趁着有西北风，所有船只一时起锚，向东南扬帆疾驶。

到了靠近南岸的地方，才发现从朱家寨到马家寨之间的一段堤上，有许多百姓和闯营将士还没来得及退走，而船要去开封，必须从朱家寨的缺口通过。王燮手下人员看见堤上的义军在向船上注视，便请示是否就从朱家寨缺口进去。王燮严厉地说道：

"如今流贼大军已经被淹，有何可怕？不从朱家寨缺口进去，大船如何去救开封？走！不许停留！有退缩者斩！只要到达开封，每个船夫，每个将士都有重赏，决不食言。"

说了之后，他自己立在船头，指挥船只向朱家寨的缺口冲去。他命将船上的火器、弓弩准备好，必要时一面作战，一面冲过。

留在大堤上的义军将领是马世耀。十五日那天夜间，他接到闯王和谷英的将令，要他赶快撤走，避免被洪水隔断。但是当时有一部分河工也在堤上，他不能扔下他们独自率兵退走。还有一些朱家寨的老弱妇女，哭哭啼啼，奔向堤来。在纷乱中，他为着救护百姓，迟了一步，从马家寨灌入的洪水已经隔断了撤走的道路。所以他就带着三四百名义军同老百姓一起被困在堤上。三天来他们同大军不通消息，不晓得阎李寨老营是否被淹，倒是听说往东去有许多义军的营盘，因为移营不及被水淹了。他们从阎李寨出发时，并没有带粮食，也没有带干粮，原来想着天明以后会从老营送来吃的东西。被水围困以后，从附近逃上来的百姓多少带了一些粮食，要分给义军。马世耀知道百姓粮食也不多，不肯多要。幸而他和亲兵们来的时候骑了几匹战马，这时只好杀马而食，等着闯王派人来救。他们不但饥饿，而且疲倦，因为白天黑夜都要巡逻，担心这一段堤岸被水冲毁。

当他们看见扬帆而来的二十多条大船后，起初觉得十分诧异：难道这些船要冲进朱家寨的缺口么？马世耀立刻把他的三四百人马招集起来，说道：

"这一群官兵分明是去开封的，也说不定要来夺我们这一段河堤。不管怎么样，我们要跟他们决一死战。有会水的弟兄请站出来，倘若敌船靠到堤边，就跳上船去；倘若能够夺得一条大船，我们就有办法了。"

他自己会水，他准备由自己带领会水的弟兄去夺大船，同时他把会使火器的弟兄和善射弓箭的弟兄也都作了布置。

这时，船队已经驶近，王燮站在第一条大船上，大声叫道：

"不管敌人如何，我们一定要冲过缺口。只要过了缺口，到达开封，每人赏五两银子，决不食言！"

他说完以后，船队顺着缺口的激流，乘着刚增大了的北风，箭一般地向缺口驶去。

马世耀在堤上一看船驶得这么快，知道夺取大船的想法落空，就下令立即施放火器和弓箭。于是堤上登时火器点燃、弓弩齐发，炮声与呐喊声响成一片。王燮的船队并不恋战，一面向堤上施放火器,一面飞速地冲过缺口,向东而去。

柳园渡是黄河的一个重要渡口,原有一条南北小街,如今街的南段已经没入黄水之中,北边的一段连着黄河堤,仍然露出水面。老百姓也没有逃走。十五日夜间,当白鸣鹤率领五百骑兵奔到这里时,卜从善已经将朱家寨的河堤掘开了。天明以后,朱家寨以东的守堤义军和民工共两三千人,都退到柳园渡。民工都是开封郊区的农民,看见洪水滔天,一个个村庄被淹,在柳园渡的街上和堤上大哭。后来陆续散去,各自逃生;有不少想浮水回村中救出自己的亲人,在半路或被水浪冲走或筋疲力尽而淹死。驻在柳园渡的义军首领是刘体纯,加上新来的白鸣鹤一股,共约两千多人,如今都听他指挥。刘二虎派多人探路,知道无路可走,但不能在柳园渡堤上等着饿死。到了十七日上午,他整队顺河堤往东南退去,仍然队伍整齐,旗帜不乱。柳园渡的百姓们对刘体纯和他的手下弟兄印象很好,望着他们的背影都放心不下。一个开饭铺的老头喃喃地说:

"到处都是大水,他们顺河堤要逃往哪儿?唉,他们也够遭殃了!"

当王燮的船队来到柳园渡时,义军已经退去一天了。他正在向老百姓询问开封情况,恰巧黄澍的仆人李勇泅水来到这里,向王燮禀报了开封水淹的情况,并说他出来时是两个人,那个伙计中途被浪冲走,不知生死。王燮又问了周王和封疆大吏的情况,知道都未淹死,心中感到欣慰,他又问道:

"北门如何冲开的?"

李勇实际已经风闻了事情的内情,但是他不敢说出,却回答说:"小人只听说是大水冲开的,别的一概不知。"

王燮心中一团疑云,但来不及详细询问,便立刻命令二十几条大船乘风扬帆,向开封北门驶去。

这时黄澍等大群官绅和兵丁百姓,正在盼望有人来救,忽见二十几只大船扬帆,疾驶而来,大家立刻拥到城垛边,向北凝望。有人叫道：

"好啦好啦,北岸派船来啦!"

"谢天谢地!"

当大船离北城还有半里之遥时,黄澍已经认出那在第一条船上站立的官员就是王燮。他感到大出意外,原以为严云京会来,现在竟是王燮先来。在前两次固守开封之战中,他都与王燮共事。在围城中听说王燮受委派为侯恂的监军,他不免在心中略有醋意,认为王燮升得太快。如今故人相见,不觉热泪横飞,他自然地不称王燮为"老爷"①,而是扬手高叫:

"王大人! 王大人!"

别人听见他叫,也认出了王燮,于是城头上纷纷发出激动的呼喊声:

"王老爷! 王老爷!"

"王大人! 王大人! ……"

王燮坐的大船首先落下白帆,放倒桅杆。后边的大船也都跟着落下船帆,放下桅杆。船队鱼贯进入月城门和北门,然后向右转去,靠近城墙里边。登城的礓磙子作了临时停靠的码头。王燮就从这青砖礓磙子登上城头。黄澍等人早就等候在台阶口。黄澍和王燮来不及行礼,两人就一把拉住手,哽咽得说不出话。

后来还是王燮先问了一句:"周王殿下何在?"

"周王殿下在紫禁城城头上,宫眷安然无恙。两天来一府数百口露宿城头,等待河北来救。"

"抚台大人如何?"

"抚台大人和镇台大人同在北城,一切无恙,只是仆人兵丁也有逃不及淹死的。"

王燮没有再问,匆匆向高名衡所在地方走去。别的官员也都

_____

① 老爷——知县只能称老爷,不能称大人。王燮如今是督师的监军,故官场中应称他为大人。

在那里。王燮见了高名衡，赶快施礼。高名衡来不及还礼，就拉住了王燮的手，一面流泪，一面说道：

"你来得好，来得好。大家都在盼望北岸来救。来得好，来得好。"

王燮看见开封城中一片大水，各位官员士绅都露宿城头，狼狈不堪，一阵伤心，不觉痛哭。众官员也都失声痛哭起来。王燮一面揩泪，一面说道：

"我们身为臣子，死何足惜，眼下先救周王殿下要紧。"

高名衡等都说："说的极是，先救周王殿下要紧。"

于是王燮用船载了众官员，驶到紫禁城。其时周王等人正手扶城垛，等待来救。等众官员攀上城头以后，周王才在几个内臣的搀扶下，在城门楼前檐下的一把椅子上坐下，等候众官。众官来到城楼前边，分班向他跪下行礼，他不觉站了起来，向前趔趄着走了几步，抓住高名衡的手痛哭失声。文武官员见周王痛哭，也都重新哭起来。城头上的众多宫眷、奴仆和侍卫的兵丁也都欷歔流泪，泣不成声。王燮抢前一步，对周王说道：

"职臣奉命监军河北，本当纠集人马，过河杀贼，无奈几路人马不能到齐，刘泽清一触即溃，许定国不战自溃，还有山西副总兵周遇吉也是不战自溃，所以来到黄河北岸的只有卜从善、白祁政两个总兵，人马单薄，不能过河来救。臣日夜焦急，无计可施，致开封有今日之灾。纵然粉身碎骨，不足赎臣之罪。到底黄河如何两口并决，微臣至今尚不清楚。"

周王想回护黄澍，叹口气说："这是天数啊！不然何以开封不陷于贼手，而陷于黄水呢？天数，天数，在劫难逃啊！"

黄澍立刻纠正周王说："殿下，这都是流贼掘河啊。先掘朱家寨，后掘马家寨。两口并决，致使开封全城淹没。"

高名衡看见王燮的神色，似乎并不同意黄澍的话，怕在周王和众官前发生争执，赶快插言说："既是天灾，也是贼祸。如今这些话都不必再说了，速速护送王爷殿下和宫眷渡到河北，才是要紧。如今流贼知道开封被淹,说不定会驾船前来劫掠。千万不要在此耽搁。"

王燮立即指挥二十几条大船,先将周王和各郡王、奉国将军等以及全体宫眷六百余人送上大船,然后将一些职位高的文武大官也送上大船。大船不够,正好百余条小船此时也进了北门,泊在城墙里边,一些地位稍低的官员和一些有名的乡宦士绅就上了小船,自然一共也装不了多少人。正在这时,忽然传来谣言,说李自成要派人驾船来开封城中,掳掠妇女,杀戮百姓。于是乎大家都惊慌起来,哭哭叫叫,争喊着"救命"。有些官绅赶快向黄澍的随从递上金银珠宝,请求让他们上船逃命。也有些人虽然地位不高,或早已解了官职,因为行了贿,也在第一批上了小船。

这时王燮派人在城上传呼:从今天起不断地要派船接运官绅百姓,渡往河北,请大家不要惊慌,也不要抢着上船。经这么传呼之后,虽然人们半信半疑,但纷乱的情况好了一些。特别是因为王燮这个人在开封官绅百姓中名声较好,一般人都认为他比黄澍正派得多。

在大家抢着上船的当儿,李光壂带着两名仆人,匆匆忙忙从东北城角赶来,跑得上气不接下气。看见黄澍已在船上,他高声叫道:

"黄老爷救我!黄老爷救我!我的家小都在城上!"

黄澍乘的是最后一条大船,听见李光壂呼救,心中迟疑了一下。按说他同李光壂在患难时期一直共事,应该让李光壂带着家小挤上船来;可是忽然又一想:李光壂的家小还在东北城角,万一耽误了时光,真的李自成派兵前来截杀,岂不晚了?而且,他虽然跟李光壂共事以来,过从亲密,但今后他黄澍不会再到开封来做官,与李光壂不会再打交道了;果真李自成的军队来了,李光壂被杀,反而可使"壬癸之计"少一个人泄露出去。这些想法都是在转眼间翻腾到心头的。他随即大声答道:

"请老兄稍等一等!如今船上实在挤不下多的人。我马上就派船来，今夜一定将老兄和宝眷接往河北。我在河北等候！"

黄澍说完，这最后一条大船就驶离城边。不一会儿，大大小小的船只纷纷出了北门。李光壂大为失望。虽然他相信黄河北岸还会继续派船接运开封绅民，但听了黄澍的答话，总觉得像是望梅止渴，不由地在心里恨恨地骂道：

"反正你用不着我李某了啊！"

船队的影子渐渐远去。城头上、屋脊上、树梢上一片哭声和叹息。

王燮因为来的时候在朱家寨决口几乎被义军截住，如今要送周王和官绅北去，便不敢再从朱家寨决口走了。他让大小船只都到柳园渡抛锚，从老百姓家里找了几把椅子出来，请周王、王妃和郡王们坐上，命人抬着上了河岸。那些地位低的姬妾和宫女们只好踏着黄水和泥沙，艰难地跟在后边走。经过这半天耽搁，在柳园渡和封丘之间，河水更加小了，几乎连小船都很难通过。周王和王妃上了小船后，有人撑篙，有人拉纤，小船才勉强向北而去。宫女们和地位低的姬妾只好在泥沙中艰难步行。官绅们也只好这样。黄河滩上，真像出现了一幅流民图，昔日的王孙公子、达官贵人，今天都成了难民。后来周王看了实在不忍，要王燮无论如何将宫眷用船运到河北。在王燮的尽力安排下，才在黄昏时候使所有的宫眷都到了黄河北岸。

侯恂率领严云京、卜从善、白祁政等众多文武大员在岸上恭迎周王。向周王行礼之后，周王和高名衡等封疆大吏，有的乘轿子，有的乘马，乱哄哄地进入封丘城去。

走了一阵，乱兵便开始趁着黄昏，掳掠周王的宫女。有的宫女大声呼救，被周王听见，从轿子里向外望了一眼，无力相救，暗暗地叹了口气。侯恂和严云京都装作没有听见。王燮骑在马上，望了卜从善和白祁政一眼，希望他们出来阻止，但两位总兵官都装作没有看见，策马向前奔去。当周王、巡抚等快进封丘城门的时候，又听见背后远处有宫女哭喊的声音。这时黄昏的暗影更重了，层层暮色笼罩着黄河北岸和封丘城。

　　黄河决口之后,闯、曹二营的人马,有的因为移营不及,有的因为抢救军粮和辎重,被黄水淹没,损失了一万多人,骡马也损失了数百匹,虽然困在朱家寨堤上的马世耀和几百弟兄已经救回,可是刘体纯和白鸣鹤约近三千人杳无消息。到了九月二十一日,大军才来到开封西南几十里以外,朱仙镇和中牟之间,立好营寨。而闯王和曹操的老营都驻在尉氏县境。

　　李岩和田见秀的人马都有损失。在撤退的时候,李俊因为不忍看着一个村中的妇女儿童全被淹死,率领一批将士抢救出了几十个人。他自己虽会游泳,但因黄水来得太猛,他几乎被大水冲走,幸而有几个水性好的将士拼死相救,帮助他脱离了那股激流,又抓到一块木头,才慢慢地到了干处。

　　二十一日下午,李岩的全部人马共三千余人才撤到朱仙镇北边二十里处扎营。除刘体纯尚无消息外,这是最后撤离危险区的人马,也是驻在离黄水最近处的一个营盘。

　　这天夜里,李自成派人将他叫到老营议事,直到二十二日凌晨,他才回到自己营盘。顾不得休息,他就向李侔、李俊等将领传达了大元帅的命令:要他们这一营人担负抢救开封难民的工作。这是因为考虑到他们多是杞县和开封周围的人,对开封城比较熟悉,其中许多人都识得水性。同时闯王还告诉他:已经传令全军,凡是水性好的将士都征集起来,归他指挥,务必在三天之内,将开封城中的难民都救出来,有地方去的难民立即给粮遣散,没有地方去的就在朱仙镇收容起来,设立粥厂。闯王还答应另外派一些医生到朱仙镇,抢救那些奄奄待毙的有病难民。

　　城中没有淹死的难民除救往河北的以外,尚有两三万人留在城头、屋脊和土街一带。几天来不断有土匪和流氓驾着木筏或船只,进入城中,大肆抢劫,掳掠妇女。还有明朝的总兵官白祁政奉命救开封难民,他的将士也和土匪差不多。所以李岩要救难民,就必须对这些官军和土匪流氓加以剿除或驱赶出城。这就需要准备大量的船只。可是船从哪儿来呢？从朱仙镇到尉氏县境，虽然也有一些河流，但平日水流很小，船只很少，而且与黄水无水路可通。有一条流过朱仙镇南边的河是从郑州来的贾鲁河，虽有一些船只，也不能进入黄水。

李岩要运载将士和粮食进入开封，必须首先解决木筏和船只的难题。可是这一带都是平原，树木在大军停留数月之后，大部分已被砍做柴烧，望去是光秃秃的。不得已只好拆除民房。但这一带由于战争频繁，房屋也破坏得很厉害。一般小的民宅，木料也小，不一定管用，而且得拆毁多少民房才能扎成一只木筏啊！李岩兄弟反复合计，觉得至少得有二三百只木筏才能管用。每只木筏上要有十几个兵丁，一面驾筏，一面随时用火器、弓箭同敌人作战。除木筏外，至少要二三百条木船，有的船专门运载难民，有的船运载将士，保护木筏和运载难民的船。然而这些船只到哪儿去弄来呢？

从开封往东南到睢州有一条运河通称惠济河，这惠济河从前可以通到开封城内。开封城内的州桥就是惠济河上的一座桥。如今惠济河被黄水淹没了，从开封到陈留北郊一直到睢州一带，一片汪洋。原来惠济河里的船只已被闯营征集了很多，大部分停在陈留县境。义军从东南几个州县征集来的粮草，都是用船只沿着惠济河运到开封附近。如今水来得这么猛，这么大，这些船只都不知驶到哪儿去了。李岩同李侔商量一阵，决定派几支骑兵小队奔往陈留一带，寻找船只。

到了二十五日下午，所需要的大小船只从陈留境内的各个地方来到朱仙镇以北，在洪水边一个指定的地方停泊。新扎的木筏也在那里集合。每一条船和每一只木筏上都载着干粮，还备有凉开水，因为开封城内的水尽是黄水，到处漂浮着死尸，已经腐烂，不能饮用。从各营征集来的识水将士连同李岩自己的将士共有五六千人，又经过挑选，只用了三四千人，分为两批，轮换着去营救难民。第一批一千多人在二十五日晚上都上了船和木筏。他们将从两个方向进入城内：一队由李侔率领，从南城进去；另一队由李岩和李俊率领，从繁塔寺、禹王台这一带过去，从宋门进入城内。每一队下面又分成很多哨，哨下边又分小队，每小队都配备有一条大船、二三条小船和一二只木筏，每条船的船头都插一面"闯"字小旗。船夫大部分都是原来的，答应事完之后，由大元帅多多发给赏赐。

出发之前，李岩在水边召集大小首领，向他们说明这一次去救开封难民的办法和重大意义。他没有想到他的父母之邦、河南首府竟然毁于一旦，所以心情十分激动。他想，如果闯王在八月下旬攻城，大概不会有今日之事。但这话他只能藏在心里，不能露出一字。

对大小首领们作了简短的训话以后，李岩挥动手中旗帜，登时响了三声号炮，数百条船只和大小木筏，直向开封方向进发。

王从周和张德耀被分在李侔率领的船队里。他们俩在半月前就认识了。

张德耀从东城墙跳下后，城上的箭没有射中他，可是他自己摔伤了，又被一块砖头打伤脊背，另一块砖头打中后脑勺，当时就晕倒在城壕旁边，过了好久，慢慢醒来，才忍受着疼痛和饥饿，涉水过了城壕，往郊外爬去。幸好在天明时候遇见了田见秀的巡逻骑兵，将他救到了繁塔寺。在治伤期间，他听到了王从周的故事，知道从周找到的亲戚数口就是他的妹妹、嫂嫂和侄儿、侄女。于是他赶快托人带口信给从周，要同他见面。王从周立刻骑马前来看他。因为是在战争时期的不平常情况下见面，所以格外亲切。郎舅两个在一起盘桓了一天。从那以后，每隔一两天，从周就来看一次德耀。前天闯王传谕，凡是会驾船的、水性好的，都挑出来去开封城搭救难民。他们都报了名。来到李岩营中后，从周担任小头目，德耀就分在他的小队里。

他们两人共有一个愿望，就是能在城内找到德厚。据德耀盘算，他们的娘早已饿死，决不会看见洪水入城；德厚只有三十出头年纪，一定会在洪水来到之前爬上屋脊，或抓住一块木头，逃出性命。到底逃在什么地方，没法猜到。

王从周的小队被分给李侔指挥，不从宋门入城，也不去鼓楼和南土街一带，而是穿过南城，分成若干队，去西城门和西北城角（西南城角和南城全被淹没），将困在城上的难民救出。张德耀对这条路线很为失望，因为它离德厚住家的地方太远了。

进城以后，他们看见黄水中到处漂着大人和小孩的尸体，尸体都肿得很大，发出臭气，上面布满了苍蝇。他们的船只和木筏从尸体旁边经过时，苍蝇"嗡"的一声飞了起来，随即又贪恋地飞回尸体上。

城内已经发生了战斗，许多地方传来炮声和厮杀声。王从周的小队也遇到两船土匪，一条大船，一条小船。小船被他们用鸟枪打中，敌人一阵慌乱，船就翻了。大船同他们对射了一阵箭，赶快逃走。他们一面救人，一面向西城墙驶去，寻找登城的地方。

李岩率着另一支船队，经过繁塔寺附近，又经过禹王台北边。繁塔大半截露在水上，大殿的屋脊和寺门的上部也露在水上，有些百姓逃在塔上和殿脊上，尚未饿死，被他们救了下来。禹王台如今像一个孤岛一样，四面被黄水围困。九仙堂的屋脊也露出水面。那孤岛上和九仙堂屋脊上都有逃生的人，看见了船只和木筏大声呼救。李岩没有在这里停留，只派一条小船去向难民们送了干粮，告诉他们等船队返回时再来接他们。

当小船驶去的时候，李岩在大船上举目望去，许多往事涌上心头，历历如在眼前。就在前年秋天，他同陈举人等一群社友曾在这里举行社会，饮酒赋诗，没料到从那以后再也不曾来过。就在这两年之内，人事沧桑，恍若隔世。他的家已经毁了，发妻汤氏死去将近两年，祖宗坟墓再也没有机会祭扫。想到这些，他禁不住满怀凄怆，不忍多看，催促船队赶快往宋门撑去。

由于南城没入水中，所以流出宋门的水势已经平缓。进了宋门以后，船队就沿着宋门大街前往鼓楼，因为他们听说鼓楼上有数百人,一些流氓正在那里将人肉卖钱。船只经过菜根香酱菜园前时,李岩看见房子已经全部淹没在水中,虽然这一家商号和自己在开封的其他家产,自从起义之后就全被官府充公,可是他对菜根香仍然特别留恋。现在这里的水特别深,一点屋脊都看不到了。忽然他在半静止的水面上看见一块漂浮着的匾额,上面竟是他亲手题的"后乐堂"三个字。他感慨地叹息一声,也无意命人将匾额捞出,就催促船队速行。船一阵风似的继续向前驶去。他曾想去汤府附近看看,但举目遥望,那一带也是茫茫大水,只剩下少数高楼屋脊,上面已经没有人了。他心头一酸,没有停留,继续向西。

李岩的船队分成五路救人。他自己亲自率领的十条大船、十五条小船和两只木筏在东岳庙杀死了一群强盗,夺得了一只木筏,救了东岳庙大殿脊上的人,然后再继续往西。当船队停在鼓楼旁边时,他听见上边有凄惨的哀号和求饶声,赶快率领二十多名将士登上鼓楼救人。在台阶的尽头处,冷不防遇上抵抗,有五个男人手持刀剑向他砍来,几乎将他砍伤。幸而他的随从们武艺都十分精熟,在仓猝间拔出武器迎战;李岩来不及拔出宝剑,一飞脚踢中了当面大汉的右腕,使大汉的钢刀飞出几尺以外。他的随从们很快将五个坏人全都杀死,又冲上鼓楼,将无处逃走的三个坏人抓到。鼓楼上的难民有一百多人,多是老弱妇女,全被这八个坏人控制起来,搜走钱财,想杀就杀。鼓楼上没有粮食,用锅煮人肉充饥。全体难民虽然没人认识李岩,但是看出来他必是李闯王的一员重要将领,环跪在他的周围痛哭,求他救命。李岩命亲兵将那三个人立时斩首,投尸水中,并将难民们送上大船和木筏。这时他忽然注意到一个不足十岁的小孩好生面善,似乎在哪儿见过,却一时想不起来。有一个仆人模样的老年人紧紧拉着那个孩子,随大家一起往外走。李岩忍不住问道:

"这是谁家的孩子?"

那仆人赶快站住,恭敬地悲声回答:"回将军老爷,实不敢隐瞒,他是中牟张府的小主人,如今一家人只剩下他一个了!"

李岩的心中一动，又问："可是张林宗先生府上的？"

仆人惊问："老爷，你是……？"

李岩说："你不必问我。我认识林宗先生，往年也曾登门求教。你家这位小主人的眼睛、鼻子颇像林宗先生，所以我一见就觉得好似见过。林宗先生现在何处？"

仆人常听人言讲，杞县李公子投了闯王，此时恍然大悟，不敢问明，赶快跪下磕头，说道：

"请老爷恕小人眼拙，竟不记得了。黄水进城之后……"

"不要哭，慢慢讲。"

李岩听了张民表淹死的经过以后，不觉顿足叹息，连说"可惜！可惜！"他吩咐一个亲兵，将他们主仆二人搀扶下去，安置在他自己乘坐的大船上。他又对张民表的仆人说道：

"林宗先生是中州名士，故旧门生很多。倘若你们回中牟不能存身，可以到张先生的故旧门生处暂避一时。再过数年，天下大定，一切就会好了。"

人们都上船以后，李岩仍同两个亲兵留在鼓楼前的平台上，凭着栏杆，望着满城大水，到处漂着死尸，不觉满怀悲怆，几乎痛哭。他走进鼓楼，从锅灶前拾起一根木柴余烬，在墙上迅速写诗二句：

> 洪水滔滔兮汴京沦丧，
> 百姓沉没兮我心悲伤！

他投下木柴余烬，转身退出，挥泪走下鼓楼。

这时王从周的小队船只和木筏已经在钟楼旁边停下，救了几十个难民，其中有的快饿死了，有的快病死了。他们把这一批难民放在筏上，先给了一些干粮，又给了每人一碗凉开水，嘱咐他们慢慢地吃下去。在这些难民中，张德耀认出一个老婆子，原是德厚家的近邻，去年才搬到钟楼附近来住。这婆子见了德耀，如同见了亲人一般。德耀赶忙问她是否知道德厚的下落。婆子说：

"我们钟楼上有人看见他同别人坐在一只木筏上，往西城那边去了。"

德耀和从周听了这话,顿时心中萌起一线希望,立刻率领这一小队船和木筏往西城撑去。

张德厚此刻确实还在西城墙上。他没有害病,也没有饿死,奇迹般地活了下来。起初他吃的是自己带的一点杂粮,后来有的人病死了,他和别的活着的人就将死者的存粮又分了,将死者的衣服也剥下来穿上。九月下旬的开封天气已经颇有寒意,尤其夜间更是霜风刺骨。由于穿了死人的衣服,他得以抗住寒冷。白祁政的兵船曾到这里来过,把那些有钱、有名的人都救走了,剩下的都是穷人。官兵也问过德厚:"你有银子没有?有银子就上船,送你到河北;没有银子就别想上船。"张德厚身上虽然带着张民表给他的银子,但他还想留着以后到兰阳去找他的妻子、儿女和妹妹,所以不肯交出来。他想,既然天天有船来,迟早总要救出去的。

今天的阳光特别温暖。张德厚靠在城垛上,昏昏沉沉地睡着了。正睡得很踏实,忽然被炮声惊醒,随后听见几个地方都响起了炮声和呐喊厮杀之声。他大吃一惊,睁开眼睛,爬起来一看,只见官军的船只正在同另外的船只作战。他的眼力很好,远远地看见另外来的船只很多,每条船上都插着"闯"字小旗。近来他暗恨官军,倾心闯王,不料他所期待的事儿果然来了。同伴们纷纷议论起来,有的说闯王的船是来救百姓的,有的说是来抢劫的,也有的说是来捉拿官绅的。张德厚因为听香兰说过李闯王的人马多么仁义,所以默不插言,看着打仗,暗中希望闯王的船只赶快将官兵杀退,好将他们救走。

正在这时,两条官军的大船靠到城边,吆喝他们赶快上船。他们不敢违抗,都上了船。船上已有不少难民,正在一个一个地被逼着搜身,搜出了一些首饰和散碎银子。官军也来搜德厚,搜出了他的银子。他跪下哀求,说他只有这一点救命银子,要靠这做盘缠,去找妻子儿女。可是官军恶狠狠地瞪了他一眼,骂了一句,把银子拿走了。他还要再求,看见有的难民已被官军推下水去,便不敢吭声了。这时,官军又去解他背上的小包,他赶紧说明那里面没有银子,都是他喜欢读的闱墨和时文选本以及他在历次考场上做的文章。

官军根本不听,就把包裹撕开来看。张德厚正感无奈,忽见插着"闯"字小旗的两条大船和几条小船,后边跟着两只木筏向这边冲来,已经近了。他突然眼睛一亮,心中惊呼:"那不是德耀么?!"他又瞪着眼睛一看,看清楚那站在第一条大船头上的果然就是德耀,他的弟弟! 他不管身旁官军,大声呼喊:

"德耀救我! 德耀快来! 德耀快来! 德耀快来啊! 德耀——"

最后一声还没有落音,突然被一脚踢下水去。他很快沉落水底,又冒出一次头来,就再也没有力气挣扎了。

德耀站在船头,正在向另外一条兵船放箭,忽然听见有声音唤他,好熟悉的声音啊! 他赶快转过头来,看见几个难民都被踢下水去,其中一个分明是他的哥哥。他恍然明白那呼唤他的就是哥哥的声音,赶紧对身旁的王从周说:

"我的哥哥被官兵踢下水去了,快救! 快救!"

王从周吩咐弓弩齐射,火器手施放鸟铳,准备把官兵的船只赶走,再下水救人。官兵不敢恋战,也向这边施放了一阵箭和鸟铳,掉转船头逃走。在对射中,德耀中箭,伤在左胸,突地倒了下去。王从周一面俯下身去抱住德耀,一面下令:

"船撑快一点,追那只王八蛋船,追! 追!"船飞快地向敌船追去。敌船的官兵害怕了,把所有的难民都推下水去,船身减轻,终于逃走了。王从周吩咐将船停下来,抢救德耀;又命一条小船去打捞德厚。

德耀躺在从周怀里,眼睛紧闭着。他中了两支箭,一支正中在左胸上边。从周拔出箭来,血向外汩汩地流着。从周连声呼唤:

"张哥! 张哥!"

德耀没有做声。从周又连着呼喊几声,德耀才慢慢地睁开眼睛,但眼神已经失去了光彩。他不断地打量从周,好像已经认不清了,慢慢将双眼闭了起来。从周听见他声音模糊地、断断续续地说道：

"嫂子！……我，我不能看见你们，你跟小宝们了！……嫂子，我哥死了！你同小宝们在哪儿？德秀……跟你在一起么？……"

王从周哭叫："张哥！德耀哥！我是从周！你不要死啊！我会请老神仙赶快救你，你不要死呀！"

张德耀忽然重新睁开眼睛，眼光也稍微亮了。他定睛望着从周，望了片刻，随即干裂的嘴唇动了几下，有气无力地说道：

"从周，我活不成了。打过了这一仗，你千万到兰阳县，把嫂嫂他们接出来，带到闯王营中也好，带到汝宁府也好，你就同我妹妹赶快成亲吧。我的嫂嫂年纪还轻，你要当亲嫂嫂看待，把她养老送终。我这话你可记清了？"

从周哭着说："德耀哥，我一定记清。你放心，我一定记清。"

德耀又艰难地说道："一家人都死绝了，两门头只守着一根孤苗，就是我的那个侄儿，你要把他抚养成人。"

说完这句话，他的眼又合了起来。从周再呼唤也呼唤不醒了。从周站起来，掩面痛哭。这时那条小船已经回来，告诉他德厚的尸首没有打捞起来。他抹了一把眼泪，命令他的小船队往西门追去，剿杀官兵。他站在船头，环顾周围，但见滔滔洪水，到处漂着尸首。有的人是刚刚从船上中了弓箭或炮火倒在水中的，鲜血染红了黄水。

李岩在周王府午朝门与巡抚衙门之间遇到两起抢劫的官兵，打翻了三条白祁政的兵船，其余逃掉了。他听见近西门处有呐喊声和火器声，随即率领几条快船赶来。等他到了王从周小队的作战地方，看见敌兵已被赶跑，水面上平静无事。他登上西城楼，纵目四望，看不见洪水边际。他想着这几天闯王忙于安顿人马，面色憔悴，心思沉重，还不曾有工夫计议别的问题。他站在城头，望了一阵，心中问道：

"开封全城淹没，下一步大军将往何处立脚？"

他暗暗地发出来一声叹息，没人听见。

第二十九章

开封淹没之后,李自成和曹操的大军在朱仙镇和尉氏县境逗留了十几天,一面派李岩去营救开封灾民,一面收集被洪水冲散的部队。到了九月底,失散在新黄河北岸的几千人马,由刘体纯率领,也在兰阳境内找到船只,渡过新黄河,在尉氏县和朱仙镇之间与大军会合了。开封附近各县几个月来供应大军,十分残破。当前人马需要休息整顿,非赶快换一个地方不可。李自成在失望之余,心中彷徨,一时不能决定向何处进军,找一个可以建立名号的立脚地。他将人马开到许昌以西,暂时在宝丰、郏县一带驻扎,一面进行休息整顿,一面征集粮草。

十月中旬,李自成得到细作禀报,知道袁时中离开颍州王老人集,到了杞县的圉镇,积草屯粮,准备长驻,并派人渡过新黄河,向新任河南巡抚王汉和新任河南巡按苏京请求招安。他和左右将领对袁时中十分痛恨,但是因为陕西、三边总督孙传庭来到河南,李自成只好暂时将袁时中的问题放在一边。

十一月上旬,李自成和罗汝才合力在郏县柿园镇附近打败了孙传庭以后,士气大振,决定先破汝宁,再去襄阳。袁时中的问题,到如今非解决不可了。可是消灭袁时中并不困难,困难的是如何保慧梅平安无事。高夫人一再提出,一定要想办法将慧梅活着接回。当日宋献策劝闯王将慧梅嫁给袁时中,牛金星从旁撺掇,使闯王在匆忙中做了错误决定。他们明白,如果慧梅死去,闯王和老府众多将领会更加心中抱怨,高夫人会大为伤心,曹操和吉珪等人一定在背后讥笑,不管如何,对他们在闯营的处境都很不利,所以他们也竭力从保慧梅平安回来这个难题动心思。几经商量,他们只

584

能建议闯王宽大为怀,只要袁时中重新回来,前罪既往不咎。刘宗敏和李过等大将虽然不赞成对袁时中这般宽大,但是为着慧梅能够平安不死,为着高夫人不要过于伤心,也同意宋献策和牛金星的这个建议。

如今在闯王老营中有一位新投顺的扶沟秀才名叫刘忠文,同刘玉尺平日相识。李自成派遣刘秀才带着宋献策亲笔书信,前往圉镇劝说袁时中重回闯王旗下。高夫人风闻慧梅有病,命刘秀才带去她给慧梅的一封书信和许多日用、吃食东西,还给慧梅的护卫亲军带去五百两赏银,嘱咐刘秀才一定亲自见慧梅一面。

袁时中知道李自成的使者刘忠文前来劝降,故意偕刘玉尺和朱成矩出寨远迎,礼节十分隆重。南门外的大庙是小袁营的一个驻军地方,防守严密。他们为着怕闯王来人劝降的消息影响军心,没有让客人进寨,而将客人安置在大庙的里边,殷勤款待。刘忠文谈起他来劝降的事,袁时中和刘玉尺等口口声声说他们逃离闯营是出于万不得已,深自悔恨,愿意重回闯王旗下,但是又说出种种敷衍理由,意在拖延时日。关于刘忠文奉高夫人嘱咐要亲见慧梅的事,刘玉尺代表袁时中回答说:

"请仁兄回去代禀高夫人,我们太太近日偶患微恙,不便相见。夫人所赐各物和赏银,太太都已拜收,不觉感激落泪。我家袁将军也敬备菲仪数事①,聊表孝心,请仁兄费神带回,代呈大元帅与夫人哂纳。"

刘秀才在大庙中被款待了三天,没有得一句囫囵话,只好带着袁时中给宋献策的一封复信,返回闯王老营。李自成和宋献策听刘秀才禀报了同袁时中和刘玉尺见面后的详细情况,又看了书子。这书子写得态度谦恭,卑词认罪,责备他自己无知,误信闲言,离开大元帅麾下,常为此自悔自恨,痛哭不寐。接着说,只要大元帅对他念翁婿之情,宽大为怀,不咎既往,他恨不得飞驰元帅帐下,伏地请罪。然而他的数万将士害怕回去之后,性命不保,心怀疑惧。他

---

① 数事——几样,若干件。

若是操之过急,恐怕容易生出变故。他请求大元帅稍缓时日,等待劝说部下将士,使大家释去疑惧之心。李自成冷笑一声,断定袁时中用的是缓兵之计,以便他设法逃到黄河以北和加紧部署固守围镇。

当晚,李自成召集刘宗敏、高一功等亲信大将和牛、宋、李岩等谋士到他的帐中商议,有的主张立即派兵去打,使袁时中措手不及,免得他过了黄河。有的说既然他说悔恨有罪,愿意回来,不妨等候十天八天,再派刘秀才去一次。如其仍用缓兵之计,不肯真心回来,再用兵剿灭不晚。李自成担心稍迟则袁时中投降了朝廷,一时拿不定主意,沉吟不语。正在这时,慧英进来,向闯王禀报:"夫人来了。"随即高夫人脸色沉重地走了进来,身后的几个女兵都停在大帐外边。慧英轻盈地一转身,悄悄退出。刘宗敏等大将不拘礼节,坐着未动。牛、宋和李岩赶快起身相迎,十分恭敬。高夫人说:

"我知道你们在商议袁时中的事,前来听听。刘秀才到围镇的情形,袁时中的书中大意,双喜儿都对我说了。你们决定怎么办?是不是马上就派兵去打?"

宋献策已经重新落座,赶快欠身说:"是不是马上派兵去打,尚未决定。夫人有何主张?"

高夫人转向李岩说:"林泉,听说袁时中在围镇防守很严,陌生人不能进出寨门。前天我告诉红娘子一件事,她已经对你说了么?"

李岩欠身说:"我昨天就差遣妥当人奔往李家寨去,按照夫人的尊谕去办。敝寨距围镇只有五里,两寨住户都是邻亲,敝族人也有居住在围镇的。请夫人放心,一定可以办到。"

高夫人点点头,望着闯王和众人叹口气说:"如今不同在商洛山困难时候。文有文,武有武。如何打仗,这是你们众文武的事,我不应该随便插言。我此刻来,只是对慧梅的生死放心不下。不管早晚派兵去消灭袁时中,你们总得设法救慧梅回来,不要使她死在袁时中的手中。是你们不经我知道,将她扔进火坑里,还得你们将她救出火坑。"

牛金星赶快恭敬地回答说:"请夫人放心。我们正在研究办法。"

宋献策跟着说:"闯王迟迟不发兵,正是为着救慧梅姑娘平安归来。"

高夫人又说:"我看,终究非发兵不行。可是在你们决定发兵消灭袁时中时候,如何保全慧梅的性命,你们千万多想些主意。我的话只说到这里,你们商量吧,我还有一大堆事儿要处置哩。"说毕,起身走了。

牛金星、宋献策和李岩恭敬地将高夫人送出大帐。李岩怕牛、宋二人有私话要谈,自己先回帐中。献策和金星都觉得脸上很无光彩,同时都对救慧梅平安回来的事毫无把握。他们无可奈何地相视一笑,退回帐中。李自成望望大家,问道:

"稍停数日,派刘秀才带着我的亲笔书信再去围镇一趟如何?"

在送走扶沟刘秀才的当天,袁时中同他的谋士们密议很久,决定派刘静逸第二次过新黄河去兰阳县谒见新任河南巡抚王汉和新任河南巡按苏京,请求赶快招抚,派船只将小袁营的人马渡过黄河。同时,小袁营加紧征集粮草,操练人马,修筑堡垒,准备对付李自成派兵来打。

过了几天,刘静逸从河北回来了。王汉和苏京答应接受降顺,上奏朝廷请求授予袁时中参将职衔,但必须先将李自成手下的重要将领或文官杀掉一个,献来首级,以证明真心降顺。至于派船只接运人马的事,俟投诚以后再议。

袁时中和他的左右文武大为失望。关于仅授给参将职衔一事,他们倒觉得没有什么要紧,因为只要过了黄河,不被闯王消灭,他就可以为所欲为;巡抚也好,巡按也好,都不能拿他怎么样。然而献人头的事却使他感到为难。不献人头,河北不接受投降,更不

会放船过来。大家想来想去,觉得惟一的办法是继续对闯王行缓兵之计。袁时中摇摇头说:

"恐怕不行吧。现在十一月中旬已经快过完了,闯王见我没有回闯营的动静,必然再派人前来催问,怎好再推故拖延? 我再说推托的话,恐怕不会灵了。他岂不派兵来打?"

刘玉尺说道:"有一个办法,不妨一试。太太一直盼望着将军重回闯营,何不请太太给闯王和高夫人亲自写书一封,说明她已劝将军重新回到闯王面前,不日夫妻将一起动身,请闯王不必过于急迫。这信要写得有情有理,打动高夫人的心。纵然闯王要派兵前来,高夫人也会为着将军夫妻性命安全,劝闯王再等一些日子。"

袁时中说:"太太一定明白这是缓兵之计,不肯向闯王和高夫人写这封信。"

刘玉尺摇头说:"不然,不然。"

刘静逸问:"何以不然?"

刘玉尺的脸上露着满有把握的神气,捻着短短的胡子,说道:"太太的身边有一个摇鹅毛扇的人,就是邵时信。此人虽然文墨不深,但他是洛阳城内人氏,平日闻多见广,又很机警,会用心思,所以有他在太太身边摇着鹅毛扇,我们许多事情都很难办。近两个月来,我竭力笼络此人。他原是小商小贩出身,黑眼珠见不得白银子。我常常给他点小恩小惠,日子久了,他也就上了钓鱼钩啦。"他忍不住得意地笑一笑,接着说:"如今跟我倒是很好,太太那里有什么事情,他也不怎么瞒我。听说近来,太太对他也不十分放心了。太太身边既然没有了摇鹅毛扇的人,她毕竟是女流之辈,何况已经身怀六甲,断不肯坐视丈夫被闯营消灭。只要将军前去多说几句好话,她定肯写这封书信。"

袁时中说:"我们把邵时信叫来,同他一起商量,岂不更好?"

刘静逸点头说:"这也是个办法。不过我们的实际用意万不能让他知道。"

刘玉尺点头说:"那当然。我们也只是用他一时,不能利用时就将他除掉。一除掉他，'小闯营'就好对付了。"

他们又商量一阵，差人请邵时信去了。

过了片刻，邵时信来到了。由于他的身份不是袁时中的部下，而是奉闯王和高夫人之命前来护送慧梅的，因此袁时中和刘玉尺、朱成矩、刘静逸等一向对他都很客气。让他坐下后，袁时中先说道：

"时信哥，你猜我请你来有什么紧要事儿？"

邵时信近来已经知道扶沟刘秀才前来下书劝降的事，并且风闻闯王要兴师动众，消灭小袁营。他对自己的生死不怎么担心，担心的是慧梅和"小闯营"的四百多名男女将士。刚才一路来的时候，他就猜到袁时中找他大概与此事有关，进帐的时候，颇有点提心吊胆。听了袁时中的问话，他反而镇定下来，说道：

"袁姑爷叫我前来，我一时想不出有何要事，请袁姑爷吩咐吧。"

袁时中笑着问道："前几天，宋军师差人来给我下书，劝我回去，这事儿邵哥你可听说了么？"

邵时信说："啊呀，我一点也没听说！姑爷，这是大大的好事，一定是出自闯王的一番好意！"

"当然是闯王的好意。宋军师的书子中说，只要我重回闯王帐下，我纵有天大错误，都可以既往不咎。我也是人生父母养的，并非草木，咋会没有良心？看了宋军师的书信，我对闯王真是感恩不尽，恨不得马上回到闯王身边。可是，我的邵哥，我手下的将士总是疑虑很多，害怕回去之后性命难保。邵哥，我是对真人不说假话。实话对你说，这几天我已经为此事在私下里磨薄了两片嘴唇，三番五次劝说大家。可是直到现在，将领们有的听劝，有的还不听劝，说要等等。我虽是一营之主，对将领们的心我不能一刀斩齐。俗话说得好：强摘的瓜不甜。又说道：气不圆，馍不熟。像这样大事，可不能操之过急！刚才我同玉尺们商量了很久，决定至迟在下个月,就率领全营人马重回到闯王旗下。不管闯王杀我剐我,我都不会有一句怨言。现在为要说通我的手下将领,需要在围镇再停留一段日子。我怕闯王不明白我的诚心,不耐等待。邵哥,你有没有好主意?"

邵时信完全听出来这是袁时中和刘玉尺等人编的圈套,但是他决不戳破,马上答道:"我的袁姑爷,听到你这几句话,心中真是高兴。我跟随闯王的日子虽浅,可是我知道他确是宽宏大量。什么人惹他生气,只要回心转意,在他面前认错,他决不会放在心上。袁将军既有这一番好意,何不立刻就去亲见闯王请罪?到了闯王那里,闯王仍然待如已往,既是部将,又是快婿。小袁营将士见此情形,一切疑虑会自然消散。"

刘玉尺笑着说:"时信哪,你是个好人,把事情看得太简单了。现在袁将军这里,包括我也在内,不是怕闯王,是怕闯王身边的人。万一闯王赦免了我们的罪,他身边的文武不肯宽容,岂不后悔无及?所以你说马上前往,恐怕不是办法。即令我们袁将军愿意前去,小袁营的将士们决不会放他前去。"

邵时信说:"既然如此,不妨请刘军师先去一趟,表白我们袁将爷的一番诚意。等你们回来后,袁将军再去,岂不很好?"

刘玉尺笑了起来,说:"我在小袁营虽然位居军师,可是在闯王面前人微言轻,恐怕闯王不会高兴的。"

袁时中接着说:"时信哥,实话告你说吧。我们想请太太自己给闯王和高夫人写封书子,劝闯王不要生气,也不要着急。缓一段日子,我定然率领几个将领和军师奔赴郏县请罪。你看这办法如何?"

邵时信说:"据我看来,倘若太太亲自写信,一定有效。太太虽不是闯王亲生女儿,可是闯王和高夫人对她恩深义重,犹如亲生。自从出嫁以来,闯王和高夫人盼你们夫妻情投意合,共同拥戴闯王打天下。现在闯王差人前来劝你回去,固然是为着你好,又何尝不是为着太太?所以太太如肯写信,求闯王宽大为怀,不咎既往,也暂不要兴师动众,虽不敢说十拿九稳,我看八成是能打动闯王和高夫人的心。"

袁时中说:"就请你把这意思告诉太太行不行?"

邵时信说:"我怎么能有这么大面子呢? 这么重大的事情,只有姑爷亲自去请见我家姑娘,才是正理。"

袁时中说:"我求她,她不肯答应,如何是好?"

邵时信笑着说:"这要看你是否出于诚意。只要将军确实出自诚意,太太自然会写这封书子。如果将军依然三心二意,朝秦暮楚,太太就不会写。这事情不在我家姑娘,倒是在姑爷你的诚意。"

袁时中又说:"时信哥,她不信我的诚意,有什么办法呀?"

邵时信说:"她不信你的诚意,也有道理。你一次两次欺骗了她,叫她怎么能相信呢? 不过你们毕竟是夫妻,她现在又怀了几个月的孕。常言道:'夫妻恩情是一刀割不断的。'她尽管生你的气,心中何尝不日日夜夜盼着你回心转意,再回到闯王旗下? 只要你诚心求她,我想她一定会答应的。"

袁时中知道邵时信不敢担起这个担子,便说道:"好吧,我自己去求她。你先去告她说一声,说我马上就去。"

邵时信问道:"求她写书子的事,我要不要先向她透露?"

刘玉尺说:"透露一下有好处,不过你要从旁边美言几句,玉成其事。"

邵时信说:"那当然,当然。我只能劝她写这封书子,断不会打破锣。那样不但对袁将军夫妻不好,对小袁营不好,就对我自己也不好。"

袁时中点点头说:"那就请你先去说一声吧。"

慧梅出嫁以来,几个月之内,成熟了很多。从外貌看,她仍然像一朵正在开放的红玫瑰,鲜艳芬芳,比出嫁前还要动人,使袁时中每次看见她,都禁不住心荡神摇。但是在她的精神深处,变化可大啦。出嫁之前,她只晓得自己练武,在健妇营中练兵,对于军国大事，一概不去操心，更不习惯同什么人斗心眼儿。出嫁之后，她开始懂得活在世上需要常常同别人斗心眼儿。尤其是袁时中叛变之后，她更是日夜操心。为着自己，也为着陪嫁来的四百多男女将士能够活下去，她学会了用几副面孔对人，包括对自己的丈夫。她还学会了把一些要紧话藏在心里，不说出口，即使对慧剑和吕二婶这样的亲信，也不肯多透露自己的真正心事。

起初有一段时间，她常常不肯吃饭，故意折磨自己，希望早死。后来听了吕二婶和邵时信的婉言劝说，开始改变想法。为着腹中胎儿，也为着日后对付不测的变故，她又注意保重身体。在颍州王老人集驻扎的时候，她开始讲究吃喝玩乐，向袁时中要了一个从大户人家掳来的厨娘和两个会弹唱的女子，经常设宴，请慧剑等姊妹到她的帐中吃饭。一面吃饭，一面听歌妓弹唱，只是决不饮酒。在歌舞消愁的同时，她保持着每天黎明即起的习惯，督促"小闯营"的男女将士用心操练。谁若露出懈怠，她轻则提醒，重则责备，决不马虎。她自己也每日练习骑马射箭，保持着百步穿杨的过硬功夫。邵时信和吕二婶看见这种情况，都觉欣慰。

在八月份以前，慧梅的肚子还不明显，所以她有时兴致来了，会跟着歌妓们学习舞蹈。由于她的身材刚健苗条，加上自幼练武，剑术精熟，剑随指去，腰随剑转，为舞蹈打下了很好的根底，所以学了几个舞姿，马上获得姑娘们和歌妓们的真心称赞。但是她并不常常舞蹈，更不在男人面前舞蹈。纵然是邵时信和亲兵头目王大牛在场，她也决不舞蹈，而且对他们神态庄重，不苟言笑。

袁时中和刘玉尺对慧梅的变化十分满意。他们想着她毕竟是女流之辈，天生的弱点是贪图舒服，如今讲究吃喝，讲究衣饰，喜爱弹唱歌舞，巾帼英雄之气已逐渐消磨。再过些日子，生下儿子，她会变化更快。为了孩子，她会一心一意地跟着袁时中，再不会想回闯营。只要慧梅的心思一变，她的四五百男女亲兵就不再成为"小闯营"了。

自从慧梅有了变化以后，袁时中常常来到慧梅帐中，小心温存体贴。所有"小闯营"需要的给养,都格外从优供应,不敢怠慢。他感到不满足的是,他总想看看慧梅的舞姿,而总是遭到拒绝。慧梅对他说:

"我不是不愿在你面前舞蹈,是因为我还没有忘记闯营。倘若你能回到闯王旗下,你要我的心我也掏给你,你要看什么我都答应你。如今你还是不要看吧。我的舞蹈是从我起小练习舞剑得来的,只要我的剑术不生,随时都可舞一段给你看。如今我常常想念高夫人,不遇到高夫人我不会长大成人,练就一身武艺,嫁你为妻。你呀,你呀,你却不听我的劝告,忘恩负义,背叛了闯王和高夫人。你又要让我忘掉高夫人,给你舞蹈,让你快活。你想想,我心中怎么能过得去呢?"

袁时中见她说得沉痛,怕又惹她伤心哭泣,只得用别的话岔开,从此不敢再说出要看她舞蹈的话。有时袁时中想住宿在她帐中,也遭到婉言拒绝,她说:

"我如今已经怀孕,你最好不要住在这里。你到金姨太房中安歇去吧。她也很会体贴你。你去她房中,她也高兴,我也高兴。"

袁时中嬉皮涎脸地缠着说:"你是明媒正娶的夫人,年岁又这么轻,生得这么美,叫我怎么能舍得你,不同你同枕共被?"

慧梅神态庄重地说:"我们会白首偕老的,只是目前我身上不便,又常常想着自己对不起闯王和高夫人……所以你还是去金姨太那儿吧。等将来我生过孩子,你重新回到闯王旗下,我们会恩恩爱爱,决不离开。"

袁时中不敢勉强,心中感到怅惘,却无可如何。慧梅有时还劝他说:

"你也应该到孙姨太那儿住一住。孙姨太人品并不比金姨太差,只是为人老实一点,不像金姨太那样心眼儿灵巧,会看着你的脸色说话。你对待孙姨太未免过于冷了啊!"

"是的,我也要到孙姨太那里去住宿。"袁时中言不由衷地应付一句,又往金氏的帐中去了。

有时,刘玉尺劝袁时中,无论如何要住在慧梅帐中,袁时中就把慧梅谢绝的话同他说了,并夸赞慧梅心怀坦荡,毫无醋意。刘玉尺听了皱起眉头,感到不解。他想,尽管慧梅怀胎,但月份还不久,难道对男女之事就不想么?这么年轻的一个少妇,怎么能拒绝丈夫宿在帐中?他认为慧梅的心还没有真正变过来,但又不便深说,只是劝袁时中还是多去慧梅帐中。

有一次,袁时中对慧梅说:"你对金姨太虽然毫无嫉妒之意,但我心里只有你,并没有她。"

慧梅用鼻孔冷冷一笑,说道:"官人,这话你不需要同我来说。我现在跟你再说一次:金氏是个妾,你爱她,我不管,可是要对她说清楚,不管她怎么得宠,不准在我的面前恃宠骄傲。只要她不在我面前恃宠骄傲,不背后挑拨我们夫妻间的感情,不说'小闯营'的闲话,我一定以礼相待,不会亏待了她。如其不然,我身为主妇,自有家法管教,到那时休说我宝剑无情。纵然她得你的宠爱,也救不了她。"

袁时中听了这话,才知道尽管慧梅生活上有些变化,可是在这些大关节上毫不含糊,使袁时中又爱她的姿色俊俏和处事正派,又感到敬畏,更感到她不好随意对付。

慧梅虽然表面上讲究吃喝,流连歌舞,心里却深深苦闷。还在七月份的时候,她从亳州境内,暗中托一个老尼姑,将她写给高夫人的一封书子缝进鞋底,送往开封城外,等候高夫人的回音。谁知这老尼姑一去之后,竟如石沉大海,杳无音信。是老尼姑死在路上,还是高夫人认为她已变心,对她生气?她白天强颜欢笑,夜间常常在枕上流泪,有时还从梦中哭醒。关于托老尼姑给高夫人带书子的事,她对任何人都没有说,连邵时信和吕二婶都被瞒过。她知道邵时信是高夫人派来的心腹,可是后来却不敢完全相信,因为她知道袁时中和刘玉尺原来想杀害邵时信,后来改变了主意,百般拉拢,还私下送给他银子和各种东西。这些情况,使她不能不生了戒心。邵时信也怕慧梅疑心,对于袁时中和刘玉尺如何拉拢他的事,从不隐瞒,随时都悄悄地向慧梅禀报,而且把袁时中和刘玉尺赠送他的银子、首饰、绸缎等都交给慧梅。慧梅一概不留,要他自家保存起来。有一次,邵时信又将刘玉尺送给他的十两银子拿给慧梅,慧梅对他说:

"邵哥,你是闯王和夫人派遣来的,也就是我娘家来的亲人,我不会疑心你。既然他们给你银子和东西,你就留下,将来回到闯营,你对闯王和夫人说明白就是了。我相信你会对得起闯王和夫人的。"

说到这里,她不觉哭了起来,因为在"小闯营"中,她确实没有可以商量事情的亲人了。邵时信被她感动,也滚出眼泪,说道:

"姑娘,我的老婆孩子都在闯王老营,我对姑娘只有一条心,断无二意。姑娘出嫁的时候,老营中那么多人,许多都是延安府的乡亲,没有派他们,偏偏派我这个洛阳人跟着姑娘来,还不是相信我有一颗忠心?想当初洛阳被官军围攻的时候,我是坚决主张守城的,可是别人都不听我的话,我只得带着家小和一群同伙,不顾死活开南门冲杀出来,身负重伤,奔往得胜寨。我要是没有一颗忠心,何苦这样?"说到这里,他哽咽得不能成声。略停片刻,继续说道:"如今姑娘在患难之中,我不尽心替姑娘做事,如何对得起闯王和夫人?虽然姑娘周围还有四百多男女亲军,临到危急时他们都愿意为姑娘打仗,不惜一死。可是姑娘呀,如今姑娘和'小闯营'的处境很不好,不单单随时准备打仗就行,还有别的事儿要做。我必须多知道小袁营的动静,随时禀报姑娘知道,所以我才同刘玉尺拉拉扯扯。万一他们要起狠心,下毒手,我们事前知道,也能有个防备。姑娘若是对我有疑心,从今天起我就不再同他们拉拉扯扯了。"

慧梅流着眼泪说:"邵哥,不是我疑心你,是他们这伙人心术太坏,我怕你一时上当。"

经过这一次谈话,慧梅对邵时信的怀疑减少了,但有些心里事仍然不敢和盘托出。对于吕二婶,慧梅虽然不怎么怀疑,可是认为她毕竟是个妇女，遇事容易惊慌，还怕口不太牢，有些不该说的话会随便地对慧剑等姑娘说出来，因此慧梅对她也不能什么话都说。至于慧剑等姑娘，年纪小，经事少，心地单纯，比她还差得远哩。她没有人可商量，便常常夜间醒来，自己把各种事情思前想后，想上一阵，想到伤心处，不免哭起来，但别人很少知道。

近来圉镇的风声很紧，寨门盘查很严，袁时中加紧向寨墙上增添了砖块、石头、弓弩、火器。小袁营的两万多人马本来分驻在周围五十里以内，以便征集粮草，可是前几天忽然都向近处靠拢。慧梅心中明白：小袁营正在准备打仗。同谁打仗呢？莫不是闯王要派人来打小袁营么？前天，邵时信来告诉她一个消息，说闯王曾经派扶沟的一位姓刘的秀才来劝说袁时中快回闯王旗下，过去叛变逃走的罪恶不再追究。袁时中害怕消息传出去会动摇军心，不让刘秀才进寨，在南门外驻兵的大庙中款待三天，由刘玉尺动笔给闯王写了一封回书，打发刘秀才走了。这事情在寨内知道的人很少，好不容易被邵时信探听到了，告诉了她。她恍然明白：果然闯王要派兵来了！

对于李闯王要派兵来消灭小袁营，慧梅起初心中高兴，随即又心中七上八下，不知道打起仗来她自己应该怎么办。她猜想，闯王派兵前来是必然的事了。她自己在心中应该早拿定主意才好。有时她想带着她的四百多"小闯营"男女将士冲出圉镇，向许昌奔去，但是她又看到圉镇周围驻满袁时中的人马，寨门防守很严，想冲过去实在困难万分，纵然能够冲出一部分人，也会在圉镇附近被包围消灭。何况她已经怀孕，自己被杀，还不要紧，无辜的胎儿跟着死去，做妈妈的实不忍心。另外，她也希望自己能够劝动丈夫回心转意，到闯王面前认罪，保全他一条性命。尽管她恨丈夫背叛了闯王，但是又害怕他执迷不悟，最后死在战场上，要是那样，她怎么办呢？所以最近几天，每次袁时中来到她的屋里，她总是使眼色让女亲兵们和吕二婶都退出去。当屋里只剩下她和袁时中两个人时，她表现出一个年轻妻子所能表现的一切温柔和体贴，为的是打动丈夫的心,好听她的劝告。有好几次,她顾不得害羞,将丈夫的手放在自己膨胀的肚皮上,让他感觉到胎儿在腹中的蠕动;同时噙着眼泪,劝袁时中千万要为胎儿着想,为他们夫妻着想,回头求闯王饶恕。可是每逢这种时候,袁时中总是叹息说:

"晚了,已经晚了,与其白白地送上门去被闯王杀掉,我不如就这样走下去。好在闯王不会在河南久留,过一个月或两个月,他一往别处去,我就什么风险也没有了。"

每次听到这样话,她就憋着一肚皮委屈和愤怒,一面热泪奔流,一面责备丈夫。有一次袁时中动了火气,走到她的面前,手握剑柄,对她恶语辱骂,咬牙怒目威胁。她本能地虎地跳起,毫不示弱,将宝剑抽出一段,怒目相向,看来就要夫妻厮杀,但是她立即将剑插入鞘中,重新坐下,双手掩面,伤心痛哭。她在痛哭中无可奈何地说道:"你是我的丈夫,尽管你狼心狗肺,宁肯叫你杀我,我不动手杀你!"袁时中叹息一声,踏着沉重的脚步走了。

刚才,她正在屋里苦恼万分,邵时信匆匆来到,屏退左右女兵后,告她说,情况十分紧急,可能几天之内,闯王就会派兵来攻圉镇,袁时中和刘玉尺都十分惊慌。又说袁时中马上要亲自前来,请她写封书子给闯王,请求闯王宽恕。慧梅听了,心中一喜,忙问道:

"他可是真心?"

邵时信摇摇头,说:"缓兵之计!"

慧梅的心中猛然一凉,又问:"邵哥,我怎么办?"

邵时信说:"我不能在这里久留。你们是夫妻,可是那一头又是闯王和夫人,如何办,请姑娘自己斟酌吧。"说完以后,回头就出去了。

吕二婶慌忙进来,问道:"邵大哥刚才来有啥事儿? 我看他的气色很慌张。"

慧梅说:"你不要问,你出去吧,让我想一想。我心中乱得可怕,天哪,我怎么办呢?"

正在这时,袁时中进了二门,大踏步向上房走来。

袁时中坐下以后，先问慧梅今日身体感觉如何，需要吃什么好的东西，然后转入正题。他告诉慧梅，看来闯王十之八九会派人来打围镇，可是他不愿与闯王兵戎相见，所以请慧梅给闯王和高夫人写封书子，劝闯王千万息怒，不要派兵前来。慧梅听了问道：

"闯王不派兵前来，官人有何打算？是不是有意回头，回到闯王旗下？"

袁时中说："事到如今，我怎么还能重新回到闯王旗下？纵然闯王不加罪于我，他手下的那些人，包括你大哥李补之将军在内，岂肯饶我不死？"

慧梅伤心地说："倘若官人你回心转意，我愿意到闯王和夫人面前跪下求情。他们如不开恩，我就哭死在他们面前，决不起来。只要能保住官人，我跪下去七天七夜都甘心情愿。只要闯王开恩，别的人，不管是补之大哥，还是总哨刘爷，都不会伤害官人。你听我的劝告，快回头吧，如今回头还来得及呀……"说着说着，她就哭了起来。

袁时中看见她哭，心中也有点伤感，但是他摇摇头说："你是妇道人家，男人们的事情你不清楚。哪有那么容易得到闯王宽恕？我既然背叛了他，纵然再回头，也许他暂时不会计较，日后必然严厉惩罚。你可以保住我一时不死，保不住一月、两月、半年过后，他会加我一个罪名，将我除掉。哪一个打天下的人不是心狠手辣？"

慧梅说："闯王不是这样的人。张敬轩那样对他，他不是在张敬轩困难时还送给他五百骑兵，让他去重整旗鼓么？"

袁时中说："你不明白，那是因为有曹操担保，闯王才不杀张敬轩，反而给他五百骑兵。可是谁能够保我袁时中呢？"

慧梅说："我担保。如果闯王要杀害你，我先死在闯王和夫人面前。"

袁时中冷冷一笑，说："曹操在当前是一个举足轻重的人，闯王因为怕他，才要拉他。他若是离开闯王，不管是同张敬轩重新合伙，还是投降朝廷，对闯王都大大不利。你死了不过是一个人死了,对闯王毫无损失。所以你不要以为你的眼泪、你的一条命就可保住我袁时中不被除掉。"

慧梅说:"你既然这么不相信闯王劝你回头是出自真心实意,我写书子更没有用了。你倒不如放我回到闯营,当面向高夫人和闯王求情。他们要是还有害你之意,我决不让你回去。他们确实无害你之意,我再回来,陪你一起前去,向他们请罪。你看这样如何?"

袁时中早就猜到慧梅会有这个主意,笑一笑说:"你一回去,好比肉包子打狗,有去无回。"

慧梅说:"我既然嫁给你,不管活着,不管死去,都是你袁家的人。我不回来,难道我忍心么? 何况我现在怀着胎儿,这是你袁家的骨血,看起来是个男的。"

袁时中心中一喜,笑着问道:"你怎么知道是个男的?"

慧梅说:"怀孕以后,我找人替我算过两次命,都说头胎是个男的。还有我听说,怀的要是一个女孩,做母亲的气色就不好看,有时发暗;要是一个男孩,母亲的气色就特别好看。你看我现在气色是不是比过去还要好看?"

袁时中打量了慧梅片刻,觉得确是鲜艳动人,忍不住走去拉她站起来,伸手搂住她的腰,想把她抱在怀里。慧梅轻轻一推,说道:"小心外边有人看见。"

袁时中笑着说:"你是我的老婆,我喜欢抱你,别人看见也不打紧,怕啥? 在金姨太房里,我也常常把她抱在怀里。"

慧梅庄重地说:"她是妾,我是正室夫人。你怎么能把我同她一样看待?"

袁时中放开慧梅,说:"听说你头胎是个男孩,我心里真是高兴。为着这个男孩,我求你给闯王和夫人写封书子,请他们不要派兵来打,然后我就同众将商议,重回闯王旗下。你看这样好么?"

慧梅说:"你这是缓兵之计,我不能欺骗闯王和夫人。"

袁时中有点恼火,但仍然赔着小心说道:"请你想想我们夫妻之情,想想你怀的男胎。只要你肯写这封书子,高夫人看了一定会动悲悯之情,劝闯王不要发兵,那时我们就得救了。"

慧梅说:"书子我不能写。如果你真有回头诚意,就放我亲自去见闯王。"

袁时中说:"我决不能放你离开我。"

慧梅想了一下,又说:"你不放我也罢。你可以派刘玉尺去闯王那里求情,他的嘴巴很会说话。"

袁时中说:"我靠的就是刘军师,他离开我,万一被闯王留下,我同谁商量主意?"

慧梅冷笑道:"你连刘玉尺都不肯派,你还有什么诚心?"

袁时中说:"我不是为着别的,实在是因为我目前这两三万人马,大事小事一天也不能离开刘军师。没有他,我就好像没有了魂儿一样。"

慧梅听了,满心燃起怒火。她非常恨刘玉尺,恨他专门给袁时中出些坏主意,这时真想骂出几句。她尽了很大的力量,才克制住自己,不曾骂出。袁时中又恳求说:

"你念及我们是好夫妻……"

慧梅马上截住:"你说我们是好夫妻,你就不肯听我一句劝告,怎么算好夫妻?是前世冤家!"

袁时中嬉皮笑脸地说:"不是好夫妻,我们同枕共被……"

他的话没有说完,慧梅又接着说:"你怀着一番什么心思,我完全知道。我是你的妻,当然要跟你同枕共被;可是在对待闯王的事情上,我们是同床异梦。"

袁时中说:"不管是不是同床异梦,夫妻总是夫妻,这是五伦之一,天经地义,不能更改。"

慧梅抽咽起来,边流泪边说:"正因为是天经地义,我永远都是你的妻子,所以我才苦口劝你回头,为你打算,也为我们儿子打算。官人,我求求你,听我劝告吧!如今你听我劝告还来得及,再迟一步,我就一点办法也没有了。闯王大军杀来,你是没法抵挡的。你被消灭,我也活不下去。我死了,胎儿也跟着死了,这是何苦呢?官人,我求求你,回头去闯王旗下请罪吧! ……"她不禁痛哭,说不出话来。

袁时中狠狠地踩了一脚,说道:"我们夫妻一场,你连这一点情意都没有么?"

慧梅忽然止了哭,说道:"你有诚意重投闯王旗下,我就有诚意写书子,劝闯王宽大为怀。你没有诚意,我写一百封书子也没用。闯王不是傻子,不是容易受骗的。官人,你不要专听刘玉尺的怂恿,走上绝路。你听我一句话,难道不行么? 你若是打败了,被消灭了,刘玉尺会另找主子,可是我永远是你的妻子,死了以后还是你袁家的人,我不能再有一个丈夫了。官人难道想不通么?"

说到这里,慧梅大哭起来。袁时中知道她已决心不写书子,将她打量一眼,踩一踩脚,转身走了。

第三十章

虽然慧梅识破了袁时中的缓兵之计，拒绝给李自成和高夫人写书信，但是袁时中每天还是来慧梅这里坐坐。他仍然爱慧梅。不仅慧梅的姿色始终动他的心，她的风度非金氏能比，而且慧梅身上怀着他的"骨血"，可能是个男孩，使他十分关心。他每次来到，慧梅仍然对他表现出一个年轻妻子的温柔体贴，但避免提起将会同闯王打仗的话，更不再劝他重回闯王旗下。她心中明白，一切都不可挽回了。她把这不幸看成是她的命中注定的，而且心中明白同他以夫妻相处不会久了。所以尽管她对他温柔体贴，却时时心如刀割，在妖媚的微笑中难免不突然浮出泪花。袁时中对她的心情完全清楚，但是他只装作没有看见，不对她说一句责备的话，只希望他的人马快到黄河以北，乌云会自然散去，不久慧梅会给他生下一个男孩。

又是几天过去了。袁时中断定闯王很快会派兵来打，但是无法逃往黄河以北，而往东去则有漕运总督朱大典的官军在亳州一带。这情形使他和左右亲信们十分担忧。

一天下午，袁时中刚从慧梅住的地方回来，正在同刘玉尺、朱成矩、刘静逸三人密议，商量不出一个好办法，忽然有人进来禀报，说闯王第二次派扶沟秀才刘忠文前来，已到寨外。他们立刻商量如何应付。起初他们想，不妨仍像前次那样，假意答应愿回闯王旗下，拖延时日。但是他们又觉得闯王这次绝对不会再相信他们的话。正在左右为难，忽然刘玉尺将眉头一皱，眼中露出凶光，说道：

"我有主意了。"

袁时中问："你有何主意？"

刘玉尺望望朱、刘二人,不肯当面说出,却对袁时中说:"请将军随我出来。"

袁时中跟着刘玉尺来到屋外,站在一棵树下,刘玉尺方对他小声说出意见。袁时中起初很犹豫,经刘玉尺又说一遍,他忽然态度坚定,说道:

"好吧,就这样办。咱们一不做,二不休!"

他们重新进入屋中,朱成矩问:"你们想出主意没有?"

袁时中说:"主意已定,决不更改。"

朱成矩问:"是何主意?"

刘玉尺说:"先不用谈是何主意,我们快出寨去,在关帝庙款待客人,不要耽误时间。"

朱成矩和刘静逸的心中老大地不高兴,但也不愿再问。袁时中立刻偕他们出寨,将刘忠文迎进大庙的庙祝小院,十分热情,说他们正等待贵客光临,果然如愿。袁时中拉着刘忠文,走进客堂,边走边笑着说:

"刘先生二次辛苦光临,令我衷心感激;如此忠于闯王之事,更令我钦佩万分。像我这样不才,辜负了闯王好意,实在惭愧,惭愧!"

刘忠文说:"既往不咎,来日方长。只要将军回头,闯王仍然待如腹心。"

袁时中哈哈大笑,说:"全靠刘先生关照,但愿如此。"

坐下以后,刘忠文从怀中掏出宋献策写的书子,仍是劝袁时中重回闯王旗下的话。信中谈到,刘忠文目前深受闯王重用,已授予总赞画之职。袁时中和刘玉尺看到这里,互相交换了一个眼色。看完信后,他们都向刘忠文祝贺,还说他们希望刘总赞画多为时中在闯王面前说些好话,时中和小袁营全体将士都将不胜感戴,永志不忘。刘忠文也说了些谦逊的话。后来谈到何时重回闯营的事,袁时中说道:

"且不必急,等酒宴摆上来,一面饮酒,一面商谈,岂不更好?"

在酒宴中间，刘忠文恳切地说道："关于小袁营重回闯王旗下的事，请各位万勿迟疑。闯王为人，豁达大度，不拘小节。只要诸位真心悔悟，觉今是而昨非，我敢担保大元帅决不会追究前事。倘若他是那种目光短浅、器量狭窄的人，决不会命愚弟两次前来，反复敦劝。难道李闯王没有力量派兵前来？非不能也，盖不为也。他爱护时中将军，且高夫人念念不忘养女，故极盼时中将军回去，转祸为福，和好如初。望诸位千万不要辜负大元帅殷殷至意！"

袁时中唯唯点头，感激闯王宽容厚爱，说他将在数日内面见闯王请罪。正谈得十分欢洽，刘玉尺却用脚尖连连碰袁时中的脚尖，又用眼色催他。袁时中站起来，端着酒杯对客人说：

"刘先生风尘仆仆，连来两次。如今大家都听从刘先生的忠言，重新投到闯王旗下。我敬刘先生这一杯酒，一则表示感激，二则祝贺刘先生步步高升。来，我们满饮此杯！"

刘忠文同袁时中干完杯后刚要坐下，忽然来了一个小校和两个兵士，走到他的背后，不由分说，将刘忠文绑了起来。刘忠文大惊，问道：

"袁将军！袁将军！此是何故？"

袁时中脸色铁青，冷冷笑道：

"实话告你说，我决不会再投闯王，你也决不能再回闯营。今天很对不起你，要借先生的首级，送往黄河北岸。"

刘忠文骂道："你们一群尽是豺狼，不知死在眼前！今日你们杀了我，不出数日之内，你们全都要被闯王斩尽杀绝！"

刘玉尺说："今日只说今日，日后闯王能否杀掉我们，那是后话，不劳先生费心。"

袁时中向小校吩咐说："将他立刻斩首！随他来的亲兵也都斩首，不许迟延！"

朱成矩和刘静逸事先都不知他们会这么做，一时大惊。朱成矩霍地站起来，向袁时中大声说：

"请将军暂缓杀人！"

不等袁时中说话,刘玉尺狠狠地瞪了朱成矩一眼,说:"你为何阻挠大计?"

朱成矩说:"你这个主意只能促使闯王迅速派兵前来,丝毫不能救小袁营之急。目今形势,只能用计缓兵,千万不可火上浇油!"

刘玉尺说:"此事我同将军已经决定,你不必多管。"

朱成矩说:"我既是将军身边赞画军务的人,遇此大事,不能不说。我不说,小袁营祸在眉睫,后悔莫及!"

袁时中说:"老兄暂时且不用说吧。此事已经决定,不借刘忠文的头,我们许多事情都不好办。"

过了片刻,刘忠文和他的亲兵们的首级都被提了进来,扔在地上。袁时中看了一眼,回头对刘静逸说:

"静逸,上一次是你到黄河北岸晋见抚台和臬台的,十分辛苦。如今需要你火速再去一趟,将这些首级献上。目前未同闯王交战,无法弄到将领的首级。刘忠文是闯王的总赞画,仅次于宋献策,有这个首级献去,总可以表明我们与闯王已完全决绝,一心归顺朝廷。事不宜迟,你准备准备就走吧。将宋献策的劝降书子也带去,呈给巡抚。务必请巡抚大人多派大船接我们全营过河。倘若李闯王有意过黄河以北,我们愿意肝脑涂地,守护北岸,决不让他一人一骑渡过黄河。"

刘静逸在河北巡抚衙门中已经交了几位朋友,认为有了李自成帐下总赞画的一颗首级,归顺朝廷事大有成功可能,同时他也打算暂时留在河北,以观动静,免得死在围镇,所以立刻站起来对袁时中说:

"请将军放心,我此刻就去准备,今夜便行。"

刘静逸走后,朱成矩深深地叹了一口气。像这样大事,刘玉尺事前不同他商量,如此不尊重他,使他的心中十分不快,但当着袁时中的面也不好说什么。况且人已经杀了,说也无益,于是他一言不发,默默饮酒。袁时中和刘玉尺也不再说什么,匆匆地吃罢晚饭,返回寨内,重新商议应变准备。

当时邵时信就从袁时中的老营中探听到这件事情,赶快来到慧梅住宅,唤出吕二婶,悄悄地把消息告诉了她,又匆匆打听消息去了。吕二婶进去把这消息告诉慧梅。慧梅非常震惊,但是觉得毫无办法,想了片刻,叹了口气,对吕二婶说道:

"事已至此,我们等着瞧吧,看来我会很快不在人间。以后的事,你多和邵哥商议,使我们这小闯营的兄弟姊妹们能够平安逃走,便是天大幸事,我死在九泉也会瞑目。"

吕二婶第一次听到慧梅说要死的话,心中一寒,赶快劝道:"姑娘千万不要这么想。好端端的一个人,总会有办法的,何必想到绝路上去。"

慧梅流泪说:"不是我要往绝路上想,实在是没有办法。如今两方面把我夹在中间:一方面是闯王和夫人,我不能背叛他们;另一方面是我的丈夫。常言道:丈夫是一重天,哪有妻子背叛丈夫之理? 不过数日,闯王必派兵来,到那时,我不是死于乱军之中,便是我万般无奈,只好自尽。"

吕二婶也忍不住流下泪来,又劝道:"姑娘这么年轻,刚刚二十一岁,身上又怀了胎儿,为什么要轻生呢? 我知道小袁营中有许多人对你不放心,怕你会迎接闯王人马。可是,姑娘,不管战争怎么打,你身边这四百多男女亲军,一个个忠心耿耿保你,谁想对你动一动手,并不是那么容易!"

慧梅说:"二婶,你不明白我的心啊!"说着,伏在枕上痛哭起来,不管吕二婶怎么劝,她不再说话,摆摆手使吕二婶退出。

邵时信又见到了袁时中老营中一个与他常有来往的头目,在装作随便闲谈中知道了袁时中一面等候河北回音,一面准备打仗,并且确知刘玉尺对小闯营很不放心。邵时信随即到王大牛那里,把大牛叫出来,秘密地将情况告诉大牛,嘱咐他让全体男兵夜间多加小心,睡觉时不许脱去绵甲,时刻提防刘玉尺对小闯营下毒手。他又把同样的话告诉女兵首领慧剑。慧剑尽管年纪小,但在打仗方面已经有了一些磨练。她也将所有女兵小头目叫到面前,悄悄

地嘱咐大家,夜间睡觉要警醒,随时准备对付刘玉尺派兵前来。有一个女兵问道:

"倘若是我们袁姑爷亲自带兵前来,我们如何是好?"

慧剑一时答不出来,过了片刻,恨恨地说:"不管是谁,要害我们慧梅姐姐,我们都对他毫不留情。我们奉夫人之命跟随慧梅姐姐来到小袁营,我们只听她一人的话。其余不论什么人,我们都不管,只要有人敢动手,我们先下手为强。"

又有个女兵问道:"慧梅姐姐的心思,你可曾问过?"

慧剑一听这话,想到慧梅和袁时中是夫妻,这事情确不是那么简单,就让大家先散去。她来到慧梅房中,只见在灯光之下,慧梅穿着衣服,倚在枕上流泪。一见慧剑进来,慧梅赶快揩泪。慧剑蓦然一阵心酸,也几乎流出眼泪。过了片刻,她才说道:

"慧梅姐姐,刚才邵大哥说的事情,我全知道了。我们女兵已经做好了准备,万一刘玉尺派人来害你,我们决意死战。宁肯全部死去,决不会让他们伤害着你。"

慧梅没有做声,只是抽泣。慧剑停了一停,又说道:"刚才姐妹们问我一句话,我也拿不定主意。如今看来,袁姑爷吃了刘玉尺给的迷魂药,已经下了狠心与咱们的闯王硬顶到底,死不回头,若是他亲自带着许多人马来包围我们小闯营,要消灭我们,慧梅姐呀,我们应该怎么办? 是让他进来,还是不让进来? 对刘玉尺,我们可以毫不容情;可是对袁姑爷……"

慧梅听了,一时也不知如何回答,只是哭得更痛。

慧剑又问:"姐姐,你说呀! 别的事我可以帮你做主,这事情我做不了主。利箭上没有情,谁与闯王为敌我们射死谁。可是我不能让你以后抱怨我,说不定会恨我一辈子。梅姐,你说,咋办?"

慧梅又想了一阵,说:"慧剑妹妹,我们像亲姐妹一样,在战场上生死同心,比亲姐妹还要亲。我知道你们对我忠心耿耿,对闯王和高夫人忠心耿耿。你们的心情,我全都明白。我现在心中很痛苦,很乱,你不要催我回答。你自己看着办吧。公是公,私是私,私不压公。不管你怎么办，我不会抱怨你，更不会恨你。"

慧剑的心中觉得有把握了，但还是觉得不够明确，还是不肯走。她担心三更以后，天亮以前，小袁营就会动手。她坐在慧梅的身边，又说道：

"姐姐，你好生想一想，这不是闹着玩的事。冷不防事到临头，不是他们杀我们，就是我们还手杀他们。一杀起来，刀剑是不认人的。你还是再想一想，告诉我你拿定的主意吧。"

慧梅又沉默了一阵，说道："慧剑，据我想来，今夜他们还不会动手。即使他们想动手，必定在闯王大军到来的时候。"

"万一他们先动手呢？"

"如果今夜动手，你们决不许他们进入我们的驻地。你告诉小袁营来的兵将，有话请袁将军明日同我当面一谈，今夜任何人不许进来，有敢进入者，我们的弓箭刀枪无情，对袁姑爷也不例外。"

慧剑说："有姐姐这一句话，我心里就有主意了。"

慧梅问道："我们存的箭多不多？"

慧剑说："多得很，邵大哥是个细心人。一有机会，他就命人收罗一些箭，足够我们射三天三夜也射不完。"

慧梅轻轻点头，说："你要小心在意。好，你去吧。我心中乱得很，让我一个人在这里多想一想。"

慧剑出去后，慧梅下床，穿好绵甲，在屋里走来走去，有时在床边坐一坐，起来又走。这样一直走走坐坐，有时到院中听听，挨到天明，平安无事，才和衣上床去睡。

第二天，围镇情势显然比往日紧张。每个寨门只开一半，对进来的人盘查很严。一般面孔生的百姓不许随便进寨。袁时中的人马继续向寨内运送粮草，同时把更多的守城东西如像砖头、石头、石灰罐和各种火器都搬上四门寨楼。慧梅听到这些情形，将邵时信找来商量。她问道：

"邵哥，打起仗来，小闯营怎么办？"

邵时信感到为难，说道："姑娘自己决定吧。不管你怎么决定，我们都听从你的将令,第一是要保护姑娘,我们纵然战死,也不足惜。"

慧梅又问:"你看袁将爷会对我们下手么?"

邵时信说:"这话很难说。只要他对姑娘还有夫妻之情,刘玉尺不敢多上烂药。不过,凡事不可大意,我们要做好准备。万一有人来围攻我们,要杀害姑娘,我们只有同他们血战到底,没有别的话说。"

慧梅心中有些话不愿说出,也就不再向邵时信问计,让他走了。

邵时信走后,吕二婶进来禀报说:"有一个年轻尼姑前来求见。"

慧梅说:"也不过是化缘的,你给她一点散碎银子,让她走吧。我现在无心见人。"

吕二婶出去片刻,又进来说:"这个尼姑悄悄对我说,她不是来化缘的,她有重要话要当面同你讲,非见你不可。"

慧梅觉得奇怪:从哪儿来的尼姑?有什么重要话要对我说?难道是我派去见高夫人的老尼姑打发她的徒弟来了?想了一下,就说:

"好吧,带她进来。"

不一会儿,吕二婶带着一个大约二十岁的年轻尼姑走了进来。这尼姑见了她,双手合十,说道:

"阿弥陀佛,到底让我进了寨门,见到了施主!"

慧梅让她坐下,问道:"你是哪儿来的尼姑?宝庵何处?"

尼姑说:"敝庵离这里只有五里路。我是在李家寨出家修行的。"

慧梅的心中一动,问道:"可是李公子的那个寨?"

"正是。"

慧梅心里更觉蹊跷,小声问道:"你来有何话说?"

尼姑向左右望了一望,慧梅立即使眼色让吕二婶和两个女亲

兵退了出去。尼姑又望望门外,方才低声说道:

"李公子昨天派人暗回李家寨,命我今日无论如何进入圉镇,面见太太,传高夫人的一句口谕。"

慧梅赶快问道:"高夫人有何吩咐?"

尼姑说:"高夫人很想念太太,要太太不要急躁,小心保自己平安无恙,等待闯营派人来接太太回去。"

慧梅听了这话,忽然疑心这尼姑也许是袁时中派遣来试她的心思,问道:

"你到底是谁? 休来诳我!"

尼姑说道:"请太太不必多疑。我原是李公子原配汤夫人的陪嫁丫头,名叫彩云。汤夫人自尽后,我无家可归,也不肯随公子去投闯王,就在李家寨妙通庵削发为尼。因我是李府旧人,所以李公子暗中派人回来,嘱我办好此事,不得有误。"

慧梅释去疑团,赶快换了脸色,说道:"你出家的事,我曾听红娘子大姐说过。高夫人的口谕,我记在心里就是。你还有别的话么?"

尼姑说:"没有让我传别的话。请太太给我一点散碎银子,再给一二升粮食,我好赶快出寨。"

慧梅说:"我要多给你一点银子和粮食。"

尼姑说:"多了不好,出寨门时被他们搜查出来会生疑心。我进来是化缘的,不拿些东西出去也说不过去,所以请施主不必施舍太多,只给我一点散碎银子,一二升粗粮食就行了。"

慧梅明白过来,点了点头,说道:"你下去等着吧。"

尼姑双手合十,说了句:"愿菩萨保佑,阿弥陀佛!"退了出去。

慧梅将吕二婶唤来,吩咐她给这尼姑一点散碎银子,再给她装一点粮食。慧梅原以为高夫人已经将她忘了,如今见到这位尼姑,知道高夫人仍在关怀着她,不禁心中一阵难过,几乎落泪。吕二婶把尼姑打发走后,又回来向慧梅问道:

"这尼姑是从哪里来的? 她来见姑娘有什么事?"

慧梅说:"我猜她是袁将爷派来,故意来套我的话的,把她打发走就算了。"

吕二婶问:"我们姑爷要套你什么话?"

慧梅笑了一笑,说:"二婶不必多问,不久你自会明白。如今军情紧急,有些话你还是不问为好。"

吕二婶在闯王军中生活了一年多,知道些军中规矩,也就不再多问。但是她十分放心不下,想着几个月前袁时中叛变时慧梅被完全蒙在鼓里,如今她只恐怕慧梅再一次受了袁时中的欺哄,说不定性命就难保了。她越想越发愁,暗暗地叹了口气。

将刘忠文的首级送往黄河北岸以后,袁时中和他的左右亲信也晓得这消息很快会被闯王知道,而闯王知道后必然不再犹豫,立刻就会派兵来打,所以他们赶快准备迎敌。除了在军事上作种种部署之外,他们考虑,必须让慧梅不要变心。只要慧梅的小闯营不作内应,围镇有三五千人,是可以死守的。

当他们考虑的时候,慧梅也在心里独自盘算。幸好前天李家寨来的尼姑传达了高夫人的话,这使她有了主意。她决定不再同袁时中当面顶撞,要想一切办法保全她自己和小闯营不被消灭,等待几天内这局势有什么变化。

这天,吕二婶实在忍耐不住,又悄悄问她:"姑娘,听说快要打仗了。闯王派兵来打,我们怎么办呀?"

慧梅说:"二婶,你暂不要问我,我会有主意的。"

吕二婶说:"我们处在中间,既不能对不起姑爷,又不能背叛闯王,很难处啊!"

慧梅说:"二婶,你放心,我不会对不起闯王。我是闯王大旗下长大的,生是闯王旗下的人,死是闯王旗下的鬼。"

吕二婶仍不满足,又说道:"这道理谁都明白,可是目前马上就要见个黑白,我们到底应该怎么应付这两难的局面?"

慧梅轻轻冷笑一声,说:"二婶,倘若别人问你,你就说我自有主张。只要大家忠心耿耿，到时候听我的话行事，一切都会逢凶化吉。"

吕二婶不得要领，只好退出。随后风声更紧了，小袁营得到探报，说李过人马已经出动。邵时信马上来见慧梅，屏退左右，把消息告诉慧梅，很想知道慧梅的真实态度，小声问道：

"姑娘，我们的处境很是不利，我实在担心。如果不听袁将军的话，他会下毒手。如果听他的话，帮他守寨，如何对得起闯王和高夫人？"

慧梅反问道："邵哥，你有什么好主意？"

邵时信说："我也没有好主意，所以才来见姑娘，想同姑娘商量商量。"

慧梅忽然生了疑心，低头沉吟片刻，然后抬起头来说：

"邵哥，我确实没有主意。闯王那边，我不能背叛。袁将爷又是我的丈夫，不管怎么说，'夫为妻纲'，我不能不听他的话，你说我应该如何办？"

邵时信的嘴唇动了一动，勉强微微一笑，说道："姑娘的难处我也知道，这事情我也没有想好主意，我只是来问问姑娘。实在没有主意，只好等仗打起来见机行事吧。"

慧梅说："主意一定要想，也不能等仗打到寨外才想。只是我现在心里乱七八糟的，拿不定主意。邵哥，我只求你拿出忠心，在最艰难的时候让我们一起渡过难关。有什么话随时来告诉我，千万不要隐瞒。我有什么主意，也会马上告你说。"

说到这里，慧梅有一肚子话不敢说出，可是又十分激动，眼泪成串儿滚落下来。邵时信仿佛明白了慧梅的心，同时也明白慧梅对他仍有疑心。他不想往下再问，说道：

"姑娘，请你放心。生死关头，我不会做对不起姑娘的事。"

说到这里，他的眼眶也噙满泪水，退了出去。

邵时信刚走，袁时中来了。他一进门，看见慧梅眼中有泪，问道：

"你怎么又伤心了?"

慧梅说:"听说要打仗了,是吉是凶,我不能不关心。不管怎么,我已经嫁给你这么久了,还怀了几个月的胎儿,你倘若有凶,我也不会平安;你有好处,我也会有好处。我们已经是一双同命鸟,如今情况如此,叫我怎么不伤心啊?"

袁时中听了这番话,心中满意,说道:"你打仗是很有经验的,算得一个巾帼英雄,只要我们夫妻同心协力,就不会有多大凶险。"

慧梅问道:"你打算如何应付?"

袁时中说:"我现在有人马两万多,不到三万。听说那里将派李过来打我,来的人不是很多。我打算万一敌不住,就退回围镇死守。我想他不会在河南多留,想很快攻破围镇并不容易。你觉得我这想法对不对?"

慧梅说:"倘若能够不打仗,就是万幸。打起仗来我总怕凶多吉少。"

袁时中说:"现在怎么能够不打仗呢? 打起仗来何以见得凶多吉少?"

慧梅说:"对于闯王的人马,我比你清楚,他的精兵百战百胜。李过是我的大哥,绰号'一只虎',打起仗来确实像猛虎一样,你很难抵挡。"

袁时中说:"我也愿意不打仗。我刚才不是问你了么,不打仗有什么好办法?"

慧梅说:"如今向闯王请罪不迟。我们夫妻两个一起前去见闯王,天大的罪让闯王处分。我们死抱着一个忠字,从今以后永不变心,跟着闯王打天下。闯王要我们死,我们就死;闯王要我们活,我们就活;一切听从闯王的。假若你能听我这句话,照我这番主意行事,我敢保你平安无事。"

袁时中说:"事到如今,这话不必说了,太晚了。"

慧梅说:"我看不晚。你愿回头,我愿以性命保你平安。"

袁时中说:"你想得太简单了。闯王不是手软的人。我同你前去见他，别说他不会听你的话，只怕连你的性命也保不住。"

慧梅知道不可能劝他回心转意，就顺水推舟说："你想保住圉镇，我有个想法，就是你在前边打仗，可不能把带去的人马全部输尽。一看局势不妙，你就赶快退回；千万不要全军覆没，只身逃回，那样就元气大伤，想守寨也不容易。"

袁时中听这话很有道理，赶快说："你到底是我的太太，我们毕竟是恩爱夫妻，虽然我不听你的劝告，背叛了闯王，可那也是万不得已呀，有些人要消灭我们小袁营，我自然是不甘心的。现在你这么为我着想，我非常感激。据你看来，寨如何才能守住？"

慧梅说："你既然问到我，我不能不尽心给你说出主意。我不是为了你，我是为了我腹中的一点骨血。我不能让孩子长大后没有父亲。你死了，我这么年轻守寡，如何能活在世上？你倘若被杀，我决不活下去，我会马上自尽。"说到这里，她确实动了感情，不由地哭了起来。

袁时中十分感动，说道："既是如此，我就完全放心了。现在事情很紧迫，你看如何才能将圉镇守住？我们只要守上两个月，就可以平安无事了。"

慧梅说："守圉镇要有一个守法，要分出一部分守兵驻扎寨外，不能单守一道寨墙。南门外二里远那座大庙，地势很好，平时也驻了些人马。我看那里要加固防守，连夜多修些堡垒，将火器弓弩准备停当。如果你退回寨内，那大庙万不能失。大庙在我们手里，闯王进攻寨墙就不那么容易。北门他是不会攻的。西门外有很宽的寨壕，水也深，临时把吊桥烧毁，只防守寨墙就可，东门和南门比较吃紧，要派得力将领来守。另外，在你离开圉镇的时候，要找一个有经验的、能同你共生死患难的人来主持守寨，这样你在外面打仗可以放心，我在里面也可以放心。"

袁时中听了慧梅的话，感到慧梅在目前患难时候毕竟有夫妻恩情，略觉放下了心。本来已经考虑叫他的弟弟袁时泰主持守寨，但这话他不愿马上说出，只说道：

"命谁守寨的事,我正在同军师商量。"

慧梅说:"既然你知道我的心是向着你的,我和你是恩爱夫妻,这守寨的事,你决定之前一定要先同我商量商量,不要马上就传下去。"

袁时中说:"只要你跟我同心同德,我决定之前一定同你商量,使你放心。"

慧梅说:"既然你这样待我,我一定尽我的心来帮你守寨。"

袁时中最担心的是慧梅和小闯营临时生变,如今听慧梅说出这话,更觉心头一宽,连忙说:

"当然,当然。我有祸有福,与你同命相关。"

袁时中刚要离开,慧梅又忽然问道:"怎么这两天没看见金姨太来我这里?"

袁时中说:"她昨天偶然身上不适,所以没有来向你请安。"

慧梅说:"我平常对她有点严厉,那是因为她被你娇纵惯了,我不能不按大道理来给她点颜色看看。其实我对她也是很好的,近来又将我的首饰给她一些。既然她不舒服,我待会儿亲自去看看她吧。"

袁时中决没想到慧梅会变得这样好,居然愿意屈尊去看金氏,忙说道:

"用不着吧,你是太太,她是妾,你用不着亲自去看她。我马上告她说,要她休息休息,前来向你问安。"

慧梅笑着说:"如今共患难要紧,什么主妇什么妾,都是身外之事。你走吧,我过一阵就去看她,或者让吕二婶替我去看看她,给她送点吃的东西。"

袁时中满心高兴,离开了慧梅。

当袁时中来见慧梅的时候,刘玉尺、朱成矩、袁时泰三个人都坐在袁时中的大帐中秘密商议。他们都觉得,守寨的兵权必须交给袁时泰才能放心。对于小闯营,他们的意见是,如果慧梅仍然念念不忘保闯王,就赶快动手将小闯营消灭掉,把慧梅幽禁起来,但不杀她,等打过仗和生过孩子以后再作处置。他们初步商量以后,暂时散去,单等着袁时中从慧梅的住处回来后重新商议。

袁时中离开慧梅的住宅以后,没有直接回他的大帐,却拐到金姨太太的住处盘桓一阵,仔细品味着今日慧梅的态度变化。

机警的邵时信这时走进了慧梅的住宅。他最关心的是袁时中同慧梅见面的情形,深怕小闯营在这紧要关头会被袁时中吃掉,慧梅的性命也难保。他先向吕二婶悄悄问道:

"袁将爷刚才同姑娘争吵了没有?"

"没有争吵,看去倒是挺和睦的。"

"他们商量了些什么事情?"

"姑娘不肯露出口风,你自己去问她吧。"

邵时信进了上房,坐下后叹口气说:"姑娘,很快就要打仗了!袁将爷对你说了么?"

慧梅说:"邵哥,你来得正好。我心里没有主张,正想听一听你的想法。"

邵时信说:"我们小闯营四五百男女亲兵对姑娘都是一片忠心,没有二意,如今只看姑娘了。"

慧梅叹口气,说:"一方面是闯王,我不能不献出我的一颗忠心;另一方面又是我的丈夫,尽管我恨他,我气他,我也不能背叛了他,带着我的小闯营杀出圉镇。"

邵时信摇摇头说:"杀出圉镇也不是办法。我们的人马毕竟太少,万一姑娘有个好歹,那既不是闯王的心意,也不是高夫人的心意。"

慧梅一听邵时信提起高夫人,想起前天那个年轻尼姑传来的高夫人口谕,不觉滚出了热泪,哽咽着说:

"夫人的恩情我永远忘不了。我知道夫人还盼望着我回到她的身边。"

邵时信说:"是的,姑娘要想办法保全自己,保全小闯营的男女将士。夫人还等着我们回去哩。"

慧梅说:"事到如今,如何能够保全呢?"

邵时信低下头去,从地上捡起一根小柴火棒,不断地折断,断了再折,一直折到只剩一两寸长,还在折,只是不说话。

慧梅又问道:"邵哥,情况如此紧迫,你难道就不肯替我拿个主意?"

邵时信说:"这件事太大了,我心里也很踌躇,有些话不知说出来好不好。"

慧梅说:"邵哥,你这就不对了!闯王和夫人派你随我来到小袁营,是把你当做心腹之人。我样样事都向你请教,也是把你当做娘家的心腹人,事到如今,我自己就不说了,这小闯营四五百人的生死很快就要见分晓,难道你还有什么话不可以对我说出?"

邵时信说:"常言道:疏不间亲。尽管这门亲事不是你自己愿意的,可是既然你同袁将爷结了夫妻,就是一刀割不断的亲人。我尽管是娘家人,毕竟我姓邵,怎能抵得你们夫妻之亲。我的话说深说浅,合不合姑娘的意,都很难说,所以我不敢随便吐出口来。"

慧梅将下嘴唇咬了一阵,胸中的话再也忍耐不住,突然说道:"邵哥,你不该说这样话!我虽然不懂事,各种道理我也在心里想过上百次、上千次。我自己在夜间不知哭了多少回。有时把吕二婶惊醒,她问我哭什么,我只说想念高夫人,没有把心里话都告诉她。说实话,如果只是为着保自己,保小闯营的将士,倒并不难。我只要表面上顺从我们姑爷,他断不会杀害我。我在,小闯营也不会被消灭。他一打了败仗,必然逃回,死守围镇。那时我怎么办?倘若袁时泰留下来执掌守寨兵权,他同刘玉尺断不容小闯营存在,我怎么办? ……邵哥,事到如今,你还说什么'疏不间亲'的话,好似用利刃捅到我的心上!"她突然俯下头去,泣不成声。

邵时信听了这话,叹了口气,说道:"姑娘把心思说出,我就敢说了。依我想来,袁将爷出去打仗之前,必然要来见姑娘,把以后的事嘱咐清楚。"

慧梅忽然问道："你可听说，他们让谁主持守寨？"

邵时信说："我要说的正是此话。听说他们已决定叫袁时泰主持守寨，让刘玉尺协助，可是表面上袁将军也不能不问问你的意见，因为你毕竟是他的夫人，又不是一般的夫人，而是从百战中磨练出来的一员女将。他来问你的时候，姑娘你千万要说出同他的夫妻之情，表明你对他只有一条心，让他把守寨的兵权交到你的手里。"

慧梅不等他说完，赶快问道："邵哥，你看能办到么？"

邵时信说："姑娘，这事情你可曾想过？"

慧梅说："我也想过夺守寨兵权的事，可是我怕办不到，所以我没多想。"

邵时信说："我看也许能办到。姑娘近来同姑爷还算和睦，不曾发生口角。他虽然不敢对姑娘完全放心，但又想依靠姑娘帮助他一臂之力。望姑娘力争守寨兵权，至少要以姑娘为主将，袁时泰做你的副手，决不能让姑爷将守寨兵权全交给袁时泰。"

慧梅说："倘若把刘玉尺留下，这人可是比袁时泰可怕得多！"

邵时信说："姑娘何妨替袁姑爷出个主意，想办法叫刘玉尺随他一起出战，将朱成矩留下来？"

慧梅说："我只能试一试。倘若不成，袁姑爷使刘玉尺协同袁时泰守寨，我和咱们的小闯营就要受他们的摆布了。"

邵时信说："听说补之的人马正在向围镇来。我想袁姑爷待会儿还会来见姑娘，说出他决定命何人守寨，然后出兵迎敌。姑娘，你一定要把守寨的兵权夺到手中，万不可错过时机！"

"我明白。你再去打听消息！"

军情十分紧急。袁时中同亲信们商量一下，又来到慧梅这里。慧梅看见他的惊慌神气，不觉心中七上八下，抢着问道：

"军情如何？有没有新的探马来报？"

袁时中说："刚才又有探马回来，说补之率领的人马甚多，离此地只有一百多里了,估计明天早晨会到达围镇。"

慧梅问道:"你怎么打算?"

袁时中说:"我马上要率领人马出战。在离此地三十里远近的地方,我驻有两千精兵,凭着一条河流扎营。我马上率领大军前去,在那里抵挡补之的人马,使他不能过河。尽管我们是郎舅之亲,可是今天也讲不得许多了,大家只好刀兵相见。"

慧梅明白袁时中决非李过对手,此去凶多吉少。她虽恨袁时中背叛闯王,但他毕竟是她的丈夫,直到这时她也不情愿他去送死,说道:

"我有一个办法,不知你肯听不肯听从。"

袁时中问:"你有什么好的主意?"

慧梅说:"闯王派我补之大哥前来打你,不过为的是你背叛了闯王,几次劝你回头,你死不回头,还杀了刘忠文,将首级送往黄河以北。如今你估计你能不能打败补之大哥?我看你打不过。他率领的是百战精兵,又以骑兵为主,你怎么能取胜呢?我很不放心,我想还是以不打仗为好。"

袁时中说:"如何能够不打仗?他的人马已经出动,这一仗非打不行了。"

慧梅说:"我们夫妻一场,我不能看着你大祸临头。只要你听我的话,我会想办法使这仗不打。"

袁时中说:"你尽管直说。有什么好的办法?莫不还是让我去向闯王请罪?那事已经迟了。"

慧梅说:"你先想一想,我们是夫妻之情,我活着是你袁家的人,死了是你袁家的鬼,我的腹中还怀着袁家的骨血,我不能不为你打算,为你打算也就是为我打算。你如果兵败阵亡,叫我一个人怎么活下去呢?"说到这里,她禁不住呜咽起来,随即又接着说道:"如今你要听我的话,不妨派刘玉尺或朱成矩随我一起去迎接补之大哥。我愿意以我的一条命劝说他暂停进攻,让我到闯王那里,为你求情。闯王和夫人可怜我这个不孝女儿,会听从我的哀求,收起兵戈,让你重新回到闯王旗下。如果闯王不答应,我愿意死在闯王面前,在阴曹地府等候着你。"

袁时中说道:"事到如今,这一切想法都是空的,只有坚决对敌,死守围镇一条办法。围镇不被攻破,我袁时中就不要紧。一旦围镇失守,我袁时中就跟着被杀,我一家人也别想有一个活下去。"

慧梅想了一想,不再勉强,问道:"你如何出战?带多少人马前去?多少人马留下?"

袁时中说:"我们现在不足三万人,准备留下两千,摆在寨外,死守寨外大庙,城里边摆上三千。你的小闯营,我不敢指望帮我守寨,只要不给我添麻烦,我就感激不尽。不过我也不怕,倘若给我添麻烦,纵然我念及我们夫妻之情,不会对他们下狠心,我手下的将士也决不会答应他们。"

慧梅知道这话是有意说给她听的,但她不再计较,又问道:"你出去打仗,守寨由谁主持?"

袁时中说:"我们已经商量好了,由时泰主持,你帮他一把忙。"

慧梅掩不住一脸怒气,站了起来说:"官人,不能让时泰主持守寨!这守寨是件大事,应当由我来管!"

袁时中猛吃一惊。他没有想到慧梅竟然用这么坚决的口气反对时泰,要由她自己来主持守寨。他有点恼火,问道:"为什么时泰不可以主持守寨?"

慧梅说:"我是你的正室夫人。我经过的战争比时泰走过的路还要多。到这样危急关头,守寨的事为什么你不交给我呢?"

袁时中说:"因为你是从闯王那里来的,虽然我们是夫妻,我相信你不会有二心,可是我手下的将领们不会放心。"

慧梅说:"这是胡说!只有刘玉尺这个狗头军师对我不放心。准定是他向你献计,要时泰主持守寨。真要这样,你就完了。"

袁时中问道:"由我的堂弟主持守寨,为何我就完了?"

慧梅说:"不仅你一个人完了,你们姓袁的一族人都完了。包括我和两位姨太太,都会死于非命。"

袁时中说:"此话怎讲?"

慧梅说:"你前去迎敌,倘若一仗不利,必然要退回围镇。当你出寨的时候,李闯王很可能派一支骑兵,突然来到寨外,一面用大炮轰城,一面用云梯爬城。在那千钧一发的时候,时泰能沉着指挥么?你手下的几千将士能服服帖帖地听他指挥么?万一稍微指挥不当,军情一乱,等你退回围镇的时候,只怕寨墙上已换成'闯'字旗了。这些,你可曾想过?"

袁时中说:"我要留下朱成矩做守寨参谋,一切主意他会帮时泰拿定。何况我请你也助时泰一臂之力。"

慧梅听说将朱成矩留下,略觉放心,随即又说:"你想错了。朱成矩和刘玉尺都不过喝了一点墨汁儿,只能做个出馊主意的狗头军师。打仗的事他们有啥经验?另外,这些读书人,当你在顺境的时候,他们是你的人;到了兵败的时候,他们还能跟你一心么?至于我,不是路人,跟你生同床,死同穴。论本领,我不弱于男子,只能让时泰辅佐我,不能让我辅佐时泰。"

袁时中问:"你为何不能辅佐时泰?"

慧梅说:"我是他的嫂嫂。我懂得打仗,他不懂。倘若叫他做守寨主将,我给他出主意,他不听从,我有什么办法?哼,大祸临头,你竟然不相信我们夫妻之情,偏偏要相信那么个没本领的兄弟!"

袁时中说:"这是大家已经商量定了的,不好更改。"

慧梅说:"要想守住寨子,就得更改。兵权交给我,我包你打败仗以后,平安退回寨内。你回寨以后,兵权还给你,我就不管了。"

袁时中坚持说:"兵权不能交给你。尽管你有作战阅历,可是时泰不会放心。"

慧梅说:"时泰不放心,无关大局。你要是怀疑我身边的男女将士,也怀疑我,对你就十分不利。"

袁时中很生气,问道:"难道你想出卖我?"

慧梅冷笑一声:"这话从何说起?我是为着你好。你是我的丈

夫。常言道:嫁鸡随鸡,嫁狗随狗。我是你明媒正娶的妻子,不是
私奔来的。你死我也死,我死以后还是你袁家的鬼。我如何会想
到出卖你呢? 何况我身上已经怀孕几个月,难道我不为腹中的儿
子着想? 你为何这样不相信我呢? 我说对你不利,是因为你放着
我这个会打仗的夫人不用,反而把兵权去交给你的不会打仗的兄
弟,岂不是糊涂之至!"

袁时中说:"我已经说过,兵权不能交给你。倘若你真心念及
我们夫妻感情,就不要再争兵权了。"

慧梅说:"想不到我们夫妻一场,你对我还是这么不放心。看
来你今天是要逼着我自尽,等我死了以后再把小闯营消灭,那时你
才感到放心。"

袁时中说:"我没有这个想法。"

慧梅说:"你也许没有这个想法,可是你那些狗头军师,包括你
那个好兄弟袁时泰,他们是巴不得我现在死去,好使你们没有后顾
之忧。你说是不是?"

袁时中无话可说,心中更加生气,不觉怒形于色,眼中几乎要
冒出火来,用斩钉截铁的口气说:

"我手下有的是将领,时泰也是一个将领,不能把兵权交给
女人!"

慧梅听了这话,"刷"地拔出宝剑。袁时中以为她要动武,也
"刷"地拔出宝剑。门外几个女兵见状,都立刻走了进来,站在慧梅
身后。

袁时中冷冷地望着慧梅说:"别看你左右有这些亲兵,你敢动
手? 我手下将士马上会将你们包围起来,决不让你们得逞!"

慧梅哭了起来,说:"我怎么会杀你? 可怜我命不好,嫁了你这
个无情无义的丈夫,到现在还不相信我,看待我连个草包兄弟都不
如。我何必再活下去? 我现在就自尽在你的面前,以后的事我概
不过问!"

说着,她举起剑就往脖子上抹去。慧剑眼疾手快,一把抓住她

的手腕,按住她的宝剑,哭着叫道:

"梅姐,梅姐,你千万不要寻无常!"

袁时中看到这种情形,长吁一口气,顿顿脚说:"好吧,就让你主持守寨之事。可是兵权交给你,你要对得起我呀!"

慧梅只顾流泪,一时说不出话,重新坐到椅子上。袁时中也随即坐下,心中十分矛盾,但是话已出口,不能不将守寨的事交给慧梅。他用沉重的口气对慧梅说:

"请你念及我们夫妻之情,把寨守牢。我如兵败,就回来守寨。"

慧梅说:"这你不用操心,倘若你死了,我也不会活下去。在你回来之前,我不会将寨丢失。可是既然让我守寨,必须当众说明,最好现在就把军师、时泰和将领们叫来。"

袁时中说:"好吧,就将他们叫来当面吩咐。"

第三十一章

当日下午申时左右，袁时中率领两万多人马从围镇出发。小袁营的将士虽然士气不高，但是从表面看还相当整齐。慧梅率领二十名男亲兵和二十名女亲兵，骑着战马，将袁时中送出南门。她心中对丈夫既有恼恨，也不是完全没有夫妻之情，而是恨与爱交织心头。她明白此刻送他出发去迎战李过，既是同他生离，也是同他死别，从今往后，再也不会是夫妻了。正想到这里，腹中的胎儿又轻轻蠕动起来，使她越发满怀酸痛，几乎要滚出眼泪。袁时中因慧梅将他送出南门，已经出乎意料，当临别时看到慧梅泪汪汪的样子，他的心中又感动又满意，想道："她毕竟有夫妻之情！"他再次嘱咐袁时泰说：

"从此刻起，她既是你的嫂嫂，又是你的主将，你千万要听从她的话。"

袁时泰点头说："哥，请你放心。倘若抵挡不住，你赶快退回，我们迎你进寨。"

将袁时中送走以后，慧梅和邵时信等人退回寨内。对于下一步该怎么办，慧梅心中虽有一个想法，但不是完全有底，也没有拿定狠心。她带着邵时信回到驻地，挥退从人，只留时信一个人进入上房坐下，小声问道：

"邵哥，如今守寨的兵权好不容易拿到了我的手里，谁想消灭我们小闯营办不到了。下一步棋我们怎么走呀？明早袁姑爷败了回来，我们该怎么办？"

邵时信对于下一步棋并没有仔细想过，而且有些事也不敢往深处想。听了慧梅的问话，他也心中无数；停了片刻，不得要领地

624

回答说：

"下一步棋怎么走，请姑娘自己做主。多的我不敢想，但望姑娘小心，处理得当，保咱们的小闯营平安无事。"

慧梅说："邵哥，如今守寨的兵权在我手中，我不是问小闯营的吉凶存亡。"

邵时信更感到这问题不好回答。他猜不透慧梅真实心意，想了一阵，只得说道：

"姑娘，这事让我再想一想，请姑娘也多想一想。"

慧梅不再多问，便吩咐人将朱成矩、袁时泰和守寨的主要将领都请来议事。过了片刻，大家都来了，一共有七八个人。小闯营这边，除邵时信参加外，王大牛、慧剑也参加了。会议开始，慧梅先说道：

"请你们各位来，不为别事，只为目前情况十分吃紧，我们的袁将爷已经出去打仗，守寨的事由我主持。望各位与我同心同德，不能有半点二心。虽说我是一个女流，年岁又轻，可是战场上的事还有些阅历。立功者我要重重奖赏；倘有违抗军令的，休说我铁面无情。军令大似山，不管是谁，哪怕是袁将爷的至亲好友，也休想违抗我的军令。我的话就说到这里，下面请朱先生说一说这寨如何守法。"

朱成矩看到慧梅这副神气，俨然是威严的大将模样，心中暗暗吃惊，不能不肃然起敬。他欠身说道：

"太太说的很是。目前守寨要听太太的将令行事，一切兵马都得听太太调遣，任何人不能擅作主张，有敢违抗者定以军法论处。"

慧梅点头说："对，对，这话就不用多说了。眼下要赶紧商量如何守寨，不可迟误。朱先生有什么高见？"

朱成矩把以前同袁时中、刘玉尺等商量多次的那些话又重复了一遍，无非是说南门和东门重要，南门外的大庙尤其重要。慧梅听后，望望袁时泰和别的将领，问大家意见如何。大家都同意朱成矩的话，别无意见。慧梅自己先站起来，右手按着剑柄，说道：

"诸将听令！"

众人赶快起立，望着慧梅。像这样肃立听令的情况，在小袁营中是从来少有的。今天大家慑于慧梅的神态庄严，又熟闻闯营中的一些规矩，所以一齐肃立，连朱成矩和袁时泰也不敢随便。

慧梅扫了大家一眼，接着说道："南门由我亲自把守，倘若闯营人马杀到南门，我开寨门放我们将爷进来，我自己还可以带人马冲出去抵挡一阵，东门由时泰把守。万一敌兵追得紧急，南门外大庙阻挡不住，我这里来不及开门，我们将爷可以绕寨而走，由东门进寨。时泰，这东门你一定要小心，到时候要接你哥哥进寨。倘若有误，尽管你是我的兄弟，休怪我军法无情。"

时泰恭敬地说："嫂子放心，我一定遵命行事。"

慧梅又望着朱成矩说道："朱先生，大庙原有二千人马，请你再带一千人马进驻大庙，死守住大庙周围的堡垒。守大庙十分要紧。大庙失去，寨也难守；大庙存在，寨就好守。"

朱成矩听了心中暗喜，这不光是因为大庙重要，在袁时中退回时，大庙的人马可以将敌兵截杀一阵，使袁时中安然退回寨中，而且这也符合朱成矩的心意。他最害怕的是困守寨中，守又守不住，跑又跑不掉，与袁时中同归于尽，而到了大庙，他可守可走，就有更多的选择余地。他马上答道：

"听从太太吩咐，我就进驻大庙。"

慧梅又对大家说："我们守寨也好，守大庙也好，将士们都很辛苦。趁今天尚未打仗，我要拿出银子，每一个弟兄、每一个做头目的，一律赏赐。各位意下如何？"

众将领听了这话都感到高兴。因为以前弄到银子，袁时中都吩咐入库，弟兄们确实很苦，现在赏赐一点银子，可以鼓舞士气。朱成矩便问道：

"不知太太要赏赐多少？"

慧梅向大家问："每一个弟兄要赏赐多少呢？"

一个大头目说："一个弟兄赏一两，小头目赏二两，大头目赏四两。太太你看如何?"

慧梅说:"如今鼓舞士气要紧,要是库里银子不够,我这里还可以拿出一点体己。我看不要赏得太少。常言道:养兵千日,用兵一时。这个时候我们不要各啬银子。"

朱成矩马上说:"用不着太太拿出体己银子。我们军中银子尚有不少,大概有将近五万之数。"

慧梅说:"既然如此,我就做一个主张:每个弟兄,不管是马夫,还是火头军,一律赏银二两,小头目五两,大头目十两或二十两,由你们斟酌。像你们几位,每人一百两。"

众人一听这话,喜出望外,心想毕竟太太是从闯王身边来的,用银子大手大脚,和袁将军很不一样。像这样的赏法,在小袁营是破天荒的事。这事决定之后,慧梅对朱成矩说:

"人马你立刻带着出城。赏赐银子的事由邵时信来办。你告诉管库的人,让他们听从邵时信的吩咐,不得违命。"

朱成矩说:"我现在就把总管叫来,命他听时信老兄的吩咐。"

慧梅又下令各个头目,按照她的吩咐,该守寨的守寨,该守大庙的守大庙,没有她的将令,不得擅离职守,私到别处去走动。

散会以后,慧梅回到自己房中,感到松了一口气。原来她担心袁时泰和朱成矩扭在一起,对她和小闯营十分不利,如今把朱成矩派到寨外大庙,将心上的一块疙瘩去掉。

邵时信在发放了银子以后,又来到慧梅住处,问她下一步怎么办。慧梅反问道:

"你说下一步棋该怎么走?"

邵时信说:"据我看来,袁将爷今天下午率人马出寨,一交战,必然溃败。他如果能够逃离战场,一定会退回围镇,那时姑娘我们就得想想,是帮他守寨,还是不帮他守寨。如果帮他守寨,小闯营的将士都是闯王的人马,怎么能够忍心对着闯营来的人马放箭?不帮他守寨吧,你们却是夫妻。如今咱们小闯营的人都在暗中议论,想知道姑娘你的主意。"

慧梅对这个问题已经暗想过无数遍,始终拿不定主意。这时她只得恳求邵时信:

"邵哥,你替我拿拿主意。我心里乱得很。"

邵时信说:"姑娘,这主意只能你自己拿,别人怎么好随便替姑娘拿定主意?"

慧梅说:"邵哥,你知道,我现在心中无主,实在没有办法。我当时不该没有自尽,嫁到了小袁营。可是既然已经嫁来了,不管心中苦不苦,我都是袁将爷的妻子了,叫我如何处置这两难的事儿?邵哥,我求求你帮我拿定主意。"说到这里,她的眼泪忽然奔流下来。

邵时信明白慧梅的心情,叹口气说:"姑娘,你慢慢想一想。我有许多事还要去办,等你拿定主意以后我听从你的吩咐。"

时信说罢,站起来告辞走了。慧梅独自留在房里,也许是今天过于劳累之故,她感到腹中胎儿常常在动。她不明白是怎么回事情,是胎儿在蹬腿?在转身?在握着小拳头挣扎?尽管她恨袁时中背叛了闯王,但一想到胎儿,她又感到不能对袁时中见死不救。如果袁时中被杀了,她即使能活下去,将来小孩长大,问她爸爸是怎么死的,她如何对孩子说话呀!想到这里,她走进卧房,倒在床上,哭了起来。

吕二婶和慧剑等姑娘一直在院中等待着消息,这时听见慧梅独自进房大哭,赶快进来劝她。吕二婶说:

"姑娘,请你听我的话。我好歹比你大了二十多岁,人世的酸甜苦辣尝过不少。你的处境我都清楚,明白你的难处。我处在你这地步,也是要大哭的。可是姑娘啊,你现在是围镇守寨的主将,千斤担子挑在你的肩上。围镇寨内寨外的人马有几千,一切事都由你一人做主。你快不要哭了,打起精神来干正经事吧。"

慧梅要慧剑同姐妹们暂且出去,又传令邵时信和王大牛将人马准备好,她马上要到南寨门坐镇。南寨门门楼不许别人上去,只

许小闯营的男女亲军上去。南门的钥匙交给邵时信掌管。南门下
边由王大牛率领二百男兵把守。传过将令以后,慧梅的神态变为
镇静,显然她已经下狠心拿定了主意,对吕二婶说:

"二婶,老天爷给我出了一道难题,你很清楚。今日打仗,一边
是闯王和夫人,另一边是我的丈夫,使我没法儿两全其美,也不能
撒手不管。我到底怎么办呢?"

吕二婶不完全明白她的打算,劝了一些不着边际的话。慧梅
不愿再听下去,便说道:

"二婶,你帮我收拾收拾,我要去坐镇南门。"

吕二婶端来洗脸水。慧梅洗去了泪痕,穿上绵甲,外罩黑羔皮
红缎斗篷,戴上风帽,一身打扮得十分精神,一旦作战,只要斗篷向
后一甩,就可以挥剑冲杀。她来到南门寨楼,看见里边已经安放了
木炭火盆。她又视察了寨墙,看见由南门往东的寨墙上站着小袁
营的将士,正在寒风中瑟缩。她吩咐把小头目们叫来,对他们说:

"目前仗还没有打到围镇,你们都下去吧,在附近的屋子里躲
避风寒,不必守在寨墙上。一旦有了消息,听我号令,立刻重新
上寨。"

一听这话,头目们都十分高兴,心中称赞慧梅通情达理,体谅
将士。慧梅又说:

"我马上吩咐老营司务,给你们准备牛肉白酒。这么冷的天,
喝点酒,吃得饱饱的,才能守寨。你们下去吧。"

小袁营的守兵从附近的寨墙上下去以后,慧梅站在寨墙上继
续看了一阵,然后回到寨门楼中,坐在火盆边沉默不语,反复想着
她所拿的主意。慧剑悄悄地向她问道:

"梅姐,要是姑爷败阵回来,后边有补之大哥追赶,我们怎么
办呢?"

慧梅害怕过早地说出她的主意,泄露出去会遭到小袁营将士
们的毒手,所以向慧剑瞪了一眼,没有做声。慧剑不明白她的心
思,又急着问道:

"我问你,梅姐,倘若是补之大哥追来,我们能向他射箭么?我们能向闯营的将士们射箭么?要是不射箭,不射死追近来的许多人,怎么能救袁姑爷进寨呢?你说呀梅姐,大家都在问我哩!"

慧梅慢慢地说:"你不要多问,临时听我的将令行事。"

慧剑不敢再问,向女兵们使个眼色,退了下去。下一步到底怎么办,她仍然莫名其妙,心中像压了块石头一样。

慧剑刚刚退出,王大牛来了,也向慧梅询问同样的问题。慧梅作了差不多同样回答。王大牛不得要领,默默退下。慧梅明白"小闯营"男女将士的心情,心中叹道:"我不会对不起你们!"她怀念往日在高夫人身边的生活,想起了那些姐妹,在心中哽咽问道:

"慧英姐,要是你处在我的地位,会不会下狠心呢?"

天色已经黄昏了。圈镇寨墙上冷清清的。弟兄们遵照慧梅的吩咐,都在城内的宅子里烤火取暖,饱餐牛肉。街上也是冷清清的,老百姓已经逃走了很多,留下的多是老头和老婆,谁也不敢走出自己的院子。许多青年男子都被袁时中强迫加入他的部队,这在当时叫做"裹胁"。被"裹胁"的丁壮,没有留下守城,随着袁时中打仗去了。

天开始下起雪来。起初是干雪子儿,洒在瓦上、地上、砖头台阶上,发出细碎的声音。没有多久,雪子儿变成了轻飘的、没有一点声音的雪片,又变成鹅毛大雪。不到一顿饭的时间,整个圈镇都蒙上一层白色。不知谁家的一条黑狗在街上寻食,正用嘴拱着一堆骨头,脊背上也变成白色。慧梅命一个亲兵头目在南门城楼上坐镇,自己下了寨墙,先看了看南门的把守情形,然后走向女兵们休息的大屋子。她一进门,慧剑一声口令,女兵们立时从火边起立。慧梅没有什么话要说,一个一个地看看她们,想着明天就要同她们永远离开,不禁心痛如割。姑娘们望着她,也许由于看见她的憔悴神色,也许由于不愿同闯王派来的人马打仗,许多人眼里也含着泪水。慧梅说道:

"你们好好休息吧,今晚要饱餐一顿。夜里要是不打仗,三更以后让你们再饱餐一顿,说不定明天早晨就没时间吃东西了。"

说完以后,她又向男兵们住的院子走去。男兵们已经在大雪中排成双行,等待她训话。她又一个一个地将他们看了一遍,便吩咐他们回屋里烤火,今晚要饱餐一顿。

她回到寨门楼,将邵时信叫来,向他问道:"邵哥,我们在小袁营已经半年多了,你在头目中有没有交朋友?有没有可以谈私话的朋友?"

邵时信吃了一惊,说:"姑娘为什么这样问我?难道还怕我变心么?"

慧梅说:"邵哥,你想到哪里去了!我是想,我们只有四百多人。倘若你在守寨的小袁营头目中有走得近的朋友,在目前对我们会有用处。"

邵时信说:"有一个姓王的,手下有三百多弟兄,现在仍在寨内。他平常跟我来往较多,人倒蛮忠厚的,可是我没有同他谈过别的私话。不知姑娘问这事情,有啥打算?"

慧梅说:"倘若这时候能让他跟我们走在一条路上,纵然只有三百多人,也很有用。"

邵时信心里明白了,说:"既然这样,我去找他谈谈。他如果肯听我的话,我就带他来,由姑娘当面吩咐他,该怎么做就怎么做。姑娘说一句话比我说十句话还顶用。"

慧梅对邵时信小声嘱咐几句话。时信明白了她的用心,赶快带着二百两银子去了。

慧梅默默地思前想后,越想心中越痛苦,取出笛子,坐在火边吹了起来。

没有北风。雪片在寨墙上和旷野里静静地飘落。寨门楼四角的铁马儿①寂然无声。寨内,马棚中的战马没有叫声,树上的鸟儿互相偎依着缩在窝中。啊,多瘆人的寂静!在这严寒的、大战将临

---

① 铁马儿——挂在宫殿、庙宇及其他庄严建筑物檐下的铁片,有风时发出丁冬声。

的小市镇上,只剩下忽高忽低、忽紧忽慢的笛声不歇。

寨门楼内,拥挤着坐在两个火堆和一个火盆周围的女兵们,起初还偶尔有零星的悄声细语和忍不住互递眼色,随即没有了。有的女兵低下头去,久久地不再抬起。有的女兵静静地注视着慧梅,一边想着她的痛苦和不幸,一边听着笛声,一个个眼眶中含着热泪。

在寨门洞中和靠寨门的空宅中,坐在火边的男兵们听见了笛声,尽管不像在寨墙听得分明,但他们知道是慧梅在吹,始而感到奇怪,继而静下来,侧耳谛听。王大牛正带着十名亲兵从附近巡视回来,听见从寨门楼落下笛声,知道是慧梅心中有苦难言,借笛消愁,挥手使亲兵们进城门洞烤火取暖,他自己站立在街心倾听。他今天随时防备意外,随时要以血战保慧梅平安,所以特别穿上铁甲,戴上铜盔。刚才他在一个地方同弟兄们在火边谈话,盔和甲上的积雪融化,随后结成了冰。一路走来时,带冰的盔和甲上又落了许多雪。如今,雪在他的盔上和甲上越积越厚,也堆上他的浓眉,但是他全然不去注意,只是静静地倾听,同时想着慧梅的苦命。等笛声暂时停止,他的心情十分沉重,走进城门洞,叹一口气,顿去了靴上积雪。一个弟兄帮他打掉盔和甲上的厚雪,随着冰屑也被打掉,铿然落地。

当笛声暂时停止,慧剑揩去了噙在大眼角的泪珠,站在慧梅的面前问道:

"梅姐,如今战事这么紧急,你的心情又不好,你还有心思吹笛子么?"

慧梅没有理她,又吹了起来。外边,雪仍在飘着。开始起了北风,寨门楼的四角铁马儿丁冬响。她吹着吹着就忍不住站了起来,越吹越情绪激动,心思越纷乱,而腹中的胎儿又在蠕动。胎儿的蠕动使她真实地感到自己快要做母亲了,这不是什么"喜"①,而是天大的不幸。她很想放声大哭。可是守寨主将,坐镇寨楼,莫说不能

---

① 喜——分娩叫做"喜",怀胎叫做"有喜"。此处用作双关语。

大哭,连一滴眼泪也不应该当众流出,以免扰乱军心。她一面吹笛子,一面不止一次地在心中自问:如果我活下去,孩子长大以后,问自己的爸爸,我怎么回答呢? 我说了真话,他会不会恨我呢? 她又多少次想到,她今年虚岁只有二十一,这悠悠一生还有几十年,纵然高夫人可怜她、疼惜她,可是几十年的寡妇生活,她怎么过下去? 身边又带着一个有杀父之仇的儿子,别人会怎么看待她呢? 这些思想几天来就常常出现在她心头,现在更一古脑儿缠绕着她。她没法对别人说出她的悲苦,就借笛子来倾诉自己的感情。

以前她每到一个地方,都要搜集一些工尺谱,通过吹奏,很快就记熟了,所以她能记许多谱子。可是今夜她却没有照着记熟的谱子吹,而是不用现成的谱子随便吹。有时想起童年的可怜生活,她吹得悲哀低沉;有时想起战争岁月,她随着闯王大军冲啊杀啊,她的笛声就慷慨激昂;有时想起出嫁那一段日子,她吹得令人肠断心碎,似乎她的哽咽声也融进了笛声里边;腹中胎儿又一阵蠕动,使她想起眼前的处境,笛声变得断断续续,如泣如诉;可是后来忽然一阵雄壮的笛声响起,如同狂风骤雨,万马奔腾。她仿佛又置身于闯王旗下,率领着健妇营冲啊杀啊,马蹄动地,战鼓雷鸣……

她吹着吹着,心情越发激动,不由地站起来,走出寨门楼,站在寨垛里边,面对旷野,继续在深深的雪地上吹。风在头上刮着,雪在周身飘着,她都毫不在乎。慧剑和几个女兵跟着她,并不劝她,静静地立在风雪中,一个比一个心情沉重。最后,她的手指冻僵了,麻木了,而笛声也低沉下来,迟钝起来,渐渐微弱,接续不上,终于停止,但是在空中,在远处,在鹅毛大雪中,似乎还有不尽的余音同风声和在一起……

慧梅默默地走回寨门楼,抖去风帽和斗篷上的雪,顿去马靴上的雪,在火盆边坐下去,一句话没有说,将冻硬的双手放在火上烤着。

慧剑和几个女兵跟着她抖落浑身雪花,顿去靴上积雪,走进寨门楼,各就原来的地方坐下。没有人说一句话。似乎从遥远处传来炮声。但是当女兵中有人向外倾听时，只听见北风呼啸之声和楼角铁马乱响，炮声却沉寂了。

慧梅望望大家，想着自己将要带着腹中的胎儿死去了，将要同这些姊妹们永远离开了，将永远看不见高夫人、慧英、红娘子，也看不见老府中的众家姐妹了，……忽然忍耐不住，眼泪像泉水一般地奔流下来。但是她没有哭泣，继续默默地坐在火边。她似乎听见寨里边有人说话，但当她机警地侧耳谛听，却只是听见了北风呜咽。

慧剑和许多女兵一齐望着慧梅。看见她难过，人人为她难过；看见她落泪，人人不自禁地陪她落泪。但大家没有人想到她会死去。她们都认为既然慧梅已经夺到了守寨的兵权，小袁营倘若想消灭小闯营就不容易了。她们还认为，倘若万一袁时中逃回时，朱成矩和袁时泰为守寨想杀害慧梅，有她们全体女兵和王大牛的男兵据守南门，奋力厮杀，也可等待李过的大军来到。她们都了解慧梅嫁给袁时中有多么不幸，了解她的心中悲痛，却不了解她的更深的心思！慧剑见慧梅流泪不止，悲声劝道：

"唉，慧梅姐，你不要太难过了！一打完这一仗，我们就可以回到闯营啦。唉，慧梅姐，好慧梅姐啊！……"

约摸二更过后，雪停了，风止了。邵时信请慧梅回到住宅，将那个姓王的头目带来了。这个头目本来就不赞成袁时中背叛闯王，如今因闯王派兵来打，更加愁闷，不知如何是好。邵时信同他私下谈话以后，他立即表示愿意听邵时信的话，就随着邵时信来见慧梅。他恭敬地向慧梅行礼，慧梅含笑说道："目前情势很紧迫，不必讲礼了。你坐下来，我有话问你。"

那头目不敢落座，说："在太太面前，哪有我坐的道理。"

慧梅说："目前不要讲这种礼了，只要你有一颗忠心，比什么都好。"

那头目说："我虽是小袁营的人，可是我也知道是是非非，所以我是不愿跟闯营人马打仗的。只是我人微言轻，在我们将爷面前说不上话。太太叫我来，不知有什么吩咐？"

慧梅说："目前我是一寨之主，这寨里的大事都由我主持。我需要你给我做事，你肯不肯呢？"

那头目说："只要太太肯使用我，我别的没有，倒是有一颗忠心。"

慧梅问："你手下有多少弟兄？"

"也只有三百多一点，人马不多，不知太太如何使用？"

"我现在不用。今晚寨中十分紧急，你的人马要随时准备，不许脱掉衣甲。我马上下令将你的人马调往十字街口。这十字街口十分重要，倘若有人在寨中捣鬼，你要牢牢守住十字街口，不许失掉。"

姓王的头目有点吃惊，问道："太太，难道寨里头还会有变？"

慧梅说："打仗的事情我有经验，胜利的时候一切都好，困难的时候要谨防万一。你守住十字街口，没有我的允准，任何人不许通过。只要你能守住，日后我重重有赏。现在你马上照我的吩咐去办。以后的事，你听从邵大哥安排就是了。"

姓王的头目说了一声"遵令！"行个礼，随邵时信退了下去。过了一会儿，邵时信又单独回来，小声告诉慧梅：据姓王的头目说，袁时泰在东门不断地派人给北门和西门的守军传什么机密话，又两次派人缒下城墙，同大庙的朱成矩传递消息，到底有什么诡计，弄不清楚。慧梅听了，十分吃惊，说道："看来袁时泰是想在闯王大军来到时，对我们下毒手！"

邵时信问："姑娘，我们怎么办？"

慧梅说："我现在请他来当面谈谈，你看怎样？"

邵时信摇头说："不妥，现在最好不要惊动他。万一他不肯来，事情不是弄僵了？"

慧梅觉得这话也有道理，就不再多说，让邵时信走了。

这天夜里，她不曾睡觉，有时到城头上看一看，有时又回到屋中。她心神不宁,总在想着袁时中逃回圉镇的事,想着自己已经拿定的主意,也想着腹中的胎儿。后来她想起高夫人托尼姑传的话,说到时候会有人来接她回去。她在心中猜想:是什么人来接我呢?莫非是邢姐姐来接我? 双喜哥来接我? ……尽管不住地胡思乱想,却有一件事她没有忘记,就是她时时刻刻防备着袁时泰的突然袭击,一再嘱咐邵时信率领那个姓王的头目守好十字街口。她还亲自到那里去察看一次。

到了四更时候,朱成矩派人到南门向她禀报,说夜间已经在三十里以外同李过打了一仗,袁时中正在往圉镇逃回,后边有追兵,天明以后可能会逃回圉镇。她立刻将这消息传知寨中各个大头目,要大家做好准备,迎接袁将爷回寨。

将要天明的时候,又来新的禀报,说袁时中离圉镇只有十几里路了。慧梅得到这个消息,立刻又传知各个大头目速来她的宅中商议军情。

传话的人一走,她将邵时信、王大牛、慧剑三人叫到面前,说出了她的主意。三人听了都大吃一惊,没有料到她如此果断行事,不顾私情,同时又感到这主张正是他们所想的,只是一夜来都不敢向慧梅说出。他们立刻按照慧梅的吩咐各自准备去了。

不一会儿,十几个大头目纷纷来到,只有袁时泰推说事忙,分不开身,派他手下的一个头目来代他参加议事。他们的亲兵们都被女兵们挡在二门以外,叫他们在前院的东西厢房烤火休息。他们知道这是太太住处的老规矩,并未起疑,肃静地步入内院上房。邵时信、王大牛、慧剑三人已经在上房等候。上房檐下站立着慧梅的许多女亲兵,肃静无声。慧梅从里间走出,示意使大家分左右两行坐下。她在正中主将的位置坐下,背后有四个女兵仗剑侍立。慧剑不能同男人们混坐一起,侍立在她的右边。尽管二门内和堂屋内只有女兵,但是来参加议事的大头目们都感到气氛森严,开始领教慧梅的厉害,果然是名不虚传,无怪乎袁时中遇事情不能不让她几分。

这是慧梅平生第一次由自己处理一件大事,想保持镇静很不容易,没法儿掩饰住自己的神色紧张和心情激动。大头目们看出来她的心情不一般,但仍然没有起疑。他们明白,处此危险关头,袁时中生死难保,她是一个年轻女流,神态异常是理所当然。等大家坐定以后,慧梅说道:

"我们的人马已经战败,袁将爷正在往围镇奔来,后边有闯营的人马追赶。如今光靠大庙的将士恐怕难以抵挡,我打算等将爷回来时,亲自开南门冲杀出去,迎接将爷进寨。以后我们就死守围镇,直到闯营退走。你们各位意下如何?"

大家纷纷点头说:"太太这么决定非常好。只要把将爷迎进寨内,是可以坚守的。寨内粮草、火药都准备得很多。"

慧梅听了,忽然脸色一变,手抓剑柄说道:"可是我刚才得到消息,说我们寨内军心不稳。到底是怎么回事,我正在密查。如今你们各位,倘若是忠心耿耿的,就不要害怕。暂时要委屈你们留在这里,等袁将爷回来后,自然放你们出去。你们的家眷和亲兵,我一个都不伤害,你们可以放心。现在请你们把兵器放下。"

众头目面面相觑,不知如何是好。有人打算抗拒,但是檐下的众多女兵已经进来,立在他们背后,谁也不敢以身试剑锋。邵时信和王大牛起身,把十几个头目的兵器都收了。同时,他们带来的亲兵们的武器也在前院被收了。

慧梅又说道:"我不是怕你们背叛,可是军中之事不能不多加小心。如今光收了兵器还不行,还得委屈大家,暂时捆绑起来。等袁将爷回来,立刻松绑。到那时你们各位骂我也好,恨我也好,我不计较。"

说着,她的亲兵们又拿来绳子,将大头目们都绑了起来。他们的亲兵也在前院被绑了。

慧梅厉声命令:"关起来,不许他们乱动!"

立刻,这些头目们被锁进了后院一间严实的小房中,而他们的亲兵们被关在前院一个地方。慧梅又对邵时信说:"不要亏待他们。要派人看守好。我现在上城去了,一切按我的吩咐行事。"

于是她带着慧剑和女兵们重新奔上城头。这时只听见马蹄声、呐喊声由远而近,似乎已快到大庙附近。慧梅伫立寨头,向远处凝望。云散了。天晴了。红通通的太阳出来了。远望原野,一片白色,树枝上也是白色。在白茫茫的雪地中出现了正在奔逃的人马影子。

慧梅的心头紧缩,一句话不说,只是出神地凝望,想从败退的人马中找到她的丈夫。一时没有看见,她的心头猛然一凉,不免有点悲哀。但是差不多就在同时,她又暗觉宽慰,心中说道:"天呀,这样倒干净些,最好不要再同他见面!"

逃回的人马更近了,约有一两千人,冲过了二里外的那座大庙。大庙一带的守军在朱成矩的率领下迎敌追兵,发生混战。追兵暂时受阻了。

慧梅仍然在逃回的人马中寻找她的丈夫。终于,她发现一匹马的颜色很像他常骑的马,随即认出来那骑马的人正是袁时中,可是他的盔已经失落,斗篷也没有了。趁着追兵在大庙一带混战,他直往南门奔来。慧梅咬紧牙齿,脸色灰白,再一次下了狠心,从臂上取下宝弓,从袋中抽出羽箭。然而她没有将弓举起。胎儿在她的腹中蠕动。她望着丈夫狼狈奔来,不觉手指微微打颤,心头一阵刺痛,等待他有什么话说。

袁时中一马冲在前边,奔上吊桥,仰头望着妻子,大声呼唤:"快开门!赶快开门!"

慧梅站在寨垛里边,望着丈夫,不答一言,脸上更加苍白。慧剑和女兵们暗中举起弓来,但是谁也不敢射箭,等候慧梅下令。袁时中在吊桥上十分焦急,又一次大声呼唤:

"你赶快开门哪!马上追兵就要到了,快快开门!"

慧梅从两个积着白雪的寨垛中间探出身子,颤声答道:"你不用进寨了,赶快逃走吧。这寨已经归了闯王,我不能让你进来。"

袁时中说:"你难道不念及我们夫妻之情?"

慧梅说:"念及夫妻之情,我不用箭射你,你赶快走吧。我是闯营的人,我要对得起闯王。你当初不该不听我的话,背叛了闯王。官人,你现在赶快走吧!"

袁时中大骂起来,吆喝手下人马:"攻寨! 赶快攻寨!"

慧梅害怕寨中有变,举弓搭箭,望着丈夫颤声说:"你快走吧!你是我的丈夫,不忍心杀死你,可是你再不走我就要射箭了!"

袁时中想着她断不肯向自己的丈夫射箭,继续恳求说:"好太太,你不要忘了我们的夫妻之情。我们是夫妻呀! 你不要对不起你腹中的胎儿! 你不要忘记,你既嫁了我,生是袁家的人,死是袁家的鬼。火速开门! 开门!"

慧梅再也不敢耽误了。她害怕寨内有变,尤其害怕这时袁时泰从东门杀来,北门和西门的小袁营人马响应。她要下决心了,可是腹中的胎儿又在蠕动。为腹中儿她又一阵心酸,但是她毅然说道:"官人,请举起你的马鞭子来!"

袁时中现在所用的马鞭子原是慧梅心爱的旧物,还是在他尚未背叛闯王时赠送他的。他赶快举起鞭子,大声恳求:"请念及夫妻恩情,火速开门!"

突然,鞭子柄中了一箭,鞭子从他的手中飞落。他正在惊骇,听见慧梅在寨上说道:

"你背叛闯王,又不听我的苦劝回头。我同你恩情已绝,只有大义灭亲,休说别话。为着腹中胎儿,我不愿亲手杀你。可是倘若你不速走,就会像鞭子一样!"

袁时中恨恨地冷笑一声,咬牙切齿,勒转马头,绕寨向东逃去。恰在这时,刘玉尺率领断后的一千左右溃兵赶到,知道慧梅变心,不开南门,便向时中呼喊:"从东门进寨! 从东门……"他的话刚说一半,头部中箭,栽下战马。同时,慧梅向左右女兵下令:"赶快射箭!"于是上百名女兵一阵乱箭射下,正在向东奔跑的小袁营将士纷纷倒地。

慧梅担心袁时泰开东门放他哥哥进寨,吩咐慧剑立刻带领一

批女兵从寨墙上向东门杀去。她自己走下寨墙,跨上战马,来到十字路口,对邵时信说:

"邵哥,我们赶快去夺取东门!"

于是王大牛的男兵们和姓王的头目率领的三百多弟兄都随着她向东门奔去。

袁时泰正要打开东门,慧梅的人马已经杀到,在东门里边发生混战。慧剑带着女兵也从寨墙上杀到。杀了一阵,将东门夺到手中。

袁时中见时泰在混战中被慧剑杀死,东门不能进,后边追兵已至,便仓惶向北逃去。

慧梅吩咐在十字街口和寨墙上竖起陪嫁亲军带来的"闯"字旗,并派人到西门和北门一带向小袁营的将士传谕:不许乱动;凡愿意投降闯王的一律不杀,愿回家乡的给资遣散。然后她回到住宅,想着袁时中大概逃不多远就会被李过的人马追上杀死,同时想到腹中胎儿,想到自己早就决定的一件事,连胎儿也不能保全,突然倒在床上,放声大哭。

她痛哭一阵,立刻下床,洗去泪痕,梳好头发。她询问了寨外的战事情况,有人告她说袁姑爷向北逃命,跑了几里,被李过的人马追上,已经杀了。她心中猛一震动,面色如土。又有人告她说,张鼐率领一支骑兵在南门外等候开门,声称奉高夫人之命特来接她回去。她不觉说出:"啊,我的天,竟是他来接我!"但是她竭力遮掩住内心的激动,用冷静的声音问道:"为什么不赶快打开南门?"

慧剑说:"钥匙在邵大哥身上。邵大哥到北门一带安抚小袁营的将士们去了,已经有人去找他要南门钥匙。"

慧梅挥手命女兵们都去休息,只将吕二婶和慧剑留下,有话嘱咐。她的心中悲痛,神色凄惨,长叹一声,进她住的里间屋中取什么东西,边走边自言自语地哽咽说:

"我多么想见他一面,可是……"

张鼐奉高夫人之命来接慧梅回去。临动身时,高夫人叮嘱他:"小鼐子,只要慧梅没给袁时中杀害,你一定将她接回!"他多么想看见慧梅!兴冲冲地进了围镇南门,正在走着,忽然看见慧剑带着四个女兵,不住抽泣,满脸泪痕,牵着慧梅骑的白马,捧着慧梅常用的宝剑和笛子,另外还有一个红绸小包,迎着他走来。他赶紧跳下马,吃惊地问:

"慧梅在哪里? 你们要往哪儿去?"

五个姑娘哭得说不出话来。张鼐又问了一遍,慧剑才忍住哭泣说道:"慧梅姐姐自尽了。她临自尽前吩咐我们将白马、宝剑、笛子都送还给你,另外还有一个没有做成的香囊。她说,请你不要去见她了,免得你伤心。"

张鼐问:"她为什么要自尽? 你们为什么不劝阻她?"

慧剑说:"她吩咐以后,冷不防就用短剑自刎了。"

张鼐迸出热泪,不再说话,直向慧梅住的地方奔去。

邵时信在匆忙中从库中取出若干匹白麻布,使小闯营全体男女都为慧梅戴孝。街上、院里、房坡上,一片白雪。从慧梅住宅的大门外到头进院落、二进院落,雪地上站满了男女亲军,全是白布包头,一片哭声。

张鼐看着这情景,听着这哭声,心几乎要碎裂了。但是他忍着没有哭,没有说话,大踏步穿过两进院落,直进上房。

慧梅的尸首已经放在一张床上,摆在正中,身上盖着锦被,脸上盖着一张阡纸。张鼐来到后,吕二婶将阡纸取去。她的喉咙被自己用短剑割断,但在张鼐来到前,吕二婶已经用温水洗去血污,并且用一根白线将伤口缝合。吕二婶忽然注意到死者的一只眼睛还在半睁着,便哭着说道:

"姑娘! 你虽然没有看见高夫人和慧英她们,可是你平日想见的人已经看见一个了,请你把眼睛闭起来吧!"说罢,她用指头将慧梅的眼皮闭拢。

站立在尸体附近的女兵们又一次放声大哭。张鼐也哭了起来。

吕二婶哭着对张鼐说:"慧梅姑娘昨儿对我说,她是闯王和夫人的不孝女儿,无面目再见他们。又说她很想念老府中的那些姐妹们,怕是见不到了。我听着这话不吉利,可是没想到她会寻短见。她真是能下狠心,一抹脖子就去了两条性命!"

张鼐望着慧梅哽咽说:"慧梅,我们的大军就要去占襄阳,打下江山也快了。可怜你死得太早,看不见了。你临死又为闯王立一大功。要是你放袁时中进到寨内,我们将寨攻破,不知得死伤多少将士。慧梅,慧梅! 我说的话你听见了么?"

满屋中都是抽泣和呜咽声。慧剑和守灵的几个女兵哭着叫道:"梅姐! 梅姐!"

忽然一匹战马奔到大门外停住,随即王从周匆匆进来。自撤离开封城外之后,他就被挑到高夫人身边做了亲兵。他走进上房,向邵时信和张鼐一叉手,说道:

"你们都不要难过,老神仙来到了!"

张鼐赶快问:"老神仙在哪儿?"

"你走后,夫人担心慧梅姑娘在混战中会有三长两短,命老神仙立即动身赶来,以备万一。我是随老神仙来的。他快到圉镇寨门外了。"

所有人都因这消息产生了一线希望。邵时信和张鼐立刻奔往寨门去迎接尚炯。吕二婶轻轻地摇摇头,对死者用幽幽的悲声说:

"姑娘,大家都不愿你死,可惜你走得太急了!"

大门外一阵马蹄声。许多男女兵拥往大门外,向南望着,用又悲又喜的声音纷纷叫着:

"到了! 到了! 神医到了!"

"新中国70年70部长篇小说典藏"书目

书　名	作　者		书　名	作　者
风云初记	孙　犁		白鹿原	陈忠实
铁道游击队	知　侠		长恨歌	王安忆
保卫延安	杜鹏程		马桥词典	韩少功
三里湾	赵树理		抉　择	张　平
红　日	吴　强		草房子	曹文轩
红旗谱	梁　斌		中国制造	周梅森
我们播种爱情	徐怀中		尘埃落定	阿　来
山乡巨变	周立波		突出重围	柳建伟
林海雪原	曲　波		李自成	姚雪垠
青春之歌	杨　沫		历史的天空	徐贵祥
苦菜花	冯德英		亮　剑	都　梁
野火春风斗古城	李英儒		茶人三部曲	王旭烽
上海的早晨	周而复		东藏记	宗　璞
三家巷	欧阳山		雍正皇帝	二月河
创业史	柳　青		日出东方	黄亚洲
红　岩	罗广斌　杨益言		省委书记	陆天明
艳阳天	浩　然		水乳大地	范　稳
大刀记	郭澄清		狼图腾	姜　戎
万山红遍	黎汝清		秦　腔	贾平凹
东　方	魏　巍		额尔古纳河右岸	迟子建
青春万岁	王　蒙		藏　獒	杨志军
许茂和他的女儿们	周克芹		暗　算	麦　家
冬天里的春天	李国文		笨　花	铁　凝
沉重的翅膀	张　洁		我的丁一之旅	史铁生
黄河东流去	李　準		我是我的神	邓一光
蹉跎岁月	叶　辛		三　体	刘慈欣
新　星	柯云路		推　拿	毕飞宇
钟鼓楼	刘心武		湖光山色	周大新
平凡的世界	路　遥		大江东去	阿　耐
第二个太阳	刘白羽		天行者	刘醒龙
红高粱家族	莫　言		焦裕禄	何香久
雪　城	梁晓声		生命册	李佩甫
浴血罗霄	萧　克		繁　花	金宇澄
穆斯林的葬礼	霍　达		黄雀记	苏　童
九月寓言	张　炜		装　台	陈　彦